영어대본 시점들 찾아서 6

개드립드 쪽 2

마르셀 프루스트

잃어버린 시절을 찾아서 6

게르망뜨 쪽 2

이형식 옮김

펭귄클래식코리아

옮긴이 이형식

서울대학교 불어교육과를 졸업하고 파리대학에서 마르셀 프루스트에 대한 연구로 석사, 박사학위를 받았다. 현재 서울대학교 명예교수이다. 지은 책으로는 『마르셀 프루스트』, 『프루스트의 예술론』, 『작가와 신화-프루스트의 신화 세계』, 『프랑스 문학, 그 천년의 몽상』, 『그 먼 여름』이 있다. 옮긴 책으로는 『레 미제라블』, 『쟈디그·깡디드』, 『모빠상 단편집』, 『웃는 남자』, 『93년』, 『미덕의 불운』, 『사랑의 죄악』, 『중세의 연가』 등이 있다.

잃어버린 시절을 찾아서 6 게르망뜨 쪽 2

초판 1쇄 발행 2015년 11월 20일
초판 5쇄 발행 2022년 4월 18일

지은이 | 마르셀 프루스트   옮긴이 | 이형식

발행인 | 이재진 단행본사업본부장 | 신동해
편집장 | 김경림 마케팅 | 최혜진 이은미
홍보 | 최새롬 국제업무 | 김은정 제작 | 정석훈

브랜드 펭귄클래식 코리아
주소 경기도 파주시 회동길 20
문의전화 031-956-7066 (편집) 02-3670-1123 (마케팅)
홈페이지 http://www.wjbooks.co.kr
페이스북 www.facebook.com/wjbook
포스트 post.naver.com/wj_booking
발행처 ㈜웅진씽크빅
출판신고 1980년 3월 29일 제406-2007-000046호

펭귄클래식 코리아는 유리장 에이전시를 통해 펭귄북스와 제휴한 ㈜웅진씽크빅 단행본사업본부의 브랜드입니다.
펭귄 및 관련 로고는 펭귄북스의 등록 상표입니다. 허가를 받아야만 사용할 수 있습니다.
Penguin Classics Korea is the Joint Venture with Penguin Books Ltd.
arranged through Yu Ri Jang Literary Agency. Penguin and the associated logo
are registered and/or unregistered trade marks of Penguin Books Limited.
Used with permission.
이 책의 한국어판 저작권은 시빌 에이전시를 통해 프랑스 Fallois 사와의 독점 계약으로
㈜웅진씽크빅에 있습니다. 이 책은 저작권법에 따라 보호받는 저작물이므로 무단 전재와
무단 복제를 금하며, 이 책 내용의 전부 또는 일부를 이용하려면 반드시 저작권자와
㈜웅진씽크빅의 서면 동의를 받아야 합니다.

한국어 판 ⓒ ㈜웅진씽크빅, 2015
ISBN 978-89-01-20503-8 04800
ISBN 978-89-01-08204-2 (세트)

• 잘못된 책은 바꾸어 드립니다.
• 책값은 뒤표지에 있습니다

차례

2막 1장 · 9
2막 2장 · 58
옮긴이 주 · 435

▶ 일러두기

1. 모든 외래어는 현지 발음에 가깝도록 표기하고, 라틴어는 추정되는 고전 라틴어 발음 규범을, 고대 그리스어는 에라스무스의 발음 체계를 따른다.
2. [f]음은 한글 음운 체계에 존재하지 않는지라, 혼동 여지의 유무, 인접한 철자와의 관련 및 관행 등을 고려하여 [ㅎ]음이나 [ㅍ]음으로 표기한다.
3. [th]음 또한 [f]음과 같은 기준으로 고려하여 [ㄸ]음이나 [ㅆ]음 혹은 [ㅌ]음으로 표기한다.
4. 특정 교단들이 변형시켜 사용하는 어휘들(수단, 가톨릭, 그리스도, 모세 등)은 원래의 발음에 가깝게 적는다(쏘따나, 카톨릭, 크리스토스, 모쉐 등).
5. 우리말 어휘들 중 많은 것들은 실제로 통용되는 형태로 적는다(숫소, 생울타리, 우뢰 등).

논단

1장[*]

　　우리는 산책하는 사람들 무리에 섞여 가브리엘 대로를 다시 건
넜다. 나는 할머니를 길 옆 벤치에 앉아 계시게 한 다음 삯마차를
부르러 갔다. 가장 하찮은 인물에 대한 견해를 표할 때에도 내가
항상 할머니의 내면 중심부에 우선 자리를 잡곤 하였건만, 그러한
할머니가 이제는 나에게 닫혀 있어, 외부 세계의 일부분으로 변한
지라, 나는 단순한 행인들에게보다도 오히려 더, 할머니의 병세에
대한 나의 생각과 나의 불안감을 할머니에게 함구할 수밖에 없었
다. 나의 그러한 생각과 불안감을, 어느 낯선 여인에게보다 더 안
심하고 할머니에게 이야기할 수 없었을 것이다. 어린 시절부터 할
머니에게 내가 영원히 위탁하였던 사념들과 슬픔들을 할머니께서
이제 막 나에게 되돌려주셨다. 물론 할머니께서 아직은 돌아가시
지 않았다. 하지만 나는 이미 홀로였다. 또한 게르망뜨 가문 사람
들이나 몰리에르, 집에서 우리가 베르뒤랭 댁의 그 '핵심' 집단에
관하여 나누곤 하던 대화 등에 대하여 조금 전 할머니가 내비치신
암시들조차, 받침점도 없고 원인도 없는 환상적인 무엇의 기색을
띠고 있었으니, 그러한 암시들이 아마 내일이면 더 이상 존재하지

않을, 그리하여 그것들이 아무 의미도 없게 될 사람의 비존재 상태로부터, 즉 나의 할머니가 곧 되돌아가실 그 허무 상태(그것들을 생각해낼 능력이 없는)로부터 나오고 있었기 때문이다.

"신사 양반, 내가 거절하는 것은 아니지만, 당신은 나와 약속도 하지 않았고 따라서 번호표도 가지고 계시지 않소. 게다가 오늘은 내가 진료하는 날이 아니오. 평소에 당신을 진료하는 담당의사가 있는 것으로 알고 있소. 그가 나에게 정식으로 진찰을 요청하면 모를까, 내가 임의로 그를 대신해 나설 수는 없소. 그것은 의사의 직업 윤리 문제라오…."

삯마차 하나를 발견하고 손짓을 하여 그것을 부르려는 순간, 나의 아버지 및 할아버지와 거의 친구라 할 수 있는, 여하튼 두 분과 교분이 있는, 그리고 가브리엘 대로에 사는, 그 유명한 E 교수와 우연히 마주치게 된 내가, 문득 영감을 얻은 듯, 그가 혹시 할머니를 위하여 탁월한 조언을 해줄 수도 있으리라 생각하면서, 자기의 집으로 막 들어가려는 그를 멈추어 세웠던 것이다. 하지만 몹시 바쁜 듯, 자기의 우편물들을 집어든 다음 그가 나를 적당히 얼버무려 돌려보내고자 하였던지라, 나는 그와 함께 승강기를 타고 올라가면서 그에게 사정을 이야기할 수밖에 없었으며, 그러는 동안에도 그는 자기가 승강기 단추들 조작하는 것을 방해하지 말아 달라고 나에게 부탁하였는데, 승강기 조작이 그의 편집증적 기벽이었다.

"하지만, 의사 선생님, 저의 할머니를 지금 댁에 받아 주십사 요청하는 것은 아닙니다. 제 말씀을 들어 보시면 이해하시겠지만, 할머니의 지금 상태가 그럴 형편이 아닌지라, 저는 반대로, 지금으로부터 반시간 후, 할머니가 귀가하신 다음 저의 집에 왕림해 주십사 요청하는 것입니다."

"댁에 와 달라고요? 하지만 신사 양반, 어림도 없는 말씀이오.

나는 오늘 통상성 장관 댁 만찬에 참석하게 되어 있는데, 그에 앞서 어떤 사람 하나를 왕진해야 하는지라 지금 즉시 정장을 갖추어야 하는데, 불운의 극치는, 나의 검은색 연미복 두 벌 중 하나는 찢어졌고 다른 하나에는 장식용 단추구멍이 없다는 것이오. 제발, 승강기의 단추들을 만지지 마시오. 당신은 그것들을 조작할 줄 모르시오. 매사에 신중해야 하오. 그 장식용 단추구멍으로 인해 더 늦어지게 생겼소. 여하튼 당신의 집안 어른들에 대한 우정을 참작하여, 당신의 할머니께서 지금 당장 오신다면 그분을 뵙겠소. 그러나 미리 알려드리거니와, 내가 할애할 수 있는 시간은 단 십오 분뿐이오."

나는 승강기에서 내리지도 않고 즉시 그와 헤어졌으며, E 교수가 손수 승강기를 작동시켜 나를 태우고 다시 내려가게 하였는데, 그러면서 그는 나를 불신 가득한 시선으로 바라보았다.

죽음이 언제 닥칠지 예측할 수 없다고 흔히들 아무렇지도 않게 말하지만, 그러한 말을 하면서 우리는, 그 시각이 까마득히 먼 막연한 공간 속에 있는 것으로 상상할 뿐, 그 시각이 실은 이미 시작된 오늘 하루와 어떠한 형태로든 관련되어 있으며, 따라서 그것이 곧, 죽음이란—혹은 일단 시작하면 우리를 더 이상 놓아 주지 않는 죽음의 부분적인 점령이란—우리가 모든 시각들의 활용 계획을 미리 수립해 놓은 그 불확실한 오후에라도 닥칠 수 있음을 의미할 수 있다는 점은 생각하지 못한다. 우리는 한 달 분의 필요한 좋은 공기를 모두 확보하기 위하여 산책을 중요시하고, 그 산책을 위하여 입고 나설 외투와 호출할 마부를 고르느라 한동안 망설인 끝에 삯마차에 오르며, 하루가 몽땅 우리 앞에 놓여 있건만, 우리를 방문할 어느 친밀한 여인을 맞기 위하여 때 맞춰 집에 돌아오기를 원하는지라 그 하루가 짧게만 여겨지는데, 다음 날 역시 못지않게 청명하기를 바랄 뿐, 우리와 동행하면서 보이지 않는 길을 따라 간단 없이 우리에게로 전진해 오던 죽음이, 몇 분 후, 마차가 샹젤리제에 도착하는 거의 그 순간에 자신의 모습을 드러내기 위하여 바로 그날을 택하였음은 짐작조차 하지 못한다. 죽음이 가지고 있는 특유의 기이함에 대한 두려움에 평소 사로잡혀 있는 사람들은 아마, 그러한 유형의 죽음에서—죽음과의 그러한 최초 접촉에서—마음 놓이게 하는 무엇을 발견할 수도 있으리니, 그러한 느닷없는 죽음이, 누구에게나 알려져 있어 친숙하며 일상적인 외양을 띠기 때문이다. 그러한 죽음이 닥치기에 앞서 점심을 잘 먹었고 건강한 사람들과 다름없이 외출길에 나섰다. 하지만 무개 마차를 타고 돌아올 때 그러한 죽음의 첫 타격이 그러한 외양에 중첩되듯 가해지는 법, 그리하여 할머니의 환후가 그토록 위중했음에도 불구하고 결국 많은 사람들은, 우리가 샹젤리제로부터 돌아올 때, 기막히게 좋은 날씨에 무개 마차를 타고 지나가시는 할머니에게 자기들이 인사를 하였노라 말할 수 있었을 것이다. 꽁꼬르드 광장 쪽으로 가고 있던 르그랑댕이, 걸음을 멈추면서 놀란 기색으로 모자를 벗어 우리에게 인사를 하였다. 아직 세속적인 삶에 초연하지 못했던 내가, 그의 자존심 강한 성격을 상기시켜 드리면서, 그의 인사에 답례하셨느냐고 할머니에게 여쭈어 보았다. 할머니는, 의심할 나위 없이 내가 경박하다고 여기시어, 다음과 같이 말씀하시려는 듯 손을 내저으셨다. "그것이 무슨 상관이란 말이냐? 그런 것에는 아무 중요성도 없단다."

물론, 내가 삯마차를 찾고 있는 동안에는 할머니가 가브리엘 대로변에 있는 어느 벤치에 앉아 계셨고, 잠시 후 무개 마차를 타고 지나가셨노라 누구든 말할 수 있었을 것이다. 하지만 그러한 말이 정말 진실일 수 있었을까? 벤치는, 그것이 대로변에 머물기 위하

여―비록 그것 역시 일정한 평형 조건들 하에 놓여 있다 할지라
도―에너지를 필요로 하지 않는다. 그러나 하나의 생명체가 평형
을 유지하려면, 벤치 위에서나 마차 안에서 무엇에 기대어 있더라
도, 우리가 평소에는 대기의 압력을(그것이 모든 방향으로 작용하
기 때문에) 지각하지 못하는 것만큼이나 지각하지 못하는, 하나의
팽창력이 필요하다. 만약 누가 우리의 속을 텅 비우고 우리로 하여
금 대기의 압력을 감당하도록 내버려둔다면, 우리는 아마 우리의
몸이 파괴되기 직전의 순간에, 그 무엇에 의해서도 더 이상 중화되
지 않는 무시무시한 무게를 느낄 것이다. 마찬가지로, 질환과 죽음
의 심연이 일단 우리의 내부에서 입을 벌려, 세계와 우리의 육신이
우리를 덮치면서 일으키는 소동을 막을 아무 방편도 없게 되면, 우
리 근육들의 무게를 감당하고 우리의 골수를 유린하는 전율에 맞
서는 것조차, 심지어 우리가 평소 사물의 긴장된 자세에 불과하다
고 믿던 상태를 유지하는 것조차, 우리의 머리를 똑바로 세우고 시
선의 평정을 유지하려면, 엄청난 생명력을 요구하며, 그 모든 일이
우리를 소진시키는 투쟁으로 변한다.

또한, 르그랑댕이 우리들을 그토록 놀란 기색으로 바라보았던
것은, 그때 마침 그곳을 지나던 다른 이들에게도 그랬던 것처럼,
좌석에 앉아 계시는 것처럼 보이던 나의 할머니께서 실은 그 삯마
차 속에서 가라앉고 계시는 중이었고, 심연 속으로 미끄러져 들어
가시는 중이었으며, 머리카락들이 온통 어지럽게 흩어진 채 그리
고 당신의 눈동자가 더 이상 감당하지 못하는 영상들의 내습에 더
이상 맞설 능력 없는 당황한 눈으로, 그렇게 처박히는 몸을 겨우
붙잡을 수 있었을 뿐인 좌석에 절망적으로 매달리고 계시는 것처
럼 여겨졌기 때문이다. 비록 내 옆에 계셨지만 할머니는 미지의 세
계 속에 잠기신 듯 보였고, 조금 전 샹젤리제에서 모자와 얼굴과

외투 등이, 할머니께서 상대해 싸우시던 보이지 않는 천사의 손에
의해 흩어진 것을 보았을 때 이미, 그 세계 한가운데서 당하신 일
격의 흔적이 드러나 있었다.

그 이후 나는, 일격을 당하신 그 순간이 할머니를 전적으로 놀
라시게 하지는 않았을 것이고, 할머니께서 그 순간을 오래 전부터
아마 예견하셨을 것이며, 따라서 그 순간을 기다리며 사셨을 것이
라 생각하곤 하였다. 물론, 같은 종류의 의혹 때문에 사랑하는 여
인의 정절에 대한 터무니없는 희망을 품다가 이내 다시 근거없는
의심을 품곤 하는 연인들처럼, 할머니는 그 운명의 순간이 언제 도
래할지 몰라 불안해 하셨을 것이다. 그러나, 드디어 할머니를 정면
으로 가격한 그 질환처럼 위중한 질환들이, 환자를 죽이기 전에 먼
저 오랫동안 그를 자기의 거처로 정하지 않는 경우는, 그리고 그
기간 동안, '사교적인' 이웃이나 세입자처럼 자기를 그에게 상당히
신속하게 알리지 않는 경우는, 매우 드물다. 그것은 참으로 무시무
시한 교분이니, 그러한 친교가 야기시키는 통증 자체 때문이기 보
다는, 그것이 일상생활에 가하는 결정적인 제약들의 기이한 새로
ㅤ움 때문이다. 그러한 경우 우리는 자신이 죽어가는 것을, 죽음의
순간에만 아니라, 그것이 흉측하게 다가와 우리의 몸을 거처로 삼
은 이래, 여러 달 동안, 때로는 여러 해 동안 보게 된다. 환자는 자
기의 뇌수에서 오가는 소리가 들리는 그 낯선 존재와 교분을 맺는
다. 물론 그의 모습은 모르나, 들려오는 규칙적인 소음들로부터 그
의 버릇들을 유추한다. 그가 악당일까? 어느 날 아침 그의 소리가
더 이상 들리지 않는다. 그가 떠났다. 아! 영영 떠나버렸으면! 저녁
이 되자 그가 되돌아 왔다. 그의 의도가 무엇일까? 질문을 받는 자
문 의사는, 연인으로부터 추궁 당하는 여인처럼, 맹세를 곁들여 대
답하지만, 그 맹세를 우리가 어떤 날에는 믿고 어떤 날에는 의심한

다. 게다가 의사는, 사랑 받는 여인의 역할이 아니라, 추궁 받는 하인들의 역할을 수행한다. 의사나 하인들 모두, 그들은 제삼자일 뿐이다. 우리가 답변을 요구하며 압박하는 여인, 그리고 우리를 배신하려 한다고 우리가 의심하는 그 여인은, 우리의 삶 자체이며, 따라서 그것이 전과 같지 않음을 느끼면서도 우리는 아직도 그것을 믿으면서, 여하튼 그것이 마침내 우리를 저버리는 날까지 의혹 속에 머문다.

나는 할머니를 E 교수 댁 승강기에 오르시게 하였고, 잠시 후 그가 우리에게로 와서 우리를 자기의 진찰실로 안내하였다. 하지만 그곳에서는, 그토록 시간에 쫓기는 처지였건만, 그의 거만한 기색이 돌변하였는데, 습관이라는 것이 그만큼 강력했기 때문이며, 환자들을 대할 때에는 친절하고 명랑한 것이 그의 습관이었다. 할머니께서 문학에 매우 해박하시다는 것을 잘 알고 있었으며 그 자신 또한 그러했던지라, 그가 이삼 분 동안 또한 바깥의 눈부신 날씨를 염두에 두고, 여름을 노래한 아름다운 구절들을 읊었다. 그가 할머니를 안락의자에 앉으시게 한 다음, 환자의 용태가 더 잘 보이도록, 자기는 햇빛을 등지고 앉았다. 그의 진찰은 세밀했고, 따라서 내가 잠시 진료실 밖으로 나가 있어야 할 정도였다. 그 다음에도 진찰을 계속하였고, 진찰이 끝나자, 이미 약속한 십오 분이 지났건만, 할머니에게 다른 구절들을 인용해 읊어 드렸다. 그가 심지어 상당히 세련된 농담 몇 마디를 할머니에게 던졌으며, 나는 그것들을 다른 날에 들었으면 좋겠다고 생각하였으나, 의사의 즐거운 어조로 인하여 그것들이 나를 완전히 안심시켰다. 그 순간 나는, 상원 의장이었던 활리에르[1] 씨가 여러 해 전에 거짓 발작을 일으켜 쓰러진 다음, 사흘 후, 경쟁자들에게 절망을 안겨주면서 자기의 직분을 다시 수행하기 시작하였을 뿐만 아니라, 심지어, 전하는 말에 의하면, 아직 상당히 먼 훗날에 있을 공화국 대통령 선거에 출마할 준비까지 하였다는 사실을 뇌리에 떠올렸다. 할머니의 신속한 회복에 대한 나의 믿음은, 활리에르 씨의 경우를 뇌리에 떠올리고 있던 순간 E 교수의 농담을 마무리한 흔쾌한 웃음소리에 의해 내가 그러한 연관적 사념에서 깨어났던지라, 그만큼 더욱 완벽했다. 그렇게 웃고 나서 그가 회중시계를 꺼내 보았고, 오 분이 지체된 것을 깨닫고는 불안스러운 듯 눈살을 찌푸렸으며, 우리에게 작별 인사를 하는 한편 초인종을 눌러 즉시 자기의 정장을 가져오게 하였다. 내가 할머니를 먼저 나가시게 한 다음 출입문을 다시 닫고 그 학자에게 진실을 말해 달라고 하였다.

"당신의 할머님은 가망이 없소." 그가 나에게 말하였다. "요독증에 기인한 급성 증세라오. 요독증 그 자체는 치명적인 질환이 아니지만, 당신 할머님의 경우는 절망적으로 보이오. 내가 잘못 짚었기를 바란다는 말은 구태여 하지 않겠소. 게다가 당신의 집안이 꼬따르와 친분이 두터우니, 탁월한 의사를 곁에 두신 것이오. 미안하오." 침실 하녀 하나가 교수의 검은색 정장 한 벌을 팔에 걸쳐 들고 들어오는 것을 보자 그가 다시 말하였다. "아시다시피 오늘 통상성 장관 댁 만찬에 참석해야 하고, 그에 앞서 한 차례 왕진을 해야 하오. 아! 당신 나이에 흔히들 생각하듯 인생이 장밋빛만은 아니라오."

그러면서 그가 우아하게 악수를 청하였다. 내가 진료실의 문을 다시 닫았고, 시종 한 사람이 할머니와 나를 대기실로 안내하는데, 그때 노한 고함 소리가 들려왔다. 침실 하녀가 장식용 단추구멍 뚫는 것을 잊었던 것이다. 그로 인해 다시 십분이 지체될 수밖에 없었다. 내가 층계참에서 '가망없는' 할머니를 바라보고 있는 동안에도 교수는 여전히 폭풍처럼 격노하고 있었다. 누구든 진정 홀로이다. 우리는 집을 향하여 다시 떠났다.

해가 기울고 있었던지라, 우리가 사는 거리에 도달하기까지 우리를 태운 삯마차가 따라서 달려야 할 끝없이 이어지는 벽면을 그것이 붉게 물들이고 있었으며, 그 벽면에는, 폼페이의 불에 구워진 어느 흙덩이에 그린 장의마차처럼, 석양에 의해 투영된 말과 마차의 그림자가 불그스름한 바탕에 검게 부각되고 있었다.[2] 드디어 우리가 집에 도착하였다. 나는 환자[3]를 층계 아래 현관에 앉힌 다음, 어머니에게 알리기 위하여 위로 올라갔다. 그리고 할머니가 현기증을 느끼신 후 조금 불편해지셔서 돌아오셨다고 말씀드렸다. 나의 첫 마디에 어머니의 얼굴이 절망의 절정에 달했고, 그렇지만 이미 어찌나 체념한 기색이셨던지, 나는 어머니가 여러 해 전부터, 불확실한 그 최후의 날에 대비하여 그러한 절망을 내면에 간직하고 계셨음을 깨달았다. 어머니는 나에게 아무것도 묻지 않으셨다. 못된 심보 가진 사람들이 다른 이들의 고통을 과장하기 좋아한다면, 어머니는 다정함 때문에, 당신의 모친께서 위중하시다는 것을, 특히 지적 기능에 영향을 미칠 질환에 걸리셨다는 것을, 인정하려 하지 않으시는 것 같았다. 엄마가 몸을 파르르 떨었고, 눈물은 보이지 않았으되 울상이 된 얼굴로 어서 가서 의사를 불러오라고 재촉하셨으나, 누가 편찮으시냐고 프랑수와즈가 물었건만, 음성이 목구멍에서 멈춘지라 아무 대꾸도 하실 수 없었다. 엄마가, 당신의 얼굴을 일그러지게 만드는 비통함을 지우시면서, 나와 함께 뛰어 내려갔다. 할머니는 아래 현관의 까나뻬 위에 앉아서 기다리고 계셨으나, 우리가 내려오는 소리를 들으신 즉시 상체를 꼿꼿이 세우신 채, 엄마에게 명랑한 손짓을 하셨다. 내가 할머니에게, 층계를 올라가시는 동안 혹시 추워하실지 몰라 그런다고 하면서, 흰색 레이스로 마름질한 만띠야로 할머니의 얼굴을 반쯤 감쌌다. 할머니의 일그러진 얼굴과 돌아간 입이 어머니에게 너무 잘 보이는 것을 원하지 않았기 때문이었다. 하지만 나의 그러한 조심이 부질없었다. 어머니가 할머니에게 다가가서, 할머니의 손이 마치 당신이 모시는 절대신의 손인 양 그것에 입을 맞추신 다음, 할머니를 부축하여 안아 올리듯 승강기에 태우셨는데, 그 무한한 조심성에, 혹시 당신의 솜씨가 좋지않아 할머니에게 고통을 드리지 않을까 하는 두려움과 함께, 자기가 아는 가장 소중한 것에 손을 댈 자격이 자기에게는 없다고 느끼는 이의 겸허함이 어려 있었건만, 어머니는 단 한번도 눈을 쳐들어 환자의 얼굴을 바라보시지 않았다. 그것은 아마, 자기의 모습이 딸을 불안하게 만들었을 수도 있다고 생각하시면서 환자가 슬퍼하는 일이 없도록 하기 위해서였을 것이다. 혹은 너무나 강하여 당신께서 감히 맞서시지 못한 괴로움에 대한 두려움 때문이었을 것이다. 혹은 아마 존경심에 이끌려서 그러셨을 것이니, 어머니께서는 당신이 숭배하는 얼굴에 일어난 지적 약화 현상의 흔적을 확인하는 짓이 당신에게 허용되지 않았으며, 그러는 짓이 불경스럽다고 생각하셨기 때문이다. 또한 아마, 기지와 선량함으로 빛나던 당신 모친의 진정한 얼굴의 영상을 훗날에도 더욱 온전히 간직하시기 위해서였을 것이다. 그렇게, 할머니는 당신의 만띠야로 얼굴의 반을 가리신 채, 어머니는 할머니로부터 눈을 돌리신 채, 두 분이 나란히 위층으로 올라가셨다.

그러는 동안 내내, 당신의 따님은 감히 쳐다볼 엄두조차 내지 못하던, 할머니의 변형된 용모에서 간파될 수 있던 것에서 자기의 눈을 떼지 않던 인물 하나가 있었으니, 즉 할머니의 그러한 용모에다 몹시 놀란, 그리고 조심성 없으며 전조 불길한 시선을 고정시키고 있던 인물 하나가 있었으니, 그것은 프랑수와즈였다. 그녀가 할머니를 진정으로 좋아하지 않았다는 말이 아니라(그녀는 심지어, 당신의 모친 품으로 당연히 울면서 뛰어드는 모습을 보여야 했을 엄마의 냉정함에 실망하여 거의 분노할 지경에까지 이르렀다), 그녀에게는 항상 최악의 경우를 예상하는 경향이 있었고, 서로 상반될 수밖에 없을 듯 보이되 합쳐지면 오히려 강화되는 두 가지 특성을 어린 시절부터 간직하고 있었으니, 그 하나는, 못본 척 하면 그것이 더 세련된 거조일 수도 있으련만, 어떤 이의 신체적 변화를 보는 순간 자신들의 내면에 일어난 놀라움 내지 괴로운 두려움을 감추려 하지 않는 기층민들의 상스러움이었고, 다른 하나는, 닭의 목을 비틀 나이가 되기 전에는 잠자리들의 양쪽 날개를 잡아당겨 그것들의 몸통을 찢고,[4] 고통 받는 살을 보면서 느끼는 호기심을 감추도록 해 줄 수치심 결여된, 촌소녀의 무심한 잔혹성이었다.

프랑수와즈의 완벽한 보살핌 덕분에 침대 위에 누우셨을 때, 할머니는 당신께서 말씀하시기가 더 용이해졌고, 요독증에 기인한 혈관의 작은 파열 혹은 막힘이 틀림없이 매우 경미할 것이라 생각하셨다. 그리하여 엄마에게 당신이 계심을 느끼시게 하여, 엄마가 겪으셨을 가장 혹독한 순간에 엄마를 도우시고자 하였다.

"그래, 나의 딸아!" 어머니의 손을 잡으시면서, 그리고 다른 손으로는, 아직도 특정 단어들을 발음하실 때 겪으시는 가벼운 어려움에게 표면적인 원인을 제공하시기 위하여 당신의 입을 가리시면서, 어머니에게 말씀하셨다. "네가 어미에게 보이는 동정이 고작 이렇구나! 소화불량이라는 것이 불쾌하지 않다고 생각하는 기색이구나!"

그러자 비로소 어머니의 두 눈이, 얼굴의 다른 부분은 보시지 않으려는 듯, 할머니의 두 눈에 열렬히 고정되었고, 그러한 상태로 어머니가, 우리가 지킬 수 없는 일련의 맹세들 중 첫 번째 것으로 할머니 말씀에 대꾸하셨다.

"엄마, 곧 쾌유되실 거예요, 엄마의 딸이 보증해요."

그런 다음, 가장 강한 당신의 사랑을, 당신의 모친께서 쾌유하시기를 비는 모든 염원을, 하나의 입맞춤에 담으시면서, 그것들을 그 입맞춤에 위탁하신 다음, 당신의 사념과 전존재로 당신의 입술 끝까지 그것들과 동행하시어, 그 입술을 당신께서 열렬히 사랑하시는 이마 위에 겸허하게 또 경건하게 내려놓으셨다.

할머니는 당신의 왼쪽 다리 위로 이불이 몰려 끊임없이 형성되던, 그리고 당신의 힘으로는 도저히 쳐들 수 없었던, 일종의 충적층 때문에 불평을 털어놓으시곤 하였다. 하지만 당신 자신이 그러한 현상의 원인이었음은 깨닫지 못하셨다(그리하여 당신의 침대를 제대로 정돈하지 못하였다고 프랑수와즈를 날마다 부당하게 나무라셨다). 할머니께서 일종의 경련성 동작으로, 고운 양모 이불의 포말 같은 자락들을 몽땅 그 쪽으로 밀어 놓으시는지라, 그것들이, 밀물이 가져오는 연속적인 퇴적물 때문에(그곳에 방파제를 쌓지 않을 경우) 신속히 사주(沙洲)로 변하는 내포의 모래처럼, 그곳에 쌓이곤 하였다.

어머니와 나는(우리의 거짓말이 프랑수와즈의 날카롭고 무례한 통찰력에 의해 미리부터 백일하게 들어났지만), 마치 그러는 것이 할머니의 적들에게(물론 할머니에게 적들이란 없었지만) 혹시 기쁨을 주지 않을까 염려라도 하는 듯, 그리고 할머니께서 그토록은 위태롭지 않다고 생각하는 것이 더 큰 애정의 징표라도 되는 듯, 한 마디로, 일찍이 나로 하여금, 알베르띤느를 지나치게 동정하는 것으로 보아 앙드레가 그녀를 별로 좋아하지는 않을 것이라 추측하게 한, 바로 그 본능적 감정에 이끌려, 할머니의 환후가 매우 위중하다는 말조차 하려고 하지 않았다. 심각한 위기를 맞으면, 개인들로부터 집단에 이르기까지, 모든 이들 사이에서 그러한 현상이 발생한다. 가령 전쟁이 발발할 경우, 자기의 나라를 좋아하지 않는 사람은, 자기의 나라에 대해 험담은 하지 않으나 그 나라가 망했다 생각하고 한탄하며 매사를 비관적으로 바라본다.

프랑수와즈는, 잠을 아니 자고도 견딜 수 있는 능력과 가장 고된 일들을 해낼 수 있는 그녀 특유의 능력으로, 우리에게 한량없는 도움을 주었다. 또한 여러 날을 지새운 후 잠자리에 들었을 경우에도, 그녀가 잠든지 겨우 십오 분 후에 우리가 그녀를 깨울 수밖에 없는 일이 생기면, 어려운 일들을 이 세상에서 가장 간단한 일들처럼 해낼 수 있다는 것이 하도 기뻐, 싫은 기색을 보이기는커녕, 그녀의 얼굴에 만족감과 겸손함이 감돌았다. 다만 미사 시각과 조반 먹을 시각이 도래하면, 할머니가 비록 사경을 헤매실 지경이 되어도, 프랑수와즈는 그 시각에 늦지 않으려고 아마 할머니 곁을 떠났을 것이다. 그녀는 자기의 어린 심부름꾼이 잠시라도 자기를 대신하는 것을 용인하지도 또 원하지도 않았다. 그녀가 우리 가족에 대한 하인들 각개의 의무와 관련해 지극히 고양된 개념을 꽁브레로부터 가져왔던 것은 분명하며, 따라서 그들 중 단 하나라도 우리에 대한 의무를 '소홀히 하는' 것은 결코 용납하지 못하였을 것이다. 그러한 연유로 그녀가 어찌나 고결하고 절대적이며 유능한 교육자로 변신하였던지, 우리의 하인들 중 자신이 가지고 있던 생활 개념을 신속히 바꾸고 정화하지 않을 만큼 타락한 사람은 하나도 없어, 그들이 더 이상 상점 주인들이 '할인 명목으로 주는 푼돈'을 수중에 넣지 않게 되었으며, 전에는 아무리 헌신적이지 못했다 할지라도, 내가 작은 보따리나마 들고 있어 피곤해지는 일이 없도록, 서둘러 그것을 받아 들게까지 되었다. 그러나, 꽁브레에서도, 프랑수와즈는 자기의 일에 다른 사람이 주는 어떠한 도움도 견디지 못하는 습관을 가지고 있었으며, 그 습관을 빠리에까지 가져왔다. 자

게르망뜨 쪽 2부 1장 21

기가 누구의 도움을 받는 것이 그녀에게는 모욕을 당하는 것처럼 보였던지라, 하인들이 그녀에게 아침 인사를 하여도 여러 주 동안 내내 그녀로부터 아무 답례도 받지 못하거나, 심지어 그들이 휴가를 떠나도 그녀가 작별인사조차 하지 않았으되 그들은 도무지 그 영문을 몰랐는데, 그것이 실은, 그녀의 몸이 불편했던 어느 날, 그들이 그녀의 일을 조금이나마 대신 해 주려 하였다는 단 하나의 이유 때문이었다. 또한 할머니께서 그토록 위독하시던 그 기간에도, 프랑수와즈의 일이 그녀에게는 자기에게 특별히 위임된 자기만의 일로 보였다. 그녀는, 그 대연회[5]가 지속되던 여러 날 동안, 정식 임용자인 자기의 역할을 누가 가로채지 못하게 하였다. 그리하여 그녀에 의해 일에서 배제된 그녀의 어린 심부름꾼은, 무슨 일을 해야 좋을지 몰라, 빅또르[6]처럼 나의 책상 서랍에서 편지지를 가져가는 것으로 만족하지 않고, 한 술 더 떠서, 나의 책장에서 시집 여러 권을 가져가기도 하였다. 그런 다음 그것들을 한 나절 내내 읽곤 하였는데, 그것들을 지은 시인들을 찬미하였기 때문이었으나, 또한 다른 한가한 시간에, 자기가 고향 마을 친구들에게 쓰곤 하던 편지들에 인용구들을 여기저기 끼워 넣어 꾸미기 위해서이기도 했다. 물론 그는 그렇게 친구들을 경탄시킬 것이라 생각하였다. 하지만 그의 생각에 별로 조리가 없었던지라, 그는 나의 책장에서 발견한 시들이 모든 사람들에게 알려진 것이며, 따라서 그것들을 참조하는 것이 흔한 일이라는 생각을 품었다. 그리하여 편지를 읽고 경악할 것이라고 예상하던 자기의 시골 친구들에게 편지를 쓰면서, 그는 자기의 생각에다, '때가 되면 알 것이네' 혹은 심지어 '안녕하신가' 등과 같은 일상적인 말 하듯, 라마르면느의 구절들을 뒤섞어 놓곤 하였다.

할머니가 심한 통증을 느끼셔서 모르핀 투여를 허락하였다. 불행하게도 모르핀이 통증을 가라앉히긴 하였으나 동시에 알부민 함량을 증가시켰다. 할머니의 몸 속에 자리잡은 질환을 조준한 우리의 공격이 항상 빗나가, 그 공격의 표적이 되는 것은 할머니, 즉 우리와 질환 사이에 놓인 할머니의 가엾은 몸이었으되, 할머니는 약한 신음 소리를 내실 뿐 제대로 불평도 못하시었다. 그리하여 우리가 할머니에게 유발시킨 고통은 어떠한 보상도 받지 못하였고, 우리는 할머니에게 어떠한 이로움도 드릴 수 없었다. 우리가 박멸하고 싶었던 그 표독스러운 질환을 우리의 공격이 겨우 가볍게 스치고 지나갔을 뿐, 그리하여 그것의 노기를 더욱 돋구어, 그것의 포로가 잡아먹힐 시각을 오히려 앞당겼다. 알부민 함량이 지나치게 높은 날에는, 꼬따르가 잠시 머뭇거린 다음 모르핀 투여를 거절하였다. 그토록 보잘것없고 평범한 그 사람 속에는, 그가 숙고하던 순간에, 즉 하나의 처치와 다른 처치가 수반하는 위험들이 그의 뇌리에서 다투고 있던 그 짧은 순간에 모습을 드러내는, 일상생활 중에는 몹시 상스러우나 위대한 전략가인지라 위기를 맞으면 잠시 생각에 잠겼다가 군사적으로 가장 현명한 결론을 내리고 다음과 같이 명령하는 어느 장군의 것과 유사한, 일종의 위대함이 있었다. "동쪽을 방어하라!" 의학적으로는, 급성 요독증을 종식시킬 희망이 아무리 희박하다 할지라도, 신장을 지치게 하지 말아야 했다. 그러나 한편, 모르핀을 투여하지 않으면, 할머니가 느끼시는 통증이 견딜 수 없을 지경이 되어, 할머니께서 특정 동작을 끊임없이 반복하셨고, 그 동작이 이루어질 때마다 신음 소리를 내시지 않기 어려웠던 바, 통증이라는 것이 대부분의 경우, 자기를 불안하게 하는 새로운 상태를 지각하고자 하는, 그리고 그 상태에게 합당한 감각능력을 돌려주고자 하는, 인체가 느끼는 일종의 욕구이기 때문이다. 그러한 통증의 근원을 특정인들만이 느끼는 불편함에서 발견할 수 있다. 가령, 지독한 냄새 풍기는 연기 가득한 방에서 어느 거친 남자 둘은 자기들의 일에 열중하는 반면, 체질 섬세한 제삼의 남자는 그 방에 들어서기 무섭게 끊임없이 불안감을 드러낼 것이다. 그의 콧구멍들은, 그가 느끼지 않으려 노력해야 할 듯 여겨지는, 그리고 더욱 정확한 원인의 규명을 통해 자기의 불편해진 후각에 매번 순응시켜야 할, 그 냄새를 맡으면서 불안하게 킁킁거리기를 멈추지 않을 것이다. 깊은 근심이, 치통에 시달리는 사람의 신음소리가 입 밖으로 나오지 못하게 하는 것 또한, 틀림없이 그러한 현상에 기인한다. 할머니가 그렇게 통증에 시달리실 때에는, 할머니의 넓은 연보라색 이마에 하얀 머리 꼭지들이 들러붙게 하면서 땀이 흥건히 흘렀고, 혹시 우리들이 당신의 방에 없다고 믿으시면, '아! 끔찍해!' 하시며 비명을 지르셨으나, 그러시다가도 어머니를 발견하시면, 남은 기력을 다해 당신의 얼굴에서 고통의 흔적들을 지우시거나, 반대로 같은 신음소리를 다시 내시면서, 어머니가 앞서 들으셨을 수도 있을 신음소리에 뒤늦게 다른 의미를 부여하는 설명들을 병행시키셨다.

"아! 나의 딸아, 산책을 나가고 싶은 이토록 햇빛 찬연한 날씨에 자리에 누워 있다니, 끔찍하구나. 너희들의 처방에 화가 나서 울고 싶구나."

하지만 당신의 시선에 어린 신음과 이마의 땀, 즉시 억제되곤 하던 사지의 급작스러운 경련 등은 할머니도 어쩌지 못하셨다.

"아프지는 않다. 내가 신음소리를 내는 것은 누운 자세가 편치 않아서이고, 머리가 온통 흩어진 것 같은데다, 속이 울렁거리며, 내 몸이 벽에 부딪쳤기 때문이란다."

그러면 어머니는 침대 발치에서, 할머니의 고통으로부터 눈을 떼시지 않은 채, 괴로움에 시달리는 그 이마와 질환을 감추고 있는 그 몸을 당신의 시선으로 꿰뚫어, 그곳에 있는 질환을 명중시켜 제거해 버리고야 말겠다는 듯 이렇게 말씀하시곤 하였다.

"아녜요, 나의 사랑스러운 엄마, 우리가 엄마를 그렇게 고통 속에 결코 내버려두지는 않을 거예요. 무슨 방법이든 찾아내겠어요. 조금만 참으세요. 엄마는 조금도 움직이시게 하지 않고 제가 엄마에게 뽀뽀하는 것 허락하시겠어요?"

그러시고는, 거의 무릎을 꿇다시피 다리를 구부려 상체를 침대 위로 숙이신채, 마치 당신의 그러한 겸허함 덕분에 당신이 바치시는 그 열렬한 봉헌물이 더 쉽게 가납될 것이라 믿으시는 듯, 하도 열렬하고 구슬프며 다정하여 그것들이 입맞춤이라는 끌과 흐느낌이라는 끌 혹은 미소라는 끌 중 어느 것에 의해 그곳에 새겨졌는지 알 수 없는, 보조개들과 주름살들 양각된 당신의 얼굴에, 당신이 내미시는 성합[7]에 담아 그러시듯, 당신의 생명을 몽땅 담아 할머니에게로 기울이시곤 하였다. 그럴 때마다 할머니 또한 당신의 얼굴을 엄마에게로 내밀려고 하셨다. 할머니의 얼굴이 얼마나 변하였던지, 만약 할머니에게 외출하실 기력이 있었다면, 틀림없이 모자의 깃털 장식을 보고서야 사람들이 할머니를 알아보았을 것이다. 할머니의 모습은, 소상(塑像) 작업에서처럼, 할머니로 하여금 나머지 다른 모든 것들을 외면하시게 하는 노력을 기울여, 우리가 모르는 어느 특정 모델에 당신을 맞추시는데 전념하시는 것 같았다. 조각가의 그 작업이 마무리 단계에 이르고 있었으며, 할머니의 얼굴이 작아졌을 뿐만 아니라 굳어져 있었다. 그 얼굴을 가로지르던 혈관들은, 대리석 결이 아니라 더 거친 돌의 결처럼 보였다. 호흡 곤란 때문에 항상 앞쪽으로 숙이신, 그리고 피곤 때문에 당신의 몸 위로 접힌 할머니의 거칠고 왜소해졌으며 끔찍하게 표현력 강렬해진 얼굴은, 거의 선사시대에 가까운 태곳적 조각에 등장하는 어느 사나운 묘지기 여인의 거칠고 보라색과 적갈색 감돌며 절망한 얼굴 같았다. 그러나 작업이 아직 끝나지 않았다. 다음에는 그 조각품을 분쇄한 후, 거칠게 일그러진 형상들이 그토록 힘들게 지켜 온 무덤 속으로 그것을 내려보내야 할 것이다.

할머니의 기침과 재채기가 심해져, 대중적 표현대로 어느 성자에게 하소연해야 좋을지 모를 지경이 된 어느 날, 우리는 전문가 X를 부르면 단 사흘만에 근심을 떨쳐버릴 수 있다고 한 어느 친척의 조언을 따랐다. 사교계 사람들이 자기들의 의사에 대해 그런 말을 하며, 그러면 프랑수와즈가 신문광고 믿듯 모두들 그 말을 믿는다. 그 전문가가, 아이올로스의 가죽 부대처럼 자기 고객들의 온갖 감기 가득한[8] 왕진 가방을 가지고 우리집에 왔다. 할머니는 그의 진찰을 딱 잘라 거절하셨다. 그리하여 우리는, 의사가 헛걸음 한 것이 민망하여, 멀쩡한 우리들 각자의 코를 진찰해 보고 싶다는 그의 뜻에 공손히 응하였다. 그는 우리들의 코가 멀쩡하지 않다고 주장하면서, 두통이나 복통, 심장병이나 당뇨병 등도 실은 제대로 진단되지 않은 코 질환일 뿐이라고 하였다.[9] 그러면서 우리들 각각에게 말하였다. "제가 요 작은 비갑(鼻甲)[10]을 다시 한번 보았으면 좋겠어요. 너무 오래 기다리지 말아요. 불침 몇 차례로 깨끗이 치워 드리겠어요." 물론 우리들은 전혀 다른 생각에 골몰하고 있었다. 하지만 그러면서도 각자 이러한 의문을 품었다. '도대체 무엇을 치워 주겠다는 것인가?' 간단히 말해 우리 모두의 코가 이미 감염되어 있었으며, 그의 유일한 실수는 질환이 벌써 현실화 된 듯한 어투로 말한 것 뿐이다. 왜냐하면, 다음 날이 되기 무섭게 그의 진찰과 임시 치료가 효과를 드러냈으니 말이다. 우리들 모두 다투어 콧물을 흘려댔다. 또한 온몸이 발작적인 기침에 뒤흔들려 시달리고 계신 아버지와 우연히 길에서 마주쳤을 때, 무지한 사람은 그러한 질환이 자기의 진료에 기인한다고 믿을 수도 있다는 생각을 하며, 그가 조용히 미소를 지었다. 실은 그가 우리들을 진찰하였을 때, 우리들 모두 이미 환자였던 것이다.

할머니의 병환이 다양한 사람들에게 지나친 혹은 미흡한 친근감 표시할 구실을 주었는데, 그들은, 그들 중 이런 혹은 저런 사람들이 우리는 짐작조차 못하였을 상황들의 연결고리나 심지어 우정들의 연결고리까지 우리에게 드러내게 된 우연의 유형 못지않게, 우리를 놀라게 하였다. 또한 끊임없이 우리에게 할머니 안부를 물으러 오던 이들의 관심 표명이, 그때까지는 우리가 따로 떼어 직시하지 못하였고 따라서 숱한 괴로운 인상들로부터 분리하지 못하였던, 환후의 심각성을 우리에게 드러내 보여주었다. 전보로 소식을 전해 들으시고도 할머니의 자매분들은 꽁브레를 떠나시지 않았다. 그 할머니들은, 당신들에게 탁월한 실내악곡을 연주해 주곤 하는 음악가 하나를 일찍이 발견하셨고, 환자의 머리맡에서보다는 그 음악 청취에서 더 깊은 명상과 고양된 슬픔을 발견한다고 생각하셨지만, 그러한 명상과 슬픔의 형태가 다른 이들에게는 기괴해 보이지 않을 수 없었다. 싸즈라 부인이 엄마에게 편지를 보냈으나, 그 어조는 급작스러운 파혼으로 말미암아(파혼이란 그녀의 드레퓌스 지지 운동이었다) 영영 결별한 사람의 어조 같았다. 반면 베르고뜨는 날마다 우리집에 와서 나와 함께 여러 시간을 보냈다.

그는 구태여 체면을 차릴 필요가 없는 집을 얼마 동안 고정적으로 드나들기를 항상 좋아하였다. 하지만 전에는 그 집에서 간섭 받지 않고 말하기 위해서였던 반면, 이제는 누가 자기에게 말을 하라고 요청하는 일 없이 오랫동안 침묵을 지키기 위해서였다. 그의 병이 깊었기 때문이었으니, 어떤 이들은 단백뇨에 기인한 병이라 하였고, 또 어떤 이들은 그에게 종양이 있다고 하였다. 그는 점점 쇠약해져, 우리집 층계를 어렵게 올라왔으며, 내려가려면 더 큰 난관을 겪었다. 난간에 의지해서도 그가 자주 비척거렸던 바, 불과 얼마 전 내가 그와 교분을 맺었을 때 그토록 활기찼던 '염소 수염 달린' 그 사람이, 외출하는 습관과 가능성을 완전히 상실하지 않을까 두려워하지 않았다면, 그가 아마 자기의 집에 칩거하였을 것이다. 그는 시력을 거의 상실하였고, 말을 자주 더듬었다.

하지만 동시에, 그러한 현상과는 정반대로, 그것들의 조심스러운 전파 노력을 스완 부인이 후원하던 시절에는 오직 교양인들에게만 알려졌던 그의 작품들이, 이제는 모든 사람들이 보기에도 위대해지고 강력해져, 대중 속에서도 놀라운 확산력을 획득하였다. 어떤 문인이 오직 죽은 후에나 유명해지는 일도 물론 있다. 그러나 베르고뜨는 아직 살아있는 동안, 그리고 아직 도달하지 못한 죽음을 향해 서서히 나아가고 있는 동안, 자기의 작품들이 '명성의 여신'을 향해 다가가는 것을 목도하고 있었다. 죽은 작가는 저명하더라도 피곤이나마 면한다. 그의 이름에 수반되는 광휘가 그의 묘석에서 멈추니 말이다. 영면이라는 귀머거리 상태에 들어가 있는지라 '영광의 신'도 그에게 귀찮게 굴지 못한다. 그러나 베르고뜨의 경우 그러한 정반대의 대조가 아직 완전히 이룩되지 않았다. 그는 아직도 사람들의 소동을 겪으면서 괴로워할 만큼 생존하고 있었다. 우리가 사랑하되 그 주체할 수 없는 젊음과 요란한 기쁨으로 우리에게 피로감을 안겨주며 겅둥거리는 딸들처럼, 그의 작품들이 날마다 그의 침대 발치로 새로운 찬미자들을 데려오는 동안에도, 비록 힘들게나마 그는 아직도 꿈틀거리고 있었다.

이제 그가 우리집에 오곤 하던 그러한 방문들이 나에게는 몇 년 너무 늦은 것이었으니, 내가 더 이상 그를 전처럼 찬미하지 않게 되었기 때문이다. 그러한 현상이, 그의 명성이 증대되는 현상과 모순되는 것은 아니다. 아직은 명성 없는 어느 문인의 작품이, 몇몇 까다로운 독자의 지성에다, 군림하기를 거의 마친 신앙 대신 새로운 신앙을 부여해 주기 시작하지 않는 한, 하나의 작품이 완전히 이해되고 성공을 거두는 일은 지극히 희박하다. 내가 자주 반복하여 읽곤 하던 베르고뜨의 책들 속에서는, 그의 문장들이 내 자신의 사념들이나 내 침실의 가구들 혹은 거리의 마차들만큼이나 선명하게 내 눈앞에 떠올랐다. 그의 책들 속에서는 모든 것들이, 오래 전부터 보아오던 그대로는 아니지만, 적어도 최근에 습관적으로 보게된 것들만큼이나 선명하게 보였다. 그런데 어느 새로운 문인 하나가 작품들을 발표하기 시작하였고, 그 작품들 속에서는 사물들 간의 관계가 나에게 익숙했던 사물들 간에 정립되었던 관계와 어찌나 달랐던지, 결국 나는 그가 쓴 글들 중 거의 아무것도 이해하지 못하였다. 예를 들면 다음과 같은 구절이 있었다. "물을 뿌리기 위해 설치한 도관들이 도로들의 나무랄 데 없는 보존에 찬사를 보내고 있었다."(그 부분은 이해하기 어렵지 않았다. 길들을 미끄러지듯 따라가기만 하면 그만이었다. 그런데 다음에 이어지는 관계절은 달랐다.)[11] "오 분마다 브리앙과 끌로델에서 떠나는."[12] 그 부분을 읽는 순간 더 이상 이해할 수가 없었는데, 당연히 어느 도시 명칭이 나타날 줄로 기대하던 순간에 사람의 이름이 나타났기 때문이다. 다만 내가 느낀 것은, 그 문장이 잘못 구성된 것이 아니라 내가 충분히 강하고 날렵하지 못하여 끝까지 그것을 따라가지 못하였을 것이라는 점이었다. 그럴 때마다 나는 다시 도약을 시도하였고, 사물들 간의 새로운 관계들이 훤히 보일 수 있을 법한 지점에 도달하기 위하여 손과 발을 몽땅 동원하곤 하였다. 그러나 문장의 절반쯤 되는 부분에 겨우 도달하였을 때, 훗날 군에 입대하여 훈련을 받으며 기계체조 도구에 매달렸을 때처럼, 내가 번번이 다시 떨어지곤 하였다. 하지만 체조에 서투른지라 성적 0점을 받은 아이가 솜씨 더 좋은 아이 앞에서 느끼는 것과 같은, 그 새로운 문인에게로 향하던 나의 찬탄은 감소하지 않았다. 그 이후 나는 베르고뜨의 작품들을 덜 찬미하게 되었고, 그의 작품에서 발견되는 투명함이 오히려 일종의 부족함으로 보이기 시작하였다. 프로망땡이 그리면 사람들이 그림 속 사물들을 잘 알아보지만 르누와르가 그리면 더 이상 그것들을 알아보지 못하던 시절이 있었다.[13]

오늘날 감식안을 가진 사람들은 르누와르가 18세기풍의 위대한 화가라고 한다. 하지만 그러한 말을 하면서 그들은 시간적 요인을 염두에 두지 않으며, 19세기의 한가운데서도 르누와르가 위대한 예술가로 대접받기 위해서 오랜 시간이 걸렸다는 사실을 잊는다. 그렇게 인정받는 데 성공하기 위하여, 독창적인 화가는, 아니 모든 독창적인 예술가들은, 안과의사의 방법을 따른다. 자기들의 그림이나 산문을 이용하는 치료가 언제나 유쾌한 것만은 아니다. 치료가 끝났을 때 의사가 우리에게 말한다. "자, 이제 한번 보세요." 그러면 문득 세상이(한번만 창조된 것이 아니라, 독창적인 예술가가 불시에 나타날 때마다 그만큼 빈번하게 창조되는 세상이) 종전과는 전혀 다른 모습으로, 그러나 완벽하게 선명한 모습으로 우리 앞에 나타난다. 종전의 여인들과는 다른 여인들이 거리에서 오가는데, 그녀들이, 옛날에는 우리가 르누와르의 화폭들 속에서 보기를 거부하던, 르누와르 고유의 여인들이기 때문이다. 마차들도, 물도, 하늘도 모두 르누와르의 것들이며, 첫날에는 숲만을 제외한 다른 모든 것들처럼 보이던, 그리하여 예를 들면 색조 무수하되 숲들 특유의 색조들만이 결여된 융단 한 자락처럼 보이던, 그러한 숲과 유사한 그의 화폭 속 숲에서,[14] 우리가 산책할 욕구마저 느끼게 된다.

이제 막 창조된, 새로운 그러나 필경에는 소멸될 세계가 그러하다. 그 세계는 독창적인 다른 화가나 문인이 야기시킬 다음 지각변동이 일어날 때까지 존속할 것이다.

내가 베르고뜨 대신 찬미하게 된 그 새로운 문인이 나를 지치게 만든 것은, 그의 작품 속 사물들 간에 정립된 관계들의 모순 때문이 아니라, 내가 아직 습관적으로는 정립하지 못하였던 완벽하게 수미일관하는 관계들의 새로움 때문이었다.[15] 그리하여 내가 반복적으로 비틀거린다고 느껴지던 항상 같은 그 지점이, 매번 시도해야 할 곡예처럼 어려운 일의 동일성을 시사해 주곤 하였다. 게다가, 천재일우의 요행으로 내가 그의 문장 중 하나를 끝까지 따라가는 경우에도, 내가 발견하는 것은 항상, 옛날 베르고뜨의 책들을 읽으면서 발견하곤 하던 것들과 유사한, 그러나 더 감미로운, 익살스러움과 진실과 매력 등이었다. 나는 베르고뜨의 계승자에게서 내가 기대하는 것과 유사한 바로 그 세계관의 일신을 베르고뜨가 나에게 가져다 준 것이, 그리 여러 해 전의 일은 아니라는 생각에 잠기곤 하였다. 그리하여, 흔히들 호메로스 시절보다 조금도 발전하지 않았다는 예술과 지속적인 발전 과정에 있다는 과학을 구별하는 것에, 다소나마 어떤 진실이 있을 수 있는지 의아해하기에 이르렀다. 아마 반대로 예술이 그러한 면에서는 과학을 닮았을지 모르고, 따라서 새로 등장하는 독창적인 문인이, 내가 보기에는 자기보다 앞서 등장하였던 문인보다 진일보한 것 같았으니, 이십 년 후, 오늘의 새로운 문인을 내가 힘들이지 않고 따라갈 수 있게 되었을 때, 현재의 그 문인으로 하여금 베르고뜨의 처지가 되어 그와 합류하지 않을 수 없게 만들, 또 다른 문인 하나가 불쑥 등장하지 않을 것이라고 누가 나에게 장담할 수 있겠는가? 내가 베르고뜨에게 그 새로운 문인 이야기를 하였다. 그가 나로 하여금 그 새로운

게르망뜨 쪽 2부 1장 31

문인에 대해 혐오감을 느끼게 하였던 것은, 그 문인의 작품이 거칠고 경박하며 공허하다고 단언하였기 때문이기 보다는, 그를 만났던 이야기를 하면서, 그가 자칫 혼동을 일으킬 정도로 블록을 닮았다고 하였기 때문이다. 그러한 말을 들은 이후에는, 그 문인의 작품 모든 페이지에 블록을 닮은 영상이 줄을 이어 나타났고, 나는 더 이상 그 페이지들을 힘들여 이해할 필요가 없다고 생각하였다.[16] 베르고뜨가 그 문인에 대하여 나에게 험담을 한 것은, 내가 믿거니와, 그의 성공에 대한 질투 때문이기 보다 그의 작품에 대한 무지 때문이었을 것이다. 그 시절 그는 거의 아무것도 읽지 않았다. 그의 사념 중 대부분은 이미 그의 뇌수를 떠나 그의 책들 속으로 건너가 버렸다. 그는 자신의 몸에서 그 책들을 도려내는 수술을 받은 듯 앙상해져 있었다. 그가 생각하던 거의 모든 것을 밖으로 이미 배출하였던지라, 그의 재생산 본능이 그를 이제는 더 이상 생산 행위로 유인하지 못하였다. 그는 회복기 환자나 임산부의 식물과 같은 삶을 영위하고 있었으며, 그의 아름다운 눈은, 해변에 누워 막연한 몽상에 잠긴 채 작은 물결 하나하나를 응시할 뿐인 어느 젊은이의 눈처럼, 어렴풋이 경탄한 상태로 머물러 미동도 하지 않았다. 게다가, 그와 대화 나누는 것에 내가 전처럼 관심을 갖지 않게 된 점에 대해서도 아쉬움을 느끼지 않았다. 그가 어찌나 습관에 종속되어 있었던지, 가장 단순한 습관들이건 가장 호사스러운 습관들이건, 그가 일단 그것들을 얻으면, 일정 기간 동안은 그것들이 그에게 불가결해지곤 하였다. 그가 처음 우리집에 오게 된 이유가 무엇이었는지는 모르나, 그 이후에는, 전날 왔다는 이유만으로 계속 왔다. 우리 집에서는 사람들이 자기에게 말을 걸지 않는지라, 혹은 매우 드물긴 했지만 그가 무슨 말이나마 할 수 있는지라, 마치 어느 까페에 가듯 우리집에 오곤 하였고, 따라서 우리가 혹시 그토록 끈기 있는 방문으로부터 무엇을 유추해 내려 하였다 해도, 그가 우리의 슬픔에 감동하였던 것인지 혹은 나를 만나는 것이 기뻤던 것인지, 어떤 징후도 발견할 수 없었을 것이다. 당신이 돌보시는 환자에 대한 경의로 여겨질 수 있는 모든 것에 민감하셨던 어머니에게는, 그러한 방문도 가볍게 보이지 않았다. 그리하여 어머니께서 날마다 나에게 당부하셨다. "특히 그분에게 고맙다는 말씀 드리는 것 잊지 말거라."

우리들은―그것은, 우리의 초상화를 그리는 화가의 아내가 휴식시간에 우리에게 제공하는 간식과 같은, 여인의 조심스러운 배려였다―꼬따르 부인의 방문을 받았으며, 그것은 그녀의 남편이 왕진차 오던 것에 추가되던 무료 보충 방문이었다. 그녀가 우리에게 자기의 '까마리스따' [17]를 보내겠노라 하였고, 혹시 우리가 남자의 도움을 선호한다면 '즉시 전투를 시작하겠다' [18]고 하였으며, 우리가 사양하자, 자기는 그것이 적어도 우리의 '패배'는 아니기를 바란다고 하였는데, '패배'가 그녀의 집단 내에서는 초대를 수락하지 않으려는 거짓 핑계를 의미하였다. 그녀가 우리에게 확언하기를, 집에서 자기의 환자들에 관해 결코 어떤 이야기도 하지 않는 교수가, 마치 그녀가 환자이기라도 한 듯 슬퍼하였노라 하였다. 그것이 사실이었다 해도, 그것이 남편들 중 가장 신의 없고 가장 감사하는 남편의 입에서 나온 말이니, 그것이 별 의미 없음과 동시에 많은 의미를 갖는다는 것을 훗날 알게 될 것이다.

못지않게 유용하며 그 정중함이 무한히 더 감동적인(그 정중함은 가장 탁월한 지성과 가장 위대한 심정과 흔치않게 적의한 언사 등이 혼합된 것이었다) 제안들이, 뤽상부르의 세습권자인 대공으로부터 나에게 들어왔다. 나는 그가 자기의 숙모들 중 하나인 뤽상부르 대공 부인을 뵈러 발벡에 왔을 때 그와 교분을 맺었는데, 그 당시에는 그가 한낱 나쏘 백작에 불과했다. 몇 개월 후 그는 또 다른 뤽상부르 대공 부인의 고혹적으로 아름다운 딸과 혼인하였는데, 그녀는 거대한 제분 회사를 소유하고 있던 대공의 무남독녀였던지라 매우 부유했다. 마침, 자식이 없고, 조카인 나쏘를 애지중지하던 군주 뤽상부르 대공이, 의회로 하여금 그를 세습 대공으로 책봉하는 것에 동의하게 하였다. 그러한 유형의 모든 혼인에서 그렇듯, 신부측 재산의 근원이 동력인(動力因)이면서 동시에 장애이기도 하다. 나는 그 나쏘 백작을, 내가 만난 젊은이들 중 가장 놀라운 사람으로 기억하고 있었던 바, 그는 벌써 자기의 약혼녀에게로 향한 음울하고 요란한 사랑에 소진되어 있었다. 할머니가 병석에 누워 계시던 동안 그가 나에게 편지 보내기를 멈추지 않아 내가 매우 감동하였으며, 엄마도 감격하여, 당신의 모친께서 하시던 말씀 한 마디를 구슬픈 어조로 인용하시곤 하였다. "쎄비녜도 그보다 더 멋있게는 말하지 못하였을 게다."[19]

엿새째 되는 날, 할머니의 간곡한 뜻에 따르시기 위하여, 엄마가 할머니 곁을 잠시 떠나시어 쉬러 가시는 척하실 수밖에 없었다. 나는 할머니께서 편안히 잠드실 수 있도록 프랑수와즈가 할머니 곁을 지키기를 바랐다. 하지만 나의 간곡한 부탁에도 불구하고 그녀가 할머니 방에서 나갔다. 그녀가 할머니를 좋아하였으되, 그녀의 혜안과 특유의 비관주의 때문에 그녀는 할머니께서 가망없다고 판단하였다. 그리하여 모든 정성을 기울여 할머니를 보살펴 드리려 하였다. 하지만 조금 전 누가 전기공이 도착하였다고 그녀에게 알렸는데, 그 전기공은 자기가 몸담고 있던 회사에서 아주 오래 전부터 일하는 사람으로, 사장의 처남인지 매부라 하였으며, 우리가 살던 건물에 드나든지 여러 해 되어, 모든 사람들이, 특히 쥐삐앵이 그를 높게 평가하였다. 그날 그가 왔던 것은, 할머니가 병석에 누우시기 전에 이미 그에게 와 달라고 요청해 두었기 때문이다. 내 생각에는 그를 돌려보내거나 기다리게 할 수도 있었을 것 같았다. 그러나 프랑수와즈의 '의례준칙'이 그것을 허락하지 않았으니, 그녀에게는 그것이 그 착한 사람에게 결례를 범하는 것처럼 보였을 것이며, 따라서 할머니의 용태가 그 순간에는 그녀의 안중에 없었을 것이다. 십오 분 후, 몹시 화가 나, 그녀를 찾으러 부엌으로 가던 중, 출입문이 열린 하인 전용 층계의 '정방형 층계참'에서 전기공과 한담을 나누고 있던 그녀를 발견하였던 바, 우리 가족 중 하나가 불시에 나타날 경우 자기들이 작별인사를 하던 중인 것처럼 보일 수 있는 이점이 있으되, 끔찍한 외풍이 안으로 밀려들게 하는 지장을 초래하기도 하는, 하인들의 상투적인 방법이었다. 내가 그곳에 이르자 프랑수와즈가 서둘러 전기공 곁을 떠났으며, 그 경황에도, 잊고 있던 그의 아내와 사장에게 전하는 인사말을 큰 소리로 외치는 것은 빼놓지 않았다. 결례를 범하지 말아야 한다는, 그리고 프랑수와즈가 국가의 대외정책에까지 확대 적용하던, 꽁브레 지역 특유의 배려였다. 어리석은 이들은 사회적 현상들이 거창하게 펼쳐질 때가 인간적 영혼을 더 깊이 탐조할 계기라고 생각하지만, 반대로 그들이 깨달아야 할 것은, 한 개인의 심층부로 내려감으로써 그들이 그 거창한 현상들을 이해할 기회를 얻을 수 있다는 점이다. 프랑수와즈는 일찍이 꽁브레의 정원사에게, 전쟁이란 모든 범죄들 중 가장 미친 짓이며, 그 무엇도 사는 것만은 못하다고 수천 번이나 반복해 말하곤 하였다. 그런데 러-일 전쟁이 발발하자 그녀는, 우리가 '연합국 관계에 있던' '가엾은 러시아인들'을 돕기 위해 전쟁에 개입하지 않은 것이, 짜르 보기에 민망하다고 하였다. 그녀는 그것이, 항상 '우리들을 그토록 좋은 말로 두둔하던' 니꼴라이 2세에 대한 우아한 거취가 아니었다고 여겼는데, 그

러한 생각은, 쥐삐앵과 간단히 나누는 술 한 잔이 소화에 장애가
됨을 알면서도 그녀로 하여금 그가 권하는 술을 거절하지 못하게
하던 예의규범에서, 그리고, 할머니께서 비록 사경을 헤매신다 해
도, 그토록 어려운 걸음을 한 전기공에게 자기가 직접 사과를 하지
않는다면, 일본을 상대로 중립적인 태도를 보여[20] 자기가 부정직
하다고 단죄한 프랑스처럼 자기도 같은 무례를 범하는 것이라고
그녀로 하여금 믿게 하던, 그 예의규범에서 비롯된 결과였다.

다행히 프랑수와즈의 딸이 여러 주간 동안 다른 곳으로 가야 했
던지라, 우리가 신속히 그녀의 잔소리로부터 벗어날 수 있었다. 꽁
브레에서 흔히 환자의 가족에게 하는, '잠시 여행을 다녀 오라든
가, 다른 지방의 바람을 쐬라든가, 혹은 식욕을 되찾으라든가' 하
는등의 조언에다, 그녀가 자신이 특별히 고안해낸, 그리하여 그것
을 다른 이들 머리에 깊숙이 박아주기라도 하려는 듯, 우리를 볼
때마다 지칠 줄 모르고 반복해 표출하던, 다음과 같은 생각을 일찍
이 추가하였기 때문이다. "노마님께서는 처음부터 '근원적인' 치
료를 받으셨어야 해요." 그녀는 그것이 '근원적'이기만 하면 그만
이라는 듯, 어느 특정 유형의 치료를 주장하지는 않았다. 한편 프
랑수와즈의 경우, 그녀는 우리가 할머니에게 약을 별로 드리지 않
는다는 점을 간파하였다. 약들이라는 것이 사람의 위장에 손상을
입힐 뿐이라는 견해를 가지고 있던 터라, 그녀가 그것을 다행스럽
게 여겼으되, 그러한 사실로 인하여 느낀 모욕감이 더 컸다. 프랑
스 남부 지방에는 상대적으로 부유한 그녀의 사촌들이 살고 있었
는데, 그들의 딸이 한창 피어날 나이에 병이 들어 나이 스물셋에
세상을 떠났다. 그 몇해 사이에, 아버지와 어머니는, 딸이 세상을
떠날 때까지 온갖 치료약을 조달하고 여러 의사들의 진료를 받으
며 숱한 온천장들을 편력하느라고 재산을 탕진하였다. 그런데 그

친척들이 그랬던 것 자체가, 프랑수와즈에게는, 그들이 경주마들이나 별장을 소유했던 것 같은 호사로 보였다. 그들 자신 또한, 그토록 슬퍼하면서도, 그 많은 재산 탕진한 것을 하나의 자랑거리로 여겼다. 그들에게는 더 이상 아무것도 없었으되, 특히 가장 소중한 보화였던 그들의 자식이 없었으되, 그들은 자기들이 가장 부유한 사람들 못지않게, 아니 그들보다 더, 자기들의 딸을 위해 여한없이 해 주었노라 반복해 말하기를 좋아하였다. 그 가엾은 딸을, 여러 달 동안, 하루에도 몇 번씩이나 반복하여, 자외선 작용에 노출시켰던 것이 특히 그들을 우쭐거리게 하였다. 소녀의 아버지는, 슬픔 속에서도 일종의 영광에 거만해져, 자기를 파산지경으로 몰아넣은 빠리 오페라 극장의 어느 스타 여배우 이야기 하듯, 자기의 딸 이야기를 하는 일도 가끔 있었다. 프랑수와즈는 그토록 요란한 연출에 무심하지 않았던지라, 할머니의 환후를 둘러싸고 있던 연출이 시골의 작은 극장 무대 위에 올려지는 환후에나 적합하다고 생각하였다.

요독증에 기인한 장애가 할머니의 눈으로 잠정기간 동안 옮겨 갈 때도 있었다. 여러 날 동안 할머니는 아무것도 보시지 못하였다. 할머니의 눈은 전혀 소경의 눈 같지 않았고, 전과 조금도 다름 없었다. 그리하여 나는, 누가 당신의 방 출입문을 열기 무섭게 시작하시어 그 사람이 인사를 드리려고 당신의 손을 잡을 때까지 계속 지으시던 미소, 즉 너무 일찍 시작되어 같은 상태로 입술에 머물러 고정되었으되, 그 미소를 조절하고, 그것에게 적합한 순간과 방향을 지시하고, 그것의 초점을 맞추고, 방 안으로 들어선 사람의 위치나 표정에 따라 그것이 다양하게 변하도록 해 주는 보조자가 없었던지라, 다시 말해 그 입술의 미소가 자기로부터 방문객의 주의를 조금 다른 곳으로 돌려줄 수도 있었을 눈가의 미소 한 가닥

게르망뜨 쪽 2부 1장 37

없이 홀로 있어, 그로 인해 어색한 동작으로 과장된 친절 같은 인상을 주면서 일종의 거드름을 피웠던지라, 항상 정면을 향해 있었고 사방으로부터 보이도록 애를 쓰던, 할머니께서 지으시던 그 특이한 환대의 미소에서 발견된 기이함을 간파하고서야 할머니께서 아무것도 보시지 못함을 깨달았다. 그러다가 문득 시력이 완벽하게 되돌아왔고, 유목민 같은 환부가 귀로 이동하였다. 며칠 동안 할머니는 전혀 듣지 못하셨다. 그리하여, 오는 소리를 당신께서 듣지 못하셨을 어떤 사람이 별안간 들어서는 것을 불시에 맞으시게 될까 저어하신 나머진, 할머니가 매순간(벽을 향해 누워 계셨건만) 출입문 쪽으로 급작스럽게 고개를 돌리시곤 하였다. 하지만 목의 동작이 어줍었으니, 소리를 바라보지는 않더라도 그것을 적어도 눈으로 듣는 그러한 전환에 적응하는 것이, 단 며칠 내에 이루어지는 법은 아니기 때문이다. 그리고 얼마후 할머니가 느끼시던 통증은 약해졌으나 언어 장애 현상이 심해졌다. 할머니가 무슨 말씀을 하시든, 거의 모든 경우에, 다시 말씀하시도록 해야 할 지경이었다.

이제 할머니께서는, 당신께서 하시는 말씀을 우리가 알아듣지 못한다는 사실을 직감하셨음인지, 단 한 마디 말씀도 하시지 않고 꼼짝도 하시지 않았다. 그러시다가 나를 알아보실 때면, 문득 호흡 곤란을 느끼는 이들처럼 소스라치시는 듯했고, 나에게 무슨 말씀을 하시려 하였으나, 알아들을 수 없는 소리만 우물거리셨다. 그러시다 결국 당신의 무기력증에 제압당하시어, 머리를 다시 베개 위에 떨구신 채, 대리석으로 빚은 듯 근엄한 얼굴로, 두 손을 침대 시트 위에 가지런히 고정시키시거나, 혹은 손수건으로 손가락들을 닦으시려는 듯한 순전히 질료적인 동작에 골몰하시면서, 침대 위에 길게 누워 계시곤 하였다. 할머니는 어떠한 생각도 하시려 하지 않았다. 그리고 얼마 후 수시로 몸이 떨리는 증세를 보이셨다. 그렇건만 끊임없이 몸을 일으키시려 하였다. 하지만 할머니께서 당신의 마비 상태를 깨달으시지 않을까 저어하여, 그러시지 못하도록 가능한 한 우리가 할머니의 그러한 시도를 저지하였다. 할머니께서 잠시 홀로 계시게 하였던 어느 날, 나는 할머니가 잠옷 바람으로 일어서시어 창문을 여시려 한느 것을 발견하였다.

발백에서, 바다에 투신한 미망인 하나를 사람들이 억지로 구출한 어느 날, (그토록 모호하되 미래를 반영하는 듯한 우리의 유기체적 생명의 신비 속에서 우리가 이따금씩 읽어내는 그 특이한 예감들 중 하나에 아마 감동하셨음인지), 할머니께서 나에게 말씀하시기를, 자신이 그토록 원하던 죽음으로부터 절망한 여인을 강제로 빼앗아 그녀가 겪을 수난에 내맡기는 짓과 같은 잔혹 행위는 없는 것으로 안다고 하셨다.

우리가 겨우 때맞춰 할머니를 제지하였고, 할머니가 어머니를 상대로 거의 난폭하다고 할 수 있을 투쟁을 벌이시던 끝에 제압당하시어 강제로 안락의자에 앉혀지셨으며, 그 순간 무엇을 원하거나 애석해하기를 문득 멈추신 듯, 얼굴이 다시 추호의 동요도 없이 태연해지더니, 할머니의 긴 잠옷 위에 우리가 걸쳐 드렸던 모피 외투가 잠옷에 남긴 털들을 하나 하나 정성스럽게 떼어내시기 시작하였다.

할머니의 시선이 완전히 변해, 자주 불안해지거나 불평 가득하거나 얼이 빠져, 더 이상 옛날의 시선이 아니었으며, 같은 소리나 뇌까리는 어느 노파의 침울한 시선이었다.

프랑수와즈는, 혹시 머리 손질해 드리기를 바라시느냐고 할머니에게 반복적으로 여쭙던 나머지, 결국에는 할머니께서 마치 자기에게 그것을 요청하신 것으로 믿게 되었다. 그리하여 머리숱들과 빗들, 퀼른 화장수, 가운 등을 가져왔다. 그리고 이렇게 말하였다. "제가 머리를 빗겨 드려도 그것으로 인해 아메데 부인께서 피곤을 느끼시지는 않을 거예요. 몸이 아무리 허약하셔도 누가 머리 빗겨 드리는 것쯤은 견디실 거예요." 즉, 어떤 사람이 아무리 허약해도, 자기로서는, 그 사람의 머리를 빗겨 드리지 못할 이유가 결코 없다는 말이었다. 그러나 내가 할머니의 방 안으로 들어섰을 때, 마치 자기가 할머니에게 건강을 되돌려드리기라도 하는 듯 황홀해진 프랑수와즈의 무자비한 두 손아귀 사이에서, 그리고 빗의 가벼운 스침조차 견딜 기운 없는 노쇠한 머리채의 가련한 흐느적거림 밑에서, 처음 정해 준 자세를 견지할 능력이 없어, 기력의 소진과 고통이 번갈아 이어지던 끊임없는 소용돌이에 휘둘려 기진맥진해진 머리통 하나가 보였다. 나는 프랑수와즈가 그 일을 마칠 순간이 다가오고 있음을 느꼈고, 따라서 혹시 그녀가 내 말에 불복하지 않을까 저어하여, '그만하면 충분하다'는 말로 그 순간을 앞당길 엄두를 내지 못하였다. 그러나 반면, 악의없이 잔인한 프랑수와즈가, 빗은 머리가 마음에 드는지 보시라고 거울 하나를 할머니 가까이 가져가려는 순간에는, 내가 급히 그녀에게 달려들었다. 할머니가 프랑수와즈의 그러한 실수로 인하여—우리가 이미 할머니 주위에서 모든 거울들을 세심하게 치워버린 터였다—당신께서 상상조차 하실 수 없었던 당신의 모습 하나를 보시기 전에, 내가 프랑수와즈로부터 적시에 거울을 빼앗은 것이 처음에는 다행으로 여겨졌다. 그러나 애석하게도, 잠시 후, 사람들이 그토록 괴롭히던 그 아름다운 이마에 입을 맞추려고 내가 상체를 숙였을 때, 할머니께서는 놀란 듯하고 경계하는 듯하며 분개한 듯한 기색으로 나를 빤히 쳐다보시었다. 내가 누구인지 알아보시지 못한 것이다.

의사의 말에 의하면 뇌충혈 증세가 심화되는 징후라고 하였다.

그 피를 제거해야 한다고 하였다. 꼬따르가 망설였다. 프랑수와즈
는 우리가 '정화된' 흡각(吸角)들을 사용할 것이라 잠시 기대하였
다. 그리하여 내가 가지고 있던 사전에서 그것들의 효능들을 찾아
보려 하였으나 그 단어들을 끝내 발견하지 못하였다. 그녀가 비록
clarifiées (정화된)라고 하는 대신 scarifiées (난절된)라 하였다 해
도 그 형용사 역시 발견하지 못하였으리니,[21] 그 단어를 사전의 'c'
항목에서 찾지 않은 것처럼 's' 항목에서도 찾지 않았기 때문이니,
그녀가 실제로는 clarifiées라고 정확히 말하면서도 그 단어를 글자
로 쓸 때에는(따라서 사전에도 그렇게 쓰여 있을 것이라 믿었다)
esclarifié[22]라고 표기하였으니 말이다. 꼬따르가, 그녀를 실망시키
면서, 또한 그리 큰 기대를 걸지 않으면서, 거머리를 사용하는 편
을 택하였다. 몇 시간 후, 할머니 방으로 들어가 보니, 할머니의 목
덜미와 관자놀이와 두 귀에 들러붙은 검은색 작은 독사들이, 메두
사의 머리채 속에서처럼,[23] 할머니의 피투성이가 된 머리채 속에
서 꿈틀거리고 있었다. 그러나 나는, 할머니의 창백하고 평화로워
져 전체가 미동조차 하지 않는 얼굴에서, 활짝 열려 반짝이며 고요
한 옛날의 아름다운 두 눈을(할머니께서 말씀을 하실 수 없고 움직
이시지 말아야 했기 때문에 당신의 사념을, 의사가 뽑아내고 있던
피 몇 방울 덕분에 자연 발생적으로 부활할 수 있는 그 사념을, 할
머니께서 오직 당신의 눈에만 위탁하셨던지라 환후 이전보다도
아마 더 총기 가득해진), 기름기 어린 듯 부드럽고 맑은 할머니 특
유의 두 눈을 보았고, 그 두 눈 위에서 다시 지펴져 타오르고 있던
불이, 환자 앞에 재탈환된 세계를 환하게 밝혀주고 있었다. 할머니
의 평정은 더 이상 절망에서 비롯된 지혜가 아니라 희망에서 비롯
된 지혜였다. 할머니께서는 당신이 나아지실 것이라 판단하셨고,
신중해지셔서 꼼짝도 하지 않으시려 하셨으며, 당신께서 호전되

셨음을 느끼신다는 사실을 내가 알 수 있도록 나에게 아름다운 미소 한 가닥만을 선사하신 다음, 나의 손을 지긋이 잡으시었다.

특정 벌레들이 당신의 몸에 닿는 것은 말할 것도 없이, 그것들이 눈에 띄기만 해도 할머니가 얼마나 혐오감을 느끼시는지 나는 잘 알고 있었다. 또한 할머니께서 거머리들을 참고 견디신 것이 더 우선하는 유용성을 참작하셨기 때문임도 알고 있었다. 그리하여, 얼르고자 하는 아이에게 그러듯, 낄낄거리면서 다음과 같은 말을 반복하던 프랑수와즈가 나를 격노하게 만들었다. "오! 마님 머리 위에서 굼실거리는 저 작은 벌레들을 좀 봐요." 게다가 그것은, 우리의 환자가 마치 유아 상태로 돌아가기라도 한 듯, 환자를 함부로 대하는 짓이었다. 그러나 얼굴에 어느 스토아적 현인의 고요한 용기 감돌던 할머니는, 스러한 말을 들으신 기색조차 보이시지 않았다.

애석한 일이다! 거머리들을 치우기 무섭게 충혈이 재발되었고, 점점 더 심해졌다. 나는 할머니께서 그토록 위독하신 그 경황에도 프랑수와즈가 수시로 자리를 비우는 것에 매우 놀랐다. 그녀가 이미 상복 일습을 주문해 두었는데, 재단사로 하여금 너무 오래 기다리게 하지 않기 위해서였다. 대부분 여인들의 삶에서는 모든 것이, 심지어 가장 큰 슬픔 마저도, 옷맵시[24] 문제로 귀착된다.

며칠 후, 내가 자고 있는데, 어머니가 한밤중에 나를 깨우러 오셨다. 중대한 상황에서, 깊은 슬픔에 짓눌린 사람들이, 다른 이들의 작은 불편에조차 표하는 다정한 배려를 곁들여, 어머니가 나에게 말씀하셨다.

"너의 잠을 깨우러 온 것을 용서해 다오."

"저는 자고 있지 않았어요." 나는 잠에서 깨어나며 그렇게 대꾸하였다.

나는 진심으로 그렇게 말씀 드렸다. 잠에서 깨어남이 우리의 내면에 초래하는 커다란 변화란, 그것이 우리를 의식의 명료한 삶 속으로 이끌어들인다기보다는, 오히려 우리로 하여금, 오팔빛 물 깊숙한 곳처럼 우리 지성의 휴식처였던, 여과되어 조금 더 부드러워진 빛의 추억을 상실하게 한다는 것이다. 깨어나기 한 순간 전까지도, 우리로 하여금 그 위로 표류하게 하던 반쯤 너울에 가려진 사념들이, 우리가 그것들을 생시라는 이름으로 지칭할 수 있기에 손색없이 충분한 움직임 하나를 인도하고 있었다. 그러나 깨어남이 그 순간에 기억 작용의 간섭과 마주치게 된다. 그리고 잠시 후, 그 사념들을 더 이상 상기하지 못하게 되는지라, 우리들은 그것들을 수면 세계라 규정짓는다. 그리고, 깨어남의 순간에, 잠자는 사람의 뒤에서 그의 수면 세계 전체를 밝혀 주는 그 광휘로운 별이 반짝일 때에는, 그 별이 그로 하여금, 그것이 수면 세계가 아니라 생시라고 몇 초 동안이나마 믿게 하는 바, 사실대로 말하거니와, 그 별은, 자기의 빛과 함께, 수면 세계 속의 허망한 삶뿐만 아니라 꿈의 여러 모습들도 모두 휩쓸어 가지고 사라지며, 고작 잠에서 깨어나는 사람이 자신에게 다음과 같이 말할 수 있도록 허락하는, 하나의 유성일 뿐이다. "내가 잠을 잤어."

하도 부드러워 나에게 고통을 주지 않을까 염려하시는 듯 보이던 음성으로, 어머니께서 나에게 잠자리에서 일어나는 것이 너무 힘들지 않겠느냐고 물으셨으며, 나의 손을 쓰다듬으시면서 다시 이렇게 말씀하셨다.

"나의 가엾은 어린 것, 이제 너는 너의 아빠와 엄마밖에 믿을 수 없게 되었구나."

우리가 할머니의 침실로 들어섰다. 침대 위에 반원을 그리며 몸을 구부린 채, 할머니 아닌 다른 어떤 존재가, 즉 할머니의 머리채로 기괴하게 가장하고 할머니의 침대에 누웠을 법한 일종의 짐승이, 숨을 헐떡거리고, 약한 신음 소리를 내면서, 자기 몸의 경련으로 담요가 떨리게 하고 있었다. 눈꺼풀들이 닫혀 있었으나, 그것들 사이로, 흐릿하고 눈꼽 끼었으며 유기체적 영상과 내재적 고통을 반사하고 있던 눈동자의 한 구석이 보였던 것은, 눈꺼풀들이 마침 열렸기 때문이기 보다 그것들이 제대로 닫히지 않았기 때문이다. 그 모든 동요가 우리들을 향한 것은 아니었으니, 동요의 주체는 우리를 아예 보지도 못하였고 우리가 누구인지조차 몰랐으니 말이다. 하지만 그곳에서 꿈틀거리고 있던 것이 한 마리 짐승에 불과했다면, 나의 할머니는 도대체 어디에 계셨단 말인가? 하지만 그럼에도 불구하고, 이제는 얼굴의 나머지 부분과 어울리지 않되 그 구석에 미인점 하나가 여전히 붙어 있는 할머니의 코 특유의 형태와, 전에는 담요가 거추장스럽다는 뜻이 담겼었을 것으로되 이제는 아무 뜻도 없는 동작으로 그것을 멀리 밀쳐버리는 할머니의 손은 알아볼 수 있었다.

엄마가 할머니의 이마를 적셔 드리시려고 나에게 물과 식초를 조금 가져오라고 하셨다. 할머니가 이마에 늘어진 머리카락들을 옆으로 젖히시려 하는 것을 보신 엄마는, 할머니를 시원하게 해드릴 수 있는 것이 그것들뿐이라고 생각하셨다. 그러나 출입문 쪽에서 누가 나에게 손짓을 하며 잠시 와 보라고 하였다. 할머니가 위독하시다는 소문이 벌써 우리가 사는 건물에 파다해 있었다. 예외적인 일이 있을 경우 하인들의 피로를 경감시켜 주기 위하여 임시로 고용한 이들 중 하나가(그리하여 임종의 순간들이 축제들의 어떤 측면을 띠기도 한다) 이제 막 게르망뜨 공작에게 문을 열어 주어, 그가 이미 대기실에 들어와 나를 찾았던지라, 내가 그를 피할 수 없게 되었다.

"나의 다정한 이웃이여, 내가 이제 막 음산한[25] 소식을 들었소. 연민의 표시로 당신의 부친께 인사를 드릴까 하오."

나는 당장은 아버지에게 그러한 뜻을 전할 수 없다고 하며 양해를 구하였다. 여행을 떠나려 하는 순간에 게르망뜨 씨가 불쑥 나타난 격이었다. 그러나 자기가 우리에게 표하려 하던 예의가 하도 중요하다고 느껴, 나머지 다른 것은 그의 눈에 아예 보이지도 않았고, 따라서 그가 막무가내로 응접실 안으로 들어오려 하였다. 대개의 경우, 어떤 사람에게 격식을 갖춰 예의를 표하기로 작정한 다음에는, 그것을 온전히 이행하는 것을 중시하던 것이 그의 버릇이었던지라, 그 사람이 여행용 가방을 이미 챙겼건 혹은 시신을 수습한 관이 이미 발인을 기다리고 있건, 그는 조금도 개의치 않았다.

"디을라푸와[26]를 부르셨소? 아! 그러지 않으셨다면 큰 실수요. 나에게 도움을 청하셨다면, 그가 비록 샤르트르 공작 부인[27]의 청은 거절하더라도 나의 청은 거절하는 법 없으니, 나를 위해서라도 왔을 것이오. 보시다시피 내가 공주보다 확연히 상석에 있다오. 하지만 죽음 앞에서는 우리 모두가 평등하오." 할머니가 자기와 신분적으로 대등해지셨다는 점을 나에게 확신시키기 위해서가 아니라, 디을라푸와에 대한 자기의 영향력 및 샤르트르 공작 부인보다 자기가 우위에 있다는 사실 등에 관련된 대화를 계속 하는 것이 아마 썩 세련된 취향은 아닐 것이라 막연히 느꼈기 때문에, 그 마지막 말을 덧붙였다. 게다가 그의 조언이 나에게는 전혀 놀랍지 않았다. 게르망뜨 댁에서는 디을라푸와라는 이름을 (다만 약간의 존경심을 더 가미하여) 최고급 '물품 조달인' 의 이름처럼 일상적으로 들먹였기 때문이다. 그리고 게르망뜨 가문 출신이었던 늙은 모르뜨마르 공작 부인은(어떤 공작 부인에 대해 이야기할 때에는 왜 거의 항상 '늙은 아무개 공작 부인' 이라고 하는지, 혹은 반대로, 그 여인이 젊을 경우, 바또풍의 섬세한 어조[28]로 왜 '귀여운 아무개 공작 부인'이라고들 하는지, 그 까닭을 이해하기란 불가능하다), 위중한 환자가 생길 경우, 아이스크림 장수가 필요할 때 사람들이 '뿌와레 블랑슈'를 혹은 과자가 필요할 때 '르바떼'를 거듭 입에 올리듯,[29] 눈짓을 하면서 거의 기계적으로 '디을라푸와'를 반복적으로 추천하곤 하였다.

그 순간, 할머니의 호흡을 용이하게 해 드릴 산소통을 초조히 기다리던 어머니가 대기실로 들어서셨는데, 어머니는 그곳에서 게르망뜨 씨와 마주치리라고는 전혀 생각조차 못하셨을 것이다. 나는 그를 아무데나 닥치는대로 감추고 싶었다. 그러나 이 세상의 그 무엇도 그보다 더 중요하지 않고, 그보다 더 어머니의 비위를 맞출 수 없으며, 완벽한 신사라는 자기의 명성을 유지시켜 주는데 더 불가결할 수 없다고 확신한 듯, 그가 난폭하게 나의 팔을 움켜잡더니, 겁탈하려 덤비는 사람에게 그러듯 그의 주의를 환기시키면서 내가 저항함에도 불구하고, 그는 나를 강제로 어머니에게로 끌고 가면서 이렇게 말하였다. "당신의 모친께 나를 소개하는 커다란 영광을 나에게 베풀어 주시겠소?" 그리고 '모친'이라는 단어를 발음할 때에는 그의 음성이 조금 떨렸다. 그러면서도 그것이 어머니에게는 영광일 것이라고 어찌나 확신하였던지, 우리가 놓인 처지에 맞는 표정을 지으면서도 미소를 억제하지는 못하였다. 나는 어머니에게 그를 소개할 수밖에 없었고, 그러자 즉시 그가 굽신거리고 깡총거리면서[30] 인사의 완비된 의전례를 시작하려 하였다. 그는 심지어 한가한 대화를 펼칠 생각도 하였던 것 같았으나, 당신의 깊은 슬픔에서 헤어나지 못하시던 어머니가 나에게 어서 오라고 재촉하시면서, 게르망뜨 씨가 길게 늘어놓던 말에는 대꾸조차 아니 하셨던지라, 정중한 방문객으로 대접받기를 기대하였건만 반대로 대기실에 홀로 내버려진 처지에 놓인 그가, 만약 바로 그 순간, 당일 아침 빠리에 도착하여 소식을 듣고 달려온 쌩-루가 들어오는 것을 보지 못하였다면 결국 다시 나가고 말았을 것이다. "아! 이 어인 뜻밖의 선물인가!" 마침 대기실을 다시 가로질러 가시던 어머니는 안중에도 없다는 듯, 자칫 그것이 뽑힐 지경으로 우악스럽게 조카의 소매를 나꿔채면서 공작이 즐겁게 소리쳤다. 쌩-루는, 이제 생각하거니와, 그의 진정한 슬픔에도 불구하고, 나를 대하던 태도를 보아, 나 만나기를 피하면서도 특별히 애석해하는 것 같지는 않았다. 그는 자기의 숙부에게 이끌려 대기실을 떠났고, 그에게 말해 주어야 할 매우 중요한 일이 있어 동씨에르에 갈 뻔하였던 그의 숙부는, 그러한 번거로움을 면할 수 있게 되어 기쁨을 주체하지 못하였다 "아! 혹시 누가 나에게, 안뜰만 가로지르면 자네를 여기에서 만날 수 있다고 하였다면, 나는 그것이 터무니없는 농담이라고 생각하였을 것이네. 자네의 동료 블록 씨라면 이것이 익살극의 한 장면이라고 하겠지." 그러더니 로베르의 어깨를 감싸쥐고 나로부터 멀어져 가면서 그가 다시 말하였다. "여하튼 누가 보더라도 나의 손이 교수형 당한 자의 목에 걸렸던 밧줄에 닿았거나[31] 거의 닿은 것이나 마찬가지일세. 내가 더럽게도 운이 좋군." 게르망뜨 공작이 가정교육을 제대로 받지 못하였다는 말은 아니다. 그 반대이다. 하지만 그는 자신을 다른 이들의 처지에 놓아 볼 능력이 없는 사람들, 즉 스러한 측면에서는 대부분의 의사들이나 장의사 인부들을 닮은 사람들 중 하나였던 바, 그들은 상황에 맞게 짐짓 표정을 꾸미면서 슬픈 일 당한 사람에게 '매우 힘든 순간들'이라고 위로의 말을 건넨 후, 그리고 때로는 다정하게 포옹하면서 휴식을 취하라고 권하기까지 한 후, 임종이나 장례식을 비교적 적은 사람들로 한정된 사교적 모임 정도로밖에 여기지 않아, 잠시 억제하였던 명랑한 기색으로 사방을 두리번거리면서, 자기의 하찮은 신변 잡사를 늘어놓을 대상을, 특정인에게 자기를 소개시켜 달라고 부탁할 수 있을 사람을, 혹은 돌아가는 길에 '모셔다 드리겠다'고 하며 마차의 '좌석 하나'를 제공해도 좋을 사람 하나를 물색하는 이들 중의 하나였을 뿐이다. 게르망뜨 공작은 자신을 자기의 조카에게로 이끌어간 '호의적인 바람' 만난 것을 한껏 기뻐하면서도, 그를 대하시던 어머니의 지극히 당연한 그 태도에 어찌나 놀랐던지, 훗날 사람들에게 말하기를, 아버지께서 예의 깍듯하셨던 반면 어머니는 대조적으로 불쾌감을 느끼게 하셨고, 어찌나 '넋 나간' 상태이셨던지 사람들이 당신에게 하는 말조차 듣지 못하시는 것 같았으며, 자기의 견해로는, 어머니께서 심신이 불편하셔서 아마 정신이 몽롱하셨던 것 같다고 하였다. 그러면서도, 그 말을 나에게 전해 준 사람의 말에 의하면, 그는 그 일을 부분적으로나마 당시 상황의 탓으로 돌리려 하였고, 자기가 보기에는 나의 어머니께서 그 슬픈 사건에 크게 영향을 받으신 것 같다고 말하였다 한다. 하지만 그가 미처 다 표하지 못한 예절의 여분이 아직도 그의 다리에 매달려 그를 괴롭히고 있었던지라, 게다가 엄마의 슬픔이 어떤 것이었는지를 전혀 짐작하지 못하였던지라,[32] 그는 장례식 전날 나에게, 혹시 내가 어머니의 기분을 풀어 드리려 노력해 보지 않았느냐고 물었다.

사제였고 나와는 일면식도 없었던, 할머니의 시숙 하나가, 자기 교단의 우두머리가 있던 오스트리아에 전보를 쳐, 예외적인 호의로 내려진 허락을 얻어 그날 우리집에 왔다. 그는 슬픔에 짓눌린 채 침대 옆에 앉아 기도서를 읽고 있었으며, 그러면서도 자기의 나사송곳 같은 눈을 환자에게서 잠시도 떼지 않았다. 할머니가 의식을 잃으신 어느 순간, 그 사제의 슬퍼하는 모습에 내 마음이 아팠고, 나의 시선이 그에게 고정되었다. 나의 그러한 연민에 그가 놀란 듯하였고, 그 순간 이후 기이한 일이 생겼다. 그가 몹시 괴로운 묵상에 잠긴 사람처럼 두 손을 모아 자신의 얼굴을 가리고 있었으나, 내가 자기로부터 눈을 다른 쪽으로 돌리려 하는 것을 감지하였음인지, 그 순간 그가 자기의 손가락들 사이를 벌려 만든 작은 틈 하나가 보였다. 그리고 나의 시선이 그를 떠나려 하는 찰라, 나는 그의 두 손으로 이루어진 그 피신처를 이용하여 나의 슬픔이 진정한지 여부를 살피는 그의 날카로운 눈을 포착하였다. 그 눈은 고해실의 어둠 속에서처럼 그곳에 잠복하고 있었다. 그는 내가 자기를 보고 있음을 감지하였고, 자기가 살짝 열어 놓았던 철망창을 즉시 밀폐하였다. 후에 내가 그를 다시 보았지만, 우리는 그 순간의 일을 결코 입에 올리지 않았다. 그가 나를 엿보고 있었음을 내가 간파하지 못하였다는 묵시적인 합의가 우리 두 사람 사이에 이루어져 있었다. 사제에게는, 정신병 전문 의사에게처럼, 항상 예심 판사의 그 무엇이 있다. 하기야, 아무리 친하다 해도, 우리의 친구들 중, 우리와 함께 보낸 과거 어느 시절, 그가 이미 잊었으리라고 애써 우리 자신을 설득하는 편이 우리에게 더 마음 편할, 그러한 순간들을 겪지 않은 친구가 있겠는가?

의사가 모르핀을 주사한 다음, 호흡 곤란 증세를 경감시켜 드리기 위해, 산소통들을 가져오라 하였다. 어머니와 의사 그리고 간호원이 그것들을 들고 있다가, 하나가 비워지면 다른 하나를 건네주었다. 내가 잠시 밖에 나가 있었다. 다시 돌아왔을 때 나는 하나의 기적과 마주쳤다. 소리 약화된 하나의 끊임없는 웅얼거림을 곁들여, 할머니는, 빠르게 또 음악적으로 방을 가득 채우던 행복하고 긴 노래를 우리에게 보내시는 것 같았다. 나는 그 노래가, 조금 전에 듣던 헐떡거림이 순전히 기계적이었던 것 못지않게, 거의 무의식적인 것이었음을 즉시 깨달았다. 그 노래가 아마 약한 정도로나마, 모르핀이 가져다 준 어떤 편안함을 나타내 보이고 있었을 것이다. 그 노래는 특히, 공기가 더 이상 전과 같은 식으로 기관지들을 통과하지 않았던지라, 호흡 폭의 변화에 말미암았다. 할머니의 숨결이, 산소와 모르핀의 이중 작용에 의해 자유로워져, 더 이상 고역을 치르거나 신음하지 않고, 스케이트 타는 사람처럼 발랄하고 가볍게 감미로운 유체(流體)를 향해 미끄러져 가고 있었다. 아마 그 노래 속에서, 갈대 피리 속에 있는 바람처럼 무심한 숨결에, 그것보다는 더 인간적인 한숨 몇 가닥이 뒤섞이고 있었을 것이며, 죽음이 다가오자 해방되어, 이미 감각 능력을 상실한 이들의 내면에 고통 혹은 행복의 인상을 일깨우는 그 한숨은, 상승하고 또 상승하다 떨어지다가, 가벼워진 흉곽으로부터 산소를 뒤쫓아 다시 비약하고 있던 그 긴 악절에, 그 리듬을 바꾸지 않은 채 선율 더 아름다운 악센트 하나를 덧붙여 주고 있었다. 그러더니, 관능의 절정에서 들리는 하소연하는 듯한 웅얼거림 섞인 그 노래가, 그토록 높은 음조에 이르러 그토록 힘차게 연장되다가, 어느 순간, 문득 잦아드는 샘물처럼 완전히 멈추는 것 같았다.

커다란 슬픔을 당할 때마다 프랑수와즈는 그것을 표현하고 싶은 (그토록 부질없는) 욕구를 느끼되, 그것을 표현할 (그토록 간단한) 기술을 소유하지 못하였다.[33] 할머니에게 영영 가망이 없다고 판단한 프랑수와즈가 우리에게 기필코 알리려 하였던 것은, 자신이 느낀 인상들이었다. 하지만 이러한 말만을 반복하는 것이 고작이었다. "그것이 제 마음에 걸려요." 그녀의 어조는 양배추국을 지나치게 먹고 나서 다음과 같이 말할 때의 어조와 같았다. "저의 위장을 묵직한 것이 짓누르는 것 같아요." 두 경우 모두 그녀가 생각하던 것보다 더 자연스러웠다. 그녀의 슬픔이, 그토록 미약하게 표현되었다 해서 작았던 것은 아니었으며, 게다가 꽁브레에 붙잡혀 있던 자기의 딸이(젊은 빠리 여인으로 변신한 그 딸은 이제 꽁브레를 멸시하듯 '촌구석'이라 불렀고, 자기가 그곳에 있으니 '시골뜨기'가 된 듯하다고 하였다), 자기가 예감하기에 멋진 무엇일 것임에 틀림없을 장례식에 때맞춰 돌아올 수 없을 것이라는 유감스러운 상념 때문에 더욱 깊어졌다. 우리가 감정을 별로 밖으로 드러내지 않는 성품임을 아는지라, 그녀는 만일을 생각하여, 그 주간 내내 쥐뻬엥에게 저녁이면 자기에게 들르라고 미리 통보해 두었다. 그녀는 장례식이 거행되는 시각에 그가 여가를 낼 수 없음을 알고 있었다. 그리하여, 장례식에서 돌아오는 길로, 그 이야기나마 그에게 해 주고 싶었던 것이다.

아버지와 할아버지 그리고 우리의 종형제들 중 하나는 여러 날 밤을 지새우면서 더 이상 바깥 출입을 하지 않았다. 그들의 지속적인 헌신이 결국 무관심이라는 외양을 띠게 되었고, 죽어가는 이의 곁에서 계속되던 영영 끝날 것 같지 않은 한가함이 그들로 하여금, 기차의 객실에 장시간 머물러야 하는 이들에게 항상 따라붙는 것과 같은 종류의 잡담을 나누게 하였다. 게다가 그 종형은 (내 대고모의 조카였다), 나의 내면에 반감을 일으키는 것만큼, 일반적으로는 호의적인 평가를 얻었다.

어떤 집에 중대사가 생기면 그가 어김없이 와 있었고, 그가 죽어가는 이들 곁에 어찌나 열심히 나타나곤 하였던지, 관련된 집안 사람들이, 그의 건장한 외모와 저음 가수의 힘찬 음성과 참호 파는 공병대원의 턱수염에도 불구하고, 그의 건강이 좋지 않다고 하면서, 통용되는 완곡한 말로 제발 장례식에는 오지 말라고 항상 사정하다시피 하였다. 나는, 아무리 큰 슬픔 속에서도 다른 이들을 배려하시는 엄마가, 그가 항상 습관적으로 듣던 말을 다른 형태로 그

게르망뜨 쪽 2부 1장 51

에게 하시리라는 것을 미리부터 알고 있었다.

"'내일' 오지 않겠다고 약속해 주세요. '그분을' 위해서라도 그렇게 해주세요. 적어도 '그곳에는' 가지 마세요. 그분이 당신은 오시지 말라고 하셨어요."

그러나 소용없었으니, 그는 항상 제일 먼저 그 '집'에 와 있었고, 그로 인해 다른 곳에서는 우리가 모르던 '화환 사양'이라는 별명을 그에게 붙여 주었다. 또한 '모든 일'에 참석하기 전에 그는 항상 '모든 것을 생각해 두었고', 그리하여 사람들이 이렇게 말하곤 하였다. "당신에게는 구태여 고맙다고 하지도 않겠소."

"뭐라고!" 귀가 조금 어두워지셔서, 나의 종형이 이제 막 아버지에게 드린 말씀을 제대로 듣지 못하신 할아버지께서 큰 소리로 물으셨다.

"별것 아닙니다." 나의 종형이 대답하였다. "오늘 아침 꽁브레에서 온 편지 한 통을 받았는데, 이곳에는 거의 더울 정도로 햇살이 좋건만, 그곳 날씨는 무시무시하다는 이야기를 하였을 뿐입니다."

"하지만 기압이 매우 낮아요." 아버지가 말씀하셨다.

"어디 날씨가 나쁘다는 말인가?" 할아버지가 물으셨다.

"꽁브레입니다."

"아! 놀랄 일이 아니지. 이곳 날씨가 궂을 때마다 꽁브레의 날씨는 쾌청하고, 항상 서로 반대야. 맙소사! 자네들 지금 꽁브레 이야기 하니 생각나는데, 르그랑댕에게 알릴 생각들 하였는가?"

"예, 염려 마십시오, 이미 알렸습니다." 나의 종형이 대답하였고, 그 순간 수염 덥수룩해 구리빛으로 보이던 그의 두 볼에, 그 일을 미리 생각하였다는 만족감에서 비롯된 미소가 은은하게 스쳤다.

바로 그 순간 아버지가 급히 방을 나가셨고, 나는 더 좋은 일이나 더 나쁜 일이 생긴 줄 알았다. 하지만 의사 디을라푸와가 막 도착하였을 뿐이었다. 아버지는, 마지막으로 등장하게 되어 있는 배우와 다름없었던 그를, 옆 응접실에서 맞으셨다. 우리가 그를 불렀던 것은 치료를 위해서가 아니라, 일종의 공중인에게처럼 증명을 부탁하기 위해서였다. 의사 디을라푸와가 실제로 위대한 의사일 수 있었고 경이로운 교수일 수 있었으나, 그가 탁월하게 수행하던 그 다양한 역할에, 사십 년 동안 어떠한 경쟁자도 감히 나서지 못할 만큼 그가 독차지하던, '잔소리꾼'[34]이나 '스까라무슈'[35] 혹은 '고상한 아버지'[36] 등 못지않게 독창적인 역할 하나를 덧붙였으니, 그것은 임종이나 죽음을 확인하러 오는 역할이었다. 그의 이름 자체가, 그가 역할 수행하며 드러낼 위엄을 예고하였으며, 따라서 하녀가 '디을라푸와 씨'라고 아뢰는 소리만 들려도, 모두들 자기들이 몰리에르의 작품 공연장에 와 있는 것으로 믿곤 하였다.[37] 태도에서 발산되는 위엄에 매력적인 풍채의 유연함이 은은히 합세하였다. 자체로 지나치게 수려한 얼굴이 슬픈 상황에 맞게 소박한 모습으로 완화되었다. 교수가, 자기의 고아한 검은색 프록코트 차림으로, 꾸밈 없는 슬픈 기색 띠며 들어섰고, 거짓이라고 생각할 수 있을 법한 조의는 단 한 마디도 표하지 않았으며, 세련된 의례를 추호도 거스르지 않았다. 망자의 침대 발치에서는, 게르망뜨 공작이 아니라 그가 지체 높은 나리였다. 할머니께서 피곤을 느끼시지 않도록 배려하면서 할머니를 살핀 후, 주치의에 대한 예의를 지키기 위하여 극도로 삼가는 태도를 보이면서, 그가 아버지에게 나지막한 음성으로 몇 마디 말을 건넸고, 어머니 앞에서 정중히 상체를 숙였으며, 나는 아버지가 어머니에게 '디을라푸와 교수요'라고 소개하지 않으려 애써 참으시는 것을 느꼈다. 그러나 이미 그가 더 이상 폐를 끼치지 않으려 고개를 돌렸고, 자기에게 건넨 사례금 봉투를 자연스럽게 받으면서 비할 데 없이 산뜻하게 밖으로 나갔다. 그는 그 봉투를 보았다는 기색조차 드러내지 않았고, 그것을 마술사의 유연한 손놀림으로 어찌나 감쪽같이 사라지게 하였던지, 우리들 자신도, 그것을 우리가 정말 그에게 건넸는지 잠시 의구심에 잠길 지경이었으며, 그러는 동안에도, 비단 안감 댄 긴 프록코트 차림에 고아한 연민 가득한 얼굴이 수려했던 그 왕진 전문의사의 엄숙함은, 조금도 훼손되지 않고 오히려 증대되었다. 그의 느리되 동시에 민첩한 거조는, 비록 그가 아직도 백여 곳을 더 방문해야 한다 할지라도, 서두는 기색 드러내고 싶지 않은 그의 뜻을 보여주었다. 그가 세련됨과 총명함과 선량함 그 자체였기 때문이다. 그 탁월한 이가 이제는 이 세상에 없다. 다른 의사들, 다른 교수들이 그에 필적할 수 있었고, 아마 그를 능가할 수도 있었을 것이다. 그러나 그의 지식과 타고난 풍채와 그가 받은 탁월한 교육 등이 그로 하여금 성공적으로 수행하게 하던 그 '직무'가, 그것을 감당할 후계자가 없어, 이제는 더 이상 존재하지 않는다. 엄마는 디을라푸와 씨를 알아보시지도 못하였다. 엄마에게는 할머니가 아닌 모든 것은 존재하지도 않았다. 내 아직도 기억하거니와(앞당겨 하는 이야기이다), 묘지에서, 이미 멀리 날아가 버린 어떤 존재를 유심히 바라보시는 듯한 기색으로 초자연적인 환영처럼 조심스럽게 무덤으로 다가오시던 어머니에게, 아버지께서, '노르뿌와 영감님이 집에도, 교회당에도, 이곳 묘지에도 오시느라고 매우 중요한 회의에 참석하시지 못하였으니, 당신이 한 마디 사의를 표하면 크게 감동하실 것'이라고 말씀하셨건만, 전직 대사가 어머니를 향하여 읍하며 예를 표하였을 때, 어머니는 아무 말씀도 못하신 채 겨우 눈물 흔적 하나 없는 얼굴을 조용히 숙이실 뿐이었다. 그 이틀 전─역시 환자가 사경을 헤매던 침대 곁으로 되돌아가기 전에 미리 앞당겨 이야기하거니와—할머니가 운명하셔서 우리가 밤샘을 하는 동안, 프랑수와즈가, 이 세상으로 되돌아오는 유령들이 없다고 확신하지 못하였던지라, 아주 작은 소음에도 두려움에 사로잡혀 이렇게 말하곤 하였다. "마님이신 것 같아요." 그러나 당신의 모친을 가끔이나마 가까이에서 뵐 수 있도록, 죽은 이들이 돌아오기를 그토록 갈망하시던 어머니의 내면에 그 말이 일깨워 놓은 것은, 두려움이 아니라 무한한 감미로움이었다.

이제 임종의 순간 이야기로 되돌아가자.

"그 사람의 자매들이 우리에게 보낸 전보의 내용을 아시는가?" 할아버지께서 나의 종형에게 물으셨다.

"예, 그 베토벤 때문이랍니다. 액자에 넣어 보관할만한 일입니다. 놀라운 일도 아닙니다."

"나의 가엾은 아내, 그녀들을 그토록 좋아하였건만." 눈물 한 방울을 닦으시면서 할아버지가 말씀하셨다. "하지만 그녀들을 탓해서는 아니 돼요. 내가 항상 말하였듯이, 그녀들을 오랏줄로 묶어야 할 지경으로 미쳤으니까. 환자에게 더 이상 산소를 공급하지 않다니, 도대체 무슨 일인가?"

어머니도 말씀하셨다.

"그러면 엄마의 호흡이 다시 어려워질 거예요."

그러자 의사가 대꾸하였다.

"오! 아닙니다, 산소의 효력이 아직 한동안은 지속될 것이니, 잠시 후에 산소 공급을 다시 시작할 것입니다."

내가 보기에는, 죽어가는 여인을 앞에 놓고 그러한 말을 하지 말았어야 할 것 같았고, 만약 그 좋은 효력이 지속되게 되어 있었다면, 그녀의 생명을 존속시킬 수 있는 어떤 수단이 있음을 의미하는 것 같았다. 산소의 휘파람 같은 소리가 잠시 멈추었다. 그러나 호흡에 기인한 행복한 신음소리가, 여전히 가볍게, 불안하게, 불완전하게, 끊임없이 다시 시작되는 형태로 계속 분출하고 있었다. 이따금씩 모든 것이 끝난 것 같았고, 잠자는 사람의 호흡에서 일어나는 것과 같은 옥타브의 이동 때문인지, 혹은 마취 효과나 질식 상태의 심화나 어떤 심부전 등에 의한 자연스러운 일시적 중단 때무인지, 숨결이 멈추곤 하였다. 의사가 다시 할머니의 맥을 짚어 보았다. 그러나 이미 지류 한 줄기가 도달하여 마른 강바닥을 적시듯, 새로운 노래 하나가 중단되었던 악절에 접속되고 있었다. 그러자 그 악절이, 다른 음역에서, 고갈되지 않는 열정으로 다시 시작되었다. 괴로움으로 인해 응축되었던 그 숱한 행복했고 다정했던 상태들이, 할머니 자신도 의식하시지 못하는 중에, 오랜 세월 사람들이 압축하였던 더 가벼운 가스처럼, 이제야 할머니로부터 도망치듯 빠져나오고 있었던 것이 아닐지 그 누가 알겠는가? 할머니께서 우리들에게 하시고 싶었을 모든 말씀이 넘쳐흘러, 그토록 장황하고 급하며 흥건하게 우리에게로 향하고 있었다고 말할 수 있을 것 같았다. 침대 발치에서는, 그 임종의 모든 숨결들에 의해 경련하듯 마구 뒤흔들리시고, 우시지는 않되 이따금씩 눈물에 흠뻑 젖으신 어머니가, 빗발이 거세게 후려치고 바람이 마구 휘젓는 나뭇잎의 아무 상념 없는 비탄에 잠겨 계셨다. 내가 할머니를 포옹하러 다가가기 전에 누가 나의 눈물을 닦아 주었다.

"하지만 환자께서 더 이상 아무것도 보실 수 없다고 생각하였습니다." 아버지가 말씀하셨다.

"결코 단언할 수 없는 일입니다." 의사가 대꾸하였다.

하나의 자동 반사 현상이었는지, 혹은 특정 유형의 애정에 과민증이 있어, 그것이 감각기관 없이도 사랑할 수 있을 대상을 무의식의 너울까지 통과하여 알아보았음인지, 나의 입술이 할머니의 몸에 닿자 할머니의 두 손이 마구 떨렸고 할머니의 온 몸에 긴 전율이 퍼져 나갔다. 할머니가 문득 상체를 일으켜 세우시더니 자신의 생명을 방어하려는 사람처럼 격렬하게 애를 쓰셨다. 그 광경에 프랑수와즈가 참지 못하고 흐느끼기 시작하였다. 의사가 앞서 나에게 해 둔 말이 생각 나, 내가 그녀를 방에서 내보내려 하였다. 그 순간 할머니가 눈을 뜨셨다. 부모님께서 환자에게 말씀을 건네는 틈을 이용하여 프랑수와즈의 우는 모습을 감추려고, 내가 급히 그녀에게로 다가갔다. 산소통의 소음이 멈추었고, 의사가 침대로부터 물러섰다. 할머니께서 운명하셨다.

몇 시간 후, 프랑수와즈가 마지막으로, 겨우 희끗희끗해져 이제까지는 할머니보다 더 젊어 보이던 아름다운 머리채를, 더 이상 그것이 수난을 당하게 하지 않고 빗겨 드릴 수 있었다. 그러나 이제는 반대로, 그토록 오랜 세월 동안 괴로움이 덧붙여 주던 주름살과 이지러짐과 부기(浮氣)와 긴장과 굴곡들이 사라져 다시 젊어진 얼굴 위에, 늙음이라는 왕관을 근엄하게 얹어 주고 있던 것은 오직 그 머리채뿐이었다. 할머니의 부모님께서 당신에게 부군 하나를 골라 주셨던 그 먼 옛날처럼, 할머니 얼굴의 윤곽선들은 순결과 순종에 의해 섬세하게 그어져 있었고, 두 볼은, 세월이 조금씩 파괴하였던 정숙한 희망과 행복의 꿈과 심지어 천진난만한 명랑함으로도 빛나고 있었다. 생명이 물러가면서, 삶이 가져다주던 환멸들을 이제 말끔히 거두어 간 것이다. 미소 한 가닥이 할머니의 입술 위에 내려앉아 있는 것 같았다. 그 구슬픈 침대 위에다, 죽음이, 마치 중세의 조각가가 그랬을 것처럼, 할머니를 소녀의 모습으로 눕혀 놓았다.

2장

단지 가을날의 여느 일요일에 불과했건만 내가 막 다시 태어났
고, 내 앞에 삶이 고스란히 펼쳐져 있었던 것은, 포근한 날들이 이
어지던 끝에, 아침나절 내내 문득 차가운 안개가 드리워졌다가 정
오 무렵에야 걷혔기 때문이다. 세계와 우리들 자신이 재창조되기
위해서는 한 번의 날씨 변동으로 족하다. 옛날, 바람이 나의 방 벽
난로 속에서까지 불어댈 때에는, 그것이 연기 통로 여닫이 철판을
후려칠 때마다, 그 소리가 'C단조 교향곡'[1]을 여는 그 유명한 활놀
림처럼 어느 신비한 운명의 거역할 수 없는 부름이라도 되는 듯 감
동하여, 내가 그 소리에 귀를 기울이곤 하였다. 자연의 모든 급작
스러운 변화는, 사물들의 새로운 양상과 조화를 이룬 우리의 욕망
들을 그 변화에 적응시키면서, 우리에게 하나의 유사한 변형을 제
공한다. 그리하여 안개는, 내가 잠에서 깨어나는 즉시, 달라진 그
세계 속에서, 나를 청명한 날의 원심성(遠心性) 존재로 만드는 대
신, 난로 귀퉁이나 혹은 누구와 함께 나눌 침대를 갈구하는 움츠러
든 남자, 즉 실내에 칩거한 하와를 찾아 헤매면서 추위에 떠는 아

담으로 만들어 놓았다.

대략 한 해 전에 내가 동씨에르로 가지고 갔었으며, 어느 헐벗은 동산(보이지 않을 때에도 나의 내면에 상존하는)의 길쭉한 형태를 띤 문장(紋章)으로 장식되어, 다른 어느 기쁨들과도 완전히 구별되고, 그것들을 조화롭게 구성하고 있던 풍요롭게 짜인 인상들이 나를 위해 그리고 나도 모르는 사이에 내가 누구에게 이야기할 수 있었을 사실들보다 훨씬 더 그것들을 특징짓고 있었다는 측면에서는, 나의 친구들에게조차 표현할 수 없었던 일련의 특이한 기쁨들을 나의 내면에 형성하던 육체적, 지적, 윤리적 생활의 독특성을, 나는 고스란히 아침 전원의 부드러운 회색과 초콜릿 한 잔의 맛 사이에 존속시키고 있었다. 그러한 관점에서는, 그날 아침의 안개가 나로 하여금 잠기게 하였던 그 새로운 세계가 이미 나에게 알려진 세계였고(그 사실이 그 세계에 더 큰 진실성을 부여할 뿐이었다), 또한 불과 얼마 전에 망각된 세계였다(그 사실이 그 세계에 성성함을 온전히 돌려주었다). 그리하여 나의 기억이 획득해 두었던, 특히 '동씨에르의 아침들'이라는 일련의 안개 풍경들 중 몇 폭을, 가령 첫날을 병영에서 보내고 맞은, 혹은 쌩-루가 나를 데리고 가서 이십사 시간을 보낸 인근의 어느 성에서 맞은, 아침의 안개 풍경들을 뇌리에 떠올려 유심히 바라볼 수 있었는데, 잠자리에 다시 눕기 전에 내가 새벽녘에 커튼을 쳐들고 창문으로부터 바라본 그것들 중, 첫 풍경 속에서는 기병대원 하나가, 두 번째 풍경 속에서는 (나머지 다른 부분은 안개의 균일하고 액상인 부드러움 속에 깊숙이 잠겨 있는 숲과 연못의 가느다란 가장자리에서) 가죽띠를 손질하고 있던 마부 하나가, 미광의 신비한 흐릿함에 적응해야 하는 눈에는 겨우 분별될 수 있을, 지워진 어느 벽화에서 은은히 떠오르는 지극히 희귀한 인물들처럼 내 앞에 다시 나타났다.

게르망뜨 쪽 2부 2장 59

이제 내가 그러한 추억들을 바라보고 있던 것은 나의 침대에서
였으니, 며칠 동안 꽁브레에 머무실 예정으로 떠나신 부모님께서
아니 계신 틈을 이용해, 마침 그날 저녁 빌르빠리지 부인 댁에서
공연하는 연극 소품을 관람하러 갈 순간을 기다리면서, 내가 침대
에 다시 누워 있었기 때문이다. 부모님께서 빠리에 돌아와 계셨다
면 내가 감히 그러지 못하였을 것이니, 어머니께서는 할머니의 추
억에 대한 지극히 조심스러운 존경심으로 말미암아, 할머니에게
로 향한 애도의 표시가 자발적이고 진심에서 우러난 것이기를 바
라셨고, 따라서 나에게 그러한 외출을 금하시지는 않았더라도 그
것에 동의하시지는 않았을 것이기 때문이다. 반대로 꽁브레에 계
시는 동안 견해를 여쭈어 보았다면, 어머니께서 나에게 다음과 같
이 구슬프게 답장을 보내시지는 않았을 것이다. "네가 원하는대로
하려무나. 네가 해야 할 것이 무엇인지 알 만큼 성장했으니까." 반
대로, 나를 홀로 빠리에 내버려두셨다고 당신 스스로를 나무라시
면서, 당신의 슬픔에 입각하여 나의 슬픔을 가늠하시면서, 당신 자
신에게는 거절하였을, 그리고 이 세상 그 무엇보다도 나의 건강과
정신적 안정을 염려하시던 할머니께서 나에게 권하셨을 것이라고
스스로에게 설득하시던, 나의 슬픔을 다독거려 줄 파적거리를 원
하셨을 것이다.

새로 설치한 온수 난방장치를 그날 아침부터 가동시켰다. 가끔
일종의 딸꾹질 소리를 내던 그 장치의 불쾌한 소음이, 동씨에르의
추억들과는 하등의 관계도 없었다. 하지만 그날 오후, 그 소음이
나의 내면에서 그 추억들과 긴 만남을 가져 그것들과 일종의 친화
력을 형성하였던지라, 내가 그 소음과 (조금) 낯설어진 상태에서
다시 중앙 난방장치의 소음을 듣게 될 경우, 그 때마다 그것이 동
씨에르의 추억을 나에게 되살려 주게 될 것이다.

집에는 프랑수와즈밖에 없었다. 회색 햇빛이 고운 이슬비처럼 내리면서 끊임없이 투명한 그물을 짜고 있었으며, 그 속에서 일요일 산책에 나선 사람들이 은색으로 변하는 것 같았다. 내가 읽고 있던 〈휘가로〉지를 발치 쪽으로 던져버렸다. 논설문 한 편을 보낸 이후, 그것이 게재되지 않았으나, 날마다 꼬박꼬박 사 오도록 하던 것이었다. 태양이 보이지 않았으나 밝음의 강도로 보아 아직 오후 중반일 듯했다. 청명한 날에는 그렇지 않았을, 수증기처럼 얇고 부서질 듯 보이는 창문의 망사 커튼들에, 잠자리의 날개나 베네치아의 유리 공예품들이 가지고 있는 부드러움과 바삭바삭함의 혼합체가 어려 있었다. 아침에 스떼르마리아 아씨에게 편지 한 통을 보냈던지라, 그 일요일 낮에 홀로 있는 것이 그만큼 더 나의 마음을 짓눌렀다. 여러 차례 괴로운 실패를 거듭한 끝에 그의 모친께서 연인과 떼어놓기에 성공하였고, 그 역시 이미 얼마 전부터 더 이상 사랑하지 않게 된 그 여자를 잊으라고 모로코로 보내진 로베르 드 쌩-루가 나에게 편지를 보냈는데, 내가 그것을 바로 전 날 받았으며, 그 편지에다 그는 짧은 휴가를 보내기 위하여 자기가 곧 프랑스에 도착한다는 소식을 담았다. 그가 빠리에(그곳에서 라셸과의 인연이 다시 이어지지 않을까 그의 가문이 틀림없이 우려하고 있던) 도착하자마자 돌아가야 했던지라, 자기가 나를 생각하였다는 사실을 보이기 위함이었는지, 탄쟈(땅제)²⁾에서 스떼르마리아 아씨를, 아니 스떼르마리아 부인을(그녀가 결혼 석 달 후에 이혼하였으니) 만났다는 사실을 나에게 알렸다. 또한, 내가 발백에서 하였던 말이 뇌리에 되살아났던지라, 나를 위하여 로베르가 그 젊은 여인과의 약속을 주선하였노라고도 하였다. 그녀가 그에게 대답하기를, 자기가 브르따뉴로 돌아가기 전 빠리에 머무는 동안, 하루쯤 틈을 내어 나와 기꺼이 저녁 식사를 하겠다고 하였다는 것이다. 그

가 나에게 말하기를, 스떼르마리아 부인이 틀림없이 빠리에 도착
하였을 것이니, 서둘러 그녀에게 편지를 보내라고 하였다.

할머니께서 편찮으실 때, 내가 자기를 간교하게 배신하였다고
나를 규탄하는 편지를 보낸 이후 더 이상 그로부터 소식이 없었으
나, 쌩-루의 그 편지가 나를 놀라게 하지는 않았다. 그 당시 무슨
일이 있었는지 내가 잘 알고 있었기 때문이다. 그의 질투심을 자극
하기 좋아하던 라쉘이(그녀가 나에 대하여 앙심을 품을 부수적인
이유들도 가지고 있었다) 자기의 정인으로 하여금, 그가 없는 동안
에 자기와 관계를 가지려고 내가 음흉한 시도를 하였노라 믿게 하
였던 것이다. 그것이 사실이라고 그가 아마 계속 믿었을지는 모르
나, 그녀에게 반하기를 멈추었던지라, 사실이든 아니든 그에게는
그 일이 상관없게 되었고, 오직 우리의 우정만이 남아있었다. 언젠
가 그를 다시 만났을 때, 그의 나무람에 대한 이야기를 내가 꺼내
려 하자, 그는 단지 선량하고 다정한 미소를 지을 뿐, 그렇게 사과
하려는 기색이었으며, 그런 다음 다른 이야기를 꺼냈다. 그렇다 하
여, 얼마 후 그가 빠리에서 라쉘을 가끔 만나지 않았다는 것은 아
니다. 우리의 생활에서 큰 역할을 차지하던 여자가 단번에 결정적
으로 자리를 비우는 경우는 매우 드물다. 그녀들은 영영 떠나기 전
에 가끔 그 자리로 돌아와 잠시 머물곤 하며, 따라서 어떤 이들은
사랑이 다시 시작된다고 믿기도 한다. 쌩-루와 라쉘의 결별이 그
에게 매우 신속히 덜 괴로워진 것은, 그녀가 끊임없이 금전을 요구
하여, 그에게 마음 평온하게 해 주는 기쁨을 준 덕분이었다. 사랑
을 연장시키는 질투가 상상의 다른 형태들보다 훨씬 더 많은 것들
을 내포하지 못한다. 여행길에 오를 때, 어차피 중도에 상실될 것
들이지만, 영상 서넛만을 챙겨도(뽄떼 베키오의 백합들과 아네모
네들, 안개 속에 있는 페르시아풍 교회당 등),[3] 여행 가방은 벌써

그것들만으로도 가득해진다. 한 여인과 결별할 때에는, 적어도 우리가 그녀를 어느 정도 잊을 때까지는, 그녀가 잠재적인 그리고 우리의 상상 속에서 우리의 질투심을 자극하는 기둥서방 서넛의 수중으로 들어가지 않기를 바란다. 우리가 상상하지 않는 남자들은 그 누구든 아무것도 아니다. 그런데, 헤어진 여자로부터의 빈번한 금전요구는, 수치 높은 체온 기록표가 그녀의 질환을 짐작하는 데 도움이 되지 못하듯, 그녀의 생활에 대한 충분한 상념을 우리에게 제공하지 못한다. 그러나 여하튼 체온 기록표는 그녀가 앓고 있다는 징후이고, 빈번한 금전 요구는, 상당히 막연한 것은 사실이지만, 우리에 의해 버림 받은 혹은 우리를 버린 여인이 부유한 보호자 축에 들만한 사람을 아직 만나지 못하였을 것이라는 오만한 추단을 우리에게 허락한다. 그리하여, 질투꾼의 괴로움 속에 일시적 소강상태가 유발시키는 기쁨으로 인해 그 요구가 매번 기꺼이 받아들여지고, 즉시 송금이 뒤따르는 바, 우리가 다소나마 안정을 되찾고 우리의 후계자 이름을 알게 되더라도 끄떡하지 않게 될 수 있을 때까지는, 그녀에게 정인들을(우리가 상상하는 정인들 서넛 중 하나)[4] 제외한 그 무엇도 부족함이 없기를 바라기 때문이다. 라셀이 가끔 저녁이면 상당히 늦은 시각에 자기의 옛 정인 곁으로 돌아와, 다음 날 아침까지 그의 곁에서 자는 것을 허락해 달라고 요청하곤 하였다. 그것이 로베르에게는 매우 큰 감미로움이었으니, 다른 것은 제쳐두고라도, 그가 침대의 반 이상을 차지하건만 그녀가 불편해하지 않고 잠드는 것만 보아도, 자기들 두 사람이, 비록 숱한 우여곡절을 겪었지만, 얼마나 친밀한 삶을 함께 영위해 왔는지를 그가 매번 깨닫곤 하였기 때문이다. 그는, 그녀가 다른 곳에서보다 자기라는 오래된 벗의 몸뚱이 가까이에서 더 편안함을 느꼈고, 자기의 곁에 있으면—비록 호텔에서도—자기의 습관대로 편안히 잘 수 있는 오래전부터 익숙한 침실에 다시 돌아온 것처럼 느낀다는 것을 깨닫곤 하였다. 또한, 자기의 어깨와 다리 등 몸뚱이 전체가, 자신이 불면증 혹은 해야 할 일 때문에 그것을 지나치게 뒤척일 때에조차, 그녀에게 어찌나 친숙했던지, 그의 어깨와 다리가 그녀에게 불편을 주지 않음은 물론, 그것들의 인지가 그녀에게 휴식의 느낌을 증대시켜 준다는 사실을 감지하곤 하였다.

다시 뒤로 되돌아가 이야기를 계속하거니와, 쌩-루가 모로코에서 보낸 편지가 나를 더욱 뒤흔들었던 것은, 그가 감히 명시적으로 쓰지 못한 것을 내가 행간에서 읽어냈기 때문이다. 그가 이렇게 말하였다. "자네가 그녀를 별실로 초대하여도 무방할 걸세. 매력적이고 성격 그윽한 여인이니, 두 사람의 뜻이 완벽하게 통할 것이며, 미리부터 확신하거니와 자네가 아주 좋은 저녁을 보내게 될 것이네." 나의 부모님께서 토요일이나 일요일에 돌아오실 것이고, 그러면 내가 어쩔 수 없이 매일 저녁 집에서 식사를 해야 하는지라, 나는 서둘러 스떼르마리아 부인에게 편지를 보내면서, 금요일 이전의 날들 중 원하는 날을 고르라고 제안하였다. 당일 저녁 여덟 시에 그녀의 답장이 나에게 올 것이라고 누가 나에게 알려주었다. 그 시각과 나를 갈라놓고 있던 그날 오후 동안에, 내가 어떤 사람의 방문이라는 도움을 받는다면, 그 시각까지 내가 상당히 빠르게 도달할 것 같았다.[5] 매시간이 자신들을 한담으로 감쌀 때에는 우리가 더 이상 그 각 시간을 측정할 수도 심지어 볼 수도 없어[6] 그것들이 자취를 감추었다가, 우리들을 피해 사라졌던 시점으로부터 멀리 떨어진 시점에서 시간이라는 그 잠적했던 그리고 날렵한 개념이[7] 문득 다시 나타나 우리의 주의를 끈다. 그러나 우리가 홀로 일 때에는, 우리의 마음을 사로잡고 있는 것이, 우리로부터 아직 멀리 있고 수시로 기다려지는 순간을, 잦고 단조로운 시계의 똑딱

거리는 소리와 함께 우리에게로 이끌어 와, 친구들과 함께 있으면 헤아리지도 않을 각 시간들을 분 단위로 등분하며, 나아가 그 시간들을 서로 곱하여 증식시킨다. 그리하여, 내 욕망의 끊임없는 발동으로 인하여, 단 며칠 후면 스떼르마리아 부인과 어울려 맛볼 그 뜨거운 쾌락과 간단없이 대조되던 그 오후가 애석하게도, 나에게는 텅 비고 몹시 우수에 잠긴 듯 보였다.

이따금씩 승강기 올라오는 소리가 들렸으나, 내가 기대하던 소리(즉 내가 사는 층에 멈추는 소리)가 아닌 전혀 다른 소리, 즉 위층들로 향하여 계속 힘차게 올라가기 위하여 승강기가 내는 두 번째 소리가 그것에 이어졌고, 내가 어떤 사람의 방문을 기다리고 있을 때에는 그것이 내가 사는 층을 저버린다는 뜻으로 들린 경우가 어찌나 잦았던지, 훗날 어떤 방문도 갈망하지 않을 때조차, 나에게는 그 두 번째 소리가 그 자체로 괴로운, 그 속에서 저버림을 선고하는 판결문 같은 것이 쟁쟁하게 들리는 소리로 남게 되었다. 지치고 체념한 채, 아직도 여러 시간 동안 계속 해야 할 자기의 태고적 일에 몰두하여, 회색빛 한낮이 진주색 장식띠들을 뜨개질하고 있었으며, 그 동안 나는, 일을 하면서 불빛을 빌리려고 창문 가까이에 자리를 잡고 앉았으되 창문 너머 방 안에 있는 사람에게는 아무 관심도 없는, 어느 여직공처럼이나 나를 모르는 그 한낮과 얼굴을 마주하고 홀로 머물러 있어야한다는 생각에 잠겨 슬퍼하고 있었다. 문득, 초인종 소리가 들리지 않았는데, 프랑수와즈가 나의 방 출입문을 열더니 알베르띤느를 들여보냈고, 자기 몸의 풍만함 속에, 내가 다시 간 적 없는 그 발백의 옛날들을, 나에게로 다가온 그 날들을, 내가 계속 경험하도록 지닌 채, 미소 띠고 조용하며 포동포동한 그녀가 들어섰다. 물론 우리와의 관계가—그것이 아무리 미미할지라도—변한 어떤 사람을 다시 만날 때마다, 그것이 두 시기 간에 이루어지는 대조와 같은 것은 분명하다. 그러한 대조가 이루어지기 위해서는, 옛날의 정부 하나가 친구 자격으로 우리를 보러 오는 것까지는 구태여 필요하지 않으며, 우리가 빠리에서라도 특정 유형의 생활을 영위하던 중 어떤 사람과 일상적으로 사귀었으되, 그 생활이 멈추기만 하였으면, 그런지 단 일주일밖에 아니 되었다 해도, 그가 우리를 다시 방문하는 것으로 족하다. 알베르띤느의 생글거리고 질문하는 듯하며 어색한 얼굴 구석구석에서 나는 다음과 같은 질문들을 읽어낼 수 있었다. "그리고 빌르빠리지 부인께서는 어찌 지내시나요? 그리고 무용 선생은? 또 과자점 주인은?" 그녀가 앉는 순간에는 그녀의 등이 이렇게 말하는 것 같았다. "이런, 여기에는 절벽이 없네. 하지만 내가 발백에서 그랬을 것처럼 당신 곁에 앉는 것을 허락하시겠어요?" 그녀는 나에게 세월의 거울 하나를 내미는 마법사 여인 같았다. 그러한 측면에서는 그녀 역시, 우리가 드물게 만나되 옛날에는 우리와 더 친밀하게 지내던 모든 이들과 비슷했다. 그러나 알베르띤느의 경우, 그러한 점만 있었던 것은 아니다. 물론 발백에서도, 그녀를 매일 만났건만 나는 그녀를 볼 때마다 항상 놀라곤 하였는데, 그녀의 모습이 하도 날마다 달랐기 때문이다. 하지만 이제는 그녀를 알아보기 어려울 정도였다. 그녀의 용모가, 그것에 감돌고 있던 분홍빛 안개에서 벗어나 하나의 조각상처럼 돌출해 있었다. 그녀가 하나의 다른 얼굴을, 아니 드디어 하나의 얼굴을 갖게 되었고, 그녀의 체구가 커졌다. 그녀를 감싸고 있었으며, 발백에서는 그 표면에 그녀의 미래 형태만이 겨우 윤곽을 드러내던, 그 칼집 같던 포장이 거의 자취를 감추었다.

알베르띤느가 이번에는 여느 때보다 일찍 빠리에 돌아왔다. 그녀는 보통 봄이 되어야 빠리에 도착하였고, 그리하여 이미 여러 주

전부터 최초의 꽃들 위로 몰아치는 폭풍에 들떠, 나는 그 순간 느끼곤 하던 기쁨 속에서, 알베르띤느의 귀환과 아름다운 계절의 도래를 분간하지 않았다. 그녀가 빠리에 와 있고, 나를 보러 나의 집에 들렀노라 누가 나에게 이야기만 해 주어도, 나는 즉시 그녀를 해변의 한 송이 장미꽃처럼 눈앞에 떠올리곤 하였다. 그럴 때마다 나를 사로잡던 것이 발백에 대한 열망이었는지 혹은 그녀에 대한 욕망이었는지 내가 지금도 명료하게 알 수 없는 바, 어떤 사물을 물리적으로 수중에 넣는 것이, 가령 어느 도시에 거처를 정하는 것이, 마치 그 대상을 정신적으로 수중에 넣는 것[8]과 같기라도 한 듯, 아마 그녀에 대한 나의 욕망 자체가 발백을 깊이 알고자 하는 열망의 게으르고 비겁하며 불완전한 형태였을 것이기 때문이다. 또한, 비록 물리적으로 수중에 넣었다 하더라도, 그녀가 더 이상 나의 상상력에 의해 바다의 수평선 앞에서 한들거리지 않고 내 곁에 머물러 움직이지 않을 때에는, 그녀가 몹시 보잘것없는 장미 한 송이로 보이는 경우가 잦아, 꽃잎들의 이러저러한 단점들을 보지 않기 위하여, 그리고 내가 해변에서 호흡한다는 믿음을 갖기 위하여, 그 장미꽃 앞에서는 차라리 눈을 감고 싶었다.

비록 당시에는 그 이후에나 닥치게 되어 있던 것을 몰랐다 하더라도, 내가 여기에서 그 이야기를 할 수 있다. 물론 우표들이나 옛 코담배갑들, 그림들, 조각상들보다는 여인들을 위하여 자기의 삶을 희생하는 편이 더 사리에 맞는다. 다만 그 다른 수집품들의 예가 우리에게, 여인들을 자주 바꾸어, 단 하나만을 갖지 말고 많은 여인들을 가지라고 경고해 주어야 할 것이다. 한 소녀가 어느 해변이나 교회당 조각상의 땋은 머리채, 어떤 판화 등, 우리로 하여금 그녀를 사랑하도록 한 그 모든 것들과 연관되는 그 매력적인 혼합이, 하나의 매력적인 화폭 그 자체인 소녀가 방으로 들어설 때마다 와해되기 쉽다. 또한 그 여인과 아예 함께 살면, 우리로 하여금 그녀를 사랑하게 하던 것은 자취를 감추어 버릴 것이다. 물론 분리되었던 두 요소를 질투가 다시 결합시킬 수 있다. 혹시 오랜 세월 동안 함께 산 후 내가 결국 알베르띤느에게서 하나의 평범한 여인밖에 발견하지 못하게 될 경우에도, 그녀가 발백에서 사랑하였을 어떤 사람과 그녀 간에 이루어진 밀통은, 그곳 해변과 파도의 넘실거림을 그녀와 다시 합체시켜 혼합되도록 하기에 아마 충분할 것이다. 다만 그 두 번째 혼합들은 더 이상 우리의 눈을 매혹하지 못하고, 그것들을 새삼 절실하게 느끼고 치명적인 상처를 입는 것은 우리의 가슴이다. 그토록 위험한 형태로 이루어지는 기적의 갱신을 바람직하다고 여길 수는 없다. 하지만 나는 여러 해를 앞당겨 이야기하는 것이다. 그리고 내가 여기에서는 다만, 더 새롭고 더 희귀한 것 하나를 기다리는 자리를 항상 비워 둔 진열창 뒤에, 그 수효가 끝내 충분하지는 못하지만, 옛날 오페라글라스들을 수집해 둔 사람들처럼, 내가 단순히 나의 여인 수집 목록을 만들어 가질 만큼 현명하지 못하였던 것만을 후회해야 할 것이다.

그녀의 통상적인 휴양 절차와는 반대로, 그녀가 그 해에는 발백으로부터 곧장 빠리로 왔고, 평소보다 훨씬 일찍 그곳을 떠났다. 내가 그녀를 본 지 오래된 시점이었다. 그녀가 빠리에서 자주 만나던 사람들의 이름조차 모르던 터라, 그녀가 나를 보러 오지 않던 시기에는 내가 그녀에 대하여 아무것도 몰랐다. 그 시기가 상당히 긴 경우가 빈번했다. 그러다, 뜻하지 않던 어느 날, 알베르띤느가 돌출하듯 불쑥 나타나곤 하였고, 그녀의 분홍빛 출현과 소리 없는 방문들은, 그것들 간의 사이에 그녀가 무엇을 하고 지냈는지 나에게 거의 아무것도 알려주지 않았으며, 그 사이 기간은 나의 눈이 꿰뚫어 보려 애쓰지 않던 그녀의 생활을 덮고 있던 모호함 속에 잠겨 있었다.

이번에는 하지만, 그러한 생활 속에 새로운 일들이 발생하였음을 몇몇 징후들이 보여주는 것 같았다. 그러나 아마 그러한 징후들로부터는, 누구든 알베르띤느의 나이에 이르면 매우 빠르게 변한다는 결론을 이끌어내야 했을지 모른다. 예를 들면 그녀의 총명함이 모습을 드러내고 있었으며, 그리하여 쏘포클레스로 하여금 '나의 친애하는 라씬느'라고 쓰도록 해야 한다는 자기의 생각을 그토록 열렬히 주장하던 날의 이야기를 꺼내자, 그녀가 먼저 흔쾌히 웃으면서 이렇게 말하였다. "앙드레의 말이 옳았어요. 제가 멍청했어요. 쏘포클레스가 '공이시여'라고 써야 했어요." 나는 앙드레의 '공이시여'나 '귀공이시여'가 그녀의 '친애하는 라씬느'와 지젤의 '나의 다정한 벗'에 못지않게 우스꽝스러웠으며, 그러나 엄밀히 보면, 진정 멍청했던 것은 쏘포클레스로 하여금 라씬느에게 편지를 쓰도록 한 선생들이었노라고 대꾸하였다. 그 부분에 이르자 알베르띤느가 더 이상 나의 말을 이해하지 못하였다. 그녀는 어떤 점이 멍청한지 간파하지 못하였으니, 그녀의 총명함이 살짝 봉오리를 열었을 뿐 아직 성숙하지 못하였기 때문이다. 하지만 그녀에게 전보다 더 매력적인 새로운 점들이 있었으니, 이제 막 나의 침대 곁에 와서 앉은 지난날과 다름없던 그 예쁜 소녀 속에서, 전과는 다른 무엇을, 그리고 시선과 얼굴의 윤곽선들을 통해 평소의 습관적인 의지를 표현하는 그 선들 속에서는 태도의 변화를, 다시 말해, 발백에서, 그 때에는 그녀가 침대에 누워 있었고 내가 그 곁에 앉아 있었던지라 이번 오후와는 전도된 형태로 우리가 서로 대칭적인 짝을 이루었던, 벌써 먼 옛날이 되어버린 어느 날 저녁에 나를 좌절시켰던 그 저항이 파괴된 듯, 반쯤 이루어진 일종의 전향(轉向)을 내가 감지하고 있었으니 말이다. 그녀가 따라서 이제는 혹시 자기를 포옹하도록 내버려둘지 확인하고 싶었으나 감히 그러지는 못한 채, 그녀가 돌아가려고 일어설 때마다, 나는 조금 더 머물다 가라고 그녀에게 요청하곤 하였다. 그녀의 동의를 얻기가 그리 쉽지는 않았으니, 그녀에게 비록 아무 할 일이 없었다 해도 (있었다면 아마 밖으로 뛰쳐나갔을 것이다), 그녀가 엄격한 사람이었고, 게다가 나와 함께 있는 것이 별로 즐거운 것 같지 않았던 듯, 나에게 친절하게 굴지 않았기 때문이다. 하지만 내가 요청할 때마다, 자기의 시계를 유심히 들여다본 후 매번 다시 주저앉았고, 그리하여 그녀가 나와 함께 여러 시간을 보냈으되 나는 그 동안 그녀에게 아무것도 요구하지 못하였으며, 내가 하는 말들은 이미 흘러간 여러 시간 동안 내가 그녀에게 한 말에 꼬리처럼 이어질 뿐, 내가 생각하고 갈망하던 그 무엇과도 합류하지 못한 채, 그것과 한없이 평행을 이룰 뿐이었다. 우리가 말하고 있는 것들이 우리의 사념 속에 있는 것과 전혀 닮지 못하도록 방해하는 것으로, 우리가 품은 욕망만한 것은 없다. 시간이 촉박하건만, 우리는 우리의 마음을 사로잡고 있는 것과는 아무 상관 없는 이야기들만 늘어놓으면서 마치 시간을 벌기라도 하려는 듯한 행태를 보인다. 우리가—즉각적인 쾌락을 얻고 그러한 행위가 초래할 반응들에 대하여 느끼는 호기심을 충족시키기 위하여—아무 말 없이, 어떠한 허락도 요청하지 않은 채, 그러한 행위를 저지르지는 않았다 하더라도, 우리가 하고 싶은 말에 이미 그러한 행위가 수반되었어야 할 때에도, 우리는 한담만 늘어놓는다. 물론 나는 알베르띤느를 전혀 사랑하지 않았다. 바깥 안개의 딸[9]로서, 그녀는 다만, 새로운 날씨가 나의 내면에 일깨워 놓았고 요리술과 기념건축물 조각술이 충족시킬 수 있을 욕망들의 중간적인 성격을 가지고 있는 가공적인 욕망이나 만족시킬 수 있었던 바, 그 가공적인 욕망이 나로 하여금 나의 살에 그것과 다른 뜨거운 질료를 섞으며, 아울러 누워 있는 나의 몸뚱이 어느 부위에다, 아직도[10] 거의 어느 고대 건축물의 추녀 밑 외벽 장식처럼 여인의 창조 장면을 그토록 고아하며 태평스러운 방식으로 나타내고 있는 발백 주교좌 교회당의 로마네스크 양식 저부조들 속에서 아담의 몸뚱이와 거의 수직을 이루면서 그의 엉덩이에 겨우 두 발로 매달려 있는 하와의 몸뚱이처럼 나뉘어 갈라지려는 몸뚱이[11] 하나를 부착시키는 몽상에 잠기게 하였기 때문이었고, 그 저부조 속에서는 작은 천사 둘이 두 사제들처럼 항상 신을 수행하는데, 그것들—문득 닥친 겨울이 불시에 덮쳐 보존시킨 여름철의 날개 달리고 선회하는 존재들[12] 같은—속에서 우리는, 13세기까지 존속하던, 그리고 자기네들의 마지막 비상을 이어가느라 지쳤으되, 교회당 입구 현관 정면 벽 전체에 우리가 자기들에게서 기대하는 우아함이 결여되지 않게 하는 헤르쿨라네움의 쿠피도들[13]을 발견한다.

그런데 나의 열망을 실현시키면서 나를 그러한 몽상으로부터 해방시켜 주었을, 그리고 내가 어떤 여인이건 예쁘기만 하면 그녀에게서도 기꺼이 추구하였을, 그 쾌락과 관련하여 혹시 어떤 사람이—내가 정작 생각하고 있던 것은 알베르띤느에게 함구한 채 끝날 줄 모르는 잡담만을 계속하는 동안—그녀가 나의 뜻에 선선히 응하리라는 낙관적인 추측이 도대체 무엇에 근거를 둔 것이었느냐고 물었다면, 나는 아마 그 추측이, (한편으로는 알베르띤느의 음성 중 망각되었던 요소들이 나를 위하여 그녀의 개성적 윤곽을 다시 그리고 있는 동안) 적어도 그녀가 이제 그것들에게 부여하고 있던 의미에서는, 그녀의 항용 어휘군에 속하지 않던 특정 단어들의 출현 덕분이었노라고 대답하였을 것이다. 그녀가 나에게 엘스띠르가 바보라고 하는 말을 듣고 내가 펄쩍 뛰며 그렇지 않다고 소리치자, 그녀가 미소를 지으면서 이렇게 대꾸하였다.

"제가 하는 말을 이해하시지 못하는군요. 그가 그 경우에 바보였다는 뜻이며, 그가 매우 탁월한 사람이라는 사실은 저도 잘 알아요."

마찬가지로, 퐁뗀느블로 골프장이 멋있다는 말을 하기 위하여 그녀가 이렇게 선언하듯 말하였다.

"정말 완벽하게 정선된 것이에요."

내가 가졌던 결투에 관련해서도, 그녀는 내가 지명한 입회인들에 대하여 이렇게 말하였다. "최고급 입회인들이에요." 그러더니 나의 얼굴을 유심히 쳐다보면서, 내가 '콧수염 기르는 것' 보면 좋겠다고 자기의 속내를 드러냈다. 그녀는 심지어―그녀가 바로 전해에는 몰랐을 것이라고 내가 단언할 수 있었을 표현이었고, 듣는 순간 나의 성공 가능성이 매우 커 보였다―자기가 지젤을 만난 이후 상당한 '세월'[14]이 흘렀다는 말까지 하였다. 하지만 내가 발백에 있을 때 알베르띤느가 이미 그러한 표현들의 매우 어엿한 일습을 소유하고 있지 않았다는 말은 아니다. 그러한 표현들은, 그것들을 사용하는 사람이 유족한 가정 출신임을 즉각적으로 드러내고, 그 가정의 모친은, 딸이 성장해 감에 따라 중요한 계기에 임할 때마다 자기의 보석들을 딸에게 넘겨주듯, 그것들을 딸의 수중에 맡긴다. 어느 날, 어떤 낯선 여인이 준 선물을 받고 감사하다는 말을 하기 위하여 알베르띤느가 '송구스럽다'고 하였을 때, 그 말을 들은 사람들은, 그녀가 아이이기를 멈추었다는 것을 직감하였다. 봉땅 부인이 자기의 남편에게로 의미심장한 눈길을 던지지 않을 수 없었고, 그가 이렇게 대꾸하였다.

"그래요, 그 아이 나이가 열넷에 접어드는군."

알베르띤느가 행실 좋지 않은 어느 소녀에 대한 이야기를 하면서 다음과 같이 말할 때, 그녀의 뚜렷한 성숙함이 눈에 띄었다. "얼굴에 화장품을 덕지덕지 발라서, 그녀가 예쁜지조차 분별할 수 없어요." 그리고, 아직 소녀였건만, 어떤 사람이 상을 찡그리면, '나도 그러고 싶어지기 때문에 그를 쳐다볼 수 없다'고 한다든가, 혹은 어떤 사람이 재미로 누구의 흉내를 낼 경우, '가장 우스운 것은, 당신이 그녀를 모방하면 당신이 그녀를 닮아요'라고 말하여, 벌써 자기의 계층과 신분에 속하는 여인들의 어투를 드러내곤 하였다. 그 모든 것은 사회적 유산의 일부였다. 그러나 바로 그러한 이유로, 알베르띤느가 속한 그 계층은, 내가 보기에, 나의 아버지께서 당신과 아직 인사를 나누지 않았으나 사람들이 그 뛰어난 지성을 칭찬하던 같은 부처 동료들에 대해 '정말 기품 있는 사람인 듯하다'고 말씀하실 때와 같은 의미를 가진 '기품 있는' 무엇을 그녀에게 제공할 수 있을 것 같지 않았다. '정선된 것'이라는 말 역시, 비록 골프에 관한 이야기를 하면서 사용하였다 해도, 그것이 씨모네 가문과 어울리지 않기는, '자연적인'이라는 형용사와 함께 사용된 그 말[15]이 다윈의 연구 수 세기 이전의 어느 글과 어울리지 않을 것에 못지않아 보였다. '세월'이라는 말이 특히 나에게는 가장 좋은 징조처럼 보였다. 드디어, 알베르띤느가 나에게 그 견해를 무시할 수 없는 사람의 만족감을 드러내면서 다음과 같이 말하였을 때, 내가 모르던, 그러나 나로 하여금 모든 기대를 품을 수 있도록 하기에 적합한, 근본적인 동요의 자명성이 내 앞에 나타났다.

"그것이 '저의 생각으로는' 도래할 수 있는 최선의 것이에요…. 제가 보기에는 그것이 최선의 해결책, 우아한 해결책이에요."

그 말이 어쩌나 새로웠던지, 옛날에는 미지의 상태로 남아 있던 그녀의 영역을 가로지르던 그토록 종잡을 수 없던 우회로들을 드디어 짐작할 수 있게 해 주는 어쩌나 명료한 충적층이었던지, '저의 생각으로는' 이라는 말을 듣기 무섭게 내가 알베르띤느를 나에게로 잡아당겼고, '제가 보기에는' 이라는 말을 듣고는 그녀를 침대 위에 앉혔다.

물론 별로 교양 없는 여인들이, 학식 풍부한 남자와 혼인함으로써, 지참금과 함께 그러한 표현들을 받는 일이 생긴다. 그리하여 신혼 초야에 이어지는 변신 얼마 후, 그녀들이 신혼 인사를 드리러 다니고 옛날 가까이 지내던 여자들과 상당한 거리를 둘 때, 그녀들이 혹시 어떤 사람을 가리켜 그가 총명하다고 선언하듯 말하면서 그 단어의 철자 'l'을 강조하듯 두 번 발음하면,[16] 사람들이 놀라면서 그녀가 정말 어엿한 여인으로 변하였음을 간파한다. 하지만 그러한 발음 자체가 바로 어떤 변화의 징후인데, 나에게는 알베르띤느의 새로운 화법들과 일찍이 내가 알고 있던 그녀의 말씨 사이에 하나의 광막한 세계가 가로놓여 있는 것처럼 보였으니, 내가 알고 있던 종전의 그 말씨에서는, 이상한 어떤 사람을 가장 과감하게 지칭한다 해도, '별난 사람이야' 라고 하는 것이 고작이었고, 혹은 누가 알베르띤느에게 내기를 하자고 제안하면 '그렇게 낭비할 돈이 없다' 고 대답하든가, 또 혹시 자기의 친구들 중 어떤 소녀가 자신이 보기에 부당하게 자기를 나무랄 경우 '아! 정말이지, 이제 보니 너 굉장하구나!' 정도로 응수하는 등, 그 모든 경우에 그러한 구절들은, 〈마그니휘카트〉 찬송[17] 자체 만큼이나 유구한 일종의 중산층적 전통에 의해 구술된 것들이었고, 조금 화가 난 그리고 자기의 권리를 확신하는 어느 소녀가, 흔히들 말하듯 '아주 당연하게', 다시 말해 기도문이나 인사말처럼 자기의 모친으로부터 배웠기 때문에, 사용하는 구절들이었다. 그 모든 구절들을 봉땅 부인이, 그러는 것이 항상 적절하고 품위 있어 보이는지라, 유대인들에 대한 증오 및 흑인에 대한 존경과 함께 그녀에게 가르쳤으되, 그것이 명문적(明文的)으로는 아니었고, 갓 태어난 어린 방울새들이 양친 방울새들의 지저귐을 본뜨다가 자기들도 진정한 방울새가 되어가는 식으로 그 가르침이 이루어지게 하였다. 그 모든 사실에도 불구하고, 나에게는 '정선된 것'이라는 말이 토착민들 사이에 뒤늦게 정착한 이민족처럼 보였고, '제가 보기에는'이라는 말이 고무적으로 여겨졌다. 알베르띤느가 더 이상 전과 같지 않았고, 따라서 이제는 그녀가 어떤 행동도, 심지어 반항도 하지 않을 것 같았다.

나에게 더 이상 그녀에게로 향한 사랑이 없었을 뿐만 아니라, 그녀 속에 더 이상 존재하지 않던 나에 대한 우정이 혹시 깨지지 않을까, 발백에서 내가 그럴 수 있었을 것처럼, 더 이상 두려워할 이유조차 없었다. 내가 이미 오래 전부터 그녀에게는 관심 밖의 존재로 변하였으리라는 것에 의심의 여지가 없었다. 전에 내가 그토록 애쓴 끝에 받아들여지는데 성공하여 행복해하였던 그 작은 '집단'에도 더 이상 속하지 않는 사람으로 그녀가 나를 간주하고 있음을 깨달았다. 게다가, 그녀가 발백에서와 같은 솔직성과 선량함도 더이상 가지고 있지 않았던지라, 나는 큰 가책감을 느끼지 못하였다. 하지만 이제 생각하거니와, 나로 하여금 결단을 내리게 하였던 것은 마지막 언어적 발견이었다. 내가 늘어놓던 말의 외형적 사슬 밑에 나의 내밀한 욕망을 감춘 채, 언어의 새로운 고리를 하나 하나 계속적으로 덧붙이면서,[18] 그리고 이제 알베르띤느를 나의 침대한 구석에 앉혀 놓은 채, '작은 집단'에 속해 있던 소녀들 중 다른 소녀들보다 체구 더 작았으나 상당히 예쁘다고 생각했던 소녀 이야기를 꺼내자, 알베르띤느가 내 말에 대꾸하였다. "그래요, 그 아이는 자그마한 무스메 같아요." 내가 처음 알베르띤느를 알게 되었을 무렵, '무스메'라는 단어가 그녀에게 알려지지 않았던 것은 확실했다.[19] 만약 모든 일들이 정상적으로 흘렀다면 그녀가 결코 그 단어를 알게 되었을 리 없을 것 같았고,[20] 나로서도 그러한 사실에서 하등의 부정적인 측면을 발견하지 못하였을 것이다. 왜냐하면, 어떤 단어도 그것보다 더 짜증나게 하지는 않았으니 말이다.[21] 우리는 그 단어를 듣기만 하여도, 너무 큰 얼음 덩이 하나를 입에 물었을 때처럼 치통을 느낀다.[22] 그러나, 알베르띤느가 예뻤던지라, 그녀로부터 들려올 경우, 그 '무스메' 조차 나에게 불쾌감을 줄 수 없었다. 오히려 반대로, 그 단어가 나에게는, 어떤 외적인 입문[23]은 아니라 하더라도 최소한 하나의 내적인 진전을 드러내는 누설자처럼 보였다. 불행하게도, 그녀가 저녁 식사를 하러 때 맞춰 돌아가기를 내가 원한다면, 그리고 또한 나 역시 나의 식사에 늦지 않게 서둘러 침대에서 일어나야 한다면, 내가 그녀에게 작별 인사를 해야 할 시각이었다. 나의 식사를 준비하고 있던 사람은 프랑수와즈였는데, 그녀는 그것이 지체되는 것을 좋아하지 않았으며, 또한 나의 부모님이 아니 계시는 동안 알베르띤느가 나를 방문하여 그토록 오래 머물러 매사를 지체시키는 행위가, 자기의 윤리준칙들 중 어느 조항에 위배된다고 이미 생각하고 있었을 것임에 틀림없었다. 하지만 '무스메'라는 단어 앞에서는 그 모든 명분들이 스스로 꺾였고, 나는 서둘러 이렇게 말하였다.

"제가 전혀 간지럼을 타지 않는다는 사실을 상상해 보세요. 당신이 한 시간 동안 내내 저를 간지른다 해도 저는 그것을 느끼지조차 못할 거예요."

"정말이에요?"

"장담해요."

그녀가, 의심할 나위 없이, 나의 그 말이 어떤 욕망의 서툰 표현임을 간파한 것 같았다. 왜냐하면, 우리가 감히 요청하지 못하던, 그러나 우리의 말에 의해 그것이 우리에게 유용할 수 있으리라 입증된, 어떤 추천장을 우리에게 스스로 선뜻 제공하는 사람처럼, 여인 특유의 겸허한 어투로 이렇게 말하였기 때문이다.

"제가 한번 시도해 보기를 바라시나요?"

"원하신다면 좋습니다. 하지만 그러기 위해서는 당신이 저의 침대에 누우시는 것이 더 편리할 것입니다."

"이렇게요?"

"아니, 더 안쪽으로 들어와요."

"하지만 제가 너무 무겁지 않겠어요?"

그녀가 그 말을 마치는 순간 출입문이 열렸고, 프랑수와즈가 램프 하나를 들고 방 안으로 들어섰다. 알베르띤느가 겨우 다시 의자에 앉았다. 아마 프랑수와즈가 출입문 뒤에서 엿듣다가 혹은 열쇠 구멍을 통해 들여다보다가, 우리들을 당황하게 만들려고 그 순간을 택하였을 것이다. 하지만 나는 그러한 추측조차 할 필요가 없었고, 그녀 또한 자기의 본능이 직감적으로 충분히 알아챘을 그것을 구태여 눈으로 확인하는 짓 따위는 무시할 수 있었을 것이니, 왜냐하면, 나와 나의 부모님 곁에서 오랜 세월 사는 중에, 두려움과 신중함과 조심성과 간계 등이 결국 그녀에게 우리에 대하여, 선원이 바다에 대하여, 사냥감 짐승이 사냥꾼에 대하여, 그리고 의사는 혹시 아닐지 모르나 적어도 환자가 자기의 질환에 대하여 가지고 있는 것과 같은 종류의, 본능적이고 거의 점괘에 가까운 지식을 주기에 이르렀을 것이기 때문이다. 그녀가 알아내기에 성공한 모든 것이, 옛 사람들에게는 지식 얻을 수단이 거의 없었다는 점을 감안하면 그들이 확보한 특정 지식의 심오함이 그럴 것 만큼이나, 당연히 사람들을 아연실색케 할 수 있었을 것이다(그녀의 지식 얻을 수단 역시 더 많지 않았으니, 집사에 의해 지나는 길에 채취되어 찬방에서 부정확한 상태로 그녀에게 전달된, 저녁 식사 도중에 우리가 나누던 대화 중 겨우 이십분의 일에 해당하는 몇 마디 말이 고작이었다). 게다가 프랑수와즈의 오류는, 옛 사람들의 오류처럼, 그리고 플라톤이 믿던 전설들[24]처럼, 구체적인 자료들의 부족보다는 세계에 대한 그릇된 이해와 편견에 기인되었다. 그녀가 사용하던 방법으로 오늘날에도, 곤충들의 행동양식에 관련된 가장 위대한 발견들이, 실험실이나 실험 도구 하나 가지고 있지 않은 학자에 의해 이루어질 수 있었다.[25] 그러나 하녀라는 그녀의 처지에 기인한 약점들이 그녀가 어떤 사실을 알지 못하도록 방해하지 못하였을 뿐만 아니라—알려고 하는 노력은, 그 결과를 우리에게 알림으로써 우리를 당황스럽게 만드는 기술의 불가결한 요소였고, 그 기술이 곧 그 알려고 하는 노력의 궁극적인 목적이었다—그러한 제약이 더 큰 효력을 발휘하였던 바, 그 경우, 제약이 그녀의 천부적 재능을 마비시키지 않는 것으로 만족하지 않고 오히려 그 재능의 발휘를 강력하게 도왔다. 물론 프랑수와즈는 어조나 태도 등과 같은 보조 수단도 결코 소홀히 하지 않았다. 그녀가(우리들이 자기에게 하던 그리고 그녀가 믿기를 바라던 말은 결코 믿지 않는 반면), 자기와 같은 신분에 속하는 사람이 자기에게 들려주는 터무니없는 그리고 동시에 우리들의 사념에 충격을 줄 수 있을 이야기를 한 점 의심 없이 받아들였던 만큼, 우리의 주장을 듣는 그녀의 태도에 그녀의 불신이 역력히 드러났고, 상전들을 협박하였을 뿐만 아니라 사람들 앞에서 공공연히 그들을 '퇴비' 취급하여 상전들로부터 오히려 숱한 호의를 얻어냈다고 그녀에게 떠들어댄 어느 요리 담당 하녀의 이야기를 우리에게 전하는(간접화법이 그녀로 하여금 아무 처벌 두려워 할 필요 없이 우리에게 심한 욕설을 퍼부을 수 있게 해 주었기 때문이다) 그녀의 억양은, 그 이야기가 그녀에게는 '복음서'의 말이었음을 입증해 주었다. 프랑수와즈는 심지어 이렇게 덧붙이기까지 하였다. "제가 만약 그 댁 안주인이었다면 저의 마음이 상했을 거예요." 오층에 사는 그 부인에 대하여 우리가 처음부터 호감을 갖지 않았음에도 불구하고, 그 있음직하지 않은 해괴한 이야기에, 그 못된 전례일 수 있는 이야기에, 우리가 어처구니없다는 듯 어깨를 으쓱하였건만, 그 이야기를 하던 프랑수와즈의 어조는, 추호도 이론의 여지가 없다는 듯한 가장 짜증나게 하는 단언의 퉁명스러움과 단호함을 보였다.

그러나 특히, 문인들이 어느 군주의 폭정이나 어떤 문예론, 혹은 운율규범이나 국가적 종교의 엄격함에 묶여 있을 때, 정치적 자유나 문학적 무정부 상태가 지배하는 체제에서는 갖지 않아도 좋은 집중력을 발휘하는 경우가 잦듯, 프랑수와즈 또한, 우리들의 말에 명시적으로 대꾸할 수 없었던 처지였던지라, 테이레시아스[26]처럼 말하곤 하였고, 글을 썼다면 타키투스[27]처럼 썼을 것이다. 그녀는 직설적으로 표현할 수 없는 모든 것을, 우리 스스로 자책하지 않고는 비난할 수 없는 하나의 구절 속에, 하나의 문장보다 더 간단한 것 속에, 하나의 침묵 속에, 어떤 물건 하나를 놓는 방식 속에 내포시킬 줄 알았다. 그리하여, 예를 들면, 그녀에 대한 악의적인 내용이 적혀 있어, 그 편지의 수신인과 발신인 모두 그녀에 대하여 악의를 품고 있으리라는 추정을 가능케 하는지라 그녀가 보아서는 아니 될 특정 편지를, 내가 실수로 나의 탁자 위에 다른 편지들과 함께 놓아 두고 외출하였을 경우, 저녁에 불안한 마음으로 귀가하여 곧장 나의 방으로 가면, 그 위험을 초래할 수 있을 증거 자료가, 질서정연하게 하나의 무더기로 정돈된 다른 편지들 위에서, 그 무더기 꼭대기에, 거의 별도로, 하나의 언어이며 고유의 웅변술을 가지고 있는 명백함 자체처럼, 그녀에 의해 놓여져, 프랑수와즈의 눈에 강한 인상을 주지 않을 수 없었을 것처럼 나의 눈을 후려치곤

하였고, 나의 방 출입문에서부터 마치 하나의 비명처럼 나를 전율
시키곤 하였다. 그녀는 관객에게 충분한 가르침을 주기 위한 연극
연출에 어찌나 탁월한 재주를 가졌던지, 관객은 프랑수와즈가 자
리를 비웠다가 다시 나타나도, 그녀가 등장하는 순간, 그녀가 이미
모든 것을 알고 있음을 직감하곤 하였다. 그녀는, 하나의 무생물체
로 하여금 그렇게 말을 하도록 함에 있어서, 어빙과 프레데릭 르메
트르의 천재적이며 동시에 인내심 강한 기예를 가지고 있었다.[28]
그 순간, 젊은 아가씨의 몸뚱이가 침대보를 눌러 그곳에 남긴 자국
들을 깡그리 밝혀 주던 등불을 알베르띤느와 나의 머리 위로 쳐들
고 있던 프랑수와즈는, '죄를 밝히는 유스티티아'[29]의 기색을 하
고 있었다. 알베르띤느의 얼굴은 그 조명 아래에서도 원래의 모습
을 조금도 잃지 않았다. 일찍이 발백에서 나의 마음을 사로잡았던
두 볼의 햇볕 어렸던 윤기를 조명이 드러내고 있었다. 밖에서는 그
전체가 이따금씩 일종의 희미한 창백함을 띠던 알베르띤느의 얼
굴이, 반대로, 등불이 그것을 더 밝게 비침에 따라, 어찌나 눈부시
고 균일한 색으로 물든 표면을 드러내고 있었던지, 어찌나 탄탄하
고 미끈한 표면을 드러내고 있었던지, 누구든 그 피부 표면을 특정
꽃들의 두드러진 살색에 비교할 수 있었을 것이다. 하지만 프랑수
와즈의 예기치 못한 출현에 놀라 내가 소리쳤다.

"벌써 등불이라니, 어찌 된 일이에요? 맙소사, 이 강렬한 불빛!"
내가 한 그 두 마디 말 중, 두 번째 것으로는 나의 당황스러움을 감
추고, 첫 마디로는 식탁에 가지 않고 지체한 사실을 사과하기 위함
이었다. 프랑수와즈가 잔인하게도 나의 그 말에 애매한 대꾸를 하
였다.

"불을 끌까요(j'éteinde)?"

"뗀뉴(j'éteigne)지요?"[30] 알베르띤느가 친숙한 발랄함으로 나를

매료시키면서 나의 귀에다 그렇게 속삭였고, 나를 자기의 선생임과 동시에 공모자로 여기면서 그러한 발랄함을 곁들여, 문법 문제에 관한 질문을 던지는 어조 속에 그렇게 심리적인 주장을 끼워 넣었다.

프랑수와즈가 방에서 나가고 알베르띤느가 다시 침대 위에 앉았을 때, 내가 그녀에게 말하였다.

"제가 두려워하는 것은, 우리가 이렇게 계속할 경우, 제가 당신을 포옹하고 당신에게 입맞추지 않을 수 없다는 것입니다."

"그러면 아름다운 불운이겠군요."

나는 그 초대에 즉시 응하지 않았다. 나 아닌 다른 사람이었다면 그러한 초대가 필요 이상의 것이라 여겼을 것이니, 알베르띤느의 발음이 어찌나 육감적이고 달콤했던지, 그녀가 누구에게 말만하여도 그를 포옹하는 것 같았기 때문이다. 그녀의 말 한 마디가 곧 애정 표시였고, 상대와 나누는 그녀의 대화가 그를 입맞춤으로 뒤덮곤 하였다. 그렇건만 그 초대가 나에게는 각별히 기분좋았다. 물론 같은 또래의 다른 예쁜 소녀로부터 그러한 초대를 받았다 해도 마찬가지로 기뻤겠으나, 알베르띤느가 이제는 어찌나 다가가기 쉬운 대상이었던지, 그러한 사실이 나에게 기쁨 이상의 것을 안겨주었으며, 그 기쁨 이상의 것이란 아름다움의 흔적 찍힌 영상들을 서로 대조하는 것이었다. 나는 우선, 나타나리라 추정되던 그 여배우인지, 그 순간 그 여배우 대신 출연한 어느 단역인지, 혹은 단지 하나의 투영된 영상인지, 도무지 갈피를 잡을 수 없는 극장의 광경들보다 나에게는 더 현실적인 존재로 보이지 않던, 바다를 배경 삼아 그려 놓은것처럼 보이던 알베르띤느를 해변 앞에 떠올렸다. 그 다음, 실재하는 여인이 눈부신 빛다발[31]로부터 분리되어 나에게 다가왔으나, 그녀가 현실 세계 속에서는, 우리가 그 매혹적인 화폭을 바라보면서 그녀에게 있으리라고 짐작하던, 사랑에 쉽게 이끌려 들어가는 기질을 전혀 드러내지 않는다는 사실만을 내가 알아차릴 수 있었을 뿐이었다. 그리하여 나는, 그녀에게 손을 대거나 그녀를 포옹하는 것이 불가능하고, 그녀와는 단지 오순도순 이야기를 나눌 수 있을 뿐이며, 그녀가 나에게는, 옛날에 식탁 장식으로 사용하던 경옥(硬玉)으로 깎은 포도 모형이 포도 아니듯, 여인이 아니었음을 알게 되었다. 그런데 이제, 세 번째 도면 속에, 내가 그녀를 보았던 두 번째 도면 속에서처럼, 그녀가 내 앞에 실재하는 여인으로, 그러나 첫 번째 도면 속에서처럼 사랑에 쉽게 이끌려 들어가는 여인의 모습으로 나타났고, 사랑에 선선히 응할 듯한 그 모습이, 내가 오랜 세월 그렇지 않다고 믿었던 탓에 그만큼 더 감미로웠다. 삶에 대한(내가 처음 생각하였던 것보다 덜 단조롭고 덜 단순한 삶에 대한) 내 지식의 잉여분이 잠정적으로 불가지론(不可知論)에 도달하고 있었다. 처음에는 그럴 듯하다고 믿었던 것이 이내 오류로 증명되었다가 다시 사실처럼 나타나는데, 우리가 어떤 단언을 할 수 있겠는가? (또한 애석하게도 나는 아직, 알베르띤느와의 관계에 있어서 장차 이어질 새로운 발견들의 끝에 아직 도달하지 못하고 있었다.[32]) 여하튼, 그날 그날의 삶에 의해 하나씩 차례대로 드러나는 줄거리들의 더 큰 풍성함이 주는 가르침의 소설적인 매력(쎙-루가 리브벨에서 저녁 식사를 하던 중, 어느 평온한 얼굴 위에 삶이 포개어 놓은 가면들 중에서, 옛날 자신의 입술이 지긋이 누른 적 있는 모습을 다시 발견하며 맛보곤 하던 매력과는 정반대의)은 없었음에도 불구하고, 알베르띤느의 볼에 입맞추는 것이 가능한 일임을 알게 된 것이, 나에게는 아마 입맞춤 자체보다 더 큰 기쁨이었을 것이다. 어떤 여인이 한 덩이 살에 불과한지라 오직 우리의 몸뚱이만이 가서 들러붙는 그러한 여인을 수중에 넣는 것과, 친구들과 함께 어떤 날 해변에 나타났으되, 다른 날들이 아닌 바로 그런 날들에 나타나는 이유를 몰라, 혹시 다시는 볼 수 없지 않을까 마음 조리게 하던, 해변에서 본 그 소녀를 수중에 넣는 것 사이에 어떤 차이가 있을까? 삶이 우리에게 그 소녀의 소설 같은 생활 전부를 친절하게 드러내 보여주었고, 그녀를 더 자세히 보라고 광학기구 하나를 빌려주더니 또 다른 하나를 빌려주었으며, 육체적 욕망에다, 그것을 백배로 증대시키고 다양화하기 위하여, 그 육체적 욕망이 한 덩이 살에만 집착할 때에는 무기력 상태에 머물러 그 욕망이 하는대로 내버려두지만, 자신들이 그리움을 품은 채 추방되었다고 느끼는, 추억들 가득한 지역 전체를 수중에 넣기 위하여 그 욕망 곁에서 폭풍 형태로 솟아 올라 그 욕망을 팽배시키되, 그 욕망이 달성할 수도 이해할 수도 없는 비질료적 실체의 희구하던 형태까지 그 욕망을 따라갈 수 없어, 중도에서 그것을 기다리다가, 그것이 돌아오는 순간에 다시 그것을 호위하는, 더 정신적이어서 충족시킬 가능성 더 적은 욕망들을 덧붙여 동행하게 하였던지라, 아무리 싱싱하되 평범하고 비밀도 현혹적인 매력도 없는 흔한 여인의 볼 대신 내가 그토록 오랫동안 몽상의 대상으로 삼던 볼에 입맞추는 것은 곧, 내가 자주 유심히 바라보던 어떤 색깔의 맛과 향기를 알게 되는 것과 마찬가지일 것 같았다. 바다를 배경으로 윤곽이 드러났던 알베르띤느처럼, 일상의 풍경 속에 있는 하나의 단순한 영상에 불과한 여인 하나를 본 다음에는, 누구든 그 영상을 떼어 자기 곁에 놓고, 마치 그것이 입체경의 렌즈 뒤에 놓인 듯, 그것의 부피와 색깔들을 조금씩 볼 수 있게 된다. 그러한 이유 때문에, 조금 까다로운 편이라 즉시 수중에 넣지 못할 뿐만 아니라, 장차 수중에 넣을 수 있을지조차 쉽사리 알 수 없는 그러한 여인들만이 우리의 관심을 끈다. 왜냐하면, 그러한 여인들과 사귀고 그녀들에게 접근하여 그녀들을 정복하는 것이 곧 형태와 크기와 굴곡에 있어 인간의 영상을 다양하게 하는 것이며, 그것은 또한 일상의 진부한 배경 속에서 자기 윤곽의 날씬함을 회복할 때 다시 바라보기에 아름다운 어느 여인의 몸과 생활의 평가에서 드러나는 상대성을 깨닫게 하는 하나의 교훈이기 때문이다. 뚜쟁이의 집에서 처음부터 사귀는 여인들은, 그녀들이 항상 변함 없기 때문에 우리의 관심을 자극하지 못한다.

또 한편으로는, 나에게 각별히 소중했던 일련의 해양 풍경들[33]이 나에게 주던 모든 인상들을 알베르띤느가 서로 연결하여 자기의 몸에 띠처럼 두르고 있었다. 그리하여 나는 그 소녀의 양쪽 볼 위에서 발백의 해변을 몽땅 음미할 수 있을 것 같았다.

"제가 당신에게 입맞추는 것을 정말 허락하신다면, 그것을 훗날로 미루어 제가 원하는 순간을 택하고 싶습니다. 다만 당신이 저에게 그것을 허락하셨다는 사실을 잊으시면 아니 됩니다. 저에게 '입맞춤 한 번'을 보증하는 전표 한 장을 주서야겠습니다."

"그 전표에 제가 서명해야 하나요?"

"지금 전표 하나를 받은 다음, 후에 또 하나 얻을 수 있을까요?"

"그 전표 말씀이 재미있어요. 그것을 가끔 드리겠어요."

"말씀해 보세요, 한가지만 더. 발백에서 제가 아직 당신과 사귀기 전에, 당신의 시선이 자주 냉정하고 극도로 신중해지곤 했는데, 그럴 때마다 당신이 무슨 생각을 하셨는지 저에게 말씀해 주실 수 없나요?"

"아! 저에게는 그러한 기억이 전혀 없어요."

"당신의 기억에 도움이 될까 하여 말씀 드리는데, 어느 날 당신의 친구 지젤이 어느 늙은 신사가 앉아 있던 의자를 모둠발로 뛰어 넘었어요.[34] 그 순간에 당신이 무슨 생각을 하셨는지 그것을 상기해 보세요."

"지젤은 우리들이 가장 드물게 만나던 아이였고, 우리 집단의 일원이라고 할 수는 있었으나 전적으로 그렇지는 않았어요. 그 아이가 버릇 없이 자랐고 평범하다는 생각을 제가 아마 그 순간에 하였을 것 같아요."

"아! 그것이 전부예요?"

나는 그녀에게 입맞추기 전에, 그녀와 사귀기 전, 해변에 나타난 그녀가 나로 하여금 느끼게 하였던 신비로 그녀를 다시 가득 채우고 싶었으며, 이전에 그녀가 살았던 고장을 그녀 속에서 다시 만나고 싶었는데, 혹시 그 고장이 나에게 생소할 경우, 그것 대신, 우리가 발백에서 보낸 시절의 모든 추억들과 호텔의 창문 밑까지 몰려들던 물결 소리, 아이들의 고함 소리나마 끼워 넣을 수 있었다. 그러나 기복 심한 능선 형태로 치달리고 경사 급한 지맥(支脈)들을 쳐들어 올리며 계곡들의 일렁임을 빚어내던 그녀의 아름다운 검은색 머리채가 이루던 습곡(褶曲) 초입부 발치에 이르러, 그 표면이 부드럽게 안쪽으로 휘어져 그것에 흡수되어 사라지던, 두 볼의 아름다운 반구형(半球型) 위로 나의 시선이 미끄러지듯 오락가락하도록 내버려두면서, 나는 이러한 생각에 잠기지 않을 수 없었다. '발백에서는 성공하지 못하였지만, 내가 드디어 알베르띤느의 볼이라는 신비한 장미꽃의 맛을 알게 되었구나. 그리고 우리의 생애 동안, 우리가 사물들과 사람들로 하여금 통과하도록 할 수 있을 권역들이 별로 많지 않은데, 그 모든 얼굴들 중 내가 선택한 그 활짝 피어난 얼굴을 멀리 있던 그것의 틀에서 나오게 하여, 드디어 나의 입술을 통해 그것을 인지하게 될 이 새로운 국면 속으로 이끌어온다면, 아마 나는 나의 삶이 어떤 의미에서는 완성된 것으로 간주할 수 있을 거야.' 내가 그렇게 생각한 것은, 입술을 통한 인지라는 것이 존재하리라 믿었기 때문이고, 또한 성게나 심지어 고래보다도 분명 덜 원시적인 생물체인 인간에게 아직도 몇몇 필수적인 기관들이 결여되어 있으며, 특히 입맞춤에 필요한 어떠한 기관도 없음을 일찍이 상상조차 못하였던지라, 내가 드디어 살로 이루어진 그 장미의 맛을 알게 되리라고 생각하였다. 그 결여된 기관을 인간은 입술로 대체하고, 그 방법을 통해 아마, 사랑스러운 대상을 뿔 모양의 어금니로 애무할 처지에 놓인 경우보다는 조금 더 만족스러운 결과에 이를 것이다. 그러나 자신들을 유혹하는 것의 맛을 입천장으로 가져가도록 되어 있는 입술들은, 자기들의 실수를 깨닫지 못한 채, 그리고 자기들이 느낀 실망감을 고백하지도 못한 채, 표면에서 방황하는 것으로, 또 갈망하지만 그 속으로 침투할 수 없는 볼을 감싸고 있는 담장에 가서 충돌하는 것으로 만족해야 한다. 게다가 그 순간, 살과의 접촉에서도 입술들이, 비록 더 숙련된 천부의 재능을 지녔다 해도, 자연이 현실적으로 그 포착을 방해하는 맛을 더 이상 음미할 수 없을 것은 분명한 바, 자기들의 양식을 발견할 수 없는 그 황량한 지역에 그것들이 고립무원의 상태에 있고, 시선이, 그리고 뒤이어 후각이, 이미 오래 전에 그것들을 홀로 내버려두었기 때문이다. 처음에는, 나의 시선이 입을 맞추라고 자기에게 제안한 볼들 가까이로 나의 입이 접근함에 따라, 자리를 옮긴 나의 시선에 새로운 볼들이 보이더니, 그 다음 순간, 더 가까이에서 본 그리고 마치 돋보기를 통해 보이는 듯한 목이, 거친 피부결을 통해, 얼굴의 특징을 바꾸어 놓는 건장함을 드러냈다.

내가 보기에는, 확정된 모습을 갖추었다고 우리가 믿던 어떤 사물로부터, 입맞춤 만큼이나 능숙하게 다른 일백여개의 사물들이 돌출하게(각개가 못지않게 정당한 관점에 연관되었으니) 할 수 있는 것은—가까이에서 보면 거의 탑들 만큼 높아 보이기 그토록 빈번하던 모든 건물들을 어느 대교회당 발치에 눕혀 놓고, 같은 모양의 기념비적 건물들을 일개 연대 병력처럼 종대형으로, 정돈된 분산형으로, 밀집대형으로 연속하여 기동하게 하고, 조금 전까지도 그토록 멀리 떨어져 있던 삐아쩨따 광장의 두 원주들을 서로에게 가까이 이끌어다 놓고, 가까이에 있는 쌀루떼 교회당을 멀찌감치 밀어 놓고,[35] 창백하고 흐릿한 배경을 살려 어느 교량의 아치 속에, 어느 창문의 공간 속에, 전경(前景)에 놓여 있으며 색조 더 선명한 어느 나무의 잎들 사이에 광막한 지평선이 머물게 하는데 성공하고, 다른 모든 교회당들의 아케이드들을 연속적으로 같은 교회당의 틀로 제공하는―최근에 이룩한 사진술의 발달뿐이다. 요컨대, 발백에서 알베르띤느가 나에게 자주 다른 모습으로 보였던 것처럼, 지금도―마치 내가, 어떤 사람과의 여러 다양한 만남에서 그 사람이 제공하는 관점의 변화들 및 색조의 변화들을 엄청나게 가속시켜 그 모든 만남들을 단 몇 초라는 공간 속에 가둔 다음, 한 사람의 개성을 다양화시키는 현상을 실험적으로 재창조하고 그 현상이 내포하는 모든 가능성들을 하나씩, 마치 갑에서 꺼내듯, 차례대로 꺼내 보기를 원하기라도 한 듯―그녀의 볼을 향하여 가던 내 입술들의 그토록 짧은 여정 동안에 내가 본 것은 열 사람의 서로 다른 알베르띤느였고, 하나뿐인 그 소녀가 얼굴 여럿 가진 어느 여신과 같았던지라, 마지막으로 본 소녀에게로 내가 기어코 다가가려고 해도, 그녀가 즉시 다른 소녀에게 자리를 내어주곤 하였다. 적어도 나의 입술이 그 얼굴에 닿지 않았을 때에는 내가 그것을 볼 수 있었고, 가벼운 향기 한 가닥이 그 얼굴로부터 나에게까지 이르렀다. 그러나 애석한 일이다!―우리의 콧구멍과 눈이 입맞춤에는 적합하지 않은 위치에 놓여 있고 또 부실하게 만들어졌기 때문이니―문득 나의 눈이 보기를 멈추었고, 코 또한 짓눌리면서 아무 냄새도 감지하지 못하였으며, 그렇다고 갈망하던 그 분홍빛의 맛을 더 깊이 음미하지도 못하면서, 나는 그 고약한 징후들에 미루어 내가 드디어 알베르띤느의 볼에 입을 맞추고 있었음을 알아차렸다.

그녀가 전에는 그토록 엄한 표정으로 거절하던 것을 이제는 그토록 선선히 허락하게 된 것이, 우리가 발백에서와는 전도된 장면을 (고형물의 변천으로 형상화된) 연출하고 있었기 때문에, 즉 내가 누워 있었던 반면 그녀는 앉아 있어, 급작스러운 공격을 피할 수 있고 또 쾌락을 자기의 뜻에 따라 유도할 수 있었기 때문이었을까? (물론, 나의 입이 접근하자 그녀의 얼굴에 나타난 관능적인 표정이 옛날의 그 엄한 표정과 극미한 편차밖에 보이지 않았으나, 그 편차 속에는, 부상자를 살해하는 사람과 그를 구출해 치유해 주는 사람 사이에 놓인, 혹은 숭고한 초상화와 보기에 끔찍한 초상화 사이에 놓인 먼 거리가 담길 수 있다.) 그녀의 태도 변화에 대하여, 빠리에서 혹은 발백에서 최근 몇 개월 중 한 동안 나를 위하여 노고를 아끼지 않은 본의 아닌 은인에게 영광을 돌리며 고마워해야 할지 여부를 몰라, 나는 우리 두 사람의 몸뚱이가 놓인 방식이 그러한 변화의 주원인이었을 것이라 생각하였다. 하지만 알베르띤느가 나에게 제시한 원인은 다른 것이었고, 정확히 말하자면 이러했다. "아! 그 순간, 발백에서는, 제가 당신을 잘 몰랐고, 당신이 못된 의도를 가지고 있으리라고 제가 믿을 수도 있었기 때문이에요." 그러한 설명에 내가 당혹스러워졌다. 의심할 나위 없이 알베르띤느의 그러한 설명은 진지했다. 한 여인이 남자 동료와 단 둘이서만 마주하고 있는 동안, 자기의 팔과 다리의 움직임 및 자기의 몸이 느끼는 감각들 속에서, 어느 낯선 남자가 혹시 자기를 상대로 획책하고 있지 않을까 하여 두려워하던 그 미지의 위험을 알아채기가 그토록 어렵다!

여하튼, 얼마 전부터 그녀의 생활에 문득 나타났고, 발백에서 일찍이 그녀가 나의 사랑[37]에게는 질겁을 하며 거절하였던 것을 나의 일시적이며 전적으로 육체적인 욕망에는 그토록 선선히 허락한 동기를 아마 설명해 줄 수 있을 그 변화들이 무엇이었든, 바로 그날 저녁에, 그녀의 애무가 나에게 만족감을—그녀도 틀림없이 알아차렸을, 그리하여 심지어, 그것이 혹시 그녀에게 혐오감을, 그리고 질베르뜨가 샹젤리제에 있는 소복한 월계수 무더기 뒤에서 유사한 순간에 느꼈던 그 침해당한 수치심을 안겨주지 않았을까 내가 우려하기도 한—가져다준 직후, 알베르띤느에게 더욱 놀라운 변화하나가 생겼다.

내가 우려하던 것과는 정반대였다. 내가 그녀를 나의 침대 위에 눕힌 순간에, 그리고 그녀를 애무하기 시작한 순간에, 알베르띤느는 이미, 내가 일찍이 그녀에게서 발견하지 못하던, 고분고분한 선의와 거의 어린애 같은 순진함 어린 기색을 띠고 있었다. 그러한 면에서는 죽음 직후의 순간과 유사한 쾌락 직전의 순간이, 그녀에게 있던 일체의 편견들과 평소의 거만함을 흔적도 없이 지워 버리면서, 그녀의 더욱 젊어진 용모에 유년기의 순진무구함 같은 무엇을 돌려주었다. 또한 의심할 나위 없이, 누구든 자기의 재능을 문득 작동시킨 다음에는 겸허하고 열성적이며 매력적으로 변하고, 특히, 그 재능으로 우리에게 커다란 즐거움을 주는 한편, 그 사람 자신도 그것으로 인해 행복해지며, 따라서 우리에게 한껏 충만한 기쁨을 주고자 한다. 그러나 알베르띤느의 얼굴에 나타난 그 새로운 표정에는, 무사무욕과 직업적인 성의 및 너그러움 이상의 것, 일종의 인습적이고 돌연한 헌신 같은 것이 있었으니, 그녀가 되돌아가 있었던 곳은, 자신의 유년시절보다 더 먼 곳, 즉 여자라는 자기 종족의 청춘 시절이었다. 육체적 위안 이외에는 그 무엇도 바라

지 않았고, 결국 그 위안을 얻은 나와는 달리, 알베르띤느는, 그 육
체적 즐거움이 어떤 윤리적 감정을 수반하지 않고 그것 자체로 종
결된다고 생각한다는 것 자체가 자기의 상스러움을 입증하는 것
이라고 여기는 것 같았다. 조금 전에 그토록 바쁘다고 하던 그녀
가, 이제는, 그리고 입맞춤이 사랑을 내포하고 사랑이 다른 모든
의무보다 중요하다고 생각하였음인지, 내가 그녀의 저녁 식사를
상기시켜 주자 이렇게 말하였다.

"보세요, 그것은 전혀 문제 되지 않아요, 저에게는 시간이 얼마
든지 있어요."

그녀는, 쥐삐앵이 권하곤 하던 포도주 한 잔을, 갈증을 느끼지
않아도 예의바른 기쁨을 표시하며 받아야 한다고 생각하였을 경
우, 아무리 거역할 수 없는 의무가 기다리고 있더라도, 술잔을 비
우기 무섭게 감히 자리를 뜨지 못하였을 프랑수와즈처럼, 예절 때
문에 거북해져서, 자기가 이제 막 하고 난 일 직후 즉시 일어서는
것이 거북했던 모양이다. 알베르띤느는—그리고 아마 그것이, 훗
날 우리가 알게 될 다른 이유와 함께, 나도 모르는 사이에 나로 하
여금 그녀에 대한 욕정을 품게 한 이유들 중 하나였을 것이다—그
전형이 쌩-앙드레-데-샹 교회당에 석상으로 조각되어 있는 프랑스
의 전형적인 촌 아가씨의 화신들 중 하나였다. 나는 그녀에게서,
머지않아 그녀의 숙적이 될 프랑수와즈의, 손님과 낯선 사람에게
로 향한 정중함 및 잠자리에 대한 예의와 존경을 발견하였다.

나의 숙모님이 타계하신 후에는 측은히 여기는 어조로밖에 말
을 할 수 없으리라 생각하던 프랑수와즈도, 자기 딸의 결혼 전 몇
달 동안, 딸이 약혼자와 함께 산책을 나설 때, 만약 그와 팔짱을 끼
지 않았다면 그것을 충격적인 일로 여겼을 것이다.

나의 곁에 고정된 듯한 알베르띤느가 나에게 말하였다.

"당신의 머릿결은 곱고 당신의 눈은 아름다우며 당신은 사랑스 러워요."

내가 이미 그녀에게 너무 늦었음을 일깨워주었던지라, 다시 한 마디 더 하였다. "저의 말을 믿지 못하겠어요?" 그녀가 다음과 같 이 대꾸하였고, 그것이 아마 진실이었겠으나, 단지 몇 분 전부터 그리고 차후 몇 시간 동안만 그러했다.

"저는 항상 당신을 믿어요."

그녀가 나와 나의 가문과 나의 사회적 배경에 관한 이야기를 꺼 냈다. 그녀가 나에게 말하였다. "오! 저는 당신의 부모님께서 멋진 사람들과 교류하신다는 사실을 알고 있어요. 당신은 로베르 포레 스띠에와 쉬잔느 들라주의 친구지요." 그 말을 듣는 첫 순간에는 그 이름들이 나에게 아무것도 이야기해 주지 못하였다. 그러나 문 득, 내가 정말 일찍이 로베르 포레스띠에와 함께 샹젤리제에서 놀 았고, 그 이후에는 그를 영영 다시 보지 못하였음을 기억 속에 떠 올렸다. 쉬잔느 들라주에 관해 말하자면, 그녀는 블랑데 부인[38]의 종손녀였고, 그녀의 양친 댁에서 마련한 무용 교습에 내가 언젠가 한번 참석하기로 되어 있었을 뿐만 아니라, 그 댁 응접실에서 공연 하기로 되어 있던 희극 중 작은 역할 하나를 내가 맡기로 되어 있 었다. 그러나 내가 미친 듯이 웃게 되지 않을까, 그리하여 코피를 흘리게 되지 않을까 하는 두려움 때문에 참석하지 않았고, 그 이후 로는 그녀를 다시 만나지 못하였다. 그 시절 내가 사람들로부터 이 야기를 듣고 짐작하던 것은, 깃털 장식 꽂은 모자 쓴 스완 댁 여자 가정교사가 그녀의 양친 댁에 살며, 따라서 그 가정교사가 그녀의 자매들 중 하나이거나 친구일 수 있으리라는 것이 고작이었다. 나 는 알베르띤느의 말을 반박하면서, 로베르 포레스띠에와 쉬잔느 들라주가 나의 생활과는 아무 관계가 없다고 하였다. "그럴 수 있겠지요. 하지만 당신들의 모친들께서 친숙하게 지내시니, 그것이 당신에게 사회적 위치를 정해 주어요. 제가 메쌘느 대로에서 쉬잔느 들라주와 자주 마주치는데, 멋이 넘치더군요." 우리의 어머니들께서는 오직 봉땅 부인의 상상 속에서만 교분을 맺고 계셨으며, 그것은, 내가 옛날 로베르 포레스띠에와 함께 놀았고 그에게 시 몇 구절을 낭송해 준 일이 있었던 모양인데, 그녀가 그 사실을 누구에선가 전해 듣고, 우리들이 가문 차원에서 친밀할 것이라는 결론을 내렸기 때문이다. 사람들이 나에게 전해 준 바에 의하면, 나의 어머니 이야기가 나올 때마다 봉땅 부인은, 자격도 없는 내 부모님에게 높은 점수를 부여하면서 어김없이 이렇게 말한다고 하였다. "아! 그래요, 들라주 가문 및 포레스띠에 가문 등과 친숙하게 지내지요."

게다가 알베르띤느의 사회적 개념들은 극도의 어리석음에서 비롯된 것들이었다. 그녀는 'n' 둘 사용하는 씨몬네(Simonnet)가문에 속하는 사람들은, 'n' 하나 사용하는 씨모네(Simonet) 가문 사람들뿐만 아니라, 이 세상의 모든 다른 사람들에 비해서도 열등하다고 믿었다. 어떤 사람이, 우리의 가문에 속하지 않으면서 우리와 같은 성씨를 가지고 있다는 사실 그 자체가, 그를 멸시할 커다란 이유가 된다. 물론 예외일 경우들도 있다. '씨몬네'라는 성씨 가진 두 사람이(예를 들어 묘지를 향해 가고 있는 장례 행렬 속에서처럼, 무슨 말이든 하고 싶은 욕구를 느끼고 사람들에게 유난히 마음을 여는 그러한 모임에서 서로에게 소개된), 자기들의 성씨가 같음을 알고 서로에게 호의를 보이면서, 자기들 사이에 어떤 혈연관계가 있는지 여부를 밝히려 하지만 무위로 끝나는 일이 생길 수 있다. 하지만 그것은 하나의 예외적인 경우에 지나지 않는다. 이 세상에는 존경스럽지 못한 사람들이 많지만, 우리는 그러한 사실을 모르거나 아예 개의치 않는다. 그러나 동명이라는 사실로 인해 그들에게로 가야할 편지들이 우리에게 배달되거나 그 정반대 현상이 생길 경우, 우리는 비로소 그들이 어떤 사람들인지 의혹을 품기 시작하고, 그 의혹이 정당한 경우도 잦다. 또한 우리가 그들과 혼동될 것을 저어하여, 혹시 어떤 사람이 그들에 관한 이야기를 꺼내면, 즉시 역겹다는 듯 입을 삐죽거려 그러한 혼동을 예방한다. 또한 혹시 신문에서 우리와 같은 성씨를 가진 그들에 관한 기사를 읽을 때에는, 그들이 우리의 성씨를 찬탈한 것처럼 여겨진다. 사회의 다른 구성원들이 저지른 죄에 대하여 우리는 무관심하다. 반면, 우리와 같은 성씨를 가진 사람들이 유사한 짓을 저질렀을 경우, 우리는 그들에게 더 큰 죄를 들씌운다. 우리가 다른 씨몬네 가문에 대하여 품는 증오는, 그것이 개인적이지 않고 유산처럼 대를 이어 전해지기 때문에 그만큼 더 심하다. 두 세대가 지난 다음에는, 할아버지들이 다른 씨몬네 가문 사람들을 향하여 모욕적으로 입을 삐죽거리던 사실만 기억하고 그 원인은 모르는지라, 그것이 살인사건에서 비롯되었다는 말을 듣는다 해도 놀라지 않을 것이다. 그러한 현상은, 흔히 발생하는 일이지만, 같은 혈족이 아닌 두 씨몬네 가문 출신의 남녀 간에 혼인이 이루어질 때까지 계속된다.

알베르띤느가 나에게 로베르 포레스띠에와 쉬잔느 들라주에 대한 이야기를 하였을 뿐만 아니라, 자발적으로, 또 두 몸이 가까워짐으로 말미암아—적어도 그 초기에는, 그 첫 단계가 지속되는 동안에는, 그리고 그러한 가까워짐이 두 연인 중 하나의 내면에 특이한 이중성 및 상대에게조차 감출 비밀을 태동시키기 전에는—고개를 쳐드는, 속내 이야기를 털어놓아야 한다는 의무감에 이끌려, 자기의 가문과 앙드레의 숙부들 중 하나에 관한 이야기도 들려주었는데, 그녀가 일찍이 발벡에서는 나에게 그 이야기를 단 한 마디도 발설하지 않았으되, 그러면서도 자기가 나에게 감추는 비밀을 간직하고 있는 것처럼 보일 수 있으리라고는 생각하지 않았노라고 하였다. 하지만 이제는, 자기와 가장 친한 여자아이가 나에 대해 어떤 험담을 할지라도, 그 사실을 나에게 상세히 알리는 것을 자기의 의무로 여겨야 할 것이라 하였다. 어서 돌아가라고 내가 재촉하는 바람에 그녀가 결국 떠났으나, 정제되지 않은 옷차림으로 찾아온 어떤 사람을 받아들이긴 해도 마음이 편치 않은 어느 댁 안주인처럼, 나의 우악스러움에 어찌나 당황하였던지, 마치 자기가 오히려 나를 변호해 주기라도 하려는 듯, 큰 소리로 웃었다.

"왜 웃는 거요?" 내가 그녀에게 말하였다.

"웃는 것이 아니라 당신에게 미소를 보내는 거예요." 그녀가 다정한 어조로 대꾸하였다. "제가 언제 당신을 다시 보게 될까요?" 우리가 조금 전에 한 짓이―그것이 일반적으로는 절정의 순간으로 여겨지니 하는 말이다―적어도, 이미 존재하였던지라 우리가 우리의 노력 덕분에 발견하여 서로에게 고백하게 되었으며, 따라서 조금 전에 우리가 몰두하던 그 짓의 본질을 설명할 수 있는 유일한 존재인, 그 위대한 우정[39]의 서곡일 수 있음조차 인정하지 않는 듯, 그녀가 그렇게 덧붙였다.

"당신이 허락하시니, 그럴 수 있을 때 사람을 보내어 당신을 부르겠소."

나는 스떼르마리아 부인 만나는 것을 다른 모든 것보다 우선시한다는 말은 감히 하지 못하였다.

"애석한 일이지만 불시에 그럴 것 같소. 내가 무슨 일이든 미리 예측하는 법이 없으니 말이오." 그리고 다시 덧붙였다. "시간이 나면 저녁에 사람을 보내도 좋겠소?"

"곧 가능하게 될 거예요. 숙모님이 사용하시는 출입문과 다른 문을 제가 머지않아 사용하게 될 테니까요. 하지만 지금은 사용할 수 없어요. 여하튼 내일이나 모레, 제가 지나는 길에 틈이 나면 오겠어요. 그 때 사정이 여의치 않으면 저를 맞지 않으셔도 괜찮아요."

나의 방 출입문에 이르러, 내가 먼저 가서 문을 열지 않은 것에 놀란 채, 그녀가 나에게 자신의 볼을 내밀었고, 그것은 이제 우리가 서로를 포옹함에 있어 무례한 육체적 욕망을 필요로 하지 않게 되었다고 생각하였기 때문이다. 또한 조금 전 우리가 침대에서 나눈 짧은 관계가 때로는 절대적인 친밀감과 심정적 선택이 유발하는 관계들과 같은 부류에 속하는지라, 알베르띤느는 우리가 나의 침대 위에서 나눈 입맞춤에, 중세의 떠돌이 이야기꾼[40]이 상상할 수 있었을 입맞춤들이 어느 기사와 귀부인에게 상징할 수 있었을 감정을, 즉흥적으로 또 일시적으로 덧붙이는 것이 자기의 의무라고 믿었던 것이다.

쌩-앙드레-데-샹 교회당의 조각을 담당했던 사람이 그 교회당 입구에 기꺼이 그 모습을 새겼을 법한 삐까르디 지방 아가씨[41]가 떠난 직후, 프랑수와즈가 편지 한 통을 가져왔고, 그것이 수요일 저녁에 함께 식사를 하자는 나의 제안을 수락한 스떼르마리아 부인으로부터 왔던지라 나를 기쁨으로 가득 채웠다. 스떼르마리아 부인으로부터, 다시 말해 나에게는 실재하는 스떼르마리아 부인 이상인, 알베르띤느가 오기 전 내가 종일 생각하던 그 여인으로부터 온 편지였다. 사랑이 우리로 하여금, 가시적인 세계의 여인이 아니라 우리의 뇌수 속에 있는 하나의 인형, 하지만 우리가 항상 우리의 뜻대로 할 수 있을 유일한 여인, 우리가 장차 소유할 유일한 여인, 상상의 임의성 만큼이나 절대적인 추억의 임의성이, 실재하는 발백이 내가 몽상하던 발백과 달랐던 것 만큼이나 실재하는 여인과 다르게 만들어 놓을 수 있었을, 그러한 여인과 어울려 놀게 하는 것이 사랑의 무시무시한 속임수이건만, 우리는 우리의 괴로움을 자초하면서도, 실재하는 하나의 여인이 인위적으로 만들어 낸 창조물과 닮기를 강요한다.

알베르띤느가 나를 하도 지체시켰던지라, 내가 빌르빠리지 부인 댁에 도착하였을 때에는 연극 공연이 막 끝났고, 이미 매듭이 지어졌다고들 말하던 게르망뜨 공작 내외의 이혼에 관한 이야기를 하면서 꾸역꾸역 몰려나오던 사람들과 마주치기 싫어, 나는 그 댁 안주인께 인사 드릴 기회를 기다리면서 두 번째 응접실에 있는, 마침 비어 있던 커다란 안락의자에 앉아 있었는데, 첫 번째 응접실로부터, 틀림없이 앞 줄 의자에 자리를 잡았을 법한 공작 부인이, 커다란 검은색 양귀비꽃들 부착된 긴 노란색 새틴 드레스를 입어 장엄하고 풍성하며 우뚝한 모습으로 불쑥 나타나는 것이 보였다. 그녀를 보는 순간, 나의 내면에는 추호의 동요도 일지 않았다. 그 것은, 그 이전 어느 날, 나의 어머니께서 나의 이마에 당신의 손을 얹어 놓으시면서(나에게 혹시 마음의 상처를 주지 않을까 저어하실 때마다 그러시던 어머니의 버릇이었다) 다음과 같이 말씀하시어, 단번에, 어떤 이로 하여금 자신이 처해 있다고 상상하던 먼 나라로부터 돌아와 다시 눈을 뜨게 해 주는 최면술사처럼, 혹은 환자에게 의무감과 현실감을 상기시켜, 그가 앓고 있다고 기꺼이 생각하는 상상적인 질환으로부터 해방시키는 의사처럼, 너무 오래 계속되던 꿈에서 내가 깨어나게 해 주신 덕분이었다. "게르망뜨 부인과 마주칠 기대를 품고 하는 외출을 계속하지 마라. 네가 이 건물에 사는 이들의 웃음거리가 되었단다. 게다가, 너의 할머니가 편찮으시다는 점을 잊지 말아라. 너에게는, 너를 비웃는 어느 여인이 다니는 길에서 그녀를 보려고 망을 보는 짓보다 진정 더 중요한 일이 있다." 그러한 말씀을 들은 다음 날은, 내가 포기한 그 질환에게 마지막 작별인사를 하는 것에 바쳐졌고, 나는 눈물을 흘리면서 슈베르트의 〈이별〉을 여러 시간 동안 계속하여 불렀다.

안녕, 기이한 음성들 그대를 부르노라,
천사들의 누이여, 나로부터 먼 곳에서.

그런 다음 끝났다. 나는 아침나절 외출을 멈추었고, 그것이 어찌나 수월하게 실천되었던지, 그 때 나는―훗날 그것이 틀렸음을 누구나 알게 되겠지만―내가 살아가는 중에, 어떤 여인을 문득 더 이상 만나지 않는 것에 쉽게 익숙해지리라 예상하였다. 그리고 그 직후 프랑수와즈가 나에게 말하기를, 쥐뻬앵이 점포를 확장하고 싶어 그 동네에서 상점 자리 하나를 물색 중이라 하였을 때, 그에게 그것을 구해 주고 싶은 마음에 이끌려(또한, 어떤 해변처럼 반짝이는 햇빛 속에서 고함치는 소리가 나의 침대에까지 들려오던 거리에서 한가하게 어슬렁거리면서, 유제품 상점들의 쳐들어 올린 철제 셔터 밑에 있던, 소매 하얀 옷 입은 우유 파는 소녀들 바라보는 것이 행복해서), 내가 그러한 외출을 다시 시작하였다. 게다가 그것을 지극히 홀가분한 마음으로 할 수 있었으니, 내가 더 이상 게르망뜨 부인을 보기 위하여 외출하는 것이 아님을 의식하고 있었기 때문이다. 그것은 마치 어떤 여인이, 정인 하나를 두었을 때에는 극도로 조심을 하다가도, 그 정인과의 관계를 끊은 날부터는, 저지르기를 멈춤과 동시에 두려워하기도 멈춘 어떤 잘못의 비밀이 남편에게 발각될 위험도 개의치 않고, 그의 편지들이 아무데나 굴러다니게 내버려두는 것과 같았다.

나의 마음을 아프게 하던 것은, 그러면서 내가 거의 모든 집들에 불행한 사람들이 살고 있음을 알게 된 사실이었다. 이 집에서는 남편이 몰래 바람을 피워 아내가 끊임없이 눈물을 흘리고 있었다. 저 집에서는 그 반대의 처지였다. 또 다른 집에서는, 근면하되 주정뱅이 아들에게 매질을 당하는 어머니가, 자신의 괴로움을 이웃 사람들이 혹시 알까 감추려 애를 쓰고 있었다. 인류[42]의 과반수는 눈물을 흘리고 있었다. 그리하여 그러한 인류의 실상을 알게 되었을 때, 그것이 나를 어찌나 짜증나게 하였던지, 나는 간통 행각을 벌이는 남편들과 아내들이(합법적인 행복이 자신들에게는 거부되었고, 자기들의 아내나 남편 아닌 엉뚱한 이들의 눈에만 자기들이 매력적이고 신의 깊게 보인다는, 오직 그 이유 때문에 그러한 짓을 하는) 옳지 않을까 자문하곤 하였다. 얼마 아니 되어 나에게는, 쥐삐앵에게 도움을 주기 위해서라는, 나의 그러한 아침나절 편력을 계속할 명분조차 없어졌다. 쥐삐앵의 점포와 얇은 칸막이벽 하나를 사이에 둔 작업실을 가지고 있던 흑단 가구 세공인이, 그의 망치 소리가 너무 소란스럽다는 이유 때문에, 건물 관리인으로부터 임대차 해약 통고를 받을 것이라는 사실을 알게 되었기 때문이다. 쥐삐앵에게는 더 이상 바랄 수 없이 좋은 소식이었으니, 그 작업실 밑에는 건물의 다른 지하 저장고들과 통하며 가구 자재들을 놓아 두는 지하 공간이 있었기 때문이다. 쥐삐앵이 그곳에 난방용 석탄을 들여놓고, 칸막이 벽을 제거하면, 하나로 합쳐진 널찍한 점포를 가질 수 있게 되었다. 한편, 게르망뜨 공작이 요구하는 임대료가 몹시 비싸다고 생각한 쥐삐앵은, 다른 사람들이 그 작업실을 방문하도록 내버려둔 다음, 공작이 세입자를 구하지 못하여 체념한 나머지 결국 자기에게 임대료를 깎아 주게 되기를 기다리고 있었던 반면, 프랑수와즈는 사람들이 방문할 시각이 지났음에도 건물 수위가 점포 출입문에 '임대' 라는 팻말을 걸어 놓은 것을 보고, 그것에서, 게르망뜨 댁 시종의 약혼녀를 유인한 다음(그들에게는 그 빈 점포가 좋은 사랑의 피신처였을 것이니) 함께 있는 두 남녀를 불시에 적발하기 위하여 설치해 놓은 덫의 냄새를 맡았다.

여하튼, 더 이상 쥐뻬앵을 위하여 점포를 구할 필요가 없었음에도, 나는 점심 식사 전 외출을 계속하였다. 그러한 외출 도중 노르뿌와 씨와 우연히 마주치는 일이 잦았다. 그가 자기의 동료인 듯한 사람과 이야기를 나누면서 나에게 시선을 던지곤 하였으나, 그 시선은, 나의 몸을 구석구석 살핀 후, 마치 그가 나를 모르는 듯, 나에게 미소를 보내지도 않고 인사도 하지 않은 채, 다시 그의 대화 상대에게로 향하곤 하였다. 그와 같은 고위직 외교관들에게 있어서는, 누구를 특별히 주시한다는 것이, 자기들이 그를 보았음을 그에게 알리기 위해서가 아니라, 자기들이 그를 보지 못하였으며 또 자기들의 동료와 심각한 문제에 대하여 나누어야 할 이야기가 있음을 그에게 알리기 위한 목적을 가지고 있기 때문이다. 집 근처에서 나와 자주 마주치던 어느 키 큰 여인은 나를 대함에 있어 훨씬 덜 신중했다. 나와 아는 사이가 아니었건만, 그녀가 나를 향해 고개를 돌렸고, 상점들의 진열창 앞에서 나를 기다렸으며—물론 부질없었지만—마치 나에게 입맞춤이라도 하려는 듯 미소를 지으면서, 자신의 몸뚱이를 내맡기려는 듯한 동작을 보였으니 말이다. 그러다가도, 혹시 자기를 아는 사람이 나타나면 나에게 냉랭한 기색을 보이곤 하였다. 이미 오래전부터, 그렇게 아침 산책에 나설 때에는, 가장 하찮은 신문 한 부를 사기 위해서도, 나는 가장 가까운 직선로를 선택하였으며, 그 길이 비록 공작 부인의 일상적인 산책 코스에서 벗어나 있더라도 애석해하지 않았고, 반대로 그 코스에 포함되어 있을 경우에도, 그 길이 더 이상, 내가 배은망덕한 여인으로부터 억지로 그녀 바라보는 호의를 얻어내곤 하던, 그 금지된

게르망뜨 쪽 2부 2장 99

길로 보이지 않았던지라, 가책감을 느끼거나 시치미를 떼지 않았다. 그러나 나는, 그러한 나의 치유가, 게르망뜨 부인을 대하는 정상적인 태도를 나에게 주면서, 그녀와 관련해서도 같은 일을 동시에 이룩하여, 나에게는 더 이상 중요하지 않게 된 그녀의 친절 내지 나에게로 향한 호의가 태동하게 할 수 있으리라고는 꿈에도 생각하지 못하였다. 그 때까지는, 나를 그녀와 가까워지게 하려고 전세계가 연합한 모든 노력이, 불운한 짝사랑이 던지는 악의적인 마법 앞에서 숨을 거두었을 것이다. 그러한 경우들에 있어서는, 우리의 가슴 속으로부터 다음과 같은 말이 진정으로 터져 나오는 날까지는, 그 무엇도 소용없으리라는 절대적인 칙령을, 인간보다 강력한 요정들이 선포해 놓았다. "나는 더 이상 사랑하지 않는다." 일찍이 나는 그가 나를 자기의 숙모 댁에 데리고 가지 않았다고 쌩-루에게 섭섭한 마음을 품기도 하였다. 하지만 다른 그 누구와 마찬가지로 그에게도 마법을 풀 능력은 없었다. 내가 게르망뜨 부인을 연모하던 동안에는, 다른 이들이 나에게 표하던 친절이나 그들의 칭찬 등이 나에게 오히려 괴로움을 주었던 바, 그것들이 그녀로부터 오지 않았기 때문임은 물론, 그러한 칭찬들이 그녀에게 알려지지 않았기 때문이기도 했다. 그런데, 그녀가 비록 그것들을 알았다 해도, 그러한 사실이 추호도 유용하지 않았을 것이다.[43] 하지만[44] 애정이 내포되었을 경우, 어떤 모임에의 불참이나 어느 만찬 초대장의 사양, 무의지적이고 무의식적인 엄격함 등 미미한 요소들이, 온갖 화장품들과 가장 화려한 의복들보다도 효용성이 더 크다. 그러한 것들을 출세술에 포함시켜 가르치면 많은 사람들이 졸지에 출세할 것이다.

내가 모르며 아마 잠시 후 다른 야회에서 다시 만날 친구들의 추억으로 자신의 사념을 가득 채운 채, 내가 앉아 있던 응접실을 가로지르던 순간, 게르망뜨 부인이 널찍하고 푹신한 안락의자에 앉아 있던 나를(연정에 사로잡혀 있던 시기에는 무관심한 기색을 취하려 그토록, 그러나 헛되이, 애를 썼으나, 이제는 친절한 태도를 보이려 할 뿐 진정 무심해진) 발견하였고, 비스듬히 방향을 돌려 나에게로 다가왔으며, 그러면서 빠리 오페라 극장에서 일찍이 나에게 보냈던, 하지만 자기가 사랑하지 않는 사람으로부터 사랑 받는다는 괴로운 감정으로 인해 지워지지 않은, 그 미소를 다시 지었다.

"아녜요, 그대로 앉아 계세요. 잠시 당신 옆에 앉는 것 허락하시겠어요?" 그러지 않으면 안락의자를 가득 채울 폭 넓은 치마 자락을 우아하게 쳐들어 모으면서 그녀가 나에게 말하였다.

원래 나보다 체구가 큰데다 드레스의 부피로 인하여 그녀가 더욱 커졌던지라, 그 둘레에서 미세하고 무수한 솜털들이 일종의 황금빛 수증기를 끊임없이 발산하고 있던 맨살의 아름다운 팔과, 나에게 특유의 향기를 보내던 그녀의 황금빛 머리채가, 나를 거의 스치다시피 하였다. 여유 공간이 별로 없었던지라, 그녀가 나를 향해 쉽사리 얼굴을 돌리지 못하였고, 나보다는 자기의 앞쪽으로 시선을 돌릴 수밖에 없었던 그녀가, 어느 초상화 속에서처럼 꿈꾸는 듯하고 부드러운 표정을 지었다.

"로베르에게서 어떤 소식이 있었나요?" 그녀가 나에게 말을 건넸다.

그 순간 빌르빠리지 부인이 지나갔다.

"그래요! 신사 양반, 우리가 모처럼 당신을 볼 수 있도록 때 맞춰 도착하셨군요."

그러더니 내가 자기의 조카딸과 이야기하고 있었음을 알아채고, 또한 아마 우리 두 사람 사이가 자신이 알고 있었던 것보다 더 친밀하다고 추측하였던지, 다음과 같이(뚜쟁이의 훌륭한 책무 또한 저택의 안주인이 이행해야 할 의무의 일부분인지라) 덧붙였다.

"하지만 오리안느와 나누고 계신 당신의 대화를 방해하고 싶지는 않아요. 그녀와 함께 오는 수요일에 저녁 식사 하러 오시지 않겠어요?"

그날은 내가 스떼르마리아 부인과 저녁 식사를 하게 되어 있는 날이었다. 그리하여 내가 사양하였다.

"그러면 토요일에는 어때요?"

나의 어머니께서 토요일이나 일요일에 돌아오시게 되어 있었던지라, 내가 그날 집에 없어 어머니와 함께 저녁 식사를 하지 못한다면 도리가 아닐 것 같았고, 따라서 다시 사양하였다.

"아! 집에 모시기 쉬운 분이 아니군요."

"왜 단 한 번도 저를 보러는 오시지 않나요?" 빌르빠리지 부인이 배우들에게 치하고 주역을 맡았던 여가수에게, 구입하기 위하여 이십 프랑밖에 지불하지 않았던지라 그 가치란 기껏 그것을 건넨 손뿐이었던 장미꽃 한 다발(배우가 단 한 번만 공연하였을 때에는 그것이 그녀가 지불하던 최고 가격이었고, 모든 오후 연회와 야연에 출연한 여배우들은 후작 부인이 그린 장미꽃 그림을 받았다.)을 건네기 위하여 우리들 곁을 떠났을 때, 게르망뜨 부인이 나에게 말하였다. "항상 다른 이들의 집에서만 우리가 만나야 한다는 것이 서글퍼요. 당신이 저의 숙모님 댁에서 저와 함께 저녁 식사 하시기를 원하지 않는다면, 저의 집에 오셔서 저녁 식사 하시는 것은 어때요?"

이러저러한 핑계를 늘어놓으면서 가장 늦게까지 남아있다가 결국 나간 몇몇 사람들은, 공작 부인이 겨우 두 사람 앉을 수 있는 좁은 안락의자에 어느 젊은이와 함께 앉아 한담 나누는 것을 보고, 사

람들이 자기들에게 이야기해 준 것이 틀렸으며, 이혼을 요구한 사
람은 공작 부인이 아니라, 나로 인해 공작이 이혼을 요구하였을 것
이라 생각하였다. 그리고 서둘러 그 소문을 유포시켰다. 나는 그
소문이 허위라는 것을 누구보다도 잘 알고 있었다. 하지만 나는,
아직 완결되지 않은 이혼이 진행되고 있는 그 어려운 시기에, 공작
부인이 사람들을 멀리하는 대신, (나처럼) 친숙하지도 않은 사람
을 구태여 초대하는 것에 놀랐다. 그리하여 나는, 그녀가 나를 자
기의 집에 받아들이는 것에 오직 공작만이 반대하지 않았을까 하
는 의혹을 품게 되었고, 이제 그가 그녀를 떠나게 되어, 그녀가 자
기의 마음에 드는 사람들을 주위에 불러 모음에 있어 장애를 더 이
상 느끼지 못한다고 짐작하였다.

　이 분 전까지만 하여도, 게르망뜨 부인이 나에게 자기를 보러 오
라고 요청할 것이고, 게다가 와서 저녁 식사를 함께 하자고도 할
것이라는 말을 누가 나에게 하였다면, 내가 아마 너무나 놀라 어안
이 벙벙해졌을 것이다. 게르망뜨 댁 응접실이 내가 일찍이 게르망
뜨라는 명칭에서 추출하였던 특징들을 보여줄 수 없을 것이라는
점을 내가 알고 있었어도 소용없었으니, 그곳에 진입하는 것이 나
에게 금지되었다는 사실 자체가, 어떤 소설 속에서 우리가 그 묘사
를 읽은 혹은 꿈 속에서 그 영상을 본 응접실들과 같은 존재 양태
를 나로 하여금 그 댁 응접실에 부여할 수밖에 없도록 함으로써, 그
것이 다른 모든 응접실들과 비슷하리라고 확신할 때조차, 나로 하
여금 그것만은 다르리라고 상상하게 하였기 때문이며, 나와 그 댁
응접실 사이에는 현실 세계의 끝을 형성하는 장벽이 가로놓여 있
었다. 게르망뜨 댁에서 저녁 식사를 한다는 것은, 오랜 세월 동안
열망하던 여행길에 오르거나, 어떤 욕망을 뇌리에서 꺼내어 눈 앞
에 보이게 하고, 어떤 모호한 몽상과 친교를 맺는 것 그 자체였다.

아니면 적어도 내가 그것을, 그 댁 주인들이, 다른 이들에게 별로 보이고 싶지 않은 어떤 사람에게, '오직 우리들뿐이니 오시오'라고 하면서, 또한 그 빠리아[45]가 자기네의 다른 친구들과 섞여 있는 것을 보고 자기들이 느낄 두려움을 그의 탓으로 돌리는 척하면서, 그리고 심지어 자신의 뜻과는 상관없이 비사교적이되 총애 얻은 그 도편(陶片) 추방자[46]에 대한 재심을 지근한 친구들에게만 약속된 부러워할만한 특혜로 변형시키려 하면서, 그를 초대하여 참석시키는 만찬들 중 하나로 생각할 수 있었을 것이다. 하지만 나는 반대로, 게르망뜨 부인이 나의 눈 앞에 화브리스의 숙모 댁에 도착하는 순간에 수반되는 일종의 보라색 어린 아름다움과[47] 모스까 백작[48]에게 소개되는 기적까지 펼쳐 보이면서 나에게 다음과 같은 말을 하는 순간, 그녀가 자기에게 있는 가장 감미로운 것을 나에게 맛보이게 하고 싶은 열망을 가지고 있으리라 어렴풋이 느꼈다.

"오는 금요일에 친한 사람들끼리만 모이는데 참석하실 수 있겠어요? 멋진 모임이 될 거예요. 매력적인 빠르마 대공 부인도 참석할 것이고, 여하튼 유쾌한 사람들 만날 수 있는 기회가 아니라면 제가 당신을 초대하지 않을 거예요."

항시적으로 신분 상승 운동에 몰두해 있는 중간층 사교계에서는 도외시 당하는 가문이라는 것이, 반대로 자기들 특유의 관점에서 보면 자기들 위에 아무것도 없는지라 더 이상 신분 상승을 시도하지 못하는 소시민 계급과 왕족 같은 부동의 계층에서는, 하나의 중요한 역할을 수행한다. 게르망뜨 부인의 '숙모 빌르빠리지 부인'과 로베르가 나에게 표하던 친근함이, 항상 같은 무리를 이루며 자기들끼리만 지내던 게르망뜨 부인과 그녀의 친구들에게 아마, 나를 나 자신도 짐작조차 못하던 호기심 가득한 관심의 대상으로 부각시켰을 것이다.

그녀는 그 두 혈족과 일상적이고 평범하며 우리가 흔히 상상하는 것과 판연히 다른 관계를 맺고 있었으며, 그러한 관계 속에 혹시 우리가 우연히 내포되어 있을 경우, 우리의 행위들이, 눈에서 먼지가 혹은 물방울이 기관(氣管)에서 즉각 배출되듯, 그들의 일상적인 관계에서 배출되기는커녕, 그들의 저택에 각인되어 남아, 우리 자신마저 그것들을 잊을 만큼 여러 해가 지난 후에도 여전히 논평되고 이야기될 수 있으며, 우리는 그들의 저택에서 그것들을 다시 발견하는 순간, 어느 진귀한 친필 문서 소장품 속에서 우리 자신이 쓴 편지를 발견한 것처럼 놀란다.

그저 우아할 뿐인 평범한 사람들은, 지나치게 몰려드는 방문자들로 인하여, 자기들의 집 출입문을 엄히 방어해야 할 경우도 있을 수 있다. 하지만 게르망뜨댁 출입문에서는 그러한 일이 생기지 않았다. 어떤 낯선 사람이 그 문 앞을 지나는 경우는 거의 없었다. 모처럼 그런 사람이 눈에 띄어도, 공작 부인은 그가 자기에게 가져다줄 수 있을 사교계에서의 명성에는 관심을 가질 생각조차 하지 않았으니, 그러한 것은 자기가 누구에게 줄지언정 그것을 받을 입장이 아니었기 때문이다. 그녀는 오직 그 사람이 가지고 있는 실질적인 장점들만을 생각하였는데, 빌르빠리지 부인과 쌩-루가 일찍이 그녀에게 내가 그것을 가지고 있노라고 말하였던 것이다. 또한 의심할 나위 없이, 그 두 사람이 원할 때 내가 그들의 초대에 응하도록 하는데 결코 성공하지 못하였음을 그녀가 간파하지 못하였다면, 따라서 내가 사교계에 집착하지 않는 다는 점을—그것이 공작 부인이 보기에는 어떤 낯선 사람이 그녀가 생각하는 '유쾌한 사람들' 부류에 속한다는 징후였다—간파하지 못하였다면, 그녀가 그 두 사람이 나에 대해 하던 말을 믿지 않았을 것이다.

그녀가 별로 좋아하지 않는 여인들에 관한 이야기가 나왔을 때,

혹시 어떤 사람이 그녀들 중 하나를, 예를 들어 그녀의 시누이를 거명하면, 그 순간 그녀의 표정이 어떻게 즉시 변하는지, 정말 볼 만했다. 그럴 때마다 그녀가 미묘하며 확신 어린 기색으로 이렇게 말하곤 하였다. "오! 매력적인 여인이에요." 그녀가 그러한 말을 한 유일한 이유는, 그 귀부인께서 쇼쓰그로 후작 부인이나 씰리스트라 대공 부인에게 소개되기를 거절하였다는 사실 때문이었다. 하지만 그녀가 자기 게르망뜨 공작 부인에게 소개되는 것을 거절하였다는 말은 덧붙이지 않았다. 하지만 그러한 일이 실제 있었고, 그날 이후 공작 부인의 뇌수는, 그 사귀기 어려운 귀부인이 무슨 생각으로 그랬는지 알고 싶어 온갖 노고를 아끼지 않았다. 또한 그 귀부인 댁에 초대되고 싶어 죽을 지경이 되었다. 사교계 사람들은 누가 자기들과 친해지려 하는 것에 어찌나 버릇이 들어 있는지, 자기들을 멀리 피하려 하는 이는 그들 눈에 불사조와 같은 희귀조로 보이고, 따라서 그가 그들의 관심을 독차지한다.

게르망뜨 부인의 뇌리 깊숙한 곳에서 태동한(내가 그녀를 더 이상 사랑하지 않게 된 이후), 나를 초대하려던 진정한 동기가, 그녀의 친척들이 나와 친해지려 하였건만 내가 그들에게 다가가지 않아서였을까? 나로서는 알 길이 없다. 여하튼, 나를 초대하기로 결단을 내렸던지라, 그녀는 자기의 집에 있는 가장 좋은 것으로 나를 환대하려 하였고, 자기의 친구들 중 내가 자기의 집에 다시 오는 것에 장애가 될, 즉 그녀가 알기에 따분한, 사람들을 제외시키려 하였다. 그녀가 별의 움직임 같은 자기의 진행 경로를 벗어나 내 옆에 와서 앉은 다음 나를 만찬에 초대하는 것을 보았을 때에는, 공작 부인이 방향을 바꾼 것이 무엇에 기인하였는지 내가 알지 못하였고, 따라서 그 초대는 원인이 알려지지 않은 결과였던 바, 그러한 일에 있어서 우리를 인도하는 특별한 감각 결여된 우리는, 우리

106

가 겨우 알고 지내는—내가 공작 부인과 그랬듯이—사람들이 우
리를 우연히 보게 되는 극히 드문 순간에만 우리를 뇌리에 떠올린
다고 상상한다. 그런데, 그들이 우리들을 그 속에 처박아두었을 것
이라고 우리가 상상하는 그 공상 속의 망각은 순전한 임의적 추단
의 산물이다. 그리하여, 아름다운 밤의 적막과 같은 고독의 적막
속에 잠겨 우리가 까마득히 먼 하늘에서 자기들의 길을 따라가고
있는 사교계의 여러 다른 여왕들을 상상하고 있는 동안에는, 그 높
은 곳으로부터, 금성이나 카씨오페이아 별자리에까지는 알려지지
않았을 것이라고 믿던 우리의 이름이 새겨진 하나의 운석처럼, 어
느 만찬이나 잡담 모임[49]에 참석해 달라는 초청장이 우리의 머리
위로 떨어질 경우, 우리는 막연한 불안 혹은 기쁨에 기인한 소스라
침을 막지 못한다.

아마 가끔, 「에스테르서」가 전하는 이야기 속에서, 신하들 중 자
기들에게 열성적으로 헌신한 이들의 이름이 적힌 기록부들[50]을 다
시 읽어보라고 지근 시위에게 분부하던 페르시아의 군주들을 모
방하여,[51] 게르망뜨 부인이 자기에게 호의를 품고 있는 사람들의
명단을 열람할 때, 나에 대해서는 이렇게 생각하였을 것이다. '와
서 저녁 식사를 함께 하자고 초청해야 할 사람이야.' 그러나 궁궐
문 밖에 있는 모르데카이처럼 홀로 있는 나를 발견할 순간까지는[52]
다른 사념들이 그녀의 주의를 산만하게 하였으며,

> (파란 많은 근심거리에 둘러싸인 군주,
> 새로운 일들에 끊임없이 이끌려가도다!)[53]

하지만 나를 보자 그녀의 기억이 새로워져, 아하수헤로스[54]가
그랬듯이, 그녀가 나에게 선물을 듬뿍 안겨주기로 하였을 것이다.

하지만, 게르망뜨 부인이 나를 초대하는 순간 내가 겪었던 놀라움과 정면으로 배치되는 종류의 놀라움이, 그 뒤를 따르게 되어 있었다는 사실을 이제 말해 두어야겠다. 내가 겪은 그 첫 놀라움을 감추지 않고, 반대로 그것이 나에게 안겨준 기쁨을 과장하여 표현하는 것이 나로서는, 더 겸손하고 감사하는 태도라고 생각하였는데, 나의 그러한 답변에, 그날의 마지막 야회에 참석하기 위하여 떠날 준비를 하고 있던 게르망뜨 부인이, 자기의 집에 초대 받은 사실에 내가 그토록 놀란 듯한 기색을 띠는 것을 보고, 일종의 변명에 가까운 어조로, 또한 자기가 누구인지를 내가 혹시 모르지 않을까 저어하는 듯, 즉각 나에게 말하였다. "제가, 당신을 무척 좋아하는 로베르 드 쌩-루의 숙모라는 사실을, 당신이 아실 뿐만 아니라, 우리가 이미 이 댁에서 만난 적이 있어요." 나도 그러한 사실을 안다고 대꾸하면서, 나는, 내가 샤를뤼스 씨와도 아는 사이이며, 그가 '발백과 빠리에서 나에게 매우 친절하였다' 는 말도 덧붙였다. 게르망뜨 부인이 놀라는 듯한 모습이었으며, 그녀의 시선은, 마치 무엇을 확인하려는 듯, 내면의 책 중 이미 먼 옛날이 되어 버린 어느 페이지를 참조하는 것 같았다. "아니 어떻게! 당신이 빨라메드를 아세요?" 그 이름이 게르망뜨 부인의 입 속에서 매우 부드럽게 발음되었는데, 그녀가, 사교계에서 그토록 두드러진 남자이되 자기에게는 시숙이며 동시에 함께 자란 사촌일 뿐인 그 사람에 대해, 본능적으로 순진한 어조로 말하였기 때문이다. 또한 나에게는 게르망뜨 공작 부인의 생애처럼 보이던 그 모호한 회색 속에, 빨라메드라는 이름이,[55] 그녀가 소녀 시절 게르망뜨 성 정원에서 그와 함께 놀던 긴 여름날들의 밝음 같은 것을 드리우고 있었다. 게다가, 그들의 생애 중 이미 오래 전에 흘러가 버린 그 시절에는, 오리안느 드 게르망뜨와 그녀의 사촌 빨라메드가 그 이후 변화된 모

습과는 전혀 딴판이었으며, 특히 샤를뤼스 씨는, 예술적 취향에 몰
두하였다가 그 취향을 어찌나 완벽하게 제어하였던지 (그 흔적조
차 내보이지 않아),[56] 공작 부인이 이야기를 하는 순간 펴서 들고
있던 커다란 부채에 노란색과 검은색으로 붓꽃들을 그린 사람이
그라는 사실을 알고, 나는 아연실색하였다. 그녀는 또한 그가 일찍
이 자기를 위하여 작곡하였다는 짧은 쏘나따(쏘나띠나) 한곡도 나
에게 보여줄 수 있다고 하였다. 나는 남작이 결코 이야기하지 않던
그 모든 재능이 그에게 있었다는 사실을 전혀 몰랐다. 샤를뤼스 씨
가 자기의 가문에서 모두들 자기를 빨라메드라 부르는 것을 기꺼
워하지 않았다는 점을 지나는 길에 말해 두자. '메메' 라는 별명이
그의 마음에 들지 않았으리라는 것은 누구든 쉽게 이해할 수 있었
을 것이다.[57] 그 멍청한 축약형들은 귀족계급이 자신들 고유의 시
적 아름다움에 대해 가지고 있는 몰이해의 징표이며(유대인 집단
역시 같은 몰이해 현상을 보이는 바, 레이디 루퍼스 이스라엘즈[58]
의 조가들 중 모쉐라는 이름을 가진 사람이 사교계에서는 흔히 '모
모'[59]라고 지칭되곤 하였다) 동시에 귀족적인 것에 중요성을 부여
하는 듯한 기색을 드러내지 않으려는 편집증의 징표이다. 그런데
샤를뤼스 씨가 귀족적인 것에 대해서는 다른 이들보다 더 많은 시
적 상상력과 과시하듯 드러낸 자부심을 가지고 있었다. 하지만 그
것이 그가 '메메' 라는 별명을 마땅치 않게 여기는 이유는 아니었
으니, 그가 '빨라메드' 라는 자기의 멋있는 세례명 역시 마땅치 않
게 여겼으니 말이다. 진실은, 자신이 왕족 가문 출신임을 알고 또
그렇게 판단한지라, 왕비 마리-아멜리 혹은 오를레앙 공작이 자기
들의 아들, 손자, 조카, 형제들을 가리켜 '주왱빌르, 느무르, 샤르
트르, 빠리' 라고 칭할 수 있었던 것처럼,[60] 그 또한 자기의 형과 형
수가 자기를 '샤를뤼스' 라고 칭해주기를 원했을 것이라는 점이다.

"메메가 시치미에 어쩌면 그리도 능할까!" 그녀가 놀란 어조로 말하였다. "우리가 그에게 당신 이야기를 길게 하자, 그가 우리에게 말하기를, 마치 당신을 전혀 만난 적 없다는 듯, 당신과 인사를 나눌 수 있다면 매우 기쁘겠노라고 하였어요. 그가 재미있는 사람이라는 것은 인정하실 거예요! 그리고, 제가 매우 좋아하고 그 희귀한 재능을 찬미하는 시동생에 대해 이러한 말 하는 것이 별로 너그럽지는 않지만, 때로는 약간의 광기를 드러내요."

나는 샤를뤼스 씨에 적용시킨 그 단어에 몹시 놀랐고, 그 간헐적 광증이 아마 몇몇 일들을, 예를 들자면 블록으로 하여금 자기의 모친에게 매질을 가하도록 요구하겠다는 계획을 나에게 말하면서 그토록 황홀해 하던 일을, 설명한다고 생각하였다. 나는 샤를뤼스 씨가 하던 말뿐만 아니라 그 말을 하는 방법에 미루어서도, 그가 조금 미쳤음을 알아차렸다. 우리가 처음으로 어떤 변호사나 배우의 말을 들으면, 그들의 어조가 일반적 대화와 하도 달라 깜짝 놀란다. 그러나 이내, 모든 사람들이 그것을 당연하다고 여긴다는 사실을 깨닫고는, 다른 이들에게도, 우리 자신에게도, 아무 말 하지 않고 그 재능의 등급 가늠하는 것으로 만족한다. 그리고 떼아트르-프랑세 국립극장의 어느 배우를 바라보며 이러한 생각에 잠기는 것이 고작이다. '쳐든 팔을 왜 단번에 내리지 않고, 그것이 최소한 십 분이나 걸려, 짧은 휴식에 의해 끊기는 급작스러운 동작들을 보이며 내려오게 하는 것일까?' 혹은 라보리[61] 같은 변호사를 바라보며 이러한 생각을 할 것이다. '왜 입을 열기 무섭게, 고작 지극히 단순한 말이나 하기 위하여 그가 비극적이고 예기치 못한 음성을 터뜨렸을까?' 그러나 모든 사람들이 이유를 따지지 않고 그런것들을 받아들이는지라, 우리는 놀라지 않는다. 마찬가지로, 누구든 유심히 들을 경우, 샤를뤼스 씨가 자신에 대하여 과장된 그리고 정상적이 아닌 어조로 말한다고들 생각하였다. 매 순간 그에게 이렇게 말해야 할 것 같았다. "도대체 왜 그토록 고함을 치시나요? 당신은 왜 그토록 방약무인하신가요?" 다만 모든 사람들이, 그래도 좋다고 암묵적으로 받아들인 것 같았다. 또한 모두들, 그가 거드름 피우며 떠드는 동안에도 그를 환대하는 사교장으로 들어서곤 하였다. 그러나 틀림없이 가끔 어느 낯선 사람은, 그것이 정신착란자의 고함일 것이라 생각하였을 것이다.

"하지만 당신이 그를 다른 사람과 혼동하시지 않는다는 것을, 즉 말씀하시는 사람이 저의 시숙 빨라메드라는 것을 확신하시나요? 그가 비록 비밀을 좋아한다고는 하지만, 이 일은 좀 지나친 것 같아요…!" 그녀 속에서 단순함과 접목된 가벼운 무례함을 드러내면서 공작 부인이 다시 말하였다.

나는, 절대적으로 확신하며, 샤를뤼스 씨가 나의 이름을 아마 잘못 들은 모양이라고 대꾸하였다.

"좋아요! 이제 작별인사를 드려야겠군요." 게르망뜨 부인이 마지못해 그런다는 어조로 말하였다. "제가 잠시 리뉴 대공 부인 댁에 들러야 하기 때문이에요. 그곳에 가시지 않겠어요? 원치 않으시나요? 사교계를 좋아하시지 않지요? 그러시는 것이 옳아요. 몹시 지겨운 일이니까요. 그곳에 가지 않아도 된다면 얼마나 좋을까! 하지만 그녀는 저의 사촌이고, 따라서 가지 않으면 친절한 처사가 아닐 거예요. 저를 위해 이기적으로 생각하면 애석하군요. 제가 당신을 그곳까지 모시고 갔다가 다시 저의 마차로 태워다 드릴 수도 있을 것이니까요. 이만 작별 인사 드리고, 오는 금요일을 생각하며 기뻐하겠어요."

샤를뤼스 씨가 나 때문에 아르쟝꾸르 씨 앞에서 얼굴을 붉힌 것은 그럴 수 있다 치자. 하지만 자기를 그토록 높이 평가하는 자기의 친형수에게까지 나를 안다는 사실을, 내가 자기의 숙모와 조카 두 사람과 친하니 그토록 당연한 사실을, 그가 부인하였다는 것은 도저히 이해할 수 없었다.

그 일화에 관한 술회를 마치기 전에 말해 두고자 하는 바는, 어떤 관점에서 보면 게르망뜨 부인에게 하나의 진정한 위대함이 있었다는 것이고, 그 위대함이란, 다른 사람들은 부분적으로밖에 잊지 못할 일들을 자신의 기억에서 말끔히 지워버렸다는 것이었다. 비록 그녀가 아침 산책에 나설 때마다 자기의 뒤를 밟아 따라다니며 몹시 귀찮게 굴던 나와 단 한 번도 마주치지 않았다 하더라도, 날마다 자기에게 던지는 나의 인사에 몹시 짜증 섞인 기색으로 대꾸한 적이 전혀 없었다 하더라도, 쌩-루가 자기에게 나를 초대하라고 간청하자 그를 즉시 내쫓은 일이 없었다 하더라도, 그녀가 나를 대함에 있어, 더 고아하고 자연스럽게 친절한 태도는 보일 수 없었을 것이다. 그녀가, 지난 일들에 대한 변명이나 변죽 울리기, 모호한 미소, 암시적인 말 등에 매달리지 않았을 뿐만 아니라, 또한 과거에 연연하지 않고, 거리낌 섞이지 않은 현재의 싹싹함 속에, 그녀의 위풍당당한 체구 만큼이나 의연하게 곧은 무엇을 간직하고 있었을 뿐만 아니라, 과거에 그녀가 어떤 이를 상대로 품을 수 있었을 불만들이 어찌나 몽땅 재로 변해 버렸던지, 그 재마저 그녀의 기억으로부터 혹은 적어도 그녀의 태도로부터 어찌나 멀리 떨쳐 버려졌던지, 다른 숱한 사람들에게는 냉랭함의 잔여나 힐난의 구실이 될 수 있을 것들을 그녀가 매번 가장 아름다운 단순함으로 취급할 때마다, 그녀의 얼굴을 바라보고 있노라면, 그것이 일종의 정결의식과 같은 인상을 주곤 하였다.

하지만 나를 대하는 그녀의 내면에 일어난 변화를 보고 내가 놀란 한편, 그녀를 대하는 나의 내면에 일어난 변화에는 내가 얼마나 더 놀랐던가! 끊임없이 새로운 계획들을 쌓아 올리면서, 내가 그녀의 집에 초대되도록 주선해 줄, 그리고 그 첫 행운이 이룩된 다음에는 요구 점점 더 심해지는 나의 심정에 다른 많은 행운들을 더 마련해 줄, 어떤 사람을 발견해야만 내가 비로소 생기와 활력을 되찾곤 하던 때도 있지 않았던가? 일찍이 나로 하여금 로베르 드 쌩-루를 만나기 위하여 동씨에르로 떠나게 하였던 것은, 그러한 사람을 찾을 수 없다는 절박한 처지였다. 그런데 이제 내가 동요된 것은, 그가 나에게 보낸 편지 한 장에서 엉뚱하게 파생된 결과에 의해서였고, 하지만 그것이 게르망뜨 부인 때문이 아니라 스떼르마리아 부인 때문이었다.

그날의 야회에 관한 이야기를 마무리하기 위하여, 며칠 후에 허위임이 밝혀졌으되 나를 놀라게 하지 않을 수 없었을 뿐만 아니라, 블록과 나 사이에 한 동안 불화가 지속되게 하였고, 그 자체가 하나의 이상한 모순을 형성하며 그 설명을 이 권의 끝(즉 「소돔 1」)에 제시할, 하나의 사건이 있었다는 것을 덧붙여 두자. 그날 저녁, 빌르빠리지 부인 댁에서, 블록은 샤를뤼스 씨의 친절한 기색을 끊임없이 나에게 칭찬하였는데, 그 샤를뤼스가 길에서 우연히 자기와 마주쳤을 때, 마치 자기를 잘 알기라도 하는 듯, 자기와 친분을 맺고 싶어하는 듯, 자기가 누구인지를 잘 안다는 듯, 자기의 얼굴을 뚫어지게 바라보았다는 것이다. 그 말을 들은 직후 나는, 블록이 발백에서 그 샤를뤼스 씨에 대해 하도 난폭한 투로 말한 적이 있었던지라, 미소를 짓지 않을 수 없었다. 그리고 단지, 자기의 아버지가 베르고뜨에 관해 이야기하던 방식을 본따, 블록 역시, '남작을 모르면서' 그를 아는 것처럼 말한다고만 생각하였다. 그러나 블록이 구체적인 사항들을 어찌나 정확히 열거하던지, 그리고 샤를뤼스 씨가 두세 번에 걸쳐 그에게 접근하려 하였다는 것이 어찌나 확실해 보이던지, 나는, 내가 일찍이 남작에게 나의 학교 동료에 관한 이야기를 하였고, 따라서 남작이, 빌르빠리지 부인을 방문하고 돌아오던 길에, 그에 관하여 나에게 이러저러한 질문들을 던졌다는 사실을 문득 상기하면서, 블록이 아마 거짓말을 하는 것이 아니고, 샤를뤼스 씨가 그의 이름 및 그가 나의 친구라는 사실 등을 그 때 알았을 것이라고 짐작하였다. 그리하여 얼마 후 극장에서, 내가 샤를뤼스 씨에게, 블록을 소개해 드려도 좋겠느냐고 물었고, 그가 동의하였던지라 블록을 찾으러 갔다. 그러나 샤를뤼스 씨가 그를 보는 즉시, 곧 억제되긴 하였으나 놀라움이 그의 안면에 드리워졌고, 그것이 이내 번득이는 노기로 대체되었다. 그가 블록에게 악수를 청하지 않았을 뿐만 아니라, 블록이 그에게 무슨 말을 할 때마다, 그는 가장 방약무인한 기색으로, 또한 짜증난 듯하고 불쾌감을 주는 음성으로 대꾸하였다. 그리하여, 그 때까지는 남작이 자기에게 미소만을 보였다고 나에게 말한 바 있던 블록인지라, 예의범절에 관한 샤를뤼스의 취향을 아는 내가, 자기를 찾으러 가기 전에 자기에 대한 이야기를 하면서 샤를뤼스 씨와 나눈 짧은 대화 도중에, 자기를 추켜세우는 대신 오히려 헐뜯었을 것이라고 믿었다. 블록은, 항상 재갈을 물어뜯을 준비가 되어 있는 성질 사나운 말을 타려 하던 사람처럼, 혹은 누구든 즉시 해변 자갈밭으로 다시 던져 버리는 파도를 거슬러 헤엄을 치려 하던 사람처럼, 기진맥진해진 상태로 우리들 곁을 떠났고, 그 이후 여섯 달 동안 나에게 말조차 건네지 않았다.

내가 스떼르마리아 부인과 함께 하기로 한 저녁 식사 이전의 날들이, 나에게는 달콤하지 않고 오히려 견딜 수 없을 만큼 괴로웠다. 우리가 목표로 정해 놓은 것과 우리를 갈라놓고 있는 시간이 짧으면 짧을수록, 그 시간이 그만큼 더 길어 보이는 것이 일반적인 현상인데, 그것은 우리가 그 시간에 더 짧은 측정 단위를 적용하기 때문이거나, 혹은 간단히 말해 우리가 그 시간을 측정할 생각을 하기 때문이다. 흔히들 말하기를, 교황청 사람들[63]은 시간을 세기 단위로 헤아리거나 아예 헤아릴 생각조차 아마 하지 않을 것이라 하는데, 그것은 그들의 목표가 무한[64] 저너머에 있기 때문이라고 한다. 나의 목표는 단 사흘 거리에 있었던지라 나는 시간을 초 단위로 헤아렸고, 애무의 시작이라는 그 몽상에 몽땅 휩싸였으며, 그 애무란, 그것이 혹시 그 여인에 의해 완수되도록[65] 할 수 없지 않을까 우리가 미친 듯 괴로워하는(다른 모든 애무를 제외한 바로 그) 애무들을 가리킨다. 또한 요컨대, 어떤 욕망의 대상에 도달하는 어려움이 일반적으로 그 욕망을 증대시키는 것이 사실이라 해도(그것이 어려움일 뿐 불가능성은 아니니, 불가능성은 욕망을 아예 제거하기 때문이다), 그 욕망이 전적으로 육체적일 경우에는, 그것이 머지않아 또 정해진 순간에 실현될 것이라는 확신 또한 불확실성에 못지않게 우리를 들뜨게 하고, 의구심의 결여가, 거의 안절부절못하게 하는 의구심 만큼이나, 틀림없이 실현될 쾌락 기다리는 것을 견딜 수 없게 만드는 바, 그것이 그 기다림을 가지고 헤아릴 수 없을 만큼 반복되는 쾌락의 실현을 만들어 내고,[66] 그 앞당겨진 표상화의 잦은 빈도가, 초조한 불안이 그럴 것 만큼이나, 시간을 극도로 얇은 커들[67]로 조각내기 때문이다.

나에게 절박했던 것은 스떼르마리아 부인의 몸을 수중에 넣는 것이었으니, 나의 욕망이 여러 날 전부터 활동을 멈추지 않으면서 나의 상상 속에 그 쾌락을, 오직 그 쾌락만을, 준비하였고 다른 쾌락은(즉 다른 여인과 어우러지는 쾌락은) 준비되어 있지 않았을 것이기 때문이었던 바, 쾌락이란, 항상 여일하지 않아, 몽상의 수천 가지 조합이나 추억의 우연들, 기질의 상태, 즉 욕망의 실현이 남긴 환멸이 다소나마 망각될 때까지는 마지막으로 충족된 것들이 휴식을 취하게 되어 있는 욕망들의 재가동성 순서에 따라 변하는, 앞서 형성된 욕구의 실현에 불과할 뿐인데, 나는 이미 보편적인 욕망이라는 대로를 떠나 하나의 더 특수한 오솔길로 접어들어 있었던지라, 다른 여인과의 밀회를 희구하기 위해서는, 대로를 향해 다시 발길을 돌려 다른 하나의 오솔길로 접어드는 먼 걸음을 해야 할 형편이었다. 불론뉴 숲의 섬[68]으로 스떼르마리아 부인을 초대하여 그곳에서 그녀를 수중에 넣는 것, 내가 매순간 상상하던 것이 그러한 쾌락이었다. 내가 그 섬에서 스떼르마리아 부인 없이 저녁 식사를 하였다면 그 쾌락이 당연히 파괴되었을 것이지만, 또한 아마 그녀와 함께 다른 곳에서 식사를 하였다 해도 그 쾌락이 크게 감소되었을 것이다. 그뿐만 아니라, 우리가 어떤 쾌락을 상상할 때 수반되는 마음가짐은, 여인 자체나 그 쾌락에 적합한 여인의 유형에 선행한다. 우리의 마음가짐이 쾌락과 그 무대를 주문하고, 또한 그렇기 때문에, 우리의 변덕스러운 사념 속에, 다른 여러 주간 동안에는 거들떠보지도 않았을 어떤 여인이나 장소 혹은 침실이 번갈아가며 다시 떠오르게 한다. 우리의 마음가짐에서 태어난 딸들인지라, 어떤 여인들은 우리가 그 위에 누워 평온함을 되찾게 해줄 커다란 침대 없이는 우리의 상상 속에 떠오르지 않고, 다른 여인들은, 더욱 은밀한 의도 곁들인 애무를 받기 위하여 바람에 흔들리는 나뭇잎들과 어둠 속에서 들리는 물의 찰랑거림을 원하며, 그녀들 또한 나뭇잎들과 물 소리 만큼이나 가볍고 신속히 사라지는 속성을 가지고 있다.

물론 쌩-루의 편지를 받기 훨씬 오래전에 벌써, 그리고 스떼르마리아 부인과는 아직 아무 상관이 없었을 때에도, 불론뉴 숲 호수에 있는 섬이 나에게는 쾌락을 위해 마련된 무대처럼 보였고, 그것은 아마, 그곳을 피신처로 삼을 하등의 쾌락도 가지고 있지 않다는 슬픔을 내가 우연히 그곳에 가서 느낀 적 있었기 때문일 것이다. 계절의 마지막 무도회에서 우연히 보고 연정을 품게 되었으며, 다음 해 봄이 돌아오기 전에는 어느 야회에서도 다시 만날 수 없을 아가씨를 어디에서 다시 볼 수 있을지 막막하여, 또한 그녀가 이미 빠리를 떠났는지 여부조차 몰라, 그녀가 혹시 지나가는 것을 볼 수 있지 않을까 하는 희망을 품고 우리가 배회하는 곳은, 그 섬과의 연결점이 되는 호반의 선착장과,[69] 여름의 끝자락 몇 주 동안, 아직 빠리를 떠나지 않은 빠리 여인들[70]이 산책을 하러 가는 그 호반의 오솔길이다. 사랑하는 이가 떠나는 바로 전날임을 혹은 아마 다음 날임을 어렴풋이 느낀 우리는, 미풍에 수면 파르르 떠는 호수의 가장자리를 지나는, 그리고 마지막 장미꽃 한 송이처럼 붉게 물든 첫 나뭇잎 피어나는, 그 아름다운 오솔길을 따라 걷다가, 우리의 눈이—원형 건물의 내벽에 환상(環狀)으로 둘러 건 풍경화들 밑 전경(前景)에 세워 놓은 밀랍 인물상들이 화폭들의 배경에 실물처럼 보이는 깊이와 부피의 허상을 부여하게 하는 것과는 정반대의 기법으로—사람의 손이 가꾼 공원으로부터 하등의 중간 단계 거치지 않고 뇌동의 자연적으로 형성된 구릉들[71]이나 발레리앵 동산[72]으로 곧장 건너가는지라 어디에 경계선을 그어야 할지 모르고, 따라서 진정한 전원 풍경을 조경술의 작품 속으로 들어와 섞이게 하며, 그 작품이 가지고 있는 인조적인 매력을—식물원에서 자연 상태로 키웠던지라 날마다 자기들 멋대로 인접한 숲에까지 와서 이국적 음색을 남기고 돌아가는 그 희귀조들처럼—작품 저너머 멀리까지 투영하게 되는 곳에 이르러, 우리는 그 지평선을 유심히 살핀다. 여름의 마지막 축제가 끝난 후, 그리고 겨울이 아직 사람들을 그곳에서 추방하기 직전 무렵에는, 이루어질지 확신할 수 없는 우연한 만남과 연정의 우수 가득한 그 소설 속의 왕국을 우리가 초조하게 배회하는지라, 그 왕국이 지리학적 세계 밖에 존재한다고 [73] 누가 말할지라도, 혹시 베르사이유에서, 반 데어 묄른의 필치로 그린 구름덩이들이 푸른 하늘을 덮으려는 기세로 뭉게뭉게 둘러싸고 있는 전망대[74] 같은 그곳 테라스 꼭대기에서, 즉 그렇게 자연을 벗어나[75] 높이 올라가 있는 동안에, 어떤 이가 우리에게, 저 멀리 자연이 다시 시작되는 곳에,[76] 즉 대운하의 끝에 있는 바다처럼 눈부신 지평선에, 희미하게 보이는 마을들의 이름이 홀뢰뤼스 혹은 네이메근이라고 말할 때[77] 그럴 것보다, 우리가 더 놀라지는 않을 것이다.[78]

그리고 마지막 일행도 지나가, 그 아가씨가 나타나지 않을 것이라는 구슬픈 상념에 젖어 우리가 섬으로 저녁을 먹으러 가면, 저녁의 신비에 응답하기 보다는 끊임없이 그것들을 상기시키면서 바람에 파르르 떠는 버드나무들 위로, 분홍색 구름 한 덩이가 고요해진 하늘에 마지막 생명의 색깔을 던진다. 태고의 모습 그대로이되 자기의 신성한 유년기를 간직한 채 여일하게 계절의 색깔을 띠어, 매순간 구름들과 꽃들의 무수한 영상들을 망각하는 호수의 수면 위로, 빗방울 몇이 소리없이 떨어진다. 그리고 제라늄 꽃들이 자기들의 색깔로 조명의 강도를 높이면서 어두워진 황혼녘에 맞서 부질없는 싸움을 벌인 다음에는, 엷은 안개 한 자락이 다가와 잠들고 있는 섬을 감싸고, 우리가 습한 어둠 속에서 물가를 따라 거니노라면, 밤의 어둠 속에 놓여 있는 침대에서, 깨어 있으리라고는 생각하지 않았던 어린 아이의 크게 뜬 눈과 미소가 그렇듯, 한 마리 백조의 고요한 유영이 우리를 놀라게 하는 것이 고작이다. 그러면 우리가 외롭다고 느끼며 세상으로부터 멀어졌다고 생각하게 되어, 그만큼 더, 우리에게 연정 품은 여인이 곁에 있으면 좋겠다는 욕구를 느낀다.

하지만, 여름철에도 자주 안개에 덮이던 그 섬에 궂은 계절이, 즉 가을의 끝자락이 닥친 이제, 스떼르마리아 부인을 그곳으로 데려간다면 내가 얼마나 더 행복하겠는가! 지난 일요일부터 변한 날씨가 자기 단독으로는 나의 상상력이 가서 머물던 고장들을—다른 계절들이 상상 속의 고장들을 향기 어리고 햇빛 눈부신 이딸리아적 고장들로 만들었듯이—회색의 해안 지역으로 만들어 놓지 못한 반면, 며칠 후 스떼르마리아 부인을 수중에 넣을 수 있으리라는 기대는, 단조로울 만큼 변함없는 그리움 가득한 나의 상상 속에, 안개 자락이 한 시간 동안에도 스무번은 피어오르도록 하기에 족했을 것이다. 여하튼, 전날부터 빠리 시내에서도 피어오르던 안개가 나로 하여금, 이제 막 저녁 식사에 초대해 놓은 젊은 여인의 출생지에 대한 몽상에 잠기게 하였을 뿐만 아니라, 시내에 드리워진 것보다는 훨씬 더 짙은 안개가 저녁에 불론뉴 숲으로, 특히 호숫가로, 밀려들 가능성이 컸던지라, 나는 그것이 나를 위하여 백조의 섬[79]을 약간은 브르따뉴 지방의 섬처럼 보이게 해 줄 것이라 생각하였는데, 브르따뉴 지방 섬의 해양성 안개 어린 대기가 나의 상상 속에서는, 항상 스떼르마리아 부인의 창백한 모습을 그녀가 입은 의상처럼 감싸고 있었다. 물론 우리가 어릴 때에는, 내가 메제글리즈 방면으로 산책을 나가곤 하던 시절의 내 나이에는, 우리의 욕망과 믿음이, 어느 여인의 의복에 하나의 개별적 고유속성 내지 불가변적 본질을 부여한다. 그리고 그 실체를 추구한다. 하지만 그 실체가 도망치도록 내버려둔 나머지, 우리는 결국 아무것도 발견하지 못하지만, 그 허망함으로 귀착되는 그 모든 부질없는 시도들이 계속되는 동안에도 견고한 무엇이 존속함을 간파하기에 이르며, 그것이 곧 우리가 추구하던 것이다. 우리는 우리가 사랑하는 것을 추출하여 그것이 무엇인지 정체를 밝히기 시작하고, 인위적 수단을 동원해서라도 그것을 얻으려 한다. 그럴 때에는, 확신을 주는 실체가 없는지라, 여인의 의복이 우리의 의도적인 환상이라는 수단을 빌려 그 실체를 대신하게 된다. 나는 브루따뉴 지방이 우리 집으로부터 반 시간 거리에 있지 않음을 잘 알고 있었다. 하지만 불론뉴 숲에 있는 섬의 어둠 속에서 호숫가를 따라 스떼르마리아 부인과 몸뚱이를 밀착시킨 채 산책한다면, 그것이 곧, 수녀원 안으로 침입할 수 없는 이들이, 한 여인과 육체적 관계를 갖기 직전, 궁여지책으로 그 여인에게 수녀의 의상을 입히는 짓과 다름없을 것 같았다.[80]

나는 그 젊은 여인과 함께 찰랑거리는 물결 소리에 귀를 기울일 수 있으리라는 기대까지 품을 수 있었으니, 함께 저녁 식사를 하기로 되어 있던 바로 전날 폭풍우가 몰아쳤기 때문이다. 섬으로 직접 가서 별실을 예약하고(비록 그 계절에는 섬이 텅 비고 식당이 한산했지만) 다음 날 저녁 식단을 고르기 위하여 내가 면도를 시작하려는데, 알베르띤느가 왔다고 프랑수와즈가 나에게 알렸다. 발백에서는, 나로 하여금 나의 얼굴을 항상 못마땅하게 여기게 하였고, 따라서 이제 스떼르마리아 부인이 그러는 것 만큼이나 나에게 그토록 심한 동요와 괴로움을 야기시켰던 그녀였건만, 나는 그녀가 시커먼 턱수염으로 인해 추해진 나의 모습을 목격하게 된다는 것에 개의치 않고, 그녀를 즉시 들어오게 하였다. 나는 스떼르마리아 부인이 다음 날의 야연에서 최선의 인상을 받을 수 있도록 하는 것에만 골몰해 있었다. 그리하여 내가 알베르띤느에게, 즉시 나와 함께 섬으로 가서 식단 정하는 것을 도와달라고 요청하였다. 우리가 한 여인에게 모든 것을 바치다가 그 대상을 다른 여인으로 어찌나 신속히 바꾸는지, 매시각, 미래에 대한 아무 기대도 없이, 그렇게 모든 것을 바칠 욕구가 새롭게 생기는 현상 앞에서 우리 자신이 놀랄 지경이다. 나의 그러한 요청에, 언저리가 눈 위까지 내려오도록 눌러 쓴 챙없는 둥근 모자 밑에서, 알베르띤느의 미소 띤 분홍색 얼굴이 주저하는 기색을 드러냈다. 그녀에게 다른 계획들이 있었던 것 같았으나, 여하튼 그녀가 나를 위해 그것들을 포기하였고, 그 사실이 나에게 커다란 만족감을 주었으니, 그 순간 내가, 나보다 훨씬 능숙하게 식단을 주문할 수 있을 젊은 살림꾼 여자 하나를 대동하는 것에 큰 중요성을 부여하였기 때문이다.

그녀가 일찍이 발벡에서 나에게 전혀 다른 것을 의미하였음은 틀림없다. 그러나 우리의 마음을 사로잡은 여인과 우리 사이에 맺어진 친교는, 비록 우리가 보기에 그것이 충분히 밀접하지 않다고 판단될 경우에도, 그녀와 우리 사이에, 그 당시 우리에게 괴로움을 주던 그 불충분함에도 불구하고, 우리의 사랑보다, 심지어 그 사랑의 추억보다도, 더 오래 존속하는 사회적 관계들을 형성해 놓는다. 그리하여, 우리에게는 이제 다른 여인들에게로 옮겨가는 하나의 수단이나 통로에 불과하게 된 여인 속에서, 과거의 우리였던 그 다른 존재에게 그녀의 이름이 의미했던 고유의 매력을 우리의 기억력이 다시 찾아낼 때 우리가 놀라고 또 흥미롭게 여기는 것은, 오직 그곳에 도착하여 만날 사람만을 생각하면서 마부에게 까뻬 대로나 박(Bac) 로에 있는 주소 하나를 무심히 던지듯 말해준 다음 순간, 그 명칭들이 옛날에는 각각, 그 길에 있던 수도원의 까뿌치 노회 수녀들과, 쎈느 강 양안을 오가던 나룻배를 가리켰다는[81] 사실을 우연히 뇌리에 떠올리고 새삼 놀라며 흥미롭게 여기는 것에 못지않다.

물론, 발벡에 대한 나의 열망이 일찍이 알베르띤느의 몸뚱이를 어찌나 농익혔던지, 그리하여 그 속에 어찌나 싱싱하고 달콤한 풍미를 축적하였던지, 바람이 어느 세심한 정원사처럼 나무들을 흔들어 열매들이 떨어지게 하고 낙엽들을 비로 쓸 듯 하던 불론뉴 숲을 우리의 마차가 통과하는 동안, 나는, 혹시 쌩-루가 잘못 판단하였거나 내가 그의 편지를 잘못 이해하여 스떼르마리아 부인과의 저녁 식사가 나에게 아무 결실도 안겨주지 못할 경우, 옛날 나의 호기심이 산정하고 무게를 가늠해 보곤 하던 그 매력들이 이제 흥건히 넘쳐 흐르는 몸뚱이를 품에 안고, 순전히 관능적인 한 시간 동안이나마, 스떼르마리아 부인에게로 향한 사랑 초기의 아픈 연정 혹은 슬픔을 잊기 위하여, 그날 저녁 아주 늦은 시각에 내가 알베르띤느에게 밀회를 요청할 수도 있으리라는 생각에 잠기곤 하였다. 또한 물론, 스떼르마리아 부인이 그 첫 날 저녁에는 나에게 어떤 호의도 허락하지 않을 것이라는 점을 내가 추측할 수 있었다면, 나는 그녀와 함께 보낼 그 저녁 시간을 상당히 실망스러운 양상으로 나의 뇌리에 떠올렸을 것이다. 우리가 어떤 여인을 잘 알지도 못하면서, 우리에게 아직 거의 알려진 바가 없는 그녀 자체보다는 그녀가 영위하는 삶의 특별한 세계를 사랑하게 되는 그 사랑의 태동기에, 우리의 내면에서 연이어지는 첫 두 단계가, 현실의 영역에서는, 즉 더 이상 우리의 내면에서가 아니라 우리와 그녀와의 만남에서는, 얼마나 괴이하게 반영되는지를 내가 경험을 통해 너무나도 잘 알고 있었다. 우리가 일찍이 그녀와 단 한번도 이야기를 나누지 않은 채, 그녀가 우리에게 주는 시적 환상에 혹하여, 우리는 그녀 앞에서 주저한다.[82] '그 여인일까 혹은 전혀 다른 여인일까?'[83] 그런 다음 우리의 숱한 몽상들이 그녀의 주위에 고정되고, 그녀와 일체를 이룬다. 얼마 아니 되어 이루어질 그녀와의 첫 만남은 당연히 그 태동하는 사랑을 반영해야 할 것이다. 하지만 전혀 그렇지 않다. 마치 물리적 삶에게도 그 첫 단계가 필요하다는 듯,

그녀를 이미 사랑하면서도, 우리는 그녀에게 지극히 하찮게 여기는 투로 말을 건넨다. "이곳 경관이 당신의 마음에 들 것이라 생각하여, 이 섬에 오셔서 저녁 식사를 하시라 청하였습니다. 또한 특별히 드릴 말씀이 있어서 모신 것도 아닙니다. 하지만 이곳이 너무 습하여 추워하시지 않을까 두렵습니다. ─전혀 춥지 않아요. ─친절한 배려에서 비롯된 말씀이라 여기겠습니다. 하지만 부인, 당신의 뜻을 거역하지 않으려고, 부인께서 아직 십오 분쯤 더 추위와 싸우시는 것은 허락하되, 십오 분 후에는 제가 억지로라도 부인을 댁에 모셔다 드리겠습니다. 부인께서 감기에 걸리시는 것을 원치 않으니까요." 이상과 같은 대화를 나눈 후, 그녀에게 더 이상 다른 이야기는 하지 않고, 그녀의 조금 특이한 시선 이외에는 그녀에 관한 다른 아무것도 기억속에 간직하지 못한 채, 오직 그녀를 다시 만날 생각만을 하면서, 우리는 그녀를 다시 그녀의 집에 데려다준다. 그런데, 두 번째 만남에서는(그녀와 관련된 유일한 추억인 그 시선조차 더 이상 뇌리에 떠올리지 못함에도 불구하고, 전보다 오히려 더 그녀를 다시 볼 생각만을 하였던지라) 첫 단계가 이미 지나가 버렸다. 물론 처음 만난 이후 아무 일도 없었다. 그렇건만, 처음에 그랬던 것처럼 음식점의 안락함 등에 관한 이야기를 꺼내는 대신, 우리는 용모 아름답지 못하다고 생각하면서도 그녀가 매순간 다른 이들로부터 우리에 관한 이야기를 들으며 살아가기를 바라는, 그 새로워진 여인에게 이러한 말을 건네며, 그녀 또한 그 말에 놀라지 않는다. "우리 두 사람의 가슴 사이에 산적해 있는 장애물들을 극복하려면 많은 노고가 필요할 것입니다. 우리가 성공할 것이라 생각하십니까? 우리 두 사람이, 우리의 적들을 이길 수 있고, 행복한 미래를 기대할 수 있다는 꿈을 가지고 계십니까?" 하지만, 처음에는 진부했다가 그 다음 사랑을 암시하는, 극명하게 대조

게르망뜨 쪽 2부 2장 123

되는 그 두 대화가 스떼르마리아 부인과 나 사이에 이어질 것 같지는 않았으니, 내가 쌩-루의 편지를 신뢰할 수 있었기 때문이다. 스떼르마리아 부인이 첫 날 저녁부터 자신의 몸을 나에게 내맡길 것 같았고, 따라서 밤 늦게 부득이 알베르띤느를 나의 집으로 부를 필요는 없을 것 같았다.

알베르띤느가 나에게 거의 말을 건네지 않았으니, 내가 무엇에 골몰하고 있음을 직감하였기 때문이다. 우리는 빽빽한 수림으로 이루어진, 거의 해저 풍경과 같은, 초록빛 감도는 동굴 밑에서 걸었으며, 그 동안 수림의 둥근 지붕 위에서는 퍼져나가는 바람 소리와 마구 튀는 빗방울 소리가 들렸다. 내가 바닥에 떨어진 가랑잎들을 밟자 그것들이 조개껍질들처럼 흙 속으로 박혔고, 지팡이로는 성게들처럼 찌르는 밤송이들을 밀어냈다.

나뭇가지들 위에서는, 파르르 떠는 마지막 잎들이 잎자루 길이만큼만 바람을 따라가고 있었지만, 가끔 잎자루가 끊어져 땅바닥으로 떨어지면, 그것들이 달음박질을 하여 바람을 따라잡기도 하였다. 나는, 만약 그러한 날씨가 계속된다면, 다음 날에는 섬이 얼마나 더 외진 두메처럼 보일까, 그리고 여하튼 인적이 완전히 끊길 것이라 생각하면서, 내심 기뻐하였다. 우리는 다시 마차에 올랐고, 질풍이 잠잠해졌던지라, 알베르띤느가 나에게 쌩-끌루[84]까지 계속 가 보자고 제안하였다. 땅에서 낙엽들이 그러듯, 하늘에서는 구름 덩이들이 바람을 따라가고 있었다. 그리고 철새들처럼 이동하는 저녁나절은, 하늘에 그어진 일종의 원추형 단면이 분홍색과 하늘색과 초록색 등으로 쌓인 층을 드러내는 동안, 더 아름다운 날씨를 향해 떠날 준비를 완벽하게 갖추고 있었다. 받침돌 위에 솟구쳐 오르듯 서 있고, 자기에게 봉헌된 듯 보이는 그 넓은 숲 속에 홀로 있으되, 반쯤은 짐승적이고 반쯤은 신성한 신화적 공포감으로 숲을 가득 채우고 있던 어느 여신의 대리석 조각상을 더 가까이에서 보기 위하여, 알베르띤느가 맹렬하게 겅둥거리면서 언덕 위로 올라갔고, 그 동안 나는 그녀를 길에서 기다렸다. 그녀 역시 그렇게 언덕 아래에서 보니, 가까이 다가간 내 눈의 확대경에 그녀의 목 피부결이 선명히 나타났던, 며칠 전 나의 침대에서처럼 살집 좋아 통통한 것이 아니라, 끌로 새긴 듯 윤곽 섬세하여, 발백의 행복했던 순간들이 자기들의 고풍스러운 녹청색을 덧씌운 작은 조각상 같았다. 집에 돌아와 다시 나 홀로 있게 되었을 때, 나는 내가 그날 오후 알베르띤느와 함께 소풍길에 올랐었고, 이틀 후에는 게르망뜨 부인 댁 만찬에 참석하게 되어 있으며, 질베르뜨의 편지에 답신해야 한다는 등의 사실과 일찍이 내가 사랑하였던 그 세 여인들을 다시 뇌리에 떠올리면서, 우리의 사회적 생활이, 화가의 작업실처럼, 일찍이 어느 순간 그 속에다 위대한 사랑에 대한 우리의 욕구를 고정시킬 수 있으리라 믿었던 그러나 내버려진 초벌그림들로 가득하다는 생각을 하게 되었으나, 그러면서도, 어느 초벌그림이 너무 오래 된 것이 아닐 경우, 때로는 우리가 그것에 다시 손을 대어 전혀 다른, 그리고 아마 처음 계획하였던 것보다도 오히려 더 중요한 작품으로 완성시키는 일도 생길 수 있다는 점은 꿈에도 생각하지 못하였다.

다음날에는 날씨가 차갑고 맑아 겨울이 느껴졌다(또한 실제로 가을이 어찌 깊었던지, 이미 훼손된 불론뉴 숲에서 우리가 황록색 원형 지붕들을 몇몇이나마 발견할 수 있었던 것은 기적이었다). 잠에서 깨어나는 순간, 동씨에르의 병영 막사 창문에서 그랬던 것처럼, 솜사탕처럼 진하면서도 부드러운 상태로 쾌활하게 태양에 매달린, 불투명하고 단색이며 하얀 안개가 나의 시야에 들어왔다. 그러다가 태양이 스스로 모습을 감추었고, 오후에는 안개가 더욱 짙어졌다. 날이 일찍 저물어 내가 몸단장을 하였으나 출발하기에는 너무 이른 시각이라, 스떼르마리아 부인에게 마차 한 대를 보내기로 작정하였다. 그녀에게 함께 가자고 강요하는 꼴이 되지 않을까 저어되어 나는 감히 그 마차에 오르지 못하였지만, 내가 모시러 가는 것을 허락하겠느냐고 묻는 말을 쪽지에 적어 마부에게 맡겼다. 기다리는 동안, 나는 침대 위에 몸을 펴고 누워 잠시 눈을 감았다가 다시 떴다. 커튼들의 상단에는 점점 어둑해지는 낮의 좁은 띠 한 자락만이 걸려 있었다. 나는 쾌락으로 들어가는 깊은 현관인 그 무용지물의 시각을 즉각 알아보았으며, 내가 그 시각의 침침하고 달콤한 공허를 알게 된 것은, 발백에서 다른 모든 사람들이 식당에서 저녁을 먹고 있는 동안 지금처럼 나의 침실에서 홀로, 낮이 커튼들 상단에서 소멸되는 것을 슬퍼하지 않고—북극의 밤처럼 짧은 어둠 끝에 그 낮이 리브벨의 횃불 속에서 더욱 눈부시게 부활할 것임을 알고 있었던지라—바라볼 때였다. 내가 침대에서 성큼 내려와 검은색 넥타이를 맨 다음 머리에 한 차례 솔질을 하였는데, 그 것은 발백에서, 나의 침실에 비스듬히 놓인 거울을 들여다보며 그 녀들에게 미소를 보내는 동안, 내가 나를 생각하지 않고 리브벨에 가면 보게 될 여인들을 생각하면서 취한 뒤늦은 몸단장의 마지막 동작이었고, 그러한 이유로 인해, 불빛과 음악이 뒤섞인 여흥의 전조처럼 나에게 남아 있던 동작이기도 하였다. 그 동작들이, 마법의 어떤 징조들처럼, 예정된 여흥을 미리 환기시킬 뿐만 아니라 이미 실현시키기까지 하였던지라, 그것들 덕분에 그 시절 나는, 옛날 꽁브레에서 칠월이면 컴컴한 나의 침실에 감도는 시원함 속에서 이웃 상점의 짐꾸리는 인부가 내리치는 망치 소리가 들릴 때면 내가 바깥의 열기와 태양에 대하여 가졌던 개념과 그 순간 향유하던 즐거움[85]만큼이나 완벽하게, 그 여흥에 대한 확실한 개념을 뇌리에 떠올리고 그 여흥의 도취시키는 경박한 매력을 한껏 즐기곤 하였다.

또한 그리하여 내가 보기를 열망하였을 사람이 더 이상 꼭 스떼르마리아 부인은 아니었다. 나의 저녁 시간을 어쩔 수 없이 이제 그녀와 함께 보내야할 처지에 놓였는데, 그것이 부모님께서 돌아오시기 전에 나에게 남은 마지막 저녁이었던지라, 나는 차라리 그녀와의 약속이 없어 내가 리브벨에서 보았던 그 여인들을 다시 찾아 나설 수 있다면 좋겠다는 생각을 하였다. 내가 마지막으로 다시 손을 씻었고, 기쁨에 들떠 아파트 안을 서성거리는 동안, 어둑한 식당에서 수건으로 손을 닦았다. 내가 보자니 불 밝힌 부속실로 통하는 문이 열린 것 같았으나, 내가 불빛 어린 문틈으로 여겼던 것은, 엄마가 돌아오시기 전에 자리를 정해 놓으려고 임시로 벽에 기대어 세워 둔 거울에 비친, 내 수건의 하얀 반사광일 뿐이었다. 나는 우리 아파트에서 내가 이미 그렇게 발견한 신기루 같은 모든 환상들을 다시 뇌리에 떠올렸다. 하지만 그것들이 모두 시각적인 환상들만은 아니었으니, 이사 초기에 수도꼭지를 열 때마다 부엌에 있는 어느 도관이 내던 거의 사람 소리에 가까운 날카롭고 선명하게 울부짖는 소리 때문에, 이웃 여인에게 개 한 마리가 있으리라고 내가 믿기도 하였으니 말이다. 또한 층계참으로 통하는 문은, 층계를 통과하는 외풍에 밀려 스스로 아주 천천히 닫힐 때마다, 『탄호이저』의 서곡 말미에서 순례자들의 합창[86]과 겹쳐지는 관능적이고 비탄 섞인 악절들의 잘게 끊긴 편린들을 연주하곤 하였다. 그런데 내가, 수건을 제 자리에 이제 막 다시 걸었던지라, 그 경탄할만한 교향곡 한 소절을 다시 들을 기회를 얻었으니, 초인종 울리는 소리에, 답신을 가지고 왔을 마부에게 부속실의 출입문을 열어 주려고 달음박질을 하였기 때문이다. 나는 마부가, '그 부인께서 저

아래에 계십니다' 혹은 '그 부인께서 나리를 기다리십니다' 라고 말할 것이라고 생각하였다. 하지만 그는 손에 편지 한 장을 들고 있었다. 나는 스떼르마리아 부인이 편지에 쓴 내용 확인하기를 유보하고 잠시 머뭇거렸으니, 그녀가 손에 펜을 들고 있는 동안에는 그 내용이 다르게 변할 수도 있었겠으나, 이제 그녀로부터 분리되어, 홀로 자신의 길을 따라 나선지라, 그녀 또한 추호도 변경할 수 없는 하나의 운명이었기 때문이다. 마부가 안개 때문에 투덜거렸으나, 나는 그에게 내려가 잠시 기다리라고 하였다. 그가 자리를 뜨기 무섭게 편지의 겉봉을 열었다. '여자작 알릭스 드 스떼르마리아' 라는 작호 인쇄된 명함에, 내가 초대한 여인이 다음과 같은 내용을 적었다. "뜻밖의 난처한 일로 인하여 오늘 저녁 당신과 함께 불론뉴 숲 섬에서 식사를 할 수 없겠습니다. 애석하게 생각합니다. 저 역시 기쁜 마음으로 기다렸습니다. 스떼르마리아에 돌아가 더 긴 편지로 사연 말씀드리겠습니다. 애석함과 우정을." 나는 충격에 멍해져 꼼짝도 못하였다. 명함과 봉투가, 화기 발사 직후의 탄피처럼, 나의 발치에 떨어져 있었다. 그것들을 다시 주워 들고 문제의 구절을 분석해 보았다. '그녀가 나에게 말하기를, 불론뉴 숲 섬에서는 나와 함께 저녁 식사를 할 수 없다고 하였어. 따라서 그녀가 다른 곳에서는 나와 함께 저녁 식사를 할 수 있다는 결론을 도출할 수 있을 거야. 내가 그녀를 데리러 간다 해도 그것이 실례를 범하는 일이 되지는 않으리니, 여하튼 그렇게 이해될 수 있는 구절이야.' 또한, 나의 사념이 나흘 전부터 스떼르마리아 부인과 함께 미리 불론뉴 숲의 그 섬에 자리를 잡고 있었던지라, 내가 그 사념을 도저히 그곳으로부터 돌아오게 할 수 없었다. 나의 욕망이, 이미 그토록 많은 시간 전부터 따라가던 내리막길로 자신도 모르게 다시 접어들고 있었던지라, 그 욕망에 맞서 우세를 점하기에는 너무나 신참이었던 그 편지가 도착하였음에도 불구하고, 나는, 시험에 불합격한 학생이 문제 하나를 더 풀고 싶어 하는 것처럼, 본능적으로 떠날 준비를 하고 있었다. 그러나 결국 나는 프랑수와즈에게 아래로 내려가 마부에게 수고비를 지불하여 돌려보내라고 말하기로 결심하였다. 그녀가 보이지 않는지라, 복도를 지나 식당으로 들어서려는데, 문득 나의 발자국 소리가, 조금 전까지와는 달리, 마루판 위에서 울리기를 멈추고 약화되어 정적으로 변하였고, 그 정적은, 내가 미처 그 원인을 알아채기도 전에, 나에게 질식할 듯하고 유폐된 듯한 느낌을 주었다. 그것은 나의 부모님이 돌아오실 때를 대비하여 압정으로 마루판에 고정시키는 작업을 시작한 카페트들, 즉 햇살이 어떤 친구처럼 우리와 함께 전원지역에 가서 점심을 먹으려고 데리러 와, 그것들의 무질서[87] 속에 섞여 우리를 기다리고 그것들 위로 숲의 시선[88]을 조용히 던지곤 하는 그 행복한 아침나절이면 그토록 아름다운 카페드들이었으되, 이제는 반대로, 내가 의무적으로 그 속에서 살아야 하고 가족과 함께 식사를 해야 하며 더 이상 자유롭게 빠져나갈 수 없는 겨울철 감옥을 정비하는데 필요한 첫 비품들이었다.

"도련님, 넘어지시지 않도록 조심하세요. 그것들을 아직 압정으로 고정시키지 않았어요." 프랑수와즈가 나에게 소리쳤다. "제가 불을 켜 놓았어야 했는데. 벌써 구월 말이고, 아름다운 계절도 이제 끝이에요."

곧 겨울이 닥칠 것이고, 창문 귀퉁이에 갈레의[89] 유리 세공품에처럼 단단히 언 눈이 혈관처럼 퍼져 있게 될 것이며, 상젤리제에는 사람들이 기대하는 소녀들 대신 오직 참새들만 모습을 드러낼 것이다.

스떼르마리아 부인을 만나지 못하게 되었다는 나의 절망감을 중대시킨 것은, 지난 일요일 이후 내가 오직 그 저녁 식사만을 위하여 한 시간 한 시간을 보내던 동안, 그녀는 틀림없이 단 한 차례도 그 생각을 하지 않았으리라고, 그 답변이 나로 하여금 추측하게 한 사실이었다. 훗날 나는, 그녀가 이미 그 무렵에 만나고 있었을, 그리고 틀림없이 그녀로 하여금 나의 초대를 잊게 하였을 어느 젊은이와의 사랑에 이끌려, 그녀가 어처구니없는 결혼을 하였다는 사실을 알게 되었다. 만약 그녀가 나의 초대를 잊지 않고 있었다면, 우리 두 사람의 합의에 따라 내가 그녀에게 보내지 않기로 되어 있던 마차가 자기의 거처에 도착하기 전에, 틀림없이 나에게 자신이 초대에 응할 수 없음을 미리 알렸을 것이다. 안개 속에 묻힌 봉건 영지에 있을 아가씨에 대한 나의 몽상이, 아직 존재하지도 않던 사랑으로 통하는 길을 그렇게 뚫어 놓았던 것이다. 이제, 나의 실망과, 노여움과, 몸 허락하기를 거절한 여인을 다시 붙잡고 싶은 나의 절망적인 욕구 등이, 그것들 사이에 나의 감수성이 끼어들게 함으로써, 그 때까지는 나의 상상력 홀로 나에게, 그러나 무기력하게, 제공하였던 있을 법한 사랑을 명확히 고정시킬 수 있게 되었다.

우리의 추억 속에, 더구나 우리의 망각 속에는, 그것들이 마지막 순간에 모습을 감추었다는 유일한 이유 때문에, 우리가 그것들에게 매력을 추가하여 그것들을 다시 보고 싶은 맹렬한 욕망을 느꼈던, 모두 서로 다른 소녀들과 여인들의 얼굴이 얼마나 많은가! 스떼르마리아 부인의 경우에는 그러한 현상이 더 심하여, 그토록 생생하였으나 너무 짧았던지라 그러지 않으면 기억력이 그녀의 부재 상태에서는 존속시킬 힘을 발휘하지 못하는 그 인상들이 갱신되도록, 그녀를 다시 보기만 하면, 내가 그녀를 사랑하기에 충분했을 것이다. 하지만 상황이 그렇게 돌아가지 않아, 나는 그녀를 다시 보지 못하였다. 내가 사랑하였던 것은 그녀가 아니었으되, 그 것이 그녀일 수도 있었다. 그리고 아마, 내가 곧 겪을 찰라에 있었던 그 깊은 사랑을 가장 잔인한 것으로 변질시킨 요소들 중 하나는, 내가 그날 저녁을 회상하면서, 만약 지극히 단순한 상황들이나마 변경되었다면 그 사랑이 엉뚱한 곳으로, 즉 스떼르마리아 부인에게로[90] 향할 수도 있었으리라 생각한 사실이었으니, 그토록 즉각적으로 나에게 연정을 불어넣은 그녀에게로 나의 사랑이 향하였다면, 그 사랑이 따라서—내가 하지만 그러리라고 그토록 믿으려 하였고 믿을 필요를 절감하였던 것처럼—절대적으로 필연적이고 숙명적일 리 없었기 때문이다.

프랑수와즈가 나에게, 자기가 불을 지피기 전에 그곳에 머무는 것은 현명치 못하다고 하면서, 나만 남겨 놓고 식당 밖으로 나갔다. 그녀는 저녁거리를 준비하러 나가던 중이었으니, 나의 부모님께서 돌아오시지 않았건만 그날 저녁부터 나의 칩거가 시작될 참이었기 때문이다. 나는 찬장 옆 귀퉁이에 놓여있던 아직 펴지 않은 커다란 카페트 두루마리 하나를 발견하고, 상을 당하면 머리에 재를 뒤집어쓰는 유대인들처럼,[91] 카페트 자락 속에 머리를 처박은 채, 먼지와 눈물을 삼키면서 흐느끼기 시작하였다. 나의 몸이 덜덜 떨렸는데, 그것은 실내가 추웠기 때문만이 아니라, 체온의 현저한 저하(그것이 위험과, 솔직히 말해야 하거니와, 그것이 주는 가벼운 쾌감에 우리가 저항하지 않는)가, 영영 멈출 것 같지 않으며 사람의 몸을 파고드는 차가운 이슬비처럼 우리의 눈에서 방울방울 떨어지는 특이한 눈물[92]에 의해 야기되었기 때문이기도 하다. 문득 어떤 사람의 음성이 들렸다.

"들어가도 되겠는가? 프랑수와즈가 말하기를, 자네가 식당에 있을 거라 하였네. 안개가 칼로 저밀 수 있을 만큼 짙어서, 혹시 자네가 괴로워할지 모르지만, 함께 어디에 가서 저녁 식사나 하면 어떨까, 자네의 의향을 물으러 왔네."

아직 모로코에 있거나 항해 중일 것이라고 내가 생각하고 있던, 그러나 그날 아침 빠리에 도착한 로베르 드 쌩-루였다.

나는 우정에 대한 나의 생각을 이미 피력하였던 바[93] (그리고 나로 하여금 우정의 실체를 깨닫도록 자신도 모르는 사이에 발백에서 나를 도왔던 사람은 바로 로베르 드 쌩-루였다), 우정이란 하도 하찮은 것이라, 나는, 다소나마 천재성을 가진 사람들이, 그리고 예를 들어 니체와 같은 사람이, 우정에 어떤 지적인 가치를 부여하는 어수룩함을 보이고, 그 결과, 지적인 호평이 연관되지 않았을 법한 우정은 용납하지 않는 것을 이해하기 몹시 어렵다. 그렇다, 양심의 가책감 때문에 바그너의 음악과 결별할 만큼 자신에게 솔직했던 사람이,[94] 대개 이러저러한 행동이나 특히 우정 등으로 이루어진, 본질적으로 모호하고 합당치 않은 표현의 세계 속에 진실이 구현될 수 있다고 상상한다든가, 루브르 박물관에 화재가 발생하였다는 헛소문을 듣고, 친구를 찾아가 함께 울기 위하여 자기의 작업을 중단하는 짓 속에 어떤 의미나마 있을 수 있으리라 상상하는 것을 보고 나는 항상 놀라곤 하였다.[95] 일찍이 발백에서 나는, 소녀들과 어울려 노는 즐거움이 적어도 정신적인 삶과의 관계에 있어서는 국외자로 머무는지라, 그것이 우정보다는 우리의 정신적 삶에 덜 치명적일 것이라 여기기에 이르렀거니와, 우정의 모든 노력이라야 기껏 우리로 하여금 진정한 우리 자신의 유일하게 실재적(實在的)이되 (예술이라는 수단을 통하지 않고는) 표현할 수 없는 부분을 하나의 피상적인 자아를 위해 희생시키도록 하는 것이며, 그 피상적인 자아는, 소녀들과 어울리는 즐거움과는 달리, 자신 속에서 기쁨을 발견하지 못한 채, 자신이 외부의 받침대에 의해 지탱되고 다른 이의 낯선 개성 속에 입원하듯 받아들여짐을 감지하는 것에서 하나의 혼란스러운 감동을 발견하며, 그 감동 속에서 타인이 자기에게 베푸는 보호에 행복해져, 자기의 편안함을 찬양이라는 형태로 빛나게 하고, 자신의 내면에서라면 단점이라 간주하여 고치려 할 타인의 장점에 경이로워한다. 하지만 우정을 멸시하는 이들도, 자신의 내면에 잠재적인 걸작품 하나를 간직하고 있는지라 자신의 의무는 오직 그 작품을 완성하기 위해서만 사는 것이라고 느끼되, 그럼에도 불구하고, 이기주의자로 비치지 않으려고 혹은 정말 이기주의자가 되는 위험을 피하려고, 부질없는 대의를 위해 자신의 삶을 바치며, 그로 하여금 그것을 바치지 않는 편을 택하게 하였을 이유들이 무사무욕한 것들일수록 그만큼 더 흔쾌히 그것을 바치는 어느 예술가처럼, 헛된 기대 품지 않고 그러나 애석함을 완전히 떨쳐버리지 못한 채, 세속의 가장 좋은 친구가 될 수 있다. 그러나 우정에 대한 나의 견해가 어떠했다 할지라도, 그것이 나에게 가져다주던, 그리고 그 질이 하도 초라하여 피곤과 권태 중간쯤의 무엇과 유사했던 즐거움에 한정시켜 말하거니와, 어떤 경우에는, 그것이 비록 치명적으로 해롭다 해도, 우리에게 필요했던 채찍 같은 자극 및 우리 자신 속에서 발견할 수 없는 열기를 가져다주면서, 우리에게 소중하고 위안이 되는 음료로 변하지 않을 즐거움은 없다.

내가 쌩-루에게, 한 시간 전에 갈망했던 것처럼, 리브벨에서 보았던 여인들을 다시 볼 수 있도록 해달라고 요청하고 싶은 마음은 물론 전혀 없었으니, 스떼르마리아 부인에 대한 미련이 나의 내면에 남긴 흔적이 그토록 신속히 지워지기를 원하지 않았기 때문이었다. 그러나, 내가 나의 가슴 속에서 더 이상 행복의 이유를 전혀 느끼지 못하던 순간에 쌩-루가 식당으로 들어선 사실은, 의심할 나위 없이 나의 외부에 있었으되 스스로를 나에게 제공하며 나의 소유가 되기만을 요구하는 호의와 쾌활함과 생명의 도래와 같았다. 당사자인 그 자신조차도 내가 고맙다고 외치는 소리와 감격하여 흘리는 눈물의 곡절을 이해하지 못하였다. 그러나, 외교관이거나 탐험가이거나 비행사이거나 혹은 쌩-루처럼 군인 신분이어서, 다음 날이면 시골로 떠났다가 그 후 어느 곳으로 갈지 모르는 처지에 놓였으며, 우리와 어울려 보낸 단 하루 저녁 연회에서, 놀랍게도 드물고 짧게 끝나는 속성을 가진 그러한 연회에서, 그토록 큰 즐거움의 인상을 얻고 또 자신들도 즐거워하건만, 그러한 연회를 연장하거나 더 자주 갖기를 시도하지 않는 그 친구들 중 하나보다 더 역설적으로 다정한 것이 있을까? 우리와 함께 나누는 한 끼 식사와 같은 그토록 자연스러운 것이 그 방랑객들에게 주는 기쁨은, 우리 나라 도시의 대로들이 어느 아시아 사람에게 주는 기이하고 감미로운 기쁨과 같다. 우리는 저녁을 먹으러 가기 위하여 함께 집을 나섰고, 층계를 내려가는 동안 나는, 동씨에르에서 매일 저녁 로베르와 합류하기 위하여 가던 음식점과, 잊었던 이러저러한 많은 식당들을 다시 뇌리에 떠올렸다. 그러던 중 문득, 그 이후로는 내가 단 한번도 다시 생각하지 않았고 쌩-루가 일상 저녁 식사를 하던 호텔에 있던 것이 아니라, 호텔과 민박집 중간 수준쯤 되는 훨씬 조촐한 호텔에 있었으며, 주인의 아내와 하녀들 중 하나가 시중을 들던, 작은 식당이 나의 추억 속에 되살아났다. 눈이 내리는 바람에 내가 그곳에 들어가게 되었다. 게다가 그날 저녁에는 로베르가 호텔에서 식사를 하게 되어 있지 않았던지라, 나 또한 더 멀리 가고 싶지 않았다. 위층에 있던, 내장재가 몽땅 목재였던, 작은 별실로 나의 음식 접시들을 가져왔다. 식사 도중 전등이 꺼져, 시중 들던 하녀가 나를 위하여 양초 두 가락에 불을 붙였다. 나는, 그녀에게 나의 접시를 내밀면서, 잘 보이지 않는다는 듯, 그녀가 접시에 감자를 담아 주는 동안, 마치 그녀의 손을 인도하는 척하며 살이 드러난 팔뚝을 움켜잡았다. 그녀가 나의 손을 뿌리치지 않는 것을 알아차린 나는 그녀의 팔뚝을 쓰다듬었고, 그러다가 아무 말 없이 그녀의 몸을 몽땅 나에게로 끌어당기고 촛불을 훅 불어 끈 다음, 그녀에게, 나의 몸을 뒤져 돈을 좀 가져가라고 하였다. 그 다음 날부터 한 동안은, 육체적 쾌락을 맛보기 위해서는, 그 하녀뿐만 아니라 그토록 고립되고 목재를 내장재로 사용한 작은 별실이 불가결한 것처럼 보였다. 하지만 내가, 습관과 우정에 이끌려, 동씨에르를 떠날 때까지 매일 저녁 다시 가곤 하던 곳은, 로베르와 그의 친구들이 저녁 식사를 하던 음식점의 식당이었다. 하지만 그럼에도 불구하고, 그가 자기의 친구들과 하숙하던 그 호텔 역시 오래 전부터 나의 뇌리에 떠오르지 않았다. 우리는 우리의 삶을 별로 만끽하지 못한 채, 약간의 평화나 즐거움이 간직되어 있을 수 있어 보였던 시각들을, 여름날의 황혼 속이나 겨울철의 일찍 드리워지는 어둠 속에 미완의 상태로 내버려둔다. 하지만 그 시각들이 완전히 상실된 것은 아니다. 그 시각들처럼 가냘프고 단조롭게 지나갈 새로운 기쁨의 순간들이 자기들의 차례가 도래하여 노래를 부를 때에는,[96] 그 시각들이 그 순간들에게 풍요로운 조화의 토대와 밀도를 가져다준다. 그 시각들은, 그렇게 우리가 가끔 간헐적으로밖에 다시 만나지 못하지만, 존재하기를 계속하는 그 전형적인 행복들[97] 중 하나로까지 확장되는 법, 지금 술회하고 있는 이야기에서 예를 들자면, 그것은, 자기의 모든 기력과 애정을 동원하여 우리의 잠들어 있는 생명을 휘저어 일깨우고, 우리 자신의 노력이나 세속적 오락을 통해 얻을 수 있을 것과는 판이하게 다른 감격한 기쁨을 우리와 나눌 어느 친구와 함께 떠날 여행의 약속을 추억들의 힘을 빌려

게르망뜨 쪽 2부 2장 135

자연의 화폭 속에 담고 있는 편안한 분위기에서 저녁 식사를 하기
위하여, 나머지 모든 것을 방기하는 행위였으며, 그러한 경우에 우
리는 자신을 그에게 몽땅 바치겠노라 우정의 맹세를 하려고 하는
데, 그 맹세가 그 시각의 칸막이벽 속에서 태동하여 그 속에 갇힌
상태로 남아있는지라 아마 다음 날에는 잊혀질 것이지만, 내가 쌩
-루에게 아무 가책감 느끼지 않고 그러한 맹세를 할 수 있었던 것
은, 그가 다음 날이면, 우정이라는 것이 면밀히 검증될 수 없다는
현명한 판단과 예감 다분히 섞인 용기를 발휘하여 다시 떠나게 되
어 있었기 때문이다.

　내가 층계를 내려오면서 동씨에르의 저녁들을 다시 겪었다면,
우리 두 사람이 도로에 이르렀을 때에는, 안개가 가로등들을 꺼 버
린 듯 그것들이 가까이에서나 아주 희미하게 보일 만큼 거의 완벽
한 어둠이, 언제인가 내가 꽁브레에 도착하였던 그날 저녁으로 나
를 다시 데려갔는데, 그 시절에는 그 도시에 띄엄띄엄 조명이 되어
있어, 한 가락 촛불보다 나을 것 없는 가로등들이 여기저기 별들처
럼 겨우 보이던, 습하고 미지근하며 아기 예수의 구유처럼 성스러
운 그곳의 어둠 속에서 사람들이 더듬거리며 걸어야 했다. 어느 해
인지는 모르되 내가 꽁브레에 도착하던 그 저녁과, 조금 전 내 침
실의 커튼들 상단에 어른거린 리브벨의 저녁들 사이에 얼마나 큰
차이가 있는가! 나는 그 차이를 지각하는 순간, 내가 만약 홀로 있
었다면 매우 풍요로울 수 있었을, 그리하여 보이지 않는 사명이 스
스로를 선포하듯 드러내기 전까지 내가 아직도 거쳐야 했던 부질
없이 허송한 여러 해라는 세월의 우회로를 피하게 해 주었을, 일종
의 열광을 느꼈으며, 이 작품은 그 사명의 발견 과정을 그린 이야
기이다.[98] 만약 그날 저녁에 일이 그렇게 되었다면, 쌩-루와 함께
타고 있던 그 마차가 나에게는 의사 뻬르쓰삐에 씨의 마차보다―

일찍이 내가 그 마차의 조수석에 앉아 마르땡빌의 종루들을 간단히 묘사하는 글을 지었고,[99] 얼마 전 바로 그 글이 다시 발견되어, 그것을 정리하여 〈휘가로〉지에 보냈으나 헛일이었다―더 기념할 만한 가치를 얻었을 것이다. 우리가 지나간 세월을, 하루 하루 이어지는 그 연속상태로가 아니라, 어느 아침나절이나 저녁나절의 시원함이나 햇살 속에 고착되어, 고립되고 갇힌 부동의 상태로 멈추어진 채 나머지 다른 모든 것으로부터 멀리 떨어져 보이지 않는 추억 속에서 다시 겪는 것은, 우리들을 한 시절의 삶으로부터 사뭇 다른 시절로 부지불식간에 이끌어간, 그리고 외부에서 뿐만 아니라 우리의 뭇 몽상들과 항시적으로 진화하는 우리의 성격 속에서도 이루어지던, 그 점진적인 변화들이 삭제된 상태에서 우리가 어느 시절에서 채취된 다른 추억을 되찾을 경우, 우리가, 그 두 시절 사이에 존재하는 공백 및 광막한 망각의 자락 덕분에, 표고의 차이로 말미암은 일종의 심연이나, 우리가 호흡하는 대기와 주변 환경의 색조처럼 서로 비교될 수 없는 두 특질 사이에 존재하는 일종의 부조화를 발견하기 때문일까? 그러나 조금 전부터 나의 내면에 연속적으로 되살아나던 꽁브레와 동씨에르와 리브벨 등지의 추억들 사이에서는, 내가 그 순간 세월들 간의 거리 이상의 것, 질료들조차 서로 같지 않을 판이한 세계들 사이에 존재할법한 거리를 느꼈다. 내가 만약 나의 작품 속에다 리브벨의 추억들 중 가장 하찮은 것들이 새겨져 내 앞에 나타나게 했던 질료를 재생시키기를 바랐다면, 그때까지는 꽁브레의 칙칙하고 투박한 사암을 닮았던 질료에다 분홍색 돌결을 넣을 뿐만 아니라, 그것을 단숨에 반투명의 올 촘촘하고 시원한 느낌을 주며 낭랑하게 울리는 질료로 바꾸어야 했을 것이다.

그러나 로베르가 마부에게 행선지를 일러준 다음 마차 안으로

게르망뜨 쪽 2부 2장 137

들어와 다시 나와 합류하였다. 그러자 내 앞에 나타났던 사념들이 도망치듯 사라졌다. 그 사념들은 곧, 어느 길 모퉁이에서 고맙게도 홀로 있는 사람 앞에 나타나거나, 심지어 그 사람이 잠든 동안에는 그의 침실 출입문 문틀에 우뚝 모습을 드러내며 자기들이 가져온 소식을 전하는 여신들이다. 그러나 그 사람이 다른 이와 함께 있기 무섭게 여신들은 자취를 감추는지라, 서로 어울려 있는 사람들은 그녀들을 결코 발견하지 못한다. 그리하여 나는 다시 우정 속에 던져져 있는 나를 발견하였다.

로베르가 처음 도착하면서 안개가 잔뜩 끼었다고 알려주긴 하였지만, 우리가 이야기를 나누는 동안 그것이 점점 더 짙어지기를 멈추지 않았다. 그것은 더 이상 내가 보기를 바랐던, 즉 불론뉴 숲 섬에서 피어올라 스떼르마리아 부인과 나를 감싸주기를 바랐던, 그 옅은 안개가 아니었다. 불과 두어 걸음 떨어져 있는 가로등이 아예 꺼진 듯 보이지 않아, 광막한 들판이나 어느 깊은 숲 속에 혹은 내가 가고 싶어하였을 브르따뉴 지방의 어느 낭창거리는 섬에 펼쳐진 어둠 만큼이나 깊은 어둠이었고, 나는, 외딴 어느 여인숙에 도달하기 전에 스무 번이나 죽을 고비를 겪어야 하는 어느 북쪽 바다의 연안에서 길을 잃은 듯한 느낌에 휩싸였으며, 안개는, 사람들이 호기심에 이끌려 추구하는 신기루이기를 멈추고, 맞서 싸워야 할 위험들 중 하나로 변하고 있었던지라, 우리는 길을 제대로 접어들어 안전한 항구에 도달하는 동안, 숱한 어려움과 불안에 시달리다가 드디어, 당황하고 길 잃은 나그네에게 안전(그것을 잃을 위협에 노출되지 않은 사람은 느끼지 못하는)이 주는 기쁨을 맛보았다. 다만 한가지 일이 나를 잠시 노기 자극하는 놀라움에 잠기게 하여, 그 위험한 질주 동안에 느끼던 즐거움에 자칫 손상을 입힐 뻔하였다. "내가 블록에게, 자네가 그를 몹시 싫어하며, 심지어 상스러운 사람으로 여긴다고 말해 주었네." 쌩-루가 나에게 말하였다. "나는 매사가 분명하게 정리되는 것을 좋아하는데, 그것이 나의 천성이라네." 그가 만족스런 기색으로, 또한 어떤 반박도 받아들이지 않겠다는 듯한 어조로, 그렇게 결론을 내렸다. 나는 아연실색하였다. 내가 쌩-루에 대하여, 그리고 그의 우정 속에 있을 신의에 대하여, 절대적인 신뢰를 가지고 있었건만, 자신이 블록에게 한 말로 그가 나의 신뢰를 배신한 것은 차치하고라도, 그가 자신의 장점들과, 못지않게 많은 단점들 때문에라도, 그리고 예의를 솔직성의 결여에 이르도록까지 극도로 존중하게 할 수 있었던, 그가 받은 특별한 교육 때문에라도, 그러한 말을 하지 말았어야 할 것 같았다. 그의 의기양양한 기색이, 하지 말았어야 할 어떤 짓을 하였노라 고백하면서 당혹감을 감추기 위하여 흔히들 드러내는 그 기색이었을까? 그 기색이 그의 경솔함을 나타낸 것일까? 내가 아직 모르던 그의 어떤 단점을 미덕으로 승격시키려는 멍청함을 드러낸 것일까? 나에게로 향한 일시적인 노기가 발작적으로 치밀어, 그에게 나와 결별할 충동이 생겼던 것일까? 혹은 블록에게로 향한 일시적인 노기 때문에, 나를 이끌어들이면서까지 그에게 불쾌한 말을 하고 싶었던 것일까? 게다가, 그가 나에게 그 상스러운 말을 하는 동안에는, 그의 얼굴이, 내가 평생 그에게서 겨우 한두 번 발견한, 그리고 처음에는 대략 안면 중앙을 따라 내려오다가 입술에 이른 다음 그것들을 일그러뜨려, 그것들로 하여금, 일시적으로 나타나며 틀림없이 조상 전래의 것인, 수성(獸性)에 가까운 천박함을 드러내게 하는, 하나의 끔찍한 굴곡에 의해 상처를 입었다. 의심할 나위 없이 두 해에 한 번 반복적으로 나타나던 그러한 순간에는, 그의 고유한 자아에, 그것에 비치던 어느 선조의 인격이 지나감으로 인해, 부분적인 이지러짐 현상이 일어났음에 틀림없다. 로베르의 만족스러워

게르망뜨 쪽 2부 2장 139

하는 듯한 기색 만큼이나, '매사가 분명하게 정리되는 것을 좋아한다'는 그의 말 또한 나에게 의심의 여지를 주었고, 같은 비난을 초래할 수 있었을 것이다. 나는 그에게, 만약 우리가 분명하게 정리된 상황을 좋아한다면, 우리와 관련된 일에서 그 발작적인 솔직성을 발휘해야지, 다른 사람에게 피해를 입혀가며 그것을 싸구려 미덕으로 내세우지 말아야 한다고 말하려 하였다. 그러나 마차가 벌써 음식점 앞에 멈추었고, 유리창을 끼워 타오르는 듯 번쩍이는 넓은 정면의 벽만이 어둠을 꿰뚫고 있었다. 안개조차도 보도에까지 가서, 안에서 나오는 편안한 밝음으로, 음식점 주인의 심기를 반영하는 심부름꾼들의 기쁨을 띤 채 우리에게 입구를 가리키는 듯한데, 그것은 가장 섬세한 무지개빛으로 아롱거리고 있었으며, 히브리 사람들을 인도하던 번쩍이는 기둥처럼[100] 음식점 입구를 보여주었다. 게다가 손님들이 북적거렸다. 블록과 그의 친구들이, 한 해에 단 한 번 겪는 종교적 금식 만큼이나 허기지게 하는 금식에 몽롱해져, 즉 커피와 정치적 관심사에 굶주려, 오랜 세월 동안 저녁마다 모이던 곳도 그 음식점이었다. 모든 정신적 자극은, 으뜸가는 가치 하나를, 즉 그 가치에 동반되는 습관들보다 상위에 있는 하나의 특질을 만들어내는지라, 약간이나마 강렬한 취향 치고, 그것이 결합시키는 하나의 집단을 그것 주위에 형성하지 않는 취향은 없으며, 그 집단 속에서는 보편적 중요성이 곧, 각 구성원이 삶에서 추구하는 중요성이다. 어떤 곳에서는, 그곳이 지방의 어느 소도시라 할지라도, 음악에 열광한 사람들을 만날 수 있는데, 그들의 많은 시간과 현금은, 실내악 연주회로, 음악에 관한 이야기 나누는 모임으로, 음악 애호가들끼리 자주 만나고 음악가들을 가까이할 수 있는 까페로 흘러 들어가 소비된다. 한편 비행술[101]에 혹해 있는 다른 사람들은, 비행장의 높은 지점에 새처럼 올라앉은, 유리창

으로 둘러싸인 간이술집의 늙은 웨이터의 마음에 드는 것을 중시
하는데, 그러기에 성공할 경우, 그들은 어느 등대의 유리 초롱 속
에서처럼, 바람으로부터 안전한 그 술집에서, 그 순간에는 비행을
하지 않는 비행사 하나와 함께, 마침 공중회전을 시도하는 어느 조
종사의 움직임을 눈으로 따라가고, 그러는 동안, 잠시 전까지도 보
이지 않던 또 다른 조종사 하나가 별안간 착륙을 시도하여, 괴조
록크[102]의 요란한 날개 소리를 내며 주저앉는다. 졸라의 재판[103]이
남긴 사그러지기 쉬운 감동을 유지시키고 심화시키기 위하여 자
주 모이곤 하던 그 작은 집단 역시, 음악이나 비행술에 혹해 있던
집단들처럼, 그 까페에 커다란 중요성을 부여하였다. 하지만 그 까
페 고객들의 다른 한 부분을 이루고 있던, 그리고 식물들을 심어
장식한 나지막한 옹벽 칸막이 다른 쪽에 있던 방에 즐겨 드나들던
젊은 귀족들이, 그들을 못마땅한 눈으로 바라보았다. 비록 이십오
년 후에는, 이념들이 스스로 정리되고 드레퓌스 지지 운동이 역사
속에서 어떤 멋을 얻을 만큼 세월이 흘러, 러시아 공산주의에 물들
고 춤꾼으로 변한 자기네 아들들이, 질문을 던지는 '지식인들' 에
게, 그 사건에 대해서는 자신들이 태어날 무렵에 이미 꺼진 광휘로
움들보다, 즉 에드몽 드 뿌르딸레스 백작 부인이나 갈리훼 후작 부
인 보다,[104] 별로 더 알지도 못하면서, 자기들이 만약 그 시절에 살
았다면 틀림없이 드레퓌스를 지지하였을 것이라고 선언하듯 대답
하게 되어 있었지만, 그 젊은 귀족들은 드레퓌스와 그의 지지자들
을 반역자 취급 하고 있었다. 왜냐하면, 안개 짙던 그날 저녁에는,
세월을 거슬러 올라가 드레퓌스 지지파를 자처할 그 젊은 지식인
들의 아버지들이 될, 그 까페에 있던 귀족 청년들이 아직 총각들이
었기 때문이다. 물론 그 귀족 청년들의 가문들이 모두 부유한 가문
의 딸과 그들을 혼인시킬 생각을 하고 있었으나, 아직은 그러한 혼

게르망뜨 쪽 2부 2장 141

인이 단 한 건도 성사되지 않은 때였다. 부유한 가문의 딸과 결혼하기를 바라는 청년들이 여럿 있었던지라 (물론 눈에 띄는 '부유한 결혼 상대'가 여럿 있었으나, 거액의 지참금을 담보할 상대의 수가 그것을 희망하는 청년들의 수보다 훨씬 적었다), 그러한 혼인이 그 청년들 사이에 다소간의 경쟁을 유발시키는 것으로 그쳤다.

나에게는 불행하게도, 저녁 식사 후 우리들을 태우러 다시 오라는 말을 하기 위하여 쌩-루가 몇 분 동안 마부 곁에 머무는 동안, 내가 홀로 있어야 했다. 그런데 우선, 나에게는 익숙하지 않던 회전문에 휘감겨 들어가는 순간, 내가 도저히 그것으로부터 빠져나올 수 있을 것 같지가 않았다. (그 회전문이, 평화로운 외양에도 불구하고, 'revolving door'라는 영어에서 비롯되어 '리볼버 문'[105]이라고 불린다는 사실을, 더 정확한 어휘를 좋아하는 이들을 위해, 지나는 길에 이야기해 두자.) 그날 저녁, 음식점 주인은 안개에 옷이 젖을까 두려워 감히 밖으로 나가지도, 고객들 곁을 떠나지도 못한 체, 그러면서도 입구 근처에 머물러, 그곳에 오느라고 어려움을 겪었거나 길을 잃을까 두려움에 휩싸였던 이들의 만족감으로 환해진, 이제 막 도착하는 사람들의 즐거운 푸념을 들으며 기뻐하였다. 그러나, 회전문의 유리판들 사이에 끼어 빠져나오지 못하는 낯선 사람 하나를 보는 순간, 그의 환대하던 얼굴에서 웃음 띤 친절이 자취를 감추었다. 그 명백한 무지의 증거가, '디그누스 에스트 인트라레'[106]를 결코 선언하고 싶지 않은 어느 시험관에게 그랬을 것처럼, 그로 하여금 눈살을 찌푸리게 하였다. 설상가상으로, 내가 귀족들 전용인 작은 방에 가서 앉았고, 그가 다가와 나를 거칠게 끌어내더니, 상스러운 태도로—종업원들도 즉시 그의 태도를 따랐다—나에게 다른 방에 있는 자리 하나를 가리켰다. 그 자리는 이미 사람들이 북적거리는 긴 의자의 한 부분이었고, 또한 내가 히브리 사람들 전용 출입문[107]을 마주보고 앉아야 했기 때문에 더욱 마음에 들지 않았는데, 그 출입문은 회전문이 아니었던지라, 그것을 여닫을 때마다 끔찍한 냉기가 나에게 정면으로 밀려들어왔다. 그러나 음식점 주인은 나에게 다른 자리 주기를 거절하면서 이렇게 말하였다. "아니 되오, 신사 양반, 당신 때문에 모든 사람들을 성가시게 할 수는 없소." 게다가 그는, 각자 좋아하는 맥주 한 잔이나 익혀 식힌 닭 날개 고기 혹은 그로그 등을 주문하기 전에 (식사 시간이 지난지 벌써 오래 되었다), 옛날 소설들 속에서처럼, 따스하고 안전한 그 피신처로 진입하는 순간, 자기가 겪은 위험을 분담금 지불하듯 상세히 이야기하게 되어 있던 새로 도착하는 손님들 하나하나에 넋을 빼앗겨, 뒤늦게 나타나 귀찮을 뿐인 나라는 식사 손님은 즉시 잊었고, 각자가 겪고 무사히 넘긴 위험과 그 피신처 간의 현격한 대조는, 어느 야영지의 모닥불 앞에서 왁자지껄 어우러지는 쾌활함과 화기애애함이 음식점 내부에 감돌게 하였다.

어떤 사람은, 자기의 마차가 꽁꼬르드 다리에 도착한 것으로 믿었는데, 앵발리드 둘레를 세 번이나 돌았다 하였고,[108] 다른 어떤 사람은, 샹젤리제 대로를 따라 내려가려다가 롱-뿌왱 근처의 작은 관목숲으로 잘못 들어가,[109] 그곳을 빠져나오는데 사십 분이나 거렸다고 하였다. 그런 다음, 안개와 추위와 길들의 죽은듯한 정적 등에 대한 푸념들이 이어졌고, 푸념을 하는 사람들이나 듣는 사람들 모두 극도로 즐거운 기색이었으며, 내가 앉아 있던 자리를 제외한 실내 전체의 따스한 공기와, 아무것도 보지 못하는데 이미 익숙해진 눈들을 깜박이게 하던 밝은 불빛, 그리고 귀를 먹먹하게 하던 이야기 소리 등이 그것을 설명해 주고 있었다.

새로 도착하는 사람들은 입을 다물지 못하였다. 자기들이 유일무이하다고 생각하던 우여곡절의 기이함이 그들의 혀에 불이 붙게 하였던지라, 그들은 대화 상대자를 찾으려고 눈을 두리번거렸다. 음식점 주인조차 사회적 거리 감각을 상실하였다. "푸와 대공께서는 쌩-마르땡 관문[110]으로부터 오시면서 세 번이나 길을 잃으셨습니다." 그가 큰 소리로 웃으면서 서슴지 않고 그렇게 말하였고, 그러면서 마치 자기가 소개라도 하는 듯, 어느 유대인 변호사에게 그 유명한 귀족 청년을 가리켰는데, 그 변호사가 다른 날이었다면 그 귀족으로부터, 식당의 식물로 장식된 옹벽 칸막이보다 더 넘기 어려운 장벽으로 격리되어 있었을 것이다. "세 번이나! 설마!" 변호사가 자기의 모자에 손을 대어 예의를 표하며 대꾸하였다. 대공은 그 격의 없는 듯한 말을 못마땅하게 여겼다. 그는, 심지어 귀족에 대해서도, 최상류층이 아닐 경우, 무례하게 구는 것을 유일한 관심사로 여기는 듯한 젊은 귀족 집단에 속해 있었다. 어떤 사람의 인사에 답례하지 않으며, 혹시 예의바른 사람이 자기에게 인사하는 잘못을 되풀이할 경우, 빈정거리는 듯한 기색으로 낄낄거리거나 맹렬히 노한 기색으로 머리를 거만하게 뒤로 젖힌다든가, 자기에게 도움을 준 나이 지긋한 사람을 모르는 체 한다든가, 공작들과 그들이 소개한 그들의 가까운 친구들에게만 악수를 청한다든가, 그러한 거조가 그 젊은이들이, 특히 푸와 대공이 드러내던 태도였다. 그러한 태도가 초기 젊음의 방탕에 의해 조장되었겠으나 (평민 계층에서도, 인생의 그 시기에는, 아내를 잃은 은인에게 여러 달이 지나도록 위로 서한 하나 보내지 않은 채 잊고 있다가, 그 일을 아예 덮어 버리기 위하여 그와 마주쳐도 인사조차 하지 않는, 배은망덕하고 상스러우며 뻔뻔한 일이 벌어지거니와), 특히 그러한 태도가 고취되는 것은 배타적 특권 계급의 첨예한 태부림에 의해서이다. 원숙한 나이에 이르면 그 증상이 완화되는 몇몇 신경성 질환들처럼, 그러한 태부림이, 그토록 참을 수 없을 만큼 불쾌한 젊은이들이었던 이들에게서도, 전처럼 적대적인 양상으로 나타나기를 멈추는 것이 사실이다. 젊음이 일단 지나간 후에도 방약무인함에 틀어박혀 있는 사람은 드물다. 전에는 오직 그것만이 유일한 처신 방법인 줄 알았지만, 비록 군주라 할지라도, 문득, 이 세상에는 음악과 문학 심지어 국민의회라는 것도 존재한다는 사실을 깨닫게 된다. 그로 말미암아 인간적 가치 질서가 변화를 일으키며, 전에는 자기가 벼락같은 시선으로 노려보던 사람들과도 친근한 대화를 나누게 된다. 그러한 사람들 중, 기다리는 인내심을 발휘하여, 그리고 성품 또한 상당히 훌륭하여,― '훌륭하다' 는 것이 합당한 말이라면―나이 이십대였을 때에 냉랭하게 거절당했던 호의와 환대를 나이 사십대에 이르러 받는 기쁨을 맛보는 이들은 행운아들이다!

기왕 이야기를 시작하였으니, 푸와 대공이, 젊은이들 열둘 내지 열다섯으로 이루어진 무리와, 넷으로 이루어진 더 제한된 무리에 속해 있었음을 말해 두는 것이 좋을 듯하다. 열둘 내지 열다섯 젊은이로 이루어진 무리는, 내 생각하거니와 대공은 예외였지만, 그 젊은이들 각개가 이중적인 두 측면을 드러내고 있었다는 특징을 가지고 있었다. 빚에 쪼들리고 있었던지라, 그들에게 물품을 공급하던 상인들은, 그들을 '백작님, 후작님, 공작님…' 등으로 기분좋게 부르면서도, 그들을 아무것도 아닌 것으로 여겼다. 그들은 당시 소문 요란했던 '부유한 혼인' (혹은 '두둑한 돈 보따리' 라고들 하던)을 통해 궁지에서 벗어나기를 기대하였으나, 그들이 탐내고 있던 그 두둑한 지참금의 수가 너댓에 불과했던지라, 같은 여자 하나를 놓고 여러 사람이 은밀히 계략을 세우기도 하였다. 또한 그러는 동안 비밀이 어찌나 철저히 지켜졌던지, 그들 중 하나가 까페에 나타나 그들에게 '나의 탁월하신 벗님들이여, 내가 그대들을 너무나

게르망뜨 쪽 2부 2장 145

사랑하는지라, 나와 앙브르싹 아씨와의 약혼을 그대들에게 알리지 않을 수 없다오'라고 말하면, 그들 중 여럿은, 자기들과 그녀의 약혼이 이미 성사된 것으로 믿고 있던 터라, 그 말을 듣는 순간에는 광증 같은 노기와 경악의 비명을 억누르는데 필요한 냉정을 찾지 못해, 여기저기에서 탄성이 터져나왔고, 놀라움과 절망감에 휩싸여 손에 들고 있던 포크를 떨어뜨린 샤뗄르로 대공은, 자신도 모르게 다음과 같이 외쳤는데, 앙브르싹 아씨와 자기와의 약혼이 머지않아 공표될 것이라고 굳게 믿고 있었기 때문이다. "비비, 그래 결혼하게 되어 기쁜가?' 하지만 자기의 아버지가 비비의 모친을 교묘하게 헐뜯으며 앙브르싹 가문 사람들에게 한 이야기는 오직 신만이 알고 있었다. "그래, 결혼하는 것이 재미있나?' 그가 자신을 억제하지 못하고 다시 한 번 비비에게 물었으며, 약혼이 '거의 확실해진' 이후 자기가 취할 태도를 선택할 충분한 시간을 가졌던지라, 그보다 준비가 더 완벽했던 비비가 미소를 지으면서 응수하였다. "내가 만족스러워하는 것은, 별로 내키지 않던 결혼 그 자체 때문이 아니라, 내가 감미롭다고 여기는 데이지 드 앙브르싹을 아내로 맞아들이게 되었기 때문일세." 그러한 대꾸가 이어지는 동안 샤뗄르로 씨가 냉정을 되찾았으나, 그 순간, 최대 혼처들 중 2번과 3번에 해당하는 까누르끄 아씨나 미쓰 포스터 쪽으로 신속히 방향을 바꾸고, 그와 앙브르싹 가문과의 혼인만을 고대하고 있던 채권자들에게 더 기다려 달라고 요청해야 하며, 자기가 전에 앙브르싹 아씨가 매력적이라고 하던 말을 자주 들은 사람들에게, 그 결혼이 비비에게는 합당하지만, 자기가 그녀와 결혼할 경우 자기의 가문 전체와 불화를 겪게 되어 있노라고 설명해야 한다는 생각을 하기 시작하였다. 또한 자기가 그녀와 결혼하면, 자기들 내외를 받아들이지 않겠노라는, 쏠레옹 부인[111]의 말씀이 있었다고 주장하기로 작정하였다.

그러나 물품 공급하는 상인들이나 여러 음식점 주인들의 눈에 그들이 하찮게 보였던 반면, 이중적 존재였던 그들이 사교계에 나타나면, 더 이상 그들의 피폐한 살림살이나 그것을 복구하려고 그들이 종사하던 그 서글픈 직업에 준해 평가되지 않았다. 그들은 다시 아무개 대공 혹은 공작으로 변하였고, 각자의 족보에 준하여 대접을 받았다. 십억 프랑 가까운 재산을 가지고 있으며, 부족한 것 없는 듯한 귀족이라도, 서열은 그들 뒤였으니, 그들이 옛날 어느 조그만 왕국에서 화폐 주조권을 가지고 있던 군주들의 종손들이었기 때문이다. 그 까페에서는, 그들 중 하나가 이제 막 들어서는 동료를 보기 무섭게, 그로부터 인사를 받지 않으려고 외면을 하는 경우가 빈번했다. 부를 추구하는 망상에 사로 잡혀 그가 어느 은행가 하나를 저녁 식사에 초대하였기 때문이다. 그러한 처지에 놓인 사교계 인사가 어느 은행가와 관계를 맺을 때마다, 은행가는 그에게 십여만 프랑의 손해를 입히건만, 사교계 인사는 다른 은행가와 같은 짓 다시 벌이기를 멈추지 못한다. 허사인줄 알면서도 교회당에 촛불을 바치고 의사를 찾아가는 격이다.

하지만 자신도 부유했던 푸와 대공은 열대여섯의 멋쟁이 젊은 이들로 이루어진 집단뿐만 아니라, 쌩-루도 그 일원이었고 네 사람으로 이루어진, 더 폐쇄적이고 결코 흩어질 수 없었던 작은 집단에도 속해 있었다. 그리하여 그 네 사람 중 하나를 초대할 때에는 그들 모두를 초대하였고, 사람들이 그들을 네 면수(面首)라 불렀으며, 산책도 넷이 언제나 함께 하였는데, 어떤 성에 가서 머물 경우, 그들에게는 서로 왕래하기 편한 방들을 배정하곤 하였고, 네 사람의 용모가 매우 아름다워, 그들 사이의 친밀함에 대한 소문이 그만큼 더 구구했다. 나는 쌩-루와 관련해서만은 그 소문이 터무니없다고 단호히 말할 수 있었다. 하지만 신기한 일은, 훗날 그 네 사람에 대한 소문이 사실이었음을 모든 사람들이 알게 되었음에도 불구하고, 그들 넷 중 어느 하나도 나머지 세 사람에 관한 소문을 전혀 알지 못하였다는 점이다. 일찍이 그들 각자가, 어떤 욕망을, 아니 그보다는 어떤 시기심을, 충족시키기 위해서건, 성사되려는 혼인을 방해하기 위해서건, 혹은 본색 드러난 친구보다 우위를 점하기 위해서건, 나머지 세 사람에 대해 철저히 조사하였건만 그러했다. 다섯 번째 젊은이 하나가 그 네 플라톤주의자[113]들과 합류하였고 (네 사람으로 이루어진 무리는 항상 넷 이상의 구성원을 찾는 법이기 때문이다), 그는 나머지 네 사람보다 더 철저한 플라톤주의자였다. 그러나 종교적 가책감이 그를, 네 사람 집단이 와해되고 그 자신 결혼하여 가장이 되어 루르드[114]에 가서 다음 태어날 아이가 아들이기를 혹은 딸이기를 간절히 빌게 될 때까지 억제하였으나, 그러는 동안에도 간간이 젊은 군인들에게 덤벼들곤 하였다.

　대공의 성격에도 불구하고, 변호사의 말이 직접 자기를 향하지 않았다는 사실이, 그의 노기를 훨씬 누그러뜨렸다. 게다가 그날 저녁에는 예외적인 무엇이 있었다. 여하튼 변호사가 푸와 대공과 어떤 교분 맺을 가능성이 없었던 것은, 그 지체 높은 나리를 그곳까지 모셔다 준 마부가 그럴 수 없었던 것과 같았다. 그리하여 대공은, 안개 덕분에, 세상의 끝에 있고 바람에 시달리거나 안개 속에 묻힌 어느 해변에서 우연히 만난 여행 동료와 같았던 그 대화 상대자의 말에, 퉁명스럽게 또 그를 쳐다보지도 않으면서 대강 대꾸해도 좋으리라 생각하였다. "길을 잃는 것은 대수로운 일이 아니나, 문제는 길을 다시 찾을 수 없다는 것이오." 그러한 생각의 정확함이 음식점 주인에게 깊은 인상을 주었으니, 그날 저녁에만도 벌써 그러한 말을 여러 차례 들었기 때문이다.

사실 음식점 주인은 자기가 듣거나 읽는 것을 항상 이미 알고 있던 특정한 것에 비교하는 버릇을 가지고 있었으며, 그것들 간의 차이를 발견하지 못하면, 자신의 내면에서 찬탄의 정이 꿈틀거리는 것을 느끼곤 하였다. 그러한 정신적 경향을 대수롭지 않게 여길 수 없으니, 그것이 정치적 대화에서나 신문을 읽을 때 작용할 경우, 여론을 형성하여 가장 큰 사건들이 발생할 수 있도록 하기 때문이다. 도이칠란트의 많은 까페 주인들이, 프랑스와 영국과 러시아가 도이칠란트를 상대로 '싸움을 걸어온다'는 손님들의 말과 신문 기사에 강한 인상을 받아, 아가디르[115] 사태가 발생하였을 때, 비록 발발하지는 않았으되, 자칫 전쟁을 유발시킬 수도 있었다. 역사가들이 백성들의 행위를 왕들의 의지에 입각하여 설명하기를 포기한 것에 잘못이 없지만, 마땅히 왕의 의지는 개인의, 그것도 하찮은 개인의, 의지로 대체하여야 할 것이다.

내가 막 들어섰던 그 까페의 주인은, 정치와 관련해서는, 암기 선생의 것과 같은 자기의 사고방식을, 언제부터인가 드레퓌스 사건에 대한 몇몇 기사들에만 입각하여 펼쳤다. 그리하여, 어떤 손님이 하는 말이나 신문 기사에서 자기가 알고 있던 것을 발견하지 못할 경우, 그는 신문 기사가 몹시 지루하다거나 혹은 손님이 솔직하지 못하다고 단언하곤 하였다. 반대로 푸와 대공이 한 말에는 어찌나 경탄하였던지, 그가 겨우 한 마디를 마치기 무섭게, 『천일야화』에서 자주 사용되는 표현처럼, '그지없는 만족감에 가슴이 후련해져'[116] 이렇게 소리쳤다. "옳은 말씀입니다, 대공님, 옳은 말씀입니다 (간단히 말해, 틀리지 않고 잘 외웠다는 뜻이었다), 그거예요, 바로 그것입니다." 하지만 대공은 이미 작은 방 안으로 들어가 버렸다. 그 다음 순간, 가장 기이한 사건들이 발생한 후에도 일상의 생활이 다시 이어지듯, 안개의 바다에서 나오고 있던 이들 중 어떤 사람들은 술을 주문하고 어떤 사람들은 밤참을 주문하는데, 그들 중 죠키 클럽에 속한 젊은이들이, 특이한 날씨 때문이었던지, 큰 방에 있는 두 식탁 앞에 서슴지 않고 자리를 잡아 나와 아주 가까이 앉게 되었다. 그렇게 그 천재지변이, 심지어 큰 방과 작은 방 사이에도, 안개의 대양 속에서 오랫동안 방황한 후 음식점의 편안함에 자극 받은 그 모든 사람들 사이에, 일종의 친숙함이 자리잡게 하였는데, 그 친숙함에서 오직 나만이 배제되었고, 노아의 방주 속에 감돌던 것이 그러한 친숙함과 유사했을 것 같았다.

문득 음식점 주인이 상체를 깊숙이 숙이고 종업원들이 일제히 그에게로 달려갔으며, 그 바람에 모든 손님들의 눈이 그 쪽으로 향하였다. "서둘러요, 그리고 씨프리앵을 나에게 보내고, 쌩-루 후작님을 위해 식탁 하나 준비해요." 그렇게 소리치는 음식점 주인에게는, 로베르가, 푸와 대공이 보기에도 진정한 명성을 누리는 지체 높은 나리일 뿐만 아니라, 호화로운 생활을 영위하고 그 음식점에 와서 많은 돈을 쓰는 고객이기도 했다. 큰 방에 있던 손님들은 호기심 가득한 눈으로 그를 쳐다보았고, 작은 방에 있던 손님들은 이제 막 신발의 물기 닦기를 마친 자기들의 친구를 경쟁하듯 소리쳐 불렀다. 그러나 작은 방으로 들어가려던 순간, 그가 큰 방에 앉아 있던 나를 발견하였다. "맙소사!" 그가 소리쳤다. "그곳에서 무엇을 하고 있나? 게다가 바로 앞에 있는 문을 열어 놓은 채." 그러한 말을 하면서 그가 음식점 주인에게 맹렬한 시선을 던지자, 주인은 종업원들의 실수라고 변명하면서 황급히 달려가 문을 닫았다. "제가 항상 그들에게 이 문은 꼭 닫으라고 말합니다."

그에게로 가기 위하여 내가 나의 식탁 및 그 앞에 있던 다른 식탁들을 움직이게 할 수밖에 없었다. "도대체 왜 이곳으로 옮겨왔나? 작은 방보다 이곳에서 식사하는 것이 더 좋은가? 하지만, 나의 가엾은 어린 것, 자네의 몸이 추위에 얼겠어." 그러더니 음식점 주인에게 말하였다. "저 문을 폐쇄하셨으면 좋겠습니다."—"즉각 시행하겠습니다, 후작님. 이 시각 이후에 도착하는 손님들은 작은 방을 통해 들어오도록 하면 됩니다." 그러더니 더욱 열성을 보이려고, 급사장 하나와 종업원 몇을 부르더니, 무시무시한 위협을 곁들여 큰 소리로 명령을 내렸다. 그는 나에게 과장된 경의를 표하였는데, 그것은 나로 하여금, 내가 도착한 직후부터가 아니라 쌩-루의 도착 이후에야 경의를 표하기 시작한 사실을 잊도록 하기 위함이었고, 그러면서도, 그 존경의 표시가 자기의 부유한 귀족 고객이 나에게 보이는 다정함 때문이리라고 내가 생각하지 않도록 하기 위해, 전적으로 개인적인 호감을 고백하는 듯한 엷은 미소를 나에게 은밀히 지어 보였다.

나의 뒤에서 들리는 어느 손님의 말 때문에 내가 한 순간 고개를 돌렸다. 당연히 '닭고기 날개, 좋아요, 샹빠뉴 조금, 그러나 지나치게 건삽하지 않은' 등과 같은 말이 들릴 줄 알았는데, 나의 귀에 들린 말이 이러했기 때문이다. "저는 글리세린을 택하겠습니다. 그렇습니다, 뜨거운 것으로, 아주 좋습니다." 그러한 식단을 자신에게 강요하는 금욕주의자가 어떤 사람인지 보고 싶었던 것이다. 하지만 나는 그 기이한 식도락가의 눈에 띄지 않으려고 얼른 쌩-루 쪽으로 고개를 돌렸다. 그는 내가 아는 의사였고, 안개가 그를 그 까페에 가두어 놓은 틈을 타서 어느 손님 하나가 그에게 치료에 관한 견해를 묻고 있던 중이었다. 증권 중개인들처럼 의사들도 '나'라고 하며 자신의 일처럼 말한다.

내가 로베르를 바라보고 있는 동안 다음과 같은 생각들이 나의 뇌리를 스쳤다. 내가 다른 곳에서도 본 사람들이지만, 그 까페에는 자기들이 입은 우스꽝스러운 소매 없는 외투와 1830년에 유행하

게르망뜨 쪽 2부 2장 151

였던 넥타이[117] 및 서툰 동작 등이 자아내던 폭소를 체념하고 받아들일 뿐만 아니라, 심지어 그러한 폭소에 개의하지 않는다는 것을 보여주기 위하여 그것을 스스로 유발시키기도 하던, 그러나 진정한 지적 그리고 윤리적 가치 및 깊은 감수성을 구비한 외국인들과 지성인들과 온갖 종류의 뜨내기 화가들이 있었다. 그들은—유대인들이 많았으나, 물론 동화되지 못한 유대인들이었고, 다른 유대인들은 문제가 되지 않았다—기이하고 조금 미친 듯 보이는 (알베르핀느의 눈에 비친 블록처럼) 외양을 못마땅하게 여기는 사람들에게 불쾌감을 주었다. 그 사람들이 비록 그들의 지나치게 긴 모발이나 너무 큰 코와 눈, 어색하고 발작적인 거조 등에 반감을 느끼곤 하였으나, 대부분 사람들은 얼마 아니 되어, 그러한 것들을 기준 삼아 그들을 평가하는 것이 유치하며, 그들과 교제해 보면, 그들이 기지 뛰어나고 다정하여 누구나 깊이 좋아할 수 있는 사람들이라는 사실을 시인하곤 하였다. 특히 유대인들의 경우, 양친이 심정적 너그러움과 지적 아량과 정직성을 구비하지 않았을 사람이 극히 적었으며, 그러한 장점들 곁에 쌩-루의 모친과 게르망뜨 공작을 나란히 놓으면, 그들의 냉담함과, 기껏 추문들에 낙인이나 찍는 그들의 피상적인 종교적 세심함과, 금전 개입된 거창한 혼인으로 어김없이 귀착되는 (유일하게 중시되는 지략의 결과인 뜻밖의 길을 통해) 특정 예수교에 대한 그들의 예찬 등으로 인해, 그들의 초라한 윤리적 형상밖에 드러나지 않았을 것이다. 하지만 그럼에도 불구하고, 또한 장점들의 새로운 창조 속에 양친의 단점들이 어떠한 식으로 결합되었다 하더라도, 쌩-루 속에는 가장 매력적인 지적 그리고 심정적 활달함이 감돌고 있었다. 또한 그리하여, 프랑스가 누릴 불후의 영광에게 이 말을 바치거니와, 그러한 장점들이, 귀족 출신이건 평민 출신이건, 어느 순수한 프랑스인 속에 있을 경우,

그것들이 우아하게 '피어날' — '만개한다'고 하면 지나친 말이리니, 그 작용 속에 절도와 제약이 존속하기 때문이다—것이며, 그러한 우아함을 외국인은, 아무리 존경 받을 만한 사람처럼 보여도, 우리에게 제공하지 못한다. 물론 다른 이들도 지적 그리고 윤리적 장점들을 가지고 있으며, 또한 그들에게서 우리가 처음에 우리의 마음에 들지 않고, 충격적이고, 쓴 웃음 자아내는 것들을 발견하더라도, 그 장점들의 소중함이 경감되는 것은 아니다. 하지만, 공평무사함이 선뜻 아름답다고 판정하는 것이라도, 즉 지성 및 심정에 준해 가치 있는 것이라도, 그것이 우선 우아하게 채색되고 정확히 조각되어 보기에 매력적이어야 하고, 그것의 내적 완벽함이 질료와 형태 속에서도 구현되어야 한다는 생각, 그것이 여하튼 하나의 멋진, 그리고 아마 프랑스 특유의 무엇일 것이다. 나는 쌩-루를 물끄러미 바라보면서, 그의 내면적 우아함으로 통하는 현관에 신체적 추함이 없다는 것과, 그의 콧방울[118]이 섬세하여, 꽁브레 인근의 초원에 핀 꽃들 위로 내려앉는 작은 나비들의 날개들처럼, 그 윤곽선이 완벽하다는 것 등은 멋진 일이라 생각하였고, 아울러, 그 비법이 13세기[119] 이후 사라지지 않은, 그리고 우리의 옛 교회당들과 함께 소멸되지 않을 진정한 오푸스 프란키게눔(opus francigenum)은, 쌩-앙드레-데-샹 교회당의 석제 천사들 속에서 보다, 그 유명한 교회당 입구에 못지 않게 유구한 전통으로 남아있는, 그리고 아직도 살아서 창조의 주체 역할 하는 그 섬세함과 솔직함으로 조각된 얼굴을 가진 모든 계층의(귀족이건, 도시 중산층이건, 농민이건) 프랑스 어린이들 속에서 찾아야 할 것이라고도 생각하였다.

자기가 직접 문이 제대로 닫혔는지 확인하기 위하여, 그리고 우리가 주문한 식단이 제대로 준비되고 있는지 보기 위하여 (가금류 고기가 신통치 못했는지, 그는 우리들에게 정육점 육류를 적극적

게르망뜨 쪽 2부 2장 153

으로 권하였다), 잠시 우리 곁을 떠났다가 음식점 주인이 다시 돌아와 말하기를, 푸와 대공께서는, 후작님께서 자기가 후작님 가까이에 있는 식탁에 와서 식사하는 것을 허락해 주시기를 간절히 바란다고 하였다. "하지만 빈 자리가 없소." 나의 식탁을 둘러싸고 있던 식탁들을 바라보며 로베르가 대꾸하였다. — "그것은 아무 문제 되지 않습니다. 후작님께서 좋으시다면, 저 사람들에게 좌석을 바꾸어 달라고 부탁하는 것은 아주 쉬울 것입니다. 후작님을 위해서라면 얼마든지 할 수 있는 일입니다!" — "하지만 결정권은 자네에게 있네." 쌩-루가 나에게 말하였다. "푸와가 성품 좋은 청년이지만, 그가 자네를 지루하게 하지 않을지 장담은 못하겠네. 여하튼 그가 다른 많은 사람들보다는 덜 멍청하다네." 나는 로베르에게, 대공이 틀림없이 내 마음에도 들겠지만, 내가 모처럼 그와 함께 저녁 식사를 하게 되어 행복감을 느끼니, 우리 단 둘이서만 식사를 하는 것이 더 좋겠다고 대꾸하였다. "아! 대공께서 멋진 외투를 입고 계시군요." 우리가 의론하는 중에 음식점 주인이 말하였다. "그래요, 내가 그 외투를 잘 아오." 쌩-루가 대꾸하였다. 나는 그 순간 로베르에게, 샤를뤼스 씨가 자기의 형수님에게 자기가 나를 안다는 사실을 숨긴 이야기를 하려 하였고, 또 그 이유가 무엇일 수 있을지 물으려 하였으나, 푸와 씨가 다가오는 바람에 그러지 못하였다. 요청이 수락되었는지 알고 싶어 다가오던 그가 벌써 우리들로부터 두어 걸음 되는 곳에 서 있었다. 로베르가 우리 두 사람을 서로에게 소개하였으나, 나와 할 이야기가 있는지라 우리들을 조용히 내버려두었으면 좋겠다는 뜻을 자기의 친구에게 감추지 않았다. 대공이 나에게 한 작별인사에 쌩-루 쪽으로 향한 미소를 곁들이면서 우리 곁을 떠났고, 그 미소는, 더 길었으면 좋았을 그 상견례를 간략하게 끝낸 쌩-루의 뜻에 대한 유감처럼 보였다. 그러나 바로 그 순간, 문득 떠오른 어떤 생각에 충격을 받은 듯, 나에게 다음과 같이 말한 후, 로베르가 자기의 친구와 함께 내 곁을 떠났다. "어서 앉게, 그리고 식사를 시작하게. 곧 돌아오겠네." 그러더니 작은 방 안으로 사라졌다. 나는 내가 모르는 멋쟁이 젊은이들이, 내가 발백에서 사귀었고 할머니께서 병석에 계시는 동안 나의 슬픔을 함께 나누는 섬세함을 보였던 뤽상부르의 왕위 계승자인 젊은 대공(지난날의 나쏘 백작)에 대하여, 극도로 우스꽝스럽고 악의적인 이야기를 늘어놓는 것을 듣고 마음이 아팠다. 그들 중 하나는 젊은 대공이 게르망뜨 공작 부인에게 다음과 같이 말하였다고 떠들어댔다. "저의 아내가 지나갈 때에는 모든 사람들이 일어서기를 강력히 요구합니다." 또한 그러자 공작 부인이 이렇게 대꾸하였다고 주장하였다 (기지뿐만 아니라 정확성도 결여된 주장이니, 젊은 대공 부인의 할머니는 항상 이 세상에서 가장 정숙한 여인이었으니 말이다). "자네의 처가 지나갈 때 모든 사람들이 일어서야 한다면, 그것이 곧 그녀의 할머니 시절의 관례를 바꾸는 짓이 될 것일세. 왜냐하면, 그녀의 할머니가 지나갈 때에는 남자들이 모두 누웠으니 말일세." 그런 다음 그들 중 하나가 또 늘어놓기를, 그 해에 발백으로 자기의 숙모인 뤽상부르 대공 부인을 뵈러 갔다가, 그랜드-호텔에 들러, 방파제에 뤽상부르 공국 깃발을 꽂지 않았다고 호텔 지배인(나의 친구)에게 그 젊은 대공이 불평을 털어놓았다고 하였다. 또한 젊은 대공의 불만이 컸지만, 그 깃발이 영국이나 이딸리아의 국기에 비해 잘 알려져 있지 않고 또 사용되는 경우가 드물어, 그것을 구하는데 여러 날이 걸렸다고 하였다. 나는 그러한 이야기를 단 한 마디도 믿지 않았으나, 그것이 순전히 꾸며낸 이야기인지 확인하기 위해서라도, 발백에 다시 가는 즉시 호텔 지배인에게 상세히 물어보기로 작정하였다.

쌩-루가 돌아오기를 기다리는 한편, 내가 음식점 주인에게 빵을 좀 가져오도록 지시해 달라고 요청하였다. "즉시 그러겠습니다, 남작님." — "나는 남작이 아닙니다." 내가 농담삼아 짐짓 구슬픈 기색을 지으면서 대꾸하였다. — "오! 죄송합니다, 백작님." 하지만 그에게 나의 두 번째 반론을 제기할 겨를이 없었고, 그런 다음에는 내가 틀림없이 '후작님'으로 변하였겠으나, 나에게 자기가 예고한 것만큼이나 신속하게, 쌩-루가 대공의 커다란 비꾸냐[121] 모직 외투를 손에 들고 입구에 다시 나타났으며, 나는 그가 나의 몸을 추위로부터 보호해 주기 위하여 그것을 대공에게서 빌렸음을 깨달았다. 그가 멀찌감치서부터 나에게 자리에 그대로 앉아 있으라는 신호를 보내면서 다가왔으나, 그가 돌아와 다시 앉으려면, 다시 한 번 나의 식탁을 움직이든가 혹은 내가 자리에서 옮겨 앉아야 했을 것이다. 큰 방으로 들어서기 무섭게, 벽을 따라 배치한 붉은색 벨벳 씌운 긴 의자 위로 그가 날렵하게 올라섰고, 그곳에는 나 이외에 죠키 클럽 회원인 젊은이 서너 명밖에 앉아 있지 않았는데, 그들 모두, 작은 방에서 자리를 얻지 못한, 그리고 쌩-루와 교분이 있는 사람들이었다. 식탁들 사이에 전깃줄들이 상당한 높이로 설치되어 있었으나, 쌩-루는 조금도 머뭇거리지 않고 그것들을 경주마가 장애물 넘듯 능란하게 뛰어넘었으며, 나는 그러한 곡예가 오직 나만을 위해서 그리고 내가 조금도 움직이지 않도록 하려는 뜻에서 이루어지고 있다는 사실에 몹시 송구스러웠지만, 동시에 나의 벗님이 그 곡예를 그토록 자신만만하게 펼치는 것을 보고 경탄하기도 하였는데, 경탄한 사람은 나뿐만이 아니었으니, 신분 미미하고 비교적 너그럽지 못한 손님들은 틀림없이 그것을 하찮게 여겼을지 모르나, 음식점 주인과 종업원들은 마치 경마장의 계체량 전문가처럼 넋을 잃은 채 서 있었고, 주방 요원 하나는, 자기 곁에서 손님이 기다리고 있던 음식 접시를 손에 든 채 마비된 듯 꼼짝도 하지 않았으니 하는 말이며, 쌩-루가 자기 친구들의 뒤로 돌아가 의자 등받이 상단으로 올라간 다음 균형을 잃지 않고 걷기 시작하자, 실내 안쪽에서 조심스러운 박수 소리가 들렸다. 드디어 그가 내 앞에 이르더니, 어느 군주의 옥좌 앞에 선 지휘관처럼 정확하게 동작을 멈춘 다음, 상체를 숙여 예를 표하면서, 정중하고 겸손하게 비꾸냐 모직 외투를 나에게 내밀더니, 즉시 내 옆에 앉아, 나는 손끝 하나 까딱하지 못하게 하고, 그것을 가볍고 따스한 숄처럼 나의 양쪽 어깨 위에 펼쳤다.

"이보게, 마침 생각이 났는데, 나의 샤를뤼스 숙부님께서 자네에게 하실 말씀이 있다는군." 로베르가 나에게 말하였다. "내일 저녁에 자네를 숙부님 댁으로 보내겠노라 약속을 드렸네."

"마침 그렇잖아도 조금 전 나 또한 자네에게 그분에 대한 이야기를 하려던 참이었네. 하지만 내일 저녁에는 내가 자네의 게르망뜨 숙모님 댁에서 저녁 식사를 하게 되어 있다네."

"그래, 내일 오리안느 숙모 댁에서 모든 것을 거덜낼 만큼 질탕하게 먹고 마실 걸세. 나는 초대를 받지 않았네. 빨라메드 숙부님께서는 자네가 그곳에 가지 않기를 바라시네. 약속을 취소할 수 없겠는가? 여하튼 만찬 후에라도 나의 빨라메드 숙부님 댁으로 가게나. 숙부님께서 자네를 꼭 보시려 하는 것 같더군. 저녁 열한 시쯤 숙부님 댁에 갈 수도 있을 걸세. 열한 시, 잊지 말게, 숙부님께 내가 통보해 놓겠네. 숙부님은 자존심이 무척 강하시다네. 자네가 만약 가지 않으면 섭섭해하실 걸세. 게다가 오리안느 숙모님 댁 만찬은 항상 일찍 끝난다네. 자네가 그곳에서 식사만 한다면, 열한 시에는 나의 숙부님 댁에 충분히 도착할 수 있네. 나 또한 모로코의 근무지를 바꾸고 싶어 오리안느 숙모님을 뵈었어야 했네. 그러한

게르망뜨 쪽 2부 2장 157

일들은 친절히 살펴 주시고, 그 전권을 가지고 있는 쌩-죠제프 장군을 뜻대로 조정하신다네. 하지만 숙모님께 내 이야기는 하지 말게. 내가 빠르마 대공 부인께 한 마디 해 놓았으니 저절로 해결될걸세. 아! 모로코, 매우 흥미로운 곳이라네. 자네에게 해 줄 이야기가 많을 것 같네. 그곳 남자들은 매우 섬세하다네. 우리와의 지적 유사성을 느낄 수 있지."

"모로코로 인해 도이칠란트 사람들이 전쟁까지 일으킬 수 있다고 생각하지 않는가?"

"아닐세, 그들이 우리 때문에 화가 났고, 또 엄밀히 말해 그것이 지극히 당연하지만, 황제는 평화주의자라네. 그들은 우리들로부터 양보를 얻어내기 위하여 항상 우리들로 하여금 자기들이 전쟁을 원한다고 믿게 한다네. 이를테면 포커 게임을 하는 격이지. 빌헬름 2세의 앞잡이인 모나꼬 대공은, 우리에게 마치 속내 이야기하듯, 우리가 만약 양보하지 않는다면 도이칠란트가 우리를 덮칠 것이라는 말을 한다네. 오늘날의 전쟁은 삼라만상을 뒤흔들 것이라는 점을 생각해 보면 이해할 수 있을 걸세. 그것은 '대홍수'와 '괴테르뎀머룽' [122]보다 더 큰 재앙이 될 것이네. 다만 그것이 지금까지의 전쟁보다는 더 짧을 것이네."

그가, 비록 그와 같은 부류의 모든 나그네들처럼 다음 날이면 떠나 시골에 가서 몇 달을 보내야 하고, 모로코로(혹은 다른 곳으로) 돌아가기 전에, 빠리에는 겨우 사십팔 시간 동안만 다시 머물 수 있었음에도 불구하고, 나에게 우정과 각별한 사랑과 그리움 등에 관해 이야기하였으되, 내가 그날 저녁에 느끼던 심정의 열기 속에 그가 그렇게 던져 넣던 단어들이, 그 속에 하나의 달콤한 몽상의 불꽃을 당기고 있었다. 우리 두 사람만의 흔치 않은 만남이, 특히 그날 저녁의 호젓한 대화가, 나의 기억 속에 신기원을 만들었다.

그에게는, 나에게 그랬던 것처럼, 그날 저녁이 우정의 저녁이었다. 하지만 내가 그 순간 느끼던 우정은 (그리하여 다소간의 아쉬움도 함께), 내가 우려하던 것처럼, 그가 기꺼이 불러일으키기를 바랐을 그러한 우정은 별로 아니었다. 그가 잰 걸음으로 다가와 우아하게 목표지점에 도달하는 것을 보는 기쁨에 가득 차 있었건만, 나는 그러면서도 그 기쁨이, 벽과 긴 의자들을 따라 펼쳐지던 동작들 각개의 의미와 원인을 아마 쌩-루의 개인적 천성에서도 찾을 수 있겠으나, 그보다는 그의 태생과 교육을 통해 가문으로부터 물려받은 또 다른 천성에서 찾을 수 있다는 사실에 기인한다고 어렴풋이 느끼고 있었다.

아름다움의 차원이 아니라 태도의 차원에서 발휘되는 취향에 대한 확신, 그리하여 새로운 상황에서도 세련된 사람으로 하여금—새로운 곡 연주를 요청 받은 음악가에게 그러듯—그 상황이 요구하는 감정과 움직임을 즉각 포착하여 그 상황에 가장 적합한 기교와 기술을 그것에 조화롭게 맞추도록 하고, 그 취향이—혹시 관습에 어긋나 다른 이들의 눈에 우스꽝스럽게 비치지 않을까 하는 두려움 못지않게 친구들의 눈에 지나치게 열성적으로 보이지 않을까 하는 두려움 때문에 그 숱한 도시 중산층 출신 젊은이들을 마비시켰을, 그러나 로베르에게서는, 물론 그의 심정이 결코 느끼지 않았을 것이로되 그의 몸 속에 유산으로 물려받은, 그리고 누구든 그것을 접하면 기꺼워하고 황홀해진다고 그의 조상들이 믿던 스스럼없음에 그의 조상들을 강압적으로 적응시키던 일종의 거만함으로 대치된, 다른 어떤 동기의 제약도 느끼지 않고[123]—발휘되도록 허락하던 확신, 또한 그로 하여금 그토록 많은 물질적 이권들은 전혀 고려하지 않고 (그 음식점에서의 풍성한 지출이 다른 곳에서와 마찬가지로 그를 가장 인기 높고 우대 받는 고객으로 만들어

놓았으니, 종업원들뿐만 아니라 가장 화려한 귀족 청년들조차 그에게 표하던 열성이 그의 그러한 위치를 부각시켰다), 더 우아하며 더 신속하게 나를 향해 올 수 있도록 허락한다는' 오직 그 이유 때문에 내 벗님의 마음에 들던 하나의 호화로운 길 같았던, 실제로 또 상징적으로 짓밟힌 그 자주색 벨벳 씌운 긴 의자들처럼, 물질적 이권들을 무시하게 하던 고결한 후함 등이 곧, 나의 몸이 아마 그랬을 것처럼 불투명하거나 희미하지 않고, 의미 명확하고 투명한 그 몸의 뒤로부터, 하나의 예술품을 통해 그것을 창조한 기교 및 동력이 그러듯, 투명하게 어른거리며 나타나고 있던, 그리고 로베르가 벽을 따라 펼친 그 날렵한 곡예 같은 질주의 움직임들을 어느 신전의 추녀 밑 외벽(프리기움)에 조각된 기사들 못지않게 이해될 수 있고 매력적인 것으로 만들던, 귀족 특유의 자질들이었다.[124] 나의 그러한 상념을 간파하였다면 로베르가 아마 이렇게 생각하였을 것이다. '애석한 일이다! 사람들이 나에 대하여 소중한 추억을 간직하고 있건만, 그러한 나의 내면에 나타나는 유일한 존재가, 나의 의지가 칭송 받을 노력을 기울여 나와 닮도록 빚으려 한 그 존재이기는커녕, 나의 작품이 아님은 물론, 내가 항상 경멸하며 극복하려 애쓰던 나 자신조차도 아니라는, 기껏 그러한 결과에 이르기 위하여 나의 출신을 경멸하고, 오직 정의와 지성만을 숭배하고, 나에게 주어진 친구들은 도외시한 채 누구든 언변만 좋으면 처신 서투르고 옷차림 초라해도 동료로 선택한 짓에, 그럴만한 가치가 있을까? 그 친구가 나에게서 발견하는 가장 큰 기쁨이라는 것이 고작, 나에게서 나 자신보다 훨씬 보편적인 무엇을 발견하는 기쁨, 그가 항상 진정으로 믿을 수 없다고 하는 우정의 기쁨과는 동떨어진 기쁨, 즉 지적이고 이해 관계를 떠난 일종의 예술적 즐거움일 뿐인데, 내가 이제껏 그랬듯이 나의 각별한 친구를 좋아한 것에,

그럴만한 가치가 있을까? 오늘날에 이르러 내가 염려하는 것은, 혹시 가끔이나마 쌩-루가 그러한 생각에 잠기지 않았을까 하는 점이다. 하지만 그랬다면 그가 잘못 생각한 것이다. 그가 만약, 실제는 그랬지만, 자기 몸의 선천적인 유연성보다 고상한 무엇을 좋아하지 않았다면, 그가 만약 그토록 오랫동안 귀족적 오만으로부터 분리되어 있지 않았다면, 그의 날렵함 속에조차 더 많은 열의와 둔중함이 있었을 것이고, 그의 태도에는 상당한 상스러움이 감돌았을 것이다. 빌르빠리지 부인이 자기의 대화와 『회고록』에 이지적이지만 경솔한 느낌을 부여하기 위해서는 엄청난 진지함이 필요했던 것처럼, 쌩-루의 몸 속에 그토록 뚜렷한 귀족적 고귀함이 자리잡기 위해서는, 그 고귀함이 그의 사념을 떠나 더 숭고한 대상을 향하였다가 다시 그의 몸 속으로 흡수되어, 무의식적이고 고상한 선들의 형태로 그 속에 정착되었어야 할 것이다. 그러한 과정을 겪었던지라 그의 정신적 기품에는 육체적 기품이 결여되지 않았고, 정신적 기품 없이 그의 육체적 기품이 완전무결할 수 없었을 것이다. 작품에 자기의 생각을 반영시키기 위해 예술가가 작품 속에 자기의 생각을 직설적으로 표출할 필요는 없으니, 절대신에 대한 가장 큰 찬양이, 창조자가 필요없을 만큼 '천지창조'가 상당히 완벽하다고 생각하는 무신론자의, 신을 부정하는 말 속에 있다고까지 한 사람이 있으니 말이다. 또한 나는, 자신의 곡에 같은 질주로 음식점 내부의 벽을 따라 어느 신전의 추녀 밑 외벽 그림을 펼치던 그 젊은 기병대원 속에서 내가 찬미하던 것이 하나의 예술품에 불과하지 않다는 사실도 잘 알고 있었으니, 나를 위해 그가 이제 막 남겨 놓고 온 젊은 대공(나바라의 여왕이며 샤를르 7세의 손녀인 까트린느 드 푸와의 후손인),[125] 그가 내 앞에서 스스로 허리를 굽히도록 한 자기의 신분 및 재산, 그의 자신만만함 속에 살아 있는 거만하고 유연한 그의 조상들, 비꾸냐 모직 외투를 추위에 떠는 나의 몸에 둘러 주며 드러낸 그 날렵함과 정중함 등, 그 모든 것들이, 그의 삶 속에 나보다 일찍 등장한, 그리하여 그와 내가 그것들로 인해 항상 헤어져 지내야 할 것이라고 내가 믿었을, 그러나 오직 지성의 숭고함 속에서만 실천 가능한 선택을 통해, 로베르의 동작들이 표상하고 완벽한 우정의 실현을 가능케 한 지고의 자유로움으로, 그가 반대로 나를 위해 희생시킨 더 오래된 일종의 친구들 아니었던가?

게르망뜨 가문 사람의 스스럼없음이―대대로 이어져 내려오던 건방짐이 로베르 속에서는 무의식적인 우아함으로 변하여 진정한 윤리적 겸허함을 감싸는 의복일 뿐이었던지라, 그 스스럼없음이 로베르 속에서 띠고 있던 기품 대신―상스러운 거만함의 형태로 드러냈을 것을 내가 인식할 수 있었던 것은, 이제까지 내가 잘 이해하지 못하던 성격적 단점들이 귀족적 습관들과 중첩되어 있던 샤를뤼스 씨 속에서가 아니라 게르망뜨 공작 속에서였다. 하지만 게르망뜨 공작 역시, 빌르빠리지 부인 댁에서 그와 마주치셨을 때 할머니께서 그토록 못마땅하게 여기셨던 그의 전반적인 평범함 속에, 옛 위대함의 편린들을 간직하고 있었으며, 쌩-루와 함께 저녁 시간을 보낸 다음 날 그 댁 만찬에 참석하였을 때, 나는 그것들을 느낄 수 있었다.

내가 처음 두 내외를 그들의 숙모님 댁에서 보았을 때에는, 그에게서도 공작 부인에게서도 그러한 편린들이 나타나는 것이 내 눈에 보이지 않았고, 그러하기는, 특징들이란 대상들이 지성에게 더 실제적이고 더 이해 가능해 보일수록 그만큼 더 현저해지는지라, 내가 베르마를 처음 보던 날, 그녀의 특징들이 사교계 사람들의 것보다 무한히 더 인상적이었음에도 불구하고 그녀와 그녀의 동료 여배우들을 구분짓던 차이들을 발견하지 못하였던 것보다 나을 바 없었다. 그러나 여하튼, 미묘한 사회적 차이가 아무리 엷다 해도 (그리하여 쌩뜨-뵈브처럼 정직한 관찰자[126]가 죠프랭 부인의 응접실과 레까미에 부인의 응접실과 부와뉴 부인의 응접실 간에 존재하던 미묘한 차이들을 연속적으로 묘사하고자 하여도,[127] 그 응접실들이 서로 어찌나 유사하게 보이는지, 작가도 모르는 사이에 그의 연구에서 결과로 나타나는 것은 사교계 생활의 공허뿐일 지경이다), 내가 베르마를 대하던 때와 같은 이유로, 게르망뜨 가문 사람들에 대해 무심해져 그들의 독특성이 나의 상상력에 의해 더 이상 한 방울도 증류되지 않게 되었을 때에도, 그리고 비록 그 실체를 헤아려 짐작할 수 없었어도, 나는 그 독특성의 편린을 거두어들일 수 있었다.

공작 부인이 자기의 숙모님 댁 야연에서 자기의 남편에 관해서는 나에게 아무 말도 하지 않았고, 두 사람의 이혼에 관한 소문이 떠돌고 있었던지라, 나는 그가 만찬에 참석할지 여부를 짐작할 수 없었다. 하지만 내가 즉시 그 궁금증에서 벗어났으니, 그 댁 대기실에 도열해 있던 그리고 (나를 그 때까지 그 건물 세입자인 고급 목재 가구 세공인의 자식쯤으로 여겼을 것이기 때문에, 즉 자기들의 상전보다 더 우호적으로 바라보았으되 그 댁에 초대될 수 없을 것이라 여겼기 때문에) 그 급작스러운 변화의 원인이 무엇일까 생각하고 있었을 시종들 사이에서, 나를 입구에서 영접하고 손수 나의 외투를 받아 들기 위해 나의 도착 순간을 기다리던 게르망뜨 씨가 불쑥 모습을 드러내는 것이 내 눈에 띄었기 때문이다.

"게르망뜨 부인께서 더할 나위 없이 기뻐하실 거요." 그가 능란하게 설득하는 어조로 나에게 말을 건넸다. "내가 당신의 옷가지 (그는 통속어[128] 사용하는 것이 호의적이고 해학적이라 여겼다) 벗겨 드리는 것을 허락해 주시오. 비록 당신이 방문하실 수 있는 날을 우리에게 알려주셨지만, 나의 아내는 혹시 약속을 저버리시지 않을까 조금은 근심하였다오. 우리 두 사람은 아침부터 서로에게 이런 말을 하였소. '두고 봅시다. 그는 오지 않을 거요.' 나는 게르망뜨 부인이 나보다 더 정확히 예견하였다고 말할 수밖에 없소. 당신은 쉽게 모실 수 없는 분이라, 나는 당신이 마지막 순간에 자취를 감출 것이라 확신하고 있었소."

그런데 소문에 의하면, 공작이 어쩌나 못된 남편이며 심지어 난폭하기까지 한지, 심술궂은 자들이 모처럼 보이는 친절에 고마워하듯 그 '게르망뜨 부인'이라는 말에 그의 아내가 고마워하며, 그는 자기의 아내와 자기가 헤어질 수 없는 일체가 되도록 그 단어들로 공작 부인 위로 보호의 날개를 드리우는 듯한 인상을 준다고들 하였다. 어느덧 그가 나의 손을 스스럼없이 잡더니, 그것이 자기의 의무라는 듯, 나를 안내하여 응접실로 들어갔다. 어떤 촌사람의 입에서 나온 일상적인 표현이, 그 표현 사용하는 이에게는 혹시 알려지지 않았을 그 지역 관습의 잔존물이나 어떤 역사적 사건의 흔적을 드러낼 경우, 우리에게 매력적으로 보이듯, 그 순간 게르망뜨 씨가 나에게 보였고 저녁 내내 그랬던 그 정중함이, 여러 세기 전부터 이어져 오던 관습의, 특히 17세기 관습의 유산처럼 나의 마음을 사로잡았다. 우리는 먼 옛날 사람들이 우리들로부터 무한히 멀리 있는 것처럼 여긴다. 우리는 그들이 명시적으로 표현하고 있는 것 저너머에 심오한 의도가 있으리라고 감히 추측조차 하지 못하는지라, 호메로스의 작품에 등장하는 어느 영웅에게서, 우리가 느끼는 감정들과 거의 유사한 감정을 만나거나, 칸나이 전투[129] 동안 아군의 측면 깊숙이 진격해 오도록 내버려두었다가 불시에 적을 포위해 버린 한니발이 펼치던 능숙한 기만전술을 발견하면서 몸시 놀라는데, 누가 그러한 우리의 모습을 본다면, 우리들이, 영웅전 짓던 그 문인과 그 장군이 어느 동물원에서 본 어떤 짐승 만큼이나 우리들로부터 멀리 있으리라 상상한다고 할 것이다. 심지어 루이 14세 궁정의 인물들에게서도, 그들이 자기들보다 신분 낮고 따라서 아마 자기들에게 아무 효용성 없었을 어떤 사람에게 보낸 편지들 속에 남긴 정중함의 흔적을 우리가 발견할 경우, 그 편지들 앞에서 우리가 놀라는 것은, 그것들이 문득, 그 지체 높은 나리들 속에 있던, 그들이 결코 직접 표현하지는 않되 그들을 지배하는 일체의 신조들을, 특히 예의상 특정 감정들은 짐짓 숨기고 특정 의례 준칙들을 세심하게 이행해야 한다는 신조를, 우리에게 드러내 보여주기 때문이다.

과거라는 것에서 우리가 느끼는 그러한 가공적인 까마득함이 아마, 심지어 위대한 문인들조차 오씨안 같은 하찮은 혹세무민꾼들의 작품들에서 탁월한 아름다움을 발견하였다는 현상을 이해하도록 해 주는 이유들 중의 하나일 것이다.[130] 우리들은 먼 옛날의 바르두스[131]들이 현대적인 사념들을 품을 수 있었다는 것에 하도 놀라는지라, 혹시 우리가 옛 스코틀랜드 산악지역 켈트인들의 노래라고 믿는 것 속에서, 어느 현대인이 가지고 있어도 매우 독창적이라고밖에 여길 수 없을 사념 하나를 발견할 경우, 찬탄을 금치 못한다. 어느 재능있는 번역자가, 자기가 비교적 충실하게 복원하고 있는 옛 작품에, 어느 현대인의 이름으로 분리되어 출판될 경우 그저 읽기에 즐거울 정도의 글 몇 단락을 덧붙이는 순간, 그는 즉시 자기가 복원하는 문인의 글에 감동적인 위대함을 가져다주어, 그 문인이 그로 말미암아 여러 세기의 건반 위에서 연주를 하게 된다. 그 책이 만약 그 번역자 자신의 것처럼 출판되었다면, 그가 변변찮은 책이나 쓸 수 있는 사람으로 간주되었을 것이다. 그 책이 번역본이라는 형태로 출판되었던지라, 그것이 하나의 걸작품처럼 보인다.[132] 과거는 덧없이 사라지지 않고 그 자리에 남는다. 느긋하게 가결된 법률이 전쟁 발발 여러 달 후에 전쟁에 실효적으로 영향을 끼친다든가, 범죄가 미궁에 빠진지 십오 년 후 어떤 사법관 하나가 그 범죄의 실체를 밝히는데 도움이 될 요소들을 발견할 수 있다든가 하는 경우만 있는 것은 아니니, 여러 세기가 거듭 흐른 후, 어느 먼 두메에서 그 지역의 지명이나 주민들의 관습을 연구하는 학자 또한, 그곳의 지명 및 관습 속에서, 예수교 발생기 훨씬 이전의, 헤로도토스 시절에 이미 망각되지는 않았다 하더라도 이해되지 않게 되었던, 그러나 어느 바위에 부여된 명칭이나 어떤 종교 의식 속에, 즉 더욱 짙고 아득하며 안정된 발산물처럼 현재 속에, 머물러 있는 이러저러한 전설을 포착해낼 수 있을 것이다. 그러한 발산물이 또 있었으니, 그것은 게르망뜨 씨의 대체적으로 상스러운 예의범절 속에는 혹시 아닐지 모르나, 적어도 그것을 지배하는 마음 속에 있던, 태고의 것은 아니로되 옛 궁정생활에 연원을 둔 발산물이었다. 잠시 후 그와 응응접실에서 다시 합류하였을 때, 내가 그 발산물을 마치 옛 향기처럼 다시 맛보게 되어 있었다. 내가 응접실로 즉시 들어가지 않았기 때문이다.

앞서 현관을 지나면서, 나는 게르망뜨 씨에게, 그가 소장하고 있는 엘스띠르의 작품들 보기를 갈망한다고 하였다. "분부대로 하겠소만, 엘스띠르 씨가 당신의 친구들 중 하나인가요? 당신이 그의 작품에 그토록 관심을 가지고 계시다는 것을 미리 알지 못하였던 점 심히 유감이오. 왜냐하면 내가 그와 약간의 교분을 맺고 있으며, 우리의 선조들께서 신사라고 부르시던 그런 사람들 중에 속할 친절한 사람인데, 이곳에 왕림하시는 호의를 베풀어 주십사, 그리고 식사를 함께 하시자고 요청할 수도 있었으니 말이오. 당신과 함께 저녁 시간 보내는 것에 그가 매우 흡족해하였을 것이오." 공작이 그렇게 옛 왕정 시절의 예의범절을 지키려 애를 쓰는 동안에는 거의 성공하지 못하였으나, 바로 그 다음 순간에는 자신도 모르는 사이에 왕정 시절 사람으로 되돌아갔다. 자기가 나에게 그 화폭들 보여주기를 바라느냐고 묻더니, 출입문이 나타날 때마다 우아하게 비켜서면서, 나에게 갈 방향을 잡아주기 위하여 불가피하게 앞장서야 할 때에는 죄송하다고 하면서, 그가 나를 안내하였는데, 그러한 짧은 연극 장면이(게르망뜨 가문의 선조들 중 하나가, 귀족의 세속적인 도리를 이행할 때처럼 세심하게, 자기의 저택을 친절히 보여주었노라는 이야기를 전하는 쌩-시몽 시절 이후), 우리들에게까지 미끄러지듯 슬며시 전해지기 전에, 다른 많은 방문객들을 위해 다른 많은 게르망뜨 가문 사람들에 의해 틀림없이 공연되었을 것 같았다. 또한 내가 공작에게 화폭들 앞에 잠시 홀로 있으며 좋겠다고 하자, 그가 조심스럽게 물러가면서 자기는 응접실에 가 있을테니 그곳에서 다시 만나자고 하였다.

이다만 내가 일단 엘스띠르의 화폭들과 마주하게 되자 저녁 식사가 시작될 시각을 까마득히 잊었고, 나는 다시 발백에서처럼 그 위대한 화가 특유의, 그러나 그의 말을 통해 표출되지 않던, 세계를 보는 방식의 투영도에 불과한, 미지의 색채로 이루어진 그 특이한 세계의 편린들을 앞에 놓고 바라보게 되었다. 그의 화폭들로 덮여 있던 벽의 모든 균질성 부분들은 어느 환등의 반짝이는 영상들 같았고, 그 환등이 이번 경우에는 곧, 화가라는 사회적 인간과 교분만 맺는 한, 다시 말해 램프에 씌우는 초롱에 어떠한 채색 유리도 끼우지 않고 그것을 보는 한, 그 기이함을 짐작조차 하지 못할 화가의 뇌수[133] 그 자체였을 것이다. 그 화폭들 중 사교계 사람들에게는 가장 우스꽝스럽게 보이던 몇몇이, 사유작용을 개입시키지 않고는 우리가 대상들을 식별할 수 없으리라는 사실을 우리에게 입증해 주는 시각적 환상들을 재창조하고 있다는 측면에서, 다른 화폭들보다 더 나의 관심을 끌었다. 마차를 타고 가던 중, 격렬하게 조명되어 우리에게 깊은 공간의 환상을 준 벽면의 한 자락밖에 우리들 앞에 없건만, 마차 앞 불과 몇 미터 지점에서 시작되는 길고 밝은 길 한 가닥을 우리가 발견하는 경우 얼마나 빈번한가! 그러할진대, 상징주의적 기교로써가 아니라 인상의 뿌리로 성실하게 돌아감으로써, 하나의 사물을, 최초 환상의 번개같은 섬광 속에서 우리가 그것으로 여겼던 바로 그 다른 사물로 표상하는 것이 합리적이지 않겠는가? 대상들의 표면과 체적이 실제로는, 우리가 그 대상들을 식별하면서 그것들에게 강제로 부여하는 명칭들과는 별개이다. 엘스띠르는, 자기가 이제 막 느낀 것에서, 자기가 이미 알고 있던 것을 떼어내려 노력하고 있었으며, 따라서 그의 노력은, 우리가 흔히 견해라고 부르는 그 사유의 집적체를 와해시키는 작업일 경우가 빈번했다.

그 '끔찍한 것들'을 혐오하던 사람들은, 샤르댕이나 뻬로노 등 자기네 사교계 사람들이 좋아하는 많은 화가들을 엘스띠르가 극구 찬양하는 것에 대해 놀라움을 감추지 못하였다. 그들은 엘스띠르가 자신만을 위하여 사물 앞에서 (몇몇 특이한 실험에 대한 취향의 독특한 징후를 보이면서) 샤르댕이나 뻬로노가 기울인 노력을 반복하였으며, 따라서 그가 자신을 위한 작업을 멈출 때면 자기의 것과 같은 부류에 속하는 그들의 시도들을, 즉 앞서 나타났던 자기 작품들의 편린들을,[134] 찬양한다는 사실을 깨닫지 못하였다. 또한 사교계 사람들은 자기들로 하여금 샤르댕의 그림을 좋아하거나 혹은 최소한 거북스러움을 느끼지 않고 바라볼 수 있게 해 준 시간적 관점을, 자기네들의 사유를 통해서 엘스띠르의 작품에 추가하지 않았다. 그럼에도 불구하고 사교계 인사들 중 가장 연로한 사람들만은, 그들의 생애 동안에 세월이 자기들을 작품들로부터 멀리 이끌어갈수록, 앵그르의 것처럼 자기들이 걸작품이라고 하던 것과 영영 '끔찍한 것'으로 남을 것이라고 믿던 것 (예를 들자면 마네의 「올림피아」) 간의 극복할 수 없는 거리가 점차 줄어들어, 두 화폭이 마치 쌍둥이처럼 보이게 된 것을 목격했노라고[135] 생각할 수도 있었을 것이다. 그러나 우리가 보편성으로까지 내려갈 줄 모르고, 과거에 전례가 없었던 어떤 경험을 앞에 놓고 있다는 생각에만 사로잡혀 있기 때문에, 우리는 어떠한 가르침도 얻지 못한다.

나는 두 화폭에서 (더욱 사실적이며 그의 초기 수법으로 그린) 같은 신사를 발견하고 감동하였는데, 하나는 연미복 차림으로 자기의 집 응접실에 있는 모습이고, 다른 하나는 일반 정장 차림에 높직한 모자를 쓰고 그와는 분명 아무 상관 없을 듯한 강변 축제 현장에 있는 모습이었으며,[136] 그러한 점으로 보아 그 신사가 엘스띠르에게는 단순한 모델이 아니라, 옛날에 까르빠쵸가 베네치아의 명망 높은 귀족들을—완벽하게 닮은 모습으로—그렇게 하였듯이,[137] 혹은 베토벤이 자기가 아끼는 작품 머리에 오스트리아 황태자의 다정한 이름 루돌프를 기재하며 기뻐하였던 것처럼,[138] 그가 자기의 화폭들 속에 즐겨 등장시키던 어느 친구나 후원자였을지도 모른다. 그 강변 축제에는 황홀케 하는 무엇이 있었다. 강물과 여인들의 드레스와 쪽배들의 돛과 그 모든 것들의 무수한 그림자들이, 엘스띠르가 어느 경이로운 오후에서 절단하여 떼어낸 정방형 화폭 속에서 서로 이웃하고 있었다. 더위와 숨가쁨 때문에 잠시 춤추기를 멈춘 어느 여인의 드레스에 어린 매혹적인 미광이, 멈추어 있는 어느 범선의 돛천에서도, 작은 항구의 물에서도, 목제 부교 표면에서도, 나뭇잎들과 하늘에서도, 같은 식으로 아롱거리고

게르망뜨 쪽 2부 2장 169

있었다. 내가 일찍이 발백에서 본 화폭들 중 하나에서, 청금석(靑金石) 빛 하늘 아래에 놓여 있어 어느 대교회당 못지않게 아름다운 병원 건물이, 이론가 엘스띠르보다, 취향 탁월하고 중세 애호하는 사람 엘스띠르보다, 더 과감하게 '고딕풍도, 걸작품도 없으되, 특이한 양식 없는 병원 건물이 영광스러운 교회당의 화려한 입구 못지않다'고 외치는 듯했던 것처럼, 이곳 벽에 걸려 있던 화폭들에서는 다음과 같은 말이 들리는 것 같았다. "산책중인 어느 예술 애호가가, 아예 바라보기를 회피할 뿐만 아니라, 자연이 자기 앞에 펼쳐놓는 시적인 화폭에서조차 제외시킬 조금 상스러운 여인, 그 여인 역시 아름답고, 그녀의 드레스 또한 선박의 돛과 함께 같은 빛을 받아, 더 소중한 것도 덜 소중한 것도 없으니, 평범한 드레스나 자체로 예쁜 돛 모두, 같은 것을 반사하는 두 거울이로다.[139] 모든 가치는 화가의 시선 속에 있노라." 그런데, 여인이 더위를 느껴 춤추기를 중단하고 나무가 그늘의 띠로 둘러싸이며 범선들이 황금빛 수지 광택제 위로 미끄러지는 듯 보이는 그 반짝이는 순간에다, 화가가 시각(時刻)들의 움직임을 불멸의 상태로 중지시키는데 성공하였다. 하지만 그 순간이 우리를 그토록 강력하게 짓누른다는 바로 그 이유 때문에, 그토록 단단하게 고정된 그 화폭이 덧없이 사라질듯한 인상을 주어, 우리는 그 여인이 곧 그곳을 떠나 돌아갈 것이고, 범선들이 사라질 것이며, 그늘이 자리를 옮긴 다음 어둠이 곧 닥칠 것이라고 느낄 뿐만 아니라, 즐거움이 끝나고 생이 덧없이 흘러가며 함께 어울려 있던 그 숱한 빛들에 의해 한꺼번에 보여졌던 순간들 또한 되찾을 수 없음을 직감한다.[140] 나는 그 이외에도, 역시 그 방을 치장하고 있던, 엘스띠르가 초기에 그린 신화적 주제를 담고 있는 몇 점 수채화 속에서, 사실 전혀 다르긴 하지만, 순간이라는 것의 양상 하나를 더 발견하였다. 소위 '진보된 시각'을 가진 사교계 사람들이 그 '화풍까지'는 이해하였으나, 더 이상 나아가지는 못하였다. 물론 그것들이 엘스띠르의 가장 완성된 작품들은 아니었으되, 그 주제를 생각하던 때의 성실함이 주제에서 차가움을 제거해 주고 있었다. 그리하여, 예를 들자면, 무사(뮤즈)들이, 화석으로 변한 종족에나 속하는 존재들처럼, 그러나 신화 시대에는 두셋씩 무리를 지어 저녁나절이면 어느 산악지역의 오솔길로 지나가는 것이 심심찮게 보였을 존재들처럼, 묘사되어 있었다. 어떤 그림 속에서는, 동물학자가 본다면 특이한 개성을 가진 어느 종족(다소 중성적인 특징을 가진)에 속할 시인 하나가, 자연 속에서 서로 다른 종에 속하지만 친근하게 어울리는 생물들처럼, 무사 하나와 함께 산책을 하고 있었다. 그러한 수채화들 중 어느 화폭에는, 산속에서 먼 거리를 질주하다 기진한 시인 하나를, 우연히 그와 마주친 어느 켄타우로스가, 그의 지친 모습을 가엾이 여겨, 자기의 등에 업어 데려가는 장면이 그려져 있었다.[141] 다른 몇몇 화폭에는, 광막한 풍경이 (그 속에서는 신화적 장면들과 전설적 주인공들이 지극히 미세한 자리를 점하여 거의 사라지다시피 하였다), 산의 정상으로부터 바다에 이르기까지, 지는 해의 세세한 각도와 그늘의 정확한 움직임 덕분에, 하루 동안의 각 시간뿐만 아니라 각 분까지 드러내며 묘사되어 있었다. 그러한 식으로, 즉 신화적 상징을 스냅사진처럼 변형시켜, 화가는 신화적 상징에 실제로 경험한 일종의 역사적 사실을 부여하고, 그것을 과거에 일어난 생생한 사건처럼 그리고 이야기한다.

내가 엘스띠르의 그림들을 응시하고 있는 동안, 도착하는 손님들이 누르는 초인종 소리가 끊임없이 울리면서 나를 아기의 요람처럼 조용히 흔들어 주었다. 그러나 초인종 소리에 이어진, 그리고 벌써 상당히 오래 전부터 계속된 고요가, 랑도르가 연주하던 음악에 이어져 바르똘로를 깨어나게 하는 고요처럼,[142] 하지만 그것보다는 사실 덜 신속하게, 나를 나의 몽상에서 이끌어내었다. 나는 사람들이 혹시 나를 까맣게 잊고 식탁 앞에 앉지 않았을까 염려되어 신속히 응접실로 가려 하였다. 엘스띠르의 작품들이 있는 방 출입문 앞에, 늙어서 그런지 혹은 분가루를 뿌렸기 때문인지는 모르겠으나, 에스빠냐의 대신 기색으로, 그러나 그가 국왕의 발치에 엎드려 그랬을 것과 같은 예를 나에게 표하면서, 나를 기다리던 시종 하나가 있었다. 그의 기색으로 보아 그가 족히 한 시간은 기다렸을 것 같았고, 나는 나로 인해 식사가 늦어졌다는 생각에 경악하였으며, 특히 샤를뤼스 씨에게 열한 시까지 그의 집에 가겠노라 약속한 사실 때문에 더욱 그러했다.

에스빠냐 대신이 나를 응접실로 안내하였고 (그러한 와중에도 내가 중도에서 수위에 의해 핍박 받은 심부름꾼 시종과 마주쳤고, 그에게 약혼녀의 안부를 묻자 행복감에 얼굴이 환해지면서, 바로 다음 날이 자기와 약혼녀의 외출일인지라 하루 종일 그녀와 함께 있을 수 있다고 하면서, 그가 공작 부인의 너그러운 호의를 칭송하였다), 나는 그곳에서 기분 상해 있는 게르망뜨 씨의 얼굴을 대하게 되지 않을까 염려하였다. 하지만 그가 나의 예상과는 반대로 기뻐하며 나를 맞았고, 그 기뻐하는 모습이 일부는 꾸민 것이고 예의 범절에서 비롯된 것이 분명했지만, 다른 관점에서 보면, 그러한 지체에 기인한 심한 시장기에 의해, 그리고 응접실을 가득 채우고 있던 초대 손님들 모두가 여일하게 조바심하고 있다는 인식에 의해 고취된, 진지한 기쁨이었다. 실제로 나는 훗날, 그들이 거의 사십오 분 동안이나 나를 기다렸다는 사실을 알게 되었다. 의심할 나위 없이, 게르망뜨 공작은 모든 이들의 고초를 2분 연장한다 해서 그 고초가 더 심화되지는 않을 것이라 생각하였고, 예의범절 때문에 식탁 앞에 앉는 순간을 기왕 그토록 장시간 뒤로 미루었으니, 내가 도착하기 무섭게 음식을 내오게 하지 않음으로써, 내가 너무 늦지 않았고 또 모두들 나로 인해 그때까지 기다린 것이 아니라고 나로 하여금 믿도록 하는데 성공할 경우, 자기가 표한 예의가 더 완벽할 것이라고 생각하였을 것이다. 그리하여, 마치 식사를 하려면 한 시간을 더 기다리기라도 해야 하는 듯, 그리고 초대한 몇몇 사람이 아직 도착하지 않았기라도 한 듯, 그는 내가 보기에 엘스띠르의 작품이 어떠냐고 묻기도 하였다. 그러나 동시에, 그리고 극심한 시장기는 내색하지 않고, 더 이상 단 일 초도 지체하지 않으려는 듯, 공작 부인과 일치협력하여 손님들을 소개하기 시작하였다. 나는 그제서야 나의 주위에서, 그 날까지는—스완 부인의 응접실에서 겪은 실습을 제외하고—꽁브레와 빠리에서, 내 어머니의 응접실에서, 나를 아이 취급하던 시무룩한 중산층 여인들의 보호하려는 듯한 혹은 반대로 자신을 방어하려는 듯한 태도에 익숙해 있던 그러한 나의 주위에서, 문득 파르시팔을 꽃으로 변신한 처녀들 한가운데로 밀어넣은[143] 사건에 비교할 만한 변화가 일어났음을 간파하였다. 나를 둘러싸고 있던, 어깨와 가슴을 몽땅 드러낸 여인들은 (그녀들의 살이 굽이치는 미모사 꽃가지 양쪽으로부터 혹은 장미꽃의 넓은 꽃잎들 밑으로부터 나타났다), 나에게 인사를 하면서 어김없이 길고 애무하는 듯한 시선을 보냈으며, 오직 수줍음 때문에 나를 포옹하지 못하는 것 같았다. 윤리적 관점에서 보면, 많은 여인들이 그리하여 매우 존경스러운 면모를 갖추지 못하였다는 뜻은 아니나, 대다수가 그러한 면모를 갖추었으되 모든 여인들이 그랬던 것은 아니니, 가장 정숙한 여인들조차도 행실 가벼운 여인들에 대하여, 나의 어머니가 느끼셨을 것과 같은 혐오감은 품지 않았으니 말이다. 명백함에도 불구하고 고결한 친구 여인들에 의해 부인된 행실의 변덕스러움[144]이, 게르망뜨 가문이 주축을 이룬 사교계에서는, 유지하는데 성공한 관계들보다 훨씬 덜 중요한 것 같았다. 어떤 집의 '응접실'[145]이 손상을 입지만 않는다면, 그 집 안주인의 몸뚱이가 누구든 원하는 사람에 의해 조정되었다는[146] 사실을 모두들 모르는 척하였다.

공작이 자기가 초대한 손님들 (이미 오래전부터 그에게는 그들에게 새삼스럽게 알려줄 것도 그들로부터 알아낼 것도 없었다)을 전혀 거북해하지 않았던 반면, 내가 어떤 유형의 탁월함을 가지고 있는지 알지 못해, 그러한 사실이 그에게, 루이 14세의 조정에서 평민 출신 대신들이 지체 높은 세습귀족들에게 그랬던 것과 조금은 유사한 종류의 존경심을 유발시켰던지, 나에게는 각별히 신경을 썼던지라, 그는 내가 그곳에 있던 손님들을 모른다는 것 따위가, 그들에게는 어떨지 몰라도, 적어도 나에게는 전혀 중요하지 않으리라 여기고 있음이 분명했으며, 내가 자기의 체면을 생각하여 그 사람들에게 어떤 인상을 줄까 노심초사하는 동안, 그는 오직 그들이 나에게 줄 인상만을 근심하였다.

게다가 처음부터 사연 복잡하게 뒤얽힌 촌극이 한바탕 벌어졌다. 내가 응접실 안으로 들어서는 순간, 공작 부인에게 인사할 겨를도 주지 않고, 게르망뜨씨가 나를 이끌어, 마치 그 사람에게 뜻하지 못했던 선물이라도 바치려는 듯, 체구 상당히 작은 어느 귀부인에게로 갔으며, 그녀에게 이렇게 말하는 듯하였다. "여기 당신의 친구가 왔습니다. 보시다시피 도망치려 하는 사람을 목덜미를 잡아 끌고왔습니다." 그런데, 공작에 의해 떠밀려 내가 그녀 앞에 당도하기 훨씬 전부터, 그 귀부인이 크고 부드러운 검은 눈으로, 아마 우리를 알아보지 못할 오래전부터 아는 사람에게 우리가 보내는, 그 친숙한 미소를 나에게 끊임없이 보내고 있었다. 상대방을 알아보지 못하는 것이 바로 나의 경우였던지라, 또한 아무리 애를 써도 그녀가 누구인지 도저히 기억 속에서 찾을 수 없었던지라, 나는 정식 소개 절차가 나를 그 당황스러운 처지로부터 이끌어내 줄 때까지 그 미소에 답례하지 않으려고, 고개를 다른 쪽으로 돌린 채 그녀에게로 다가갔다. 그러는 동안에도 그 귀부인은 나에게로 향한 미소의 불안한 균형을 계속 유지하고 있었다. 그녀는 그 미소의 짐을 서둘러 벗어 던지기를, 그리고 내가 자기에게 다음과 같이 말하기를, 간절히 바라는 기색이었다. "아! 부인, 물론입니다! 우리가 이렇게 다시 만난 것을 아시면 어머님도 기뻐하실 것입니다!" 내가 사정을 잘 알고 마침내 자기에게 인사를 건네, 반음 올린 '쏠'처럼 무한히 연장되고 있던 자기의 미소가 드디어 멈추기를 그녀가 바랐을 것 만큼이나, 나또한 그녀의 이름을 알고 싶어 조바심이 났다. 그러나 게르망뜨 씨가, 적어도 내 견해로는, 어찌나 서투르게 그 일에 임했던지, 그가 내 이름만 그녀에게 말한 것 같았고, 따라서 나는 그 미지의 여인 같던 인물이 누구인지 여전히 몰랐는데, 그 여인이 자신의 이름을 나에게 밝히는 재치를 발휘하지 않은 것은, 우리 두 사람이 친밀할 수밖에 없는 이유가, 비록 나에게는 모호했지만, 그녀에게는 그토록 명료해 보였기 때문이다. 또한 실제로, 내가 가까이 다가가기 무섭게, 자기의 손을 내미는 대신 나의 손을 격식 차리지 않고 다정하게 움켜잡더니, 나 역시 자기가 뇌리에 떠올린 아름다운 추억들을 자기처럼 잘 알고 있다는 듯한 어조로, 그녀가 나에게 말을 건넸다. 그녀는 알베르가 (나는 그녀의 아들일 것이라 짐작하였다) 만찬에 참석하지 못한 것을 애석해할 것이라고 하였다. 나는 옛 동료들 중 알베르라는 세례명 가진 사람을 찾던 중 블록을 발견하였으나, 내 앞에 있던 여인이 블록의 모친일 수는 없었으니, 블록 부인께서 이미 여러 해 전에 작고하셨기 때문

이다. 나는 그 귀부인이 뇌리에 떠올리고 있던, 그녀와 내가 함께
보낸 공동의 과거 시절을 짐작해 내려 부질없는 노력을 기울였다.
하지만, 오직 미소만을 통과시키던 반투명의 흑옥 같은 크고 부드
러운 눈동자를 통해 내가 그 과거를 식별할 수 없었던 것은, 검은
유리창 뒤에 있는 전원 풍경이 비록 햇볕에 이글거려도 보이지 않
는 것과 다를 바 없었다. 그녀는 나의 아버지께서 과로하시지 않는
지, 혹시 내가 알베르와 함께 극장에 가고 싶지 않은지, 나의 건강
이 다소나마 좋아졌는지 등을 물었고, 나를 감싸고 있던 정신적 암
흑 속에서 비척거리던 나의 답변이, 그날 저녁 나의 몸이 불편하다
는 말을 할 때에나 겨우 분명해지자, 내 부모님의 다른 친구분들은
일찍이 나에게 보이지 않던 배려를 곁들여, 손수 의자 하나를 나에
게로 밀어 앉으라고 권하였다. 드디어 수수께끼의 실마리 하나가
공작에 의해 나에게 주어졌다. "부인께서 당신이 매력적인 사람이
라 하시오." 공작이 나의 귀에다 소곤거렸고, 나의 귀에는 그 말이
낯설지 않았다. 그것은 할머니와 내가 처음 뢱상부르 대공 부인과
인사를 나눌 때, 빌르빠리지 부인이 할머니와 나에게 하였던 바로
그 말이었다. 그 순간 나는 모든 것을 깨달았고, 내 앞에 있던 귀부
인이 뢱상부르 부인과 하등의 공통점도 가지고 있지 않았으되, 나
는 짐승을 나에게 바치던 사람의 언어에서 그 짐승이 어느 종에 속
하는지를 분별해내었다.[147] 그녀는 왕족이었다. 그녀는 나의 가문
이나 나 개인을 전혀 몰랐으나, 가장 고결한 혈통 출신이고 이 세
상에서 가장 많은 재산을 가지고 있었던지라 (빠르마 대공의 딸이
었던지라 역시 왕족인 자기의 사촌과 결혼하였으니 말이다), 창조
주에게로 향한 감사하는 마음에 잠겨, 자기의 이웃에게, 그가 아무
리 가난하고 미천한 출신이라 할지라도, 자기가 그를 멸시하지 않
는다는 것을 입증해 보이고 싶어하였다. 사실은 그녀의 미소가 나

로 하여금 그러한 것을 짐작할 수 있도록 해줄 수 있었으리니, 뤽상부르 대공 부인이 (발백) 해변에서 작은 호밀빵들을 사서, 불론 뉴 숲 동물원의 암사슴에게 주듯, 그것을 할머니에게 주는 것을 내가 일찍이 보았기 때문이다. 하지만 그날 저녁 공작이 나로 하여금 인사 드리게 하였던 그 귀부인은 이미 한 대를 건너뛴 혈통을 이은 왕녀에 불과했으니, 진정한 세력가들 특유의 친절함이 가지고 있는 보편적인 특징들을 내가 포착하지 못한 것도 이해될 만했다. 게다가, 국립 오페라 극장에서는 나에게 손짓을 하며 그토록 반갑게 인사를 한 게르망뜨 공작 부인이, 어떤 사람에게 1루이 주화 한 닢 주고 난 다음 그와는 계산이 영원히 끝났다고 생각하는 사람들처럼, 내가 그 이후 길에서 자기에게 인사를 하자 몹시 노한 기색을 보였으니, 그 지체 높은 사람들 스스로, 자기네들의 친절을 너무 믿지 말라고 나에게 일찍이 경고해 주지 않았던가? 샤를뤼스 씨의 경우, 변덕스럽게 교차되던 그의 고결함과 저속함이 더욱 심한 대조를 보였다. 여하튼, 독자들께서 아시게 되겠지만, 나는 다른 종류의 전하들과 폐하들을, 즉 여왕 놀이 하면서 자기들의 동류들이 가지고 있는 버릇을 따르지 않고, 싸르두의 작품들에 등장하는 여왕들[148]처럼 말하는 여왕들을 알게 되었다.

게르망뜨 씨가 그토록 서둘러 나를 소개하였던 것은, 하나의 모임에서 그것에 참석한 왕족이 모르는 어떤 인물이 있다는 사실은 관례상 결코 용인될 수 없고, 따라서 그러한 상태가 단 일 초도 연장될 수 없었기 때문이다. 쌩-루가 자신을 나의 할머니에게 처음 소개하며 드러냈던 그 서두름도 같은 성격의 것이었다. 게다가, 지금은 사교적 의례준칙이라고들 하지만 피상적이지 않으며, 오히려 그것들 속에서는 밖으로부터 안으로의 회귀 작용으로 인해 표면이었던 것이 본질적이고 심오한 것으로 변하는 옛 궁정생활의 유산적 잔재 때문에, 게르망뜨 공작과 그의 부인은, 빠르마 대공 부인에게 말을 건넬 때 그녀를 가리키며 거의 항상 삼인칭만 사용해야 한다는 것을, 그 두 사람에 의해 혹은 두 사람 중 하나에 의해 상당히 자주 도외시되곤 하던,[149) 자비나 순결이나 정의나 연민 등에 대한 의무보다 더 굳건히 지켜야 할 의무로 여기고 있었다.

아직 빠르마에 단 한 번도 가지 못하였던지라 (먼 옛날의 부활절 휴가 때부터 내가 갈망하던 일이었다), 그곳의 대공녀를 만나 교분을 맺는다는 것이, 즉 내가 알고 있었거니와, 세계의 나머지 다른 부분으로부터 고립되어 있어 모든 것들이 틀림없이 특유의 동질성을 가지고 있을 그 유일무이한 도시에, 밀도 높고 지나치게 부드러운 명칭 가진 그 전형적인 이딸리아적 소도시의 바람 한 점 없는 여름날 저녁처럼 숨막히는 대기 밑 어느 광장에,[150) 반들반들한 담장으로 둘러싸인, 그 도시에서 가장 아름다운 궁전을 소유하고 있던 그러한 대공녀를 만난다는 것이, 여행길에 오르지조차 않았건만 이루어진 일종의 단편적인 도착의 형태를 띠면서, 내가 그토록 오랜 세월 동안 애써 상상하던 것을 빠르마에 실제로 존재하는 것으로 문득 대체하였음에 틀림없었겠으나, 하지만 그것이, 죠르죠네의 도시[151)로 떠나는 내 궁극적인 여행의 대수학[152) 속에서는, 빠르마를 미지수로 갖는 하나의 일차 방정식과 같았다. 하지만 내가 여러 해 전부터─향료 제조업자가 단단한 유지(油脂) 덩이에다 그러듯─빠르마 대공 부인이라는 명칭에 수천 송이 제비꽃의 향기가 흡수되도록 하였던 반면, 그 순간까지는 적어도 쌘세베리나[153)와 같을 것이라 확신하고 있던 대공 부인을 보기 무섭게 두 번째 작용이 즉각 시작되었으니, 정확히 말해 여러 달 후에나 완성된 그 작용이란, 새로운 화학적 혼합 과정의 도움을 받아, 대공 부인의 명칭으로부터 제비꽃 방향유와 스땅달적[154) 향기를 말끔히 제거한 다음, 그 대신에 검은색 옷차림으로 자선사업에 열중해 있는, 그리고 친절함이 하도 겸허하여 그것이 얼마나 고결한 자긍심에서 연원하였는지를 누구나 즉시 깨달을 수 있는, 체구 자그마한 어느 귀부인의 영상을 혼합시키는 작용이었다. 그뿐만 아니라, 약간의 차이는 있었으되, 다른 지체 높은 귀부인들과 마찬가지로 그녀 역시 별로 스땅달적이지 못했던 것은, 예를 들어, 빠리의 '유럽 구역'에 있는 빠르마 로[155]가, 빠르마라는 명칭보다는 인접해 있는 다른 모든 길들을 더 닮았고, 화브리스가 죽어가고 있는 '수도원'[156]보다는 쌩-라자르 역의 대합실을 더 연상시키는 것과 같았다.

그녀의 친절은 두 요인에서 비롯되었다. 그 하나는 보편적인 것으로, 군주들의 후손인 그녀가 일찍이 받은 교육이었다. 그녀의 모친은 (유럽의 모든 왕가와 혈연관계를 맺고 있었을 뿐만 아니라—빠르마 공작 가문과는 현격한 대조를 보이면서—옥좌에 군림하고 있던 어느 왕녀보다도 부유했던), 그녀가 아주 어렸던 시절부터, 복음서와 같은 태부림에서 비롯된 오만하게 겸허한 교훈들을 그녀에게 주입하였던지라, 이제 그러한 교육을 받은 딸의 용모에 드러난 각 윤곽선과, 어깨의 곡선과, 팔의 움직임 등이, 다음과 같은 훈계를 반복하는 것 같았다. "신께서 너로 하여금 하나의 옥좌로 오르는 계단에서 태어나게 하셨으되, 출신과 부에 있어서, 신성한 섭리께서 (찬양 받으실지어다!) 너의 아래에 두신 사람들을 그렇다 하여 네가 멸시하지 말아야 함을 상기하여라. 오히려 약자들에게 친절하거라. 너의 선조들께서는 서기 647년부터 클레베 및 쥘리히를 다스리시던 군주들이셨고,[157] 신께서 크신 호의로 네가 수에즈 해운 회사의 주식 거의 전부와 로열 덧취 회사의 주식을 에드몽 드 로췰트보다 세 배나 더 보유하게 하셨으며,[158] 너의 직계 혈통은 족보학자들에 의해 확인된 바에 따르면 서기 63년부터 이어져 오는데, 너의 시누이들 중 두 사람이 황후이니라. 그러니 말을 할 때에는 그토록 위대한 특전을 뇌리에 떠올리는 듯한 기색을 결코 드러내지 말 것이니, 그러한 특전들이 덧없다는 뜻이 아니라 (혈통의 유구함은 추호도 변경될 수 없고 사람들이 항상 석유를 필요로 할 것이니 말이다), 네가 그 누구보다 좋은 혈통을 이어받았고 네가 최우량주들을 보유하고 있음을 모든 사람들이 알고 있으니, 그러한 사실을 새삼스럽게 알리는 것이 부질없기 때문이니라. 불쌍한 사람들에게 기꺼이 도움의 손길을 내밀어라. 천상의 호의 깊은 뜻이 너에게 자비를 베푸시어 너의 밑에 놓아 주신 모든 사람들에게, 너의 지위를 상실하지 않고 베풀 수 있는 모든 것을, 즉 금전적 도움이나 심지어 간호사의 정성 어린 손길까지도 제공하되, 그들을 결코 너의 야연에는 초대하지 말 것이니, 그것이 그들에게 하등 유익하지 않을 뿐만 아니라, 오히려 너의 특전을 약화시켜, 너의 자선행위에서 그 효과를 퇴색시킬 것이니라."

그리하여 선을 행할 수 없는 순간에도, 대공 부인은 자기와 어울려 있는 사람들보다 자기가 우월하다고 믿지 않음을 보이려, 아니 그보다는, 무성의 언어라는 모든 외적 징후를 동원하여 사람들이 그렇게 믿도록 하기 위하여 애를 썼다. 그녀는 좋은 가정교육 받은 사람들이 아랫사람들에게 표하는 그 매력적인 예의를 모든 이들에게 표하였으며, 매 순간 자신이 누구에게 도움이 되도록 하기 위하여, 더 많은 공간을 내줄 목적으로 자기의 의자를 한쪽으로 미는가 하면, 나의 장갑을 받아 드는 등, 오만한 도시 중산층 여인들이라면 눈살을 찌푸렸을, 그러나 지극히 지체 높은 귀부인들이나, 본능적으로 또 직업적 버릇 때문에 그러는 하인들은 기꺼이 베푸는, 모든 도움을 나에게 제공하였다.

빠르마 대공 부인이 나에게 보여준 친절의 이유는 더 특별하였으나, 그것이 나에 대한 어떤 신비한 호감에 기인된 것은 전혀 아니었다. 하지만 그 순간에는 그 두 번째 이유를 깊이 생각해 볼 여유가 없었다. 소개를 마치기에 급급했던 공작이 어느새 나를 다른 꽃들 중 하나에게로 이끌어갔기 때문이다. 그녀의 이름을 듣는 순간, 나는 그녀에게, 발백에서 멀지 않은 곳에 있는 그녀의 성 앞을 지난 적이 있다고 말하였다. "오! 당신에게 그 성을 구경시켜 드렸더라면 제가 얼마나 행복했을까요!" 그녀가 자신을 더욱 겸손하게 보이기 위해, 그러나 그 특별한 기쁨의 기회를 놓친 것에 대한 애석함 스민 진솔한 어조로 나지막하게 말하였고, 무엇을 암시하는 듯한 시선으로 나를 쳐다보며 이렇게 덧붙였다. "모든 것이 끝나지 않았기를 바래요. 그리고, 당신에게 더 흥미로웠을 것은 저의 브랑까¹⁵⁹⁾ 숙모님의 성이었을 것이라고 말씀 드려야겠군요. 그 성은 망사르¹⁶⁰⁾에 의해 지어졌고, 따라서 그것이 그 지방의 진주랍니다." 특히 세습 영지가 삶의 멋을 모르는 상스러운 금융가들의 수중으로 들어가는 추세를 보이던 시절에는, 지체 높은 사람들이 아무 부담 없는 언약으로나마 영주처럼 환대하는 고결한 전통을 유지시키는 것이 중요하다고 틀림없이 생각하고 있었을 그 귀부인이 나에게 확언한 바에 미루어 보건대, 나에게 자기의 성을 구경시켜 주면서 만족스러워했을 사람이 그녀뿐만 아니라, 그녀의 브랑까 숙모 또한 나에게 자기의 성을 보여주면서 못지않게 황홀해졌을 것이다. 그것은 또한, 그녀가 속해 있던 계층의 모든 사람들처럼, 대화 상대자에게 가장 큰 기쁨을 줄 수 있는 말을 하고, 그로 하여금 자신을 최대한 높게 평가하도록 하며, 그로 하여금, 자기의 편지를 받는 사람들이 흡족해하고 자기가 자기를 대접하는 사람들에게 명예를 안겨주는지라 모든 사람들이 자기와 교분 맺기를 열망한다고 믿도록 하기를, 그녀가 추구하였기 때문이다. 다른 이들로 하여금 자신들에 대하여 그토록 기분좋은 견해를 갖도록 해 주기를 바라는 마음이, 솔직히 말해, 때로는 중산층 사람들에게도 있다. 그 계층 사람들 속에서도 그러한 호의적인 마음가짐을 어떤 단점을 보정해 주는 개인적인 장점 형태로, 그러나 애석하게도 남성 친구들에게서는 아니고, 상냥한 여성 반려자에게서 만날 수 있다. 하지만 그러한 마음가짐이 그 계층 속에서는 여하튼 외로이 홀로 피어난다. 반대로 귀족 계층의 대부분 사람들 속에서는 그러한 성격적 특징이 개인적 차원에 머물지 않았으니, 그것이 교육에 의해 끊임없이 육성될 뿐만 아니라, 겸손해지기 두려워하지 않고 경쟁자들을 의식하지 않으며 자신이 친절로써 사람들을 기쁘게 해 준다는 사실을 알 뿐만 아니라 그러는 것을 진실로 기꺼워하는 하나의 고유한 위대함에 의해 보존되는지라, 그것이 그 계층의 보편적인 성격으로 변하였기 때문이다. 그리하여, 너무나 상반된 단점들로 인해 그러한 특징을 심정 속에 간직하지 못한 사람들조차도, 자기들이 사용하는 어휘나 몸짓 속에 그들이 의식하지 못하는 그 특징의 흔적을 담아 가지고 다닌다.

"매우 마음씨 착한 여인이오, 그리고 아무도 흉내낼 수 없을 만큼 '지체 높은 귀부인' 답게 처신하실 줄 안다오." 빠르마 대공 부인에 대하여 게르망뜨 씨가 나에게 한 말이다.

내가 여인들에게 소개되는 동안 어느 신사 하나가 무수한 동요의 징후를 드러내고 있었는데, 그는 한니발 드 브레오떼-꽁살비 백작이었다. 늦게 도착하였던지라 어떤 사람들이 초대되었는지 미처 알아볼 시간을 갖지 못하였던 차에, 내가 응접실로 들어서자, 공작 부인의 집단에 속하지 않으니 틀림없이 굉장한 자격으로 그곳에 진입한 초대 손님이리라 여겼음인지, 그가 자기의 외알박이 안경을 눈썹이 아치 모양으로 둘러싸고 있던 눈두덩에 고정시켰는데, 그것이 나의 모습을 선명히 보기보다는 내가 어떤 종류의 사람인지 분별하는 데 더 도움이 될 것이라고 생각하는 것 같았다. 그는 게르망뜨 부인이 진정한 상류층 여인들의 전유물인 '사교적 응접실'을 가지고 있음을, 그리하여 자기의 무리에 속하며 새로운 치료법의 발견이나 예술적 걸작품 덕분에 이제 막 대중의 눈에 띄게 된 사람들의 유명도를 높여 주고 있음을 알고 있었다. 쌩-제르맹 구역의 상류 사교계는, 공작 부인이 영국 왕과 왕비를 환영하는 연회에 데따이유[161] 씨를 서슴지 않고 초대한 사실로부터 받은 충격에서 깨어나지 못하고 있었다. 그 상류 사교계의 기지 뛰어난 여인들은 자기들이 그 연회에 초대 받지 못한 서운함을 쉽사리 지우지 못하였는데, 그 기이한 예술적 천재에게 다가가는 것이 그녀들에게는 그만큼 감미로웠을 것이기 때문이다. 꾸르부와지에 부인은 그 연회에 리보[162] 씨도 참석하였다고 주장하였으나, 그것은 오리안느가 자기의 남편이 대사로 임명되도록 하기 위하여 술책을 부렸다고 사람들이 믿게 하려 꾸며낸 이야기였다. 그리고 점입가경이었던 것은, 작센 대원수[163] 못지 않게 바람기 심했던 게르망뜨 씨가 꼬메디-프랑세즈 극장 무대 뒤 배우 대기실까지 몸소 찾아가, 영국 국왕 앞에서 시를 낭송해 달라고 라이헨베르크[164] 아가씨에게 간청했고, 그러한 일이 정말 실현되었다는 사실이며, 그것은 사교계 연감에서 전례를 발견할 수 없는 사건이었다. 브레오떼 씨가, 더구나 자기도 전적으로 동감하던, 그 숱한 뜻밖의 일들을 뇌리에 떠올렸고, 그 자신 또한 비록 남자이지만 게르망뜨 공작 부인처럼 사교계의 치장물이며 특정 응접실의 품위를 공인해 주던 징표였던지라, 내가 도대체 어떤 사람일까 내심 의문을 품었으며, 자신의 앞에 펼쳐진 탐색 영역이 광막함을 직감하였다. 비도르 씨의 이름이 한 순간 그의 뇌리를 스쳤으나, 그는 내가 오르간 연주자이기에는 너무 젊다고 생각하였을 뿐만 아니라, 비도르 씨가 그 응접실에 '받아들여지기에는' 너무 미미한 인물이라고 판단하였다. 그가 보기에는 내가, 얼마 전에 사람들이 이야기하던 스웨덴 전권공사의 새로운 보좌관이라면 더욱 그럴싸 했고, 따라서 자기를 일찍이 여러 차례 환대한 바 있었던 스웨덴 국왕 오스카르의 소식을 나에게 물으려 하였는데, 그 순간 공작이 나를 그에게 소개하려 나의 이름을 말하자, 브레오떼 씨는, 그것이 자기에게는 생소한 이름이었던지라, 그 순간 이후, 여하튼 내가 그곳에 있었으니, 내가 어떤 유명인사임을 더 이상 의심하지 않았다. 오리안느가 단연코 그 일에서는 전형적이었고, 명사들을 자기의 응접실로 이끌어들이는 기예를 가지고 있었으되, 물론 그녀의 눈에 차는 인물은 백 사람 중 하나에 불과했던 바, 그렇게 엄선하지 않았다면 자기의 응접실이 품격을 상실하였을 것이다. 그리하여 브레오떼 씨는, 자기가 틀림없이 먹게 될 좋은 음식뿐만 아니라, 나의 참석으로 인해 흥미롭지 않을 수 없을, 그리하여 다음 날 샤르트르 공작과의 오찬에 톡쏘는 대화 주제 하나를 자기에게 제공할 그 모임의 성격에 입맛이 왕성해져서, 혀로 자기의 입술을 핥고 자기의 탐욕스러운 코를 킁킁거리기 시작하였다. 그는 아직, 내가 얼마 전 항암 혈청을 임상적으로 실험한 그 사람인지 혹은 그 무렵 떼아트르-프랑세 국립극장에서 초연을 위해 한창 예행연습 중인 작품을 쓴 그 문인인지, 확신할 단계에 있지 않았으나, 그가 뛰어난 지식인이었고 '여행담'을 애호하던 사람이었던지라, 내 앞에서 거듭 몸을 숙여 경의를 표하면서 은근한 눈짓과 자기의 외알박이 안경에 의해 걸러진 미소를 끊임없이 나에게 보냈는데, 그러한 거조가, 브레오떼-꼰살비 백작인 자기 같은 사람도, 사유의 탁월함이 출신의 특전 못지않게 존경

184

받을 만하다고 여긴다는 환상을 능력 뛰어난 사람에게 주입할 경우, 그 뛰어난 사람이 자기를 더 존경할 것이라는 그릇된 생각에서 비롯되었거나, 혹은 단지, 자기가 나에게 어떤 말을 해야 좋을지 모르는지라, 자기의 만족감을 표현하고 싶은 욕구를 느끼지만 그러는 것이 어려워, 즉 간단히 말하자면, 자기를 태운 뗏목이 불시에 가 닿은 어느 미지의 땅에 사는 '원주민들' 중 하나와 마주친, 그리하여 그들의 관습을 호기심 어린 눈으로 관찰하면서 또한 우정을 표하기 위하여 그들처럼 고함 지르기를 멈추지 않으면서, 그 정황에도 이득을 취하려는 기대를 품고 자기의 채색 유리 장신구들을 그들의 타조알이나 향신료들과 교환하려 애쓰는 사람처럼, 그러한 거조를 보였을 것이다. 그의 만족스러워하는 기색에 최선을 다해 응대한 다음, 일찍이 빌르빠리지 부인 댁에서 만났던 샤뗄르로 씨와 내가 악수를 나누었고, 그는 나에게 그녀가 영리한 파리 [165]라고 하였다. 그는 모발의 황금빛이나 매부리코 및 피부의 색이 변하는 두 볼의 특정 부위 등, 16세기와 17세기가 우리에게 남겨 준 그 가문 사람들의 초상화에서도 발견되는 그러한 특징들을 가지고 있다는 점에서, 전형적인 게르망뜨 가문 사람이었다. 그러나 내가 공작 부인에 대해 더 이상 연정을 품고 있지 않았던지라, 하나의 젊은이를 통해 이루어진 그 가문의 환생에 내가 더 이상 매력을 느끼지 못하였다. 나는 샤뗄르로 공작의 코가 그리고 있던 갈고리 모양을, 내가 오랜 세월 동안 연구하였으되 더 이상 나의 관심을 조금도 끌지 못하게 된 어느 화가의 서명처럼 자세히 들여다보았다. 그런 다음 내가 푸와 대공에게 인사를 하였고, 노르뿌와 씨의 친구이며 누구든 별명으로 호칭하는 그 계층 특유의 버릇 때문에 모든 사람들이 어찌나 일제히 '폰 대공'이라 부르던지, 스스로 '폰 대공' 혹은, 친한 사람들에게 편지를 쓸 때에는 단순히 '폰'이

라 서명하던 화펜하임 대공의 빈정거리는 것 같기도 하고 호의적
인 것 같기도 한 미소 곁들인, 소위 도이칠란트식 악수라고 하는
그 바이스 속에, 내가 나의 손가락뼈들이 휩쓸려 들어가게 내버려
두었고, 온통 멍이 들어 겨우 빠져나온 그것들에게는, 그 악수가
하나의 재앙이었다. 그러한 축약은 그나마, 그 복합어 형태의 긴
명칭[166]을 고려하건대, 이해할 만하였다. 하지만 '엘리자벳'을 어
떤 때에는 '릴리'로 또 어떤 때에는 '베벳'으로, 마치 다른 계층에
서 '키킴'[167]을 마구 사용하듯 대체하는 이유는 짐작할 수 없었다.
물론 대체적으로 상당히 한가하고 경박하기는 하지만, 그러한 남
자들이 '몽떼스끼우'라고 하면서 시간을 낭비하지 않기 위하여
'끼우'라고 하는 것은 납득할 수 있다. 하지만 그들이 자기들의 사
촌들 중 하나를 '훼르디낭'이라고 부르는 대신 '디낭'이라고 부르
면서 얻을 것은 별로 눈에 띄지 않는다.[168] 또한 게르망뜨 가문 사
람들이 누구에게 별명을 부여할 때, 항상 같은 음절을 반복시키는
방법만을 사용한다고 믿어서는 아니 될 것이다. 예를 들어, 자매간
인 몽뻬루 백작 부인과 벨뤼드 자작 부인은 두 여인 모두 몸집이
거대하였지만, 모두들 그녀들 중 하나는 '꼬마' 다른 하나는 '귀염
둥이'라고 불렀으며, 그것이 하도 오래 된 습관이었던지라, 그
녀들이 그러한 호칭에 추호도 마음 상하지 않았고, 그러한 호칭에
쓴 웃음 짓는 이도 없었다. 앞가리마 탄 머리채가 항상 두 귀를 덮
었던지라, 사람들이 그러한 레끌랭 부인을 '허기진 배'[169]라고만
지칭하였다. 때로는 어떤 이의 아내를 지칭하기 위하여 그 사람의
성씨나 세례명에 'a'를 추가하는 것으로 만족하였다. 쌩-제르맹
구역 사교계에서 가장 인색하고 치사하며 무자비한 사람이 '라파
엘'이라는 세례명을 가지고 있었던지라, 그의 매력적인 아내도, 역
시 암석에서 솟아난 그 꽃도, 항상 '라파엘라'라고 서명하였다. 하

지만 이상의 것들은 무수한 변형 법칙들 중 단순한 예들에 불과하며, 그럴 필요가 대두될 경우, 몇몇에 대한 설명이 가능할 것이다.

그 다음 내가 공작에게 나를 아그리쟝뜨 대공에게 소개시켜 달라고 요청하였다. "무슨 말씀이신가, 당신이 이 탁월한 그리-그리를 모르시다니!" 게르망뜨 씨가 큰 소리로 말하면서 나를 아그리쟝뜨 씨에게 소개하였다. 그 성씨를 프랑수와즈의 입을 통해 하도 자주 들었던지라, 그것이 항상 나에게는 투명한 유리판처럼 보였고, 어느 고대 도시의 분홍색 입방체들[170]이 보라색 바다의 연안에서 황금빛 태양의 비스듬한 햇살을 받고 있는 광경이 그 밑으로부터 떠올라 나의 시야에 나타났으며, 나는 그 대공이―짧은 기적 덕분에 빠리에 잠깐 머물게 된―영롱하게 시칠리아적이고 영광스럽게 고색 창연한[171] 실질적인 군주일 것임을 의심하지 않았다. 그러나 애석하게도, 나를 소개하자 자기가 우아하다고 여기던 둔중한 건방짐을 곁들여 팽이처럼 제자리에서 몸을 회전시켜 나와 인사를 나눈 그 상스러운 풍뎅이[172]는, 그가 혹시 소유하고 있었을지라도 그것의 반사광조차 그의 인품에 어른거리지 않고, 아마 그가 단 한 번도 유심히 바라보지 않았을 어느 예술품이 그와 무관했을 것만큼이나, 자기의 성씨와 무관했다. 아그리쟝뜨 대공에게 대공다운 점도, 아그리젠또라는 도시를 연상시키는 그 무엇도, 어쩌나 철저하게 결여되어 있었던지, 그와는 완전히 구별되고 그의 인격체와 그 무엇으로도 연관되어 있지 않던 그의 성씨가 홀로, 다른 사람에게와 마찬가지로 그 사람에게도 있을 수 있었을 막연히 시적인 것을 끌어당겨 마법에 걸린 자기의 음절들 속에 가두어 두었을 것이라고 누구든 추측해 볼 만하였다.[173] 만약 그러한 작용이 발생하였다면, 여하튼 그것은 성공적이었으니, 게르망뜨 가문과 친척인 그 사람에게서 이끌어낼 매력의 미립자 하나도 남아 있지 않았기 때문이다. 그리하여 그는 이 세상에서 아그리쟝뜨 대공이라고 호칭될 수 있을 유일한 사람임과 동시에 아마 가장 아그리쟝뜨 대공 답지 않을 사람이 되었다. 또한 그러한 처지에 그가 매우 행복해하였으나, 그것은, 어떤 광산이 아이반호 광산이나 프림로즈 광산 등과 같은 매력적인 이름을 가졌는지 혹은 단순히 프리미어 광산이라고만 불리는지 등은 아예 개의치 않고,[174] 오직 그 광산의 주식을 많이 보유하였다는 이유만으로 행복해하는 은행업자와 같은 행태였다. 상세히 이야기하려면 그토록 길지만 내가 응접실로 들어서자 즉시 시작되어 실제로는 몇 순간밖에 계속되지 않았던 소개 의례가 거의 끝났을 때, 그리고 게르망뜨 부인이 마치 하소연하는 듯한 어조로 나에게 다음과 같은 말을 하고 있는 동안,ㅡ"바쟁이 당신을 이 사람 저 사람에게로 데리고 다녀서, 당신이 몹시 지치셨을 거예요. 우리는 당신께서 우리의 친구들과 교분 맺기를 원하지만, 특히 당신이 지치시지 않기를 원해요. 그래야만 당신이 자주 오실테니까요."ㅡ공작이 상당히 부자연스럽고 민망한 듯한 동작으로 (내가 엘스띠르의 작품들을 감상하느라고 보낸 한 시간 전부터 그러고 싶었을) 식탁을 차려도 좋다는 신호를 보냈다.

초대된 손님들 중 하나인 그루쉬 씨가 아직 도착하지 않았다는 사실도 덧붙여 이야기해야겠거니와, 게르망뜨 가문 출신인 그의 아내는 이미 와 있었으나, 하루 종일 사냥터에 있던 남편은 곧장 게르망뜨 댁으로 오게 되어 있다고 하였다. 워털루 전투 초기에 전장을 이탈하여 나뽈레옹이 패하게 된 주 원인이 되었다고 잘못 알려진, 제 1 제정 시절의 인물 그루쉬[175]의 후손이었던 그 그루쉬 씨는, 탁월하지만 세습 귀족 계층에 열광한 몇몇 사람들의 눈에는 차지 않는 가문 출신이었다. 그리하여 게르망뜨 대공 역시 비록 여러 해 뒤에는 그러한 문제에 덜 까다로워졌지만, 자기의 질녀들에게 다음과 같은 말을 하는 버릇이 있었다. "가엾은 저 게르망뜨 부인이 (그루쉬 부인의 모친인 게르망뜨 자작 부인) 자식들을 혼인시키지 못하니 얼마나 불행한 일인가!" — "하지만 숙부님, 맏딸은 그루쉬 씨와 결혼하였어요." — "나는 그러한 것을 남편이라고 칭하지도 않는다네! 여하튼 프랑수와 숙부[176]가 작은 딸을 달라고 하였다니, 그 집 딸들이 모두 처녀로 남는 것만은 면하게 되었네."

식탁을 차리라는 명령이 떨어지기 무섭게, 커다란 원을 그리는 동시다발적인 소음과 함께 식당의 문들이 활짝 열렸고, 장중한 의식 집전관의 기색을 띤 집사 하나가 빠르마 대공 부인 앞에서 읍한 다음, 부인께서 '임종을 앞두셨다'는 말이라도 하는 것과 같은 어조로 '만찬이 준비되었음'을 알렸으나, 그 어조가 모인 사람들 사이에 추호의 슬픔도 던지지 않았으니, 그것은, 남녀가 둘씩 짝을 지어 어느 여름날 로뱅송[177]에서처럼 쾌활한 기색으로 식당을 향해 차례대로 이동하였기 때문이며, 각자의 자리에 이르러 다시 헤어지면, 기다리고 있던 시종들이 그들 각각의 뒤로 의자를 밀어 놓아 주었는데, 마지막으로, 내가 자기를 식탁으로 인도하도록 하기 위하여 게르망뜨 부인이 나에게로 다가왔으며, 그러면서, 내가 두려워할 수도 있을 소심함의 그림자조차 느끼지 않게 해 주려는 뜻에서였는지, 근육의 탁월한 민첩함 덕분에 유연한 우아함을 갖춘 사냥꾼 여인답게, 틀림없이 내가 합당한 쪽에 서 있지 않다고 판단한 듯, 그녀가 나를 축으로 삼아 날렵하게 회전하였고, 그 동작이 어찌나 정확했던지, 그녀의 팔이 어느새 나의 팔 위에 놓여 정확하고 고아한 움직임의 리듬 속에 감싸였다. 진정한 학자가 지식에 중요성을 부여하지 않듯 게르망뜨 댁 사람들이 그 모든 절차에 중요성을 부여하지 않는지라, 진정한 학자의 집에서 무지한 사람의 집에서보다 사람들이 덜 위축되듯, 나는 그 모든 절차에 그만큼 더 편안하게 순종하였는데, 다른 문들이 열리더니 그것들을 통해 김 모락모락 피어오르는 수프가 들어왔고, 그 만찬이 마치, 젊은 초대 손님이 뒤늦게 도착하자 감독의 신호에 응해 모든 톱니바퀴가 작동을 시작하는, 그리고 장치 교묘하게 꾸며진, 어느 꼭두각시 극장에서 개최된 것 같았다.

기계적이며 동시에 인간적이었던 그 거대하고 창의적이되 순종적이며 화려한 시계 장치의 작동을 유발하였던 공작의 그 신호는, 조심스러웠고 장엄하게 당당하지도 않았다. 내가 보기에는 그러한 동작의 머뭇거림이, 그에게 예속되어 있던 그 공연의 효과에 해를 끼치지 않았다. 왜냐하면, 내가 그토록 많은 그림들을 오랫동안 응시하였던지라, 나를 연속적으로 사람들에게 소개함으로써 혹시 나를 지치게 하고 불편하게 하지 않을까 염려하였던 게르망뜨 부인처럼, 공작으로 하여금 머뭇거리며 당황하게 하였던 것이, 혹시 사람들이 나를 기다리느라고 식탁 앞에 앉지 못하였고 나를 오랫동안 기다렸음을 내색하지 않을까 하는 염려였다는 것을 내가 직감하였기 때문이다. 그리하여, 공작의 진정한 고귀함과, 자신을 둘러싸고 있던 호화로움에 대한 그의 무관심, 그리고 미미한 존재이지만 자기가 예우하고 싶던 손님에 대한 존경심 등을 드러내주던 것은 장엄함 결여된 그러한 동작이었다. 그렇다 해서, 게르망뜨 씨가 어떤 측면에서는 지극히 평범하고, 심지어 지나치게 부유한 사람의 우스꽝스러운 측면 및, 그는 아니지만, 벼락출세한 사람의 오만도 가지고 있었음을 부정하는 것은 아니다. 그러나 하나의 공무원이나 사제의 변변찮은 재능이 (뒤에서 압력을 가하는 바다 전체에 의해 한 자락 물결이 그러듯), 그들이 의지하고 있는 프랑스 행정부와 카톨릭 교회라는 세력에 의해 무한히 증대되듯, 게르망뜨 씨 역시 가장 진정한 귀족적 예절이라는 그 또 다른 힘에 의해 지탱되고 있었다. 그러한 예절이 많은 사람들을 배제한다. 게르망뜨 부인이 깡브르메르 부인이나 포르슈빌 같은 사람들은 결코 자기의 응접실에 받아들이지 않았을 것이다. 그러나 어떤 사람이, 나의 경우처럼, 게르망뜨 가문 사람들 사이에 용납될 수 있다고 여겨지면, 그 귀족적인 예절이 환대의 소박함이라는 보물들을 드러내곤 하였고, 그 보물들이 특유의 고풍스러운 응접실과 경이로운 가구들과 어우러질 경우 더욱 멋지고 아름다웠다.

자기가 어떤 사람에게 기쁨 주기를 원할 때에는, 게르망뜨 씨가, 그날 그렇게 그 사람을 주인공으로 만들기 위하여, 상황과 장소를 이용하는 기술을 가지고 있었다. 의심할 나위 없이 게르망뜨 성에서였다면[178] 그의 '우아함'과 '기품'이 다른 형태로 표출되었을 것이다. 그가 아마 마차를 대령케 하여, 만찬 전에, 나와 단둘이 산책을 한 차례 하였을 것이다. 자기에게 소청하러 온 사람을 웃음 띤 기색과 살짝 숙인 정중한 몸가짐으로 다정하게 대할 때 드러내던 루이 14세의 거조에, 그 시절의 '회고록'을 읽으면서 감동 받듯, 게르망뜨 씨의 그러한 거조에 누구든 자신이 감동함을 느끼곤 하였다. 또한 아울러 우리가 염두에 두어야 할 것은, 그 두 경우에 있어, 그러한 예절이 그 말의 엄밀한 의미 영역 밖으로 결코 연장되지 않았다는 점이다.

루이 14세는 (하지만 당시 진정한 고결함을 열렬히 애호하던 사람들이 예의범절에 등한하던 그를 어찌나 비난하였던지, 쌩-시몽이 전하는 바에 의하면, 그가 필립 드 발루와[179]나 샤를르 5세[180] 등에 비하여 훨씬 낮게 평가된 왕이라고 한다) 왕자들이나 대사들이 어떤 군주들에게 상석을 양보해야 하는지 알도록 하기 위하여 지극히 세세한 교서를 내리게 한다. 어떤 경우에는, 합의에 도달하는 것이 불가능하여, 루이 14세의 왕세자가 이러저러한 외국 군주를

자기의 궁 밖에서, 즉 한데서, 접견하는 궁여지책을 찾는데, 그것
은 궁으로 들어갈 때 누가 앞에 섰느니 하는 소문을 피하기 위함이
다. 또한 신성 게르만 제국의 선거후(選擧候)가 슈브르즈 공작을
만찬에 초대해 놓은 다음, 그에게 상석을 양보하지 않으려고, 몸이
불편한 척하면서, 자리에 누운 채 그와 함께 식사를 함으로써 난국
을 벗어난다.[181] 부르봉-꽁데 공작이 왕제(王弟) 전하의 침실 시중
들 기회를 번번이 회피하자, 왕제 전하는 자기를 지극히 아끼는 형
님인 국왕의 조언에 따라, 어느 날 아침 잠자리에서 일어나 자기의
사촌을 이러저러한 구실을 내세워 침소로 불러 올린 다음, 그로 하
여금 셔츠를 자기에게 올리게 한다.[182] 그러나 어떤 깊은 감정이,
즉 심정적인 일들이, 관련되었을 때에는, 예절에만 관련되었을 경
우 그토록 엄격한 그 의무가 완전히 변한다. 자기에게 가장 소중했
던 사람들 중 하나인 그 아우가 숨을 거둔지 몇 시간 후, 몽포르 공
작[183]의 표현을 빌리자면 왕제 전하의 시신이 '아직도 따스한데',
루이 14세는 오페라 서곡들을 읊조리고, 슬픔을 감추지 못하는 부
르고뉴 공작 부인[184]의 그토록 우수에 젖은 기색에 놀라는가 하면,
즐거움이 즉시 재개되기를 바라는 나머지, 궁정인들이 카드놀이
를 다시 시작할 결단을 내리도록 하려고, 부르고뉴 공작에게 브를
랑[185] 카드놀이를 시작하라는 분부를 내린다.[186] 그런데, 게르망뜨
씨의 사교적이고 주의 집중한[187] 활동들 속에서 뿐만 아니라, 가장
무의식적인 언사와 주요 관심사와 일과표 속에서도 그와같은 대
조를 다시 발견할 수 있었으니, 게르망뜨 가문 사람들이 다른 인간
들보다 더 큰 슬픔을 느끼지 않았음은 물론, 심지어 진정한 인정은
오히려 더 적었다고 할 수 있었건만, 반면 그들의 이름을 〈골루와
〉[188]지의 사교계 소식란에서 날마다 읽을 수 있었던 것은, 자기들
이 방명록에 이름을 올리지 않으면 죄책감을 느낄 장례식의 수가

엄청났기 때문이다. 크세노폰이나 파울루스 성자가 보았을 수도 있을 흙으로 지붕을 덮은 집들과 테라스들을[189] 거의 같은 형태로 오늘날의 여행자가 다시 발견하듯, 나는 친절함으로 감동을 주면서도 무정함으로 반감을 일으키며, 가장 작은 의무들의 노예이면서 동시에 가장 신성한 약속들로부터 해방된 게르망뜨 씨의 거조에서, 두 세기 이상이 흐른 지금도 온전한 형체를 간직하고 있는 루이 14세의 궁정 생활 특유의 일탈을 다시 발견하였으니, 그것은 인정과 윤리 영역의 가책감을 순수한 형식적 예절의 문제로 변형시키는 행태였다.

빠르마 대공 부인이 나에게 표한 친절함의 다른 이유는 더 특이했다. 그 이유란, 물건들이건 사람들이건, 그녀가 게르망뜨 공작 부인 댁에서 발견하는 것이라면 무엇이든, 자기의 집에 있는 것들보다 모두 질이 뛰어날 것이라고 미리부터 확신하였다는 사실이다. 다른 모든 사람들의 집을 방문하였을 때에도 그녀가 그러한 생각을 한 것은 사실이었으니, 지극히 소박한 음식이나 지극히 평범한 꽃들 앞에서 황홀해하는 것으로 만족하지 않고, 다음 날 자기 집의 주방장 혹은 수석 정원사를 보내어 그 음식의 조리법을 배우고 꽃의 종류를 세심하게 관찰할 수 있도록 해 달라고 요청하곤 하였으며, 그럴 경우, 고임금을 받고 자기들 개인의 마차를 굴리며 특히 직업적 자긍심을 가지고 있던 그녀의 그 고용인들은, 자기들이 하찮게 여기는 음식의 조리법을 배우기 위해, 혹은 대공 부인 댁 정원에서 이미 오래 전에 교배를 통해 얻은 카네이션보다 아름다움이나 색깔이나 크기에 있어서 그 반에도 미치지 못하는 품종을 관찰하기 위해, 그곳에 가는 것을 몹시 모욕스럽게 여기곤 하였다. 하지만 대공 부인이 모든 사람들의 집에서 드러내던, 하찮은 것들 앞에서의 그러한 놀라움이, 자기의 신분과 재산상의 우월함으로부터, 그녀의 옛날 스승들에 의해 금지되었고 모친에 의해 감추어졌으며 그녀가 믿는 신께서 용서하지 않을 오만을 자기가 이끌어내지 않음을 보이기 위해 꾸며진 것이었다면, 반대로 그녀가 게르망뜨 공작 부인의 응접실을, 놀라움과 환희를 느끼지 않고는 그 속에서 한 걸음도 움직일 수 없는, 특전 받은 장소처럼 바라보곤 하던 것은 전적으로 진심이었다. 게르망뜨 가문 사람들이 물론 대체로, 더 세련되고 흔하지 않다는 점에서, 나머지 다른 귀족들과는 상당히 달랐음은 사실이나, 그것만으로 빠르마 대공 부인의 그러한 반응을 설명하기에는 매우 불충분했다. 그들이 처음에는 나에게 정반대의 인상을 주어, 나는 그들도 다른 모든 남자들과 여인들처럼 상스럽다고 여겼고, 하지만 그것은, 내가 일찍이 그들 속에서, 발백과 휘렌체와 빠르마에서처럼, 먼저 명칭을 보았기 때문이다. 물론 그 응접실에 있던 여인들이, 내가 일찍이 모두 작센 지방산 도자기[190] 여인상들과 같을 것이라고 상상하였건만, 대다수 일반 여인들을 더 닮았던 것은 사실이다. 그러나 발백이나 휘렌체가 그랬듯이, 게르망뜨 가문 사람들이 자기네들의 명칭보다는 여타 인간들을 더 닮은 까닭에 상상의 주체를 실망시킨 후, 그 다음에는 비록 미미한 정도로나마 사유의 주체에게, 그들을 구별짓는 몇몇 특징들을 제공할 수 있었다. 그들의 용모 또한, 예를 들어, 때로는 심지어 보라색을 방불케 하는 피부의 특이한 분홍색, 그리고 암벽 지의류(地衣類) 같기도 하고 고양이과 짐승의 털 같기도 한, 황금빛 띠고 부드러운 타래를 이룬, 그 가문 남자들에게서도 발견되던 섬세한 모발의 마치 조명하듯 반짝이는 특이한 황금빛 등 (사람들이 보기에는 그 반짝이는 섬광에 특이한 지성의 광채가 상응하는 것 같았으니, 흔히들 게르망뜨 가문 사람들의 안색과 모발에 대한 이야기를 하는 한편, 모르뜨마르 가문[192] 특유의 기지에 대해서처

럼—루이 14세 이전 시기부터 사람들이 칭송하던 더 세련된 사회
적 특질이었다—게르망뜨 가문 사람들의 기지에 대해서도 이야기
를 하였고, 모두들 그렇게 자진하여 공표하였던지라 그만큼 더 모
든 사람들에게 그것이 알려졌기 때문이다), 그 모든 것들 덕분에,
그것이 비록 아무리 진귀한 질료라 할지라도 그들이 여기저기 박
혀 있는 것이 사람들의 눈에 띄던 그 귀족사회라는 질료 속에서조
차, 게르망뜨 가문 사람들은, 그 황금색이 벽옥(碧玉)과 줄무늬 마
노(瑪瑙)에 돌결 무늬를 넣는 광맥들처럼, 혹은 그보다는 오히려,
흩어진 머리카락들이 낭창낭창한 햇살들처럼 이끼마노[193] 속으로
달리는 그 강열한 빛으로 이루어진 머리채의 유연한 일렁임처럼,
즉각 알아볼 수 있고 분별하여 따라가기에 쉬운 상태로 남아 있었
다.

　게르망뜨 가문 사람들은—적어도 그 명칭에 걸맞는 사람들이라
면—피부와 모발과 투명한 시선의 매력적인 특질을 지녔을 뿐만
아니라, 서 있거나 걷거나 인사하거나 악수하기 전에 상대를 바라
보거나 악수하는 특유의 방식을 가지고 있어, 그로 인해 그 모든
것에 있어 그들이 사교계의 어떤 인사와도 달랐던 것은, 그 사교계
인사가 작업복 차림의 일개 농사꾼과 달랐을 것과 같았다. 그리하
여 그들의 친절에도 불구하고 그들을 바라보면서 사람들은 이러
한 상념에 잠기곤 하였다. "그들이 비록 내색은 하지 않지만, 우리
가 걷고 인사하고 외출하는 모습을 볼 때마다, 즉 그들이 행하면
날아 오르는 제비나 살짝 고개 숙이는 장미꽃처럼 우아해지는 그
모든 동작들을 우리가 행하는 것을 볼 때마다, 그들에게 이렇게 생
각할 권리가 정말 없을까? '저들은 모두 우리와는 다른 족속이고,
우리는 이 지상의 군주들이야.'" 훗날 나는 게르망뜨 가문 사람들
이 정말 나를 다른 족속으로, 그러나 나 자신도 까맣게 모르던 그

리고 그들이 유일하게 중요하다고 공언하던 장점을 가지고 있었기 때문에 그들의 부러움을 자극하던, 하나의 별종으로 여긴다는 사실을 깨달았다. 그리고 더 훗날에는, 신앙고백과 같은 그들의 그 공언이 반쯤만 진실하며, 그들 속에는 멸시나 경악이 찬미나 부러움과 공존한다는 사실도 감지하였다. 게르망뜨 가문 사람들 특유의 신체적 유연성은 이중의 형태로 이루어져 있었는데, 그것들 중 하나는 항상 또 어떤 순간에도 작동 상태에 있던 유연성이었으며, 그것 덕분에, 예를 들어 어느 게르망뜨 가문 남자 하나가 어느 귀부인에게 인사를 할 경우, 그는, 고의로 그랬던 혹은 사냥을 하다가 다치는 일이 빈번해서였건, 조금 질질 끌리는 다리 하나가 다른 다리와의 간격을 얼른 회복하려고 상반신에 구부정한 자세를 야기시키고 그 자세에 응하여 다시 높아지는 한쪽 어깨가 평형추 역할을 하여, 비대칭적이고 신경질적으로 상쇄된 움직임의 불안정한 균형으로 이루어진 자신의 몸매를 얻곤 하였고, 그 동안 그의 외알박이 안경은 그의 눈두덩에 자리를 잡아, 인사를 하느라고 머리 타래가 앞으로 처지는 바로 그 순간에 눈썹 하나를 위로 밀어 올리곤 하였으며, 나머지 다른 유연성은, 선박이나 조개가 영영 간직하게 되는 물결이나 바람이나 항적(航跡)의 형태처럼, 이를테면 일종의 고정된 운동성으로 양식화 되었으며, 그 유연성이, 툭 튀어나온 푸른 두 눈 밑에서, 그리고 여자들의 경우 쉰 소리를 내는 지나치게 얇은 입술 상부에서, 16세기에, 그리스 연구에 심취했던 기생적인 족보학자들의 열성에[194] 의해 그 혈통에—물론 유구하기는 하되 그 근원이 그들의 주장처럼 어느 신성한 새에 의해 이루어졌다는 어느 뇜파의 신화적 수태[195] 시절까지는 거슬러 올라가지 않는—부여된 믿기 어려운 전설적 기원을 상기시키는 매부리코를 안쪽으로 더욱 휘어들게 하였다.

게르망뜨 가문 사람들이 지적인 관점에서는 신체적인 관점에서 보다 덜 특이했다. '마리 질베르'의 생각 고루한 부군이며, 내외가 함께 마차를 타고 산책에 나설 때에는, 자기의 아내가 왕족이되 자기보다는 혈통이 덜 좋다는 이유로 그녀를 자기의 왼쪽에 앉히는 질베르 대공을 (하지만 그는 예외적인 인물이었던지라 그가 없는 자리에서는 가문 사람들의 놀림감 내지 항상 새로운 이야깃거리가 되었다) 제외하고는, 게르망뜨 가문 사람들이, 여전히 귀족 계급의 순수한 '누룽지' [196] 속에 살면서도 귀족을 전혀 중요시하지 않는 척하였다. 게르망뜨 가문 사람이라는 이유 때문에 어느 정도는 특별한 무엇이었고 가장 매력적이었던 게르망뜨 공작 부인이 내세우던 이론들이, 이 세상의 그 무엇보다도 지성을 으뜸으로 여겼고 정치에 있어서는 하도 사회주의적이었던지라, 그녀의 귀족적인 생활의 유지를 확보해 주는 역할을 맡았고, 항상 보이지 않으나 틀림없이 때로는 부속실에 때로는 응접실에 때로는 화장실에 웅크리고 있다가, 작위들에는 무심한 그 여인의 하인들로 하여금 잊지 않고 그녀를 '공작 부인'이라는 호칭으로 부르도록 하고, 오직 독서만을 좋아하며 지위나 빈부 따위에 준하여 사람을 차별하지 않는 그 여인에게, 저녁 여덟 시를 알리는 종소리가 들리면, 그녀의 동서 집에 저녁 식사를 하러 가기 위하여 목 주위가 깊이 파인 드레스를 입어야 한다고 상기시켜 주는 그 정령이, 도대체 그 저택 어디에 숨어 있었을까 누구든 의아해하지 않을 수 없었다.

그 가문을 지키던 같은 정령이 게르망뜨 부인에게, 공작 부인들의, 적어도 최상위 층에 속하고 그녀처럼 수백만 프랑을 가진 부호들의 처지를, 다시 말해 그녀가 재미있는 책들을 읽는데 유용하게 쓸 수 있을 많은 시간들의 희생을 요구하는 따분한 다과회나 시내에서의 만찬이나 사교적 모임에 참석해야 하는 처지를, 비 오는 날처럼 불쾌하되 필요한 일처럼 제시하곤 하였고, 게르망뜨 부인이 그런 것들에 대해 비판적인 열변을 토하면서 받아들였지만, 자기가 그것들을 수락하는 이유들을 밝히는 데까지는 이르지 못하였다. 오직 지성만을 믿는 그 여인에게 게르망뜨 부인의 저택 집사가 항상 '공작 부인'이라고 부르는 그 기이한 우연의 결과가 하지만 그녀의 감정을 상하게 하는 것 같지는 않았다. 그녀가 자기를 단순히 '부인'이라고 부르라고 그에게 간곡히 분부할 생각은 결코 하지 않았다. 극도로 선의적인 설명을 시도한다면, 그녀가 방심한 상태에 있었던지라 '부인'이라는 단어만 그녀에게 들렸고, '공작'이라는 언어적 돌기(突起)는 감지되지 않았을 것이라 믿을 수 있었을 것이다. 다만 그녀의 귀가 어두웠던 반면 그녀가 벙어리는 아니었다. 그리하여, 자기의 남편에게 시킬 일이 있을 때마다, 그녀가 집사에게 이렇게 말하곤 하였다. "공작님께서 착념하시도록…"

그 가문의 정령에게는 다른 일거리들도 있었으니, 예를 들어 그 가문 사람들로 하여금 윤리에 대해 말하도록 하는 것이 그것들 중 하나였다. 물론 유난히 이지적인 게르망뜨 가문 사람들과 유난히 윤리적인 게르망뜨 가문 사람들이 있었고, 대체적으로는 그들이 같은 사람들이 아니었다. 하지만 이지적인 사람들이—위조 수표를 만들고 카드놀이에서 속임수를 썼으나 모든 새롭고 정당한 생각들을 향해 자신을 열어 놓아 어떤 이들보다도 매력적이었던 게르망뜨 가문 사람일지라도—윤리적인 사람들보다 윤리에 대해 더 능숙하게 논하였고, 그 가문의 정령이 늙은 귀부인의 입을 빌려 자신을 표현하는 순간에는 빌르빠리지 부인과 같은 방법을 동원하였다. 유사한 순간에는, 게르망뜨 가문 사람들이 어떤 하녀에 대해 다음과 같이 말하기 위하여 문득 후작 부인의 어조 만큼이나 고풍스럽고 선량한, 그리고 그들의 더 큰 매력 때문에 후작 부인의 어조보다 더 감동적인 어조를 드러내기도 하였다. "그녀의 본바탕이 선량함을 느낄 수 있으며, 평범하지 않은 아가씨요. 선량한 사람들의 딸임이 틀림없으며, 항상 올곧게 살아 왔을 것이 확실하오." 그러한 순간에는 가문의 정령이 특유의 어조로 자신을 과시하곤 하였다. 그러나 때로는 그 정령이, 한 사람의 외양을 통하여, 가령 프랑스 대원수였던 자기 조부의 것과 같았고, 바르카 가문[197]의 카르타고적 정령인 득사[198]의 그것처럼 일종의 포착되지 않는 전율이었으며, 아침나절 산책 중에 내가 게르망뜨 부인을 발견하기 전에 어느 작은 유제품 상점 안쪽으로부터 그녀가 나를 응시하고 있음을 느낄 때마다 여러 차례 나의 가슴을 두근거리게 하던, 그녀의 얼굴에 드러난 기색을 통해서도 자신을 과시하였다. 그 정령이 일찍이, 게르망뜨 가문뿐만 아니라, 그 가문에 대항하는 다른 하나의 지파(支派)이며 게르망뜨 가문 못지않게 순수한 혈통이되 완전히 상반된 꾸르부와지에 가문과도 (게르망뜨 가문 사람들은 심지어, 중요한 것이 오직 그것뿐인 듯 항상 출신과 고귀함에 대한 이야기만 하는 게르망뜨 대공의 편견이 꾸르부와지에 가문 출신인 그의 할머니에서 비롯되었다고 설명하기도 하였다) 무관하지 않은 상황에 개입한 적이 있다. 꾸르부와지에 가문 사람들은 지성에 게르망뜨 가문 사람들이 부여하는 지위와 같은 지위를 부여하지 않을 뿐만 아니라, 그것에 대해서 같은 개념을 가지고 있지도 않았다. 게르망뜨 가문 사람에게는 (그가 비록 멍청하더라도), 이지적이라는 것이 곧 단단한 이빨을 가지고 있으며,[199] 못된 말을 하고 맛있는 덩어리를 가로챌[200] 능력을 보유하고 있을 뿐만 아니라, 미술과 음악과 건축에 대해서도 일가견을 펼 수 있고, 영어를 구사할 수 있음을 뜻하였다. 반면 꾸르부와지에 가문 사람들은 지성에 대하여 그들보다 덜 호의적인 생각을 가져, 어떤 사람이 자기네들 부류에 속하지 않을 경우, 그가 이지적이라는 말을 혹시 들으면, '아마 친부모를 살해하였을 것' 이라는 의미와 멀지 않은 뜻으로 들곤 하였다. 그들에게는 지성이라는 것이, 하와의 후손인지 아담의 후손인지 모를 근본 없는 사람들이 가장 존경 받는 응접실 출입문 자물쇠를 강제로 여는데 사용하는 일종의 집게로 보였으며, 따라서 꾸르부와지에 가문 사람들은 자기가 혹시 그런 '족속들' 을 받아들일 경우, 그 일에 숱한 괴로움이 뒤따른다는 사실을 잘 알고 있었다. 자기네들 세계에 속하지 않는 이지적인 사람들이 하는 별 뜻 없는 말에도 꾸르부와지에 가문 사람들은 예외 없이 이의를 제기하곤 하였다. 언젠가 어떤 사람이 이런 말을 하였다. "하지만 스완이 빨라메드보다 나이가 아래입니다." 그러자 갈라르동 부인[201]이 이렇게 대꾸하였다. "그가 적어도 당신에게는 그렇다고 말하겠지만, 그러한 말을 당신에게 하는 것은, 그럼으로써 자기에게 이롭다고 생각하기 때문이에요." 뿐만 아니라, 어떤 사람이, 게르망뜨 가문이 접대한 우아한 어느 두 외국 여인 이야기를 하면서, 두 여인 중 나이 더 많은 사람을 먼저 초대하였다는 말을 하자, 갈라르동 부인이 이렇게 물었다. "그녀가 정말 나이가 더 많기나 한가요?" 그러한 부류의 사람들에게는 나이라는 것조차 없다는 식으로 확언하지는 않았으나, 그녀들이, 아마 호적도 교적도 분명한 가문의 전통도 없어, 오직 수의사만이 그 나이를 분별해 낼 수 있을, 바구니 속에 있는 고만고만한 어린 암코양이 두 마리와 같다는 식으로 말하였다. 꾸르부와지에 가문 사람들이, 생각의 편협성 및 그것에 곁들여진 심정상의 심술궂음 덕분에, 어떤 측면에서는 게르망뜨 가문 사람들보다 귀족적 본양을 더 잘 보존하고 있었다. 게르망뜨 가문 사람들이 (그들에게는 왕족들 및 리뉴 가문이나 트레무이유 가문[202] 등 몇몇 가문을 제의한 나머지 모든 가문들이 하잘것없는 잔챙이 잡어들이었다) 게르망뜨 영지 주변의 유서깊은 가문들에게 방약무인한 태도를 보였던 것처럼, 꾸르부와지에 가문 사람들이 엄청나게 중요시하던 그 이류 자격들에게는 관심을 갖지 않았기 때문에, 그따위 이류 자격의 결여가 그들의 눈에는 별로 중요해 보이지 않았다. 자기네 고향 지방에서는 높은 신분이 아니었으되 화려한 결혼을 하여 부유해졌고, 용모 귀여워 공작 부인들의 호감을 얻게 된 이러저러한 여인들이, '부친과 모친이' 누구인지 아무도 모르는 빠리에서는 탁월하고 우아한 수입 품목이었다. 비록 드문 일이기는 하지만, 그러한 여인들이, 빠르마 대공 부인의 연줄로, 혹은 자신들의 매력 덕분에, 게르망뜨 가문의 몇몇 여인들 댁에 초대되는 일도 있었다. 하지만 그렇게 초대된 여인들에게로 향한 꾸르부와지에 가문 사람들의 노기는 결코 수그러들지 않았다. 자기네들의 친척인 어느 게르망뜨 가문 여인 집에서, 오후 다섯 시와 여섯 시 사이에, 자기들 부모님께서 뻬르슈[203] 지역에서는 어울리기 좋아하시지 않았던 사람들의 자식들과 마주친다는 것이, 그들에게는 점증하는 노여움의 동기와 고갈될 수 없는 아우성거리가 되곤 하였다. 예를 들어, 매력적인 G 백작 부인이 어느 게르망뜨 가문 여인의 응접실에 들어서기 무섭게, 빌르봉 부인의[204] 얼굴에는 그녀가 다음과 같은 구절을 읊어야 할 처지에 놓였을 때 아마 지어야 했을 표정이 어른거리곤 하였다.

그리고 오직 한 사람만 남는다면,
내가 그 사람일 것이로다.[205]

물론 그녀는 모르는 구절이었다. 그 꾸르부와지에 가문 출신의 여인이 거의 매주 월요일마다, G 백작 부인으로부터 몇 걸음 떨어진 곳에 앉아, 크림 없은 에끌레르 과자를 꾸역꾸역 삼키곤 하였지만, 그것이 고작이었다. 그리하여 그 빌르봉 부인이 홀로 탄식하기를, 자기는, 친척인 게르망뜨 가문 여인이 도대체 어떻게, 샤또덩[206] 지역에서는 이류 계층에도 속하지 못하는 여인을 불러들이는지 이해할 수 없다고 하였다. "그럴 바엔 나의 친척께서 교분을 맺음에 그토록 까다롭게 구실 필요가 정말 없어. 이건 사교계를 능멸하는 짓이야." 빌르봉 부인이 이번에는 다른 표정을 지으면서 그러한 결론을 내렸는데, 미소 감돌고 악의적인 빈정거림 섞인 그 표정에는, 수수께끼 놀이 하듯, 물론 그녀가 알 리 없었을 다음 구절을 곁들여야 했을 것이다.

신들 덕분이로다! 나의 불운이 나의 희망을 앞지르노라.[207]

또한, 그것에 이어지는 다음 구절에서 '희망'이라는 단어의 각운 역할을 하는, G 부인을 기어코 스놉이라고 멸시하던 빌르봉 부인의 그 '끈질김'[208]이 전적으로 부질없지는 않았다는 사실을 미리 말해 두자. G 부인의 눈에는 그러한 끈질김이 빌르봉 부인에게 어찌나 큰 특전을 부여하는 듯 보였던지, 그 시절 무도회에 나타나던 아가씨들 중 G 부인의 딸이 가장 아름답고 부유했건만, 그 딸이 모든 공작들의 청혼을 거절하는 것을 보고 사람들이 몹시 놀랐다. 그 이유는, 그녀의 어머니가 샤또덩에 살던 시절의 추억 때문에 그르넬 로[209]에서 매주 겪어야 했던 모욕을 잊지 않았던지라, 자기의 딸이 부군으로 맞기를 진정으로 바랐던 젊은이는 빌르봉 가문의 아들 중 하나였기 때문이다.

게르망뜨 가문 사람들과 꾸르부와지에 가문 사람들이 일치했던 유일한 점은, 그 자체도 물론 한없이 다양했지만, 어떤 사람과 마주 설 때, 그 사람과의 간격을 유지하는 방법이었다. 게르망뜨 가문 사람들의 태도가 물론 온전히 일률적이지는 않았다. 그러나, 예를 들자면, 모든 게르망뜨 가문 사람들은, 진정한 그 가문 사람들일 경우, 누가 어떤 사람을 그들에게 소개할 때, 자기들이 그 사람에게 악수를 청하기 위하여 손을 내미는 것이 마치 그를 기사로 서품하는 일이나 되는 듯, 일종의 의식을 집전하듯 하곤 하였다. 게르망뜨 가문의 어느 남자는, 나이 비록 스물밖에 되지 않았으나 이미 집안 윗사람들의 버릇을 체득하였던지라, 자기에게 소개된 사람의 이름이 소개자의 입으로부터 들려 오면, 소개된 사람에게 인사를 건넬 작정이 전혀 되어 있지 않은 듯, 그 사람 위로, 일반적으로 하늘색이며, 상대방의 심장 가장 깊숙한 곳에 처박을 준비가 되어 있는 강철 검처럼 차가운 시선을 던지곤 하였다. 그것이 또한, 자기들 모두가 일류 심리학자라고 믿는지라, 게르망뜨 가문 사람들 자신들이 실제로 그런다고 믿던 것이었다. 게다가 그들은 그러한 면밀한 조사로 말미암아, 그 다음에 이어질 그리고 오직 합당해야만 상대방에게 건넬 인사의 친절함이 증대된다고 생각하였다. 그 모든 일이 상대방으로부터 일정한 간격을 두고 벌어지곤 하였는데, 서로 검술을 겨루기 위해서라면 너무 좁을 그 간격이, 악수를 나누기 위해서는 엄청나게 넓어 보였고, 그 간격으로 인하여, 악수를 나눌 때에도 검술을 겨룰 때처럼 냉랭함이 감돌았던지라, 그러한 게르망뜨 가문 남자가, 상대방의 영혼과 고결성이 숨어 있을 가장 깊숙한 은신처를 신속히 한 번 시찰한 후 그가 이제부터 자기와 교제할 자격이 있다는 판단을 내렸을 때에는, 한껏 뻗은 팔의 끄트머리에 실려 상대방으로 향한 그의 손이, 결투를 시작하기 위하여 상대방 앞으로 끝 날카로운 검을 내미는 것 같았고, 그 손이 결국 그 순간에는 그 게르망뜨 가문 남자로부터 어찌나 멀리 떨어져 있었던지, 그가 인사를 하려 고개를 숙일 때에는, 그 동작이 상대방을 향한 것인지 혹은 자신의 손을 향한 것인지 분간하기 어려웠다. 게르망뜨 가문의 남자들 중 몇몇은, 절제하는 마음이 결여되어서인지 혹은 끊임없이 같은 짓을 반복하지 않고는 못배겨서인지, 같은 상대를 다시 만나도 매번 그러한 의식을 다시 시작하면서 허풍을 떨곤 하였다. 그들에게 '가문의 정령'이 그럴 능력을 보내 주어 이루어졌던, 그리고 그 결과를 그들이 틀림없이 기억하고 있을, 그러한 예비 심리 조사를 더 이상 수행할 필요가 당연히 없었으리니, 악수를 나누기에 앞서 상대를 꿰뚫어 보는 시선이 어김없이 반복적으로 나타나던 현상은, 그들의 시선이 얻은 생리적 자율운동이나 자기들이 가지고 있으리라 믿던 강력한 최면력으로밖에 설명될 수 없었다. 용모와 체격이 그들과 달랐던 꾸르부와지에 가문 남자들은, 상대를 탐색하는 듯한 그러한 인사법을 체득하려 헛되이 애를 쓴 끝에, 거만한 뻣뻣함이나 신속한 무관심으로 자신들을 포장하는 것으로 만족하곤 하였다. 반면, 게르망뜨 가문의 몇몇 여인들이, 극소수이긴 하지만, 귀부인들의 인사법을 빌린 것은 꾸르부와지에 가문 사람들로부터였던 것 같았다. 그리하여, 실제로 누가 어떤 사람을 그러한 게르망뜨 가문 여인들 중 하나에게 소개할 순간에는, 그녀가 자신의 머리와 상체를, 거의 사십오 도 가량 기울여, 그리고 회전측 역할을 하는 하체(매우 우뚝한)의 허리띠 부분까지는 부동의 상태로 놓아둔 채, 그 사람에게 접근시키곤 하였다. 하지만 자신의 상체를 그 사람 쪽으로 그렇게 투척하기 무섭게, 거의 같은 길이 만큼의 급작스러운 후퇴 동작으로 그것을 다시 뒤로 젖혀, 자기 몸체의 수선(垂線) 너머까지 이르게 하였다. 그렇게 결과적으로 이어진 반전(反轉)이, 그 사람에게 양도된 듯 보이던 것을 무효화시켰고, 결투에서처럼 그 사람이 확보하였다고 믿던 공간조차 남지 않아, 최초의 위치들이 고수되곤 하였다. 다시 벌어진 간격으로 인한 그와 같은 친절의 무효화가 (꾸르부와지에 가문에서 시작되었고, 첫 동작에서 이루어진 전진이 단 한 순간의 꾸밈에 불과하다는 것을 보여주기 위함이었던), 게르망뜨 가문 여인들에게서처럼 꾸르부와지에 가문 여인들에게서도, 그녀들의 편지들을 통해, 적어도 교류 초기에는, 못지않게 분명히 표면화되곤 하였다. 그러한 편지의 '몸통'이 오직 친구에게만 쓸 것으로 보이는 구절들을 내포할 수도 있었으나, 편지를 받은 사람이 그것만을 읽고 자기가 그 귀부인의 친구라고 으쓱해할 수 있으리라 믿어도 소용없었으니, 그러한 편지가 대개 '삼가 글월 올립니다'로 시작한 다음 '바라옵거니와 저의 각별한 마음을 헤아려 주십시오' 따위의 상투적인 문구로 끝나곤 하였기 때문이다. 그럴 경우, 그 차가운 허두와 얼음장 같은 인사말 사이에서 (그것이 조의를 표한 편지에 대한 답신이었다면), 그 게르망뜨 가문 여인이 자기의 자매를 잃은 후 겪은 슬픔과, 두 자매가 나누던 극진한 정과, 그 자매가 휴양지로 삼았던 고장의 아름다움과, 그 자매의 손자들이 지닌 매력에서 자기가 얻는 위안 등에 관한 가장 감동적인 이야기들이 연이어 펼쳐질 수 있겠으나, 그 모든 사연 가득한 편지가 기껏, 숱한 여느 서한집들에서 흔히 발견할 수 있는 것과 같은 편지 한 통에 불과했고, 그것의 사적인 성격이, 그렇다 하여, 조의 표하는 편지를 보낸 사람과 답신 보낸 여인 간의 친밀함으로 이어지지 못함은, 그 여인이 젊은 플리니우스[210]나 씨미안느 부인[211]일 경우보다 나을 것 없었다.

　물론 게르망뜨 가문의 몇몇 여인들이 교류 초기부터 '나의 다정한 벗님' 혹은 '나의 벗님' 등으로 시작되는 편지들을 쓴 것 또한 사실이되, 그러던 여인들이 그 가문에서 가장 순진한 여인들이기

보다는 오히려, 국왕들에만 둘러싸여 사는 한편 행실 또한 가벼운
지라, 오만함에 사로잡혀, 자기들에게서 비롯되는 모든 것이 사람
들에게 기쁨을 주리라 확신하는가 하면, 타락한 나머지, 자신들이
제공할 수 있는 만족감들 중 그 어느 것에 대해서도 인색하게 굴지
않는 버릇을 가진 여인들이었다. 그런데, 게르망뜨 가문의 어느 젊
은이 하나가 게르망뜨 후작 부인 이야기를 하면서 그녀를 '아담 숙
모'라고 지칭하려면, 루이 13세 치세기에 살던 공동의 고조모 한
분 계셨다면 충분했을 것처럼,[212] 게르망뜨 가문에 속하는 사람들
이 하도 많아, 가령 누구를 소개하는 의례와 같은 단순한 의례에조
차 숱한 다양성이 존재하였다. 다소나마 세련된 각 하위집단[213]은,
상처 치료제 처방이나 잼 만드는 특수한 방법처럼 부모로부터 자
식들에게 전승되던, 나름대로의 고유 의례를 가지고 있었다. 그리
하여 쌩-루에게 소개된 사람의 이름이 들리는 순간, 시선의 참여도
인사말의 첨부도 없이, 마치 그의 뜻에 역행하여 그러듯, 그의 악
수동작이 스스로 작동하는 것을 우리가 이미 보았다.[214] 어떤 특별
한 이유로 쌩-루와 같은 하위집단에 속하는 어느 사람에게 소개
된—상당히 드문 일이지만—몹시 불운한 평민 하나가, 의도적으
로 무의식적인 외양을 띤 그 퉁명스러운 최소한의 인사 동작 앞에
서, 그 게르망뜨 가문의 남자 혹은 여자[215]가 자기에 대해 도대체
어떤 반감을 품었을까 알아내려고 자신의 머리 속을 후벼파고 있
었다. 그러던 중, 그 게르망뜨 가문의 남자 혹은 여자가, 소개를 맡
았던 사람에게, 자기가 무척 마음에 들었으며 따라서 자기를 다시
만나기 간절히 바란다는 말을 하기 위하여, 특별히 서한을 보내는
것이 합당하다고 판단하였다는 사실을 알고 몹시 놀랐다. 휘에르
부와 후작의 복잡하고 신속한 깡총거림 (샤를뤼스 씨가 우스꽝스
럽다고 한)과 게르망뜨 대공의 장중하고 절도있는 걸음걸이 또한

쌩-루의 기계적인 동작 만큼이나 특징적인 것들이었다. 그러나 여기에서 게르망뜨 가문 사람들의 풍요로운 안무법을 일일이 묘사하기는 불가능하니, 그들이 형성하고 있던 발레단의 엄청난 규모 때문이다. [216)]

꾸르부와지에 가문 사람들을 들쑤시던, 게르망뜨 공작 부인에게로 향한 반감에 관한 이야기로 되돌아 오거니와, 게르망뜨 공작 부인이 결혼 전에는 별로 부유하지 못하였던지라, 그들이 그녀를 딱하게 여기면서 그것을 위안으로 삼을 수 있었을 것이다. 불행하게도 매연 같은 고유한 발산물이, 항상 꾸르부와지에 가문의 부를 사람들의 눈에 보이지 않게 묻어 버렸던지라, 그것이 아무리 막대했어도 희미한 상태에 있었다. 꾸르부와지에 가문의 매우 부유한 집 아가씨가 부유한 상대와 결혼하여도 소용없었으니, 그 젊은 내외가 빠리에 자기들의 전용 거처를 가지고 있지 않아, 그곳에 오면 항상 처가에 '유숙'하였고, 그러지 않을 때에는, 한 해의 대부분을 지방에서, 잡다하지는 않으나 화려함 또한 없는 사회집단 속에서 살았다. 가진 것이라고는 빚밖에 없던 쌩-루가 자기의 화려한 마차로 동씨에르 사람들의 눈을 부시게 하는 동안, 꾸르부와지에 가문의 매우 부유한 어느 청년은 오직 전차만을 이용하였다. 또한 (물론 여러 해 전이지만) 가진 것 별로 없던 게르망뜨 아씨 (즉 오리안느)의 치장물들이 꾸르부와지에 가문 여인들의 치장물 전체보다 오히려 더 사람들의 입에 오르내렸다. 그녀의 언사가 일으킨 물의조차도 그녀의 복색과 머리 매무새를 돋보이게 하는 일종의 광고문 역할을 하였다. 그녀는 감히 러시아 제국 황자에게 이러한 말도 하였다. "듣자 하니 전하께서 사람을 시켜 똘스또이를 암살하고자 하셨던 모양입니다." 똘스또이에 대해 별로 아는 것 없는 꾸르부와지에 가문 사람들은 초대하지 않았던, 어느 만찬석상에서 그랬다고 한다. 다섯 해 동안에 오리안느가 단 한 번밖에 찾아 뵙지 않아 어떤 사람이 그 연유를 묻자, 다음과 같이 대답하였다는 미망인 갈라르동 공작 부인 (당시 아직은 혼인 전이었던 갈라르동 대공 부인의 시어머니)의 말에 입각해 판단하건대, 그 가문 사람들이 고대 그리스 문인들에 대해서도 별로 아는 것이 없기는 마찬가지였던 모양이다. "그녀가 사교적 모임에서 아리스토텔레스의 (아리스토파네스라고 말하려 하였을 것이다) 작품을 낭송하는 모양이에요. 나는 우리집에서 그러한 짓이 벌어지는 것을 용서할 수 없어요!"[217]

게르망뜨 아씨의 똘스또이에 관한 그 기지 번득이는 농담이, 꾸르부와지에 가문 사람들을 분개하게 만든 반면, 게르망뜨 가문 사람들 및 그들에게 가깝게건 멀게건 애착하던 이들을 얼마나 경탄하게 하였을지 누구나 상상할 수 있을 것이다. 쎈느뽀르 가문 출신이며, 블루-스타킹이었던지라, 그리고 아들이 끔찍한 스놉이었음에도 불구하고, 잡다한 사람들을 자기의 응접실에 받아들이던, 미망인 아르쟝꾸르 백작 부인은 그 일화를 문인들 앞에서 이렇게 이야기하곤 하였다. "오리안느 드 게르망뜨는, 호박(琥珀)처럼 섬세하고 원숭이처럼 약삭빠르며 온갖 재주를 다 가지고 있어, 위대한 화가 못지 않게 수채화를 잘 그리고 위대한 시인들 중에서도 그녀를 당할 사람이 거의 없을 만큼 글재주 뛰어난데, 그 가문을 보자면, 가장 고결한 것은 다 갖추고 있어, 그녀의 조모께서 몽빵시에 [218] 아씨이시며, 그녀는 단 한 번도 어울리지 않는 혼인 한 적 없이 이어져 온 열여덟 번째 오리안느 드 게르망뜨예요.[219] 프랑스에서 가장 순수하며 가장 유서싶은 혈통이에요." 그리하여 아르쟝꾸르 부인이 자기의 응접실에 받아들이던 그 전형적인 얼치기 문인들과 어설픈 지식인들은, 자기들이 개인적인 교분 맺을 기회가 영영 없을 오리안느 드 게르망뜨를 바드룰 부두르 공주[220]보다 더 경이 롭고 비범한 무엇인 듯 뇌리에 떠올리면서, 그토록 고귀한 인물이 똘스또이를 그 누구보다 찬양한다는 말을 듣는 순간 자기들이 그녀를 위해 죽을 준비가 되어 있음을 느꼈을 뿐만 아니라, 똘스또이에게로 향한 자신들의 사랑과 제정 러시아에 대한 저항이 자기들의 영혼 속에서 새로운 힘을 얻는 것도 느꼈다. 그러한 자유주의적인 사상들이 그들 속에서 빈혈 증세를 보일 수도 있었고, 그것들을 감히 털어놓지 못하여 자신들 마저도 그 사상들의 우월성에 의심을 품을 수도 있었는데, 바로 그러한 때에, 문득 게르망뜨 아씨 본인으로부터, 다시 말해, 이마에 곧은 머리카락을 늘어뜨리고 다니는 (꾸르부와지에 가문 여인이라면 결코 그러지 않았을 것이다) 그토록 반론의 여지 없을 만큼 재치있고 권위 누리는 아가씨로부터, 그러한 구원이 도래하였기 때문이다. 상당수의 현실적인 일들이, 그것들 자체가 좋건 나쁘건, 우리에게 영향력을 행사하는 인물들의 지지를 받음으로써 그렇게 평판이 훨씬 좋아진다. 예를 들어, 꾸르부와지에 가문 사람들의 경우, 거리에서 누구와 마주쳤을 때 그들이 친절함을 표하기 위하여 취하는 의례가, 몹시 추하고 자체로 친절하지도 않은 특이한 인사로 이루어졌으되, 그것이 그들의 고상한 인사법임을 아는지라, 모두들 자신의 반가워하는 기색과 자연스러운 미소를 지워 버린 다음, 그들의 그 냉랭한 체조를 모방하려 애를 쓰곤 하였다. 그러나 게르망뜨 가문 사람들은 대개, 그리고 특히 오리안느는, 그 의례들을 누구보다도 잘 알면서도, 마차를 타고 지나가던 중 어떤 사람을 발견하면 그 사람에게 손을 흔들어 다정하게 인사하기를 주저하지 않았고, 어느 응접실에 들어섰을 경우, 꾸르부와지에 가문 사람들이 어색하고 경직된 인사를 하도록 내버려둔 채, 매력적인 자태로 경의를 표한 다음, 마치 동료에게 그렇듯, 게르망뜨 가문 사람들 특유의 하늘색 눈에 미소 가득 머금은 얼굴로 손을 내밀어 악수를 청하곤 하였던지라, 게르망뜨 가문 사람들 덕분에, 그 때까지는 조금 허전하고 건조했던 멋의 본질 속으로 문득, 사람들이 자연스럽게 좋아하였을 그러나 배제하려고 애를 쓰던 모든 것들이, 즉 환대와 진실한 친절의 표출과 자발성 등이 유입되곤 하였다. 아무리 진부할지라도 어루만지는 듯하고 쉬운 무엇을 내포하고 있는 저질 음악과 멜로디에 대한 강한 취향을 가지고 있는 사람들이, 교향곡에 관한 소양을 기른 덕분에, 그러한 취향을 질식시키기에 이르는 것 또한, 물론 이 경우에는 그러한 회복 과정을 입증하기가 쉽지 않지만, 같은 식으로 이루어진다. 하지만 일단 그러한 취향을 질식시키기에 이르러, 리하르트 스트라우스의 눈부신 오케스트라적 화려한 색조에 경탄하면서, 그 작곡가가 오베르에 못지않은 너그러움으로 가장 상스러운 모티프들까지 수용하는 것을 보는 순간, 그 사람들이 일찍이 좋아하던 것이 문득 그토록 높은 권위 속에서 자기들을 매료시키는 변론을 만나는지라, 그들은 『쌀로메』를 들으면서 『왕관의 다이아몬드』 속에서는 좋아하기를 금지당했던 것에, 아무 가책감 없이 또 이중의 고마움을 느끼면서, 황홀해 한다.[221]

그것이 사실이었건 아니건, 게르망뜨 아씨가 러시아 제국 황자에게 던졌다는 조롱 섞인 언급이, 이 집 저 집으로 옮겨짐에 따라, 오리안느가 그 만찬에 참석할 때 얼마나 지나치게 멋진 옷차림이었는지에 대한 구구한 이야기들을 하는 계기가 되었다. 그러나 사치란 부에서 비롯되지 않고 낭비벽에서 비롯된다 해도 (바로 그러한 이유 때문에 꾸르부와지에 가문 사람들이 호사스러움에는 범접하지 못하였다), 낭비벽이 부에 의해 지지를 받으면 더 오래 지속되며, 그러한 경우, 부가 낭비벽으로 하여금 자기의 광채를 한껏 발산하도록 해 준다. 그런데, 오리안느뿐만 아니라 빌르빠리지 부인에 의해서도 공표된 원칙들 때문에, 예를 들자면 귀족계급이라는 것은 중요하지 않은지라 신분에 관심을 갖는 것이 우스꽝스러운 짓이고, 재산이 행복을 가져다 주는 것이 아니며, 오직 지성과 심성과 재능만이 중요하다는 등의 원칙들 때문에, 꾸르부와지에 가문 사람들은 오리안느가, 빌르빠리지 부인으로부터 받은 교육으로 인하여, 어떤 예술가 나부랭이나 전과자, 가난뱅이, 혹은 어느 자유 사상가 등, 여하튼 상류 사회에 속하지 못할 사람을 남편으로 맞아, 꾸르부와지에 가문 사람들이 '이탈자들'이라고 부르던 것들의 범주 속으로 영영 들어가 버릴 것이라 기대할 수 있었다. 빌르빠리지 부인이 그 무렵에는 사회적으로 매우 어려운 위기를 겪으면서 (내가 그녀의 집에서 만난 그 화려한 사람들이 아직 그녀 곁으로 돌아오지 않았던 시절이었다), 자기를 배제시키고 있던 상류사회에 대하여 깊은 혐오감을 공공연히 드러내고 있었던지라, 그들이 그만큼 더 그러한 기대를 품을 수 있었다. 그 시절에도 여전히 만나던 자기의 조카 게르망뜨 대공에 대해서 이야기할 때조차, 그가 자기의 출신에 심취해 있었던지라, 그녀에게는 그를 조롱할 말이 부족할 지경이었다. 그러나 오리안느의 남편감을 찾아야 할 순간이 도래하였을 때에는, 그 일을 주도한 것이 더 이상 숙모와 질녀가 표방하던 그 원칙들이 아니라, 그 신비한 '가문의 정령'이었다. 마치 빌르빠리지 부인과 오리안느가 문학적 재능이나 심정적 자질 대신 항상 정기수입 목록과 족보에 대한 이야기만 하였을 것처럼, 그리고 후작 부인이 며칠 동안—그녀가 훗날 그렇게 될 것처럼—죽어 입관된 상태로 (그 안에서는 게르망뜨 가문의 각 구성원이 개별성도 세례명도 없이 폭 넓은 검은 장막에 수놓은 공작관 문양 얹은 진주홍빛 G자만이 그들 모두가 단 하나의 게르망뜨 가문 사람임을 증명하던)[222] 꽁브레의 교회당에 있었던 듯,[223] 가문의 정령이 이지적이고 반항적이며 복음주의적인 빌르빠리지 부인의 선택을 추호의 착오도 없이 인도해 간 곳은, 가장 부유하며 가장 좋은 집안에서 태어난 남자, 쌩-제르맹 구역에서도 가장 번듯한 혼처, 게르망뜨 공작의 장남인 롬므 대공이었다. 그리고 혼례식 당일, 빌르빠리지 부인 댁에, 그녀가 평소 비웃던 신분 고귀한 모든 인물들이 두어 시간 동안 모였고, 그녀는 특별히 초대한 자기의 평민 계층 친구들과 함께 그들을 비웃었으며, 롬므 대공이 그날 그 평민들에게 자기의 명함을 돌리기는 하였으나, 다음 해부터는 그들과의 인연을 끊어 버렸다. 설상가상으로, 지성과 재능을 유일한 사회적 우월성으로 간주한다는 금언적 언사가, 결혼식 직후, 롬므 대공 부인 댁에서 다시 들려오기 시작하여, 꾸르부와지에 가문 사람들의 불행이 그 극에 달하였다. 또한 그러한 면에서는, 지나는 길에 말해 두거니와, 라쉘과 함께 살고 그녀의 친구들과 사귀며 그녀와 결혼하고자 하던 시절에 쌩-루가 옹호하던 관점이,—비록 그 가문 사람들에게 혐오감을 안겨주었다 하더라도—지성을 노래하듯 찬양하고 인간의 평등에 대해 의심 품는 것을 거의 인정하지 않으면서도, 적절한 시기가 도래하면 마치 자기들이 정반대의 원칙들을 주장한 듯 한결같은 결과에, 즉 어느 재산 막대한 공작과 결혼하기에 이르곤 하던, 보편적인 게르망뜨 가문 아가씨들의 주장보다는 거짓을 적게 내포하고 있었다. 쌩-루는, 그녀들과 달리, 자기의 이론들에 합당하게 처신하였고, 그리하여 주위 사람들이 말하기를 그가 잘못된 길로 들어섰다고 하였다. 물론 라쉘이, 윤리적 관점에서 볼 경우, 사실 별로 만족스럽지는 못하였다. 그러나, 어떤 아가씨가 그녀보다 나을 바 없으되 여공작의 작위나 수백만 프랑의 재산을 가지고 있을 경우, 마르상뜨 부인이 쌩-루와 그 아가

씨의 결혼에 호의적이지 않았을 것인지는 확실치 않다.

그런데, 롬프 부인 (시아버지의 작고로 인해 얼마 아니 되어 게르망뜨 공작 부인이라는 작호를 갖게 된)의 이야기로 되돌아 오거니와, 갓 결혼한 대공 부인의 이론들이, 그 언사에 있어서는 변함이 없었으되 그녀의 처신에는 하등의 영향도 끼치지 않았다는 사실로 인하여, 그것들이 오히려 꾸르부와지에 가문 사람들에게 가해진 불행의 중대였으니, 그렇게 그 철학이 (혹시 그렇게 칭할 수 있다면) 게르망뜨 댁의 귀족적인 우아함에 전혀 해를 끼치지 않았기 때문이다. 물론 게르망뜨 부인이 자기의 응접실에 받아들이지 않던 모든 사람들은, 자기들이 그럴 수 있을 만큼 충분히 이지적이지 못하기 때문이라 생각하였고, 그리하여, 자기의 집 작은 응접실에 있던 가구와 '같은 시절' 것이었기 때문에 그 위에 놓여졌던, 그러나 단 한 번도 펼쳐진 적 없었던 빠르니의 작은 시집 한 권 이외에는 다른 어떤 책도 가져본 적 없는 어느 부유한 아메리카 여인은, 게르망뜨 대공 부인이 빠리 오페라 극장에 들어설 때마다 자기의 삼킬 듯한 시선을 그녀에게 고정시킴으로써, 자기가 기지의 탁월함을 얼마나 중요하게 여기는지를 과시하곤 하였다. 또한 물론 게르망뜨 부인이 어떤 사람의 지성을 아껴 그를 선택할 경우, 그것은 진심에서 비롯된 선택이었다. 그녀가 어떤 여인에 대하여 '매력적인 것 같다' 고, 혹은 어떤 남자에 대하여 '발군의 지성인' 이라고 말할 경우, 그녀는 그들을 자기의 집 응접실에 받아들이는 순간, 게르망뜨 가문의 정령이 그 마지막 순간에는 개입하지 않는지라, 그 매력이나 그 지성 이외에는 자기가 그들을 받아들이는 다른 이유가 없다고 믿곤 하였다. 그러나 더욱 유현하며, 게르망뜨 가문 사람들이 판단을 내리곤 하던 구역의 어두운 입구에 자리잡고 있던 그 경계 게을리 하지 않는 정령이, 어떤 남자나 여자에게 현재 혹은 미래의 사교계적 가치가 없을 경우, 게르망뜨 가문 사람들이 그 남자를 이지적이라고 생각하거나 그 여자가 매력적이라고 여기지 못하게 하였다. 유식하다고들 하지만 하나의 사전처럼 유식하거나 일개 외무사원의 사고방식을 가진 평범한 남자, 용모 예쁘장하지만 예의 엉망이거나 수다스러운 여자가 그러한 사람들이었다. 상당한 사회적 지위가 없는 사람들이라면 그 정령이 질색하였고, 그들을 태부림꾼들 취급하였다. 게르망뜨 영지 근처에 자기의 성을 가지고 있던 브레오떼 씨는 왕족 가문 여인들하고만 교류하였다. 하지만 그는 그녀들을 비웃었고, 오직 박물관에서만 사는 꿈에 잠기곤 하였다. 그리하여 누가 브레오떼 씨를 태부림꾼 취급하면 게르망뜨 부인이 분개하곤 하였다. "바발[224]이 태부림꾼이라니! 가엾은 나의 벗님, 머리에 이상이 생겼군요. 정반대랍니다. 그가 화려한 사람들을 염피하는지라 그에게 어떤 사람을 소개할 수 없을 정도예요. 심지어 저의 집에서조차! 혹시 제가 그를 새로운 사람과 함께 초대하면, 그가 신음 소리를 감추지 못해요."

그렇다고, 실제적인 면에서 보더라도, 게르망뜨 가문 사람들이 꾸르부와지에 가문 사람들보다 지성을 훨씬 더 중시하지 않았다는 말은 아니다. 긍정적인 면에서 보면, 게르망뜨 가문 사람들과 꾸르부와지에 가문 사람들 사이에 존재하던 그러한 차이가 이미 상당히 아름다운 결실을 맺고 있었다. 예를 들어, 그토록 많은 시인들로 하여금 멀리서 바라보며 몽상에 잠기게 하던 특유의 신비에 감싸인 게르망뜨 공작 부인이, 우리가 이미 앞에서 이야기한 연회를 열어, 초대된 잉글랜드 국왕이 그 어느 곳에서보다도 즐거워하였던 바, 그녀가, 우리가 언급한 인사들 이외에, 작곡가 가스똥 르메르[225]와 극작가 그랑무쟁[226]을 초청하려는, 다른 이들의 뇌리에는 선뜻 떠오를 수 없는 생각을 하였고, 꾸르부와지에 가문 사람들의 모든 용기가 합세하여도 그 앞에서는 뒷걸음질치게 하였을 과감성을 발휘하였기 때문이다. 그러나 그러한 지적 경향이 스스로를 완연이 드러낸 것은 특히 부정적인 관점에서였다. 게르망뜨 공작 부인 댁에 초대 받기를 열망하던 인물들의 사회적 지위가 높아질수록 지성과 매력이라는 필요 비례상수(比例常數)는 그만큼 낮아져, 그 인물들이 왕관 쓴 사람들일 경우에는 그 필요 비례상수가 제로에 가까워지되, 반면 지위가 왕족 이하로 내려가면 갈수록 그것이 점점 더 높아졌다. 예를 들어, 빠르마 대공 부인 댁에는, 그녀가 어린 시절에 알고 지냈기 때문에, 이러저러한 공작 부인과 인척관계이기 때문에, 혹은 어느 군주의 휘하에 있기 때문에, 비록 용모 추할 뿐만 아니라 따분하거나 멍청할지라도, 그 대공 부인께서 받아들이던 많은 사람들이 드나들었고, 꾸르부와지에 가문의 어느 여인에게는, 어떤 사람이 '빠르마 대공 부인의 호감을 얻었다'든가, '아르빠종 공작 부인의 배다른 자매'라든가, '에스빠냐 왕비 댁에 매년 석 달 동안 머문다'는 등의 사실이 그러한 사람들을 초대하기에 충분한 이유였겠으나, 십여 년 전부터 빠르마 대공 부인 댁에서 그러한 사람들과 마주칠 때마다 그들의 인사에 정중하게 답례하던 게르망뜨 부인은, 예쁘다고는 여기지 않으면서도 그저 실내를 채우기 위해 혹은 부유함의 징표로 아무렇게나 늘어놓은 가구들만으로도, 하나의 응접실이 사회적 의미에서나 물리적 의미에서 끔찍해지기에 충분하다고 생각하던 사람이었던지라, 그들이 자기의 집 문지방 넘어서는 것을 결코 허용하지 않았다. 그러한 응접실은 자신의 지식과 명석함과 유창함을 과시하는 구절들을 삼가지 못하는 문인의 책과 유사하다. 한 권의 책이나 한 채의 건물처럼 '응접실'의 뛰어난 특질 또한 희생[227]을 초석으로 삼는다는 게르망뜨 부인의 생각이 옳았다.

빠르마 대공 부인과 가까이 지내는 여인들 중, 게르망뜨 공작 부인이 그녀들과 마주쳐도 여러 해 전부터 변함없이 예의 바른 인사를 건네거나 명함 주고 받는 것으로 만족할 뿐, 그녀들을 초대하거나 그녀들의 연회에 결코 참석하지 않았던지라, 많은 여인들이 대공 부인 전하 앞에서 조심스럽게 불평을 토로하였고, 게르망뜨 씨가 홀로 인사를 드리러 온 날 대공 부인이 그 일에 관해 그에게 넌지시 한마디하였다. 그러나 정부를 많이 두어 공작 부인에게는 못된 남편이었으되, 부인의 응접실이 (그리고 그 응접실의 중추적 매력이었던 오리안느의 반짝이는 기지가) 원활히 작동되는 것을 저해할 수 있을 시련 앞에서는 그녀와 무의식적으로 공모자 관계에 있던, 그 간계 도저했던 나리께서 이렇게 대꾸하였다. "하지만 저의 아내가 그녀를 아나요? 아! 그렇지, 그녀를 알겠군요. 하지만 부인께 제가 실상을 아뢰겠습니다. 오리안느가 내심으로는 여인들과의 대화를 좋아하지 않습니다. 그녀는 탁월한 기지 번득이는 조신들로 둘러싸여 있으며… 저는 그녀의 남편이 아니라 그녀의 침실 시종장에 불과합니다. 기지 뛰어난 극소수를 제외한 나머지 여인들은 그녀에게 싫증을 안겨줍니다. 그리고 부인, 명민하신 전하께서 혹시 저에게 쑤브레 부인에게 기지가 있다는 말씀은 하시지 않을 것입니다. 그렇습니다, 저는 이해합니다, 공주 전하께서는 선의로 그녀를 받아들이십니다. 게다가 전하께서는 그녀를 잘 아십니다. 오리안느도 그녀를 만난 적 있다고 말씀하시겠지만, 혹시 그럴 수 있겠으나, 전하께 확언 드리거니와 극히 드물었을 것입니다. 그리고 공주 전하께 아뢰거니와, 전의 잘못도 조금은 있습니다. 저의 아내가, 몹시 지친 상태이건만, 사람들에게 친절하기를 하도 좋아하는지라, 만약 제가 그녀 하는대로 내버려둔다면 방문객이 끊이지 않을 것입니다. 어제 저녁에만 해도, 신열에 시달리고 있었건만, 부르봉 공작 부인 댁에 가지 않으면 그 부인께서 괴로워하실 것이라 몹시 염려하였습니다. 제가 이빨을 드러내며 으르렁거릴 수밖에 없었고, 마차를 대기시키지 못하게 하였습니다. 부인께 아뢰옵거니와, 오리안느에게는, 부인께서 저에게 쑤브레 부인에 관한 이야기를 하셨다는 사실조차도 알리고 싶지 않습니다. 오리안느가 공주 전하를 하도 좋아하는지라 즉시 쑤브레 부인을 초대할 것이고, 그러면 방문객 하나가 추가될 것이며, 저희들은 좋으나 싫으나 제가 그 남편을 잘 아는 누이[228]와 관계를 맺을 수밖에 없게 될 것입니다. 전하께서 허락하신다면 저는 오리안느에게 아무 말도 하지 않을 작정입니다. 그렇게 함으로써 그녀의 피로와 심적 동요를 크게 덜어 줄 수 있을 것입니다. 또한 전하께 단언하거니와, 그런다 하여 쑤브레 부인께서 아쉬워하시지는 않을 것입니다. 그녀는 여기저기 가장 화려한 곳들을 드나드십니다. 저희들 내외가 그럭저럭 꾸리는 것은 지극히 보잘것없는 초라한 마찬에 지나지 않아, 쑤브레 부인께서는 아마 돌아가실 지경으로 지루해하실 것입니다." 게르망뜨 공작이 자기의 요청을 공작 부인에게 전하지 않으리라고 순진하게 믿어, 쑤브레 부인이 갈망하던 초대장을 얻어내지 못한 것에 실망한 빠르마 대공 부인은, 자신이 그토록 접근하기 어려운 응접실에 자주 드나드는 인물들 중 하나라는 사실에 그만큼 더 으쓱해졌다. 물론 그러한 만족감에는 괴로움도 뒤따랐다. 그리하여 빠르마 대공 부인이 게르망뜨 부인을 초대할 때마다, 공작 부인의 마음에 거슬릴 사람은 부르지 않기 위하여, 즉 공작 부인이 자기의 집에 발길을 끊는 일이 생기지 않도록 하기 위하여, 자신의 머리에 고문을 가하지 않을 수 없었다.

평상시에는 (옛날의 관습을 고수하고 있었던지라 그녀가 몇몇 사람만 아주 일찍 초대한 만찬 후), 빠르마 대공 부인의 응접실이,

게르망뜨 쪽 2부 2장 217

항시 출입하는 사람들에게, 대체적으로 말하자면 프랑스와 다른 나라의 지체높은 귀족들에게 열려 있었다. 접견은 다음과 같은 순서로 진행되었으니, 우선 대공 부인이 식당에서 나와 커다란 원형 탁자 앞에 있는 까나뻬 위에 앉은 다음, 자기와 함께 식사를 한 가장 유력한 여인 두어 사람과 함께 한담을 나누거나, 잡지를 대강 훑어본 다음, 카드 패 떼기 혹은 실존하는 인물이건 상상 속 인물이건 저명한 사람 하나를 정해, 그를 상대로 게임을 하는 카드놀이를 하였다 (혹은 도이칠란트 궁정의 습속대로 그러는 척하였다). 그러다가 아홉 시 무렵이면, 대공 부인이 정한 시각에 맞추기 위하여 허겁지겁 식사를 마친 (혹은 시내 음식점에서 식사를 하였을 경우, '한 문으로 들어가 다른 문으로 나올' [229] 요량으로, 다시 돌아오겠다고 하면서 커피는 생략한) 방문객들이 통과하도록, 대응접실의 출입문이 끊임없이 활짝 열렸다가 다시 닫히기를 그치지 않았다. 그러는 동안에도 대공 부인은 자기의 카드놀이나 대화에 열중할 뿐, 응접실로 들어서는 여인들을 못본 체 하다가, 그녀들이 자기로부터 두어 걸음 떨어진 지점에 다가왔을 때야 비로소, 호의 어린 미소를 지으면서 우아하게 자리에서 일어서곤 하였다. 그러면 여인들이 서 있는 공주 전하께 상체를 숙여 인사를 올렸고, 아주 낮게 걸린 듯 늘어져 있던 공주의 아름다운 손에 입을 맞추기 위해서는 무릎을 꿇어야 할 지경이었다. 하지만 바로 그 순간, 자기가 잘 알고 있던 그러한 의전례에 매번 놀라기라도 한 듯, 공주가 무릎 꿇고 있던 여인을 거의 강제로, 또한 호의와 비할 데 없는 다정함을 곁들여 일으켜 세운 다음, 그녀의 볼에 입을 맞추곤 하였다. 새로 들어선 여인이 무릎을 꿇으면서 드러낸 공손함이 공주의 그러한 호의와 다정함의 전제조건이라고들 할 것이다. 아마 그럴 것이다. 또한 그리하여 평등사회에서는 예의라는 것이 아마 사라질 것 같아 보이는데, 그것이 흔히들 생각하듯 교육의 부족 때문이기 보다, 하나의 집단 속에서는, 효력을 발휘하려면 반드시 상상적인 것이어야 할 위광(威光)에 기인한 공경심이 사라질 것이고, 특히 그 반대 집단 속에서는, 그러한 예우를 받은 사람들에게 그것이 무한한 가치를 갖는다고 느낄 때 선뜻 베풀고 또 정련하는 그 친절이, 평등한 사회가 도래할 경우, 신용상의 가치밖에 없는 모든 것들처럼, 문득 아무것도 아닌 것으로 전락할 것이기 때문이다. 하지만 새로운 사회 속에서 예절이라는 것이 그렇게 소멸될지는 확실하지 않고, 우리들이 때로는, 어떤 상황이 현재의 조건들에 의해서만 좌우된다고 지나치게 믿는 성향을 가지고 있다. 매우 탁월한 지성들조차, 새로운 공화국에는 외교도 동맹도 있을 수 없으며, 농민 계층이 교회와 국가의 분리를 견디지 못할 것이라고 생각하였다. 결국, 평등을 지향하는 사회 속에서의 예절도, 철도의 성공이나 항공기의 군사적 사용보다 더 큰 기적은 아닐 것이다. 또한, 혹시 예절이라는 것이 사라진다 해도, 그것이 하나의 불행일 것이라는 확증은 어디에도 없다. 하나의 사회가 실제로 더 민주적으로 변한다해도, 종국에는 그것이 은밀히 계층화 되지 않겠는가? 그럴 가능성이 매우 크다. 교황들의 정치적 영향력은 그들이 국가도 군대도 갖지 않게 된 이후부터 오히려 대폭 증대되었고, 주교좌 대교회당들이 17세기의 어느 독실한 신도에게 발산하던 매력이 20세기의 어느 무신론자에게 발산하던 것보다 훨씬 적었으며,[230] 만약 빠르마 대공 부인이 어떤 국가의 군주였다면, 의심할 나위 없이, 그녀에 대해 내가 이야기하고자 품었을 생각이 어느 공화국 대통령에 대해 이야기하고자 하는 생각과 거의 같았을 것이다. 다시 말해, 아예 그런 생각을 품지도 않았을 것이다.

알현 허락 받은 여인을 다시 일으켜 세워 볼에 입을 맞춘 다음에는, 대공 부인이 다시 자리에 앉아 카드 패 떼기를 계속하였고, 그러기 전에, 새로 온 여인이 중요 인물일 경우에는, 안락의자 하나를 권하면서 잠시 그녀와 이야기 나누는 것을 잊지 않았다.

응접실이 너무 붐빌 때에는, 장내 정돈 임무를 맡은 시녀가 손님들을, 응접실과 잇대어져 있고 부르봉[231] 왕가와 관련된 초상화들 및 진기한 물건들 가득한 거대한 홀로 안내하여, 응접실에 공간을 좀 마련하였다. 그러면, 대공 부인 댁에 수시로 드나드는 사람들이, 이딸리아에서 흔히 볼 수 있는 입심 좋은 관광 안내인 역을 자청하여 재미있는 이야기들을 늘어놓곤 하였으나, 죽은 왕비들의 유품 자세히 들여다보는 것보다는 살아 있는 왕족 여인들 바라보는 것에 (그리고 필요할 경우에는 시녀와 그녀의 보조원 아가씨들로 하여금 자기들을 그녀들에게 소개하도록 하는 것에) 관심이 더 컸던 젊은이들은, 그러한 이야기에 귀기울일 인내심을 가지고 있지 않았다. 새로운 사람들과 교분을 맺어 혹시 어떤 이의 초대를 받는 행운에만 몰두해 있었던지라, 그 젊은이들은 여러 해 동안 그 댁을 드나든 후에도, 옛 왕조의 고문서들을 간직하고 있던 그 소중한 박물관에 무엇이 있었는지 전혀 몰랐고, 단지 옛 시절 멋의 중심이었던 그곳이, 불론뉴 숲 동물원의 종려수 재배용 온실과 비슷하게 그곳을 변형시켜 놓고 있던, 선인장들과 거대한 종려수들로 치장되어 있었다는 사실만을 어렴풋이 기억하였다.

물론 게르망뜨 공작 부인이 그러한 날이면 가끔, 저녁 식사 후, 자신을 조금 희생한다는 생각으로 대공 부인을 방문하였고, 그럴 때마다 대공 부인이, 공작과 가벼운 농담을 주고 받으면서 그녀를 저녁 내내 자기 곁에 붙잡아 놓곤 하였다. 그러나 공작 부인이 저녁 식사를 하러 오는 날에는, 대공 부인이, 일상 드나들던 사람들을 받아들이지 않기 위하여 신경을 썼고, 그리하여 식사 후에 즉시 자기의 저택 출입문을 닫아 버렸는데, 정선되지 못한 자기의 방문 객들이 까다로운 공작 부인의 마음에 거슬리지 않을까 저어하였기 때문이다. 그러한 날 저녁이면, 미처 그 사실을 모르고 공주 전하 댁 문 앞에 나타난 단골들에게, 수위가 이렇게 대꾸하곤 하였다. "전하께서 오늘 저녁에는 아무도 접견하시지 않습니다." 그러면 모두들 발길을 돌렸다. 그러나 대공 부인의 많은 친구들은, 그러한 날, 자기들이 초대되지 않을 것을 미리 알았다. 그것은 특별한 모임, 자신들도 포함되기를 희원하였을 많은 사람들에게는 철저히 닫힌 모임이었다. 그것으로부터 배제된 사람들은 그것에 포함된 선민들의 이름을 거의 확실하게 알고 있었으며, 따라서 자기들끼리 기분 상한 어조로 이런 말을 하곤 하였다. "오리안느 드 게르망뜨가 자기의 모든 참모진을 대동하지 않고는 결코 움직이지 않음을 다들 알고 계실 것이오." 빠르마 대공 부인은 그 참모진을 활용하여, 어짜피 공작 부인에게 접근할 가망성 없는 사람들로부터 그녀를 차단하는, 일종의 방호벽을 그녀 주위에 쌓으려 하였다. 하지만 대공 부인은, 공작 부인이 특별히 좋아하는 몇몇 친구들에게, 즉 그 화려한 '참모진' 중 몇몇 구성원에게, 선뜻 친절을 표하지 못하였으니, 그들이 그녀에게 친절함을 거의 보이지 않았기 때문이다. 물론 빠르마 대공 부인 자신도, 사람들이 자기보다는 게르망뜨 부인과 어울리기를 더 좋아할 수 있음을 잘 알고 있었다. 공작 부인의 접견일에는 사람들이 붐볐고, 자신도 그 접견장에서 자기에게 명함 건네는 것으로 그치는 왕족들 서넛 과 종종 마주친다는 사실을, 대공 부인이 모를 리 없었다. 또한, 오리안느가 한 말들을 착념해 두는가 하면, 그녀가 입은 드레스를 모방하고, 그녀의 집에서처럼 자기의 다과회에 딸기파이를 내놓아도 헛 일, 그녀가 온종일 시녀 하나와 어느 외교 사절단의 참사관 한 사람과 집에 쓸

쓸히 머무는 경우가 잦았다. 그리하여, 어떤 사람이 (예를 들어 스완이 옛날에 그랬던 것처럼) 하루도 빠짐 없이 공작 부인 댁에 들러 두어 시간쯤 보내되, 빠르마 대공 부인은 두 해에 한 번 겨우 방문할 경우, 대공 부인은, 그것이 비록 오리안느를 즐겁게 해 주는 일이라 할지라도, 그 스완 같은 사람에게 만찬에 참석해 달라고 '은근한 제안'을 하고 싶은 마음이 별로 없었다. 요컨대, 공작 부인을 초대하는 것이 빠르마 대공 부인에게는 당혹스러움에 사로잡히는 계기가 되었으니, 오리안느가 혹시 모든 것에서 흠절을 발견하지 않을까 하는 염려에 그토록 마음을 조렸기 때문이다. 그러나 반면, 또한 같은 이유로, 빠르마 대공 부인이 게르망뜨 부인 댁 만찬에 참석할 때에는, 모든 것이 완벽하고 감미로울 것이라 미리부터 확신하였고, 단 하나 두려워하던 것은, 혹시 자기가 다른 이들의 말을 이해하고 기억하며 호감을 얻는 방법을 모르지 않을까, 다시 말해, 생각들과 사람들을 깊이 이해하는 방법을 모르지 않을까 하는 점이었다. 그러한 측면에서 나의 참석이, 과일들을 화환 모양으로 진설하여 식탁을 꾸미는 그 새로운 방법 못지않게 그녀의 관심과 욕망을 자극하였고, 식탁의 치장과 나의 참석 중 어느것이 유달리 매력적이어서 오리안느의 만찬에 성공을 가져다 준 비결이 되었는지 확신할 수 없었으며, 그러한 의문에 사로잡힌 나머지, 자기의 집에서 베풀 다음 만찬에는 그 둘을 모두 구비해 보기로 작정하였다. 또한 빠르마 대공 부인이 공작 부인 댁에서 품은 황홀해진 호기심을 충분히 정당화시킬 수 있었던 것은, 대공 부인이 일종의 공포감과 오싹함과 감미로움을 느끼면서 뛰어들어 잠겼다가, 활력을 얻어 행복해지고 다시 젊어져 나오곤 하던, 그 희극적이고 위험하며 흥분시키는 (바닷가에서, 파도가 높아지면 수영 지도사들이, 자기들 중 아무도 수영을 할 줄 모르기 때문에 사람들에게 위험을 알리듯), 그리고 사람들이 게르망뜨 가문 사람들의 기지라고 부르던, 그 요소였다. 게르망뜨 가문 사람들의 기지는—자신이 그것을 소유한 유일한 게르망뜨 가문 여인이라고 생각하던 공작 부인에 의하면, 그것은 네 각을 이룬 원[232] 만큼이나 존재할 수 없는 실체였다—뚜르의 리예뜨[233]나 랭스의 비스킷 만큼이나 명성 높았다. 물론 (지적 특성이라는 것이 모발의 색깔이나 피부색과 같은 식으로 전파되지 않는지라) 공작 부인과 가까이 지내던, 그리고 그녀와 같은 혈통이 아니었던, 몇몇 사람들은 그럼에도 불구하고 그 기지를 가지고 있었으되, 반면 그 기지가 어떤 게르망뜨 가문 사람들 속으로는 침투하지 못하였으니, 그들이 어떠한 종류의 기지에 대해서도 저항하는 성향을 띠고 있었기 때문이다. 공작 부인의 혈족이 아니되 게르망뜨 가문의 기지를 보유하고 있던 사람들의 대체적인 특징은, 그들이 예술에서건 외교에서건 의회정치에서건 군대에서건 성공할 자질을 구비한 뛰어난 이들이었으되, 그러한 길들보다는 파벌적인 사교계 생활을 택하였다는 점이다.[234] 그들의 그러한 선택은 아마 독창성이나 자주성이나 의지나 건강이나 기회의 결여 혹은 겉멋으로 설명될 수 있었을 것이다.

몇몇 사람들의 경우 (하지만 그들의 경우는 예외적임을 인정해야 할 것이다), 게르망뜨 가문의 응접실이 그들의 전도를 방해한 돌부리였다면, 그것은 그들의 뜻에 상반된 현상이었다. 그리하여, 어떤 의사나 화가나 외교관이, 다른 많은 사람들보다 자질 뛰어났음에도 불구하고 자기들의 분야에서 성공을 거두지 못하였던 것은, 게르망뜨 가문 사람들과의 친분으로 인해, 의사와 화가는 사교계 인사들 취급 받았고 외교관은 반동분자로 간주되어, 결국 세 사람 모두 귀족원 회원 같은 자기들의 동배들로부터 인정을 받지 못하였기 때문이다. 대학 선거인단 투표권자들이 아직도 몸에 걸치고 있는 가운과 머리에 얹고 있는 붉은색 원통형 모자는, 단지 폐쇄적인 파벌성의 생각 옹졸한 과거가 잔존해 있는—적어도 불과 얼마 전까지는 잔존해 있던—것만이 아니다. 원추형 모자 쓴 유대교 대사제들처럼, 황금빛 도토리 모양의 술 달린 원통형 모자 쓴 '교수들'은, 드레퓌스 사건이 터지기 직전 시기까지도 철두철미하게 화리사이오스적인[235] 이념 속에 갇혀 있었다. 의사 불봉도 그 기질상 하나의 예술가였으나, 그가 사교계를 좋아하지 않아 자기의 전도를 망치지 않았다. 꼬따르는 베르뒤랭 씨 댁에 드나들었으나, 베르뒤랭 부인이 자기의 고객이었고, 게다가 그는 자신의 상스러움에 의해 보호를 받았으며, 그의 집에 오는 이들은 몽땅 의과대학 사람들 뿐이었던지라, 그들의 회식 자리 위로는 석탄산[236] 냄새만 감돌았다. 그러나 사실, 편견의 엄격함이라는 것이, 더 관대하고 더 자유로우면 그만큼 더 신속히 와해되는 환경 속에서, 가장 아름다운 미덕 내지 가장 고양된 윤리적 이념들의 구출을 위해 지불해야 할 몸값으로밖에 간주되지 않는, 견고하게 형성된 집단들 내에서는, 자기의 궁 속에 갇혀 지내는 베네치아 총독 (즉 공작)의 것처럼 담비 모피로 안감을 댄 진주홍빛 새틴 가운 입은 하나의 교수가, 그 총독 못지않게 미덕에 충실하며 고결한 원칙을 고수하되, 집단 밖의 모든 요소들에 대해서는 쌩-시몽 씨라고 하는 자질 탁월하나 무시무시한 또 다른 공작[237]만큼이나 무자비했다. 집단 밖의 요소란, 자기네들과 다른 예절과 다른 사회적 관계를 가진, 사교계 출입하는 의사였다. 목적을 달성할 생각으로, 우리가 지금 이야기하고 있는 그 불운한 사람이,[238] 자기의 동료들에게 게르망뜨 공작부인을 감춤으로써 그들로부터 자기들을 멸시한다는 (사교계 인사 아니면 누가 그러한 생각을 한단 말인가!) 지탄을 받지 않으려,

의료계 인사들이 사교계 인사들 속에 빠져 익사할 정도의 비율로 그들을 모두 초대하여 혼성 만찬 모임을 여러 차례 마련하여 그들의 마음이 누그러지기를 기대하였다. 하지만 그는, 자기가 그렇게 자기의 파멸 선고에 서명하고 있음을 모르고 있었거나, 아니 그보다는 오히려, 또 다른 '십인 위원회' [240] (위원의 수가 조금 더 많은)가 공석중인 강단 하나를 채워야 했을 때, 숙명적인 투표함에서 나온 것은 항상, 비록 더 보잘것없어도 더 평범한 의사의 이름이었으며, 몰리에르가 죽으면서 외친 '유로' 라는 말[241] 만큼이나 장엄하고 우스꽝스러우며 무시무시한 '베토' [242]라는 말이 고색 창연한 의과대학 속에 울려 퍼졌다는 사실을 배우고 있었다. 마찬가지로, 사교계 인사들이 잠깐 예술에 손을 대었다가 예술가라는 명패를 언듯, 화가 하나가 그렇게 사교계 인사라는 명패를 얻었으며, 또한 마찬가지로, 반동적인 사람들과 지나치게 가까이 지내던 외교관이 그렇게 반동분자라는 명패를 얻었다.

하지만 그러한 경우는 극히 드물었다. 게르망뜨 댁 응접실의 중추를 이루고 있던 우아한 남자들의 유형은, 게르망뜨 가문의 기지와 예절 및 다소나마 인위적으로 조직된 '집단' 에게는 불쾌감을 주는 그 가문 고유의 불가해한 매력 등과 조화를 이룰 수 없는 모든 것을 기꺼이 (적어도 자신들은 그렇다고 믿으면서) 포기한 사람들의 유형이었다.

또한 공작 부인의 응접실에 상시적으로 드나드는 사람들 중 어떤 이는 연례 미술전에서 금메달을 획득하였고, 어떤 이는 변호사 협회 간사였다가 의회에 화려하게 입성하였으며, 또 어떤 이는 전권 대리공사의 임무를 띠어 프랑스에 능란하게 봉사하였다는 등의 사실을 알고 있던 사람들은, 그 이후 이십 년 동안 더 이상 아무 일도 하지 않은 그들을 낙오자들로 간주할 수도 있었을 것이다. 하지만 그들의 '사정을 아는 사람들'은 극히 적었고, 당사자들 자신이, 게르망뜨 댁 응접실을 지배하는 기지의 영향을 받아, 자기들의 지난날 직함에 아무 가치도 없다고 여겼던지라, 그러한 자신들의 과거를 거의 기억조차 하지 못하였다. 또한 하나는 조금 엄숙한 반면 다른 하나는 신소리나 좋아하건만 많은 신문들이 찬양하는 이런 혹은 저런 장관들을, 게르망뜨 댁 특유의 기지는, 면도사나 아첨꾼 졸개 혹은 상점의 고용원 소년처럼 취급하였고, 따라서 혹시 어떤 댁 안주인이 그들을 초대한 다음, 신중하지 못하여 그 두 장관 중 하나를 게르망뜨 부인 옆자리에 앉힐 경우, 그녀가 하품을 하며 짜증 섞인 표정을 짓곤 하지 않았던가? 고위 정치인이라는 사실이 공작 부인의 눈에는 전혀 추천장 역할을 하지 못하였던지라, 그녀와 친근하게 지내는 이들 중 외무 관료 직이나 군대에서 사임한 후 의회에 입성하지 않은 사람들은, 매일 자기네들의 친구 여인 댁에 와서 오찬을 함께 하고 한담을 나누며 왕족 여인들―하지만 별로 탐탁치 않게 여기는, 혹은 적어도 그들이 그렇다고 말하는― 댁에서 그녀를 다시 만나는지라, 비록 즐거운 좌석에서도 자기들의 우수에 젖은 기색이 그러한 평가에 조금은 이의를 제기함에도 불구하고, 자기들이 가장 좋은 몫을 차지하였노라고 하였다.

또한 그 이외에도, 사교계 생활의 세련됨 및 게르망뜨 가문 댁에서 나누는 대화의 섬세함 등에, 비록 아무리 미미하더라도, 실제적인 무엇이 있었음은 인정해야 할 것이다. 어떠한 공식적인 직함도, 게르망뜨 부인에 의해 선택된, 그리고 가장 세력 큰 장관들도 자기네 집으로 이끌어들일 수 없었던, 특정인들의 매력에는 견줄 수 없었다. 그토록 숱한 지적 야심들과 고결한 의지들이 그 응접실 속에 영영 매장되었다 하더라도, 그들의 잔해로부터, 적어도 사교계 생활의 가장 희귀한 개화는 그곳에서 태동하였다. 물론, 예를 들어 스완처럼 기지 뛰어난 사람들은, 자기들이 하찮게 여기던 유능한 사람들보다 자신들이 우월하다고 판단하였으나, 그것은 공작 부인이 그 무엇보다도 상위에 놓던 것이 지성이 아니라, 그녀의 표현에 의하면, 재능의 언어적 다양성으로까지 고양된 지성의 더 희귀하고 세련된 상위의 형태, 즉 기지였기 때문이다. 그리하여 지난날 스완이 베르뒤랭 내외의 응접실에서, 한 사람의 해박한 지식과 다른 한 사람의 천부적 재능에도 불구하고, 브리쇼를 현학자연하는 사람으로, 엘스띠르를 짐승의 콧방울[243]로 취급할 때, 그로 하여금 그들에게 그러한 등급을 부여하게 하였던 것은, 그에게 스며 있던 게르망뜨 가문의 기지였다. 게르망뜨 가문 특유의 기지가, 묵직하게 점잖은 부류들이나 광대 부류들의 거드름 가득한 장광설을 가장 용납할 수 없는 멍청이짓으로 치부하는지라, 브리쇼의 장광설과 엘스띠르의 우스꽝스러운 신소리를 공작 부인이 어떠한 표정으로 받아들일지 미리 짐작한 스완이, 그 두 사람을 그녀에게 소개할 엄두조차 내지 못하였다.

게르망뜨 가문 특유의 기지가, 예를 들어 구성원 모두가 같은 발음법과 같은 화법과 따라서 같은 사고방식을 가지고 있는 똘똘 뭉친 소규모 문예인 집단 내에서 그렇듯, 같은 피와 살을 이어받은 모든 게르망뜨 가문 구성원들 속으로 전파되지 못한 것은, 독창성이라는 것이 사교계에서만 유달리 강하여 일체의 모방에 제동을 걸기 때문은 물론 아니다. 하지만 모방에 필요한 조건은, 완강한 독창성의 부재(不在)뿐만 아니라, 우선 식별하고 그 다음 모방할 수 있도록 해 주는 청각의 섬세함도 그 조건의 하나이다. 그런데 게르망뜨 가문 사람들 중에도, 꾸르부와지에 가문 사람들 만큼이나, 그 음악적 지각 기능[244] 결여된 이들이 몇몇 있었다.

흔히들 모방이라는 단어의 또 다른 의미로, '누구를 흉내낸다'

게르망뜨 쪽 2부 2장 **227**

고 지칭하는 행위를 (게르망뜨 가문 사람들 사이에서는 '풍자한 다'는 표현이 통용되었다) 예로 들자면, 게르망뜨 부인이 듣는 이들을 매료시킬 정도로 흉내내기에 성공하여도, 꾸르부와지에 가문 사람들은 그녀가 흉내내려고 하던 결점이나 특이한 어투를 결코 포착하지 못하였던지라, 그들이 마치 남녀로 구성된 집단이 아니라 토끼 무리인 듯, 그러한 사실을 깨닫지 못하였다. 그녀가 리모주 공작의 말을 '흉내내었을' 때, 꾸르부와지에 가문 사람들은 이렇게 이의를 제기하였다. "오! 아니에요, 그분이 하지만 그렇게는 말씀하시지 않아요. 어제 저녁에도 그분과 함께 베벳[245]의 집에서 제가 식사를 하였고, 그분이 저녁 내내 저에게 여러 말씀을 하셨는데, 그렇게는 말씀하지 않았어요." 반면 게르망뜨 가문 사람들 중 다소나마 교양을 갖춘 이들은 이렇게 감탄하였다. "맙소사, 오리안느가 익살스럽기도 하지! 절정은, 그녀가 그의 말을 흉내낼 때 그를 쏙 빼닮는다는 것이에요! 내가 그의 말을 듣고 있는 것 같아요. 오리안느, 리모주 흉내 조금 더 내 봐요!" 그런데, 그러한 게르망뜨 가문 사람들이 (진정 괄목할만하고, 공작 부인이 리모주 공작의 말을 흉내낼 때마다 찬탄을 곁들여 '아! 당신이 그를 명중시켰다고 할 수 있을 것이오'라고 말하던 이들은 제쳐 두고라도), 게르망뜨 부인의 기준에 의하면 기지가 없었음에도 (그 점에 있어서는 그녀의 생각이 옳았다) 불구하고, 공작 부인의 말을 듣고 또 다른 이들에게 그 이야기를 하던 나머지, 그녀의 표현 방식과 평가 방법 및, 그녀 자신도 그랬지만 스완이 '편집' 방법이라 칭하였을 것 등을 그럭저럭 모방하기에 이르렀고, 급기야 자기들의 대화 속에, 꾸르부와지에 가문 사람들의 눈에는 오리안느의 기지와 끔찍하게도 비슷하게 보여 그들로부터 게르망뜨 가문 특유의 기지라는 취급을 받게 된 무엇이 드러나게 하였다. 게르망뜨 가문에 속하는 그러한 사람들이 오리안느에게는 친척들일 뿐만 아니라 자신의 찬미자들이기도 했던지라, 그녀가 (자기 가문의 나머지 사람들을 철저히 멀리하면서, 자기의 소녀 시절에 자기에게 그 가문이 저질렀던 못된 짓들을 이제 자기의 노골적인 멸시로 보복하고 있던 그녀가) 가끔, 그리고 아름다운 계절에 공작과 함께 외출할 경우, 그들을 보러 가곤 하였다. 그러한 방문은 하나의 큰 사건이었다. 자기의 집 바닥층에 있는 큰 응접실에서 손님들을 접대하고 있던 에삐네 대공 부인이, 자기에게는 무해한 어느 화재의 첫 섬광처럼, 혹은 기대하지 않던 침공군의 척후대처럼, 매력적인 모자를 쓰고 여름날의 향기 쏟아지는 양산을 옆으로 기울이면서 천천히 저택 내정을 비스듬히 건너오는 공작 부인을 발견하는 순간, 그녀의 가슴이 조금 더 두근거렸다. "저런, 오리안느가 오는군." 방문객 여인들에게 넌지시 알려, 그녀들이 질서정연하게 나갈 시간을 얻어 응접실을 혼란스럽지 않게 비우도록 하기 위하여, 마치 '차렷!' 구령처럼 그렇게 말하였다. 응접실에 있던 여인들 중 반수가 감히 머물지 못하고 일어섰다. "아니 왜들 그러세요? 제발 다시 앉으세요. 댁들과 조금이라도 더 함께 있는 것이 저에게는 황홀한 일이랍니다." 대공 부인이 경쾌하고 편안한 기색으로 (지체 높은 귀부인 티를 내기 위해) 말하였으나, 음성은 이미 부자연스러워져 있었다. "나누셔야 할 말씀이 있을 것이니."―"정말 그리도 바쁘신가요? 좋아요, 그렇다면 나중에 댁으로 찾아 뵙겠어요." 떠나 주기를 내심 바라던 여인들에게 안주인이 말하였다. 공작과 공작 부인은, 자기들이 그 댁에서 여러해 전부터 마주치곤 하였으되 그럴 때마다 조심스럽게 겨우 인사만 건넬 뿐 더 이상의 교분을 쌓지 않은 사람들에게, 극히 정중하게 인사를 하였다. 그들이 떠나기 무섭게 공작이 친절한 어조로 그들에 대하여 이것 저것을 물었고, 그것은, 운명의 심술 때문에 혹은 여인들과의 빈번한 교류가 오리안느의 과민한 신경에 해롭기 때문에, 자기의 집에 받아들이지 않는 사람들의 고유한 장점에 관심을 표하는 척하기 위함이었다. "분홍색 모자 쓴 그 자그마한 부인은 누구입니까?" ─ "하지만 나의 사촌이시여, 당신도 그녀를 자주 보시지 않았던가요, 그녀는 라마르젤 가문 출신인 뚜르 자작 부인이에요." ─ "정말 예쁘게 생겼으며 재치 발랄해 보입니다. 윗입술의 작은 흠절만 없다면 매혹적인 여인이라 하겠습니다. 뚜르 자작이라는 사람, 저러한 아내를 두었으니 지루하지는 않겠습니다. 오리안느, 그녀의 눈썹과 모발 나 있는 모습이 나에게 누구를 연상시키는지 아시오? 당신의 사촌 동서 헤드비거드 리뉴를 연상시킨다오." 사람들이 자기 아닌 다른 여인의 아름다움에 관해 이야기하기 무섭게 활기를 잃는 게르망뜨 공작 부인이, 두 사람의 대화에 더 이상 관심을 보이지 않았다. 그녀는, 자기의 남편이 집에 받아들이지 않는 사람들에 대해서도 잘 알고 있음을 과시하고, 그러면서 자기가 자기의 아내보다 더 진지함을 입증해 보이려 하는 것이, 고상한 취향의 결핍이라고 일찍부터 간주하고 있었다. "그런데, 라마르젤이라는 말씀을 하셨지요." 공작이 문득 큰 소리로 말하였다. "제가 의회에 있을 때 정말 괄목할만한 연설을 들은 기억이 납니다만…" ─ "조금 전 사촌께서 보신 젊은 여인의 숙부님이셨어요."[246] ─ "아! 그 탁월한 재능…! 그만두시오, 친절하신 소녀여,[247]" 게르망뜨 부인이 참을 수 없을 만큼 싫어하건만, 스스로를 낮춰 하녀 역을 자처하면서까지 (자기의 집에 돌아가서는 자기의 하녀에게 매질을 할망정) 당황하여 울상이 된 얼굴로 에삐네 대공 부인 댁을 떠나지 않고 남아 있다가, 공작 내외가 올 때에는 그들의 외투를 받아 드는 등, 도움이 되려 애를 쓰다가, 삼가는 마음에 옆방으로 물러가겠노라고 말하곤 하던 에그르몽 자

230

작 부인에게 그가 말하였다. "우리들을 위해 차를 준비하지 마시고, 편안히 이야기나 나눕시다. 우리들은 아무 격식 차리지 않는 소박한 사람들이라오. 게다가," 에삐네 부인 쪽으로 고개를 돌리면서 (겸허지고 갈망하는 듯하며 열성적으로 변해 얼굴을 붉히고 있던 에그르몽 부인을 내버려둔 채) 그가 덧붙였다. "우리가 부인께 할애할 시간은 십오 분밖에 없습니다." 그 십오 분이, 지난 한 주간 동안 공작 부인이 하였고, 그녀 스스로는 틀림없이 다시 입에 올리지 않았을, 그러나 공작이, 그것들을 유발시킨 사건들과 관련하여 그녀를 나무라는 척하며 지극히 능란하게 그녀로 하여금 마지못해 그렇듯이 반복하게끔 한, 재치있는 말들을 자랑하는 일종의 전시적인 설명으로 몽땅 채워졌다.

자기의 사촌 동서를 좋아하며 또 그녀가 칭찬을 좋아하는 약점을 지니고 있음을 잘 알고 있던 에삐네 대공 부인이, 공작 부인의 모자와 양산과 그녀의 뛰어난 기지에 경탄하였다. "그녀의 치장물들에 대해서는 마음껏 칭찬을 하십시오." 공작이 짐짓 꾸민, 그리고 자기의 불만을 곧이곧대로 믿도록 하지 않기 위하여 짓궂은 미소로 완화시킨, 무뚝뚝한 어조로 말하였다. "하지만, 제발 그녀의 기지에 대한 말씀은 하지 마십시오. 그처럼 재치 발랄한 여인 없이도 저는 잘 살 수 있습니다. 부인께서는 아마 그녀가 저의 아우 빨라메드를 겨냥하여 늘어놓은 저질 동음이의어 말장난을 빗대어 말씀하시는 것 같습니다." 대공 부인과 가문의 나머지 다른 사람들은 아직 그 말장난을 듣지 못하였음을 잘 알면서도, 그리고 자기의 아내를 돋보이게 하는 것이 황홀해, 그가 그렇게 덧붙였다. "저는 우선, 저도 인정합니다만, 가끔 멋진 말을 하는 사람이 저질 말장난을 한다는 것이 격에 맞지 않는다고 생각하며, 특히 그것이 자존심 강하여 격하기 쉬운 저의 아우를 겨냥할 경우, 그와 저 사이에 불화를 초래할 수도 있으니, 정말 괴로운 일입니다!"

"하지만 우리는 모르고 있었어요. 오리안느의 말장난이요? 그 것 정말 감미롭겠어요. 오! 어서 이야기해 주세요."

"천만에, 아닙니다, 그것을 모르신다니 천만다행으로 생각합니다." 공작이, 비록 미소가 더 밝아졌으나 여전히 무뚝뚝한 기색으로 대꾸하였다. "정말이지 저는 저의 아우를 좋아합니다."

"바쟁, 이것 보세요, 저는 도대체 그것이 왜 빨라메드를 화나게 할 수 있다고 말씀하시는지 모르겠어요." 남편의 말에 응수할 순간이 도래하였음을 간파한 공작 부인이 입을 열었다. "그 반대라는 것을 당신도 잘 아시잖아요. 그는 너무나 현명하여, 무례한 점이라곤 추호도 없는 그 멍청한 농담에 마음 상하지 않아요. 그러시다 자칫, 제가 혹시 못된 말이라도 한 듯 사람들이 생각하게 하시겠어요. 저는 별로 이상하지 않은 말로 단순하게 대꾸하였건만, 당신이 공연히 분개하시면서 그것을 중요하게 여기시는 거예요. 저는 당신이 그러시는 것을 납득할 수 없어요."

"두 분이 우리의 궁금증을 끔찍하게 자극하시는군요. 도대체 어떤 일이었나요?"

"오! 물론 전혀 중요하지 않은 일이었습니다!" 게르망뜨 씨가 정색을 하며 말하였다. "저의 아우가 자기 아내의 소유였던 브레제 성을 자기의 누이 마르상뜨에게 주려고 한다는 소문을 부인께서도 아마 들으셨을 것입니다."

"그래요, 하지만 전하는 말에 의하면, 그녀가 그 성을 달갑게 여기지 않으며, 그 성이 있는 고장을 좋아하지 않고, 그곳 기후가 그녀에게 맞지 않는다 하더군요."

"그런데 마침 어떤 사람이 그 모든 이야기를 저의 아내에게 들려주면서, 저의 아우가 그 성을 우리들의 누이에게 주겠다고 한 것은, 누이에게 기쁨을 주기 위해서가 아니라 그녀를 짓궂게 놀리기 위해서였다는 말도 덧붙였습니다. 그 사람이 말하기를, 저의 아우 샤를뤼스가 그토록 짓궂은 사람 (따깽, taquin)이라고 하였답니다. 그런데, 부인께서도 아시다시피, 브레제는 원래 왕실의 땅으로, 그 가격이 수백만 프랑에 달하며, 그곳이 옛 국왕의 영지였던지라, 프랑스에서 가장 아름다운 숲들 중 하나가 그곳에 있습니다.[248] 누가 자기에게 그러한 종류의 짓궂은 농담이나마 해 주기를 바라는 사람들이 많습니다. 샤를뤼스가 그토록 아름다운 성을 자기의 누이에게 주겠다고 하였기 때문에 그에게 붙여진 그 '따깽'이라는 별명을 들은 오리안느가, 자신도 모르는 사이에, 그 말이 번개처럼 입에서 튀어나왔으니, 솔직히 말씀 드리거니와, 그 말에 못된 의미는 담지 않은 채, 이렇게 소리쳤습니다. '따깽… 따깽이라… 그러면 따깽 르 쉬뻬르브군요!' 부인께서도 이해하시겠지만," 에삐네 부인이 가지고 있을 고대 역사에 관한 지식에 회의적이었던 공작이, 다시 무뚝뚝한 어조를 띠면서, 그러면서도 자기 아내의 기지가 초래하였을 효과를 판단하기 위하여 주위를 한번 둘러보면서, 이렇게 덧붙였다. "이해하시겠지만, 로마의 왕 따르깽 르 쉬뻬르브 때문에 그러한 말을 한 것이지만, 사실 멍청한 말이고, 오리안느에게는 어울리지 않는 저질 농담입니다.[249] 또한 제가 저의 아내보다 기지는 부족하지만 그녀보다 더 신중하여, 항상 어떤 일의 후속 사태를 생각합니다만, 만약 불운하게도 어떤 사람이 그 이야기를 저의 아우에게 고자질이라도 한다면, 그야말로 난리가 날 것입니다." 그러더니 다시 덧붙였다. "그런데 공교롭게도 빨라메드가 매우 오만하고 또한 지나치게 까다롭기도 하여 여인들의 수다에 매우 쉽게 솔깃하는 천성이니,[250] 브레제 성 문제는 제쳐두더라도, 따깽 르 쉬뻬르브 (오만하고 당당한 짓궂은 사람)가 그에게 상당히 잘 어울리는 것은 부정할 수 없습니다. 그러한 점이 저의 집 마님이 하신 말씀의 명예를 온전히 지켜 줍니다만, 다시 말해, 그녀가 비록 자신을 낮춰 상스러운 말장난을 가리지 않는다 해도, 그녀의 재치는 여전하여 사람들의 특징을 상당히 정확하게 묘사합니다."

그렇게, 어떤 때에는 '따깽 르 쉬뻬르브' 덕분에, 또 어떤 때에는 다른 재담 덕분에, 공작과 공작 부인의 그러한 방문들이 그들의 가문에 이야기 비축분을 다시 보충해 주었고, 그것들이 야기시킨 감동이, 재치 발랄한 여인과 그녀의 공연 기획자가 떠난 후에도, 상당히 오랫동안 지속되곤 하였다. 그들의 방문을 받은 댁 안주인들은 우선, 그 축제 현장에 있던 특전 받은 사람들 (즉 그대로 죽치고 있던 사람들)과 함께, 오리안느가 한 재담을 한껏 즐기곤 하였다. (그런 다음 다른 사람들이 나타나면) 에삐네 대공 부인이 묻곤 하였다. "따깽 르 쉬뻬르브라는 말을 모르고 계셨나요?"—"이미 알고 있었어요." 바브노 후작 부인이 얼굴을 붉히면서 대답하였다. "싸르시나-라 로슈푸꼬 대공 부인께서 저에게 이야기해 주셨는데, 완전히 같지는 않아요. 하지만 저의 사촌 동서 앞에 앉아서 이야기하는 것을 직접 들었더라면 더욱 재미있었을 거예요." 작곡가와 함께 그가 작곡한 노래를 들으면 더 좋을 것이라는 듯한 투로 그녀가 덧붙였다. 혹은 이제 막 도착한 다른 여인에게는 이렇게 말하기도 하였다. "조금 전 다녀간 오리안느가 최근에 한 재담에 대해 이야기하고 있었어요." 그러면 새로 도착한 여인이 한 시간 일찍 오지 못한 것을 몹시 아쉬워하곤 하였다.

"아니, 오리안느가 이곳에 왔었어요?"

"그렇다니까요, 조금 더 일찍 오실 걸 그랬어요…." 에삐네 대공 부인이, 나무라는 어투는 아니었으되, 잽싸지 못한 여인이 놓친 것이 무엇인지를 깨닫게 해 주면서 대구하였다. 천지창조나 까르발로 부인의[252] 마지막 공연을 구경하지 못한 것은 오직 그녀의 잘못이라는 투였다. "오리안느가 근래의 한 재담에 대해 어떻게 생각하세요. 솔직히 말씀 드려, 저는 '따깽 르 쉬뻬르브'를 무척 좋아해요." 그리고 다음 날, 그것을 위해 초대한 친한 사람들이 모였을 때, 이미 식은[253] 그 '재담'을 다시 점심상에 올렸으며, 그 주간 내내 그 재담이 다양한 소스 곁들여져 거듭 등장하곤 하였다. 심지어 에삐네 대공 부인은 그 주간에, 매년 한 번 찾아 뵙는 빠르마 대공 부인을 방문하여, 그 기회를 이용하여 공주 전하께서 오리안느의 재담을 알고 계시느냐고 물은 다음, 그 이야기를 하였다. "아! 따깽 르 쉬뻬르브!" 빠르마 대공 부인이 우선 찬탄부터 하며 눈이 휘둥그레졌으나, 보충 설명을 해 달라고 간청하였으며, 에삐네 대공 부인이 수고를 아끼지 않았다. "저는 따깽 르 쉬뻬르브가 하나의 편집으로서 한없이 저의 마음에 든다는 것을 고백해요." 에삐네 대공 부인이 그렇게 이야기의 끝을 맺었다. 사실 '편집'이라는 단어가 그 재담에는 전혀 부합되지 않았으나, 자기가 게르망뜨 가문 사람들의 기지를 흡수하여 소화하였다고 자부하던 에삐네 대공 부인은, 오리안느가 사용하던 '초판 편집'이나 '편집' 같은 표현들을 빌려 분별 없이 사용하고 있었다. 그런데, 용모 추하다고 여겨, 그리고 인색하다는 사실을 잘 알고 있어, 또한 꾸르부와지에 가문 사람들의 말에 의거해 심보 사납다고 믿던, 에삐네 부인을 별로 좋아하지 않던 빠르마 대공 부인이, 언젠가 게르망뜨 부인이 사용하는 것을 들었으되 자기 스스로는 활용할 수 없던 그 '편집'이라는 단어를 그녀의 말 속에서 포착하였다. 그녀는 '따깽 르 쉬뻬르브'라는 재담의 매력이 정말 그 '편집'에 기인한다는 인상을 받았고, 따라서, 그 용모 추하고 인색한 귀부인에 대하여 가지고 있던 반감을 완전히 잊지는 않았으되, 게르망뜨 가문 사람들의 기지를 그 정도까지 소유한 여인에게로 향한 찬미의 정을 억제할 수 없어, 에삐네 대공 부인을 국립극장 오페라에 초대하고 싶어졌다. 그녀의 그러한 충동을 진정시킨 것은 오직, 먼저 게르망뜨 부인과 상의하는 것이 아마 합당하리라는 생각뿐이었다. 한편, 꾸르부와지에 가문 사람들과는 달리 오리안느에게 한없이 친절을 베풀며 그녀를 좋아하되, 그녀의 교분들을 부러워하고 그녀가 사람들 앞에서 자기의 인색함에 대해 서슴지않고 하는 농담 때문에 조금 짜증이 나 있던 에삐네 부인은, 자기의 집에 돌아가기 무섭게, 빠르마 대공 부인이 '따깽 르 쉬뻬르브'라는 재담을 이해하는데 얼마나 큰 어려움을 겪었는지를 이야기하면서, 도대체 오리안느가 얼마나 태부림 하기를 좋아하길래 그따위 암칠면조²⁵⁴⁾와 가까이 지내는지 모르겠다고 하였다. 그녀가 만찬에 초대한 친구들에게 말하였다. "저는 비록 제가 원한다 해도 빠르마 대공 부인과 빈번한 교류는 가질 수 없을 거예요. 우리 에삐네 씨께서, 그녀의 부도덕성으로 인해 결코 허락하시지 않을 것이기 때문이에요." 빠르마 대공 부인이 무절제하다는 순전히 허구적인 점을 암시하는 말이었다. "하지만 저의 남편이 덜 엄격하다 할지라도 저는 그러지 못할 거예요. 도대체 오리안느는 어떻게 그녀를 항상 만날 수 있는지 모르겠어요, 저는 한 해에 단 한 번 그녀의 집에 가지만, 방문이 끝날 때까지 견디기가 힘겨워요." 게르망뜨 부인이 빅뛰르니엔느를 방문하는 순간 마침 그녀의 집에 와 있던 꾸르부와지에 가문 사람들의 경우, 공작 부인의 도착이 그들 대부분으로 하여금 줄행랑을 놓게 하였는데, 사람들이 오리안느에게 표하는 지나치게 정중한 예의에 심정이 뒤틀어졌기 때문이다. '따깽 르 쉬뻬르브'라는 재담 이야기가 나오던 날, 그들 중 단 한 사람이 돌아가지 않고 계속 머물러 있었다. 그가 그 농담을 완전히는 아니나 반쯤 이해하였는데, 교양이 좀 있었기 때문이다. 그리하여 그날 이후, 오리안느가 빨라메드 숙부[255]를 가리켜 '타르키니우스 쑤페르부스'라고 하였다는 소문이 꾸르부와지에 가문 사람들 사이에 퍼져나갔고, 그들이 보기에는 그 말이 빨라메드를 상당히 정확하게 묘사한 것 같았다.[256] 그 이야기를 주고받으면서 그들이 이런 말도 곁들였다. "도대체 왜 오리안느를 가지고 그토록 떠들어대는가요? 어느 여왕을 가지고도 그러지는 않을 거예요. 요컨대, 오리안느가 무엇인가요? 물론 게르망뜨 가문이 유구한 가문이 아니라는 말은 아니에요. 그러나 꾸르부와지에 가문이, 찬연함에 있어서나 유구함에 있어서나 혹은 인척 관계에 있어서나, 그 무엇에서도 그들보다 못하지 않아요. 잉글랜드의 국왕이, '황금빛 비단 캠프'[257]에서, 프랑수와 1세에게, 그곳에 와 있던 조신들 중 누가 제일 고귀하냐고 묻자, 프랑스의 국왕이 이렇게 대꾸하였다는 사실을 잊지 말아야 해요. '전하, 꾸르부와지에입니다.'" 그러나 꾸르부와지에 가문 사람들이 서둘러 떠나지 않았다 할지라도, 그러한 재담을 유발시킨 사건들을 그들이 대개는 전혀 다른 관점에서 바라보았을 것인지라, 오리안느의 재담을 듣고도 그들은 귀머거리들처럼 무심했을 것이다. 예를 들어, 꾸르부와지에 가문의 어떤 여인이 연회를 베풀었는데, 의자 하나가 부족했다든가, 혹은 자기가 선뜻 누구인지 알아보지 못한 여자 손님과 이야기를 하다가 상대방의 이름을 다른 사람의 이름과 혼동하였다든가, 혹은 하인들 중 하나가 자기에게 우스꽝스러운 말 한 마디를 아뢰었다든가 하는 등의 경우에, 그 꾸르부와지에 가문 여인은 극도로 난처해져, 얼굴을 붉히고 자신을 진정시키지 못한 채 그 뜻밖의 사고를 개탄하곤 하였다. 또한 오리안느가 오기로 되어 있을 경우에는, 어느 남자 손님에게 근심스러운 그리고 추궁하는 듯한 어조로 묻기도 하였다. "그녀와 교분이 있나요?" 그 남자가 그녀와

게르망뜨 쪽 2부 2장 237

교분을 맺지 않은 사람일 경우, 그의 참석이 오리안느에게 나쁜 인상을 주지 않을까 염려하였기 때문이다. 그러나 게르망뜨 부인은, 반대로, 그러한 뜻밖의 사건들로부터, 게르망뜨 가문 사람들을 눈물이 나도록 웃기는 이야기들의 소재를 얻었던지라, 남자들로부터 따돌림 당하고 여인들로부터 배신 당한 위대한 문인들이, 그렇게 감수한 모욕과 고통이 자기들의 천부적 재능을 일깨운 자극제는 아니라 할지라도 최소한 자기들이 쓴 작품의 소재가 되었을 경우, 그러한 대접 받은 것을 고마워하지 않을 수 없듯, 그녀에게 의자가 부족했던 일과, 그녀가 하인으로 하여금 실언을 하게 하였거나 그러도록 내버려둔 사실, 아무도 모르는 낯선 사람을 초대한 것 등을 누구든 부러워하지 않을 수 없었다.

꾸르부와지에 가문 여인들은 또한, 공작 부인이 사교적 생활에 도입하였고, 그것을 확신 어린 본능에 따라 각 순간의 필요에 부합시킴으로써, 경직된 규칙들의 전적으로 이론적인 적용이, 사랑이나 정치에서 성공하고 싶어 뷔씨 당부와즈²⁵⁸⁾의 혁혁한 행적을 자신의 삶 속에 그대로 재현시키려 하는 사람이 거둘 것과 같은 부정적인 결과를 초래할 수 있을 상황에서도, 그러한 필요들을 예술적인 무엇으로 변형시키던 그녀의 혁신적 기지에까지 스스로를 고양시킬 능력을 갖추지 못하였다. 부친이 황제²⁵⁹⁾의 대신이었던 어느 꾸르부와지에 가문 여인이, 마띨드 공주²⁶⁰⁾를 위해 오후 연회를 베풀게 되었을 때, 그녀는 기하학적 기지로 추론한 나머지 오직 보나빠르뜨주의자들밖에 초대할 수 없다는 결론에 도달하였다. 그런데 그녀와 알고 지내던 보나빠르뜨주의자들이 거의 없었다. 그리고, 교분을 맺고 있던 우아한 여인들과 호감 줄 수 있는 남자들은, 견해나 애착함에 있어 정통왕조파에 속해, 꾸르부와지에 가문 여인들의 논리에 의하던, 제국 공주 전하의 마음에 거슬릴 수 있었던지라, 무자비하게 초청 대상에서 제외되었다. 평소 쌩-제르맹 구역 사교계의 꽃들만 응접실에 받아들이던 공주는, 자신을 초대한 꾸르부와지에 부인 댁에서 고작 소문난 식객 여인 하나와 제정 시절 어느 지역 도지사였던 사람의 미망인 하나, 우체국장의 미망인 하나, 나뽈레옹 3세[261]에 대한 충성심과 멍청함과 따분함으로 유명했던 몇몇 인사들만 발견하고 상당히 놀랐다. 마띨드 공주는 그럼에도 불구하고, 그 재앙과 같은 추물들 위로도 자기의 존귀한 친절함이 너그럽고 부드럽게 흘러 번쩍이게 함에 인색하지 않았는데, 꾸르부와지에 부인과 반대로 게르망뜨 부인은, 자기가 공주를 초대하게 되었을 때, 그들은 결코 초대하지 않으려 조심하였고, 보나빠르뜨주의 따위는 우선적으로 생각하지 않은 채, 일종의 통찰력과 재치와 수완이 그녀로 하여금 황제의 조카딸이 기꺼워할 것이라 예감케 하던, 모든 아름다움과 재능과 명성으로 이루어진—그것들이 비록 구왕조의 왕가에 속하더라도—가장 풍성한 꽃다발로 그 사람들을 대체하곤 하였다. 그 꽃다발 속에는 심지어 오말 공작[262]조차도 빠지지 않았으며, 그러나 공주가 돌아가려는 순간, 몸을 깊숙이 숙여 예를 표하면서 그녀의 손에 입맞추려 하던 게르망뜨 부인을 황급히 다시 일으켜 세운 다음, 그녀의 두 볼에 다정히 입을 맞추면서, 공주가 공작 부인에게, 일찍이 더 좋은 하루를 보낸 적도 더 성공적인 잔치에 참석한 적도 없었노라고 한 말은 그녀의 가슴 깊은 곳에서 나온 것이었다. 빠르마 대공 부인이 사교적 분야에 새로운 것을 도입할 능력이 없었다는 측면에서는 꾸르부와지에 가문 사람들과 같았으나, 그들과는 달리, 게르망뜨 공작 부인이 끊임없이 그녀의 내면에 야기시키던 놀라움이 태동시키던 것은 그들 속에 생기던 반감이 아니라 경탄이었다. 그러한 놀라움은, 대공 부인의 까마득히 시대에 뒤떨어진 교양으로 인해서 더욱 증대되었다. 게르망뜨 부인 자신도 물론 자기가 생각하던 것보다는 훨씬 덜 진보되어 있었다. 그러나 빠르마 대공 부인을 아연실색케 하기 위해서는 그녀가 대공 부인보다 더 진보되었다는 사실만으로 충분했고, 각 시대의 평론가들이 선대 평론가들에 의해 인정된 진실들에 대하여 정반대의 입장을 취하는 것으로 그치듯, 그녀가 예를 들어, 중산층의 적이라고들 하는 플로베르가 실은 그 누구보다도 중산층이라고 하거나, 혹은 바그너의 작품들 속에 이딸리아 음악의 많은 요소들이 포함되어 있다고 하기만 하면, 폭풍우 몰아치는 바다에서 헤엄치고 있는 사람에게처럼, 대공 부인에게, 끊임없이 새로워지는 정신적 과로를 감당케 하는, 전대미문의 것처럼 보이며 희미한 수평선들을 안겨주기에 충분했다. 빠르마 대공 부인이 겪던 그 놀라움은, 예술품들에 대해서 뿐만 아니라 심지어 그녀와 공작 부인이 교분을 맺고 있던 사람들 및 사교계에서 일어나고 있던 일들에 대해 늘어놓던 역설들에 의해서도 야기되었다. 물론 게르망뜨 가문 사람들의 진정한 기지를, 그것에서 배워 얻은 초보적인 형태들과 구분할 줄 모르던 빠르마 부인의 무능 (그것이 그녀로 하여금 게르망뜨 가문의 몇몇 남자들과 특히 여인들에게 탁월한 지적 능력이 있다고 믿게 하였건만, 얼마 후 공작 부인이 그녀에게 미소를 지으면서 말하기를, 그들이 순진한 단지들[263]이라고 하는 것을 듣고 어리둥절하였다), 그것이, 사람들을 평가하는 게르망뜨 부인의 말을 들을 때마다 대공 부인이 겪던 놀라움의 원인들 중 하나였다. 그러나 또 다른 하나의 원인이 있었으니, 그 시절, 사람보다는 책을 더 많이 알고 있었으며 세상보다는 문학을 더 잘 알고 있었던 나는, 공작 부인이, 예술에 있어서 창작에 대비되는 평론처럼 진정한 사회적 활동에 대비되는 한가함과 불모성으로 이루어진 사교계 생활을 영위하면서,[264] 자기 주위 사람들에게 관점의 변덕스러움과 (지나치게 건조한 자신의 기지를 적셔 주기 위하여 아직은 조금이나마 신선한 아무 역설이나 찾아내어, 가장 아름다운 『이피게네이아』는 글루크의 것이 아니라 삐치니의 것이라 하거나,[265] 필요한 경우 진정한 『화이드라』는 프라동의 것이라고도 하면서,[266] 갈증 해소시켜 주는 견해 주장하기를 서슴지 않을) 추론꾼의 병적인 갈증을 유포시키고 있었기 때문이라고 생각하였다.

영리한데다 좋은 교육 받았으며 재치 넘치는 한 여인이, 사람들 앞에 별로 나타나지 않고 화제에 오르는 일도 없던 어느 과단성 없는 알락해오라기[268]와 결혼하였을 경우, 게르망뜨 부인이 어느 날 문득, 단지 그 여인을 비난할 뿐만 아니라 남편까지 사람들 앞에 '까발리면서' 재치 번득이는 짜릿한 즐거움을 고안해 내곤 하였다. 깡브르메르 내외와 관련시켜 예를 들자면, 만약 공작 부인이 그 시절 그 두 내외와 같은 사회적 영역에서 살았다면, 그녀는 깡브르메르 부인이 우둔한 반면, 인품 훌륭하되 인정 받지 못하고 그윽한 매력 갖추고 있으되 까치처럼 짖어대는 아내 때문에 항상 침묵 속에 묻혀 사는, 그러나 그녀보다 천배나 더 가치있는 사람은 깡브르메르 후작이라고 선포하였을 것이고, 그러면서 이미 육십 년 전부터 사람들이 찬미하던 『에르나니』보다는 『연정에 빠진 사자』를 더 좋아한다고[269] 고백하는 평론가와 같은 종류의 시원함을 맛보았을 것이다. 또한 사람들이, 진정한 성녀라고 할 수 있을 모범적인 여인이 젊은 나이에 어느 망나니 녀석과 결혼하였다고 불쌍히 여길 경우, 게르망뜨 부인은, 인위적인 새로움에 대한 병적인 욕구로 인하여, 어느 날 갑자기, 그 망나니 녀석이 경박하긴 하지만 인정이 많으며, 아내의 가차없는 엄격함이 그의 극단적으로 무분별한 언행을 초래하였다고 단언하기도 하였다. 나는, 평론이 여러 세기에 걸쳐, 서로 다른 여러 작품들 사이에서 뿐만 아니라, 심지어 하나의 작품 속에서조차, 아주 오래전부터 찬연한 빛 발하던 것을 어둠 속으로 다시 처박고, 영원한 어둠 속에 처박힐 운명 타고난 듯 보이던 것을 그곳에서 나오게 하며 즐기는 것을 알고 있었다. 내가 일찍이 본 것은, 항상 피곤을 느껴 변덕스러운 신경쇠약증 환자들처럼, 진정한 천재들의 작품에 지친 한가한 지성들에 의해 그 천재들이 지쳤다고 평가되었다는 오직 그 이유 때문에, 벨리니,[270] 빈터할터,[271] 예수회 양식[272] 건축가들, 복고왕조 시절의 어느 흑단 가구 세공인 등이, 어느 날 문득 몰려와 그 천재들의 자리를 차지하는 광경만이 아니다. 나는 쌩뜨-뵈브가 때로는 평론가로 때로는 시인으로 선호되는가 하면, 뮈쎄가, 하찮은 몇몇 짧은 시들을 제외한 그의 모든 운문과 관련해서는 도외시 당하고, 오히려 이야기꾼으로[273] 찬양 받는 것도 보았다. 물론 문학적 논설문 쓰는 이들[274] 중 몇몇이, 옛날 지도처럼 그 시절의 빠리에 관한 여러 사항들을 알려주는 『거짓말쟁이』[275] 속에서 발견되는 어느 장광설을 『엘 씨드』나 『폴뤼에욱토스』[276] 중의 가장 유명한 장면들보다 높이 평가하는 것은 잘못이지만, 미적 동기에 의해서는 아니나 적어도 어떤 자료적 이점에 의해 정당화되는 그들의 그러한 편향된 기호도, 미친 평론[277]에게는 여전히 지나치게 논리적으로 보인다. 미친 평론은 『되통스러운 사람』[278] 중의 한 구절을 위해 몰리에르의 나머지 모든 작품들을 버리기도 하고, 바그너의 『트리스탄』[279]을 몹시 지루하다고 여기면서도, 사냥이 진행되는 동안 들려오는 '뿔피리의 매력적인 음색'은 예외로 여길 것이다. 평론의 그러한 도착 증세가 나로 하여금, 바보이긴 하지만 심성 착하기로 소문난 자기네 계층의 어떤 사람을, 흔히들 생각하는 것보다 더 영악스러운 이기주의 괴물 같은 화신이라고, 혹은 인심 후하기로 소문난 다른 어떤 사람이 인색함 자체를 상징할 수 있을 정도라고, 혹은 어느 좋은 엄마가 자기의 아이들을 귀중하게 여기지 않는다고, 혹은 모두들 행실 좋지 않다고 생각하는 어느 여인이 가장 고결한 감정의 소유자라고 하는 등, 그러한 일련의 판정을 내리곤 할 때마다 게르망뜨 부인이 드러내곤 하던 도착 증세를 이해할 수 있도록 도와주었다. 게르망뜨 부인의 지성과 감수성이, 마치 사교계 생활의 공허함 때문에 망가진 듯 너무나 동요되고 약해져, 그녀 속에서 싫증이 열광을 때 맞춰 신속히 뒤따르지 못하였고 (그녀가 추구하다가는 내동댕이치기를 반복하던 유형의 기지에 다시 매력을 느끼는 한이 있어도), 어떤 사람이 그녀를 너무 자주 찾아와 그녀가 제시할 수 없는 지침들을 그녀에게서 지나치게 구할 경우에도, 일찍이 그 선량한 사람에게서 그녀가 느꼈던 매력이—자기를 찬미하던 사람 때문에 생긴 것으로 믿었으나 실은 즐거움을 모색하는 것으로 만족할 때 그것을 발견하지 못하게 되는 무력증 때문에 생기는—짜증으로 변하지 못하였다. 공작 부인이 내리던 판정의 변덕스러움이, 그녀의 남편을 제외하고는 아무도 용서하지 않았다. 오직 그만이 그녀를 결코 사랑하지 않았거니와, 그녀는 항상 그에게서 그녀의 변덕에 무심하고 그녀의 아름다움을 경시하며 난폭한, 그리고 결코 누그러질 줄 모르며 그 지배하에서만 신경 과민한 사람들이 평온을 얻을 수 있는 의지 구비한, 무쇠 같은 성격을 느끼곤 하였다. 한편 게르망뜨 씨는, 항상 같은 여성적 아름다움의 전형을 추구하되 갈아치우던 정부들 속에서 그것을 찾던 중, 일단 그녀들과 헤어진 후에는, 또한 그녀들을 조롱하기 위하여, 잔소리로 자기의 심기를 빈번히 자극하지만 모든 사람들이 당시의 귀족사회에서 가장 아름답고 가장 정숙하고 가장 명석하고 가장 교양있는 여인으로 여기던 영구적이고 변함없는 협력자 하나만을 아내로 맞아들였고, 그의 방탕한 짓들을 덮어주고, 이 세상 그 누구보다도 접대에 능숙하며, 그들의 응접실을 쌩-제르맹 구역에서 으뜸가는 응접실로 유지시켜 주던 그 아내를 얻은 것이 그저 행복할 뿐이었다. 다른 이들의 그러한 견해에 동감하였던지라, 자기의 아내에 대하여 자주 불편한 심기를 품으면서도, 그녀를 자랑스럽게 생각하였다. 사치를 좋아하는 것 만큼이나 인색하였던지라, 그는 자기의 아내가 한껏 화려하게 치장하기를 요구하던 반면, 자선 행위나 하인들을 위하여 쓸 돈은 지극히 적은 금액도 거절하였다. 여하튼 그는 자기 아내의 기지를 돋보이게 하는 것을 중요시하였다. 그런데 게르망뜨 부인이 그들의 친구들 중 어떤 사람의, 그녀에 의해 문득 뒤바뀐 장점들과 단점들에 관련시켜, 새롭고 감미로운 역설 하나를 고안해 낼 때마다, 그녀는 그 역설을 음미할 수 있는 사람들 앞에서 그것을 시험해 보고, 그것의 심리학적 독창성을 맛보면서 즐기게 하며, 그 묘비명처럼 힘차고 간결한 악의가 빛나도록 하고 싶어 안달을 하였다. 물론 그 새로 내놓은 견해들이 대개 전의 것들보다 더 많은 진실을 내포하지 못하였으나—더 적게 내포한 경우가 잦았다—그것들 속에 내포되어 있던 인위적이고 예기치 못한 바로 그 무엇이 그것들에게 이지적인 무엇을 부여하였고, 그 이지적인 것으로 인하여, 다른 이들에게 전달될 때 그 견해들이 감동적으로 들렸다. 다만, 공작 부인의 심리학적 재능의 훈련 대상이 되었던 환자가 일반적으로는 그녀의 가장 가까운 친구였고, 그녀가 자기의 발견을 알려 그 효과를 시험해 보고 싶어하던 대상들은 그 환자가 더 이상 그녀의 절대적인 호의를 누리지 못한다는 사실을 까맣게 모르고 있었을 뿐만 아니라, 감상적이고 다정하며 헌신적인 친구라는 게르망뜨 부인의 명성 또한 그녀가 공격 시작하는 것을 어렵게 만들었던지라, 그녀가 고작 할 수 있었던 것은, 그녀를 도발적으로 자극하는 역할을 스스로 떠맡은 협력자를 겉으로는 진정시키고 반박하기 위해, 그러나 실제로는 지원하기 위해 말대 꾸를 해 주면서, 마치 강요 받아 어쩔 수 없다는 듯 곧 이어 개입하 는 일이었으며, 바로 그 도발꾼의 역할에 게르망뜨 씨가 탁월한 솜 씨를 발휘하였다.

사교적 활동들에 관해 말하자면, 그것들에 대해, 간단없고 감미 로운 놀라움으로 빠르마 대공 부인을 후려치는 그녀 특유의 예기 치 못한 판정들을 내리면서 게르망뜨 부인이 맛보곤 하던 것은, 또 다른 하나의 임의적으로 연출된 극적 즐거움이었다. 하지만 공작 부인이 맛보던 그 즐거움의 본질이 무엇일 수 있을까를 내가 이해 하려 시도하였던 것은, 문학 평론의 도움을 얻어서라기 보다, 정치 적 활동 및 의회 관련 신문기사 등을 본떠서였다. 게르망뜨 부인이 자기 계층 인물들 사이에다 끊임없이 가치 서열을 전도시키는데 이용하던 그녀의 연속적이고 상호 모순적인 칙령들이 그녀의 무 료함을 달래주기에 더 이상 충분치 못했던지라, 그녀는 자신의 사 교적 활동을 이끌어가고 가장 작은 사교적 결단들을 설명하던 방 법 속에서도, 인위적인 감동을 맛보거나, 뭇 의회에 감성을 자극하 여 정치인들의 뇌리에 강한 인상을 남기는 그 흔한 꾸며낸 의무들 에 복종하려 하였다. 장관 한 사람이 의회에서, 상식적인 사람이 보기에도 실제로 지극히 간단해 보이는 어느 행동지침을 따르는 것이 옳은 일이라고 믿었노라 설명하고, 다음 날 그 상식적인 사람 이 신문에서 의회 관련 기사를 읽는데, 장관의 연설이 청중의 심한 동요 속에서 이어지다가, 어느 의원 입에서 나온 '매우 심각하다' 는 등의 비난 어린 표현들로 자주 끊기며, 그 의원의 이름과 작위 가 하도 길고 그 말에 이어진 움직임들이 하도 강조되어, 연설이 중단되는 사태를 전하는 기사에 할애된 지면에서, '매우 심각하다!'는 단어들이 차지하는 자리가 12음절로 구성된 운문 한 구절의 중간 휴지부(休止符)가 차지하는 자리보다 좁은 것을 보는 순간, 그 상식적인 독자가 문득 자신도 동요됨을 느끼고,[280] 자신이 그 장관의 말에 동의하는 것이 옳은지 의문을 품게 된다는 것은 우리 모두 알고 있다. 예를 들어, 롬므 대공이던 게르망뜨 씨가 등원하던 시절에는, 비록 그것이 특히 메제글리즈 선거구를 의중에 둔 것이었고, 또한 유권자들에게 그들이 나태하거나 벙어리 같은 대표에게 표를 주지 않았음을 보여주기 위한 것이었지만, 사람들이 빠리 지역 몇몇 신문들에서 다음과 같은 부류의 기사들을 가끔 읽을 수 있었다.

(롬므 대공인 게르망뜨-부이용 씨가 말하였다.) "그것은 매우 심각합니다!'(옳소! 옳소! 중앙 좌석에서, 그리고 오른쪽 몇몇 좌석에서 그러한 말이 들리고, 왼쪽 끝에서는 요란한 탄성이 터져 나온다.)

상식적인 독자가 현명한 장관에 대한 한 가닥 믿음의 미광을 아직도 간직하고 있으나, 장관의 말에 응수하는 또 다른 연사의 첫 몇 마디를 전하는 다음과 같은 기사를 읽는 순간, 그의 심장이 새로운 박동에 의해 흔들린다.

"놀라움, 경악, 과장이 아닙니다 (반원형의 청중석 오른쪽 부분에서 격렬한 파문이 일어난다), 제가 짐작하기로 아직도 정부의 일원인 사람의 말이 저의 내면에 야기시킨 것입니다…. (그 순간 천둥 소리 같은 박수가 터지고, 몇몇 의원들이 국무위원들의 좌석 쪽으로 꾸역꾸역 몰려가고, 체신청 정무차관이 자기의 자리에서

옳다는 뜻으로 고개를 끄덕인다.)"

신문 기사 속의 '천둥 소리 같은 박수' 라는 말이 그 상식적인 독자의 마지막 저항마저 휩쓸어 가버려, 그 독자가 자체로는 사실 아무 의미 없는 하나의 행정적 처리 방법조차 의회를 모독하는 흉악한 방법이라 여기게 되고, 심지어 필요할 경우에는, 예를 들어 가난한 이들보다 부자들이 세금을 더 내도록 한다든가, 어떤 부정(불법 사실)을 공개한다든가, 전쟁 대신 평화를 선택하는 등 지극히 정상적인 사안조차도 파렴치하다 여기게 될 것이며, 그 당연한 일에서, 자신이 실은 일찍이 생각조차 해 본 적 없을 뿐만 아니라 인간의 가슴 속에도 새겨져 있지 않은 원칙들[281]이되, 야기된 환호성과 불러 모은 밀집된 다수 집단을 무기로 삼아 사람들을 강력하게 뒤흔드는, 그 원칙들에 대한 일종의 모독 행위를 발견하게 될 것이다.

또한 아울러, 내가 게르망뜨 가문 집단과 훗날 다른 집단들을 이해하는데 도움을 준 정치인들의 그러한 교묘함이, 흔히 '행간을 읽는다' 는 관용구로 지칭되는 특정 해석상의 섬세함이 도착(倒錯)된 것에 불과함을 깨달아야 한다. 많은 집회에 그러한 섬세함의 도착 증세에 기인한 비상식적인 언행이 있다면, 모든 것을 '글자 그대로' 믿어, 어느 고위 관리가 '본인의 요청에 따라' 해임당했다고 할 경우, '그가 요청하였으니 그는 파면된 것이 아니야' 라고 생각하면서 파면이라는 것은 짐작조차 못하고, 러시아 군대가 일본 군대를 보고 더욱 견고하고 미리 설치된 기지로 전략적인 후퇴를 할 경우 패전이라는 것은 추측조차 못하며, 한 지방이 도이칠란트 황제에게 독립을 요구하자 황제가 종교적 자율성을 허락하였을 경우, 황제의 거부라는 것을 눈치채지 못하는 군중 속에는, 그러한 섬세함의 결여에 기인한 멍청함이 있다. 의회 이야기로 되돌아 오자면, 의원들 자신도 개원 벽두에는, 그것에 관한 신문 기사를 읽을 그 상식적인 사람과 비슷할 개연성도 있다. 파업 중인 노동자들이 자기들의 대표들을 어느 장관에게 보냈다는 소식을 듣고는, 벌써부터 인위적인 감동 취향을 고취하기 시작하는 깊은 고요 속에서 해당 장관이 연단에 오르는 순간에도, 그들은 자기들끼리 아마 순진하게 이런 말을 나눌 것이다. "아! 그들 사이에 무슨 말이 오고 갔는지 들어 봅시다. 모든 것이 원만하게 타결되었기를 기대합시다." 그런데 장관의 첫 마디는 이러하다. "저에게 부여된 직분의 권한이 인정해야 할 하등의 의무가 없는 그 대표단을 접견하기에는, 제가 느끼는 정부의 의무감이 너무나 지고하다는 사실을, 구태여 제가 의회에 보고할 필요는 없다고 생각합니다." 그 말이 하나의 극적인 반전이니, 그것만이 의원들의 상식 속에서 떠오르지 않았을 유일한 가정이었기 때문이다. 하지만 그것이 극적 반전이라는 바로 그 이유 때문에, 장관이 몇 분 후에나 연설을 속개할 수 있을 정도로 요란한 박수갈채를 받았고, 장관이 자기의 좌석으로 돌아갈 때 동료 국무의원들의 축하인사를 받을 것이다. 그 장관이 성대한 공식 연회에 자기와 반대되는 당 소속인 시의회 의장 초청하는 것을 깜박 잊었을 때 역시 사람들이 못지않게 감동하였는데, 그 일로 인해 모두들, 그가 두 상황에서 진정한 정치가 답게 처신하였노라 공언한다.[282]

그 시기에 게르망뜨 씨는, 꾸르부와지에 가문 사람들의 심한 빈축을 사면서도, 그 장관에게 축하인사를 건네던 동료들 속에 자주 끼어있었다. 내가 훗날 들은 바에 의하면, 그가 의회에서 상당히 중요한 역할을 맡았고 따라서 어떤 장관직이나 대사직이 공석일 경우 모두들 그를 뇌리에 떠올릴 때에도, 어떤 친구가 도움을 청하러 올 경우, 게르망뜨 공작일 수 없을 다른 어느 사람보다도, 비교할 수 없을 만큼 훨씬 소박했고, 정치적인 면에서도 고위 인사 티를 내지 않았다고 한다. 왜냐하면, 비록 그가 귀족이란 별것 아니며, 자기는 동료 의원들을 자기와 동등한 사람들로 여긴다고 말하곤 하였어도, 실제로 그의 생각은 전혀 그렇지 않았기 때문이다. 그가 정치적 지위를 추구하고 중시하는 척하였으나 실은 그것을 멸시하였고, 오직 자신만을 위하여 게르망뜨 씨로 남아있었던지라, 그의 지위가 그의 인품 주위에, 다른 이들이 범접할 수 없도록 만드는 고위직의 뻣뻣함을 두르지 않았다. 또한 그리하여, 공공연히 드러내던 그의 무람없는 거조들뿐만 아니라 그에게 있을 수 있었던 진정한 소박함을, 그의 그러한 자긍심이 모든 공격으로부터 보호해 주었다.

정치인들의 그것처럼 인위적이고 극적인 그녀의 판결에 대한 이야기로 다시 돌아오거니와, 게르망뜨 부인은 전혀 예상하지 못하던 칙령들로, 정치인들 못지않게, 게르망뜨 가문 사람들, 꾸르부와지에 가문 사람들, 쌩-제르맹 구역 사교계 전체, 그리고 다른 그 누구보다도 빠르마 대공 부인 등을 어리둥절케 하였으며, 그 칙령들 밑에서는, 알아차리지 못하면 그만큼 더 큰 충격을 주는 원칙들이 직감되었다. 새로 부임한 빠리 주재 그리스 공사가 가장 무도회를 개최할 경우, 모두들 의상 하나씩을 골랐고, 그러면서 공작 부인이 고른 의상은 어떤 것일까 하는 호기심을 품었다. 어떤 여인은 그녀가 부르고뉴 공작 부인으로 변장하고 싶어할 것이라 생각하였고, 어떤 여인은 데리야바르의 공주처럼 변장할 가능성이 크다고 하였으며, 또 다른 세 번째 여인은 프쉬케로 변장할 것이라 하였다.[283] 결국 꾸르부와지에 가문의 어떤 여인 하나가 친근한 어조로 물었다. "오리안느, 어떤 모습으로 변장할 거예요?" 그 질문이 아무도 생각하지 못하였을 그녀 특유의 답변을, 즉 이러한 답변을 유발시켰다. "어떤 모습으로도 변장하지 않을 거예요!" 또한 그러한 답변이, 새로 부임한 그리스 공사가 사교계에서 점하고 있던 진정한 위치 및 그를 어떻게 대하여야 할지에 관한 오리안느의 견해를, 이를테면 하나의 공작 부인이 그 새로운 공사 댁의 가장 무도회에 '참석할 의무는 없다'는, 즉 모두들 예측하여야 했을 그 견해를 알리느라고, 숱한 혀들이 먼 걸음을 하게 하였다. "저는 개인적인 교분이 없는 그리스 공사 댁에 갈 필요를 느끼지 못하며, 제가 그리스 사람도 아닌데 왜 그곳엘 가겠어요? 저에게는 아무 볼 일이 없어요." 공작 부인이 말하였다.

"하지만 모든 사람들이 참석하고, 또한 멋있을 것 같아요." 갈라르동 부인이 호들갑스럽게 말하였다.

"하지만 자기의 집 벽난로 옆에 앉아 있는 것도 멋있어요." 게르망뜨 부인이 대꾸하였다.

꾸르부와지에 가문 여인들은 그 말에 몹시 놀랐으나, 게르망뜨 가문 여인들은, 비록 그녀를 흉내내지 못하면서도, 그녀의 말에 동조하였다. "물론 모든 사람들이, 일체의 관례를 따르지 않음에 있어 오리안느와 같은 입장에 있지는 않아요. 하지만 다른 한편으로 보자면, 우리가 근지도 모르는 그 외국인들 앞에서 납작 배를 깔고 엎드리면서 지나치게 처신함을 지적해 보여주려는 그녀가, 잘못이라고는 할 수 없어요."

물론 이런 혹은 저런 태도가 여지없이 촉발시킬 공론을 아는지라, 게르망뜨 부인은, '모든 사람들이 참석하는' 축연이 있는 날 저녁에, 아무도 그녀가 참석할 것이라고는 감히 기대하지 못하였던 연회장에 들어서는 것에서도, 자기의 집에 편안히 머물거나 남편과 함께 극장에서 저녁 시간을 보내는 것에 못지않은 즐거움을 느

졌고, 혹은 그녀가 어떤 역사적인 유래 간직된 왕관 모양의 보석장
식품으로 가장 화려한 다이아몬드들의 광채조차 바래게 할 것이
라고 모두들 생각하고 있을 때, 보석 한 조각 패용하지 않고 또 모
두들 누구나 반드시 착용해야 한다고 잘못 알고 있던 의상과 전혀
다른 의상 차림으로 나타나는 것에서도 즐거움을 느꼈다. 또한 반드
레퓌스파였음에도 (정신적인 생활만을 중시하건만 자기의 생을
사교계에서 허송하듯, 드레퓌스의 결백을 확신하건만), 리뉴 대공
부인 댁 야연에서 그녀가 엄청난 파문을 일으켰는데, 우선, 메르씨
에[284] 장군이 입장하자 모든 귀부인들이 자리에서 일어설 때 그녀
만 앉아 있었기 때문이고, 잠시 후, 국가주의자였던 웅변꾼 하나가
장황한 연설을 늘어놓기 시작하자, 벌떡 일어서더니 자기의 시종
들을 불러 마차를 대기시키라고 큰 소리로 분부함으로써, 자기는
사교장이 정치 이야기를 하기 위해 마련되지 않았다고 생각한다
는 점을 드러냈기 때문이다. 또한 어느 성(聖)금요일[285] 연주회에
참석하였다가, 자신은 볼떼르주의자였건만,[286] 구세주를 무대 위
에 올리는 것이 무례하다고 하면서 자리를 떴던지라, 모든 사람들
이 그녀 쪽으로 고개를 돌리기도 하였다. 한 해 중 각종 사교적 연
회가 시작되는 시기가, 사교계의 여왕들에게조차, 얼마나 중요한
지는 모두들 알고 있으며, 그리하여, 심리적 기벽이며 동시에 민감
성의 결여이기도 한, 말하고 싶은 욕구로 인해 자주 멍청한 소리를
하고 말던 아몽꾸르 후작 부인이, 자기의 부친 몽모랑씨 씨가 타계
하였을 때, 어떤 사람이 와서 조의를 표하자 다음과 같이 답례할
지경이었다. "화장대에 초청장 백여 장이 쌓여 있을 때 이러한 슬
픔이 닥치면 더욱 비감해져요." 그런데, 한 해의 바로 그러한 시기
에, 모두들 게르망뜨 공작 부인이 다른 이들과의 약속에 묶이기 전
에 서둘러 그녀에게 초청장을 보내 만찬에 초대할 때, 그녀는 사교

계 인사라면 결코 생각할 수조차 없었을 단 한 가지 이유로 초청을 수락하지 않았으며, 그 이유란, 평소 그녀의 관심을 끌던 노르웨이의 휘오르드[287]를 구경하기 위하여 해상유람길에 오르려 한다는 것이었다. 사교계 사람들은 몹시 놀라 어리둥절해져 공작 부인을 흉내낼 엄두조차 내지 못하였으나, 그러면서도 그녀의 그러한 행동에서, 우리가 칸트의 저술을 읽던 중, 결정론에 대한 철저한 논증 다음, 필연의 세계 위에 자유의지의 세계가 있음을 발견할 때 느끼는 일종의 안도감을 맛보았다.[288] 일찍이 아무도 생각하지 못하였던 모든 독창적인 발명은, 그것을 이용할 줄 모르는 사람들의 오성에게도 자극을 주어 흥분시킨다. 증기선을 이용한 항해술의 발명도, 사교적 모임이 한창때인[289] 그 칩거 기간에 그 항해술을 이용하여 여행길에 오를 생각 하는 것에 비하면 아무것도 아니다. 노르웨이의 휘오르드들을 구경하러 가기 위하여 시내에서 가질 일백여 차례의 만찬 혹은 오찬 모임이나, 그 횟수가 배에 달하는 '다과회', 세 배에 달하는 야연, 오페라 극의 화려한 월요일들, 떼아트르 프랑세의 화요일들을 선뜻 포기할 수 있다는 생각이, 꾸르부와지에 가문 사람들에게는 『바다 밑 이만 리으』[290] 만큼이나 납득할 수 없는 생각으로 보였으되, 그럼에도 불구하고 그들에게 같은 자유와 매력의 느낌을 안겨주었다. 그리하여, '오리안느가 최근에 한 명언을 아세요?' 뿐만 아니라 '최근의 오리안느를 아세요?' 등과 같은 질문들이 하루도 빠짐없이 들려왔다. 또한 '최근의 오리안느'로부터, '오리안느가 한 최근의 명언'으로부터와 같이, 다음과 같은 말들이 파생되어 사람들의 입에 오르내렸다. "전형적인 오리안느예요!" "정말 오리안느 다워요!" "영락없는 오리안느예요!" 예를 들어, '최근의 오리안느'라는 것은, 어느 애국 단체의 이름으로 마꽁의 주교(게르망뜨 공작은, 그것이 옛 프랑스의 관행이라 여겨, 그에 관해 말할 때마다 그를 '마스꽁 씨'[291)]라고 호칭하곤 하였다)인 X추기경에게 답신을 보내야 했을 때, 그녀가 쓴 답신이 어떤 형태를 취할지 모두들 상상해 보려 하면서, 허두에는 '예하'를 뜻하는 에미낭스(Eminence)나 몽쎄뉘에르(Monseigneur)를 사용할 것이라 쉽게 짐작하였으나, 이어질 나머지 부분은 도저히 예측할 수 없어 당황하였는데, 오리안느의 편지가, 모든 사람들을 놀라움에 사로잡히게 하면서, 옛 아카데미의 관례에 따라[292)] '추기경님', 혹은 자기들 모두를 빠짐없이 '성스럽고 합당한' 보호 아래 두십사 함께 기도하던 교회의 군후들[293)]과 게르망뜨 가문 나리들과 여러 군주들이 서로를 지칭할 때 사용하던 호칭인 '나의 사촌 이시여'[294)]와 같은 어휘로 시작되게 한, 그러한 오리안느였다. 사람들이 '최근의 오리안느'라는 말을 꺼내기 위해서는, 빠리의 모든 사람들이 몰려가는, 그리고 멋진 작품을 공연하는 극장에서, 사람들이 빠르마 대공 부인의 칸막이 좌석과 게르망뜨 대공 부인의 그리고 공작 부인을 초대한 다른 많은 사람들의 칸막이 좌석으로 시선을 던져 게르망뜨 부인을 찾고 있는데, 어떤 사람이, 검은색 의상 차림에 아주 작은 모자를 쓴 채, 개막 시각에 맞춰 도착하여 오케스트라 앞 좌석에 홀로 앉아 있는 그녀를 우연히 발견하는 것으로 족하였다. "주의깊게 들어야 할 가치가 있는 작품은 그 자리에서 들어야 더 잘 들려요." 그녀의 그러한 설명이 꾸르부와지에 가문 여인들의 빈축을 샀던 반면, 그 설명을 듣고 즉시, 연극의 시작 부분을 유의해 듣는 것이 더 새로운 '유행'이며, 그것이, 성대한 어느 만찬이나 야회에 참석한 후 공연이 끝날 무렵에 도착하는 것보다 더 큰 독창성과 지성의 징표라는 것을 (그것이 오리안느의 거조이니 놀랄 일은 아니지만) 발견한 게르망뜨 가문 여인들과 빠르마 대공 부인은 경이로움을 느끼곤 하였다. 빠르마 대공 부인이,

게르망뜨 쪽 2부 2장 253

자기가 게르망뜨 부인에게 어떤 문학적 혹은 사교적 질문을 던질 때에 그것들에 미리 대비해야 한다는 것을 알고 있었으며, 따라서 그 공주 전하께서, 공작 부인 댁 만찬 석상에서는, 물결 두 가닥 사이로부터 수면 위로 떠오르는 해수욕객 여인처럼, 아무리 작은 주제라도 불안함과 황홀함을 느끼면서 신중하게 꺼낼 수밖에 없도록 해 주던 다양한 놀라움들이, 바로 그러한 유형들이었다.

쌩-제르맹 구역 사교계 최상부층에 있던 서로 거의 대등한 두세 응접실에는 없어, 각각의 모나드(단자)가 우주 전체를 반영하면서 동시에 자기 고유의 무엇을 그것에 추가한다고 라이프니쯔가 인정하는 바와 같이,[295] 게르망뜨 공작 부인의 응접실을 그것들과 구별시켜 주던 요소들 중 특히 호감 주지 못하는 요소 하나는, 그곳에 나타날 자격이라야 고작 일찍이 게르망뜨 씨가 이용하였던[296] 아름다움뿐이었던, 매우 아름다운 여인들 한둘에 의해 통상 제공되었고, 그러한 여인들의 등장이, 다른 응접실들에서 뜻밖의 특정 화폭들이 그러듯, 그 응접실에서는 그 댁 남편이 여성적 우아함을 열렬히 애호한다는 사실을 드러내곤 하였다. 그 여인들이 모두 서로 조금씩 닮았던 것은, 공작이 「멜로스의 베누스」와 「싸모트라케의 니케」 중간 유형인,[297] 장엄하며 동시에 방약무인할 만큼 자태와 동작 유연한, 체구 큰 여인들에 대한 특별한 취향을 가지고 있었기 때문이며, 그 여인들의 모발이 대개는 황금색이었고 갈색 머리는 극히 드물었으며, 최근에 새로 등장하여 그 만찬에[298] 참석한 아르빠종 자작 부인처럼 가끔 적갈색인 경우도 있었는데, 공작이 그녀를 하도 사랑하여, 오랜 기간 동안 그녀로 하여금 자기에게 매일 전보를 열 번씩이나 보내도록 강요하였고 (그 전보가 공작 부인의 신경을 다소 자극하였다), 자기가 게르망뜨 성에 가 있을 때에는 전서구(傳書鳩)들을 이용하여 그녀와 편지를 주고 받았으며,

빠르마[299)]에 머물러 있어야 했던 어느 해 겨울에는 그녀를 보기 위하여 이틀이나 걸리는 여행을 마다하지 않고 매주 빠리에 오곤 하였다.

보통은 그 아름다운 단역 여배우들이 공작의 정부들이었으나, 더 이상 정부가 아니거나 (아르빠죵 부인의 경우였다) 정부이기를 멈출 시점에 있었다.[300)] 하지만 아마, 그녀들이 비록 이급 서열이긴 하나 상당히 귀족적인 집단에 속해 있었음에도 불구하고, 그녀들로 하여금 일찍이 공작의 욕망에 응할 결단을 내리게 하였던 것은, 공작의 수려한 용모나 그의 후한 인심보다, 공작 부인이 그녀들에게 발산하던 평판 높은 매력과 그녀의 응접실에 받아들여질 수 있으리라는 희망이었을 것이다. 게다가 공작 부인 또한 그녀들이 자기의 응접실에 침투하는 것에 완강히 반대하지는 않았으니, 자기가 그녀들 중에서 한둘이 아닌 협력자들을 발견하였음을, 그리고 그녀들 덕분에, 자기가 갈망하던, 그러나 어떤 다른 여인에게 연정을 품지 않는 동안에는 게르망뜨 씨가 자기의 아내에게 무자비하게 거절하던, 많은 것들을 얻을 수 있었음을 알고 있었기 때문이다. 또한 그녀들이 공작과의 관계가 상당히 진척되었을 때서야 공작 부인의 응접실에 초대되었던 가장 큰 이유는, 공작이 어느 여인과의 본격적인 사랑 속으로 출범할 경우에도, 그럴 때마다 자기가 단지 일시적인 바람을 피운다고 믿어, 그 대가로 그 여인이 자기 아내의 응접실에 초대되는 것은 과분하다고 여기던 것과 무관하지 않았다. 그런데, 그가 그러한 대가를 훨씬 하찮은 것을 위하여, 예를 들어, 전혀 예상하지 못하던 여인의 저항 때문에 혹은 반대로 아무 저항이 없었기 때문에, 단 한 번의 입맞춤을 위하여 지불하는 처지에 놓이기도 하였다. 사랑에 있어서는, 감사의 정과 상대방을 기쁘게 해주려는 열망이, 우리들로 하여금 우리의 희원과 관심이 상대방에게 내심 이미 약속해 두었던 것 이상을 베풀게 하는 경우가 빈번하다. 하지만 그것의 실천이 다른 상황들에 의해 방해를 받기도 하였다. 우선, 게르망뜨 씨의 욕정에 응한 모든 여인들이, 그리고 때로는 그녀들이 아직 자신의 몸을 허락하지 않았을 때에도, 그녀들이 차례로 그에 의해 외부 세계로부터 격리되었다. 즉, 그가 그녀들에게 다른 사람 만나는 것을 더 이상 허락하지 않았고, 대부분의 시간을 그녀들 곁에서 보냈으며, 그녀들의 아이들 교육을 자기가 떠맡으면서, 때로는 그 아이들에게, 훗날 명백한 용모적 유사성에 입각하여 판단해 본 결과, 남자 동생 혹은 여자 동생 하나를 선사하기도 하였다. 그 다음, 관계 초기에 공작은 아예 염두에조차 두지 않고 있던 게르망뜨 부인과의 수인사가 정부의 뇌리에서 하나의 역할을 하였다면, 관계 그 자체가 그 여인의 관점을 크게 변형시켰던지라, 공작이 그녀에게는, 빠리에서 가장 우아한 여인의 남편일 뿐만 아니라, 새로운 정부가 사랑하는 하나의 남자, 그리고 그 정부에게 더 화려한 사치를 누릴 수단과 사치에 대한 취향을 주어, 태부림이나 이권에 관련된 문제들의 중요성에 있어 종전의 순위를 뒤바꾸어 놓은 남자이기도 했으며, 심지어 때로는 게르망뜨 부인에게로 향한 온갖 유형의 질투가 정부들을 들쑤시기도 하였다. 그러나 어떤 정부가 질투심을 품는 경우는 지극히 드물었다. 게다가 정부를 게르망뜨 부인에게 소개하는 때가 (모든 행동들이, 이 세상 모든 이들의 그것처럼, 최초의 동인이 더 이상 존재하지 않는 바로 직전의 습관적인 행동에 의해 조정되던 공작에 대해, 정부가 이미 상당히 무심해진 때였다) 도래하면, 그 정부 속에서 자기의 무시무시한 남편에게 함께 대항할 수 있을 소중한 협력자를 기대하고 또 만나기를 원하여, 그녀를 초대하려 애쓰던 사람이 오히려 게르망뜨 부인이었던 경우가 빈번했으니 말이다.

물론 그렇다 하여, 게르망뜨 씨가, 자기의 집에서 공작 부인이 너무 많은 말을 할 때, 자신도 모르게 큰 소리를 낸다든가, 특히 벼락의 기세 같은 침묵으로 응수하는 드문 경우를 제외하고는, 자기의 아내에게 이른바 '예의'를 지키지 않았다는 뜻은 아니다. 그 두 내외를 잘 모르는 사람들은 그러한 오해를 할 수도 있었다. 가을이 다가오면 가끔, 도빌의 경마가 시작되고 온천욕을 즐기러 혹은 게르망뜨 영지로 사냥을 하러 떠나기 전, 빠리에 머무는 몇 주 동안, 공작 부인이 음악 까페를 좋아하는지라, 공작이 그녀와 함께 그곳에 가서 저녁 시간을 보내곤 하였다. 그럴 때면 그곳 손님들이, 두 사람 겨우 앉을 수 있는 작은 칸막이 좌석들 중 하나에 '스모우킹'[301] (프랑스에서는 다소나마 브리튼적인 것에는, 그것이 무엇이든, 잉글랜드에서는 사용되지 않는 명칭을 부여하는지라 그렇게 부르거니와) 차림으로, 외알박이 안경을 쓰고, 약지에 사파이어 반짝이는 반지 낀 우람하나 아름다운 손에 쥔 굵은 엽궐련으로부터 가끔 연기 한 모금을 빨면서, 대개는 무대 쪽을 향하고 있던 시선을, 아는 사람 전혀 없는 바닥층 뒤쪽 관람석 위로 무심히 던질 때면, 부드러움과 조심성과 공손함과 경의 등이 감도는 기색으로 그 시선을 무디게 만들곤 하던, 그 헤라클레스를 즉각 알아보곤 하였다. 어떤 노래 한 구절이 재미있으되 지나치게 외설스럽지 않은 것 같으면, 공작이 미소를 지으면서 자기의 아내에게로 고개를 돌려, 새로운 노래가 자기에게 안겨준 순수한 즐거움을 그녀와 함께 나누겠다는 듯, 암묵적이고 선량한 눈짓을 보냈다. 그럴 때면 관람객들이, 그보다 더 좋은 남편 있을 수 없고, 공작 부인보다 더 부러움의 대상 될 여인 없을 것이라고 생각하였으며—공작의 실질적인 일상의 관심사에서 철두철미하게 배제된 여인, 그가 사랑하지 않던 여인, 그로 인해 끊임없이 시앗을 보던 여인을, 그렇게들 생각하였다—공작 부인이 피곤한 기색을 보이면, 게르망뜨 씨가 일어나 그녀의 외투를, 목걸이가 안감에 걸리지 않도록 매만지면서 손수 그녀의 몸에 둘러 준 다음, 사려깊고 정중한 태도로 자기가 앞장서 출구까지 길을 열었고, 그것을 단순한 예의범절로 밖에 간주하지 않는 사교계 여인의 냉랭함으로, 또한 때로는, 더 이상 상실할 환상조차 없을 만큼 미망에서 깨어난 한 아내의 조금은 냉소적인 쓰라림을 드러내면서, 그 보살핌을 받아들이곤 하였다. 하지만 그러한 외양에도 불구하고—그 외양은, 이미 오래전 어느 시기에, 내면 깊숙한 곳에 있던 의무감들을 표면으로 이동시킨, 그러나 살아남은 의무감들을 위해 아직도 존속하고 있던, 그 예절의 나머지 다른 부분이었다—공작 부인의 삶은 괴로웠다. 게르망뜨 씨는 새로운 정부가 생길 때에만 다시 인심이 후해지고 인정미를 되찾았으며, 그 새로운 정부가 대개의 경우 공작 부인의 편을 들었던지라, 그럴 때마다 공작 부인은 아랫사람들에게 베풀고 가난한 이들에게 적선을 하며, 자신을 위해서도, 훗날의 일이지만, 멋진 새 자동차를 구입할 수 있게 되었다. 그러나 자신에게 지나치게 복종하는 사람들에 대하여 게르망뜨 부인이 쉽사리 느끼던 염증의 대상에서, 공작의 정부들 또한 제외되지 않았다. 공작 부인은 얼마 아니 되어 그녀들에 대하여 혐오감을 느끼곤 하였다. 그런데, 그 무렵에도[302] 역시, 공작과 아르빠종 부인 간의 관계가 그 종말에 이르고 있었다. 다른 정부 하나가 돋는 해처럼 솟아 오르고 있었다.

물론 게르망뜨 씨가 일찍이 그 모든 여인들에 대하여 연속적으로 품었던 연정이 어느 날 다시 자신의 존재를 드러내기 시작하였으니, 우선 그 연정이 죽으면서 그녀들을, 오랫동안 서로 적대적이었고 질투와 다툼 속에 휩싸였다가 결국 우정의 평화 속에서 화해한 그녀들의 형태를 공작 부인의 응접실에 나란히 늘어놓던 아름다운 대리석 조각상들처럼—일찍이 그녀들을 사랑하였기 때문에, 그리고 연정이 없었다면 높이 평가하지 않았을 윤곽선들에 이제 민감해져, 그렇게 부분적이나마 예술가로 변한 공작에게는 아름다운 대리석 조각상들일 것이었으니—유품으로 남겼기 때문이며, 또한 그 우정 자체도 (우리를 위하여 무슨 짓이라도 마다하지 않을 '진실로 가까운 친구'로 변한 '지난날의 정부'라는 말이, 의사나 아버지가 아니라 친구일 뿐인 '의사'나 '아버지'라는 말처럼, 하나의 상투적인 표현으로 변할 만큼), 게르망뜨 씨로 하여금 자기의 정부였던 여인들 속에서 모든 인간 속에 존재하되 오직 연인의 관능에 의해서만 지각되는 미덕들을 포착하게 하였던 연정의 결과였기 때문이다. 그러나 결별의 초기에는, 게르망뜨 씨가 저버리기 시작한 여인이, 불평을 쏟아내고, 격렬한 언쟁을 일으키고, 까다로와지고, 조심성 없이 혹은 못살게 굴기를 좋아하였다. 공작이 그녀를 유행성 감기인양 혐오하기 시작하였다. 그러면 게르망뜨 부인이 자기의 신경을 자극하던 여인의 진정한 혹은 짐작되는 단점들을 백일하에 드러나게 하였다. 심성 착하기로 알려졌던지라, 게르망뜨 부인이, 버림 받은 여인으로부터 툭하면 걸려오는 잦은 전화와 눈물 곁들인 하소연을 받아들이면서, 그런 것들에 대하여 불평하지 않았다. 오히려 자기의 남편에게, 더 나아가 자신과 친밀한 관계에 있던 사람들에게, 그러한 이야기를 하며 웃을 뿐이었다. 또한 그 불운한 여인에게 표한 그 연민으로 말미암아 자기에게 그 여인을 짓궂게 놀릴 권한이 있다고 믿은 나머지, 그녀가 무슨 말을 하든, 그것이 자기와 공작이 최근에 그녀에게 부여한 우스꽝스러운 성격의 틀에 포함되기만 하면, 그녀가 있는 자리에서조차, 게르망뜨 부인이 자기의 남편과 공모자의 빈정거리는 시선 주고받기를 주저하지 않았다.

한편, 식탁 앞에 앉는 순간, 빠르마 대공 부인은 자기가 외디꾸르 부인을 국립극장 오페라에 초대하려 하였다는 사실을 상기하고, 그것이 혹시 게르망뜨 부인의 마음에 거슬리지는 않을지 알고 싶어, 그녀의 의중을 떠보려 하였다. 바로 그 순간, 탈선 사고 때문에 한 시간 연착한 기차를 타고 온 그루쉬 씨가 들어섰다. 그가 극구 변명하면서 사과하였다. 그의 아내가 만약 꾸르부와지에 가문 출신이었다면 아마 수치심에 죽을 지경이 되었을 것이다. 그러나 그루쉬 부인은 과연 게르망뜨 가문 딸 다웠다. 남편이 늦어 죄송하다고 하자, 그녀가 그 말을 받아 이렇게 한 마디 하였다.

"작은 일에서조차 지각하는 것이 당신 가문의 내력임을 알겠어요."303)

"어서 앉으시오 그루쉬, 그리고 날개에 엽총 실탄 맞은 새 꼴304)이 되지 마시오." 공작이 말하였다. "나는 천천히 느긋하게 걸을 때마다,305) 워털루 전투도 끼친 바가 있다고 인정할 수밖에 없는데, 그것 덕분에 부르봉 왕가의 복귀가, 게다가 인심을 잃으면서, 이루어졌으니 말이오.306) 그런데 이제 보니 당신 진정한 넴로드307)라 할 수 있겠소!"

"사실 멋진 사냥감들을 잡았습니다. 허락하신다면 내일 공작 부인께 꿩 열두어 마리쯤 보내 드리겠습니다."

게르망뜨 부인의 눈에 어떤 생각 하나가 스쳐 지나간 것 같았다. 그녀는 꿩들을 수고스럽게 보낼 필요 없다고 그루쉬 씨에게 힘주어 말하였다. 그러더니 엘스띠르의 작품들이 있는 방에서 나올 때, 나를 기다리고 있다가 나와 몇 마디 이야기를 나눈, 그 약혼한 시종에게 손짓을 하며 말하였다.

"뿔랭, 백작님께서 사냥하신 꿩들을 (내일) 자네가 가서 가져오시게. 백작님, 제가 그 꿩 몇 마리 가지고 다른 분들에게 예의를 표해도 괜찮겠지요? 바쟁과 저 두 사람이 어차피 열두 마리를 다 먹을 수는 없으니까요."

"하지만 모레라도 늦지 않습니다."

"아니에요, 내일이 좋겠어요." 공작 부인이 뜻을 굽히지 않았다. 뿔랭의 안색이 창백해졌다. 자기의 약혼녀와 만나기로 한 약속이 무산되었기 때문이다. 모든 것이 인정 어린 것처럼 보이는 것을 중시하던 공작 부인의 심심풀이를 위해서는 뿔랭의 창백해진 얼굴이면 족했다. 그녀가 다시 말하였다.

"뿔랭, 내일이 당신의 외출 날짜라는 것을 알고 있어요. 하지만 죠르주와 순번을 바꾸어, 그가 내일 외출하고 대신 모레는 집에 있으라고 해요."

그러나 내일 아닌 그 다음 날에는 뿔랭의 약혼녀가 외출할 수 없는 처지였다. 따라서 그가 외출한다 해도 아무 소용 없었다. 뿔랭이 나가기 무섭게, 하인들에게로 향한 공작 부인의 친절에 모두들 다투어 찬사를 보냈다.

"하지만 제가 그들로부터 받고 싶은 대우를 그들에게 해 주는 것 뿐이에요."

"바로 그것입니다! 댁에서 일하는 사람들 모두가 좋은 자리를 얻었다고 자부할 수 있을 것입니다."

"뭐 그렇게 특별하지는 않아요. 하지만 저는 그들이 저를 무척 좋아한다고 생각해요. 지금 나간 저 사람을 보면 조금 짜증이 난답니다. 연정에 사로잡혀 있어서인지, 자기가 우수 어린 기색을 띠어야 한다고 믿고 있어요."

그 순간 뿔랭이 다시 돌아왔다.

"정말 그의 얼굴에 웃음기라곤 없군요." 그루쉬 씨가 말하였다. "하인들에게 친절해야 하지만, 지나쳐서는 아니 됩니다."

게르망뜨 쪽 2부 2장 261

"제가 그리 자상하지 못하다는 것은 인정해요. 온종일 그가 할 일이라곤, 백작님 댁에 꿩 가지러 갔다가 별 할 일 없이 집에 머물면서 자기의 몫을 먹는 것 뿐이에요."

"많은 사람들이 그의 처지에 놓이기를 바랄 것입니다." 그루쉬 씨가 말하였다. "부러움이 눈을 멀게 합니다."

"오리안느, 일전에 당신의 사촌 외디꾸르 부인이 저를 방문하였어요." 빠르마 대공 부인이 말하였다. "그녀가 뛰어난 지성을 갖춘 여인임은 분명해요. 게르망뜨 가문 출신이니, 그것이 모든 것을 말해 주지요. 하지만 소문에 의하면 그녀가 남의 험담 하기 좋아한다는군요…."

공작이 짐짓 경악한 듯한 시선으로 자기의 아내를 한 동안 바라보았다. 게르망뜨 부인이 큰 소리로 웃기 시작하였다. 대공 부인이 두 내외의 수작을 알아차렸다.

"그렇다면… 두 분께서는… 저와 생각이 다르신가요…?" 그녀가 불안한 어조로 물었다.

"부인께서는 지나치게 선량하셔서 바쟁의 표정에까지 신경을 쓰십니다. 자, 그만 하세요, 바쟁, 우리 친척들의 흠절을 암시하는 듯한 기색 드러내지 마세요."

"부군께서는 그녀가 매우 심술궂다고 생각하나요?" 대공 부인이 서둘러 물었다.

"오! 전혀 그렇지 않아요." 공작 부인이 대구하였다. "그녀가 험담꾼이라는 말씀을 도대체 누가 공주 전하께 올렸는지 모르겠어요. 반대로, 그 누구에 대해서도 험담 하는 법 없고, 어떤 이에게도 해를 끼치지 않는, 매우 착한 여자예요."

"아! 저는 그러한 점을 알아차리지 못하였어요." 빠르마 부인이 적이 안심하는 기색을 지으며 말하였다. "하지만 기지 뛰어나면 다소나마 악의도 겸비하지 않기 어렵다는 것을 제가 알고 있는지라…."

"아! 그녀에게 기지라는 것은 더욱 없어요."

"기지가 없다고요…?' 대공 부인이 어이없다는 듯한 기색으로 물었다.

"이보시오, 오리안느," 공작이 좌우로 재미있다는 듯한 시선을 던지면서 탄식하는 듯한 어조로 참견하였다. "대공 부인께서 말씀하시기를, 그녀가 뛰어난 여인이라 하셨소."

"그렇지 않은가요?'

"적어도 뛰어나게 뚱뚱하긴 합니다."

"공주 전하, 저의 남편 말에 신경 쓰지 마세요. 진지하게 하는 말이 아니랍니다. 그녀는 거위처럼 멍청하답니다." 공작이 티를 내려고 애를 쓰지 않을 경우 그보다 오히려 더 유구한 프랑스적 특징을 드러내던, 그러나 자기 남편의 우쭐거리고 퇴폐적인 방법보다 훨씬 더 세련된 식으로, 가령 거칠되 감미로운 흙의 풍미 간직한 거의 촌스러운 발음으로[309] 그 특징을 드러내곤 하던 게르망뜨 부인이, 힘차고 쉰 음성으로 얼른 끼어들었다. "하지만 이 세상에서 가장 훌륭한 여인이에요. 그리고 멍청함이 그 정도일 경우, 그것을 멍청함이라 칭할 수 있는지 모르겠어요. 제가 일찍이 그러한 여인은 만나 본 적이 없는 것 같아요. 멜로드라마나 『아를르의 여인』[310] 같은 작품에 등장하는 일종의 '유아'나 '백치' 혹은 '지진아'처럼 병리학적인 무엇을 가지고 있어, 어떤 의사의 관심 대상일 수 있을 거예요. 그녀가 이곳에 올 때마다 저는 항상 그녀의 지능이 깨어날 순간이 도래하지 않았을까 저 자신에게 물으면서 흥분하곤 해요."

대공 부인은 그러한 판결에 아연실색하면서도 공작 부인이 사용한 표현들에 경탄을 금하지 못하였다. 그러면서 이렇게 대꾸하였다. "그녀가, 에삐네 부인처럼, 부인께서 따깽 르 쉬뻬르브에 대해 하신 말씀을 저에게 들려주었어요."

게르망뜨 씨가 '따깽 르 쉬뻬르브'라는 말을 나에게 설명해 주었다. 그 설명을 듣는 순간 나는, 나를 모른다고 하였다는 그의 아우가 그날 저녁 열한 시에, 나를 자기의 집에서 기다리기로 하였다는 사실을 게르망뜨 씨에게 이야기하고 싶은 충동을 느꼈다. 그러나 그 약속에 대해 다른 이들에게 말해도 좋은지 내가 로베르에게 미리 묻지 않았고, 샤를뤼스 씨가 거의 일방적으로 그 약속을 정하여 나에게 강요하다시피 하였다는 사실이, 그가 공작 부인에게 하였다는 말과 모순되는지라, 나는 아예 입을 다무는 것이 더 세련된 거조라고 판단하였다.

"따깽 르 쉬뻬르브도 괜찮습니다만, 오리안느가 일전에 오찬 초대를 받고 외디꾸르 부인에게 한 멋진 답변에 관한 이야기는 그녀가 아마 하지 않았을 것입니다." 게르망뜨 씨가 말하였다.

"오! 아니 하였어요! 어서 말씀해 보세요!"

"이보세요, 바쟁, 닥치세요, 우선 그 말은 멍청하고, 그리하여 공주 전하께서 들으시면, 제가 저의 단지 같은 사촌보다도 못하다고 판단하실 거예요. 그런데 제가 왜 그녀를 저의 사촌이라 칭하는지 모르겠군요. 바쟁의 사촌이에요. 하지만 그녀가 저와 조금은 친척이군요."

"오!" 자기가 게르망뜨 부인이 멍청하다고 여길 수도 있게 되려나 하는 생각에, 빠르마 대공 부인이 그렇게 탄성을 지른 다음, 자기의 찬탄하는 마음 속에서 공작 부인이 차지하고 있는 위상으로부터 그녀를 전락시킬 것은 아무것도 없다고 극구 강변하였다.

"게다가 저희 두 사람은 이미 그녀에게 기지가 있다는 말은 하지 않아요. 기지라는 말이 그녀의 심정적 장점들을 부정하는 경향을 띠는지라, 제가 보기에는 적절하지 않은 것 같아요."

"부정한다! 적절하지 않다! 표현력도 좋지!" 짐짓 빈정거리는 투로, 그러나 찬사가 공작 부인에게로 집중되도록 하기 위하여 공작이 말하였다.

"제발, 바쟁, 당신의 아내를 조롱하지 말아요."

"오리안느의 사촌이, 탁월하고, 착하고, 뚱뚱하고, 여하튼 부족한 점 없으나, 다만 한 가지, 뭐라 말해야 좋을지… 돈을 헤프게 쓰지 않는다는 점은 공주 전하께 말씀 드려야겠습니다." 공작이 다시 말하였다.

"그래요, 저도 알아요, 몹시 인색하고 욕심 사납지요." 대공 부인이 얼른 되받았다.

"저는 감히 사용하지 못하였을 표현입니다만, 공주 전하께서 적합한 것을 찾아내셨습니다. 그것이 그녀의 살림에서, 특히 음식에서 눈에 띄게 나타나는데, 요리 솜씨는 훌륭하지만 매우 절제되었습니다."

"그것이 심지어 상당히 우스꽝스러운 광경을 연출하기도 합니다." 브레오떼 씨가 공작의 말에 끼어들었다. "나의 다정한 사촌이시여, 당신과 오리안느가 외디꾸르 댁에 오기로 되어 있던 날, 나도 그곳에 가게 되었습니다. 도착해 보니, 모두들 화려하게 손님 맞을 준비를 하고 있는데, 저녁 나절, 시종하나가 전보 한 통을 들고 와서 주인에게 고하기를, 두 분께서 그날 오시지 못하게 되었노라 하였습니다."

"놀라운 일은 아니에요!" 초대하기 어려운 사람일 뿐만 아니라, 사람들에게 그러한 사실이 알려지는 것을 좋아하던 공작 부인이 말하였다.

게르망뜨 쪽 2부 2장 **265**

"두 분의 사촌께서 전보를 읽으시고 실망한 표정을 지으시더니, 침착성을 잃지 않으시고, 또한 저와 같이 중요하지 않은 나리를 위해서는 부질없이 낭비하지 말아야 한다고 생각하셨음인지, 시종을 불러 이렇게 소리치시더군요. '주방장에게 요리중인 닭을 도로 꺼내라고 해요.' 그리고 저녁이 되자 집사에게 다음과 같이 말씀하시더군요. '어찌된 일이에요? 어제 먹다 남은 쇠고기는 어디 두었어요? 그것은 왜 상에 올리지 않나요?'

"하지만 그 댁에서 먹는 음식이 흠잡을 데 없을 만큼 완벽하다는 것은 인정해야 합니다." 그러한 표현[311]을 사용함으로써 자신이 구왕조 사람임을 보여준다고 믿던 공작이 말하였다. "그 댁에서보다 더 잘 먹을 수 있을 집이 있다고는 생각하지 않습니다."

"더 못 먹을 댁도 없지요." 공작 부인이 한 마디 덧붙였다.

"사람들이 흔히들 상스러운 촌놈이라고 부르는 저와 같은 사람의 건강에는 좋고 충분한 음식인지라, 다른 이들은 먹고 난 후에도 허깃증을 느낍니다."

공작이 다시 한 마디 하였다.

"아! 그것이 치료를 염두에 둔 것이라면 물론 호사를 부리기 보다는 건강을 먼저 생각하였겠지요. 하지만 그렇게 좋지는 않아요." 사람들이 자기의 것이 아닌 다른 어느 것에도, 가장 훌륭한 식탁이라는 호칭 부여하는 것을 마땅치 않게 여기던 게르망뜨 부인이, 그렇게 덧붙이고 나서 다시 한 마디 하였다. "저의 사촌은, 변비증에 걸린 문인들이, 십오 년에 단막극 한 편 혹은 14행의 짧은 시 한 편 겨우 알 낳듯 내놓는 것과 같은 짓을 해요. 흔히들 가리켜 작은 걸작품이라 하는, 또한 보석이라 하는 하찮은 것들, 그리고 제가 가장 싫어하는 것들이에요. 제나이드의 집 음식이 썩 나쁘지는 않지만, 그녀가 덜 인색하다면 아마 더 평범하게 보일 거예요.

그녀의 집 주방장이 잘 하는 것들도 있고 형편없이 망치는 요리들도 있어요. 저는 다른 모든 곳에서처럼 그녀의 집에서도 몹시 형편없는 저녁 식사를 하였지만, 단지 그럴 때마다 식사로 인해 저의 몸에 탈이 나는 경우는 비교적 드물었어요. 사람의 위장이라는 것이 음식의 질보다는 양에 더 민감하기 때문이에요."

"여하튼 방금 시작한 이야기를 마치겠습니다만, 제나이드가 오리안느에게 오찬에 참석해 달라고 끈질기게 요청하였고, 저의 아내는, 외출하기를 별로 좋아하지 않아 사양하면서도, 한편, 지근한 이들끼리의 조촐한 식사라는 명분으로 혹시 자기를 떠들썩한 모임에 끌어들이려는 것이 아닐까 하여, 그녀에게 참석자들이 누구냐고 물었으나 헛일이었습니다. 다만, 맛있는 것들이 많다고 하면서, 제나이드가 오라는 말만을 반복하였습니다. '오시게, 꼭 와야 하네. 밤 풀떼기도 자실 수 있을 뿐만 아니라, 고기 넣은 작은 파이도 일곱 개나 장만하였다네.' 그 말을 전해 듣고 오리안느가 소리쳤습니다. '파이 일곱 조각이면, 초대한 사람의 수는 적어도 여덟은 되겠군.'" 공작이 그렇게 이야기를 마쳤다.

잠시 후, 이야기의 뜻을 비로소 이해한 대공 부인이 천둥 소리 같은 웃음을 터뜨리면서 말하였다. "아! 초대한 사람 수가 여덟이라! 멋진 말이에요! 기막힌 편집이에요!" 일찍이 에삐네 부인이 사용한 바 있는 '편집'이라는 표현을 천신만고 끝에 다시 뇌리에 떠올려 그렇게 말하였고, 이번에는 조금 더 적절했다.

"오리안느, 대공 부인께서 하신 말씀이 매우 멋있소. '잘 편집되었다'고 하셨소."

"하지만, 나의 벗님이시여, 새삼스러운 말씀이세요. 저는 공주 전하께서 기지 뛰어나시다는 사실을 이미 잘 알고 있어요." 어떤 말이 왕족 여인의 입에서 나왔고 또 그것이 자신의 기지에 대한 찬사일 경우, 그것에 선선히 동감하곤 하던 게르망뜨 부인이, 남편의 말에 대꾸하였다. "공주 전하께서 저의 보잘 것 없는 편집을 높이 평가해 주시니 자랑스러워요. 하지만 제가 그렇게 말하였는지는 정확히 기억할 수 없어요. 또한 제가 혹시 그렇게 말하였다면, 그 것은 제 사촌의 비위를 맞추기 위해서였을 거예요. 왜냐하면, 그녀 가 고기 파이 일곱 조각을 준비하였다면, 감히 짐작하거니와, 그것 을 먹을 입의 수는 열둘 이상이었을 테니까요."

그러는 동안, 자기의 숙모께서 노르망디에 있는 당신의 성을 나 에게 보여주실 수 있었다면 무척 기뻐하셨을 것이라는 말을 식사 전에 나에게 하였던 아르빠종 백작 부인이, 아그리쟝뜨 대공의 머 리 너머로 나를 향해 기웃거리면서 말하기를, 자기가 특히 나를 초 대하고 싶은 곳은 자기의 집이 있는 꼬뜨-도르312) 지역의 뽕-르-뒉 이라 하였다.

"그곳 성에 있는 고문서 보관소가 당신의 관심을 끌 수 있을 것 입니다. 그곳에는 17세기와 18세기 그리고 19세기의 가장 저명한 인사들 간에 오고 간 극도로 흥미로운 편지들이 있어요. 저는 그곳 에서 경이로움에 사로잡혀 여러 시간을 보내곤 하며, 그러면서 과 거 속에 잠기곤 해요." 앞서 게르망뜨 씨가, 문학에 지나치리 만큼 해박하다고, 나에게 귀띔해 준 백작 부인이 나에게 힘주어 말하였 다.

"그녀는 보르니에 씨의 모든 육필 원고들을 가지고 있어요."313) 외디꾸르 부인에 대한 이야기를 다시 꺼내면서, 자기가 그녀와 교 분 맺게 된 그럴만한 이유를 강조하기 위하여, 빠르마 대공 부인이 말하였다.

"그녀의 꿈이겠지요. 제가 믿기로는 그녀가 그와 인사조차 나눈 적이 없어요." 공작 부인이 말하였다.

"특히 흥미로운 점은 그 편지들이 다양한 나라 사람들로부터 왔다는 사실이에요." 유럽의 주요 공작 가문들 및 심지어 군주들의 가문들과 인척 관계에 있었고, 그러한 사실을 상기하는 것 자체로 행복해 하던 아르빠종 백작 부인이 계속 고문서 보관소 이야기를 하였다.

"그렇지 않소, 오리안느, 그와 지면이 있을 것이오." 다른 의도를 가지고 게르망뜨 씨가 말하였다. "보르니에 씨가 당신 옆에 앉았던 그 만찬석 기억하시겠지요!"

"하지만 바쟁," 공작 부인이 남편의 말을 끊었다. "제가 보르니에 씨와 인사를 나눈 적 있다는 말씀을 하시려는 모양인데, 물론 그가 저를 보러 여러 차례 왔으나, 저는 차마 그를 초대할 결단을 내리지 못하였어요. 그가 다녀갈 때마다 포르말린으로 응접실을 소독해야 할 것 같았기 때문이에요. 당신이 말씀하시는 그 만찬을 제가 정확히 기억하고 있어요. 그 만찬은, 평생 단 한 번도 보르니에를 만나지 못하였고, 혹시 누가 『롤랑의 딸』314) 이야기를 꺼내면, 그것이 그리스의 왕자와 약혼하였다고들 떠들던 어느 보나빠르뜨 공주 이야기일 것이라고 믿을 제나이드의 집 만찬이 아니에요. 결코 그렇지 않고, 오스트리아 대사관이 주최한 만찬에서였어요. 그 매력적인 호요스315)가, 제 옆에 있던 의자 위에다 그 악취 풍기는 한림원 위원을 팽개치면서, 그러는 것이 저에게 기쁨을 주리라 믿었던 거예요. 저는 저의 곁에 기병대원 일개 중대가 와 있는 줄 알았어요.316) 만찬이 계속되는 동안 내내 코를 막을 수밖에 없었고, 후식으로 그뤼예르 지방 치즈가 나왔을 때에야317) 감히 숨을 쉴 수 있었어요!"

자기의 은밀한 목적을 달성한 게르망뜨 씨가, 공작 부인의 말에 의해 만찬 참석자들의 얼굴에 야기된 인상을 훔치듯 살폈다.

게르망뜨 쪽 2부 2장 269

"게다가 저는 그 편지들 속에서 특이한 매력을 발견하기도 해요." 아그리쟝뜨 대공의 얼굴이 우리 두 사람 사이에 놓여 있음에도 불구하고, 자기의 성에 그토록 흥미로운 편지들을 가지고 있는, 그리고 문학에 그토록 해박하다는 귀부인이, 나에게 말을 계속하였다.

"어떤 문인의 경우, 그의 편지들이 그의 다른 어느 작품보다도 우수하다는 점을 간파하셨나요? 『쌀람보』를 쓴 작가의 이름이 참 무엇이지요?"

나는 그 대화를 연장시키지 않으려고 아예 그 질문에 대꾸조차 하고 싶지 않았으나, 『쌀람보』가 누구의 작품인지 잘 안다는 듯한 기색을 내보이면서도, 순수한 친절함에 이끌려, 그 질문에 대답하는 즐거움을 나에게 양보하는 듯하던, 그러나 곤혹스러워하던 아그리쟝뜨 대공에게 내가 자칫 결례를 범할 것 같았다.

"플로베르입니다." 내가 결국 대답하였으나, 대공이 찬동한다는 뜻으로 머리를 끄덕이는 바람에 나의 음성이 그 동작에 막혀 약해졌고, 나의 대화 상대자였던 여인은, 내가 '뽈 베르'라 하였는지 혹은 '횔베르'라 하였는지 정확히 듣지 못하여, 그 이름들이 그녀를 전적으로 만족시키지는 못하였다.

"여하튼," 그녀가 다시 말을 이어갔다. "그의 편지가 그의 책들보다 얼마나 흥미롭고 우수한가요! 게다가 편지는 그 사람 자체를 설명해 주어요. 왜냐하면, 그가 책 한 권을 쓰기 위하여 겪은 고통에 관하여 주고 받은 모든 말들을 보면, 그가 천부적 재능을 지닌 진정한 문인이 아니었음을 알 수 있기 때문이에요."

"편지들에 관한 이야기를 하시니 말인데, 저는 강베따의 편지들이 찬탄할 만하다고 생각해요." 자신이 무산자 계급이나 급진주의자에 대하여 전혀 개의치 않고 관심을 표한다는 것을 과시하기 위하여 게르망뜨 공작 부인이 말하였다.[318] 브레오떼 씨는 그러한 과 감성이 내포하고 있던 기지를 포착하였고, 도취한 듯하며 동시에 감동한 눈으로 주위를 둘러 본 다음 자기의 외알박이 안경을 닦았다.

"맙소사, 『롤랑의 딸』은 더럽게 지겨웠어요." 극장에서 자기에게 지루함을 안겨주었던 작품보다 자기가 우월하다는 감정에서 비롯된 만족감을 드러내면서, 또한 아마, 그 끔찍한 공연이 있던 날 저녁을 편안한 만찬 석상에서 회상하며 느끼는 그 '쑤아베 마리 마그노'[319]라는 감정에 이끌려, 게르망뜨 씨가 말하였다. "하지만 몇몇 아름다운 구절과 애국적인 감정도 있었어요."

나는 보르니에 씨에 대해서는 추호도 감탄하지 않는다는 뜻을 넌지시 내비쳤다.

"아! 그를 비난할 이유가 있는 모양이지요?" 누가 어떤 사람에 대해 좋지 않은 말을 하면 그것이 개인적인 감정 때문일 것이라 믿고, 어떤 여인을 칭찬하면 일시적인 사랑의 시작이라고 항상 생각하던 공작이, 호기심 어린 어조로 나에게 물었다. "당신이 그에게 원한을 품고 있군요. 그가 당신에게 무슨 짓을 하였나요? 우리에게 그 이야기 해주시오! 당신이 그를 비방하는 것을 보니, 당신들 사이에 어떤 시신[320] 있음에 틀림없어요. 『롤랑의 딸』이 장황하긴 하지만 상당히 생생해요."

"그토록 냄새 풍기는 작가를 가리키기에는 '생생하다'는 말이 매우 적합해요." 게르망뜨 부인이 빈정거리는 투로 말하였다. "가엾은 젊은이[321]께서 혹시 그와 자리를 함께 한 적이 있다면, 그를 코 속에 간직하게[322] 된 것은 충분히 이해할 수 있어요!"

"저는 그러나 공주 전하께 고백하거니와, 『롤랑의 딸』은 제쳐두고라도, 문학과 심지어 음악에서도, 제가 어찌나 구식인지, 아무리 늙은 나이팅게일[323]이라도 저의 마음에 들지 않는 것은 없습니다."

공작이 빠르마 대공 부인을 바라보며 다시 이야기를 시작하였다. "제가 드리는 말씀을 아마 믿으시기 어렵겠습니다만, 저녁에 저의 아내가 피아노 앞에 앉을 때면, 제가 그녀에게 오베르[324]나 보엘디으,[325] 심지어 베토벤의 옛 가락들을 부탁하는 경우도 있습니다! 제가 좋아하는 것은 그러한 것들입니다. 반면 바그너의 곡들이 들리면 저는 즉시 잠들어 버립니다."

"옳지 않은 말씀이에요." 게르망뜨 부인이 말하였다. "그의 곡들이 비록 참을 수 없을 만큼 길지만, 바그너에게는 천재적 재능이 있어요. 『로헨그린』은 하나의 걸작이에요. 심지어 『트리스탄』 속에서도 가끔 여기저기에서 흥미로운 페이지가 발견되요. 또한 『유령선』에 등장하는, 실잣는 여인들로 구성된 합창단[326]은, 경이로움 그 자체예요."

"그렇지 않은가, 바발? 우리는 이런 것들을 좋아하지." 게르망뜨 씨가 브레오떼 씨를 쳐다보며 말하였다.

> 고결한 동료들의 만남,
> 항상 이 매력적인 거처에서.[327]

정말 감미롭소. 그리고 『프라 디아볼로』, 『마적』, 『산장』, 『휘가로의 결혼』, 『왕관의 다이아몬드』, 바로 이런 것들을 가리켜 음악이라 할 만하오![328] 문학에 있어서도 마찬가지라오. 나는 『쏘의 무도회』나 『빠리의 모히칸족』 등[329] 발쟉의 작품들을 매우 좋아하오."

"아! 나의 다정한 이여, 당신이 만약 발쟉에 관한 이야기를 시작하시면, 우리의 아귀다툼이 그 끝을 모르게 될 것이니, 그 이야기는 메메가 이곳에 오는 날까지 미루어두세요. 그 이야기는 그에게 더 어울려요. 그는 발쟉의 작품들을 아예 외우고 있어요."

자기 아내가 그렇게 자기의 말을 중단시킨 것에 역정이 났는지, 공작이 잠시 동안 그녀를 위협적인 침묵의 불길 속에[330] 놓아 두었다. 그러는 동안 아르빠죵 부인은 빠르마 대공 부인과 비극적 시 및 기타 다른 시에 관한 이야기를 나누고 있었으며, 선명하게 들리지 않던 그녀들의 대화 중, 어느 순간 아르빠죵 부인이 하는 이런 말이 문득 나에게 들렸다. "오! 모두 옳은 말씀입니다. 그가 추함과 아름다움을 분별하지 못하기 때문에, 아니 그보다는 그의 용서할 수 없는 자만심이 그로 하여금 자기가 하는 말은 모두 아름답다고 믿도록 하기 때문에, 그가 우리들로 하여금 세상을 추한 것으로 보게 한다는 공주 전하의 말씀에 저도 동감하며, 우리가 지금 이야기하고 있는 작품에서 우스꽝스럽고 명료하지 않은 것들과 취향의 결여가 눈에 띄고, 이해하기 어려우며, 그것이 마치 러시아어나 중국어로 쓰여진 듯—프랑스어라고 할 수 없는 것만은 분명하니까요—읽기 어렵다는 사실은 공주 전하처럼 저도 시인하지만, 반면 그러한 노고를 감수하고 나면 그 보상이 적지 않으니, 그 속에 얼마나 많은 상상이 펼쳐져 있습니까!' 나는 그 짧은 웅변의 처음 부분을 듣지 못하였다. 하지만 아름다움과 추함도 분별하지 못한다는 시인이 빅또르 위고라는 사실뿐만 아니라, 러시아어나 중국어로 쓴 듯 이해하기 어렵다고 하던 시가, 시인의 초기 작품 속의 다음과 같은 구절임을—『세기들의 전설』을 쓰던 시기의 빅또르 위고 보다는 데줄리에르 부인에게 아마 더 가까울[331]—간파하였다.

아이가 나타날 때, 둘러선 가족
고함 지르며 박수 치니….[332]

또한 아르빠종 부인이 우스꽝스럽다고 생각하기는커녕, 나는 그녀를 (내가 그토록 환멸을 느끼면서 마주하던 그 진부하고 평범한 식탁에서는 처음으로 발견한 인물이다), 레뮈자 부인[333]과 브로유 부인[334]과 쌩뜨-올레르 부인[335] 등, 자기들의 매력적인 서한문들 속에 쏘포클레스와 쉴러 그리고 『본받기』[336]를 그토록 해박하고 적절하게 인용할 줄 알았으되, 로망띠슴 초기의 시들에서는, 나의 할머니께서 스테판 말라르메의 마지막 시구들[337]과 떼어 생각할 수 없다고 여기시던 그 두려움과 피곤을 느끼던, 그 모든 탁월한 여인들이 일상 쓰던 레이스 모자를 쓰고, 그 밑으로 긴 나선형 머리채의 고리처럼 동글동글한 머리카락을 목 양쪽으로 늘어뜨린 그녀를, 내 영혼의 눈으로[338] 발견하였다.

"아르빠종 부인이 시를 매우 좋아하는군요." 시에 관해 일가견을 펴던 그 어조에 큰 인상을 받은 빠르마 대공 부인이 게르망뜨 부인에게 말하였다.

"아니에요, 그녀는 시를 전혀 이해하지 못해요." 보트레이이 장군이 내세운 이견에 대꾸하느라고 자신의 말에 열중한 나머지, 공작 부인이 속삭이는 말을 아르빠종 부인이 듣지 못하는 틈을 타서, 게르망뜨 부인이 나지막한 음성으로 대답하였다. "버림 받은 후에 그녀가 문학적으로 변하였어요. 공주 전하께 사실대로 말씀 드리거니와, 그 모든 짐을 제가 짊어지고 있어요. 바쟁이 자기를 보러 가지 않을 때마다, 즉 거의 날마다, 그녀가 저를 찾아와 하소연하기 때문이에요. 하지만 그녀가 그에게 권태감을 주는 것은 저의 탓이 아니고, 그가 그녀에게 조금만 더 신의를 지키면 제가 그녀와 마주칠 일이 조금이나마 적어져 저 역시 좋으련만, 그렇다고 그를 억지로 그녀에게 보낼 수도 없어요. 하지만 그녀가 그를 몹시 괴롭히니 이상한 일도 아니에요. 그녀가 못된 사람은 아니지만, 상상할

274

수 없을 정도로 따분해요. 그녀가 올 때마다 제가 어찌나 심한 두통에 시달리는지, 매번 진통제 한 알을 복용해야 할 지경이에요. 그런데 그 모든 일은 바쟁이 한 해 동안 그녀와 어울려 저에게 즐겨 시앗을 보게 한 결과예요. 게다가, 어린 두루미 하나에 연정을 품어, 혹시 제가 그 어린 여자에게 잠시 돈벌이 하는 보도를 떠나 저의 집에 와서 저와 함께 차를 들자고 청하지 않으면, 싫은 얼굴을 하는 하인까지 있어요! 오! 삶이 정말 지긋지긋해요." 공작 부인이 나른한 어조로 그렇게 말을 마쳤다. 아르빠종 부인이 특히 게르망뜨 씨를 들볶게 된 것은, 얼마 전부터 그가 다른 여인의 정인이 되었기 때문이라고 하였는데, 나는 그 여인이 쉬르지-르-뒥 후작 부인임을 알게 되었다.

공교롭게도 다음 날 외출을 할 수 없게 된 바로 그 시종이 식탁 시중을 들고 있었다. 그리하여 나는, 그가 아직도 몹시 슬퍼, 혼돈스러운 상태에서 시중을 들고 있으려니 생각하였던 바, 샤뗄르로 씨에게 음식 접시를 건네는 동안, 그의 동작이 어찌나 서툴던지, 공작의 팔꿈치가 여러 차례 그의 팔꿈치와 부딪치는 것이 보였기 때문이다. 젊은 공작은 얼굴을 붉히는 시종에게 전혀 화를 내지 않았고, 오히려 반대로 자기의 맑고 푸른 눈에 웃음 가득 띤 채 시종을 유심히 바라보았다. 내가 보기에는 그 초대 손님의 그러한 좋은 기분이 선량함의 증거 같았다. 그러나 그의 웃음이 집요해지는 것을 보고 나는, 시종에게 닥친 섭섭한 일을 알게 된 그가, 아마 반대로 심술궂은 즐거움을 맛보고 있으리라 생각하였다.

"하지만, 나의 다정한 친구여, 그대가 우리들에게 빅또르 위고에 대하여 하는 말들은 새로울 것이 없어요." 불안한 기색으로 고개를 돌리는 아르빠종 부인을 바라보며 공작 부인이 말을 계속하였다. "그 초심자를 세상에 널리 알린다는 기대는 접어두어요. 그

에게 재능이 있다는 것은 모든 사람들이 알아요. 고약하며 가증스
러운 것은 만년의 빅또르 위고로,『세기들의 전설』[339]이라든가 기
타 내가 제목조차 잊어버린 작품들을 쓰던 그 사람이에요. 반면
『가을의 나뭇잎』이나『황혼의 노래』는 시인의, 진정한 시인의, 작
품들이에요. 심지어『명상』속에서도 아직은[340] 멋진 것들이 발견
되요." 대화 상대자들이 감히, 또한 그럴만한 이유 때문에, 이의를
제기하지 못하는 동안 공작 부인이 그렇게 덧붙였다. "하지만 솔
직히 말해,『황혼』이후의 작품들 속으로는 경솔하게 뛰어들고 싶
지 않아요! 또한, 빅또르 위고의 아름다운 시들─그런 것들이 실제
로 있어요─속에서 우리가 자주 하나의 사상을, 심오하기도 한 사
상을, 만나기도 해요."

그러더니, 합당한 감정을 섞어, 자기의 억양으로부터 구슬픈 상
념이 한껏 발산되도록 하면서, 또한 꿈꾸는 듯한 매력적인 시선으
로 정면을 응시하면서, 공작 부인이 천천히 말하였다.

"들어 보세요,

> 괴로움이란 하나의 열매, 신께서는
> 아직 감당 못할 만큼 여린 가지에는 자라게 하지 않으시니,[341]

혹은 이런 것도 있어요,

> 죽은 이들 오래 견디지 못하나… 애석하다!
> 관 속에서 그들이 먼지로 변함도, 우리의 가슴 속에서 만큼은
> 신속하지 않도다![342]"

그런 다음, 환멸 어린 미소 한 가닥이 우아한 곡선으로 그녀의

비통한 입 주위에 주름이 생기게 하는 동안, 공작 부인은 자기의 맑고 매력적인 눈을 아르빠종 부인에게로 돌려, 시선을 그녀에게 고정시켰다. 나는 비로소 그녀의 그토록 묵직하게 느리며 그토록 신랄하게 감미로운 음성과 함께 그 눈의 진면목을 알아보기 시작하였다. 그 눈과 음성 속에서 나는 꽁브레의 자연 중 많은 것들을 재발견하였다. 물론 그녀의 음성이 가끔 향토적인 무뚝뚝함을 드러낼 때마다 그 음성에 어른거리던 부자연스러운 겉치레 속에는 많은 것들이 있었으니, 가령, 게르망뜨 가문 중 더 오랜 세월 동안 국지화되고, 더 과감하고, 더 야생적이고, 더 도발적인 한 지파의 온통 지방색 풍기는 근원이라든가, 진정 독특한 사람들의 습성이나, 세련됨이란 입술만 놀려 부자연스럽게 말하는 것이 아니라는 사실을 아는 기지 넘치는 이들의 습성, 그리고 도시 중산층 사람들보다는 자기의 영지에 사는 촌사람들과 기꺼이 연대하는 귀족들이 가지고 있는 습성 등이라든가, 게르망뜨 부인이 누리고 있던 여왕과 같은 지위가 그녀로 하여금 매우 용이하게 과시하고 한껏 밖으로 드러내게 해주던 모든 특징 등이 바로 그것들이었다. 그녀의 것과 같은 음성이 그녀가 몹시 싫어하던 그녀의 자매들에게도 있었던 모양이나, 그녀보다 덜 총명하고 거의 중산층 식으로 (자기들 지방 땅뙈기 속이나 빠리에서도 쌩-제르맹 구역의 화려하지 못한 구석에 처박혀 있는 한미한 귀족들과의 혼인 양태를 가리키고자 이 말을 사용하거니와) 혼인한 그녀의 자매들은, 그것을 가지고 있었으되, 우리들 중 자신의 독창성 때문에 가장 널리 유행하는 전형들조차 모방하려 애쓰지 않을 배짱 가진 사람 지극히 드문 것처럼, 일찍이 그것을 자기들의 능력이 허락하는 한 최대로 억제하고 수정하여 부드럽게 변화시켰다. 반면 오리안느는, 자기의 자매들보다 하도 월등하게 영리하고 하도 훨씬 부유하여, 특히 하도 널리 알려져, 그녀가 롬므 대공 부인이던[343] 시절에는 웨일스 대공에게 어찌나 큰 영향력을 행사하였던지, 자기의 그 투박한 음성이 하나의 매력임을 일찌감치 깨달았고, 그 음성을 가지고, 독창성과 성공의 과감성을 발휘하여, 가령 레쟌느[344]나 쟌느 그라니에[345] 등이 (물론 여기에서 그 두 여배우 각각의 중요성과 재능을 비교하려는 것은 아니다) 연극계에서, 세상에 전혀 알려진 바 없는 자기들의 자매들은 아마 하나의 단점인 줄 알고 감추려 노력하였을 찬탄할 만하고 독특한 무엇이었던 자기들의 음성을 가지고 이룩한 바로 그것을, 사교계에서 이룩하였다.

그녀의 향토적 독특성을 한껏 과시할 그 많은 이유들에, 메리메와 메약, 할레비 등 게르망뜨 부인이 좋아하던 문인들이, '자연스러움'에 대한 존경심과 함께, 그녀로 하여금 시(詩)에 도달하게 해준 산문적인 것에 대한 열망과, 나의 눈 앞에 다양한 풍정들을 부활시키던 순전히 사교적인 기지를 추가해주었다.[346] 게다가 공작 부인이, 그 문인들의 그러한 영향들에 일종의 예술적인 모색의 결과를 첨가함으로써, 대부분의 단어들을, 자기가 보기에 가장 '일-드-프랑스적인' 또한 가장 '쌍빠뉴적인' 듯한 식으로 능히 발음할 능력을 구비하고 있었으니, 그녀가, 혹시 자기의 시누이 마르상뜨 부인 만큼은 아닐지라도, 어느 옛 프랑스 문인이 사용하였을 법한 [347] 순수한 어휘들만을 구사하였기 때문이다. 그리하여 잡다하게 뒤섞여 얼룩덜룩해진 현대어에 지쳤을 때에는, 그것이 훨씬 적은 내용을 표현하고 있음을 잘 알면서도, 게르망뜨 부인의 한담을 듣는 것이 하나의 커다란 휴식이었던 바, 그 휴식은, 우리가 그녀와 단둘이 있어, 그녀가 말의 흐름을 절제하고 더욱 맑게 여과할 경우에도, 옛 노래를 들으면서 느끼는 휴식과 거의 같았다. 그럴 때에는, 게르망뜨 부인을 응시하며 그녀의 말에 귀를 기울이고 있는 동

안, 그녀의 눈 속에 끊임없이 감도는 평온한 오후의 포로가 된 일-
드-프랑스의 혹은 샹빠뉴 지방의 하늘 한 자락이, 쌩-루의 눈에서
와 같은 경사각을 드러내면서, 푸르스름하고 비스듬하게 펼쳐지
는 것이 보이곤 하였다.

그렇게, 그 다양한 영향으로 인하여, 게르망뜨 부인이 가장 유
구한 귀족적 프랑스를 표현하였으되, 아울러 훨씬 후에는, 칠월 왕
정³⁴⁸⁾ 시절에 브로유 공작 부인이 빅또르 위고의 작품을 좋아하면
서 동시에 비난하던 방식을 보였으며, 결국에는 메리메와 메약으
로부터 나온 문학에 대한 강렬한 취향을 드러냈다. 그 영향들 중
첫 번째 것이 두 번째 것보다는 더 내 마음에 들었고, 내가 그 먼 여
정을 거쳐 드디어 도달한 쌩-제르맹 구역에서, 일찍이 생각하였던
것과 하도 달라 환멸을 느꼈을 때에도, 두 번째 것보다는 그것이
더 많은 보상을 해 주었으며, 그렇건만 세 번째 것보다는 내가 두
번째 것을 더 좋아하였다. 그런데, 게르망뜨 부인이 거의 무의식적
으로 게르망뜨 가문 본연의 모습을 드러내던 반면, 그녀의 빠이예
롱³⁴⁹⁾에 대한 열렬한 기호나 뒤마(아들)에 대한 취향은 다분히 계
산되고 의도된 것이었다. 그러한 취향이 나의 것과는 상반된 것이
었던지라, 그녀가 나에게 쌩-제르맹 구역에 관한 이야기를 할 때
나의 뇌리에 문학이라는 것을 잔뜩 제공하였으되, 나에게는 그녀
가 문학 이야기를 할 때처럼 멍청한 쌩-제르맹 구역 답게 보인 적
은 없었다.³⁵¹⁾

게르망뜨 부인이 낭송한 마지막 구절에 감동한 아르빠종 부인
이 한 구절을 격정적으로 읊었다.

심정의 유물들도 먼지로 변하도다!³⁵²⁾

그러고 나서 게르망뜨 씨에게 말하였다. "이 구절을 저의 부채에다 손수 써 주셔야 해요."

"가엾은 여인, 내 마음을 아프게 하는군요!" 빠르마 대공 부인이 게르망뜨 부인에게 말하였다.

"아니에요, 부인께서는 측은히 여기실 것 없어요. 자업자득이니까요."

"하지만… 이런 말 하는 것 용서하세요… 그래도 그를 진정으로 사랑하니!"

"천만에요, 그녀에게는 그럴 능력도 없어요. 그녀는 자기가 지금, 뮈쎄의 구절을 인용하면서 빅또르 위고의 구절을 인용한다고 믿듯, 그를 사랑한다고 생각해요. 제 말씀 들어 보세요." 공작 부인이 우수 어린 어조로 덧붙였다. "진실한 감정에 저보다 더 감동될 사람은 없을 거예요. 하지만 부인께 한 가지 예를 보여드리겠어요. 어제 그녀가 바쟁에게 무시무시한 기세로 화를 내었는데, 공주 전하께서는 아마 그가 다른 여인들을 사랑하고 그녀를 더 이상 사랑하지 않기 때문이라 생각하시겠지요. 전혀 그렇지가 않아요. 그가 자기의 아들들을 죠키 클럽에 소개하지 않는다고 그런 것이에요! 부인께서는 그러한 거조가 연정에 사로잡힌 여인의 것이라 생각하시나요? 아니에요! 한 말씀 더 드리거니와, 그녀는 매우 드문 냉담함의 소유자예요." 게르망뜨 부인이 구체적으로 그렇게 덧붙였다.

한편 게르망뜨 씨는, 자기의 아내가 '느닷없이' 빅또르 위고에 관해 이야기하면서 그의 시 몇 구절을 인용하는 것에 귀를 기울였고, 그 동안 그의 눈은 만족감으로 번쩍거렸다. 공작 부인이 자주 그의 심기를 자극해도 소용없었으니, 그러한 순간에는 그가 자기의 아내를 매우 자랑스럽게 여겼다. "오리안느는 정말 비범해요.

280

그녀는 모든 것에 대해 말할 수 있어요. 모든 것을 읽었으니까요. 오늘 저녁에 대화가 빅또르 위고에 관해 펼쳐질 것이라고는 그녀도 짐작하지 못하였어요. 어떤 주제를 가지고 그녀에게 말을 건네더라도, 그녀는 언제나 준비가 되어 있는지라, 가장 해박한 학자와도 맞설 수 있어요. 여기 계신 젊은이께서도 틀림없이 감복하셨을 거예요."

"하지만 다른 이야기를 하는 것이 좋겠어요." 게르망뜨 부인이 빠르마 대공 부인에게 덧붙여 말하였다. "그녀가 자존심 강한 여인이기 때문이에요." 그러고 나서 나에게로 고개를 돌리면서 다시 이야기를 계속하였다. "당신은 틀림없이 제가 구식이라고 생각하실 거예요. 오늘날에는, 시 속에 내포된 사상이나 어떤 사상을 내포하고 있는 시를 좋아하는 것 자체가, 일종의 정신적 결함으로 간주됨을 제가 알고 있어요."[353]

"그것이 구식인가요?" 게르망뜨 공작 부인의 대화가 항상 특유의 연속적이고 감미로운 충격들과 숨가쁘게 하는 놀라움과 건전한 피곤을 자기에게 안겨주고, 그것들을 겪은 후에는 자기가 어느 욕실에 들어가 족욕을 한 다음 그것들에 '대응하기' 위하여 부지런히 걸어야 할 필요를 본능적으로 느낀다는[354] 사실을 알고 있었음에도 불구하고, 그 뜻밖의 새로운 조류가 자기에게 야기시킨 가벼운 충격에 오싹해진 빠르마 대공 부인이 물었다.

"내 생각은 그렇지 않아요, 오리안느," 브리쌕 부인이 말하였다. "나는 빅또르 위고의 작품에 사상들이 내포되어 있는 것 자체는 나무라지 않아요. 오히려 그 반대예요. 다만 흉측한 것에서 그것들을 찾는다는 점을 나무랄 뿐이에요. 사실 우리들로 하여금 문학 속에 있는 추함에 익숙해지게 한 사람은 그예요.[355] 우리의 삶에 이미 추한 것들이 많아요. 최소한 독서를 하는 동안이나마 그 추한 것들을 잊어서는 아니 되나요? 우리가 실제의 삶에서도 외면할 괴로운 정경이 빅또르 위고의 마음을 끄는 모양이에요."

"하지만 빅또르 위고는 쫄라처럼 극단적인 사실주의적 작가는 아니지요?' 빠르마 대공 부인이 물었다.

쫄라의 이름을 들었건만 보트레이이 씨의 안면 근육은 단 한 가닥도 움직이지 않았다. 장군의 반드레퓌스적 입장은 하도 깊어, 그가 자기의 입장을 표명할 생각조차 하지 않았다. 그리하여, 사람들이 드레퓌스와 관련된 화제를 꺼낼 때마다 그가 일관되게 고수하던 침묵은, 어떤 사제가 사람들에게 그들의 종교적 의무에 대해 언급하기를 삼감으로써 드러내는, 혹은 어떤 금융인이 자기가 경영하는 금융 회사를 사람들에게 추천하기를 애써 피함으로써 드러내는, 혹은 헤라클레스 같은 거한이 온순하게 처신하고 주먹질을 하지 않음으로써 드러내는, 그러한 유형의 세련됨으로 문외한들에게 감동을 주곤 하였다.

"저는 당신이 쥐리앵 들 라 그라비에르[356] 제독의 친척임을 알고 있어요." 성품 좋으나 머리 아둔한 여인이며, 옛날 게르망뜨 공작의 모친이 빠르마 대공 부인에게 천거하여[357] 그녀의 시녀가 된 바랑봉 부인이, 나를 잘 안다는 기색을 띠며 나에게 말하였다. 그 순간까지는 그녀가 나에게 어떤 말도 건넨 적 없었건만, 또한 빠르마 대공 부인의 질책과 나의 강력한 이의에도 불구하고, 내가 전혀 모르는 그 학술원 회원인 해군 제독과 나 사이에 어떤 관계가 있으리라는 생각을, 그 이후에는 그녀의 뇌리에서 영영 지워 버릴 수 없었다. 빠르마 대공 부인의 시녀가 나를 쥐리앵 들 라 그라비에르 제독의 조카라고 여기는 그 고집스러움 속에는, 그 자체로 매우 상스럽게 우스꽝스러운 무엇이 있었다. 하지만 그녀가 저지르고 있던 그러한 오류는, 세상이 우리와 관련시켜 정리해 놓은 '정보 카드' 속에서 우리의 이름을 따라다니는, 무의지적이거나 의도적인, 더 하찮고 더 눈에 띄는 그 숱한 오류들 중, 과도하고 생기 고갈된 유형에 불과했다. 이제 생각나거니와, 게르망뜨 가문 사람들과 친하던 이 하나가, 나와 교분 맺고 싶다는 자기의 뜻을 열렬히 표하더니, 내가 자기의 사촌 누이 쇼쓰그로 부인과 친분이 두텁다는 이유를 내세우며 이렇게 말하였다. "그녀는 매우 매력적이며, 당신을 무척 좋아합니다." 내가 양심에 이끌려, 틀림없이 어떤 오류가 있었을 것이며, 나와 쇼쓰그로 부인 간에 친분이 없다는 사실을 역설하였건만 소용이 없었다. "그렇다면 당신과 친분 맺은 사람이 그녀의 자매일 것 같은데, 여하튼 마찬가지예요. 그녀가 당신을 스코틀랜드에서 만났다고 하더군요." 내가 스코틀랜드에 간 적이 없었고, 따라서 나의 그 대화 상대자에게 그 사실을 정직하게 알리는 수고를 마다하지 않았지만, 그 수고가 부질없었다. 최초의 어떤 혼동으로 말미암아, 나를 잘 안다고 말하였고 또 의심할 나위 없이 진정으로 그렇게 믿었던 사람은 쇼쓰그로 부인이었으리니, 그녀가 나를 볼 때마다 한결같이 나에게 먼저 손을 내밀어 악수를 청하였으니 말이다. 또한 여하튼 내가 교제하던 집단이 바로 쇼쓰그로 부인이 속해 있던 집단이었던지라, 내가 아무리 겸손하게 부인하여도 그것은 아무 의미도 없었다. 내가 쇼쓰그로 부인과 친밀한 사이라는 말이 정말로 하나의 오류라 할지라도, 사회적 관점에서 보면, 그 시절의 나처럼 아직 젊은 사람과 관련해 지위를 운운할 수 있을지 여부는 모르겠으나, 그러한 오류가 나의 실제적인 지위와 등가치를 가질 수 있었다. 따라서 게르망뜨 가문 사람들의 그 친구가 나에 대해 잘못 알려진 것들만을 나에게 이야기하여도 소용없었으니, 그가 계속 나에 대해 품고 있던 사념 속에서는 (사교계의 관점에서) 그가 나를 깎아내리지도 과대하게 평가하지도 않았다.

그리하여 결국, 어떤 다른 사람이 우리들에 대해 엉뚱한 사념을 갖게 되고, 우리가 전혀 모르는, 그러나 우리는 정작 떠난 적조차 없는 멋진 여행 도중에 만났다고 소문난, 어느 귀부인과 우리가 친밀한 관계일 것이라고 그 사람이 믿을 경우, 우리들 중 배우가 아닌 이들도, 항상 같은 인물 역할 속에만 갇혀 사는 권태를 잠시나마 떨쳐버리게 된다. 또한 그러한 오류들은, 내가 그 따분한 제독 쥐리앵 들 라 그라비에의 친척이라는 믿음에 영영 고착되어 있던, 빠르마 대공 부인의 그 멍청한 시녀가 나의 거듭된 부인에도 불구하고 저지르던, 그리고 평생 동안 저지른, 그 오류의 완고한 경직성이 없을 경우, 중식하는 성향을 가진 친절한 오류들이기도 하다. "그녀의 기억력이 별로 좋지 않아요." 공작이 나에게 말하였다. "그리고 그녀에게 술을 지나치게 '바쳐서는' 아니 되오. 내가 보기에는 그녀가 이미 조금은 '바쿠스'의 영향을 받는 것 같소." 실제로는 바랑봉 부인이 물만 마셨지만, 공작은 자기가 좋아하는 표현들을 대화 속에 즐겨 삽입하는 버릇을 가지고 있었다.

　"하지만 졸라는 사실주의적 작가가 아니에요, 공주 전하! 그는 시인이랍니다!" 자기가 근년에 읽은 평론문들을 뇌리에 떠올려 자기의 개인적인 재능에 그것들을 조화시켜 게르망뜨 부인이 말하였다. 파도처럼 하나씩 연속적으로 밀려드는 역설들에 자신을 내맡기면서, 그날 저녁, 그것이 자기에게 각별히 유익할 것이라 판단하여 시도하였던, 그녀에게는 몹시 격렬했을 그 정신적 목욕이 진행되는 동안에도, 그 순간까지는 심하게 떼밀리면서도 유쾌함을 느꼈지만, 다른 어느 것에 비할 수 없는 그 엄청난 역설 앞에서는, 빠르마 대공 부인이 넘어질까 두려워서인지 펄쩍 뛰었다. 그리고 다음과 같이 말할 때, 마치 숨이 가쁜 듯, 그녀의 음성이 군데군데 끊겼다.

"졸라가… 시인이라!"

"그렇다니까요." 상대방을 숨가쁘게 만든 그 효과에 매료된 공작 부인이 크게 웃으며 대꾸하였다. "공주 전하께서는 그가 무엇을 건드리든 그것을 얼마나 거대하게 만드는지 유의해 보셔야 해요. 물론 전하께서는 그가 기껏, 뭐라 할까… 즐거움을 가져다 주는 것이나 건드린다고 하시겠지요! 하지만 그는 그 즐거움 가져다 주는 것으로 광대한 무엇을 만들어 내며, 그에게는 영웅전 같은 오물이 있어요! 그는 오물을 노래하는 호메로스입니다![358] 그에게는 깡브론느가 한 말[359]을 쓰는데 필요한 대문자가 부족할 지경이에요."

자신이 느끼기 시작하던 극도의 피로에도 불구하고, 대공 부인은 황홀해졌으며, 일찍이 자기가 그 이상으로 기분이 좋았던 적은 없었던 것 같았다. 그녀는, 쇤브룬 성[360]에 가서 휴가를 보내는 것이 비록 자기의 마음에 드는 유일한 일이었으나, 그토록 많은 재치 덕분에 활력을 얻는 게르망뜨 부인 댁의 그 신성한 만찬들만은 그 휴가와 바꾸지 않았을 것이다.

"그는 (깡브론느가 하였다는) 그 말을 대문자 C로 쓰지요."[361] 아르빠종 부인이 호들갑스럽게 말하였다.

"그보다는, 나의 귀여운 여인이여, 대문자 M으로 쓸 거예요." 게르망뜨 부인이 그렇게 대꾸하면서 자기의 남편과 명랑한 시선을 주고받았는데, 그 시선에는 이러한 뜻이 담긴 것 같았다. "그녀가 참으로 멍청해요!" 그러더니 게르망뜨 부인이 미소 가득하고 부드러운 시선을 나에게로 돌리면서, 또한 하나의 완벽한 안주인으로서, 나의 특별한 관심 대상이던 예술가에 대하여 자신이 아는 바를 넌지시 드러내고, 또 나에게도 필요하면 그에 관해 내가 아는 바를 과시할 계기를 주고 싶었던지, 이렇게 말을 꺼냈다. "제 말씀 들어 보세요, 마침…" 그러면서 그녀는 깃털 부채를 천천히 흔들고 있었는데, 그 순간 자기가 손님맞이를 제대로 하고 있음을 의식하고 있는 듯했고, 무엇 하나 부족함이 없도록 하려는 듯, 시중꾼에게 눈짓을 하여, 생크림 섞은 네덜란드 소스 곁들인 아스파라거스를 나에게 더 주라고 분부하면서, 하던 말을 계속하였다. "마침 생각이 나는데, 쫄라가 엘스띠르에 관한 논설문 한 편을 쓴 것으로 알아요. 당신이 조금 전에 보러 가셨던, 또한 그의 작품들 중 제가 유일하게 좋아하는 것들인, 그 화폭들을 그린 화가에 관해서요." 그녀가 실제로는 엘스띠르의 작품을 몹시 싫어하였으나, 자기의 집에 있는 것이라면 무엇이든 그 품질이 비할데 없다고 여기는 버릇을 가지고 있었다. 나는 게르망뜨 씨에게, 내가 조금 전에 본 통속화 속에 높직한 모자를 쓴 모습으로 그려져 있고, 그 화폭 옆에 걸려 있는, 그리고 엘스띠르의 개성이 아직 뚜렷하게 나타나지 않아 조금은 마네에게서 영감을 얻던 무렵에 그린 듯한 초상화 속의 정장 차림한 인물과 같은 사람임을 내가 즉각 알아차린, 그 신사의 이름을 아느냐고 물었다. "오! 맙소사, 그가 낯선 사람이 아니고 자기의 일을 함에 있어 멍청한 자도 아님을 내가 알건만, 나의 뇌리에서 여러 이름들이 뒤죽박죽 섞였소." 그가 내 말에 대꾸하였다. "누구더라… 누구더라… 이름이 혀끝에서 어른거리긴 하는데, 여하튼 중요한 인물이 아닌지, 생각이 나지 않소. 스완은 그 이름을 당신에게 말해 줄 수 있을 것이오. 항상 지나치게 친절한 나머지, 누구의 청을 거절하면 그 사람의 마음에 상처를 주지 않을까 언제나 지나치게 염려하는 게르망뜨 부인으로 하여금 저 물건들을 사들이도록 한 사람이 스완인데, 우리끼리 하는 말이지만, 내가 생각하기로는 그가 누룽지[362]들을 우리에게 떠안긴 것 같소. 내가 당신에게 말할 수 있는 것은, 그 화폭 속에 있는 신사가 엘스띠르 씨에게는 일종의 마이케나스[363] 같은 사람으로, 그가 엘스띠르의 작품을 세상에 알렸고, 그림들을 주문함으로써 그를 자주 난관에서 구출해 주었소. 그에 대한 감사의 표시로—그것이 감사의 표시인지 모르겠으나, 여하튼 취향 나름이겠지요만—엘스띠르가 그 신사를 그러한 곳에 그려 넣었는데, 신사의 어색한 기색이 상당히 이상한 효과를 내고 있소. 그 신사가 매우 박식한 실력자일 수도 있지만, 높직한 모자를 어떤 때나 장소에서 써야 하는지 모르는 것은 분명하오. 모자를 쓰지 않은 그 모든 아가씨들 사이에 그러한 모자를 쓰고 있으니, 거나하게 취한 어느 이름 없는 시골 공증인 같아 보이오.[364] 그런데, 이보시오, 당신은 그 그림들에 홀딱 반한 것 같소. 그러한 사실을 미리 알았다면 당신의 질문에 대답하기 위하여 많은 정보를 수집해 두었을 것이오. 하지만 그것들이 앵그르의 「샘터」[365]나 뽈 들라로슈의 「에드워드의 자식들」[366]이나 되는 듯, 엘스띠르 씨의 그림을 그 밑바닥까지 캐기 위하여 그토록 머리에 망치질을 해 댈 것까지는 없소. 그의 그림에서 사람들이 좋아하는 것은, 섬세한 관찰 끝에 그렸다는 점 외에, 재미있고 빠리풍이라는 사실, 그것이 전부요. 그러한 점을 발견하기 위해서 구태여 전문가일 필요는 없소. 그의 그림들이 붓질 몇 번으로 완성된 단순한 채색 애벌그림에 불과함을 내가 잘 알고 있으며, 정성을 들인 것 같지도 않소. 스완은 뻔뻔스럽게도 우리들로 하여금 「아스파라거스 묶음」[367]이라는 그림을 사도록 하려고 하였소. 심지어 그 아스파라거스들을 여기 우리 집에 며칠 동안이나 내버려두기도 하였소. 화폭 속에는 그것들밖에 없었다오. 지금 당신이 삼키고 있는 것과 다름없는 한 단의 아스파라거스뿐이었소. 하지만 나는 엘스띠르 씨의 아스파라거스를 삼키지 않겠다고 하였소. 그가 삼백 프랑을 요구하였소. 아스파라거스 한 묶음에 삼백 프랑이라니! 일 루이, 비록 만물이라 할지라도 그 가격이면 충분하오! 게다가 그 아스파라 거스는 이미 뻣뻣했소. 그런 것들에다가 인물들까지 덧붙여 놓으면, 그림은 즉시 천민적이고 염세주의적인 측면을 드러내는데, 그것이 내 마음에 거슬리오. 당신과 같은 세련된 기지가, 탁월한 뇌수가, 그런 것 따위를 좋아하다니 놀랍기만 하오."

"하지만 바쟁, 나는 당신이 왜 그런 말씀을 하시는지 모르겠어요." 누가 자기의 집 응접실에 있는 물건들을 하찮게 여기는 것을 좋아하지 않는 공작 부인이 말하였다. "저 역시 엘스띠르의 그림들을 무분별하게 받아들일 생각은 없어요. 취할 것이 있고 버릴 것이 있어요. 항상 재능 결여된 것만 있는 것은 아니에요. 그리고, 제가 사들인 것들이 흔치 않은 아름다움을 지니고 있음도 시인해야 해요."

"오리안느, 그러한 부류의 그림들이라면, 우리가 수채화가들의 전람회에서 본 비베르 씨의 작은 습작품이 나에게는 천 배나 더 좋아 보이오. 자기의 강아지를 어르고 있는 편안한 모습의 고위 사제 앞에 뼈만 앙상하고 초췌한 몰골로 서 있는 선교사, 그 정경 전체가 섬세함과 심오함을 노래하는 짧은 시라오."[368]

"제가 알기로는 엘스띠르 씨와 교분을 맺고 계신 모양인데요. 호감 가는 사람이지요." 공작 부인이 나에게 말하였다.

"이야기를 나누어 보면 그가 총명한 사람인데, 그의 그림이 그토록 상스러운 것에 놀라지 않을 수 없어요." 공작이 말하였다.

"총명할 뿐만 아니라 재치 또한 상당하다 할 수 있어요." 매우 정통하다는 기색으로 또 자신이 하는 말의 뜻을 잘 안다는 투로 공작 부인이 말하였다.

"오리안느, 그가 일찍이 당신의 초상화를 그리기 시작하지 않았던가요?" 빠르마 대공 부인이 물었다.

"가재처럼 빨간 색으로 그렸지요."

게르망뜨 부인이 대답하였다. "하지만 그 초상화로 인해 그의 이름이 후세에 전해질 수는 없을 거예요. 하도 끔찍한 작품인지라 바쟁이 그것을 없애려 하였어요."

게르망뜨 부인이 마지막에 덧붙인 말은, 그녀가 자주 입 밖에 내던 것이었다. 그러나 그녀의 평가가 전혀 다른 적도 있었다. "저는 그가 그리는 초상화를 좋아하지 않지만, 전에 그가 저의 멋진 초상화 하나를 그린 적이 있어요." 그 상반된 평가들 중 하나는 대개, 공작 부인에게 그녀의 초상화에 대한 이야기를 하는 사람들을 겨냥한 것이었고, 다른 하나는 그녀의 초상화 이야기를 꺼내지 않는 사람들을 겨냥한 것이었는데, 그것은 자기의 초상화가 존재한다는 사실을 그들에게 알리고 싶어서였다. 첫 번째 평가는 태깔에서 비롯된 것이었고, 두 번째 평가는 허영심에 의해 고취된 것이었다.

"당신의 초상화를 끔찍하게 그리다니요! 그렇다면 그것은 초상화가 아니라 일종의 거짓말이에요. 내가 겨우 붓을 들 줄 아는 수준이지만, 만약 내가 당신의 모습을 그린다면, 내 눈에 보이는 것만을 화폭에 옮겨 놓아도 하나의 걸작품이 될 거예요." 빠르마 대공 부인이 순진하게 말하였다.

"그 역시 아마 저를 제가 저의 모습 보듯, 즉 매력 없는 모습으로 보는 모양이에요." 엘스띠르가 화폭에 옮겨 놓은 것과 다르게 자기의 모습이 사람들에게 보이도록 해 주는데 가장 적합할, 우수어리고 겸손하며 상냥한 시선을 던지면서 게르망뜨 부인이 말하였다.

"그 초상화가 갈라르동 부인의 마음에는 거슬리지 않을 것입니다." 공작이 말하였다.

"그녀가 회화에 대하여 잘 모르기 때문인가요?" 게르망뜨 부인이 자기의 사촌 동서를 몹시 경멸한다는 사실을 알고 있던 빠르마 대공 부인이 물었다. "하지만 심성 매우 착한 여인 아닌가요?"

공작이 몹시 놀라는 듯한 기색을 보였다.

"이보세요, 바쟁, 공주 전하께서 당신을 놀리시는 거예요 (대공 부인은 그런 생각을 전혀 하지 않았다). 공주 전하께서도 당신처럼 갈라르도네뜨[369]가 늙은 '독약'[370]이라는 사실을 잘 알고 계세요." 평소 특유의 고풍스러운 표현들에 한정되어 있어, 빵삐유의 감미로운 책들[371] 속에서나 발견될 수 있으되 실생활에서는 극히 희귀해진 (편육들과 버터와 즙과 고기 단자들이 모두 순수하여, 어떤 불순물도 섞이지 않았을 뿐만 아니라, 심지어 소금조차도 브르따뉴 지방 염전에서 가져온 것만 사용하는) 음식들처럼 풍미 넘치는 어휘 사용하던 게르망뜨 부인이 그렇게 대구하였는데, 누구든 그녀의 억양이나 단어의 선택에서, 그녀가 펼치는 대화의 근간이 게르망뜨 가문 고유의 유산임을 느낄 수 있었다. 그러한 면에서는 공작 부인이, 숱한 새로운 사상들과 표현들에 휩쓸렸던 자기의 조카 쌩-루와는 근본적으로 달랐으니, 어떤 사람이 칸트의 사상과 보들레르의 그리움에 의해 뒤흔들릴 경우, 앙리 4세가 사용하던 감미로운 프랑스어[372]로 글을 쓰기는 어려운 법, 그리하여 공작 부인의 언어가 가지고 있던 순수함 자체가 곧 제약의 징표였으며, 그녀 속에서는 지성과 감성이 모든 새로운 것을 향해서는 닫혀 있었다. 그러한 면에 있어서도 게르망뜨 부인의 지적 특성은, 가령 내 사유의 자재 그 자체를 형성하고 있던 것이기도 하던 모든 것을 배제하여, 그로 인해 그 지적 특성이 보존할 수 있었던 것으로, 즉 우리를 소진시키는 어떠한 성찰도, 어떠한 윤리적 근심도, 혹은 어떠한 신경성 불안도 변질시키지 못한 유연한 몸뚱이의 그 매혹적인 활력으로, 나의 마음에 기쁨을 주었다.[373] 나의 것보다 그토록 앞서 형

성된 그녀의 지적인 특성이 나에게는, 해변에 나타났던 그 작은 소
녀 집단의 움직임이 일찍이 나에게 제공하였던 것의 등가물이었
다. 게르망뜨 부인은, 친절함이라는 것에 의해 혹은 지적 가치들에
대한 존경심에 의해 길들여지고 복속된 활력과 아울러, 어린 시절
부터 승마를 즐기고 고양이들을 허리가 부러질 지경까지 구타하
며 토끼들의 눈을 뽑곤 하였으며, 정숙함의 꽃으로 머물러 있었으
되, 여러 해 전에는 우아함이 하도 뛰어나, 싸강 대공의 가장 반짝
이는 정부가 될 수도 있었을, 꽁브레 인근에 사는 귀족 집안의 잔
인한 소녀가 지니고 있을 매력을, 나에게 동시에 제공하였다. 다만
그녀는, 내가 일찍이 자기의 속에서 찾으려 하였던 것과—즉 게르
망뜨라는 명칭이 지닌 매력—발견한 약간의 편린을, 즉 게르망뜨
가문의 시골풍 잔재를, 이해할 능력을 구비하지 못하였다. 우리의
관계는, 나의 찬미가, 스스로 비교적 우월하다고 믿는 그녀에게로
향하는 대신, 그녀 못지않게 보잘 것 없고 같은 매력을 자신도 모
르게 발산하는 어느 다른 여인에게로 향하기 무섭게 표면화 되지
않을 수 없는, 하나의 오해 위에 구축되어 있었다. 지극히 자연스
럽고, 또한 몽상꾼 젊은이와 사교계 여인 사이에는 언제나 존재할,
그러나 몽상꾼 젊은이가 자기가 지니고 있는 상상력의 본질을 알
아차리지 못하는 한, 그리하여 극장에서처럼, 여행에서처럼, 심지
어 사랑에서처럼, 사람들 곁에서도 느낄 수밖에 없을 불가피한 환
멸들을 기꺼이 감수하지 않는 한, 그 젊은이를 심하게 뒤흔드는 오
해이다.

　게르망뜨 씨가 (엘스띠르의 아스파라거스 이야기에 이어, 그리
고 휘낭씨에르 소스 곁들인 닭고기[374] 다음에 식탁에 오른 아스파
라거스를 먹은 다음), 지표면 위로 솟아올라 자라서, 엘리자벳 드
끌레르몽-또네르라 서명한 매력적인 저자가 기이하게 말하였듯

이, '자기들의 자매들에게 있는 인상적인 뻣뻣함을 가지고 있지 않은' 녹색 아스파라거스[375]는, 계란과 함께 먹어야 한다고 선언하듯 말하자, 브레오떼 씨가 이렇게 대꾸하였다. "어떤 사람들의 마음에 드는 것이 다른 이들의 마음에는 들지 않으며, 그 반대의 경우도 마찬가지입니다. 중국의 광둥(廣東) 지방에서는 멧새의 완전히 썩은 알이 최고의 진미로 여겨집니다." 모르몬교도들에 관한 논설문을 잡지 〈두 세계〉에 발표한 바 있는 브레오떼 씨는, 가장 귀족적인 계층 사람들 하고만, 그러나 그들 중에서도 지성인이라는 상당한 명성을 누리던 사람들 하고만 어울렸다. 그리하여 어느 여인 집에 그가 꾸준히 나타날 경우, 사람들은 그녀의 집에 진정한 '응접실'이 있음을 시인하였다. 그는, 자신이 사교계를 극도로 싫어한다고 공공연히 주장하면서도, 자기와 교제하는 공작 부인들 각각에게는, 자기가 그녀를 열심히 만나고자 하는 이유가 그녀의 뛰어난 기지와 아름다움 이라고 확언하곤 하였다. 모든 여인들이 그 말을 믿었다. 빠르마 대공 부인 댁의 성대한 야연에 마지못해 참석할 때마다, 그는 자신의 용기를 고취하기 위해서라면서 그녀들을 모두 그곳으로 소집하였고, 그렇게 함으로써 그곳에서도 자기가 친밀한 사람들에 의해서만 둘러싸인 것처럼 보이게 하였다. 지성인이라는 자기의 명성이 사교계를 드나드는 자기의 취향 때문에 퇴색되지 않도록 하기 위하여, 그는 게르망뜨 가문 사람들의 특정 원칙들을 적용하여, 무도회가 한창 열리는 계절에 우아한 귀부인들을 대동하고 먼 과학적 답사 여행에 오르곤 하였고, 어떤 스놉 하나가, 즉 아직 사교계에 입문하지 못한 사람이, 이리저리 기웃거리면서 기회를 엿볼 경우, 그는, 그 사람과 인사를 나누거나 누가 자기를 그 사람에게 소개하는 것을 표독스럽게 거부하였다. 스놉들에 대한 그의 증오가 바로 그의 스노비즘에서 기인하였건만, 그 증오가 어리숙한 사람들로 하여금, 다시 말해 모든 사람들로 하여금, 그는 스노비즘에서 벗어나 있다고 믿게 하였다.

"바발은 항상 모든 것을 알고 있어요!" 게르망뜨 부인이 호들갑스럽게 말하였다. "우리에게 일상 물품을 공급하는 낙농업 제품 상인이, 한껏 썩은 계란들을, 즉 혜성이 출현하였던 해에 낳은[376] 계란들을, 우리에게 어김없이 공급해 주기를 바라는, 그러한 나라가 있다는 것이 매력적으로 여겨져요. 저는 여기에서도, 버터 바른 길고 가느다란 빵조각 하나를 반숙한 그 계란에 적셔 먹는 저의 모습을 상상할 수 있어요. 부패되고 있는 것들을, 심지어 계란들까지도, 저의 마들렌느 숙모님 (빌르빠리지 부인) 댁에서는 간혹 식탁에 올린다는 말을 해야겠어요." 그 순간 아르빠종 부인이 격렬하게 이의를 제기하자, 그녀가 다시 덧붙여 말하였다. "하지만, 필리,[377] 그대 역시 나 못지않게 잘 알고 있어요. 계란 속에 벌써 병아리가 있어요. 그것들이 어떻게 그 속에 얌전히 있는지 모르겠어요. 숙모님께서 식탁에 올리는 것은 오믈렛이 아니라 닭장이에요. 하지만 적어도 차림표에는 그렇게 적지 않았어요. 그저께 저녁 만찬에 참석하지 않기를 잘 하였어요. 페놀에 데친 듯한 넙치가 식탁에 올랐어요! 식탁이라기 보다는 전염병 치료소에 더 가까웠어요. 정말이지 노르뿌와의 충직함은 영웅적이었어요. 그가 그 넙치를 더 달라고 하더군요!"

"나의 숙모님께서, 어떤 시인에 대하여 숭고하다고 한 그 블로흐 씨에게 (게르망뜨 씨는, 아마 유대인의 이름에 이방인 색채를 더 가미하기 위함이었는지, '블록' 속에 있는 철자 'ch'를 'k'로 발음하지 않고 도이칠란트어 'hoch'속의 'ch'처럼 발음하였다), 그 무례한 말씀을 하시던 그날 저녁에 내가 숙모님 댁에서 당신을 본 것 같소. 샤뗄르로가 블로흐 씨의 넓적다리뼈가 부러져라 심하게 쿡

쿡 처 말을 중단시키려 하였지만 헛 일, 블로흐 씨는 그 뜻을 알아 채지 못한 채, 그것이 나의 조카가 마주 앉은 젊은 여인을 무릎으로 쿡쿡 찌르려 하는 동작인 줄로 생각하였다오 (그 말을 하는 순간 게르망뜨 씨의 얼굴이 살짝 붉어졌다). 그는 자기가 남용하던 '숭고한' 이라는 단어가 내 숙모님의 비위를 상하게 한다는 사실을 깨닫지 못하였소. 결국, 자신의 혀를 호주머니 속에만 넣어 두시지 않는 마들렌느 숙모님께서 이렇게 반격하셨소. '이보세요, 선생, 그렇다면 드 보쒜에 공378)에 대해서는 어떤 말을 예비해 두셨나요?' (게르망뜨 씨는 유명 인사의 이름 앞에 '공' 이라는 말과 귀족임을 나타내는 전치사 '드' 를 붙이는 것이 구왕조 시절 특유의 관행이라 믿었다.) 볼 만한 반격이었소."

"그랬더니 그 블로흐 씨가 뭐라고 대꾸하던가요?" 게르망뜨 부인이 건성으로 물었고, 마침 그 순간 독창적인 생각이 떠오르지 않아, 그녀는 자기 남편의 게르만식 발음이라도 흉내내야 되겠다고 생각하였던 모양이다.

"아! 당신에게 단언하거니와, 블로흐 씨는 즉시 서둘러 떠났고, 아마 지금도 달음박질을 하고 있을 거요."

"참, 그래요, 제가 그날 당신을 본 기억이 생생해요." 자기가 보기에는 그러한 추억이 나의 마음을 한껏 즐겁게 해 줄 무엇을 가지고 있다는 듯, 게르망뜨 부인이 강조된 어조로 나에게 말하였다. "저의 숙모님 댁에 가면 항상 매우 흥미로운 일들이 생겨요. 제가 당신과 우연히 만난 지난번 바로 그 야회에서, 저는, 우리들 곁을 지나간 그 늙은 신사가 혹시 프랑수와 꼬뻬379) 아니었는지, 당신에게 여쭈어 보려 하였어요. 당신은 모든 명사들의 이름을 아실 테니까요." 내가 시인들과 맺고 있던 관계가 정말로 부러워서, 또한 나에게로 향한 친절에 이끌려, 자기가 초대한 사람들에게 나처럼 문학에 해박한 젊은이를 과시하기 위하여, 그녀가 나에게 말하였다. 나는 빌르빠리지 부인 댁 야회에서 유명 인사를 단 하나도 보지 못 하였다고 공작 부인에게 단언하였다. "뭐라고요!" 게르망뜨 부인 이 되퉁스러운 투로 나에게 말하였는데, 그러한 어투를 통해 그녀 는, 자기의 문인들에 대한 존경심과 사교계에 대한 멸시가, 자신이 항상 말하던 것보다, 그리고 아마 자신이 생각하던 것보다, 더 피 상적임을 고백하였다. "뭐라고요! 위대한 문인들이 없었다니요! 놀라운 말씀을 하시는군요. 하지만 그곳에 실제로 존재한다고 믿 기 어려운 얼굴들도 있었어요!"

나는 지극히 무의미한 작은 사건으로 인하여 그날 저녁을 또렷 이 기억한다. 빌르빠리지 부인이 블록에게 알퐁스 드 로췰트 부인 을 소개하였으나, 나의 옛 학우가 이름을 제대로 듣지 못하였고, 또 자기가 어느 늙은 잉글랜드 여인을 상대하고 있으려니 생각하 여, 옛날 미모로 명성 높던 그 여인의 장황한 말에 단음절어로 마 지못해 대꾸하였는데, 빌르빠리지 부인이 그녀를 다른 어떤 사람 에게 소개하면서, 이번에는 매우 분명하게 발음하였다. "알퐁스 드 로췰트 남작 부인이에요." 그러자 수백만의 거금 및 호화로움 과 관련된,[380] 신중하게 세분되었어야 할 숱한 사념들이, 문득 그 리고 단번에 블록의 동맥들 속으로 밀려들어, 그가 심장 발작 내지 뇌충혈 증세 같은 것을 느꼈고, 그리하여 그 친절한 노부인 앞에서 자신도 모르게 소리쳤다. "내가 미리 알았더라면!" 자신의 그 멍청 한 부르짖음으로 인하여 그가 한 주간 내내 잠을 이루지 못하였다. 블록의 그 말 자체는 별로 중요하지 않지만, 나는 그것을, 우리가 살아가는 동안 예외적인 감동의 충격을 받을 경우, 때로는 평소에 생각하던 바를 발설한다는 증거로 기억해 두었다.

"제가 생각하기에는 빌르빠리지 부인이 전적으로는… 윤리적이지 못한 것 같아요." 사람들이 공작 부인의 숙모 댁에 드나들지 않는다는 사실을 알고 있었으며, 또한 공작 부인이 방금 한 말에 미루어 보아, 그녀의 숙모에 대해 거침없이 말할 수 있다고 판단한 빠르마 대공 부인이 말하였다. 그러나 게르망뜨 부인이 동감하지 않는 기색을 보이자 다시 이렇게 덧붙였다. "하지만 그러한 수준의 지성을 구비하였을 경우에는 모든 것이 용인되지요."

"공주님께서는 사람들이 일반적으로 저의 숙모님에 대하여 가지고 있는 것과 같은 생각을 가지고 계십니다만, 사람들의 생각은 사실과 크게 달라요. 바로 어제 메메도 저에게 그 말을 하였어요." 공작 부인이 대꾸하며 얼굴을 붉혔고, 내가 모르는 어떤 추억이 그녀의 눈에 어리는 것 같았다. 나는 샤를뤼스 씨가, 로베르를 시켜 그녀의 집에 가지 말라고 권한 것처럼, 그녀에게 초대를 취소하라고 요청하였으리라 추측하였다. 나는 공작이 자기 아우 이야기를 하면서 어느 순간 얼굴에 나타냈던 홍조가ㅡ게다가 나는 영문을 몰랐다ㅡ공작 부인의 홍조와 같은 원인에서 비롯될 수 없다는 인상을 받았다. "가엾은 나의 숙모님! 숙모님은 눈부신 기지와 고삐 풀린 방탕함을 갖춘 구왕조 시절의 인물이라는 평판을 떨쳐버리시지 못하겠지만, 그분의 것보다 더 중산층적이고 더 신중하며 더 무미건조한 지성은 없으며, 그분이 예술가들을 후원하고 보호하셨다고들 하겠지만, 다시 말해 어느 유명한 화가의 정부였으리라고들 하겠지만, 그 화가가 숙모님에게 그림이라는 것이 무엇인지 이해시킨 적조차 없어요. 또한 그분의 생활에 대해 말씀 드리거니와, 방탕한 여인과는 거리가 멀어, 어찌나 결혼에 적합한 천성을 타고나셨던지, 어찌나 부부간의 관계를 중시하셨던지, 부군을ㅡ하나의 개자식이었지만ㅡ잃으신 후, 어떤 남자와 관계를 맺으시면, 그것이 마치 합법적인 혼인이라도 되는 듯, 못지않은 민감성과 노여움과 신의로 진지하게 임하셨어요. 그러한 관계가 때로는 가장 진실하다는 점을 생각해 보세요. 요컨대, 아내를 잃고 비탄에 잠기는 남편들 보다는 사랑하는 대상을 잃고 비탄에 잠기는 연인들이 더 많아요."

"하지만 오리안느, 마침 당신이 조금 전에 이야기한 당신의 시동생 빨라메드를 보세요. 가엾은 샤를뤼스 부인이 타계하셨을 때 그가 애도하던 것처럼 자기의 연인도 자기의 죽음을 애도할 것이라고 꿈이나마 꿀 수 있는 여인은 없을 거예요."

"아!" 공작 부인이 대꾸하였다. "제가 공주 전하와 견해를 같이 하지 않음을 허락해 주세요. 누가 자기를 일률적인 방식으로 애도하는 것을 좋아하지 않는 사람도 있으며, 각자의 취향이 다를 수 있어요."

"여하튼 자기의 아내가 타계한 이후에는 그가 그녀를 진정으로 숭배하였어요. 산 사람들을 위해서는 하지 않았을 것들을 죽은 사람들을 위해서는 종종 하는 것도 사실이에요."

"우선, 모두들 그들의 장례식에는 가는데, 산 사람들을 위해서는 결코 그러지 않아요!" 게르망뜨 부인이, 자기의 빈정거리려는 의도와 대조를 이루는, 몽상에 잠긴 듯한 어조로 대꾸하였다. 그러는 동안 게르망뜨 씨는, 공작 부인의 그러한 기지를 이용하여 웃음을 유발시키기 위해서인 듯, 짓궂은 기색으로 브레오떼 씨를 쳐다보았고, 공작 부인이 말을 계속하였다. "하지만 여하튼, 솔직히 저의 생각을 털어놓자면, 저는, 제가 혹시 사랑하게 될 남자가 저의 시동생 식으로 저의 죽음을 애도해 주기를 바라지는 않을 거예요."

공작의 얼굴이 침울해졌다. 그는 자기의 아내가, 특히 샤를뤼스 씨에 대해서는, 함부로 평가하는 말 하는 것을 좋아하지 않았다. "당신은 지나치게 까다롭소. 그의 애도가 많은 이들에게 교훈을 주었소." 그가 거만한 어조로 말하였다. 그러나 공작 부인이 자기의 남편을 대할 때에는, 조련사들의, 혹은 미친 사람과 함께 살면서 그의 광기 자극하는 것을 겁내지 않는 이들의, 과감성 같은 것을 드러내곤 하였다.

"좋아요, 당신이 그렇게 생각하신다니 어쩌겠어요, 그것이 교훈을 준다고 합시다. 그는 날마다 묘지에 가서, 오찬에 몇 사람이 참석하였는지 그녀에게 상세히 이야기하고, 그녀가 없음을 몹시 슬퍼하지만, 사촌 누이 하나, 혹은 할머니 하나, 혹은 친누이 하나에게 이야기하듯 해요. 그것은 남편의 애도가 아니에요. 그 두 사람이 성자들이었음은[381] 사실이니, 애도하는 방식이 조금 특별한 것도 당연한 일이에요." 자기 아내의 삼가지 않는 수다에 몹시 짜증이 난 듯, 게르망뜨 씨가 한껏 이글거리는 눈동자를 자기의 아내에게로 무시무시하게 고정시켰다. 공작 부인이 하던 말을 계속하였다. "오늘 저녁에는 그가 여기에 올 수 없었지만, 제가 가엾은 메메에 대한 험담을 하는 것은 아니에요. 저 역시 그의 인품 선량하고, 매력적이며, 섬세함을 갖추었으며, 일반적인 남자들에게 없는 심성을 가지고 있음은 인정해요. 메메는 여인의 심성을 가지고 있어요!"

"어처구니없는 말씀이오." 게르망뜨 씨가 격한 어조로 그녀의 말을 중단시켰다. "메메에게 여성적인 것은 전혀 없소. 그 누구도 그 사람 만큼 남성적이지 못하오."

"그가 추호라도 여성화 되었다는 말은 아니에요. 제가 하는 말을 최소한이나마 이해하시도록 해 보세요." 공작 부인이 대꾸하였다. "아! 누가 자기 아우를 건드리려 하기만 해도 저 양반은…" 빠르마 대공 부인 쪽으로 고개를 돌리면서 그렇게 덧붙였다.

"듣기에 다정하고 감미로운 말이에요. 두 형제가 서로 사랑하는 것 만큼 아름다운 일은 없어요." 많은 평민들이 그랬을 것처럼 빠르마 대공 부인도 그렇게 말하였으니, 누구든 혈통으로는 왕족에 속할 수 있을지라도 사고방식으로는 지극히 평범한 백성에 속할 수 있기 때문이다.

"오리안느, 기왕에 당신의 가문에 대한 이야기나 나왔으니 말인데, 제가 어제 당신의 조카 쌩-루를 보았고, 그가 당신에게 도움을 청하고 싶은 것 같았어요." 대공 부인이 말하였다. 게르망뜨 공작이 그 순간 유피테르처럼[382] 눈살을 찌푸렸다. 자기가 어떤 사람에게 도움 줄 생각이 없을 경우, 그는 자기의 아내가 그 일을 떠맡는 것 또한 원하지 않았다. 그러는 것이 결국 자기가 하는 것과 마찬가지여서, 공작 부인의 도움 요청을 받은 사람들이, 남편 홀로 도움을 청하였을 때와 마찬가지로, 그러한 사실을 부부 공동의 채무 계정에 기재할 것을 알고 있었기 때문이다.

"그 아이가 왜 나에게 직접 도움을 요청하지 않았을까요?" 공작 부인이 말하였다. "어제 여기에 와서 두 시간 동안 머물렀는데, 그가 얼마나 따분하게 굴었는지는 오직 신만이 아실 거에요. 그가, 사교계의 많은 사람들처럼 바보 행세 할 총명함만 발휘하였어도, 다른 사람들 보다 더 멍청해 보이지는 않았을 거예요. 끔찍했던 것은 치장만 그럴듯한 그의 지식이었어요. 그는 자기의 열린 통찰력을… 자기가 이해조차 못하는 모든 것들을 향해 열린 통찰력을 과시하려 해요. 모로코에 관한 이야기를 할 때에는 정말 끔찍해요."

"그는 라쉘 때문에 그곳으로 돌아갈 수 없습니다." 푸와 대공이 말하였다.

"하지만 두 사람의 관계가 끝난 줄 알았는데." 브레오떼 씨가 그의 말을 끊었다.

"그들의 관계가 끝나기는커녕, 바로 이틀 전에도 제가 그녀를 로베르의 독신자 아파트에서 보았으며, 단언하거니와, 그들은 불화한 사람들 같지 않았습니다." 로베르의 결혼에 지장을 초래할 수 있을 모든 소문들 유포하기를 좋아하던, 그리고 게다가, 실제로는 끝났으되 간헐적으로 이어지던 두 사람의 관계 때문에 잘못 생각하였을 수 있었을, 푸와 대공이 대꾸하였다.

"그 라셀이라는 여자가 나에게 당신에 관한 이야기를 하였소. 샹젤리제 거리를 아침에 지나다가 우연히 만났는데, 당신네 나라 사람들이 말하는 일종의 '증발된 여자'[383], 당신들이 '혹 벗겨진 여자'[384]라고 부르는, 물론 비유적으로 말하오만, 일종의 '동백꽃 꽂은 귀부인'[385]이었소." 프랑스 문학과 빠리 특유의 섬세함에 정통한 듯한 기색 보이는 것을 중요시하던 폰 대공[386]이 나에게 늘어놓았다.

"그래요, 모로코에 관련해…" 대공 부인이 그 틈을 이용해 서둘러 큰 소리로 말하였다.

"도대체 모로코와 관련해서 그 아이가 무엇을 원한다는 것입니까?" 게르망뜨 씨가 근엄하게 물었다. "그러한 일에서는 오리안느가 전혀 손을 쓸 수 없고, 그 아이도 그러한 사실을 잘 알고 있습니다."

"그 아이는 자기가 나름대로 전략을 세웠다고 생각해요." 게르망뜨 부인이 자기가 하던 말을 다시 계속하였다. "게다가 지극히 하찮은 것들에 대해 이야기하면서 터무니 없는 단어들을 사용하지만, 그럼에도 불구하고 그의 편지들은 잉크 얼룩 투성이에요. 일전에는 '숭고한' 감자를 먹었다고 하는가 하면, '숭고한' 칸막이 좌석 하나를 발견하였다고 하더군요."

"그 아이가 라틴어도 구사합니다." 공작이 한술 더 떴다.

"무슨 말씀이에요, 라틴어라니?" 대공 부인이 물었다.

"정말입니다! 제가 허풍 떠는 것인지, 전하께서 오리안느에게 직접 물어보십시오."

"글쎄, 공주 전하, 일전에 그 아이가 단숨에, 한 마디로, 이렇게 외워대더군요. '그보다 더 심금을 울리는 〈씨크 트란시트 글로리아 문디〉[387]의 경우는 제가 일찍이 보지 못하였습니다.' 저는 '언어학자들'에게 스무 번 이상이나 묻고 도움을 청한 다음에야, 그 아이가 한 말을 겨우 재구성하여 공주 전하께 말씀 드리는 것인데, 로베르는 숨 한 번 돌리지 않고 그 말을 내뱉어, 그 속에 라틴어가 섞여 있음을 겨우 짐작하였고, 그 아이는 영낙없이 『제물에 앓는 사람』 중의 어느 인물[388] 같았어요! 그 거창한 말은 오스트리아 황후[389]의 죽음을 염두에 둔 것이었어요!"

"가엾은 여인! 그토록 매력적인 여인이었는데!" 대공 부인이 애석해하였다.

"그래요," 공작 부인이 그 말에 대꾸하였다. "조금 미쳤고, 조금 무분별했지만 매우 착한 여인이었고, 무척 친절한 다정하게 미친 여인이었어요. 하지만 그녀가 왜 새로운 틀니 장만할 생각은 아니하였는지 저는 도무지 이해할 수가 없었어요. 그녀의 틀니는 그녀가 어떤 말을 마칠 때까지 잇몸에 붙어 있지 않아서, 그것을 삼키지 않으려면 항상 하던 말을 중단할 수밖에 없었어요."

"그 라쉘이라는 여자가 나에게 당신 이야기를 하였소. 그녀가 나에게 말하기를, 꼬마 쌩-루가 당신을 열렬히 좋아하며, 심지어 자기보다 당신을 더 좋아한다고 하였소." 진홍빛 얼굴로 식인귀처럼 꾸역꾸역 음식을 입에 처넣으면서 폰 대공이 나에게 말하였는데, 멈추지 않던 웃음이 그의 치아를 몽땅 밖으로 드러냈다.

"그렇다면 그녀가 틀림없이 저에 대하여 질투심을 품었을 것이고, 저를 적대시하겠군요." 내가 대꾸하였다.

"전혀 그렇지 않소. 그녀가 나에게 당신을 칭찬하는 말을 많이 하였소. 푸와 대공이 만약 자기의 정부보다 당신을 더 좋아한다면, 그 정부는 아마 당신에게 질투심을 품을 것이오.[390] 무슨 뜻인지 모르시겠소? 나와 함께 돌아갑시다. 가는 길에 내가 모든 것을 설명해 주겠소."

"그럴 수 없습니다. 저는 열한 시까지 샤를뤼스 씨 댁에 가기로 되어 있습니다."

"그런 사연이었군. 그가 어제 나에게 오늘 저녁에 식사를 함께 하자고 하면서, 열한 시 십오 분 전 이후에는[391] 오지 말라고 하였소. 하지만 그의 집에 꼭 가실 생각이라면, 떼아트르-프랑세 극장까지만이라도 나와 함께 갑시다. 그 '변두리'가 될 것이오." 대공이 그렇게 말하였는데, 그는 '변두리'라는 말을 틀림없이 '근처' 혹은 아마 '중간'이라는 뜻으로 이해하였던 모양이다.

하지만 크고 잘 생긴 그의 붉은 얼굴 한가운데서 한껏 팽창한 두 눈이 나에게 공포감을 주었던지라, 나는 어떤 친구가 나를 데리러 오게 되어 있다고 하면서 그의 제안을 거절하였다. 나의 그러한 답변이 내가 보기에는 그의 마음에 상처를 줄 것 같지 않았다. 하지만 대공은 나의 답변에서 전혀 다른 인상을 받았음에 틀림없었으니, 그가 그 순간 이후에는 나에게 더 이상 어떤 말도 건네지 않았다.

"마침 이야기가 나왔으니 하는 말인데, 제가 나뽈리 왕비[392]를 뵈러 가야 해요. 얼마나 슬퍼하실까!" 빠르마 대공 부인이 말하였다. 아니 적어도 그렇게 말한 것 같았다. 왜냐하면 그녀의 말이, 나와 더 가까이 있던 폰 대공의 말 때문에 불분명하게 들려왔기 때문인데, 음성을 더 높이면 푸와 대공의 귀에 들릴까 저어하여, 폰 대공이 아주 나지막한 음성으로 말하였음에도 그러했다.

"아! 그렇지 않아요." 공작 부인이 대공 부인의 말에 대꾸하였다. "제가 생각하기로는 그녀가 전혀 슬퍼하지 않는 것 같아요."

"전혀 슬퍼하지 않다니? 오리안느, 당신은 항상 극단적이시오." 물결에 맞섬으로써 깃털 장식 같은 포말이 더 높게 치솟도록 하는 해안의 절벽 역할을 다시 맡으면서, 게르망뜨 공작이 말하였다.

"제가 진실을 말하고 있음은 저 보다도 바쟁이 더 잘 알아요." 공작 부인이 대꾸하였다. "하지만 공주 전하께서 계신지라 그는 자기가 엄격한 기색을 띠어야 한다고 생각하며, 또 전하의 심기를 불편하게 해 드리지 않을까 두려워하고 있어요."

"오! 아니에요, 제발 그렇게 생각하지 말아요." 자기로 인하여 혹시 게르망뜨 공작 부인의 그 감미로운 야회[393] 중 어떤 것이, 스웨덴의 왕비도 아직 맛볼 권한을 얻지 못한 그 금지된 과일이, 변질되지 않을까 저어하여 빠르마 대공 부인이 정색을 하며 말하였다.

"바쟁이 그녀에게 의례적인 조의를 표하면서 이렇게 물었을 때, 그녀가 자기의 입으로 한 말이에요. '그런데 왕비께서는 상복 차림이십니다. 도대체 누구 때문에 상복을 입으셨습니까? 왕비 전하께 슬픈 일입니까?' — '아니에요, 큰 슬픔이 아니에요, 아주 작은 슬픔이에요, 저의 자매들 중 하나가 작고 하였어요.' 사실은 그녀가 매우 기뻐하였으며, 바쟁이 그것을 잘 알고 있어요. 그녀가 당일 연회를 베풀어 저희들을 초대하였으며, 저에게 진주 두 알을 선사하였어요. 그녀가 날마다 자매 하나씩을 잃으면 좋겠어요! 그녀는 자매의 죽음을 슬퍼하기는커녕, 그 소식을 접하고 크게 웃었어요. 아마 그녀 역시 로베르처럼 '씨크 트란시트 (그렇게 지나간다)'라고 생각한 모양인지, 여하튼 잘 모르겠어요." 자기가 비록 실상을 잘 알고 있었지만, 겸손함에 이끌려 끝에 그렇게 덧붙였다.

게다가 게르망뜨 부인은 단지, 그 일을 왜곡시켜 말장난을 하였을 뿐이니, 역시 비극적으로 죽은 알랑쏭 공작 부인[394]처럼, 나쁠리 왕비의 가슴 또한 따뜻하여, 자기 혈육들의 죽음을 진정 슬퍼하였기 때문이다. 게르망뜨 공작 부인은 자기의 사촌들인 그 바이에른 왕가의 고매한 자매들을 너무나도 잘 알고 있었던지라, 그러한 사실을 모를 리 없었다.

"그는 모로코로 돌아가고 싶지 않은 모양이에요." 빠르마 대공 부인이, 자기에게 게르망뜨 부인이 부지불식간에 내민 장대 같은 그 로베르라는 이름을 다시 붙잡으면서 말하였다. "제가 생각하기로는 부인께서 몽쎄르훼이유 장군과 교분을 맺고 계신 듯한데요."

"아주 격조한 사이에요." 그 고위 장교와 친분 두터웠던 공작 부인이 그렇게 대꾸하였다. 대공 부인이 쌩-루의 소청 내용을 설명하였다.

"맙소사, 혹시 제가 장군을 만나면… 그와 우연히 마주치는 일이 생길 수도 있으니까요." 거절한다는 인상을 주지 않기 위하여 공작 부인이 그렇게 대답하였고, 그녀와 몽쎄르훼이유 장군 간의 관계는, 그에게 무엇을 요청해야 하는 일이 발생하기 무섭게 순식간에 멀어지는 것 같았다. 하지만 그 불확실한 대답도 공작에게는 불충분해 보였던지, 그가 자기 아내의 말을 끊으면서 끼어들었다.

"오리안느, 당신이 그를 만나지 않을 것임은 당신 자신이 잘 알며, 게다가 당신이 그에게 이미 두 가지 일을 부탁하였지만 그가 그 요청들을 받아들이지 않았소. 저의 아내가 광기에 가깝도록 친절을 베풀려고 합니다…" 대공 부인이 스스로 소청을 다시 거두어들이도록 압박하기 위하여, 또한 그러면서도 그로 인해 공작 부인의 친절이 추호라도 의심 받는 일 없이, 그리고 빠르마 대공 부인이 그 책임을 전적으로 고분고분하지 못한 자기의 성격에서 찾도록 하려는 심산으로, 공작이 점점 더 맹렬한 기세로 말을 이어갔다. "로베르가, 원하기만 하면 무엇이든, 직접 몽쎄르훼이유에게 요청할 수 있을 것입니다. 다만, 자기가 원하는 것이 무엇인지도 모르면서 우리를 통해 그것을 요청하게 하는 것은, 일을 그르치게 하는 방법으로 그것보다 좋은 것이 없음을 그가 알고 있기 때문입니다. 오리안느가 이미 너무 많은 것을 몽쎄르훼이유에게 요청하였습니다. 이제 그녀로부터의 어떤 요청도 그가 거절할 충분한 이유가 됩니다."

"아! 사정이 그러하다면 공작 부인께서 나서지 않으시는 편이 낫겠어요." 빠르마 대공 부인이 말하였다.

"당연한 일입니다." 공작이 결론을 내렸다.

"그 가엾은 장군이 선거에서 또 패하셨더군요." 화제를 바꾸기 위해서 빠르마 대공 부인이 말하였다.

"오! 겨우 일곱 번째 패배이니 그리 중대한 일은 아닙니다." 자신이 정치를 포기한지라 다른 이들의 선거 패배를 놓고 즐거워하던 공작이 말하였다. "그는 자기 아내에게 새로운 아이 하나를 더 안겨주는 것으로 위안을 삼았습니다."

"뭐라고요! 그 가엾은 몽쎄르훼이유 부인이 또 아이를 갖다니요!" 대공 부인이 놀라움을 감추지 못하였다.

"틀림없는 사실이에요," 공작 부인이 대꾸하였다. "오직 그 '선거구'에서만 장군께서는 패배를 맛보지 않았어요."

그 이후 나는, 옛날 내가 그것에 참석하는 이들이 쌩뜨-샤뻴 교회당 안의 사도들[395] 같으리라고 상상하던 그 식사에, 때로는 비록 소수 몇몇 사람과 함께였으되, 지속적으로 초대 받았고, 그러는 것이 장차 멈추지 않게 되어 있었다. 실제로 그들은, 최초의 예수교도들처럼, 오직 물질적 양식만을 함께 나누기 위해서가 아니라 (그 양식 또한 감미로웠지만), 일종의 사회적 케나³⁹⁶⁾ 형태로 그 식사에 모이곤 하였고, 그러한 연유로, 단 몇 차례의 만찬 이후에는, 나역시 나를 초대해 준 그 댁 내외의 모든 친구들을 알게 되었고, 그주인 내외가 어찌나 각별한 호의를 표하면서 나를 그들에게 소개하였던지 (마치 자기들이 아주 오래 전부터 자애로운 부정을 가지고 아끼던 사람인 듯), 그들 중, 무도회를 개최하면서 혹시 초청인명단에서 나의 이름을 누락시킬 경우, 공작 내외에게 결례를 범한것으로 여기지 않는 이 아무도 없었으며, 다른 한편 나는 게르망뜨댁의 지하 포도주 저장고 속 깊숙이 숨겨져 있던 이껨 성³⁹⁷⁾ 포도주를 곁들여, 공작이 고안하여 신중하게 변화를 주곤 하던 다양한 조리법에 따라 맛을 낸 멧새들의 풍미를 즐기곤 하였다. 하지만 그신비한 식탁³⁹⁸⁾ 앞에 여러 차례 앉았던 이들에게는 멧새들을 먹는행위 자체가 불가결한 의식은 아니었다. 게르망뜨 씨 내외와 옛날부터 가까이 지내던 친구들은, 저녁 식사 후에, 스완 부인이 '이쑤시개 모임'이라고 하였을 형태로, 불시에 두 내외를 방문하여, 겨울에는 대응접실의 환한 불빛 아래에서 보리수차 한 잔을 들거나, 여름에는 장방형 정원 한 구석의 어둠 속에서 오랑쟈드 한 잔을 마시곤 하였다. 게르망뜨 공작 댁에서 저녁 식사 후 그 정원 모임에참석하였던 이들은, 오직 오랑쟈드밖에 맛보지 못하였다. 오랑쟈드라는 음료에는 의식적인 무엇이 있었다. 그것에 다른 음료수들을 추가하여 섞는 행위는, 쌩-제르맹 구역의 성대한 사교 모임에희극이나 음악이 곁들여질 경우 그것이 더 이상 성대한 사교 모임일 수 없듯, 전통을 변질시키는 짓처럼 보였을 것이다. 예를 들어—참석하는 사람들의 수가 오백일지라도—누구든 단지 게르망뜨 대공 부인에게 인사를 드리러 온 것으로 간주되어야 한다.³⁹⁹⁾(게르망뜨 댁에서 내가 점하고 있던 '지위'와 관련하여 말하거니와, 그 시절에는 그리고 그 이후에도 오랫동안, 나의 지위가 지적인 관점에서 지극히 미미했다는 점을 덧붙여 두어야 할 것 같다. 나의 견해들이 공작 부인의 관심을 한껏 끌던 어떤 사람의 견해에 배치될 경우, 모두들 그것들을 하찮게 여기거나 풋내기의 어리석은 말 취급하였다. 그러나 그 무렵에도) 사람들이 내가 끼친 영향에 찬탄하게 되었으니, 내가 오랑쟈드에 삶은 버찌나 배의 즙 한 병을 추가하도록 할 수 있었기 때문이다.[401] 그 일로 말미암아, 상상력은 결여되어 있으되 탐욕만은 부족하지 않은 모든 사람들을 닮은 아그리쟝뜨 대공에 대하여 내가 반감을 품게 되었는데, 그러한 사람들은, 우리가 마시는 것을 바라보면서 경탄한 다음, 자기들도 그것을 조금 마시게 해달라고 요청한다. 그리하여 아그리쟝뜨 씨가, 매번 나의 몫을 축내어 나의 즐거움에 해를 끼쳤다. 왜냐하면 그가 자기의 갈증을 해소하는데 충분할 만큼 그 과즙이 제공된 경우가 없었기 때문이다. 맛으로 변환된 과일의 그러한 색깔을 마시는 것에는 결코 싫증을 느낄 수 없으며, 그러한 방식으로 삶았을 경우, 과일은 자기가 꽃이었던 계절로 되돌아가는 것 같다. 봄철의 어느 과수원처럼 붉어지거나, 과일 나무들 밑을 지나가는 미풍처럼 무색이며 시원한 과일의 즙이, 방울방울 자신을 사람의 호흡기나 눈으로 들어가게 내버려두는지라, 아그리쟝뜨 씨는 내가 그것을 실컷 맛보는 것을 어김없이 방해하였다. 내가 고안한 그 혼합된 과일즙에도 불구하고, 전통적인 오랑쟈드는 보리수차처럼 존속하였다. 그 소박한 음료들 아래에서도 사회적 성찬식의 횟수는 줄어들지 않았다. 그러한 면에서는 의심할 나위 없이, 게르망뜨 씨 내외의 친구들이, 그럼에도 불구하고, 내가 애초에 그들을 상상했던 것처럼, 그들의 실망스러운 외양이 나로 하여금 믿도록 한 것보다 훨씬 더 특이한 상태로 남아 있었다. 많은 노인들이 공작 부인 댁으로, 그 변함없는 음료와 함께, 대개의 경우 별로 상냥하지 않은 대접을 받으러 왔다. 그런데 그것이 태부림 속성 때문일 수는 없었으니, 그들 자신이 그 누구보다도 최상층에 속해 있었기 때문이다. 그것이 또한 사치를 좋아하였기 때문도 아니었다. 그들이 아마 사치를 좋아하였을지도 모른다. 하지만 더 보잘 것 없는 사회적 계층에 속하는 사람들과 어울리면서도 화려한 사치는 누릴 수 있었으니, 그들이 게르망뜨 댁에 와 있던 그러한 저녁 시간에도, 에스빠냐의 국왕을 위하여 이틀 동안의 눈부신 사냥 모임을 준비하던 어느 부호 금융인의 매력적인 아내는, 그들을 모실 수만 있다면 무슨 짓이든 가리지 않았을 것이니 말이다. 하지만 그들은 그 여인의 소청을 거절하였고, 혹시 게르망뜨 부인이 자기의 집에 있을까 하는 생각으로 무턱대고 그녀의 집으로 왔다. 그들은 심지어, 그녀의 집에서 자기들의 것과 완전히 일치하는 견해나 특별히 따스한 감정을 만날 수 있으리라는 확신조차 없었다. 게르망뜨 부인이 때로는, 드레퓌스 사건에 대하여, 공화정에 대하여, 반종교적인 법률들에 대하여, 혹은 심지어, 나지막한 음성으로, 그들 자체에 대하여, 그들의 결함에 대하여, 그들의 대화에서 발견되는 따분한 성격들에 대해서도, 그들이 알아채지 못한 척해야 할 불쾌한 견해들을 마구 쏟아내기도 하였다. 의심할 나위 없이, 그들이 그러한 습관을 간직하고 있었던 것은, 사교적 감식가의 정련된 교육 때문에, 또한 친숙하고 안도감 주며 입에 맞는, 그리고 다른 어떤 이물질도 섞이지 않았으며, 그것을 자기들에게 대접하던 여인 못지않게 그 근원과 역사를 잘 알고 있어, 그 면에서는 자신들이 의식하고 있던 것보다 더 '귀족적인' 상태로 남아있게 된 그들이, 그 사회적 요리의 완벽하고 최고급에 속하는 질을 명료하게 알고 있었기 때문이었을 것이다. 그런데, 식사 후 나에게도 소개된 그 방문객들 중에, 앞서 빠르마 대공 부인이 이야기하던, 그리고 게르망뜨 부인은, 자기 집 응접실에 자주 드나들지만 그날 저녁에는 오지 않을 것이라고 생각하였을, 몽쎄르훼이유 장군이 우연히 섞여 있었다. 나의 이름을 듣자, 내가 마치 최고 군법회의 의장이라도 되는 듯, 그가 내 앞에서 상체를 깊숙이 숙였다. 앞서 나는, 공작 부인이 자기 조카의 일을 몽쎄르훼이유 씨에게 부탁하기를 거의 명시적으로 거절한 것이, 사랑에 있어서는 아닐지라도 재담에 있어서는 그렇듯, 공작 역시 그 면에서는 자기 아내의 공모자였던, 단지 누구에게 도움 주기를 싫어하는 타고난 성품 때문일 것이라고 생각하였다. 그런데 나는, 빠르마 대공 부인이 무의식 중에 한 몇 마디 말을 통해, 로베르의 근무지가 매우 위험하여 그것을 바꾸어 주는 것이 신중한 조치라는 사실을 깨달았고, 그 순간 공작 부인의 거절에서 그만큼 더 범죄적인 무관심을 발견하였다. 그러나 빠르마 대공 부인이, 자기가 직접 장군에게 그 문제에 관해 이야기해 보겠다고 조심스럽게 제안하자, 공작 부인이 온갖 수단을 다 동원하여 대공 부인을 만류하였고, 그 순간 내가 분개하였던 것은, 게르망뜨 부인의 진정 못된 심보 때문이었다.

"하지만 공주 전하, 몽쎄르훼이유는 새 정부에 어떤 영향력도 끼칠 만한 능력이 없어요." 그녀가 정색을 하며 말하였다. "검으로 물을 찌르는 격이 될 거예요."

"그가 우리의 대화를 들을 수도 있겠어요." 공작 부인에게, 음성을 낮추라는 뜻으로, 대공 부인이 속삭이듯 말하였다.

"공주 전하께서는 아무 염려 하실 것 없어요. 그는 항아리처럼 귀가 어두우니까요." 공작 부인이 음성을 낮추지 않은 채 그렇게 말하였고, 그 말이 장군의 귀에 선명하게 들렸다.

"제가 믿기로는 쌩-루 씨가 안전한 곳에 있지 못한 것 같기 때문이에요." 대공 부인이 말하였다.

"어쩌겠어요, 그 아이 역시 다른 사람들과 같은 처지에 있고, 차이라면, 자신이 그곳으로 가기를 요청하였다는 것뿐이에요." 공작 부인이 대꾸하였다. "게다가, 그렇지 않아요, 위험하지 않아요. 만약 그렇다면, 제가 직접 나섰을 거예요. 제가 아마 식사 도중에 쌩-죠제프에게 그 문제를 이야기하였을 거예요. 그의 영향력이 훨씬 더 크고, 정말 부지런한 사람이에요! 보세요, 그는 벌써 떠났어요. 게다가, 자기의 세 아들이 모두 모로코에서 근무하건만 그들의 근무지 변경을 요청하지 않은 몽쎄르훼이유에게 부탁하는 것보다는 덜 어색할 거예요. 몽쎄르훼이유는 동의하지 않을 거예요. 공주 전하께서 그 문제에 마음을 쓰시니, 제가 쌩-죠제프에게 이야기해 보겠어요… 그를 만나면, 혹은 보트레이이에게. 하지만 제가 그들을 만나지 못한다 하더라도 로베르를 너무 딱하게 여기지 마세요. 일전에 어떤 사람이 저에게 그가 근무하는 곳에 대해 설명해 주었어요. 제 생각으로는 그곳보다 더 나은 곳은 없을 것 같아요."

"꽃들이 예쁘기도 해라! 제가 일찍이 저러한 꽃은 본 적이 없어요. 오리안느, 저렇게 경이로운 꽃들을 구할 수 있는 사람은 오직 당신뿐이에요!" 공작 부인이 하는 말을 몽쎄르훼이유 장군이 듣지 않았을까 저어하여, 화제를 바꾸려 하던 빠르마 대공 부인이 말하였다. 나는 엘스띠르가 내 앞에서 그린 것과 같은 종류의 식물 한 그루를 즉시 알아보았다.[402]

"꽃이 마음에 든다고 하시니 무척 기뻐요. 꽃송이들이 정말 매력적이에요. 그것들의 작은 연보라색 벨벳 목도리 좀 보세요. 다만, 매우 아름답고 화려하게 차려입은 여인들이 그럴 수 있는 것처럼, 저 꽃들의 이름이 추하고 냄새가 좋지 않아요. 그럼에도 불구하고 저는 저것들을 무척 좋아해요. 그러나 조금 슬픈 것은 저것들이 죽을 것이라는 사실이에요."

"하지만 저것들은 화분에 심은 것이지 꺾어 온 꽃들이 아니잖아요." 대공 부인이 말하였다.

"꺾은 것들은 아니지요." 공작 부인이 큰 소리로 웃으면서 말하였다. "하지만 꺾인 거나 마찬가지예요. 저것들은 숙녀분들이에요. 저 식물은 숙녀분들과 신사분들이 같은 줄기에 함께 있지 않은 그러한 종류들 중 하나예요. 저는 암캐 한 마리만 키우는 사람들의 처지에 놓여 있어요. 저의 꽃들에게 남편 하나를 찾아 주어야 해요. 그러지 않으면 저는 저것의 자식들을 얻을 수 없을 거예요!"

"그것 참 신기하군요! 그렇다면 자연 속에도…"

"물론이에요, 군주들을 위하여, 대리인을 내세워 생전 일면식도 없는 정혼자들 간의 혼인을 성사시키듯, 저러한 식물들 간의 혼인을 떠맡은 특정 곤충들이 있어요. 그리하여, 공주 전하께 사실대로 말씀 드리거니와, 그러한 혼인에 불가결한 곤충이 올 것이라는 희망 속에, 저는 저의 하인에게 분부하여 저 화분을, 때로는 내정 쪽 창틀 위에, 때로는 정원 쪽 창틀 위에, 될 수 있는 한 자주 가져다 놓게 해요. 하지만 혼인이 성사되려면 정말 희귀한 우연이 필요해요. 생각해 보세요, 그 중재자가 공교롭게도, 같은 종류이며 성별이 다른 개체를 보러 갔다가, 저의 집에 들러 명함을 놓고 갈 생각을 하는 일이 생겨야 하니까요. 그가 아직 이곳까지는 오지 않아, 제가 생각하거니와, 저의 식물이 아직도 순결을 간직하고 있어 장미관[403] 받을 자격을 가지고 있는 모양인데, 솔직히 고백하자면, 저것이 조금 더 방종하면 제 마음에 더 들 것 같아요. 보세요, 내정에서 있는 저 아름다운 나무와 같은 처지인데, 우리나라에는 같은 종류가 매우 희귀하여, 저 나무 또한 자식을 남기지 못하고 죽을 거예요. 저 나무의 혼인은 바람이 맡아 성사시키는데, 하지만 담장이 조금 높은 편이에요."

"사실입니다," 브레오떼 씨가 말하였다. "담장을 단 몇 센티미터라도 낮추셨어야 합니다. 그랬으면 충분했을 것입니다. 과감하게 실천하셔야 할 작업입니다. 공작 부인께서 조금 전 우리들에게 대접하신 그 감미로운 아이스크림 속에 있는 바닐라향은 바닐라 넝쿨이라는 식물에서 얻은 것입니다. 그 식물에는 자웅동체인 꽃들이 많이 피지만, 수컷과 암컷 사이에 있는 일종의 단단한 내벽이 그것들 간의 관계를 방해합니다. 그리하여, 레위니옹 섬에서 태어났고 알비우스라는 이름을 가진 어느 검둥이 하나가—지나는 길에 하는 말이지만, 알비우스가 백색을 의미하니,[404] 흑인에게는 상당히 우스꽝스러운 이름입니다—뾰족한 막대기 끝을 이용하여, 분리되어 있던 두 생식기관을 연결시켜 주는 생각을 해내기 이전에는, 그 열매를 얻을 수 없었습니다."[405]

"바발, 당신 정말 놀라워요, 매사에 훤하시군요!" 공작 부인이 감탄하였다.

"하지만 당신도 그래요, 오리안느, 나는 짐작조차 못하던 것들을 당신 덕분에 알게 되었어요." 대공 부인이 말하였다.

"공주 전하께 사실대로 말씀 드리거니와, 저에게 항상 식물학에 관해 많은 이야기를 해 준 사람은 스완이에요. 가끔, 다과회나 오후 연회에 참석하는 것이 귀찮아질 때에는, 그와 함께 전원지역으로 나가곤 하였고, 그럴 때마다 그가 저에게 꽃들의 놀라운 혼인 장면들을 보여주곤 하였는데, 그것이 사람들의 혼인보다 훨씬 더 재미있고, 게다가 피로연도 종교의식도 없이 이루어져요. 하지만 단 한 번도 멀리 갈 시간은 내지 못하였어요. 이제는 자동차가 있으니, 전원지역으로 나가는 것이 정말 멋질 거예요. 불행하게도 그 동안 그 자신이, 훨씬 더 놀라운, 그리고 모든 것을 어렵게 만든, 혼인을 하였어요. 아! 공주 전하, 삶이라는 것이 정말 끔찍하여, 따분한 짓 하는데 세월을 허송하고, 함께 더 재미있는 것들을 보러 갈수 있을 사람을 우연히 만나면, 그가 스완의 혼인과 같은 혼인을하게 되어 있어요. 식물학적 산책을 포기하느냐, 혹은 그것을 위해수치스러운 사람과 억지로 교분을 맺느냐 하는 갈림길에서, 저는그 두 재앙 중 첫 번째 재앙을 선택하였어요. 게다가, 엄밀히 말하자면, 그토록 멀리 나갈 필요도 없을 것 같아요. 다른 곳은 제쳐두고, 저의 집 정원 한 구석에서도, 훤한 대낮에, 불론뉴 숲에서[406] 어둔 밤에… 벌어지는 것보다 더 많은 외설스러운 일들이 진행되니말이에요! 다만 꽃들 사이에서는 그 일이 매우 단순하게 이루어지기 때문에 우리의 눈에 띄지 않지만, 오렌지색 꽃가루가 이슬비처럼 떨어지거나, 먼지 잔뜩 뒤집어쓴 파리 한 마리가, 어느 꽃 속으로 들어가기 전에, 자기의 발들을 닦는가 하면 샤워를 하는[407] 것을볼 수 있어요. 그러면 혼인이 완결되요!'

"저 화분 놓인 서랍장도 매우 화려해요. 아마 제정 시절의 작품이겠지요." 다윈과 그 후계자들의 연구 업적을 잘 몰라, 공작 부인의 농담 속 의미를 이해하지 못하던 대공 부인이 말하였다.

"그렇잖아요? 정말 아름다워요. 부인께서 저것들 좋아하신다니저는 황홀해질 지경이에요." 공작 부인이 맞장구를 쳤다. "경이로운 작품이에요. 부인께 단언하지만, 저는 그것이 유행하지 않던 시절에도 항상 제정 시절 양식을 찬미하였어요. 지금도 기억이 생생한데, 게르망뜨 성에서 살던 시절, 바쟁이 몽떼스끼우 가문으로부터 물려받은 제정 시대의 화려한 가구들을, 제가 사람들을 시켜 고미 다락방에서 몽땅 끌어내리게 한 다음, 그것들로 저의 거처였던성의 한쪽 날개를 치장하게 한 죄로, 저의 시어머님으로부터 조롱을 받기도 하였어요."[408]

게르망뜨 씨가 미소를 지었다. 그 일들이 하지만 전혀 다르게 전개되었다는 사실을 그는 정확히 기억하고 있었을 것이다. 그러나 롬므 대공 부인이 자기 시어머니의 저질 취향을 겨냥하여 던지던 농담들이, 대공이 자기의 아내에게 반해 있던 그 짧은 기간에는 아예 관례적이었던지라, 아내에 대한 그의 사랑이 소멸된 이후에도, 자기 모친의 열등한 기지에 대한 얼마간의 멸시가, 아울러 아내에 대한 깊은 애착 및 존경과도 결합되어 있던 그 멸시가, 아직 살아 남아 있었다.

"예나 가문 사람들도 웨지우드 식으로 상감한[409] 같은 안락의자를 가지고 있으며, 그것이 아름답지만, 저는 저의 것을 더 좋아해요." 마치 자기는 그 두 가구들 중 어느 것도 소유하지 않은 듯, 공작 부인이 한껏 공평성을 강조하는 듯한 기색으로 말하였다. "하지만 그들이, 저에게는 없는 경이로운 것들을 가지고 있다는 사실은 인정해요."

빠르마 대공 부인이 아무 말도 하지 않았다.

"하지만 공주 전하께서 그들의 수집품을 모르시는 것은 사실이에요. 오! 전하께서는 저와 함께 그곳에 꼭 한 번 가셔야 해요. 그곳은 하나의 살아 있는 박물관이며, 빠리의 명물들 중 하나예요."

또한 그러한 제안이 공작 부인의 가장 게르망뜨적인 과감성들 중 하나였으니,―예나 가문의 아들도 자기의 아들처럼 과스딸라 공작 호칭을 사용하여, 예나 가문 사람들이 빠르마 대공 부인에게는 아예 터놓은 찬탈자들로 보였기 때문이다[410]―게르망뜨 부인은 (자신의 독창성에 대한 그녀의 사랑이 빠르마 대공 부인에 대한 존경심을 그만큼 능가하였다) 그렇게 큰 소리로 드러내놓고 제안하면서, 재미있다는 듯 미소 가득한 시선을 다른 손님들에 던지기를 삼가지 않았다. 다른 손님들 또한, 한편 놀랍기도 하고, 다른 한편으로는 경이감에 사로잡혀, 그리고 특히, 자기들이 오리안느의 '최신 작품'을 직접 들은지라, 그것을 '따끈따끈한 상태로' 다른 이들에게 이야기할 수 있게 되었다는 생각에 황홀해져, 그녀처럼 미소를 지으려 애를 썼다. 그들은, 공작 부인이 더욱 톡 쏘고 기분좋은 삶을 위하여, 꾸르부와지에 가문 사람들 풍의 편견[411] 따위는 초개처럼 여길 수 있음을 알기 때문에, 크게 놀라지는 않았다. 그녀가 최근 몇 년 사이에, 마띨드 공주의 친오라비에게 다음과 같은 유명한 편지를 보낸 오말 공작과 마띨드 공작을 화해시키지 않았던가! "내 가문의 모든 남자들은 용감하고 모든 여인들은 정숙하오." [412] 그런데 왕족들이란, 자신들의 신분을 잊고 싶어하는 듯 보이는 순간에도 왕족다운 기품을 간직하는지라, 오말 공작과 마띨드 공주가 게르망뜨 부인 댁에서 서로에게 어찌나 호감을 느꼈던지, 그 이후 두 사람이 서로 왕래하게 되었으며, 그것이 가능했던 것은, 루이 18세가 자기 형에게 내려진 사형언도에 찬성표를 던진 푸셰[413]를 재상으로 기용할 때 입증해 보인, 과거를 망각할 수 있는 그 특이한 능력 덕분이었다. 게르망뜨 부인은 뮈라 대공 부인과 나뽈리 왕비를[414] 화해시킬 계획도 세우고 있었다. 한편 빠르마 대공 부인은, 각각 네덜란드와 벨기에 옥좌의 합법적인 상속인이었던 오랑주 대공과 브라방 공작이, 만약 누가 자기들에게, 또 다른 오랑주 대공이었던 마이이-넬 씨를, 혹은 또 다른 브라방 공작이었던 샤를뤼스 씨를 소개하겠다고 하였을 경우 그랬을 것에 못지않게, 당황스러워하는 기색이었다. 그러나, 스완과 샤를뤼스 씨의 (샤를뤼스 씨의 경우, 비록 예나 가문의 존재 자체를 모르는 척하기로 결심하였더라도) 힘을 합친 노력 덕분에 제정 시대의 양식들을 좋아하게 된 공작 부인이, 선수를 치며 큰 소리로 말하였다.

"공주 전하, 정말이지, 그것을 직접 보시면 얼마나 아름답다고 하실지 저도 짐작할 수조차 없어요! 고백하지만, 제정 시대의 양식이 저에게 항상 강한 인상을 주었어요. 그러나 예나 가문의 저택에 들어서면 정말 환각 상태에 빠진 것 같아요. 안락의자들 다리에 와서 자리를 잡는 스핑크스들, 가지 많은 커다란 촛대를 휘감는 독사들, 그 밑에서 카드놀이를 하라고 작은 횃불 하나를 내밀거나 혹은 벽난로 위로 조용히 올라가 벽시계 밑에서 팔꿈치를 괴고 있는 거대한 무사(뮤즈) 하나, 그리고 폼페이 양식의 그 숱한 램프들, 나일 강에서 발견된 듯하여 금방이라도 모쉐가 나올 것 같은 조각배 모양의 작은 침대들,[415] 침상 머리맡 탁자 위에서 질주하는 고대 로마의 이륜 전차들… 전하께 어떻게 말씀 드려야 할지 모르겠으나… 여하튼 이집트 원정이 남긴 물결[416] 및 우리들에게까지 역류한 고대 문명이, 오늘날의 주택을 점령하고 있어요…"

"제정 시대의 가구들은 별로 편안하지 않아요." 대공 부인이 무심결에 말하였다.

"편안하지는 않아요." 공작 부인이 그렇게 대꾸하였으나, 미소를 지으면서 고집스럽게 덧붙였다. "하지만 저는 검붉은색 벨벳이나 초록색 비단으로 감싼 그 마호가니 의자 위에 앉아 불편함을 느끼는 것이 좋아요. 저는, 상아로 짠 그 위엄 어린 의자들[417]밖에 모르며, 널찍한 응접실 중앙에 속간(束杆)들을 엇갈려 세워 놓은 다음 그 위에 월계수 가지들을 쌓아 놓곤 하던, 그 전사들이 느끼던 불편함을 좋아해요. 공주 전하께 말씀 드리거니와, 예나 가문의 저택에 이르러, 벽에 그려 놓은 그 거대한 말괄량이 빅토리아 여신을 보면, 누구든 자기가 어떠한 식으로 앉아 있는지 따위는 단 한 순간도 생각하지 않게 되어요. 저의 남편은 제가 매우 못된 왕정주의자라고 하겠지만, 저는 몹시 반체제적인 사상을 가지고 있으며, 단언하거니와, 예나 가문 사람들과 같은 이들의 저택에 가면, 그곳에서 볼 수 있는 모든 N자와 꿀벌 문양들[419]을 좋아하게 되어요. 맙소사, 벌써 상당히 오래 전부터, 왕들의 치하에서,[420] 우리가 영광이라는 것을 실컷 누리지 못하였는데, 그토록 많은 왕관들을 빼앗아 개선한 다음, 그것들로 자기네 안락의자들의 팔걸이까지 장식하던 전사들, 저는 그러는 것에 상당한 멋이 있다고 생각해요![421] 공주 전하께서도 한번 가보셔야 해요."

"맙소사, 부인께서는 그렇게 생각하시지만, 제가 보기에는 쉽지 않을 것 같아요." 대공 부인이 말하였다.

"하지만 공주 전하께서도 모든 것이 지극히 순탄하게 이루어지리라는 것을 아시게 될 거예요. 모두들 착한 사람들이고, 미련하지도 않아요. 저희들이 슈브르즈 부인을 한 번 그곳에 데려갔는데, 그분 또한 매혹되셨어요." 선례가 발휘하는 힘을 잘 알기 때문에 공작 부인이 그 말을 덧붙인 것이다. "그 댁 아드님은 매우 매력적이라고도 할 수 있어요…이제 말씀 드리려는 것이 정중한 예의에 합당하지는 않지만," 그녀가 다시 덧붙였다. "그의 침실과 특히 그의 침대는, 그곳에서 한 번 자 보고 싶은 욕구를 불러일으켜요—물론 그와 함께는 아니에요! 그리고 더욱 점잖지 못한 말씀이지만, 그가 병석에 누워 있을 때 문병을 간 적이 있어요. 그가 누워 있던 침대 옆테두리에는 길게 누워 있는 고혹적인 쎄이렌 하나가 조각되어 있었는데, 꼬리 부분에는 자개를 박았고, 손에는 여러 종류의 연꽃이 들려 있었어요. 정말이지," 아름다운 자기 입술의 샐쭉한 움직임 및 표현력 강하며 긴 자기 손의 방추형과 조화시키려는 듯하던 단어들을 더욱 부각시키기 위하여, 말의 속도를 차츰 늦추면서, 그리고 부드러우면서 동시에 강렬하고 깊은 시선을 대공 부인에게 고정시키며, 게르망뜨 부인이 덧붙였다. "그 옆에 있던 작은 종려수와 금관 등과 어울려 매우 감동적이었고, 귀스따브 모로가

그린 「젊은이와 죽음」[422]의 구도 그 자체였어요. (물론 공주 전하
께서도 그 걸작품을 잘 아실 거예요.)"

그 화가의 이름조차 모르던 빠르마 대공 부인이 힘차게 머리를
끄덕인 다음, 그 화폭을 매우 좋아한다는 뜻으로 강렬한 미소를 지
었다. 그러나 그녀가 해 보인 무언극의 강렬함이, 상대방의 말이
무슨 뜻인지 모를 경우에는 결코 눈에 나타나지 않는 그 빛을 대체
하지는 못하였다.

"잘생긴 청년이겠지요?" 빠르마 대공 부인이 물었다.

"아니에요, 맥(貊)처럼 생겼으니까요. 두 눈은 오르땅스 왕비[423]
의 눈과 유사하여, 마치 전등갓에 그려 놓은 것 같아요. 하지만 남
자가 계속 그렇게 보이는 것은 우스꽝스럽다고 생각하였음인지,
그 눈이 밀랍으로 윤을 낸 두 볼 사이로 감추어지기 시작하였는데,
그러한 볼들로 인해 그가 나뽈레옹의 기마친위대원을 상당히 닮
았어요. 그의 얼굴을 문질러 윤을 내는 사람이 매일 아침 다녀가는
것 같은 느낌을 받아요. 스완은 그 쎄이렌과 귀스따브 모로의 화폭
속 '죽음' 간의 유사성에 몹시 놀랐어요. 하지만 그렇다 하더라도
우리가 놀랄 것은 없어요." 사람들을 더욱 웃길 요량으로, 그녀가
더 빠르지만 그러면서도 진지한 어조로 덧붙였다. "그가 앓고 있
던 병이 코감기에 불과했고, 젊은이는 현재 마법에라도 걸린 듯 건
강하게 지내니까요."

"들자하니 그가 태부림 심한 스놉이라고들 하는데, 사실인가
요?" 브레오떼 씨가 악의적이며 달아오른 듯한 기색으로 물었으
며, 자신이 다음과 같이 물었을 경우 답변 속에서 발견할 수 있을
명확성을 기대하는 눈치였다. "듣자하니 그의 오른쪽 손에는 손가
락이 넷밖에 없다고들 하는데, 그것이 사실인가요?'

"맙…소사, 아…니에요." 다정한 너그러움 감도는 미소를 지으

면서 게르망뜨 부인이 대꾸하였다. "그가 아직 나이 어리니까 아마 겉보기에 약간 스놉 같겠으나, 그가 정말 그렇다는 것은 믿을 수 없어요. 그가 총명하니까요." 자신의 견해로는, 스노비즘과 총명함이 결코 양립할 수 없다는 듯 그렇게 덧붙였다. "그는 섬세하고 또 재미있는 사람이라는 사실도 제가 발견하였어요." 어떤 사람의 재미있는 점을 평가하려면 일정량의 쾌활한 표정이 요구되기라도 하는 듯, 혹은 바로 그 순간에, 과스딸라 공작에 관하여 자기가 하였던 독창적인 농담이 다시 뇌리에 떠오르기라도 한 듯, 그녀가 조예 깊은 감식가의 기색으로 웃으면서 말하였다. "게다가, 아직까지 그를 어느 곳에서도 초대하지 않은지라, 그의 스노비즘이 자신을 연마할 기회도 얻지 못하였을 거예요." 그러한 말을 한다고 해서 빠르마 대공 부인을 더 부추길 수 있는 것이 아님은 생각하지 않고, 그녀가 다시 그렇게 말하였다.

"그 댁 안주인을 단순히 예나 부인[424]이라고 평민 여인 부르듯 호칭하시는 게르망뜨 대공께서, 만약 내가 그녀의 집에 갔다는 사실을 아시게 될 경우, 뭐라고 하실지 걱정되어요." 빠르마 대공 부인이 대꾸하였다.

"하지만 어찌 그럴 수 있겠어요!" 공작 부인이 몹시 격렬한 어조로 정색을 하였다. "저희들이 끼우-끼우 가문으로부터 물려받았고, 화려함 그 자체인, 카드놀이방 설비 일습을 질베르에게 양보한 사실을 공주 전하께서도 잘 아시지요! (그녀는 이제 씁쓸히 후회한다고도 하였다!) 이곳에 그것들 들여놓을 자리가 없었으나, 지금 생각해 보니 이곳이 그의 집보다는 더 어울려요. 온통 아름다움으로 이루어진 물건으로, 반은 에트루리아 양식이고 반은 이집트 양식이에요…"

"이집트 양식이라니요?" 에트루리아 양식에 대해서는 별 관심이 없던 대공 부인이 물었다.

"내 정신 좀 봐, 두 양식이 조금씩 섞인 것이에요. 스완이 저희들에게 그렇게 이야기하며 설명해 주었으나, 다만, 잘 아시다시피, 제가 딱하게도 무식해요. 그리고 사실은, 공주 전하, 우리가 생각해야 할 것이 있는데, 제정 시절의 이집트 양식은 실제의 이집트와 아무 관련이 없고, 그 시절의 로마 양식도, 에트루리아[425] 양식도, 실제의 로마나 에트루리아와는 아무 관련이 없다는 사실이에요…."

"그렇군요!" 대공 부인이 말하였다.

"그래요, 마치 제2제정 시절에, 즉 안나 드 무쉬[426]나 우리의 사랑스러운 브리고드[427]의 모친이 젊었던 시절에, 사람들이 루이 15세 시대 양식이라고 부르던 의상과 같아요. 조금 전 바쟁이 공주 전하께 베토벤에 관한 이야기를 해 드렸지요. 일전에 악사들이 저희들을 위하여, 매우 아름답지만 조금 차갑고, 러시아적인 주제가 내포된 그의 곡[428] 하나를 연주하였어요. 그것이 러시아 작품이라고 바쟁이 믿었다는 것을 생각하면 감동적이에요. 마찬가지로 중국의 화가들도 벨리니의 작품을 모사한다고 믿었어요.[429] 게다가, 심지어 같은 나라에서도, 어떤 이가 사물들을 조금 다른 식으로 바라볼 때마다, 사람들 중의 4분의 4[430]는 그가 자기들에게 보여주는 것을 전혀 보지 못해요. 그들이 그 차이를 분별하기에 이르기 위해서는 최소한 사십 년은 필요해요."

"사십 년이나!" 대공 부인이 놀라움을 감추지 못하였다.

"정말 그래요." 자기가 하는 말에 (그녀 앞에서 내가 이미 거의 유사한 생각을 개진한 바 있으니, 그것은 거의 내 말이었다), 독특한 발음법을 이용하여, 인쇄된 글자들 중 흔히들 '이탤릭체'라고 부르는 것의 등가물을 추가하면서 공작 부인이 말을 계속하였다.

"그것은 아직 존재하지 않으나 장차 빠른 속도로 번식할, 어떤 종(種)에서 분리된 최초의 개체, 자기가 분리되던 시기의 인류에게는 없던 하나의 '감각'을 구비한 개체 같은 무엇이에요. 저를 그러한 예로 내세울 수는 없을 것 같아요. 저는 반대로, 항상, 모든 흥미로운 예술적 표현들을, 그것들이 아무리 새롭더라도, 처음부터 좋아하였으니까요. 그러나 여하튼 일전에, 우연히 러시아 공주님과 함께 루브르에 들렀다가, 마네의 작품 「올림피아」 앞을 지나게되었어요. 이제는 아무도 그 작품 앞에서 놀라지 않아요. 그것이 앵그르의 손에서 나온 무엇 같으니까요![431] 하지만, 비록 그것의 모든 측면을 제가 다 좋아하지는 않지만 새로운 재능의 손에서 나왔음은 틀림없는 그 화폭을 위하여, 제가 얼마나 많은 창을 부러뜨려야[432] 했는지는 오직 신께서만 알아요. 그 화폭이 있어야 할 자리가 아마 루브르는 아닌 것 같아요."[433]

"러시아 공주님께서는 안녕하신가요?" 마네의 화폭 속에 있는 모델보다는 짜르의 숙모에게 훨씬 더 친근감을 느끼던 빠르마 대공 부인이 물었다.

"예, 그리고 저희들 두 사람이 공주 전하에 관한 이야기도 나누었어요. 사실은," 자기의 생각에 집착해 있던 공작 부인이 다시 이야기를 시작하였다. "저의 시동생 빨라메드가 자주 말하듯, 누구든 자신과 다른 사람 사이에 일종의 외국어로 이루어진 장벽을 가지고 있어요. 하지만 그러한 말이 질베르의 경우에 만큼 정확하게 들어맞을 사람이 아무도 없음은 저도 시인해요. 혹시 재미삼아 공주 전하께서 예나 댁에 가실지라도, 순진무구한 사람이되 전혀 다른 세계의 사념을 가지고 있는 그 가엾은 사람이 생각할 수 있을 것에, 공주 전하의 행동이 좌우될 수는 없을 것이니, 그러기에는 공주님의 분별력이 너무 뛰어나기 때문이에요. 저는, '과감한 필립' 왕이나 '뚱보 루이' 왕 치세기[434] 사람들이 생각하였을 것만을 항상 참고하는 그 사람보다는 오히려, 저의 마부나 심지어 저의 마차를 끄는 말들에게서 혈족의 친근감을 더 느껴요. 그가 전원지역을 산책할 때면, 더 할 나위 없이 선량한 기색으로 지팡이를 휘두르면서, 다음과 같이 소리친다는 사실을 생각해 보세요. '저리 비키거라 시골뜨기들아!' 그가 저에게 말을 건넬 때마다, 저는 사실 옛 고딕 시절의 무덤 속에 '누워 있는 이들'의 말을 듣는 것 만큼이나 놀라곤 해요. 그 살아 있는 돌이 저의 친척임에도 불구하고 저에게 두려움을 주는지라, 저에게는 오직 하나의 생각밖에 없고, 그것은 곧 그를 그의 중세 속에 내버려두는 것이에요. 물론 이런 말씀을 드리지만, 그가 아무도 살해하지 않았음은[435] 인정해요."

"제가 마침 빌르빠리지 부인 댁에서 그와 함께 저녁 식사를 하였습니다." 그러나 미소도 짓지 않고 공작 부인의 농담에 동조하지도 않으면서 장군이 말하였다.

"노르뿌와 씨도 참석하였나요?" 여전히 정신과학 아카데미 생각에 사로잡혀 있던 폰 대공이 물었다.

"참석하였습니다." 장군이 말하였다. "그리고 귀국의 황제에 대한 이야기도 하였습니다."

"빌헬름 황제께서는 매우 명석하신 것 같아요. 하지만 엘스띠르의 그림은 좋아하지 않으세요. 물론 이런 말을 한다고 해서 제가 그분에게 반감을 가지고 있는 것은 아니에요. 오히려 저는 그분의 시각에 동의해요." 공작 부인이 말하였다. "비록 엘스띠르가 저의 초상화를 아름답게[436] 그렸다고는 하지만. 아! 그 초상화를 아직 못 보셨어요? 저와는 전혀 닮지 않았으나 매우 기이한 그림이에요. 포즈를 잡고 있는 동안이 흥미로워요. 그는 저를 일개 노파로 만들어 놓았어요. 할스가 그린 「구호소의 여자 관리인들」[437]을 모델로 삼은 것 같아요. 저의 조카가 즐겨 사용하는 표현을 빌리거니와, 당신은 그 화폭 속에 있는 특유의 '숭고함'을 아실 것이라고 생각해요." 검은색 깃털 부채를 가볍게 흔들고 있던 공작 부인이 나를 향해 고개를 돌리면서 말하였다. 의자 위에 꼿꼿이 앉아 있는 것으로는 부족했음인지, 그녀가 자기의 고개를 위엄있게 뒤로 젖혔는데, 지체 높은 귀부인이면서도 조금은 지체 높은 귀부인 흉내를 내고 있었기 때문이다. 나는 그녀에게, 전에 암스테르담과 헤이그에 간 적이 있다고 말하면서, 그러나 모든 것들을 뒤섞고 싶지 않았고[438] 또 시간도 한정되어 있었기 때문에, 하를렘은 방문하지 않았노라고 하였다.

"아! 헤이그, 그 미술관!" 게르망뜨 씨가 탄성을 질렀다. 나는 그에게, 틀림없이 그 미술관에서 베르메르가 그린 「델프트 풍경」[439]을 감상하셨겠다고 말하였다. 그러나 공작은 오만한 만큼 교양을 쌓은 사람이 아니었다. 그리하여 그는, 어떤 사람이 자기에게 어느 박물관이나 어느 전람회에서 본 작품에 대해 이야기할 때마다 그러듯, 자기도취에 빠진 기색으로 나에게 다음과 같이 말하면서, 기억이 나지 않는다고 할 뿐이었다. "볼 만한 것이라면 보았겠지요!"

"뭐라고요! 홀랜드에 가셨으면서도 하를렘을 방문하시지 않았다고요?" 공작 부인이 놀란 듯 소리쳤다. "비록 여유시간이 십오 분밖에 없었다고 할지라도, 할스의 작품들은 반드시 보셨어야 할 매우 진기한 것이에요. 그의 작품들이 만약 밖에 전시된다면, 혹시 그것들을 지나가는 전차의 지붕 위 좌석에서밖에 볼 수 없는 처지에 놓인 사람이 있을 경우, 저는 그가 눈을 한껏 크게 떠야 한다고 선뜻 말하겠어요." 그 말은, 우리의 내면에 예술적 인상이 어떻게 형성되는지를 모르기 때문에 나온 것이라서 나에게 충격을 주었고, 또한 그 말 속에는, 그러한 경우, 우리의 눈이 스냅 사진 찍는 단순한 자동 기록 장치에 불과하다는 뜻을 함축하고 있는 것 같아 충격적이었다.

게르망뜨 씨는, 자기의 아내가 나의 관심을 끄는 주제들에 관해 나에게 그토록 권위 넘치는 어투로 이야기하는 것이 행복하여, 그녀의 평판 자자한 기품을 물끄러미 바라보았고, 프란스 할스에 대하여 그녀가 하는 말에 귀를 기울였으며, 다음과 같은 생각에 잠겼다. '그녀는 모든 것에 정통해. 우리의 젊은 손님께서, 어떠한 의미에서건, 그리고 오늘날에는 둘도 없을, 진정 지체 높은 귀부인 하나가 자기 앞에 있다고 생각할 수 있겠군.' 옛날 게르망뜨라는 명칭 속에 감싸여 있던 시절에는 불가사의하리 만큼 신비한 생활을 영위하고 있으리라 내가 상상하였으되, 이제 그 명칭으로부터 밖으로 이끌려 나온 상태로 나의 눈에 비친 그 두 내외는, 자기들의 동시대인들보다 단지 조금 뒤떨어졌을 뿐,―하지만, 여인이 황금기에 머무는 기술을 발휘하였던 반면, 남자는 불운하게도 과거의 불쾌감 주는 시대로 전락하여, 아내는 아직도 루이 15세 시절에 머물고 있는데 남편은 드러내놓고 루이-필립 시대로 뛰어든,[440] 쌩-제르맹 구역의 숱한 귀족 내외들처럼 서로 불균등하게 뒤떨어졌을 뿐―다른 모든 남편들 및 다른 아내들과 유사했다.[441] 게르망뜨 부인이 다른 여인들과 유사하다는 사실이 처음에는 나에게 환멸을 안겨 주었으나, 일종의 반동 작용으로 인해, 그리고 좋은 포도주의 도움을 받아, 그 사실 자체가 경이로움으로 보였다. 가령, 우리가 보기에는 명칭들의 세계 속에만 놓여 있는, 오스트리아의 돈 후안[442]이나 에스떼 가문의 이사벨라[443] 등이, 메제글리즈 방면과 게르망뜨 방면 간의 관계처럼,[444] 위대한 역사와는 아무 관련이 없다. 에스떼 가문의 이사벨라가 의심할 나위 없이 실제로는, 루이 14세 시절 궁중에서 하등의 특별한 지위 얻지 못한 여인들과 유사

한, 지극히 미미한 귀족 여인[445]이었다. 하지만 그녀가, 우리에게
는 유일한, 더 나아가, 그 무엇과도 비교할 수 없는 귀한 진수처럼
보이는지라, 루이 14세와 함께 하는 밤참이 단지 약간의 흥미를 제
공하는 정도로 보일 수 있는 반면, 에스떼 가문의 이사벨라 속에서
는, 초자연적인 만남 덕분에, 어느 소설의 여주인공 하나를 우리의
눈으로 직접 보게 될 것이다. 그런데, 에스떼 가문의 이사벨라를
연구하면서, 그 꿈처럼 아름다운 세계로부터 그녀를 역사의 세계
속으로 인내심을 가지고 옮겨 심으면서, 그녀의 삶과 사상에 그녀
의 이름이 우리에게 일찍이 암시하였던 그 신비한 기이함 중 아무
것도 내포되어 있지 않다는 사실을 확인한 후에도, 그러한 환멸을
겪은 후에도, 우리는, 그녀가 만떼냐의 그림에 대하여, 우리에 의
해 멸시되었고 프랑수와즈의 표현을 빌리자면 '땅바닥 보다도 더
천한' 라프네트르[446] 씨의 작품에 대하여 우리가 알고 있었던 것과
거의 같은 수준의 지식을,[447] 그녀가 가지고 있었다는 사실에 무한
한 고마움을 느낀다. 게르망뜨라는 명칭의 범접할 수 없는 고지에
힘들어 오른 후,[448] 공작 부인이 영위하는 생활의 내면 경사를 따라
내려가면서, 나는, 그곳에서 빅또르 위고, 프란스 할스, 그리고 애
석하게도[449] 비베르 등, 이미 나에게 친숙한 이름들을 발견하는 순
간, 어느 나그네가, 중앙 아메리카나 북부 아프리카의 황량한 계곡
에서 조우할 풍습의 기이함을 미리 마음 속에 떠올려 보기 위하여,
지리적 거리와 그 지역 식물군에 부여된 명칭들의 기이함을 모두
참작해 두었건만, 커튼처럼 도열한 거대한 알로에들이나 만사니
아나무들[450] 곁을 지난 직후 (때로는 심지어 폐허로 변한 로마식 극
장이나 베누스에게 헌정되었던 원주 앞에서),[451] 『메로페』[452]나 『알
지르』[453]를 읽고 있는 그곳 주민들을 발견하고 느끼는 것과 같은
놀라움을 겪었다. 또한, 내가 일찍이 알고 있던 교양있는 평민 여

인들로부터 그토록 멀리 동떨어져, 그토록 높은 곳에 있었건만, 그러한 게르망뜨 부인으로 하여금, 어떤 이권이나 야심과는 무관하게, 자기와 영영 교분 맺을 일 없는 그 여인들의 수준으로 내려가려 노력하게 한, 그녀들이 가지고 있던 것과 유사한 그녀의 교양은, 어느 정치인이나 의사가 고대 페니키아의 유물들을 연구하는 것 만큼이나 칭송 받을 만한, 그리고 효용성 없었던지라 거의 감동적이기도 한, 성격을 가지고 있었다.

"제가 그의 작품들 중 매우 아름다운 것을, 몇몇 사람들이 주장하기로는 가장 아름다운 것을, 그리고 제가 도이칠란트의 어느 사촌으로부터 물려받은 것을 당신에게 보여드릴 수도 있었으련만." 할스에 대해 이야기하면서 게르망뜨 부인이 나에게 상냥한 어조로 말하였다. "불행하게도 그 화폭이 '가신의 신세로' 성에 잡혀 있어요. '가신의 신세' 라는 표현 모르세요? 저도 몰라요." 옛 풍습들에 대하여 빈정거리는 취향에 이끌려 (그녀는 자신의 그러한 취향이 곧 자신의 현대성이라 생각하였다) 그렇게 덧붙였으나, 그녀는 옛 풍습에 무의식적으로 또 악착같이 집착하고 있었다. "저는 당신이 저의 소장품인 엘스띠르의 작품들을 보셨다는 것이 만족스럽지만, '가신의 신세' 가 된 그 할스의 작품을 당신에게 보여드리는 영광을 누렸다면 더욱 만족스러웠을 거예요."

"제가 그 화폭을 압니다. 헤쎈 대공의 것이지요." 폰 대공이 말하였다.

"바로 그와 형제지간인 사람이 나의 누이와 혼인하였고, 게다가 그의 모친이 오리안느의 모친과 직계 사촌 자매지간이었소." 게르망뜨 씨가 말하였다.

"하지만 엘스띠르 씨에 관해서, 제가 전혀 모르는 그의 작품들에 대한 어떠한 견해도 가지고 있지 않으나, 감히 말씀 드리거니와, 그에게로 향한 황제 폐하의 증오가, 제가 보기에는, 그에 대한 반감으로 간주되어서는 아니 될 것입니다." 대공이 덧붙여 말하였다. "황제께서는 경이로운 총명함을 지니신 분입니다."

"그래요, 제가 그분과 함께 두 번 저녁 식사를 하였는데, 한 번은 저의 싸강 숙모님 댁에서였고, 다른 한 번은 저의 라지빌 숙모님 댁에서였어요. 솔직히 말씀 드리거니와, 저는 그분이 이상하다고 생각하였어요. 여하튼 단순하시지 않다고 생각하였어요! 하지만 재미있는, 그리고 '억지로 꾸민 듯한'(그녀가 그 단어를 떼어 발음하였다), 초록색 카네이션 같은 무엇을, 다시 말해 저에게 놀라움을 주고 별 즐거움 주지 않는 무엇, 행할 수 있다는 것이 놀랍지만 제 생각에는 행할 수 없어도 못지않게 좋은 무엇을 가지고 계세요. 저의 말씀이 대공 전하의 심기를 불편하게 해 드리지 않았기를 바래요."

"황제께서는 전대미문의 총명함을 지니신 분입니다." 폰 대공이 말을 계속하였다. "그분께서는 예술을 열렬히 좋아하시며, 예술품들에 대해 어떤 면에서는 한 치의 착오도 없는 취향을 가지고 계신지라, 작품을 잘못 평가하시는 일은 결코 없습니다. 만약 어떤 것이 아름다우면 그분께서는 그 점을 즉시 알아보시고, 그것을 증오하십니다. 그분께서 어떤 것을 싫어하시면, 의심할 나위 없이 그것이 탁월하다는 뜻입니다."[454] 그 말에 모든 사람들이 미소를 지었다.

"저는 황제 폐하를 베를린에 있는 어느 고고학자에 서슴지않고 비교할 수 있습니다." 대공이 다시 말하였다 (그는 고고학자라는 말을 '아르케올러그'라고 발음할 줄 몰라 번번이 '아르쉐올러그'라고 하였다). "옛 아씨리아의 기념물들 앞에서는 그 늙은 고고학자가 눈물을 흘립니다. 그러나 현대의 위조된 잡동사니 앞에서는,

즉 그것이 정말 옛날의 물건이 아닐 경우에는, 그가 울지 않습니다. 그리하여 어떤 고고학적 물건이 정말 옛것인지 알고 싶으면, 사람들이 그것을 그 늙은 고고학자에게 가져갑니다. 그가 울면 즉시 그 물건을 구입하여 박물관에 보냅니다. 그의 눈에 눈물이 보이지 않으면, 물건을 상인에게 돌려보낸 다음, 상인을 위조범으로 고소합니다. 그리하여 제가 포츠담 궁에서 저녁 식사를 할 때마다, 혹시 황제께서 어떤 작품들에 대하여, '대공, 그것은 꼭 보셔야 하오, 그 속에 천재성이 가득하오'라고 말씀하시면, 저는 그 말씀을 착념해 두었다가 결코 그것들을 보러 가지 않는 반면, 어떤 전람회에 파문을 선고하실 경우, 사정이 허락하는 한 즉시 그곳으로 달려갑니다."

"노르뿌와는 영국과 프랑스가 친밀해지는 것을 지지하지 않습니까?" 게르망뜨 씨가 말하였다.

"그것이 당신네 프랑스에 무슨 도움이 되겠습니까?" 영국인들을 몹시 싫어하는 폰 대공이 신경질적이며 동시에 음흉한 기색을 보이면서 반문하였다. "그들은 몹시 멍청합니다. 그들이 군사적으로는 당신네 프랑스인들에게 아무 도움 되지 않는다는 것을 저는 잘 압니다. 하지만 여하튼 그들의 장군들에게서 발견되는 멍청함에 미루어 그들을 판단할 수 있습니다. 저의 친구들 중 하나가 근래에, 다들 아시겠지만 '부르'[455]의 지도자인 보타[456]와 이야기를 나누었습니다. 그 지도자가 저의 친구에게 말하였습니다. '군대가 그 꼴이라니 끔찍합니다. 제가 그래도 영국인들을 좋아하는 편입니다만, 일개 농사꾼에 불과한 제가, 모든 전투에서 그들에게 몽둥이 찜질을 가하여 제압하였다는 사실을 생각해 보십시오. 그리고 마지막 전투에서는, 스무 배나 많은 적에게 짓눌려 제가 무너졌으나, 어쩔 수 없이 항복하면서도 적군 포로 이천 명을 잡았습니다!

제가 농사꾼들의 지도자에 불과했으니 망정이지, 그 멍청이들이 만약 유럽의 진정한 군대와 겨루었다면, 그들에게 어떤 일이 닥쳤을지 생각만 해도 소름이 끼칩니다!' 게다가, 저처럼 당신들도 개인적으로 잘 아시는 그들의 왕이, 영국에서는 위대한 인물로 통한다는 사실만 보아도 알 수 있습니다."

나는 노르뿌와 씨가 나의 아버지에게 하던 것과 같은 부류의 그러한 이야기들을 듣는 둥 마는 둥 하였다. 그러한 이야기들이 내가 좋아하던 몽상에 하등의 양식도 제공하지 못하였다. 또한 게다가, 그 이야기들에 결여된 요소들을 비록 가지고 있었다 할지라도, 내가 나의 표피에, 나의 잘 손질된 머리카락 위에, 내 셔츠의 가슴 부분에 머물러 있던 사교적 시간들이 지속되는 동안에, 다시 말해 나에게는 삶의 기쁨이었던 것을 전혀 느낄 수 없었던 그 시간 동안에, 나의 내면적 삶이 깨어날 수 있도록, 그 요소들에 매우 자극적인 특질들이 구비되어 있어야 했다.

"아! 저는 대공님의 견해에 동의하지 않아요." 도이칠란트 대공의 언사에 섬세함이 결여되었다고 생각한 게르망뜨 부인이 말하였다. "저는, 에드워드 국왕이 매력적이고 지극히 소박하며, 사람들이 생각하는 것보다 훨씬 섬세하다고 믿어요. 그리고 왕비는, 아직까지도, 제가 이 세상에서 알고 있는 것중 가장 아름다운 무엇이에요."[457]

"하지만 공작 부인," 심기가 상한, 그리고 자기의 말이 사람들에게 불쾌감을 주고 있다는 사실을 간파하지 못한 대공이 말하였다. "하지만 웨일스 대공[458]이 평범한 개인이었다면, 그의 이름을 회원 명부에서 삭제하지 않았을 모임이 없을 것이며, 아무도 그에게 악수를 청하지 않을 것입니다. 왕비의 용모는 고혹적이지만 지나치게 부드럽고 속이 좁습니다. 여하튼 한 마디로, 자기의 신하들 손에 정말로 얹혀 살고, 자기가 지출해야 할 모든 경비를 부유한 유대인 금융가들에게 떠맡긴 다음, 그 대가로 그들에게 준(准)남작 작위를 내리는, 그 국왕 내외에게는 충격적인 무엇이 있습니다. 불가리아 대공[459] 비슷한 사람입니다….”

“불가리아 대공은 우리들의 사촌이에요.” 공작 부인이 말하였다. “기지 뛰어난 사람이에요.”

“저의 사촌이기도 합니다.” 대공이 말하였다. “하지만 그렇다 하여 우리가 그를 높이 평가할 이유는 없습니다. 아닙니다, 당신네 프랑스인들이 가까이 해야 할 상대는 우리들이며, 그것이 황제의 가장 큰 열망이지만, 그 분께서는 그 친분이 가슴에서 비롯되기를 원하십니다. 황제께서는 이렇게 말씀하십니다. ‘내가 원하는 것은 악수이지, 겉치레 인사가 아니오!’ 그렇게 될 경우 당신네 프랑스는 천하무적일 것이오. 그것이 노르뿌와 씨가 주장하는 영국과 프랑스 간의 친선보다 더 실용적일 것이오.”

“당신도 노르뿌와 씨와 교분이 있다는 사실을 제가 알고 있어요.” 자기들의 대화 변두리에 나를 내버려두지 않으려고, 게르망뜨 공작 부인이 나에게 말하였다. 나는, 노르뿌와 씨가 일찍이, 내가 자기의 손에 입을 맞추고 싶어하는 기색을 보였다는 말을 하였다는 사실을[460] 그 순간 상기하였고, 또한 그가 틀림없이 그 이야기를 게르망뜨 부인에게 늘어놓았을 것은 물론, 내 아버지와의 우정에도 불구하고 나를 그토록 우스꽝스럽게 만들기를 주저하지 않았으니, 여하튼 그녀에게 나에 대해 심보 사나운 투로 이야기할 수밖에 없었을 것이라 생각하였으나, 여느 사교계 남자가 하였을 짓은 하지 않았다. 그러한 사교계 남자였다면, 자기가 노르뿌와 씨를 몹시 싫어하여, 그것을 노르뿌와 씨가 느끼도록 해 주었노라 말하였을 것이고, 그렇게 말한 것은, 자신이 스스로 그 전직 대사의 험담을 유발시킨 듯한 인상을 주기 위해서였을 것이며, 그러면 그 험담이 거짓 투성이의 계산된 보복으로밖에 보이지 않았을 것이다. 하지만 나는 그러한 식으로 말하는 대신, 노르뿌와 씨가 나를 좋아하시지 않는 것처럼 생각되어 참으로 애석하다고 하였다. "크게 잘못 생각하시는 거예요." 게르망뜨 부인이 나의 말에 대꾸하였다. "그는 당신을 무척 좋아해요. 바쟁에게 물어보세요. 제가 듣는 사람의 마음에 즐거운 말만 한다고들 하지만 바쟁은 그러지 않으니까요. 노르뿌와가 당신에 대해서 만큼 어떤 사람에 대해 좋은 말하는 것을, 우리 두 사람이 단 한 번도 들어 본 적 없다고 대답할 거예요. 게다가 얼마 전에는 그가 당신을 위하여 외무성에 멋진 자리하나를 마련하려고 하였어요. 하지만 당신의 건강이 좋지 않아 그 자리를 수락하실 수 없음을 알게 되자, 자기가 지극히 존중하는 당신의 부친에게조차 그러한 우호적인 의도를 표하지 않는 섬세함을 보였어요." 어떤 일을 알선해 주리라 내가 전혀 기대할 수 없었을 사람은 바로 노르뿌와 씨였다. 진실은 이러했으니, 그의 천성이 조롱하기 좋아하고 심지어 상당히 악의적이기도 하여, 떡갈나무 밑에서 판결을 내리는 성왕 루이[461]를 닮은 그의 외모 및 약간은 지나치게 조화로운 그의 입에서 들리던 쉽게 감동시키는 음성에 나처럼 걸려들었던 이들이, 자기의 말에 진심을 가득 담은 듯했던 한 사람으로부터 자신들을 겨냥한 험담이 나왔다는 사실을 알게 되었을 때, 진정한 간교함이 존재할 법하다고 믿게 되었다는 것이다. 그러한 험담이 그의 입에서 자주 나왔다. 하지만 그렇다 해서, 그가 누구에 대해 호감을 느끼고, 자기가 좋아하는 이들을 칭찬하며, 그들에게 도움이 될 수 있음을 보여주는 기쁨 누리는 것까지, 그러한 천성이 막지는 않았다.

"그가 당신을 높이 평가하는 것이 저에게는 놀랍지 않아요. 그는 총명한 사람이니까요." 게르망뜨 부인이 나에게 말하였다. 그리고, 나는 모르고 있던 어느 혼인 이야기를 꺼내면서, 다른 사람들을 향해 이렇게 덧붙였다. "저는, 이미 옛날의 연인 자격으로서도 그에게 별로 즐거움을 주지 못하는 저의 숙모님이, 그에게 새로운 아내로서도 불필요하게 보인다는 것을 충분히 이해할 수 있어요. 이미 오래 전부터 숙모님께서 실제로는 연인 역할조차 하시지 않는다는 사실을 믿기 때문에 더욱 그래요. 숙모님은 여러분들이 생각하시는 것보다 훨씬 더 열성신도이신지라, 보아즈 같은 노르뿌와는 빅또르 위고의 다음 구절들을 한탄하듯 읊조릴 수 있을 처지예요.

     저와 함께 잠자리에 들던 여인 이미 오래전에,
     오! 주님, 저의 침상을 떠나 당신 곁으로 갔나이다![462)

  정말이지, 저의 가엾은 숙모님, 마치 평생동안 아카데미를 큰 소리로 규탄하다가, 만년에 자기들만의 작은 아카데미를 설립하는 전위적인 예술가들, 혹은 환속하였다가 다시 개인적인 종교를 조립해 내는 승려들 같아요. 그러려면 차라리 승복을 계속 입고 있던지, 자기들끼리 똘똘 뭉치지 않는 것이 나을 거예요. 하지만 누가 알겠어요, 장차 짝을 잃을 때를 아마 대비하시는 것이겠지요. 상을 당하고도 상복을 입을 수 없는 것보다 더 슬픈 일은 없어요." 공작 부인이 몽상에 잠긴 듯한 기색으로 그렇게 덧붙였다.
  "아! 만약 빌르빠리지 부인이 노르뿌와 부인으로 변하시면, 제 생각으로는 우리의 사촌 질베르가 그 일로 인해 병이 날 지경으로 괴로워할 것입니다." 쌩-죠제프 장군이 말하였다.
  "게르망뜨 대공이 매력적이지만, 사실 그는 혈통과 격식 문제에 매우 집착해요." 빠르마 대공 부인이 말하였다. "불행하게도 대공 부인이 병석에 계시는 동안 제가 그의 시골 저택에서 이틀을 머문 적이 있어요. 쁘띠뜨[463]가 (체구 거대했던지라 사람들이 휴놀슈타인 부인에게 붙여준 별명이에요) 저와 동행하였어요. 대공이 저택 현관 앞 층계 아래에 내려와 나를 기다리다가, 나에게 팔을 내밀면서도 쁘띠뜨는 못 본 척하였어요. 우리가 이층으로 올라가 응접실들로 통하는 입구에 도달하자, 그제서야 비로소, 제가 들어가도록 비켜서면서 그가 말하였어요. '아! 안녕하십니까 휴놀슈타인 부인.' (그녀가 결별한 이후에는 그가 그녀를 그렇게만 호칭해요).[464] 그가 그 순간에야 비로소 그녀를 발견한 척하였는데, 그것은, 자기가 현관 앞 층계 아래까지 내려와 그녀를 영접하는 것이 격식에 맞지 않는다는 뜻이었어요."

"전혀 놀라운 일이 아닙니다." 자신이 지극히 현대적이고, 이 세상 그 누구보다도 혈통을 무시하며, 심지어 공화주의자라고 생각하던 공작이 말하였다. "제가 저의 사촌과 공유하는 사상이 많지 않다는 것은 새삼 말할 필요조차 느끼지 못합니다. 저의 사촌과 제가 모든 일에 있어서 생각이 다름은, 낮과 밤이 서로 다른 것과 같다는 점을 공주 전하께서는 짐작하실 것입니다. 하지만 혹시 저의 숙모님께서 노르뿌와를 부군으로 맞아들이신다면, 저 또한 모처럼 질베르와 견해를 같이 할 것이라고 말할 수밖에 없습니다. 홀로 리몽 드 기즈의 따님이면서 그러한 혼인을 감행하신다면, 그것은, 흔히들 말하듯, 암탉의 비웃음을 자아낼 일입니다만, 제가 여러분께 무슨 말을 하겠습니까?' 공작이 보통 한 문장의 중간에 삽입하곤 하던 마지막 부분은 불필요한 말이었다. 하지만 그는 항상 그 말을 하고 싶은 욕구를 느끼곤 하였으며, 그 욕구가 그로 하여금, 다른 곳에서 자리를 발견하지 못할 경우, 그것을 문장 끝으로 던져

버리게 하곤 하였다. 그러는 것이 그에게는, 다른 무엇이기 보다, 운율의 문제로 여겨졌다.[465] 그가 다시 한 마디 덧붙였다. "하지만 노르뿌와 가문 사람들이 심성 착한 귀족들이고, 좋은 계층 출신이며, 근지 좋은 사람들임은 잊지 마십시오."

"이보세요, 바쟁, 질베르처럼 말씀하시면서 그를 비웃을 필요는 없어요." 혈통의 양호함이, 포도주의 그것처럼, 그 유구함에 있다고 생각한다는 측면에서는 게르망뜨 대공이나 게르망뜨 공작과 다름없던, 게르망뜨 부인이 말하였다. 하지만 자기의 사촌 보다는 덜 솔직하고 남편 보다는 더 세련되었던지라, 그녀는 대화를 나누는 동안에 게르망뜨적 기지를 부인하지 않으려 하였고, 신분이라는 것을 행동으로는 존경할지라도 말로는 무시하곤 하였다.

"하지만 어차피 댁들과 노르뿌와가 조금은 인척관계에 있지 않나요?" 쌩-죠제프 장군이 물었다. "노르뿌와가 일찍이 라 로슈푸꼬 가문의 따님과 결혼하였던 것 같습니다."

"전혀 그렇지 않습니다. 그 라 로슈푸꼬 가문의 따님은 라 로슈푸꼬 공작들 지파의 후손이었으되, 저의 할머님은 두도빌 공작들의 후손이셨고, 그 가문에서 가장 현명한 에두아르 꼬꼬의 친할머니셨습니다." 현명함에 대하여 조금 피상적인 개념을 가지고 있던 공작이 대꾸하였다. "그리고 그 가문의 두 지파 간에는 루이 14세 시절 이후 어떤 혼인도 없었던지라, 조금 먼 인척이라 할 수 있습니다."

"그것 재미있군요, 저는 그러한 사실을 모르고 있었습니다." 장군이 말하였다.

"게다가," 게르망뜨 씨가 말을 계속하였다. "그의 모친은 몽모랑씨 공작의 누이였고, 처음에는 라 뚜르 도베르뉴 가문의 어떤 남자와 혼인하였습니다. 하지만 그 몽모랑씨 가문이라는 것이 겨우 그 이름뿐이었고, 그 라 뚜르 도베르뉴 가문 사람들은 라 뚜르 도베르뉴 가문과 전혀 상관이 없었으니, 그러한 가계가 그에게 높은 신분을 부여할 수는 없다고 생각합니다. 또한, 이것이 더 중요한 요점입니다, 그는 자신이 쌩트라이유의 후손이라고 합니다만, 그분의 직계 후손은 저희들입니다⋯."

꽁브레에 쌩트라이유라는 길 하나가 있었지만 나는 그 길을 그 시절 이후 단 한 번도 다시 뇌리에 떠올린 적이 없었다. 그 길은 브르또느리 로에서 시작되어 루와조 로에 이어져 있었다. 또한, 쟌느다르끄의 전우였던 그 쌩트라이유[466]가 게르망뜨 가문 여인과 혼인하면서 꽁브레 백작령을 그 가문에 편입시켰던지라, 쌩-일레르 교회당의 그림 유리창 밑 부분에서는, 꽁브레 백작의 문장(紋章)이 게르망뜨 가문의 문장과 함께 사분된 방패 문양을 형성하고 있었다.[467] 하나의 억양이, 옛날 나의 귀에 들려오던 잊혀진 어조 속으로, 게르망뜨라는 그 명칭을—그날 저녁 내가 식사를 하고 있던 댁의 친절한 주인들을 의미하던 명칭과는 그토록 다른—다시 이끌어오고 있는 동안, 거무스름한 사암 계단들이 다시 나의 눈 앞에 어른거렸다. 게르망뜨 공작 부인이라는 명칭이 나에게 하나의 집합적인 명칭으로 보였다면, 그 집합이, 그 명칭으로 불렸던 여러 여인들의 총합으로 이루어진 역사 속에서 뿐만 아니라, 이제 내 앞에 있는 그 단 하나의 게르망뜨 공작 부인 속에서, 서로 다른 그토록 많은 여인들이, 다음 여인이 충분한 밀도를 얻기 무섭게 사라지면서 서로 중첩되는 것을 이미 목격한, 나의 짧은 소년시절 동안에도 이루어졌다. 단어들의 의미는 여러 세기가 흐르는 동안에도, 우리들 속에서 사람의 이름이 갖는 의미가 단 몇 해 동안에 변하는 것 만큼은 변하지 않는다. 우리의 기억력과 심정은 우리가 한결같을 수 있을 만큼 충분히 크지 못하다. 우리는 우리의 현재 사념 속에, 살아 있는 이들 옆에 죽은 이들을 함께 간직할 수 있을 만큼 충분한 자리를 가지고 있지 않다. 따라서, 앞서 존재하였던, 그리고 쌩트라이유라는 명칭이 이제 막 시행한 것과 같은 유형의 우연한 발굴 작업[468] 덕분에만 우리가 다시 발견하는 것 위에, (사라진 것들을) 축조할 수밖에 없다. 나는 그 모든 것을 설명하는 것이 부질없다고 생각하였으며,[470] 그리하여 심지어 조금 전에는, 나에게 다음과 같이 묻던 게르망뜨 씨에게 아무 대꾸도 하지 않아, 내가 그에게 묵시적으로 거짓말을 하였다. "우리의 그 작은 목초지[471]를 아시오?" 내가 그것을 잘 알고 있음을 그 역시 알면서도, 아마 예의 범절 때문에 그가 더 이상 질문을 하지 않았을 것이다. 게르망뜨 부인이 나를 나의 몽상으로부터 이끌어냈다.

"저에게는 지금 이야기하고 있는 모든 것들이 지겨워요. 보세요, 저의 집이 언제나 오늘처럼 따분한 것은 아니에요. 저는, 당신이 빠른 시일 내에 저녁 식사를 하러 다시 오셔서, 보상 받으시기를 받으며, 그 때에는 족보 이야기도 없을거예요." 내가 자기의 집에서 발견할 수 있었던 매력을 이해하지 못하던, 그리고 유행 지난 식물들 가득한 식물도감처럼만 나를 즐겁게 해주는 겸허함을 가질 능력이 없던, 공작 부인이 나에게 나지막한 음성으로 말하였다.

내 기대를 저버렸을 것이라고 게르망뜨 부인이 생각하던 바로 그것이, 반대로, 만찬 끝무렵에—공작과 장군이 족보에 관한 이야기를 더 이상 멈추지 않았던지라—나의 그 저녁 시간을 완전한 환멸로부터 구출해냈다. 그 이야기가 나오기 전까지는 내가 무슨 수로 환멸을 느끼지 않을 수 있었겠는가? 내가 그 때까지는 그것을 통해서만 알았고 또 나로 하여금 멀찌감치서 몽상에 잠기게 해 주던, 그 신비한 이름으로, 또한 내가 알고 지내던 평범한 모든 사람들의 것과 비슷하거나 저열한 지성 및 몸뚱이로, 우스꽝스럽게 치

장한, 마찬에 참석한 사람들 하나하나가, 『햄릿』에 열광한 독자가
전형적인 덴마크의 항구 헬싱외르[472]에 들어서면서 느낄 수 있을,
진부한 상스러움이라는 인상을 나에게 주었으니 말이다. 물론 그
들의 이름 속에다 키 높이 자란 수림들과 고딕식 종루들을 주사하
듯 넣어 준 그 지리학적 지역과 먼 과거가, 어느 정도까지는, 그들
의 얼굴과 기질과 편견 등을 형성하였겠으나, 그것들 속에 존속하
기는 기껏 원인이 결과 속에 존속하듯 하였다. 다시 말해, 그 지역
들과 먼 과거를 혹시 지성은 그들의 얼굴과 기질과 편견에서 추출
할 수 있었을지 모르되, 그것들이 상상력에 의해서는 전혀 느껴질
수 없었다.

그런데 그 옛날의 편견이 문득, 게르망뜨 씨 내외분의 친구들에
게, 잃어버렸던 그들의 시(詩)를 돌려주었다. 물론 귀족들이 가지
고 있으며, 그들을 학식 있는 사람들로 만드는, 즉 일반 단어가 아
닌 고유 명칭들에 해박한 어원학자들로 만드는 (또한 그렇더라도
평민의 무지한 대다수와 비교할 때에만 그러했으니, 왜냐하면, 같
은 수준으로 보잘 것 없더라도, 열성적인 신도가 종교의식에 관한
질문에 자유 사상가보다 더 능숙하게 대답할 능력을 가지고 있는
반면, 반교권주의자인 고고학자가 자기의 교구 사제에게, 그 교구
교회당에 관련된 모든 것들에 대해 가르침을 줄 수 있는 경우가 빈
번하니 말이다) 그 개념들이, 우리가 진실에 즉 지성에 입각하여
말할진대, 그 지체 높은 나리들에게는, 일개 평민이 느낄 수 있음
직한 매력조차 발산하지 못하였다. 그들은 아마 기즈 공작 부인이
끌레브와 오를레앙 및 뽀르씨앵 등지의 대공녀였음을[473] 나보다
더 잘 알고 있었겠으나, 그들이 그 모든 명칭들보다도 먼저 기즈
공작 부인의 얼굴을 알았던지라, 그 때부터 그녀의 얼굴을 그들에
게 투영하던 것은 '기즈 공작 부인' 이라는 명칭이었다. 비록 이내

사라지게 되어 있었다 할지라도 내가 요정을 나의 뇌리에 떠올리는 것으로 시작하였던 반면, 그들은 실존하는 여인을 직접 목격하는 것으로 시작하였다.

평민 가정들 속에서도, 동생이 언니보다 먼저 결혼할 경우, 질투가 태동하는 것을 가끔 볼 수 있다. 마찬가지로, 귀족 세계 또한, 꾸르부와지에 가문이 특히 그러했지만 게르망뜨 가문 역시, 자기의 귀족적 고귀함을, 내가 처음에는 책들을 통해 알게 된 유치한 짓 (그것이 나에게는 귀족 세계의 유일한 매력이었다)으로 말미암아, 단순한 가문적 우월성으로 격하시키고 있었다. 게메네씨[474]가 자기의 아우에게 큰 소리로 하였다는 말 ("어서 들어오게, 이곳이 루브르 궁은 아니라네!")과, 로앙 기사에 대하여, 즉 자신에 대하여 (그가 끌레르몽 공작의[475] 혼외 아들이었기 때문에) 하였다는 말 ("그는 적어도 대공이야!")을 전하는 딸르망 데 레오[476]의 흐뭇한 어조는, 그가 로앙 가문 대신 게르망뜨 가문에 대하여 이야기하는 듯한 인상을 주지 않는가? 그 만찬 석상에서 펼쳐지던 대화 중 나의 마음을 아프게 하였던 단 한 가지 일은, 뤽상부르의 왕위 계승권자인 그 매력적인 대공에 관련된 터무니없는 이야기들이, 그 응접실에서도, 쌩-루의 동료들 사이에서처럼, 고지식하게 믿는 사람들을 만나는 것을 바라보는 것이었다. 정녕 그것은, 아마 두 해 정도밖에 계속되지 않겠지만 모든 이들을 감염시킬, 일종의 전염병이었다. 어떤 사람이 거짓 이야기를 옮기면, 다른 사람이 그것에다 다른 이야기를 추가하였다. 나는 뤽상부르 대공 부인조차도, 자기의 조카를 변호하는 척하면서, 그를 공격하는데 필요한 무기를 제공한다는 사실을 깨달았다. "당신이 그를 두둔하는 것은 잘못이오." 쌩-루가 그랬을 것처럼 게르망뜨 씨가 나에게 말하였다. "보시오, 생각이 모두 같은 우리 친척들의 견해는 그렇다 치더라도,

그의 하인들에게 그에 대해 한 번 무슨 말을 해 보시오. 그들이 실은 우리들에 대해 가장 잘 알고 있소. 뤽상부르 부인께서 자기가 부리던 어린 검둥이 녀석을 자기의 조카에게 주셨소. 검둥이 녀석이 울면서 돌아와 그녀에게 말하였소. '대공이 나를 때렸어요. 나 개자식 아닌데. 대공 나쁜 사람이야. 정말 나빠.' 내가 실상을 잘 알고 하는 말이오. 그는 오리안느와 사촌지간이오."

또한 그날 저녁에 사촌 혹은 사촌 자매라는 말을 내가 어찌나 자주 들었던지, 헤아릴 수 없을 지경이다. 우선 게르망뜨 공작은, 어떤 사람의 입에서 이름 하나가 나올 때마다 소리치곤 하였다. "그 사람은 오리안느의 사촌이라오!" 그러면서, 어느 숲 속에서 길을 잃은 사람이, 안내판 위에서 정반대 방향을 가리키고 있는 두 화살표 끝에 각각 적혀 있는, '벨베데르 까지미르-쁘리에'라는 말과 '대수렵관의 십자가'⁴⁷⁷)라는 말에 곁들여진 지극히 가까운 이정표 숫자를 읽고, 자신이 길을 제대로 찾았구나 생각하며 기뻐하듯 하였다. 그리고 다른 한편에서는, 그 사촌과 사촌 자매라는 단어들이, 식사 후에 도착한 터키 대사 부인에 의해 전혀 다른 의도로 (그 모임에서는 제외된) 사용되었다. 사교적 야심에 사로잡혀 있었고 또한 무엇이든 흡수하여 자기의 것으로 만드는 진정한 총명함을 겸비한 그녀는, '일만 대군의 후퇴'⁴⁷⁸) 이야기나 새들에게서 관찰되는 성적 도착 현상을 모두 수월하게 배워 받아들였다. 가장 최근에 발표된 도이칠란트 학자들의 연구 결과들 중, 그것들이, 정치경제학, 정신병, 다양한 형태의 자위 행위, 혹은 에피쿠로스의 철학 등 무엇을 다루고 있다 해도, 그녀가 잘못 이해한 것을 찾기는 불가능했을 것이다. 하지만 그녀가 하는 말을 곧이듣는 것은 위험했으니, 항상 잘못된 생각에 사로잡혀 있었던 탓에, 그녀가, 나무랄 데 없이 정숙한 여인들을 가리켜 극도로 가벼운 여인들이라 하였고, 가장 순수한 의도로 가득한 어떤 신사를 조심하라고 사람들에게 주의를 환기시키는가 하면, 진지해서가 아니라 도저히 그럴법하지 않아, 어느 책에서 나온 듯한 이야기들을 늘어놓곤 하였기 때문이다.

그 무렵 그녀를 초대하던 사람들은 많지 않았다. 그녀가 몇 주 동안 게르망뜨 공작 부인처럼 정말 화려한 여인들과 교류하였으나, 대체적으로는 부득이, 매우 지체 높은 가문들의 경우, 그들 중 게르망뜨 가문 사람들과 교분이 없는, 미미한 지파 사람들과의 교류에 그쳤다. 그녀는 자기의 친구들이었던 그 미미한 사람들의 가장 명성 높던 성씨를 입에 올리면서, 자신이 상류 사교계 사람인듯한 인상을 줄 수 있을 것이라 기대하였다. 게르망뜨 씨가 즉시, 그녀가 말하는 사람들이 곧 자기의 집 만찬에 자주 참석하는 이들이라 생각하여, 잘 아는 고장에 다시 들어선 듯 즐겁게 전율하였고 우군을 만난 듯 소리쳤다. "그 사람은 오리안느의 사촌입니다! 제가 그 사람을 저의 호주머니처럼 잘 압니다. 그는 바노 로에 삽니다. 그의 모친은 위제스 가문의 따님이셨습니다."

터키 대사의 부인은, 자기가 이야기한 '표본이 더 작은 짐승들로부터 얻은'[479] 것이라고 실토할 수밖에 없었다. 하지만 그녀는, 게르망뜨 씨를 우회적으로 다시 연루시켜, 자기의 친구들과 그의 친구들을 다시 연결시키려고 하였다. "당신이 누구에 대하여 말씀하시려 하는지 잘 알아요. 하지만 제가 말씀 드리는 사람들은 그분들이 아니라, 그분들의 사촌들이에요." 그러나 가엾은 대사 부인이 던진 썰물과 같은 그 말은 아주 신속히 숨을 거두었다. 게르망뜨 씨가, 실망한 어조로 이렇게 말하였기 때문이다. "아! 그렇다면 부인께서 어떤 사람들 이야기를 하시는지 저는 모르겠습니다." 대사 부인이 공작의 그 말에 아무 대꾸도 하지 않았으니, 공작이 말하고자 하였던 '사촌들'의 다른 '사촌들' 밖에 자신은 만나지 못하였는데, 그들이 공작의 친척조차 아니었던 경우가 빈번했기 때문이다. 그리고, 게르망뜨 씨 입장에서는, 그들이 진정한 사촌일 경우, '그녀는 오리안느의 사촌 자매야'라는 새로운 밀물 한 가닥을 토해야 했는데, 게르망뜨 씨가 보기에는, 그 단어들이, 자기가 하는 말 속에서, 라틴어로 시를 짓던 이들의 육음보(六音步) 시구[480]에 장단단격(長短短格) 음보[481]나 장장격(長長格) 음보 하나를 제공하는지라 그 시인들에게는 안성맞춤이었던, 특정 형용사들과 같은 효용성을 가지고 있는 것 같았다.[482] 내가 보기에는, '오리안느의 사촌 자매야!'라는 그 폭발적인 외침이, 적어도 게르망뜨 대공 부인에게 적용되었을 때에는 당연한 것 같았다. 그녀가 실제로 공작 부인과 매우 가까운 친척이었기 때문이다. 대사 부인은 그 대공녀를 좋아하는 것 같지 않았다. 그녀가 나에게 속삭였다. "그녀는 멍청해요. 천만에요, 그녀가 사람들이 말하듯 그토록 아름답지는 않아요. 찬탈한 명성일 뿐이에요. 게다가," 그녀가 생각에 잠기고 혐오스러워하며 단호한 기색으로 덧붙였다. "그녀는 저에게 매우 심한 적대감을 품고 있어요." 하지만 그러한 친척관계가 훨씬 멀리까지 확대되는 경우가 잦았으니, 게르망뜨 부인이, 적어도 루이 15세 시절까지 거슬러 올라가지 않으면 공통의 조상을 발견할 수 없을 사람들에게도 '나의 숙모님'이라고 말하는 것을 자신의 의무로 여겼기 때문이었고, 마찬가지로, '세월의 불운'[483]이 어느 백만 장자 여인으로 하여금, 고조부가 게르망뜨 부인의 고조부처럼 일찍이 루부와[484]의 딸 하나와 혼인하였던 어느 대공과 결혼하게 하는 일이 생길 때마다, 그 부유한 아메리카 여인이[485] 맛보던 기쁨들 중 하나가, 게르망뜨 저택을 처음으로 방문하는 순간부터, 다소 냉랭한 대접을 받고 또 얼마간은 '껍질이 벗겨져도'[486], 게르망뜨 부인에게 '나의 숙모님'이라고 말할 수 있는 것이기 때문이었으며, 게르망뜨 부인은 모정 어린 미소를 지으면서 그녀가 자기를 그렇게 부르도록 내버려두곤 하였다. 그러나 게르망뜨 씨와 보쎄르훼이유 씨가 들먹이던 '가문'이라는 것이 나에게는 별로 중요하지 않았으니, 그 주제를 가지고 그들이 나누던 대화에서 내가 찾던 것은 일종의 시적 즐거움뿐이었다. 자신들은 정작 그것을 맛보지 못하면서, 밭갈이 하는 사람들이나 선원들이 농사나 조수에 관해 이야기하면서 그랬을 것처럼, 그들이 나에게 그 시적 즐거움을 안겨주었으니, 자신들과 너무 밀착되어 있어서 그들은 맛볼 수 없던 사실들의 아름다움을, 그것들로부터 추출해내는 작업을 내가 개인적으로 맡았기 때문이다.

때로는 하나의 이름이 나의 추억 속에 더 생생히 되살아나게 하는 것이, 어느 가문보다는 하나의 특정 사건이나 특별한 날짜였다. 게르망뜨 씨가 브레오떼 씨의 모친이 슈와죌 가문 따님이었으며 조모님은 뤼쌩쥬 가문의 따님이었다고 회고하는 말을 듣는 순간, 브레오떼 씨가 입고 있던 평범한 진주 단추 달린 셔츠 자락을 통해, 프랄랭 부인과 베리 공작의 심장이, 그 엄숙한 유물들이, 두 수정 구체 속에서 피를 흘리고 있는 것이 나의 눈에 보이는 듯했고,[487] 다른 유물들은 더 관능적이었는데, 그것들은 딸리앵 부인의 혹은 싸브랑 부인의 섬세하고 긴 머리카락들이었다.[488]

또 어떤 때에는, 나의 눈에 보이는 것이 하나의 단순한 유물이 아니었다. 자기들의 조상들이 어떠했는지를 자기의 아내보다 더 잘 알고 있던 게르망뜨 씨는, 진정한 걸작품들은 없으되 함께 모아놓으면 당당해 보이는, 보잘 것 없고 화려한 진본들 가득한 옛 저택의 멋진 외양을 그의 대화에 제공하는 추억들을 우연히 간직하고 있었다. 폰 대공이, 오말 공작 이야기를 하면서 왜 그를 '나의

숙부님'이라 칭하였느냐고, 아그리쟝뜨 대공이 묻자, 게르망뜨 씨
가 이렇게 대답하였다. "그의 모친과 남매지간이신 뷔르템베르크
공작께서 일찍이 루이-필립의 따님 한 분과 혼인하셨기 때문이
오."[489] 그 순간 나는 까르빠쵸나 멤링 같은 이들이 그린 것과 유사
한 성골함[490] 하나를 첫 칸부터 마지막 칸까지 몽땅 내 시야에 떠올
려 응시하게 되었는데, 첫 칸에는 시라쿠사 대공에게 청혼하기 위
해서 사절단을 보냈으나 거절당한 후, 상한 심기를 드러내기 위하
여 오라비인 오를레앙 공작의 혼인 잔치에 평상복을 입고 나타난
공주의 모습이 그려져 있었고, 마지막 칸에는 그녀가 몇몇 가문들
못지않게 귀족적인 장소인 '환상'이라 불리는 그 성에서 이제 막
남자 아이 하나를, 즉 (나와 함께 식사를 한 대공의 숙부인) 뷔르템
베르크 공작을 분만한[491] 장면이 그려져 있었다. 그 귀족적인 장소
들 역시, 한 세대 이상의 기간 동안, 역사적인 인물들 여럿이 자신
들과 연관되는 것을 목격하는데, 특히 '환상'이라는 이름을 가진
그 성 속에는, 바이로이트의 변방 총독 부인과, 자기 부군인 바이
예른 왕의 소유였던 성의 명칭 자체에 마음이 끌렸다는 조금 기이
한 또 다른 공주(오를레앙 공작의 누이)와, 현재 그곳에 거주하고
있으며, 자기가 그것을 유산으로 받았고 또 다른 멋진 '몽상꾼'인
뽈리냑 대공에게 바그너의 작품 공연 기간에만 대여하니 편지를
그곳 주소로 보내라고,[492] 게르망뜨 공작에게 말한 폰 대공 등과 관
련된 추억들이 나란히 살아 있다. 게르망뜨 씨가, 자신과 아르빠종
부인 간의 인척관계를 설명하기 위하여, 셋 혹은 다섯 조모님들을
사슬처럼 엮어 마리-루이즈나 꼴베르까지,[493] 그토록 멀리 그리고
단순하게 거슬러 올라갈 수밖에 없을 때에도 마찬가지였으니, 그
모든 경우에도, 하나의 커다란 역사적 사건이, 가려지거나 변질되
거나 제한된 상태로만 어느 소유지의 명칭이나 어느 여인의 세례

명들[494] 속에 나타나는데, 그 세례명들이 그러한 형태로 선택되었던 것은, 예를 들어 그녀가 루이-필립과 마리-아멜리의 손녀였기 때문이었지만, 그러한 경우, 그들이 더 이상 프랑스의 왕과 왕비로서가 아니라 단지 유산을 남겨준 조부모라는 측면에서만 고려되었다. (다른 이유들 때문이긴 하지만, 가장 저명한 인물들이라 해도, 오직 『인간 희극』과의 관계에 준해서만 등장하는 발작의 작중 인물 사전 속에서는, 나뽈레옹이 라스띠냑보다 훨씬 작은 자리를, 그것도 겨우 쌩-씨뉴 아씨에게 그가 말을 건넸기 때문에만, 차지하는 것을 볼 수 있다.) 그렇게, 육중하고 창문 드문드문 뚫렸으며 햇볕 별로 들지 않아, 로마네스크 양식 건축물 만큼이나 비상하는 풍모 결여되었을 뿐만 아니라, 그것처럼 육중하고 맹목적인 힘도 과시하는 귀족이라는 축조물은, 우리의 역사 전체를 찌푸린 담장 속에 유폐시킨다.[496]

그렇게 내 기억의 공간들은, 스스로 정돈되고, 서로간의 관계하에 구성되며, 자기들끼리 점증되는 관계를 맺으면서, 전체로부터 유리된 터치 단 하나도 없고, 각 부분이 차례로 서로에게 존재 이유를 주고 받는, 완성된 예술품들을 모방하던 명칭들로, 스스로를 조금씩 덮고 있었다.

뢰상부르 씨의 이름이 다시 화제에 오르자 터키 대사의 부인이 이야기하기를, 그의 젊은 아내의 조부가 (밀가루 및 면류 사업으로 막대한 재산을 모은) 뢰상부르 씨를 오찬 모임에 청하자, 뢰상부르 씨가, 사양하는 답장을 보내며 그 겉봉에 '방앗간 주인 * * * 씨에게'라고 썼으며, 그러자 젊은 여인의 조부께서 이러한 답신을 보냈다는 것이다. "나의 다정한 벗이여, 오실 수 없다니 섭섭하고, 내가 지근한 사람들끼리만 모여 당신 보는 기쁨을 누릴 수 있으리라 생각하였기에 더욱 그렇소. 극히 작은 모임이어서, 오찬에는 방앗간 주인과 그의 아들 그리고 당신만이 참석하게 되어 있었소." 나에게 그토록 친근감 느끼게 하는 나쏘[497] 씨가 자기 아내의 조부님께 (자기가 그의 상속자임을 알고 있었을 것이다), 그를 '방앗간 주인' 이라고 지칭하면서 그러한 편지를 쓰기는 윤리적으로 불가능하다는 것을 알고 있던 나에게는, 그러한 이야기가 몹시 가증스러웠을 뿐만 아니라, 방앗간 주인이라는 호칭이 라 퐁뗀느의 우화[498] 제목을 이끌어오기 위하여 너무 뻔한 자리에 놓였던지라, 이야기의 첫 몇 마디에서부터 멍청함이 작열하는 것 같았다. 그러나 쌩-제르맹 구역 사교계의 어리석음이 어찌나 심했던지—특히 악의가 그것을 심화시킨다—대사 부인의 이야기가 '적절하다' 고 생각하였으며, 그 할아버지를 정말 꼴목할 만한 사람이라고 추켜세우면서, 그가 자기의 손녀사위 보다 더 뛰어난 기지를 보여주었다고 하였다. 그러한 이야기가 나온 참에, 샤뗄르로 공작이, 내가 전에 까페에서 들은 바 있는 이야기를 꺼내려 하였다. "모든 사람들이 엎드려…" 그러나 그 첫 몇 마디를 꺼내자 마자, 그리고 자기의 아내 앞에서는 게르망뜨 씨도 자리에서 일어서야 한다고 요구하였다는 뤽상부르 씨의 일화를 다시 꺼내자, 공작 부인이 그를 제지하면서 이의를 제기하였다. "아니에요, 그가 매우 우스꽝스럽기는 하지만 그 정도까지는 아니에요." 나는, 뤽상부르 씨와 관련된 모든 이야기들이 유사하게 허위이며, 따라서 그런 이야기를 하는 사람들이나 증인들이 있는 자리에서는 항상 같은 반박의 말을 듣게 될 것이라고 홀로 생각하였다. 하지만 그러면서도, 게르망뜨 부인의 반박이 진실에 충실하려는 근심에 기인한 것인지, 혹은 자존심에 기인한 것인지, 의심을 품지 않을 수 없었다. 여하튼 자존심이 악의 앞에서 굴복하였으니, 그녀가 웃으면서 이렇게 말하였기 때문이다. "하지만 저 역시 작은 수모를 당하였어요. 그가 저에게 '뤽상부르의 세자빈'을 소개하고 싶어서 저를 오후 다과회에 초대하였기 때문인데, 자기의 숙모인 저에게 초대장을 보내면서, 자기의 아내를 그렇게 칭하는 탁월한 취향을 드러냈어요. 제가 그에게 참석할 수 없어 유감스럽다는 답신을 보내면서 한 마디 덧붙였어요. '이른바 뤽상부르의 세자빈이라는 사람을 소개하겠다 하셨으니, 그녀가 나를 보러 온다면, 내가 매주 목요일 오후 다섯 시 이후에는 집에 있다고 말씀 드리게나.' 저는 두 번째 수모도 겪었어요. 우연히 뤽상부르에 간 적이 있었는데, 제가 그와 통화를 하려 하였어요. 그런데, 전하께서 점심을 들러 가셨다느니, 이제 막 식사를 마치셨다느니 하는 대답뿐, 두 시간이 지나도록 그가 수화기를 잡지 않았어요. 그리하여 제가 다른 방법을 동원하였지요. '나쏘 백작에게, 어서 내 전화를 받으라고 말씀 드려 주시겠어요?' 감정이 몹시 상했던지, 그가 즉시 전화를 받았어요." 공작 부인의 그 이야기에, 그리고 다른 유사한 이야기에, 다시 말해, 내가 확신하거니와 거짓말에—딱 잘라 말하거니와 내가 그 뤽상부르-나쏘 공보다 더 총명하고 더 인품 좋으며 더 섬세한, 즉 더 우아한 사람은 일찍이 만나지 못하였으니—모든 사람들이 큰 소리로 웃었다. 뒤에 이어지는 이야기가 내 생각이 옳았음을 입증할 것이다. 하지만, 그 악의적인 이야기들이 판치던 속에서도, 게르망뜨 부인이 선의적인 한 마디를 하였다는 점은 나도 인정해야겠다.

"그가 원래부터 그렇지는 않았어요." 그녀가 말하였다. "그의 머리가 이상해지기 전에는, 옛날 이야기책들에 나오는, 자신이 왕이 되었다고 믿는 남자처럼 되기 전에는, 그가 그토록 바보스럽지 않았고, 약혼 초기에는 그것을 기대하지 못하던 행복으로 여기는 듯, 그것에 대하여 상당히 호감 주는 투로 이야기하곤 하였어요. '정말 요정 이야기 같아요. 그러니 요정 이야기 속의 마차를 타고 뤽상부르에 입성해야겠어요.' 그가 자기의 숙부 오르네쌍에게 말하곤 하였고, 그럴 때마다 그의 숙부가 이렇게 대꾸하였어요. 모두들 아시다시피 뤽상부르가 크지 않기 때문이에요. '요정 이야기속의 마차라니, 나는 자네가 혹시 들어가지 못할까 걱정 된다네. 차라리 염소가 끄는 마차를 타고 들어가라고 권하고 싶네.' 그러한 말에 나쏘가 화를 내지 않았을 뿐만 아니라, 그가 먼저 우리들에게 그 이야기를 들려 주면서 크게 웃었어요."

"오르네쌍은 기지가 넘쳐요, 모친이 몽즈 가문 출신이시니 당연하지요. 가엾은 오르네쌍, 요즘 건강이 아주 좋지 않아요." [499]

그 이름이, 자칫 한없이 펼쳐질 수도 있었을 진부한 험담을 중단시키는 효력을 발휘하였다. 정말, 게르망뜨 씨가 설명하기를, 오르네쌍 씨의 증조모께서 띠몰레옹 드 로렌느의 아내였던 마리 드 까스띠유 몽즈와 자매지간이셨고, 따라서 오리안느의 숙모라고 하였다. 그리하여 대화가 다시 족보 이야기로 돌아갔고, 그 동안터키 대사의 멍청한 부인이 나의 귀에다 이렇게 속삭였다. "당신이 게르망뜨 공작의 마음에 드는 모양이니 조심하세요." 내가 무슨 뜻이냐고 묻자 그녀가 다시 말하였다. "제가 말씀 드리려 하는것은, 운만 떼어도 이해하시겠지만, 그가, 누구든 딸은 맡겨도 위험이 없으나 아들을 맡기면 그렇지 않은 사람이라는 사실이에요." 그런데, 그녀의 말과는 반대로, 열렬히 오직 여인들만을 좋아한 남자를 꼽는다면, 그것은 당연히 게르망뜨 공작이었다. 그러나 오류와, 순진하게 믿는 거짓말 등이, 대사 부인에게는 생명을 유지시켜주는 환경 같은 것이어서, 그 환경을 벗어나면 그녀가 움직일 수조차 없었다. "다른 이유로 저에게 깊은 반감을 품고 있는 그의 아우메메는(그는 그녀를 보아도 인사조차 건네지 않았다), 공작의 성향을 정말 슬퍼하고 있어요. 그 두 사람의 숙모인 빌르빠리지 부인도 마찬가지예요. 아! 저는 그녀를 깊이 존경해요. 그분이야말로 하나의 성녀, 옛 시절 귀부인들의 전형이에요. 정숙함 그 자체일 뿐만 아니라, 조심성 그 자체이기도 해요. 그분은 자신이 날마다 만나시는 노르뿌와 대사를 아직도 깍듯한 존칭을 사용해 부르시며, 여담이지만, 노르뿌와 씨는 터키에 아주 훌륭한 행적을 남기셨어요."

나는 족보에 관한 이야기를 열심히 듣던 나머지, 대사 부인의 말에 대꾸조차 하지 않았다. 모든 계보들이 다 중요하지는 않았다. 대화가 이어지는 동안 게르망뜨 씨의 입을 통해 내가 비로소 알게 된 뜻밖의 혼인들 중에는, 어울리지 않는 신분 간의 혼인도 있었으나, 그러한 혼인에 매력이 결여되었던 것은 아니었으니, 그러한 혼인이 칠월 왕조 시절에, 게르망뜨 가문의 어느 공작 및 프쟝싹 가문의 공작 하나를 어느 유명한 항해사의 고혹적인 두 딸과 결합시킴으로써, 그 두 공작 부인들에게, 이국적으로 평민적이며 루이-필립 왕을 연상시키는 인도의[500] 전형적 우아함을 부여하였기 때문이다. 혹은 루이 14세 시절에, 노르뿌와 가문의 어느 젊은이가 모르뜨마르 공작의 딸과 혼인하였는데, 그 가문의 찬연한 작호가, 까마득히 먼 그 시절 속에서, 내가 흐릿하다고 여겼으며 근래에 생겼을 것이라고 생각하던 노르뿌와라는 명칭을 힘차게 두드려, 그 속에다 어떤 메달의 아름다움을 끌로 깊숙이 새기기도 하였다. 또한 그것들과 같은 경우에는, 미미한 가문의 명칭만이 그러한 결합에서 득을 본 것이 아니었으니, 찬연한 나머지 오히려 평범해진 상대편 가문 역시, 새로워져 더 희미해진 모습으로 나에게 더 큰 충격을 주었기 때문인데, 그것은 마치, 채색에 능한 화가의 눈부신 초상화들 중, 때로는 검은색으로만 그린 초상화가 우리를 더 강력하게 사로잡는 것과 같다. 내가 그토록 멀리 떨어져 있을 것이라 믿

었으나 다른 것들 곁으로 다가와 자리를 잡는 그 모든 명칭들에게
있는 것처럼 보이던 그 새로운 유동성이, 단지 나의 무지에서만 비
롯된 것은 아니었다. 나의 뇌리에서 이루어지던 그 명칭들의 숱한
자리바꿈들이, 항상 어느 영지에 결부되어 있던 하나의 작위가 이
가문 저 가문으로 영지를 따라다니던 시절이라 하여 덜 수월하게
이루어진 것은 아니어서, 예를 들면, 느무르 공작 혹은 슈브르즈
공작 작위라는 아름다운 봉건적 축조물 속에서, 나는 어느 소라게
의 나그네 환대하는 거처 속에서처럼 웅크리고 있는, 기즈, 싸부와
대공, 오를레앙, 뢴느 등의 명칭들을 연속적으로 발견할 수 있었
다. 때로는 여러 명칭들이 하나의 소라껍질을 놓고 경쟁관계에 놓
이기도 하였다. 오랑주 대공령을 놓고는 네덜란드의 왕가와 마이
이-넬 가문 사람들이, 브라방 공작령을 놓고는 샤를뤼스 남작과 벨
기에 왕실이 그러한 관계에 놓였고, 기타 많은 가문의 명칭들이 나
뽈리 대공령, 빠르마 공작령, 레지오 공작령 등을 놓고 경쟁을 벌
였다. 때로는 반대의 현상이 일어나, 오래 전에 죽은 소유주들이
하도 오래전부터 소라껍데기를 비워 두었던지라, 나는 이러저러
한 성의 명칭이, 그리 오래 되지 않은 시절에는, 어느 가문의 명칭
일 수 있었다는 생각조차 하지 못하였다. 그리하여, 몽쎄르훼이유
씨의 어떤 질문에 게르망뜨 씨가 이렇게 대꾸하였을 때,—"아니오,
나의 사촌 누이는 광적인 왕당파였고, 올빼미 당원들의 전쟁[501] 당
시 상당한 역할을 맡았던 훼떼른느 후작의 딸이었소."—발백 체류
이후 나에게는 일개 성의 명칭일 뿐이었던 그 훼떼른느라는 명칭
이, 그럴 수 있으리라고는 상상조차 할 수 없던 것으로, 즉 하나의
가문 명칭으로, 변하는 것을 보면서, 나는 어떤 요정 이야기 속에
서 망루들과 저택의 현관 앞 낮은 층계가 문득 생명을 얻어 사람들
로 변하는 것을 볼 때와 같은 놀라움을 겪었다. 그러한 의미에서는

역사가, 단지 가문의 역사라 할지라도, 고색창연한 석재들에게 생명을 되돌려준다고 말할 수 있다. 옛날의 빠리 사회에는, 게르망뜨 공작이나 트레무이유 공작 못지않게 그 속에서 괄목할만한 역할을 수행하였고, 탁월한 우아함이나 기지로 인하여 그들보다 더 환대 받았으며, 그들보다 혈통 더 고결했던 사람들이 있었을 것이다. 하지만 오늘날 그들은 망각 속으로 떨어져 버렸으니, 그들에게 후손이 없는지라, 사람들의 귀에 다시는 영영 들리지 않는 그들 가문의 이름이, 어떤 미지의 명칭처럼 보이게 되었기 때문이며, 기껏해야, 그 속에서 사람의 이름을 발견할 수 있으리라고는 꿈도 꿀 수 없는 어떤 사물의 명칭이, 어느 성이나 두메의 어느 마을에서 명맥을 이어갈 뿐이다. 훗날, 부르고뉴 지방의 후미진 곳에 있는 샤를뤼스라는 작은 마을에, 그곳 교회당을 방문하기 위하여 잠시 머물 어떤 나그네가, 만약 상당히 학구적이지 못하거나 그곳의 묘석들을 상세히 관찰할 수 없을 만큼 여정이 바쁠 경우, 그는 샤를뤼스라는 마을 이름이, 가장 지체 높은 이들과 짝을 이루었던 사람의 이름이었음을 영영 모르게 될 것이다. 그러한 생각이 나에게, 이제 공작 댁을 떠나야 한다는 사실과, 내가 그의 족보 이야기에 귀를 기울이고 있는 동안 그의 아우와 만나기로 약속한 시각이 다가오고 있었다는 사실을 상기시켜 주었다. 혹시 먼 훗날 언젠가는—나는 그러한 생각을 계속하였다—게르망뜨라는 명칭 자체도, 우연히 꽁브레에서 걸음을 멈추어 '못된 질베르'[502]의 형상 새겨 넣은 그림 유리창 앞에서, 떼오도르[503]의 후계자가 펼치는 긴 설명에 귀 기울이거나 그곳 주임사제가 쓴 안내책자[504]를 읽는 인내심 발휘할 고고학자들을 제외한 다른 이들에게는, 일개 지명으로밖에 보이지 않을지 누가 알겠는가? 그러나 명성 높던 가문의 이름이 소멸되지 않는 한,[505] 그 이름 사용하던 이들을 그것이 밝은 빛 속에 존속시키며, 그러한 가문들의 찬연함이 나에게 유발시킨 관심이란, 물론 부분적이긴 해도, 현재로부터 출발하여 한 계단 한 계단 거슬러 올라가면서 그들을 14세기 이전까지[506] 따라가, 도저히 침투할 수 없는 어둠이 어느 중산층 가문[507]의 근원을 덮고 있을 과거 속에서, 그리고 하나의 명칭이 던지는 밝고 회고적인 조명 아래에서, 이런 혹은 저런 게르망뜨 가문 사람들의 몇몇 신경질적 성격들이나 몇몇 악벽들 및 방탕의 시작 및 지속 현상을 분별해 낼 수 있을 어느 과거 속에서, 샤를뤼스 씨나 아그리쟝뜨 대공이나 빠르마 대공 부인 등의 모든 선조들이 남긴 회고록들과 서한문들을 다시 발견할 수 있다는 사실이었다. 그들은, 병리학적 관점에서 보면, 오늘날의 게르망뜨 가문 사람들과 거의 유사하여, 자기들과 편지를 교환하는 이들이 팔라티나트 대공 부인[508]과 모르뜨빌 부인[509] 이전 사람들이건, 혹은 리뉴 대공[510] 이후 사람들이건, 여러 세기를 이어가며 그 사람들을 경악시키면서 관심을 자극한다.

게다가, 나의 역사적 호기심은 미학적 즐거움에 비해 약했다. 대화 중에 언급된 이름들이, 공작 부인에 의해 초대된 사람들로부터 영혼을 분리시키는 결과를 초래하여, 그들이 비록, 예를 들어, 아그리쟝뜨 대공이나 씨스트리아 대공[511]이라 불리움에도 불구하고, 살과 우둔함 혹은 지극히 평범한 지능으로 이루어진 그들의 용모가 그들을 어찌나 흔해빠진 사람들로 변화시켜 놓았던지, 결국 내가 일찍이 믿던, 마법에 잠긴 듯 매혹적인 명칭들의 세계로 들어가는 입구가 아닌 그 세계의 종착지점에 도달한 듯, 내가 게르망뜨 댁 현관의 신바닥 흙 터는 거적 위에 착륙한 꼴이 되었다. 아그리쟝뜨 대공 자신도, 그의 모친이 다마스 가문[512] 출신이며 모데나[513] 공작의 손녀라는 말이 나의 귀에 들리기 무섭게, 그를 알아보지 못하게 방해하던 얼굴과 언사로부터, 마치 불안정한 화학적 혼합물로부터 그러듯, 즉시 해방되어, 기껏 작호들에 불과했던 다마스와 모데나에게로 가서 한없이 더 매력적인 화합물 하나를 구성하였다. 내가 일찍이 어떤 친화력이 있으리라고는 미처 짐작조차 못하던 다른 하나의 명칭에 이끌려 이동한 명칭들 하나하나가, 일찍이 습관이 자기를 퇴색시켰던 곳인 나의 뇌수에서 차지하고 있던 확고부동한 자리를 떠나, 모르뜨마르[514]나 스튜어트[515] 혹은 부르봉 등과 같은 명칭에게로 가 합류하면서, 그것들과 함께 가장 우아한 효과와 변화무쌍한 색조 지닌 가지들을 그리곤 하였다. 게르망뜨라는 명칭 자체도, 이미 소멸된 모든 아름다운 명칭들로부터, 또한 그것이 연관되어 있음을 내가 알게 되었다는 오직 그 사실 때문에 그만큼 더 열렬하게 빛을 발산하게 된 그 모든 명칭들로부터, 새로우며 온전히 시적인 의미 하나를 부여받았다. 물론, 도도한 줄기의 부풀어오른 각 끄트머리에서, 그것이 앙리 4세의 부친[516]이나 롱그빌 공작 부인[517] 같은, 현명한 왕이나 저명한 대공녀의 모습으로 피어나는 것을 내가 볼 수 있던 것이 고작이었다. 하지만, 만찬에 참석하였던 이들의 것과 그러한 측면에서 달랐던 그 얼굴들은, 내가 보기에, 어떠한 물리적 경험이나 사교적 초라함의 찌꺼기와도 섞여 반죽되지 않았던지라, 그것들 특유의 윤곽선과 자주 변하는 그림자에 있어서 그 명칭들과 동질의 상태로 남아 있었고, 그 명칭들은 일정한 간격을 두고, 각자 다른 색깔을 띠면서, 게르망뜨 가문의 계보수(系譜樹)로부터 스스로 분리되었으되, 그러면서도 어떠한 이물질이나 탁한 물질로도 반투명이며 교차적으로 다양한 색채 띠는 꽃봉오리들을 흐려 놓지 않았으며,[518] 그 꽃봉오리들은, 이사야의 계보수[519]를 그려 넣은 고색창연한 그림유리창 속에서 예수의 선조들이 그러듯, 유리나무[520]의 양쪽에서 피어나고 있었다.

이미 여러 차례에 걸쳐 나는 그곳을 떠나려 하였고, 그것은 다른 어떤 이유 보다도, 내가 오랜 세월 동안 그토록 아름다우리라고 상상하던 모임들 중 하나이며, 거북한 증인이 없었다면 틀림없이 아름다웠을 그 모임에, 나라는 존재가 억지로 가져다 준 하찮은 면모 때문이었다. 적어도 나의 떠남이, 초대된 손님들에게, 불경스러운 존재가 더 이상 없는지라, 드디어 은밀한 모임으로 재결합하는 것을 허락할 것 같았다. 자기들이 모인 궁극적인 목적이었던 신비한 의식을, 내가 떠나면 드디어 거행할 수 있을 것 같았으니, 기껏 프란스 할스라는 화가 혹은 인색함에 대해서, 그것도 중산층 사람들이 하는 식으로, 지껄이기나 하기 위하여 그들이 모이지 않았던 것은 분명했기 때문이다. 의심할 나위 없이 내가 그곳에 있었기 때문에 모두들 하찮은 이야기나 지껄였을 것이고, 따라서 나는, 그 모든 예쁜 여인들이 흩어진 상태에 있는 것을 보면서, 나의 존재로 인해 그녀들이, 응접실들 중 가장 진귀한 응접실에 모였건만, 쌩-제르맹 구역 사교계의 신비한 생을 구현하지 못한다는, 깊은 가책감을 느꼈다. 하지만 틈만 나면 내가 실천에 옮기려 하던 그 떠남을, 게르망뜨 씨 내외분이 희생정신을 발휘하여, 나를 만류함으로써 지체시켰다. 그보다 더욱 신기했던 일은, 나의 잘못으로 인하여 기껏, 우리가 발백에서 느끼는 것이 일상 대하지 못하던 어느 평범한 도시에서 느끼는 것과 별로 다르지 않듯, 쌩-제르맹 구역 이외의 다른 곳에서 개최되는 축연과 본질적으로 다르지 않은 그 만찬에나 참석하기 위하여, 별자리 같은 보석들로 한껏 치장을 하고 황홀한 기색으로 서둘러 왔던 그 귀부인들 중 여럿이, 당연히 실망하였을 것 같았건만, 전혀 그렇지 않은 기색으로, 마치 내가 참석하지 않았던 다른 날들에도 다른 일은 일어나지 않는다는 듯, 자기들이 감미로운 저녁을 보냈노라고, 게르망뜨 부인에게 감격한 어조로 사의를 표하였다는 사실이다.

그 모든 사람들이 한껏 치장을 하고, 그토록 폐쇄적인 자기네들의 응접실에 중산층 여인들은 일체 출입하지 못하도록 한 것이, 정말 내가 참석했던 것과 같은 만찬들 때문이었을까? 내가 참석하지 않을 때에도 유사할 그러한 만찬들 때문이었을까? 나는 잠시 그렇게 추측하였으나, 그러한 추측이 너무 어처구니없어 보였다. 단순하고 평범한 상식이 나로 하여금 그러한 추측을 배제시키게 하였다. 게다가 만약 그러한 추측을 내가 수용하였다면, 꽁브레 시절 이후 이미 그토록 손상된 게르망뜨라는 명칭에 무엇이 남았겠는가?

게다가 꽃으로 변신한 그 여인들이 기이할 정도로까지 쉽게 다른 인물에 만족하거나 그 인물을 만족시키기 갈망하였으니,[521] 저녁 내내, 생각만 하여도 얼굴이 붉어지는 멍청한 말 고작 두세 마디를 내가 건넸건만, 응접실을 떠나기 전, 나에게로 다가와, 애무하는 듯한 아름다운 눈으로 나를 뚫어지게 바라보면서, 또한 자신의 젖가슴을 둘러싸고 있던 난초꽃들을 다시 세우면서, 나를 알게 된 것이 얼마나 강렬한 기쁨인지 모르겠다고 말하는가 하면, 게르망뜨 부인과 상의하여 '날짜를 잡은' 다음 '어떤 일을 주선하겠다'는 자신의 열망을―만찬에의 초대를 은근히 암시하는 말이었다―나에게 토로한 여인이 한둘 아니었기 때문이다. 꽃으로 변신한 그 여인들 중 어느 하나도 빠르마 대공 부인보다 먼저 떠나지 않았다. 그녀가 있었다는 사실이―왕족과 함께 있다가 그 사람보다 먼저 자리를 떠서는 아니 되었다―내가 미처 짐작하지 못하였던, 공작 부인이 나에게 그토록 간곡하게 더 있으라고 간청하던 두 이유들 중 하나였다. 빠르마 대공 부인이 자리에서 일어서는 것이 곧 일종의 해방 선언 같았다. 모든 귀부인들이 그 공주 앞에서 무릎을 굽혀 예를 표하였고, 자기들을 다시 일으켜 세운 그녀로부터, 무릎을 꿇어 요청한 축복처럼 입맞춤 곁들인, 외투를 달라고 하든가 자기들의 시종들을 부를 허락을 받았다. 그리하여 출입문 앞에서는 프랑스 역사 속의 저명한 이름들을 소리쳐 외우는 낭송회 같은 장면이 벌어졌다. 빠르마 대공 부인이 게르망뜨 부인에게, 감기에 걸릴까 염려되니, 현관까지 내려오지 말라 하였고, 그 말에 공작이 이렇게 덧붙였다. "이보시오, 오리안느, 공주 전하께서 허락하시니, 의사가 당신에게 한 말 잊지 마시오."

"빠르마 대공 부인께서 당신과 함께 저녁 식사 하신 것에 매우 만족스러워하신다고 믿소." 나는 그것이 의례적인 말임을 알고 있었다. 마치 나에게 어떤 자격증을 수여하거나 과자를 권하듯, 내 앞에서 호의 가득하고 확신에 찬 기색으로 그러한 말을 선언조로 하러 오기 위하여, 공작이 일부러 그 넓은 응접실을 가로질렀다. 또한 나는, 그 순간 그가 느끼는 것처럼 보였고, 그의 얼굴에 그토록 부드러운 표정을 순간적으로 가져다 주던 그 기쁨을 간파하면서, 그러한 현상이 표상하던 유형의 배려가, 생의 마지막 순간까지, 노망이 든 후에도 계속 간직하는 쉬운 명예직처럼, 그가 담당할 역할일 것이라 직감하였다.

내가 떠나려 하는 순간에 대공 부인의 시녀가 응접실로 다시 들어왔다. 게르망뜨 영지에서 보냈고, 공작 부인이 빠르마 부인에게 선사한, 경이로운 카네이션 가져가는 것을 잊었기 때문이다. 시녀의 얼굴이 상당히 붉었고, 그녀가 독촉 받은 것이 완연했는데, 모든 사람들에게 그토록 친절한 대공 부인이지만, 자기 시녀의 멍청함 앞에서는 그녀가 역정을 참지 못하였기 때문이다. 그래서인지 시녀가 카네이션을 들고 달음박질을 하였고, 하지만 그러면서도, 태연함과 반항기를 간직하기 위하여, 내 앞을 지나면서 던지듯 한마디 하였다. "공주님께서는 내가 늑장을 부린다고 하시지만, 벌

써 떠났어야 한다고 하시면서도 카네이션은 가져가야 한다고 하
셔요. 맙소사! 내가 작은 새가 아니니, 동시에 여러 곳에 있을 수는
없어요."

애석하게도, 왕족 보다 먼저 자리에서 일어서지 말아야 한다는
것이 유일한 이유는 아니었다. 내가 즉시 떠날 수 없었으니, 다른
하나의 이유가 있었기 때문이었고, 그것은 꾸르부와지에 가문 사
람들에게는 그러한 능력이 없었으되, 게르망뜨 가문 사람들은, 자
기들이 풍요로울 때나 반쯤 파산하였을 때나 상관 없이, 친구들로
하여금 즐기게 하는데 탁월한 능력을 발휘하던 그 사치라는 것이,
단지 물질적 사치만이 아니라, 내가 이미 로베르 드 쌩-루와 어울
리며 경험하였던 바와 같이, 매력적인 언사와 친절한 행위 그리고
진정한 내면적 풍요로움⁵²²⁾으로부터 영양을 공급 받는 언어적 우
아함 등으로 이루어졌다는 이유 때문이었다. 그러나 그 내면적 풍
요로움이 사교계의 한가함 속에서는 용도를 찾지 못하는지라, 그
것이 때로는, 일종의 덧없는 분출에서, 또 덧없는지라 그 만큼 더
마음 졸이게 하며, 게르망뜨 부인에게서 비롯될 경우, 애정이라고
믿게 할 수도 있을 그 분출에서, 출구를 찾곤 하였다. 더구나 그녀
역시, 자기가 그 풍요로움이 넘쳐 흐르도록 내버려두는 순간에는
그러한 애정을 느끼곤 하였으니, 왜냐하면 그럴 때에는, 남자건 여
자건 자기와 함께 있던 친구와의 어울림에서, 음악이 특정인들에
게 주는 것과 유사하지만 결코 관능적이지는 않은 일종의 도취감
을 발견하곤 하였기 때문이며, 그럴 때마다 자기의 블라우스에서
꽃 한 송이나 보석 하나를 떼어내, 함께 야회를 연장시키고 싶은
사람에게 그것을 주는 일이 생기곤 하였으나, 그러면서도, 그러한
야회의 연장이, 신경성 즐거움이나 덧없는 감동 등을 전혀 흡수하
지 못할, 그리고 그것이 남기는 나른함과 구슬픔의 인상에 있어서

는 봄날의 첫 열기와 비슷한, 부질없는 한담 이외의 다른 것으로는 귀착될 수 없음을 우수에 잠겨 절감하곤 하였다. 그 친구가 남자일 경우, 어느 순간의 다정함을 하도 강렬하게 느끼는지라, 평범한 사람들은 전혀 모르는 섬세함과 고아함으로 그 순간을 우아함과 선량함의 감동적인 걸작품으로 만들되, 다른 순간이 도래하면 자기들 스스로 줄 것이 아무것도 없는, 그러한 여인들이 쏟아내는 것과 같은, 그가 일찍이 들은 어느 것보다도 더 도취시키는 그녀의 약속들에 지나치게 사로잡히지 말아야 했다. 그러한 여인들의 애정이란, 그 애정을 그녀들에게 구술하는 열광과 함께 소멸하는지라, 우리가 듣기를 갈망하는 모든 것들을 간파하고 또 우리에게 그것들을 말하도록 그녀들을 인도한 기지의 섬세함이, 며칠 후에는, 그녀들이 우리의 우스꽝스러운 점들을 포착하여, 자기들이 함께 어울려 그토록 짧은 그 '음악적 순간들' 중 하나를 음미하고 있을, 초대된 남자들 중 하나를 그것으로 즐겁게 해 주도록 허락할 것이다.

현관에 이르러, 집을 떠날 때 눈 몇 송이가 떨어져 즉시 진흙으로 변하는 것을 보고, 눈에 대비하기 위하여, 그러는 것이 별로 우아하지 못하다는 사실을 깨닫지 못한 채 신었던 고무 설화(雪靴)를 어느 시종에게 달라고 하는 순간, 나는 모든 사람들의 비웃는 듯한 미소를 보고 수치심을 느꼈으며, 빠르마 대공 부인이 아직 떠나지 않은 채 그 곳에서, 내가 그 아메리카 고무 장화 신는 것을 바라보고 있다는 사실을 알아차리는 순간, 나의 수치심은 그 절정에 달하였다. 대공 부인이 발길을 돌려 나에게로 다가왔다.

"오! 정말 멋진 생각이에요." 그녀가 소리쳤다. "얼마나 실용적이에요! 지혜로운 분이시군요. 부인, 우리도 저것을 장만해야겠어요." 그녀가 자기의 시녀에게 말하였고, 그러는 동안 시종들의 빈정거리는 기색이 존경심으로 변하였으며, 다른 손님들은 내 주위로 몰려들어 도대체 어디에서 그토록 경이로운 물건을 구할 수 있었느냐고 물었다. "그것 덕분에, 다시 눈이 내린다 해도, 그리고 멀리 가셔야 한다 해도, 당신은 근심거리가 없겠어요. 날씨에 전혀 구애되지 않으시겠어요." 대공 부인이 나에게 말하였다.

"오! 그 점에 대해서는 공주 전하께서 안심하셔도 좋아요, 눈이 다시 내리지 않을 테니까요." 시녀가 제법 영리한 기색을 띠며 끼어들었다.

"그것을 어찌 아시나요, 부인?" 시녀의 멍청한 소리만이 그 심경을 자극하는데 성공할 수 있을 만큼 너그러운 빠르마 대공 부인이, 신랄하게 물었다.

"저는 그것을 공주 전하께 단언할 수 있어요. 다시 눈이 내릴 수 없어요. 그것은 물리적으로 불가능해요."

"하지만 왜 그런가요?"

"더 이상 눈이 내릴 수 없어요. 필요한 조치를 취해 두었기 때문이에요. 사람들이 소금을 뿌려 놓았어요!"[523]

고지식한 시녀는 대공 부인의 노기도 다른 사람들이 즐거워하는 것도 알아차리지 못한 것 같았다. 그녀가, 입을 다물기는커녕, 쥐리앵 들 라 그라비에르 제독과 아무 관계가 없다는 나의 거듭된 부인에도 불구하고, 자상한 미소를 지으면서 나에게 이런 말을 하였으니 말이다. "게다가 무슨 상관이겠어요? 신사분께서는 선원의 발을 가지셨을 테니까요. 좋은 혈통은 거짓말을 할 줄 몰라요."

그리고, 빠르마 대공 부인을 배웅한 후, 게르망뜨 씨가 나의 외투를 집어들면서 나에게 말하였다. "내가 당신이 당신의 껍질 속으로 들어가시는 것을 도와드리겠소." 그러한 표현을 사용하면서도 그는 미소조차 짓지 않았다. 가장 상스러운 표현들이, 상스럽다는 사실 그 자체로, 게르망뜨 가문 사람들의 가식적인 순진함 때문에 귀족적인 것으로 되어 버렸다.

어떠한 열광이든, 그것이 인위적이기 때문에, 우수로 귀착될 수밖에 없는 법, 비록 게르망뜨 부인과는 전혀 다른 식이었지만, 그녀의 집에서 나온 후, 나를 샤를뤼스 씨의 저택으로 태우고 가던 마차 속에서 내가 느낀 것 역시 그러했다. 우리는 두 활력 중 이것 혹은 저것 하나를 자의로 선택하여 그것에 우리 자신을 맡길 수 있는데, 그 하나는 우리의 깊은 인상들로부터 발산하여 우리들 속에서 솟아오르며, 다른 하나는 외부로부터 우리에게로 온다. 첫 번째 활력은 자신 속에 하나의 기쁨을 자연스럽게 수반하며, 그것은 창조적인 사람들의 삶이 발산하는 기쁨이다. 다른 활력에는, 즉 피상적인 사람들을 끊임없이 뒤흔드는 동요를 우리들 속에 주입하려 애쓰는 그 활력에는, 기쁨이 수반되지 않는다. 하지만 우리는 일종의 반발 작용으로, 그리고 하도 인위적이어서 권태 내지 슬픔으로 신속히 변질되는 하나의 도취 형태로, 그 활력에 기쁨 하나를 덧붙여 줄 수 있다. 숱한 사교계 인사들의 침울한 얼굴과 자살로까지 이어질 수 있는 신경질적 상태는 그러한 슬픔에 기인한다. 그런데, 나를 샤를뤼스 씨 댁으로 데려가고 있던 마차 속에서는, 내가 일찍이 다른 마차들 속에서—한 번은 꽁브레에서, 황혼녘 하늘에 마르땡빌의 종루들이 그려지는 것을 보았던 의사 뻬르스삐에 씨의 마차 속에서, 그리고 언젠가 발백에서 어느 오솔길 입구의 나무들이 나에게 일깨워 놓은 어렴풋한 추억을 밝히려 애를 쓰던, 빌르빠리지 부인의 마차 속에서—받았던 인상처럼 개인적인 인상에 의해 우리에게 주어진 것과는 사뭇 다른, 그 두 번째 종류의 열광이 나를 사로잡고 있었다. 그 세 번째 마차 속에서 내가 오성(悟性)의 눈 앞에 놓아두고 있던 것은, 게르망뜨 부인 댁 만찬 석상에서 나에게 그토록 따분해 보였던 대화들, 예를 들어, 도이칠란트의 황제나 보

게르망뜨 쪽 2부 2장 359

타 장군 그리고 잉글랜드의 군대 등에 관한 폰 대공의 이야기였다. 내가 조금 전 그 이야기들을 나의 내면에 있는 입체경 속으로 밀어 넣었기 때문인데, 우리가 더 이상 우리 자신이 아니기 무섭게, 우리가 사교적 영혼에 사로잡혀 우리의 삶을 오직 다른 이들로부터만 받아들이려 하기 무섭게, 우리는 그 입체경을 통하여, 다른 이들이 한 말과 그들이 행한 것들이 돋보이게 한다. 자기에게 봉사한 까페 종업원에게로 향한 일시적인 다정한 마음으로 가득해진 취한 사람처럼, 사실 그 순간에는 내가 느끼지 못하였지만, 빌헬름 2세와 그토록 가까운 친분을 맺고 있으며, 그와 관련된 정말 기지 넘치는 일화들을 이야기해 준 사람과 함께 저녁 식사를 하였다는 나의 행운에, 내가 경탄하고 있었다. 또한, 보타 장군의 이야기를 대공의 도이칠란트적 억양과 함께 뇌리에 다시 떠올리면서, 마치 그러한 웃음이, 내적인 찬탄을 증대시켜 주는 특정 유형의 박수갈채처럼, 그 이야기의 희극성을 보강시켜 주는데 필요하기라도 한 듯, 내가 큰 소리로 웃기도 하였다. 입체경 속에 있는 확대경들 뒤에서는, 내가 보기에 그토록 멍청한 것 같았던 게르망뜨 부인의 평가들도 (예를 들어 전차를 타고 지나가면서라도 보았어야 했다는 프란스 할스의 작품들에 대한) 하나의 생명을, 나아가 하나의 놀라운 깊이를 얻었다. 따라서, 그러한 열광이 비록 신속히 식어버렸다 해도, 그것이 전적으로 무분별하지는 않았다고 말해야 할 것 같다. 우리가 극도로 멸시하던 사람이 알고 보니, 우리가 연모하는 어느 아가씨와 교분이 있고, 우리를 그 아가씨에게 소개할 수 있으며, 그리하여 그에게서는 우리가 결코 기대할 수 없었을 유용성과 기쁨을 제공하는지라, 우리가 어느 날 문득 그 사람과 교분 맺은 것을 다행으로 여길 수 있는 것과 마찬가지로, 우리에게 훗날 아무 도움이 되지 못하리라 확신할 수 있는 대화도, 사람들과의 관계도,

없다. 전차를 타고 지나가면서라도 볼만하다고 한 화폭들에 대하여 게르망뜨 부인이 나에게 한 말이 옳지는 않았지만, 훗날 내가 귀하게 여길 진실의 일부는 간직하고 있었다.

마찬가지로, 사실대로 말하자면, 그녀가 인용하며 나에게 들려준 빅또르 위고의 시구들은,[524] 그가 새로운 사람 이상으로 변하였던 시기, 자기의 변천 과정에 전대미문의 그리고 더 복잡한 구조를 갖춘 문학적 형상이 출현하게 하였던 시기, 이전의 것이었다. 그 초기의 시들 속에서는, 빅또르 위고가, 자연처럼 사유의 대상을 제공하는 것으로 만족하는 대신, 자신이 사유한다.[525] 그 시절에는 그가 자기의 '생각들'을 가장 직설적인 형태로, 또한 게르망뜨 성에서 개최되던 성대한 축제에 초대된 손님들이 방명록에 서명한 다음 철학적이며 시적인 언급 한 마디씩 덧붙이는 것을 구식이며 번잡하다고 여긴 공작이, 새로 도착하는 사람들에게, 사정하는 듯한 어조로 다음과 같이 말할 때와 거의 같은 뜻으로, 표현하곤 하였다. "나의 다정한 벗이여, 당신의 성함만 기록하시고, 생각은 제발 덧붙이지 마시오!" 그런데 게르망뜨 부인이 위고의 초기 작품들 속에서 좋아하던 것은 (바그너의 후기 양식에서 '아리아'와 '멜로디'가 사라진 것과 거의 같은 식으로 『세기들의 전설』에서 모습을 감춘) 그 '생각들'이었다. 하지만 그녀가 그러던 것이 전적으로 잘못은 아니었다. 그 '생각들'은 감동적이었고, 그것들 주위에서는 벌써, 형태가 아직은 훨씬 후에나 도달하게 되어 있던 깊이[526]를 얻지 못하였지만, 무수한 단어들 및 유기적으로 풍요롭게 구성된 운(韻)들의 쇄도하는 듯한 파랑(波浪)이, 그 '생각들'을, 가령 꼬르네이유 같은 이의 작품에서 발견할 수 있는 운문 구절과는 동화될 수 없도록 만들고 있었으며, 그러한 파랑 속에서는, 간헐적이고 제약되어 그만큼 더 우리를 감동시키는 로망띠슴적 요소[527]가, 하지만 생명의 물리적 근원까지는 침투하지 못하여, 사념이 은신하고 있는[528] 무의식적이고 보편화할 수 있는 유기체[529]를 전혀 변모시키지 못하였다. 따라서 내가 그 때까지 위고의 만년에 집필된 시집들 속에만 칩거하였던 것은 잘못이었다. 물론 초기의 작품들 중, 게르망뜨 부인이 자기의 대화를 치장하는데 사용한 것은 지극히 작은 부분이었다. 하지만 바로 그렇게, 전체로부터 분리된 구절 하나를 인용함으로써 그것의 인력을 열 배로 증대시킬 수 있다. 나의 기억 속으로 들어온 혹은 돌아온 구절들이, 만찬이 계속되는 동안, 이번에는 자기들 차례라는 듯, 자기들을 삽입된 상태로 평소 둘러싸고 있던 구절들 즉 부품들을 자화(磁化)시켜, 그것들을 자기들 곁으로 어찌나 강력하게 부르던지, 전기를 띤 나의 두 손은,『동방의 여인들』[530]과 『황혼의 노래』[531]가 함께 편집된 책으로 자기들을 이끌어가는 힘에 사십팔 시간 이상을 저항하지 못하였다. 나는 내가 가지고 있던 『가을의 나뭇잎들』[532]을 멋대로 자기 고향에 기증한 프랑수와즈의 심부름꾼 녀석을 저주하였고, 그를 즉시 서점으로 보내 다시 한 권을 사 오도록 하였다. 나는 그 시집들을 처음부터 끝까지 샅샅이 읽었으며, 게르망뜨 부인이 인용하여 나에게 들려주었던 구절들이, 자기들을 적시고 있던 빛 속에서 나를 기다리고 있는 것을 어느 순간 문득 발견하고서야 마음의 평온을 되찾았다. 그 모든 이유들 때문에, 공작 부인과의 한담은, 해묵고, 불완전하고, 하나의 지성을 양성할 기능조차 없고, 우리가 좋아하는 거의 모든 것이 미비되어 있으나, 희귀한 몇몇 자료들은 물론, 더 나아가, 우리가 까맣게 모르던, 따라서 훗날 우리가 어느 영주의 화려한 거처 덕분에 알게 되었다고 회상하면서 기뻐하게 될, 아름다운 한 페이지에서 인용한 구절도 가끔 우리에게 제공하는 어느 성의 서재에서 펴올리는, 그러한 지식들과 유사했다. 그러한 경우, 발쟉이 쓴

『빠르마 수도원』의 서문이나 쥬베르의 출간되지 않은 편지들을 그 곳에서 발견하였다는 이유 때문에, 우리는 그 성에서 영위한 생활의 가치를 과장하고 싶은 욕구를 느끼며, 어느 날 저녁 우리에게 닥친 그 행운으로 인하여, 그러한 생활이 가지고 있는 불임성(不姙性)의 경박함을 망각하기도 한다.[533]

그러한 관점에서 보면, 그 세계가 최초 순간에는 비록 나의 상상력이 기대하던 것에 부응하지 못하였고, 결과적으로, 그것이 가지고 있는 상이점보다는 다른 모든 세계와의 공통점으로 나에게 우선 충격을 줄 수밖에 없었으나, 그럼에도 불구하고, 그것이 조금씩 나에게 자신의 완연히 구별되는 모습을 드러냈다. 지체 높은 나리들은 촌사람들 만큼 우리에게 많은 것을 가르쳐주는 거의 유일한 사람들이니, 그들의 대화가, 토지에 관련된 모든 것과, 옛날에 사람들이 살았던 거처들 그대로의 모습과, 옛날의 관례 등, 금전의 세계[534]는 까맣게 모르고 있는 그 모든 것들로 치장되기 때문이다. 가장 온건한 어느 귀족이, 자신의 열망에 따라, 자기가 살고 있는 시대와 보조를 맞춘다 하더라도, 그가 자신의 유년시절을 회상할 때에는, 그의 모친과 숙부들과 종조모들이, 오늘날에는 거의 아무도 모르는 생활일 수 있을 것과 그를 연관시킨다. 게르망뜨 부인이 오늘날의 어느 유해 안치실에 들어선다면, 물론 그녀가 지적은 하지 않겠지만, 관례에 어긋난 점들을 즉시 간파할 것이다. 그녀는 어느 장례식에서, 여인들을 위해 거행되어야 할 별도의 의식이 있음에도 불구하고 남녀가 뒤섞여 있는 것을 보고 충격을 받은 적이 있다. 장례식 관련 기사에 이야기된 뿌왈[535]의 리본들 때문에 블록이 틀림없이 장례식에만 사용된다고 믿었을 뿌왈에 관해 말하거니와, 게르망뜨 씨는 자기가 어렸던 시절에 마이이-넬 씨의 결혼식에서 사람들이 그것을 그의 머리 위에 펼쳐 들고 있는 것을 보았노

라고 회상하였다. 쌩-루가 까리에르[536]의 작품들과 현대적 양식의
가구들을 사들이기 위하여 자신이 귀하게 여기던 '계보수'와 옛
부이용 가문 사람들의 초상화들 그리고 루이 13세의 서신들을 팔
았던 반면, 게르망뜨 공작 내외는, 예술에 대한 열렬한 사랑이 아
마 지극히 작은 역할밖에 하지 않았고 그들 자신을 더욱 평범하게
내버려두었던 어떤 감정에 자극 받아,[537] 불[538]의 작품인 그들의 경
이로운 가구들을 고스란히 간직하였고, 그것들이 하나의 예술가
에게는 다른 식으로 매력적인 조화로움을 제공하였다. 그 예술가
처럼, 어떤 문인은 두 내외의 대화에 매료되었을 것이고, 그 대화
가 그에게는—굶주린 사람에게 필요한 것은 또 다른 굶주린 사람
이 아니리니[539]—날이 갈수록 점점 더 잊혀지는 특이한 표현들 (가
령 '쌩-죠제프의 넥타이들'[540], '하늘색에 바쳐진 아이들'[541] 등),
그리하여 자상하고 자발적인 과거의 수호자를 자처하는 이들만이
사용하는, 그러한 표현들을 수록한 하나의 살아있는 사전이었을
것이다. 하나의 문인이 다른 문인들 사이에서보다 그러한 사람들
사이에서 더 강렬하게 느끼는 기쁨에 위험이 없지 않으니, 그가 자
칫 그러한 과거의 것들 자체가 어떤 매력을 가지고 있으리라 믿을
수도, 그리하여 그것들을 있는 그대로 자기의 작품에 옮겨놓을 수
도 있기 때문인데, 그러한 경우 사산(死産)된[542] 그의 작품은 일종
의 따분함을 발산하고, 그는 그러한 현상을 보면서 이러한 말로 위
안을 삼을 것이다. "그것이 진실이니 그 말은 아름다워. 통용되는
말이야." 그러한 귀족적인 대화들이 하지만, 게르망뜨 부인 댁에
서는, 훌륭한 프랑스어로 이어진다는 매력을 가지고 있었다. 또한
그러한 사실 때문에, 쌩-루가 사용하던 '바띡'[543], '꼬스믹'[544], '삐
띡'[545], '쒸르에미낭'[546] 등과 같은 단어들 앞에서—빙[547]으로부터
그가 사들인 가구들 앞에서처럼—공작 부인이 터뜨리던 폭소를

그 대화들이 정당화 시켜 주었다.

여하튼 그럼에도 불구하고, 내가 산사나무꽃 앞에서 혹은 마들 렌느 과자의 맛을 감지하면서 느낄 수 있었던 것과는 판이하게 달 랐던지라, 게르망뜨 공작 부인 댁에서 들은 이야기들이 나에게는 매우 낯설었다. 그 이야기들에 의해 물리적으로만 소유되었던 나 의 속으로 잠시 들어왔던 그 이야기들이, 개인적이 아닌 사회적 속 성을 가졌던지라, 다시 나가려고 조바심하는 것 같았다. 나는 마차 속에서 아폴론의 영감을 받은 델포이 신전의 무녀처럼 몸부림을 쳤다.[548] 그러면서, 나 자신 일종의 폰 대공[549]이나 게르망뜨 부인 으로 변하여, 그러한 이야기들을 다른 이들에게 들려줄 수 있을 하 나의 새로운 만찬을 기다렸다. 그러는 동안 그 이야기들이, 그것들 을 우물거리며 중얼거리던 나의 입술을 진동시켰고, 어떤 원심력 에 의해 현기증을 느끼면서 이끌려가던 나의 오성을 나에게로 다 시 데려오려 애를 썼으나 헛일이었다. 그리하여, 홀로 음성을 높여 지껄임으로써 결여된 대화의 공백을 감추려 하던 마차 속에서, 혼 자서는 그 이야기들의 무게를 더 이상 오랫동안 감당할 수 없다는 열에 들뜬 조바심에 사로잡혀, 내가 샤를뤼스 댁 출입문의 초인종 을 눌렀고, 시종 하나가 안내하여 내가 들어서긴 했으나 너무 동요 되어 유심히 살필 수 없었던 응접실에 머물러 있던 시간을 보낸 것 은, 내가 그에게 이야기할 모든 것을 나 자신에게 반복적으로 상기 시키면서 그가 나에게 무슨 말을 할 것인지는 거의 생각조차 하지 않은 채 이어지던, 나 자신과의 긴 독백 속에서였다. 내가 들려주 고 싶어 애를 태우던 이야기들에 샤를뤼스 씨가 귀를 기울여 주었 으면 하던 나의 욕구가 어찌나 절실했던지, 그 댁 주인이 아마 잠 자리에 들었을지 모르고, 따라서 집으로 돌아가, 취기와도 같은 그 말하고 싶은 욕구를 진정시켜야 한다는 생각에, 나는 혹독한 환멸

게르망뜨 쪽 2부 2장 365

을 느꼈다. 나는 실제로 내가 그곳에 도착한지 이십오 분이나 되었음을, 그리고 그토록 오래 기다렸음에도 불구하고, 그것이 엄청나게 크고 그 속에 엷은 초록색이 감돌며 초상화 몇 점이 있었다고 말할 수 있었을 것이 고작이었던 그 응접실에 있는 나를, 그 댁 사람들이 아마 잊었을지도 모른다는 점을 깨달았다. 말하고 싶은 욕구는, 우리가 무엇에 귀기울이는 것뿐만 아니라 보는 것까지 방해하며, 그러한 경우, 외부적 환경 묘사의 부재 자체가 이미 내적 상태의 묘사이다.[550] 응접실에서 나가 누구를 불러 본 다음, 아무도 없으면 부속실들이 있는 곳까지 내가 직접 길을 더듬어 가, 출입문을 열어 달라고 할 생각으로 자리에서 일어나, 모자이크 무늬 마루 위로 몇 걸음 이동하였는데, 바로 그 순간, 시종 하나가 무엇에 몰두한 기색으로 들어섰다. 그리고 나에게 말하였다.

"남작님께서 지금까지 손님들을 맞으셨습니다. 아직도 여러 사람이 차례를 기다리고 있습니다. 남작님께서 나리를 접견하시도록 최선을 다하겠습니다. 제가 비서에게 벌써 두 번이나 전화를 하였습니다."

"아니오, 번거롭게 애쓰실 것 없소. 내가 남작님과 약속은 하였으나, 벌써 상당히 늦은 시각이고, 게다가 오늘 저녁에는 바쁘신 모양이니 다른 날 다시 오겠소."

"오! 아닙니다, 돌아가시지 마십시오." 시종이 다급하게 말하였다. "남작님께서 언짢아하실 것입니다. 제가 다시 한 번 시도해 보겠습니다."

그 순간 나는, 샤를뤼스 씨의 하인들 및 상전에 대한 그들의 충성에 관해 어떤 사람이 한 이야기를 다시 기억에 떠올렸다. 그가, 꽁띠 대공이 그랬던 것처럼,[551] 하나의 재상에게 못지않게 일개 시종의 마음에도 들려 노력하였다고는 단정적으로 말할 수 없다 할지라도, 하인들에게 지극히 하찮은 일을 지시할 때에도, 그것이 마치 호의를 베푸는 것처럼 보이도록 하는 데에 어찌나 능숙했던지, 저녁에 하인들이 경의를 표하며 적당한 거리를 두고 그의 주위에 모이면, 그들을 한 번 둘러본 다음, '꾸와네, 자네는 촛대!' 혹은 '뒤크레, 자네는 셔츠!' 등과 같은 지시를 내렸고, 그럴 때마다 다른 하인들은, 주인에 의해 지명된 하인이 부러워서, 투덜거리며 물러가곤 한다는 것이었다. 심지어 그들 중 서로 증오하는 두 하인은, 남작이 평소보다 일찍 자기의 거처로 올라갔을 경우, 촛대나 셔츠를 담당하라는 임무를 부여 받으려는 기대 속에, 말도 아니 되는 핑계를 만들어 그에게 전할 용건이 있다면서 그를 뵈러 갔고, 그렇게 서로 상대로부터 주인의 은총을 빼앗으려 애를 쓴다고도 하였다. 혹은 남작이 하인들의 용무가 아닌 어떤 일 때문에 그들 중 하나에게 직접 말을 건네거나, 겨울에 정원에서 마부들 중 하나가 감기에 걸렸다는 말을 듣고, 십여 분쯤 후, 몸을 잘 감싸라고 그 마부에게 당부하는 일이라도 생기면, 나머지 다른 하인들이, 그에게 베풀어진 그 은혜를 질시한 나머지, 그 환자에게 보름 동안이나 일체 말을 건네지 않는다는 것이었다.

다시 십 분쯤 기다렸는데, 남작님께서 피곤하시어, 벌써 오래 전에 약속을 잡아 놓았던 중요 인사들을 접견하지 않으시고 그냥 돌려보내셨으니, 너무 오랫동안 머물지는 말라고 당부한 다음, 나를 그의 곁으로 데려갔다. 샤를뤼스 씨 주위에 펼쳐진 그러한 연출이, 그의 형 게르망뜨 씨의 소박함 보다, 위대함의 흔적을 훨씬 적게 간직한 것처럼 보인다는 생각에 잠겨 있었는데, 어느 순간 문이 열리더니, 실내용 가운 차림에 목덜미를 드러낸 채 까나뻬 위에 길에 드러누운 남작이 내 앞에 나타났다. 같은 순간, 남작이 밖에서 이제 막 돌아온 듯, '여덟 가지 광택' 지닌 실크 해트 하나와 함께 안

게르망뜨 쪽 2부 2장 367

감으로 모피를 사용한 외투가 의자 위에 놓여 있는 것을 보고 내가
몹시 놀랐다. 침실 시종이 조용히 물러갔다. 나는 샤를뤼스 씨가
나에게로 다가와 나를 맞을 것이라 생각하고 있었다. 그런데, 꼼짝
도 하지 않은 채, 그가 냉혹한 눈으로 나를 노려보았다. 내가 그에
게로 다가가서 인사를 하였건만, 그가 나에게 악수를 청하기는커
녕 나의 인사에 대꾸조차 하지 않았고, 자리에 앉으라 권하지도 않
았다. 잠시 후, 흔히들 버르장머리 없는 의사에게 그러듯, 계속 서
있는 것이 필요하냐고 내가 그에게 물었다. 나는 어떤 악의도 없이
그렇게 물었건만, 샤를뤼스 씨의 냉랭한 노기가 더욱 깊어지는 것
같았다. 나는 게다가, 시골에서는, 즉 샤를뤼스 성에서는, 왕 노릇
하는 것을 하도 좋아하는지라, 저녁 식사 후, 초대 손님들을 자기
주위에 서 있도록 내버려둔 채, 흡연실의 안락의자 위에 편안히 자
리잡곤 하는 버릇이 그에게 있다는 사실을 전혀 모르고 있었다. 그
렇게 먼저 편안히 앉아, 어떤 사람에게는 자기의 담배에 불을 붙여
달라 하고, 또 어떤 사람에게는 엽권련 한 개비를 권하다가, 조금
시간이 흐른 다음 이렇게 말하곤 하였다고 한다. "아르쟝꾸르, 어
서 앉으시게, 나의 벗이여 의자 하나를 고르시게." 그들을 그렇게
세워 두었던 것은 단지, 그들에게, 앉아도 좋다는 허락이 자기로부
터 비롯되었음을 보여주기 위함이었다고 한다. "루이 14세 시절의
의자에 앉으시오." 그가 위압적인 어조로 대꾸하였고, 나에게 앉
으라고 권하기 보다는, 자신으로부터 나를 멀찌감치 밀어내려는
듯한 기색이었다. 내가 멀지 않은 곳에 있던 안락의자에 앉았다.
"아! 그것을 당신은 루이 14세 시절 의자라 여기시는군! 당신이 교
양 풍부한 젊은이임을 분명히 알겠소." 그가 조롱하듯 언성을 높
였다. 나는 하도 어이가 없어서, 당연히 그래야 했으나 그곳을 떠
나지도 못하였고, 그가 원하는대로 자리를 바꾸지도 못한 채, 그대

로 머물러 있었다. "신사 양반," 모든 단어들을 하나 하나 숙고하면서, 그리고 그것들 중 가장 무례한 단어들 앞에서 같은 자음 둘을 포개어 발음하여 그것들을 강조하면서, 그가 나에게 말하였다, "이름을 밝히지 말라고 하면서 나에게 간청한 사람의 뜻에 따라 내가 당신에게 허락하는 이 접견이, 우리의 관계에 종지부를 찍을 것이오. 내가 전에는 더 좋은 결과가 초래되기를 기대하였다는 사실을 당신에게 숨기지 않겠소. 내가 당신에 대하여 일찍이 호감을 느꼈노라고 말한다면―이 말의 뜻을 모르는 사람과 이야기를 하면서도, 또한 자신에 대한 단순한 존경심 때문에라도, 그러지 말아야 하지만―혹시 단어들의 의미를 과장하는 것이 아닐지 모르겠소. 하지만 내가 믿거니와 '호의'라는 말이, 그 가장 실효성 있는 보호자적 의미에서, 내가 느끼던 것도, 내가 표현하려 생각하던 것의 한계도, 초과하지는 않을 것이오. 내가 빠리에 돌아오는 즉시, 당신이 아직 발백에 있을 때였지만, 나는 당신에게 나를 믿어도 좋다는 뜻을 전하였소." 발백에서 샤를뤼스 씨가 얼마나 무례한 말을 쏟아내며 나와 헤어졌는지를 생생히 기억하고 있던 내가, 사실이 아니라는 몸짓을 해 보였다. "뭐라고?" 그가 화를 내며 언성을 높였다 (그리고 정말, 일그러지고 하얗게 변한 그의 얼굴이, 폭풍우 몰아치는 아침에 바다를 바라보면, 평소의 미소 어린 수면 대신 거품과 점액질 분비물로 이루어진 수천의 독사들만 보이는 것 못지 않게, 그의 평상시 얼굴과 달라 보였다). "나를 기억해야 한다고 한 나의 전갈을―고백에 가까운 말이었소―받지 못하였다고 주장하는 것이오? 내가 당신에게 보낸 책이 무엇으로 장식되어 있었소?"

"매우 아름다운 덩굴무늬들로 장식되어 있었습니다."

ss"아!" 그가 경멸하는 듯한 기색으로 대꾸하였다. "프랑스 젊은 이들이 우리 나라의 걸작품들을 거의 모르는군. 베를린에 사는 젊은이가 『발퀴러』를 모른다면 사람들이 뭐라 하겠소? 그 걸작품 앞에서 두 시간이나 보냈노라고 나에게 일찍이 말한 바 있으니, 당신에게 눈이 있어도 소용없음에 틀림없소. 당신이 꽃들에 대해서 모르기는 예술적 양식들에 무지한 것보다 나을 바 없다는 것을 알겠소. 그러니 양식들을 안다고 주장하지 마시오." 그가 극도로 노기 어린 날카로운 어조로 소리쳤다. "당신은 심지어, 당신이 무엇 위에 앉아 있는지도 모르오. 당신은 당신의 꽁무니에, 오인 집정관 시절 양식의, 벽난로 옆에 놓던 의자 하나를 제공하면서, 그것이 루이 14세 시절의 안락의자라 믿고 있소. 당신은 불원간에 빌르빠리지 부인의 두 무릎을 변기의 앉는 자리로 여길 것이니, 당신이 무슨 짓을 할지 염려스럽소. 마찬가지로, 당신은 베르고뜨의 책 장정에서, 발백 교회당의 '물망초' 무늬 새긴 상인방(上引枋)조차 알아보지 못하였소. '나를 잊지 말아요'[552], 당신에게 나의 뜻을 전함에 있어 그보다 더 투명한 방법이 있었겠소?"

나는 샤를뤼스 씨를 쳐다보고만 있었다. 의심할 나위 없이, 장엄하지만 혐오감을 주는 그의 머리는 모든 인척들의 머리를 능가했다. 늙은 아폴론이라고 할 만했다. 그러나 간염에 걸린 사람의 올리브색 액체가 악의적인 입으로부터 흘러나올 준비를 갖추고 있는 것 같았다. 지성으로 말할 것 같으면, 한껏 확장된 광대한 척도를 가진 그의 지성이, 게르망뜨 공작에게는 영원히 미지의 세계로 남을 수밖에 없을 많은 것들 위로, 시선을 던졌을 것이라는 사실은 부인할 수 없었다. 하지만 그가 아무리 아름다운 말로 자기의 모든 증오심을 치장한다고 하더라도, 또한 때로는 그의 말 속에, 손상된 오기, 실망한 사랑, 원한, 가학성, 가벼운 짓궂음, 고정관념 등이 섞여 있다고 할지라도, 그 사람은 능히 살인을 감행할 수 있었고, 나아가 강력한 논리와 아름다운 언변을 동원하여, 자기가 그러한 짓 저지른 것이 옳았으며, 따라서 그러한 짓에도 불구하고, 자신이 자기의 형이나 형수보다 훨씬 우월함에는 변함이 없음을 능히 입증할 수 있는 사람이었다.

"벨라스께스가 그린 「창(槍)들」[553]이라는 그림에서처럼," 그가 말을 계속하였다. "승자가 두 손을 내밀며 가장 약한 자에게로 다가가는 법, 그리고 모든 고결한 이들은 당연히 그렇게 해야 하고, 또한 나는 전부인 반면 당신은 아무것도 아니었던지라, 내가 먼저 당신을 향하여 첫 걸음을 내디뎠던 것이오. 그런데 당신은, 내 입으로는 위대한 거조라고 칭하지 말아야 할 그것에 미련스럽게 화답하였소. 하지만 나는 용기를 잃지 않았소. 우리의 종교는 인내심을 가지라고 간곡히 권하오. 내가 당신에게 보여준 인내심에 대한 보상이 있으리라고 기대하며, 아울러 당신을 까마득히 능가하는 사람에게 건방지게 굴 능력이 당신에게 있는지는 모르겠으나, 건방짐이라는 딱지가 붙을 만한 당신의 행동에 대해서도 다만 미소를 짓는 것으로 그친 나의 배려에 보답이 있을 것으로 기대하오. 그러나 결론적으로 말하거니와, 신사 양반, 그 모든 것은 지나간 일이오. 내가 당신으로 하여금, 우리들 중 단 하나뿐인 탁월한 사람이 지나치게 큰 친절에 기인한 시험이라고 재치있게 칭하며, 따라서 당연히 모든 시험들 중 가장 무시무시한 것이라고 주장하는, 낱알들로부터 독보리를 분리시킬 수 있을 유일한 그 시험을 거치게 하였소. 나는 그 시험을 성공적으로 통과하지 못한 당신을 나무랄 생각이 별로 없으니, 그 시험에 성공하는 사람이 지극히 드물기 때문이오. 그러나 적어도, 또한 이것은 우리가 이 지상에서 나눌 마지막 말들로부터 내가 이끌어내고자 하는 결론이오만, 내가 당신의 중상모략 가득한 의도로부터 안전한 곳에 있기를 희망하오."

나는 그 때까지, 샤를뤼스 씨의 노여움이, 어떤 사람이 그에게 내가 하였다고 하면서 전해 준 무례한 말에 기인될 수 있었다고는 상상조차 하지 못하였다. 내가 나의 기억을 샅샅이 뒤져 보았다. 하지만 그 누구에게도 그에 관한 이야기를 한 적이 없다. 어느 못된 사람이 몽땅 지어낸 이야기였다. 내가 샤를뤼스 씨에게, 그에 관한 말을 결코 한 적이 없노라고 항변하였다. 그러면서 덧붙였다. "제가, 귀하와 친교를 맺고 있노라고 게르망뜨 부인에게 말씀 드린 것 때문에 노여워하신다고는 생각하지 않습니다." 그가 경멸하듯 미소를 짓더니, 자신의 음성을 가장 높은 음역(音域)까지 올라가게 한 다음, 그곳에서 가장 날카롭고 가장 방약무인한 음으로 부드럽게 시작하여, 극도로 느리게 자연스러운 억양으로 되돌아오면서, 또한 그 하강 음계의 기이함들을 거치며 황홀해진 듯, 그가 말하였다.

"오! 신사 양반, 나는 당신이, 우리가 '친교'를 맺었다는 말을 하였다는 사실을 나무람으로써, 당신 자신에게 잘못을 저지른다고 생각하오. 나는 치펜데일[55]이 만든 가구를 성큼 로꼬꼬 양식의 등받이 의자라고 생각하는 사람에게서 매우 큰 언어적 정확성은 기대하지 않소만, 그러나…" 점점 더 빈정거리는 색채를 띠어, 자기의 입술에 일종의 매력적인 미소까지 감돌게 하던, 애무하는 듯한 음성으로 그가 덧붙였다. "그러나, 나는 당신이 우리 사이에 '친교'가 있다고 말하였거나 그렇다고 믿었다고는 생각하지 않소! 나에게 '소개되었다' 느니, 나와 '한담을 나누었다' 느니, 나를 조금 '안다' 느니, 거의 아무 간청 하지 않았는데 언젠가는 나의 '피후견인'이 될 수 있는 권한을 얻었다느니 등, 그렇게 당신이 사람들 앞에서 자랑한 사실을, 나는 오히려 지극히 자연스럽고 영리한 처사라고 여기오. 우리들 사이에 가로놓인 엄청난 연령의 차이가 나에게 허락하는 것은, 그러한 '소개'나 '한담'이나 '친교'의 희미한

시작 등이 당신에게는—그것이 하나의 명예라고 내가 말할 입장
은 아니오만—여하튼 적어도 하나의 특혜라고 내가 말한다 해도
우스꽝스럽지는 않다는 점이며, 그것과 관련하여 내가 생각하는
바는, 당신의 진정한 어리석음이, 그 특혜를 누설하였다는 데 있지
않고, 그것을 고이 간직하지 못한 데 있다는 사실이오. 또한 덧붙
이거니와," 오만한 노여움으로부터, 별안간 그리고 잠시 동안, 일
종의 부드러움으로 넘어가면서 말을 하는데, 그 부드러움에 슬픔
의 흔적이 어찌나 짙게 배어 있었던지, 나는 그가 곧 울기 시작할
것이라고 생각하였다. "내가 빠리에서 당신에게 한 제안들에 대하
여 당신이 아무 회신도 보내지 않았을 때, 예의 바르게 자랐고 좋
은 '중산층' 가정 (중산층이라는 말을 발음할 때에만 그의 음성이
짧게 무례한 휘파람 소리를 냈다) 출신으로 보였던 당신의 태도 치
고는 그것이 하도 놀라운 일이라, 나는 순진하게도, 편지가 잘못
배달되었거나 주소의 오류 때문일 것이라는 등, 실은 있을 수 없는
농담 같은 이유들을 뇌리에 떠올리기도 하였소. 물론 그것이 지극
히 어리석은 짓이었음을 나도 시인하오만, 본아벤투라 성자께서
도, 자기의 형제가 거짓말을 한다고 믿기보다는, 황소도 날아다닐
수 있다고 믿는 편을 택하셨소.[555] 여하튼 모든 것은 끝났고, 그 일
이 당신의 마음에 들지 않았으니 더 이상 말할 필요 없소. 다만 당
신이, 내 나이를 고려해서라도 (그의 음성에 정말 울음이 섞여 있
었다), 나에게 편지를 보낼 수 있었을 것 같소. 일찍이 내가 당신을
위하여 한없이 매력적인 일들을 구상하였으나, 나 자신을 엄히 단
속하여, 당신에게 그 이야기를 하지 않았소. 그런데 당신은, 그것
이 무엇인지도 모르면서 거절하는 편을 택하였고, 그것은 전적으
로 당신의 일이오. 하지만, 당신에게 말하거니와, 어쨌든 '편지'는
쓸 수 있는 것이오. 내가 당신의 처지에 있었다면, 그리고 나의 처

게르망뜨 쪽 2부 2장 373

지에 있었다 하더라도, 그렇게 하였을 것이오. 그러한 이유로 나는 당신의 처지보다는 나의 처지를 더 좋아하며, 내가 이러한 말을 하는 것은 모든 처지들이 동등하다고 믿기 때문인데, 나는 숱한 공작들보다는 현명한 노동자에 대하여 더 큰 호감을 가지고 있소. 그러나 나는 나의 처지를 기꺼이 택하겠노라 말할 수 있으니, 벌써 상당히 길게 느껴지기 시작하는 나의 생애 동안, 당신이 저지른 것과 같은 짓은 내가 결코 저지르지 않았음을 알기 때문이오. (그의 얼굴이 어둑한 쪽을 향하고 있었던지라, 나는 그의 음성에 배어 있는 눈물이 실제로 그의 눈에서 떨어지는지 여부는 알 수 없었다.) 내가 당신에게 말하기를, 내가 당신 쪽으로 백 보 다가갔다고 하였소. 그런데 나의 그러한 거조가 당신으로 하여금 이백 보 뒤로 물러나게 하는 결과를 초래하였소. 이제는 내가 당신으로부터 물러갈 차례이며, 우리가 더 이상 서로 아는 사이가 아닐 것이오. 내가 당신의 이름조차 기억하지 않을 것이나, 당신의 경우만은 잊지 않을 것이니, 인간에게 따스한 심정과 예의, 혹은 단지, 두 번 오지 않을 기회를 놓쳐 버리지 않을 만한 지혜 등이 있을 것이라 믿고 싶어지는 날, 그러는 것이 인간을 과대 평가 하는 것임을 상기하기 위해서요. 그것이 사실이었을 때─이제는 그것이 사실이기를 멈출 것이기 때문에 하는 말이오만─당신과 나 사이에 교분이 있다고 당신이 말한 것을 나는 자연스럽게 여기며, 그것을 일종의 경의로, 즉 유쾌한 말로 간주하오. 불행하게도, 다른 곳에서는, 그리고 다른 상황에서는, 당신이 전혀 다른 말을 지껄였소."

"맹세코, 저는 귀하의 마음에 상처를 줄 수 있을 말은 하지 않았습니다."

"내가 그 말에 상처를 입었다고 누가 그랬소?" 그 순간까지 꼼짝도 하지 않고 있던 까나뻬 위에서 몸을 난폭하게 곧추 세우면서

그가 맹렬한 어조로 언성을 높였고, 그러는 동안, 그의 얼굴 표면
에 있던 거품 모양의 창백한 독사들은 경련을 일으키는데, 그의 음
성은, 귀를 멍하게 하는 맹렬한 폭풍처럼 날카로워지다가 낮아지
기를 반복하였다. (평소 거리에서 행인들로 하여금 그에게로 고개
를 돌리게 하던 그의 힘찬 음성이, 어떤 곡의 '강음부'를 피아노 대
신 오케스트라가 연주할 경우 그렇게 되었다가 차츰 '최강음부'로
변하듯, 백배나 더 강해졌다. 즉, 샤를뤼스 씨가 짐승처럼 울부짖
었다.) "나에게 상처를 주는 것에 당신의 능력이 미친다고 생각하
시오? 지금 당신이 도대체 누구에게 말을 하고 있는지 모르시오?
당신의 친구들처럼 왜소한 녀석들 오백 명을 포개어 쌓아 올리면,
독성 품은 그들의 타액556)이 나의 존엄한 발가락들에나마 도달하
리라 생각하시오?"

　어느 순간부터, 내가 그에 대하여 험담을 하지도 않았고 누가 하
는 험담을 듣지도 못하였노라고, 샤를뤼스 씨를 설득시키려던 나
의 욕망이 자취를 감추었고, 내 견해로는 오직 그의 엄청난 자부심
만이 그에게 구술해 주었을 말들에 의해 유발된 광기 어린 분노가,
어느새 그 자리에 들어서 있었다. 그리고 아마 그 말들이, 적어도
일부는, 그 자부심의 결과였을 것이다. 나머지 거의 모든 것들은
내가 아직 모르고 있던 어떤 감정에서 유래하였을 것이고, 따라서
내가 그것을 고려하지 않은 것이 나의 잘못은 아니었다. 내가 만약
게르망뜨 부인이 전에 하였던 말을 그 순간에 기억해낼 수 있었다
면, 그 미지의 감정 대신 약간의 광기나마 그 자부심에 섞어 고려
할 수 있었을 것이다. 하지만 그 순간에는 광기라는 개념이 나의
뇌리에 어른거리지도 않았다. 내가 보기에 그에게는 자부심밖에
없었고, 따라서 나의 내면에는 치미는 분노밖에 없었다. 나의 분노
가 (입을 삐죽거리면서, 그 하찮은 신성모독자들에 대한 혐오감을

토해내면서, 자기의 그 존엄한 발가락들 이야기를 꺼내기 위하여
샤를뤼스 씨가 울부짖기를 멈추던 순간) 더 이상 스스로를 제어하
지 못하였다. 내가 충동에 이끌려 무엇이든 후려치고 싶었으나, 약
간이나마 남아 있던 분별력이, 나로 하여금 그토록 연상인 사람을
예우하게 만들었고, 아울러 그의 주위에 놓여 있던 도이칠란트산
도자기들의 예술적 품위도 존중하게 만들었던지라, 내가 남작의
새로 구입한 듯한 실크 해트를 와락 집어 바닥에 내동댕이친 다음,
그것을 발로 짓밟아 악착같이 분해하려 한 나머지, 모자의 안감을
뽑아 내어 상단 부분을 둘로 찢은 다음, 여전히 계속되고 있던 샤
를뤼스 씨의 울부짖음 따위는 못 들은 체하면서, 그곳을 떠나려고
방을 가로지른 다음 출입문을 열었다. 놀랍게도, 출입문 밖 양쪽에
시종 둘이 서 있었고, 나를 보자 그들이 천천히 물러갔는데, 다른
일 때문에 지나다가 우연히 그곳에 있게 되었을 뿐이라는 기색이
었다. (내가 후에 그들의 이름을 알게 되었는데, 한 사람의 이름은
뷔르니에였고, 다른 하나의 이름은 샤르멜이었다.) 하지만 나는 두
사람의 무사태평해 보이던 발걸음이 나에게 제시하려는 듯했던
그러한 설명에, 단 한 순간도 속아넘어가지 않았다. 그러한 설명은
전혀 가당치 않았다. 다른 설명 셋을 가정해 보았으나 역시 그러했
다. 남작이 손님들을 초청할 때, 가끔 그들을 상대하려면 도움이
필요한지라 (하지만 무엇을 위하여?), 가까이에 우군의 초소를 설
치해 두는 것이 필요하다고 판단하였을 것이라는 설명이 그 하나
였다. 다른 하나는, 호기심에 이끌린 두 시종이, 내가 그토록 빨리
나오리라고는 생각하지 못하여, 그곳에서 엿듣고 있었으리라는
설명이었다. 그리고 세 번째 설명은, 샤를뤼스 씨가 내 앞에서 펼
치던 장면 전체가 이미 사전에 준비해 두었다가 연출한 것이었던
지라, '이제 모두들 배워 그것에서 각자의 이로움을 얻는다'[557]는

금언과 결합된, 연극에 대한 사랑에 이끌려, 그가 직접 시종들에게 엿들으라고 지시하였을 가능성이었다.

나의 노여움이 남작의 노여움을 가라앉히지는 못하였으나, 내가 방에서 나간 사실이 그에게 심한 괴로움을 야기시켰음인지, 그가 나를 불렀고, 아니 사람들을 시켜 나를 부르게 하였고, 마침내, 바로 한 순간 전에, 자기가 나에게 '자기의 존엄한 발가락' 이야기를 늘어놓으면서, 나를 자기의 신격화에 참석한 증인으로 삼는 것으로 생각하였다는 사실을 잊은 채, 가랑이가 찢어져라 달려와 현관에서 나를 따라잡은 다음, 출입문을 막아서며 나에게 말하였다.

"자, 어서, 어린 아이처럼 굴지 마시오. 잠시 들어갑시다. 귀한 자식일수록 매로 다스린다 하였소. 내가 당신을 심하게 벌한 것은 곧 내가 당신을 매우 좋아한다는 뜻이오."

나의 노여움이 가라앉았던지라, 그가 한 '벌한다' 는 말에 개의치 않고 내가 남작을 따라 다시 들어갔고, 그는 시종 하나를 불러 망가진 모자를 치우게 하면서도 자존심 따위는 아예 드러내지 않았으며, 새 모자 하나를 다시 그 자리에 가져다 놓게 하였다.

"누가 저를 그토록 배신적으로 헐뜯었는지 저에게 말씀해 주시겠다면, 진상을 알고 그 사기꾼의 뜻을 좌절시키기 위하여 더 머물겠습니다." 내가 샤를뤼스 씨에게 말하였다.

"누구냐고? 그것이 누구인지 모르겠소? 당신은 당신이 하는 말을 기억 속에 간직하지 않소? 나에게 그러한 것들을 알려주는 사람들이 무엇보다도 먼저 비밀을 지켜 달라고 나에게 요구하지 않는다고 생각하시오? 또한 내가 그러한 약속을 깨뜨릴 것이라고 생각하시오?"

"저에게 그 사람이 누구인지 말씀해 주시는 것이 정말 불가능합니까?" 마지막으로 다시 한번 나의 뇌리에서, 내가 누구에게 샤를뤼스 씨에 대한 이야기를 할 수 있었을까 찾으면서 (그러나 발견하지 못하였다) 내가 물었다.

"내가 밀고자에게 비밀을 지키겠다고 약속하였다는 말 듣지 못하였소?" 그가 단언적인 어조로 나에게 말하였다. "이제 보자니 당신은, 비열한 말 지껄이는 취향과 더불어 부질없는 고집까지 가지고 계시오. 차라리, 우리의 마지막 대화를 한껏 이용하여, 꼭 헛되지만은 아닌 무엇에 대하여 이야기하는 지혜를 동원해야 할 것이오."

"귀하께서는 저를 모욕하시는 겁니다." 내가 다시 떠날 기세로 발길을 돌리면서 대꾸하였다. "저는 속수무책입니다. 저보다 몇 배나 연상이시니, 어차피 쌍방이 대등하지 않습니다. 게다가, 아무 말도 하지 않았노라고 귀하께 단언하였지만, 저는 귀하를 설득할 수 없습니다."

"그렇다면 내가 거짓말을 하고 있다는 뜻이군!" 그가 무시무시한 어조로 소리쳤고, 사나운 기세로 성큼 내 앞 두어 걸음 되는 곳으로 다가와 우뚝 섰다. 내가 그에게 말하였다.

"누가 귀하께 거짓말을 한 것입니다."

그러자, 여러 다양한 악장들이 연속적으로 연주되는 교향곡 속에서, 상냥하고 목가적이며 우아한 '스케르쵸'[558] 하나가 첫 악장의 우뢰 같은 소리에 이어지듯, 부드럽고 다정하며 우수 어린 음성으로 그가 나에게 말하였다.

"충분히 그럴 수 있소. 원래 옮겨진 말이란 진실이기 어렵소. 나를 만날 계기들을 당신에게 제공하였건만, 당신이 그것들을 이용하지 않아, 신뢰를 창조하는 허심탄회하고 날마다 반복되는 대화로, 당신을 하나의 배신자로 묘사하는 질병과 같은 말에 대항할 수 있는 유일하고 절대적인 예방 수단을 나에게 제공하지 않은 것은,

전적으로 당신의 잘못이오. 여하튼, 사실이건 거짓이건, 그러한 말이 효력을 나타내었소. 나는 더 이상, 그 말이 나의 내면에 형성해 놓은 인상으로부터 빠져나올 수 없소. 나는 이제 몹시 좋아하는 사람이 심하게 벌한다는 말조차 할 수 없게 되었으니, 내가 당신을 심하게 처벌하였으나 당신을 더 이상 좋아하지 않기 때문이오." 그러한 말을 하면서도 나를 억지로 자리에 앉히더니 그가 초인종을 울렸다. 새로운 시종 하나가 들어왔다. "마실 것 좀 가져오고, 꾸뻬에 말을 매라고 이르게." 나는 갈증을 느끼지 않으며, 벌써 늦은 시각이고, 타고 온 마차가 있다고 하였다. "아마 삯을 지불하여 돌려보냈을 것이니 신경 쓰지 마시오. 당신을 데려다 주기 위하여, 마차에 말을 매라고 하였소… 너무 늦은 것이 염려되면… 여기에 방을 하나 내어줄 수도 있지만…" 나는 어머니께서 근심하실 것이라 하였다. "아! 그래요, 사실이건 거짓이건, 그 말이 효력을 나타내었소. 조금 시기 상조였던 나의 호감이 너무 일찍 개화하였던지라, 당신이 발백에서 그토록 시적으로 이야기하던 그 사과나무들처럼, 약간의 서리에도 견디지 못하였소." 샤를뤼스 씨의 호감이 비록 파괴되지 않았다 할지라도, 그가 그 이상의 친절함은 보일 수 없었을 것이니, 우리 두 사람 사이에 불화가 생겼다고 나에게 분명히 말하면서도, 그가 나를 만류하여 더 머물게 하고, 무엇을 좀 마시게 하는가 하면, 그곳에서 자라 하고, 자기의 마차로 나를 데려다 주겠노라 하였으니 말이다. 심지어 그가 나와 헤어지는 순간을 두려워하는 것 같기도 하였는데, 그 두려움이란, 바로 한 시간 전에, 그의 사촌 누이이며 형수인 게르망뜨 부인이, 그의 것과 같은 나에 대한 일시적인 취향에 이끌려, 그리고 단 일 분이라도 연장시키려는 같은 노력을 기울여, 나로 하여금 조금 더 머물게 하고자 하던 순간에 느끼는 것처럼 보였던 것과 같은 종류의, 조금 초조한

게르망뜨 쪽 2부 2장 379

듯한 두려움이었다.

"불행하게도, 나에게는 한 번 파괴된 것이 다시 피어나게 하는 재능이 없소." 그가 다시 말하였다. "당신에게로 향하던 나의 호감은 완전히 죽었소. 그 무엇도 그것을 부활시킬 수 없소. 내가 그것을 후회한다고 고백할 자격이 나에게 없다고는 생각하지 않소. 나는 항상 빅또르 위고가 노래한 보아즈의 감회에 조금은 젖어들기도 하오. '저는 홀아비, 저는 홀로인데, 제 위로 저녁이 내려앉고 있나이다.' 559)"

나는 그와 함께 초록색 감도는 커다란 응접실을 다시 가로질렀다. 내가 우연히 그에게, 그 응접실이 정말 아름답다는 말을 하였다. "그렇지 않소?" 그가 내 말에 대꾸하였다. "누구든 무엇인가를 좋아할 수밖에 없소. 목공예 내장재들은 바가르560)의 작품들이오. 상당히 매력적인 점은, 당신도 보시다시피, 목공예품들이 보베 지역 의자들 및 탁자형 시렁들과 어울리게 조각되었다는 사실이오. 목공예 작품들이 그것들과 같은 장식적 모티프를 사용하고 있소. 그러한 것을 볼 수 있는 거처는 둘밖에 남지 않았는데, 루브르 궁과 히니스달561) 씨의 저택이오. 그러나 물론, 내가 이 거리로 이사를 하려고 하였을 때, 일찍이 그 누구의 눈에도 띄지 않았던 쉬메562)의 옛 저택이 나타났는데, 그것이 오직 '나' 만을 위하여 이곳에 와 있었기 때문이오. 대체적으로 좋은 편이오. 아마 더 잘 지을 수도 있었겠으나, 여하튼 나쁘지는 않소. 그렇지 않소? 폴랜드 국왕 및 잉글랜드 국왕 등, 미냐르563)가 그린 내 숙부님들의 초상화들을 비롯해, 아름다운 것들이 있소. 하지만 내가 지금 당신에게 무슨 소리를 지껄이고 있는지 모르겠군. 당신이 여기에서 기다렸으니, 당신도 나 못지않게 잘 아는 사항들을 내가 새삼스럽게 늘어놓는 격이오. 아니라고! 아! 그렇다면 당신을 하늘색 응접실로 안내하였던 모양이오." 나의 호기심 결핍으로 향한 무례함에 기인한 것 같기도 하고, 혹은 개인적 우월감 및 내가 어느 응접실에서 기다렸는지조차 자신이 묻지 않은 사실에 기인한 것 같기도 한, 모호한 기색을 띠면서 그가 말하였다. "보시오, 이 진열장에는 엘리자벳 공주와,[564] 랑발 대공 부인과,[565] 왕비[566] 등이 쓰던 모자들이 보관되어 있소. 그런 것들에 관심 없소? 당신의 눈에는 아무것도 보이지 않는 모양이오. 아마 당신의 시신경에 이상이 생긴 모양이오. 당신이 혹시 이런 종류의 아름다움을 더 좋아한다면, 우리의 화해를 나타내는 징후처럼 렘브란트의 두 화폭 사이에서 반짝이기 시작하는, 여기 이 터너[567]의 무지개를 좀 보시오. 저 소리 들리오? 베토벤이 터너와 합류하는군." 그런데 정말, 〈전원 교향곡〉 제2악장[568]('폭풍우 다음의 기쁨') 중, 우리들로부터 멀지 않은 곳에 있는, 틀림없이 2층에 있는 악사들이 연주하는 듯한, 첫 화음들이 선명하게 들렸다. 나는, 도대체 어떤 우연으로 그들이 그 곡을 연주하며, 어떤 악사들이냐고, 고지식하게 물었다. "글쎄올시다! 모르겠소. 도저히 알 수 없소. 눈에 보이지 않는 악사들이오. 아름답군요, 그렇지 않소?" 그가 가볍게 무례한 어조로 나에게 말하였으며, 하지만 그 어조가 조금은 스완의 영향과 억양을 상기시켰다. "하지만 당신은 사과 앞에서 물고기가 그러듯, 아예 무관심한 것 같소. 당신은, 베토벤과 나에게 결례 범하는 것 따위는 아랑곳하지 않고, 돌아가겠다 하오. 그것은 당신 스스로에게 내리는 심판이며 단죄요." 내가 떠날 순간이 닥쳤을 때, 다정하면서 구슬픈 기색을 보이면서 그가 덧붙였다. "내가 격식을 차려 배웅하지 못함을 양해하시기 바라오." 그가 다시 말하였다. "내가 다시는 당신을 보려 하지 않는 마당에, 당신과 함께 오 분 더 있는 것이 나에게 무슨 의미가 있겠소. 나는 지쳤고 또 할 일이 쌓여 있소." 그러더니 날씨가 쾌청한 것을 보고 다시 말하였다. "그렇군! 나도 마차에 올라야겠군. 달빛이 찬연하니, 당신을 데려다 준 다음 불론뉴 숲에 가서 바라보아야겠소. 그런데 어찌 된 일이오! 면도를 할 줄 몰라, 만찬에 참석하면서도 터럭 몇 가닥은 남겨두었군." 마치 자석에 이끌린 듯한 두 손가락 사이로 나의 턱을 끼워 넣으면서 그렇게 말하였고, 그 두 손가락은, 잠시 머뭇거리다가, 마치 이발사의 손가락들처럼, 다시 나의 두 귀까지 거슬러 올라갔다. "아! 당신과 같은 사람과 함께 불론뉴 숲에서 저 '푸르스름한 달빛' 바라보면 정말 유쾌할 것 같소." 그가 문득 부드럽게 또한 무심결인 듯 그렇게 말하더니, 구슬픈 기색으로 다시 덧붙였다. "왜냐하면 여하튼 당신이 친절하고, 이 세상 그 누구보다도 친절할 수 있기 때문이오." 그러면서 그가 나의 어깨를 인자한 손길로 툭 쳤다. "전에는, 내가 당신을 보잘 것 없다고 생각하였던 것이 사실이오." 나는 그가 아직도 나를 그렇게 여긴다고 생각했어야 했다. 겨우 반 시간 전에, 그가 나에게 말을 하면서 드러내던 광기를 상기하는 것으로 족하였을 것이다. 그럼에도 불구하고 나는, 그 순간, 그가 솔직했고 따라서 그의 선량한 심정이 과민성과 오만의 거의 광적인 상태로 내가 간주하던 것을 능가하여 덮어 주리라는 인상을 받았다. 마차가 우리들 앞에 와 있었건만, 그는 아직도 대화를 연장시키고 있었다. "자, 어서 마차에 오르시오." 그가 불쑥 말하였다. "오 분 후면 우리가 당신의 집에 도착할 것이오. 그러면 내가 당신에게 잘 있으라는 인사를 할 것이고, 그 인사가, 짧게 그리고 영원히, 우리의 관계를 끊어 줄 것이오. 우리가 영원히 헤어져야 할 것이니, 음악에서 그렇듯, 완벽한 화음을 이루면서 헤어지는 것이 낫소." 우리가 이제 영영 다시는 만나지 않을 것이라는 그 엄숙한 단언에도 불구하고, 나는, 샤를뤼스 씨가, 조금 전 자제력을 상실한 나머지 나에게 괴로움을 주지 않았나 하여 마음이 불편하고 또 불안해져, 나를 한 번 더 만나는 것도 마다하지 않을 것이라 확언할 수 있을 것 같았다. 나의 그러한 생각이 틀리지 않았으니, 잠시 후 그가 이렇게 말하였기 때문이다. "좋소! 그런데 내가 중요한 일 하나를 잊었소. 당신의 할머니에 대한 추억을 기리기 위하여, 내가 쎄비네 부인의 서한집 희귀본 하나를 장정해 달라고 맡겼소. 그 일이 바로 이 만남이 마지막 만남일 수 없도록 방해하는 요인이오. 복잡하게 얽힌 일들을 단 하루에 정리하는 경우가 드물다는 생각으로 위안을 삼아야 할 것 같소. 빈 국제회의가 얼마나 오랫동안 계속되었는지를 보시오."[569]

"하지만 제가 그것을 가져올 사람을 보내어, 번거롭지 않게 해 드릴 수도 있습니다." 내가 호의적으로 말하였다.

"꼬마 멍청이, 주둥이 닥치시고, 혹시 (그 장정본을 건네줄 사람이 아마 나의 시종들 중 하나일 수도 있으니 '틀림없이'라고는 하지 않겠소) 나의 접견을 받는다는 것이 하찮은 일이라고 여기는 듯한 우스꽝스러운 기색 보이지 않도록 하시오." 그가 노기 어린 어조로 내 말에 대꾸하였다. 그러더니 다시 스스로를 다잡았다. "나는 이러한 말을 하면서 당신과 헤어지고 싶지는 않소. 불협화음은 질색이오. 영원한 침묵 전에는 딸림화음이 필요하오!" 불화의 쓰라린 말을 하고 즉시 돌아서는 것을 그가 두려워하는 듯하던 것은, 자신의 신경 때문이었다. "당신은 나와 함께 불론뉴 숲까지 가기를 원하지 않소." 그가 나에게 묻는듯한 어조가 아닌 단정적인 어조로 말하였으며, 내가 보기에는, 나에게 그것을 제안하기 싫어서가 아니라, 자기의 자존심이 혹시 거절에 부딪쳐 수모를 겪지 않을까 하는 두려움 때문인 것 같았다. "자, 이제," 그가 여전히 능장을 부리면서 말하였다. "휘슬러가 말하듯, 도시 중산층 사람들은 (아마 그가 그 단어로 나의 자존심을 자극하려 하였을 것이다) 돌아갈

게르망뜨 쪽 2부 2장 **383**

순간이고, 따라서 이 세상을 응시하기에 적합한 시각이오. 하지만 당신은 휘슬러가 누구인지조차 모를 것이오." 내가 화제를 바꾸어, 예나 대공 부인이 이지적인 사람이냐고 그에게 물었다. 샤를뤼스 씨가 나의 말을 중단시키더니, 내가 일찍이 그에게서 들은 어조들 중 가장 경멸적인 어조로 이렇게 말하였다.

"아! 신사분, 나에게는 아무 의미도 없는 목록의 순서 이야기를 꺼내시는군. 타히티 주민들 사이에도 아마 귀족계층이 있겠으나, 고백하거니와 나는 그 귀족을 모르오. 당신의 입에서 나온 그 성씨가, 참으로 기이한 일이오만, 불과 며칠 전에도 나의 귀 속에서 울린 적이 있소. 누가 나에게 묻기를, 젊은 과스딸라 공작을 나에게 소개하려 하는데, 그것을 기꺼이 가납하시겠느냐고 하였소. 그러한 질문에 내가 놀랐소. 왜냐하면 과스딸라 공작이 나의 사촌이고 나를 잘 아니, 구태여 자기를 나에게 소개해 달라고 누구에게 요청할 필요가 없기 때문이오. 그가 빠르마 대공 부인의 아들이고, 예의 깍듯한 젊은 친척인지라, 매년 일월 초하루에는 어김없이 나에게 인사를 하러 온다오. 하지만 사정을 더 자세히 알아보니, 그러한 청을 넣은 사람은 나의 친척이 아니라, 조금 전 당신이 관심을 보인 그 여인의 아들이었소.[570] 그러한 성씨 가진 대공녀가 존재하지 않는지라, 흔히들 '바띠뇰의 표범'[571]이라든가 '강철의 왕'[572]이라고 하듯, 나는 그녀가, 예나 다리 밑을 거처로 삼았던지라 '예나 대공 부인'이라는 특이한 별명을 얻게 된, 가엾은 여인이리라 추측하였소. 하지만 그렇지 않았소. 그 여인은, 내가 어느 전시회에서 그 뛰어난 아름다움에 찬탄을 금할 수 없었던 가구들을 가지고 있던 인물이었으며, 그 가구들은, 소유주에 비해 진품이라는 우월성을 가지고 있었소. 자칭 과스딸라 공작이라고 주장하던 사람은, 내 비서의 증권 중개인임에 틀림없을 것이라 생각하였소. 금전이라는 것이 우리에게 무엇이든 안겨주니 말이오. 하지만 천만에, 사정을 알아보니, 황제가 그러한 사람들에게 어울리지 않는 작위들 나누어 주는 것을 재미있어 한 결과인 것 같소.[573] 그것은 아마 권력의, 혹은 무지의, 혹은 심술궂음의 징표일 수 있으되, 나는 그것을 특히, 자신들의 뜻과는 상관없이 찬탈자로 변한 사람들을 상대로 그가 꾸몄던 못된 장난으로 여기오. 하지만 그 모든 것들에 대해 내가 당신에게 명쾌한 설명은 할 수 없으니, 나의 전문적 지식이 쌩-제르맹 구역을 벗어나지 못하기 때문인데, 그곳에서 당신이 안내자를 찾아내는데 성공하면, 꾸르부와지에 혹은 갈라르동 같은 가문 사람들 사이에서, 발작의 작품들에서 특별히 뽑아낸 듯한 그리고 당신을 즐겁게 해 줄, 옛날부터 쌓여 온 옴[574]들을 발견할 것이오. 물론 그 모든 것들도 게르망뜨 대공 부인의 명성에 비할 수는 없소. 그러나 나와 나의 '참깨'[575] 없이는 그녀의 거처에 들어갈 수 없소."

"게르망뜨 대공 부인의 저택은 정말 아름답습니다."

"오! 매우 아름다운 것이 아니오. 이 세상에서 가장 아름다운 것이오. 하지만 대공 부인 다음으로."

"게르망뜨 대공 부인이 게르망뜨 공작 부인보다 더 우월합니까?"

"오! 비교할 여지조차 없소. (사교계 사람들이, 약간의 상상력을 구비하였을 경우, 가장 튼튼한 지위를 확보하고 있는 이들조차, 자기들의 그들로 향한 친소 감정에 따라, 그들에게 왕관을 씌워 주기도 하고 그들을 옥좌에서 끌어내리기도 한다는 것은 괄목할 만한 현상이다.) 게르망뜨 공작 부인은 (그녀를 오리안느라고 칭하지 않음으로써, 그가 아마 그녀와 나 사이에 거리를 부각시키려고 하였던 것 같다) 감미로우며, 당신이 짐작할 수 있었던 것보다 훨씬 더 우월하오.[577] 하지만 여하튼, 그녀와 그녀의 사촌 동서를 비교하는데 필요한 공통의 척도는 존재하지 않소. 게르망뜨 대공 부인은 알 중앙시장 상인들이 상상하여 뇌리에 떠올릴 수 있을 메테르니히 대공 부인[578]과 정확히 닮았소. 그러나 메테르니히 대공 부인은, 자기가 빅또르 모렐을 잘 아는 덕분에 바그너의 작품을 빠리에 유행시킬 수 있었다고 믿었소.[579] 게르망뜨 대공 부인은, 아니 그녀의 모친은, 진실을 알았소. 그것이, 그 여인의 비할 데 없는 미모는 제쳐두고라도, 하나의 현혹적인 매력이오. 그리고, 그 에스테르의 정원들만 보더라도!"[580]

"그 정원들을 방문할 수 없습니까?"

"어림도 없소. 초청을 받아야 하오. 하지만 내가 주선하지 않는 한 '아무도' 초대하지 않소." 하지만 이내, 그 미끼를 던졌다가 다시 거두어들이면서, 그가 나에게 악수를 청하였다. 어느새 우리 집에 도착하였기 때문이다. 그가 한 마디 더 하였다. "신사 양반, 나의 역할은 끝났소만, 그것에 이 몇 마디만 추가하겠소. 다른 사람이 혹시 언젠가는 내가 그랬던 것처럼 당신에게 호의를 표할 것이오. 지금의 사례가 당신에게 가르침으로 작용하기 바라오. 그 가르침을 소홀하게 여기지 마시오. 다른 이가 표하는 호감은 언제나 소중하오. 살아가면서 혼자서는 할 수 없는 것을—요청할 수도, 할 수도, 원할 수도, 스스로 배울 수도 없는 것들이 있으니 말이오—여럿이는 할 수 있으며, 그럴 경우, 발쟉의 소설 속에서처럼 '열셋'이[581] 뭉친다든가 『삼총사』 속에서처럼 '넷'[582]이 뭉칠 필요도 없소. 안녕히 계시오."

그가 피곤하여 달빛 구경하러 가기를 포기하였던 모양이니, 나에게 부탁하기를, 마차에서 내린 다음, 마부에게 곧장 집으로 돌아가라는 말을 해 달라고 하였기 때문이다. 그가 바로 직후, 고쳐 말하려는 듯, 급작스러운 몸짓을 해 보였다. 그러나 내가 이미 마부에게 그의 분부를 전하였고, 나는 더 늦지 않으려고 곧장 우리 집 초인종을 누르러 갔으며, 그러는 동안, 내가 샤를뤼스 씨에게 들려주고 싶어 하던 도이칠란트 황제 및 보타 장군 등에 관한 이야기들은, 앞서 나의 뇌리를 떠나지 않았으나 그의 나를 맞던 뜻밖의 벼락 같은 태도가 나로부터 아주 멀리 날려 보낸 그 이야기들은, 다시 생각조차 하지 않았다.

나의 방에 돌아와 보니, 프랑수와즈의 심부름꾼 아이가 자기의 친구들 중 하나에게 쓴, 그리고 깜빡 잊고 그곳에 놓아둔, 편지 한 장이 내 책상 위에 놓여 있었다. 어머니가 시골에 가신 이후, 그에게 거리낌이라는 것이 더 이상 없었으나, 봉투 없이 책상 위에 활짝 펼쳐져 있어―내가 내세울 수 있을 유일한 변명이었다―마치 나에게 바치는 편지 같았던 그것을 거리낌 없이 읽은 나의 잘못이 더 컸다.

나의 다정한 벗이여, 사촌이여

건강이 여전하기를, 그리고 자네의 작은 가정의 건강 또한 그러기를 희원하며, 특히 아직 상면하는 기쁨 맛보지 못하였으나 나의 영세 대자인지라 그대들 모두보다 내가 더 사랑하는 나의 어린 영세 대자 죠제프의 건강이 그러기를 희원하거니와, 심정의 성유물 또한 먼지로 변한 자기들의 유해를 가지고 있으니, 우리는 그것들에 함부로 손대지 마세나. 게다가, 우리의 삶이란 하나의 어두운 골짜기에 불과하니, 다정한 벗이여, 사촌이여, 자네와 자네의 사랑스러운 아내인 나의 사촌 마리가, 당장 내일이라도, 높다란 돛대 끝에 결박된 선원처럼, 두 사람 모두 바다 밑바닥까지 처박히지 않을 것이라고 누가 장담하는가. 다정한 벗이여, 자네가 놀랄 것이라 확신하지만, 이제 나의 중요한 일과는 내가 환희를 맛보면서 좋아하는 시(詩)라고 자네에게 말해야겠네. 시간을 유용하게 보내야 하기 때문이라네. 또한 다정한 벗이여, 자네의 지난번 편지에 내가 아직 답하지 못한 것에 너무 놀라지 마시게. 용서할 수 없으면 망각이 도래하도록 내버려두게. 자네도 알다시피, 주인 마님의 모친께서는 그녀를 몹시 지치게 만든 형언할 수 없는 고통을 겪으시면서 저 세상으로 건너가셨다네. 그러시기 전에 의사를 셋이나 보셔야 했으니 말일세. 장례식이 거행되던 날은 아름다운 날이었네. 주인님의 친지들이 떼를 지어 몰려왔고, 장관들도 여럿 있었으니 말일세. 묘지까지 가는데 두 시간 이상이 걸렸는데, 자네의 마을에서 그러한 광경을 보면 모든 사람들의 눈이 휘둥그레질 것이네. 미쉬 할멈을 위해서는 결코 그렇게 하지 않을 것이니 말일세. 그리하여 나의 삶은 이제 하나의 긴 흐느낌에 불과할 것이네. 나는 최근에 배운 오토바이 타기를 엄청나게 좋아한다네. 내가 그것을 타고 전속력으로 에꼬르에 도착하면, 나의 다정한 벗들이여, 그대들이 뭐라고 할까. 그러나 그것에 대해서는 내가 더 이상 입을 다물지 않으리니, 불행의 도취경이 그것의 이성을 휩쓸어 가져감을 내가 느끼기 때문이라네. 나는 게르망뜨 공작 부인등, 우리의 무지한 고장에서는 자네가 이름조차 들어보지 못한 사람들과 교류한다네. 또한 내가 기꺼이 자네에게 라씬느와 빅또르 위고와 알프레드 드 뮈쎄 등의 책들과 쉔느돌레의 발췌본을 보내니, 나에게 생명을 준 고장을, 숙명적으로 범죄로까지 이끌어갈 무지로부터 구출하고 싶기 때문이라네. 자네에게 더 이상 할 말이 보이지 않으니, 먼 여행에 지친 펠리컨처럼, 자네에게, 아울러 자네의 아내에게, 나의 영세 대자에게, 그리고 자네의 누이 로즈에게, 나의 다정한 인사를 보내네. 사람들이 그녀에게, 빅또르 위고, 쏘네 한 편 쓴 아르베르, 알프레드 드 뮈쎄 등, 그러한 말을 한 죄로 쟌느 다르끄처럼 화형 대 위에서 태워 죽인, 그 위대한 천재들처럼 이렇게 말하지 않기를 기원하네. "그리고 장미꽃이었던지라, 그녀는 장미꽃들이 누리는 수명만을 누렸노라." 자네의 다음 편지를 기다리며, 나의 입맞춤 을 한 형제의 입맞춤처럼 받아 주시게. 뻬리고 죠제프. [583)

우리는, 우리에게 미지의 무엇을 표상하는 듯하기만 하면, 그것 이 어떤 삶이든, 그것에 의해, 즉 분쇄해야 할 하나의 마지막 환상 에 의해 이끌려간다. 샤를뤼스 씨가 나에게 이야기해 준 많은 것들 이 나의 상상력에 세찬 채찍질을 가하여, 그것으로 하여금, 게르망 뜨 공작 부인 댁에서 현실이 자기를 얼마나 실망시켰는지조차도 (고장들의 명칭처럼 사람들의 이름 또한 그러한 것들이 있다) 망 각하게 하면서, 그것을 오리안느의 사촌 동서에게로 이끌어갔다. 게다가, 샤를뤼스 씨의 말이 한 동안, 사교계 사람들의 상상적인 가치와 다양성과 관련하여 나를 속였던 것은, 단지 그 자신도 그것 들을 잘못 알고 있었기 때문이다. 또한 그가 그랬던 것은 아마, 그 가 글을 쓰지도, 그림을 그리지도, 심지어 그 어떤 책도 진지하고 심화된 방법으로 읽지 않는 채, 무위의 생활을 영위하고 있었기 때 문일 것이다. 하지만 사교계 사람들보다는 여러 단계 우월했던지 라, 비록 그들 및 그들이 펼치는 연극들로부터 그가 대화의 소재를 이끌어내곤 하였어도, 그렇다 하여 그가 그들에 의해 이해되지는 않았다. 예술가처럼 말하면서 그가 추출해 낼 수 있었던 것은 고 작, 사교계 사람들의 기만적인 매력뿐이었다. 그러나 오직 예술가 들만을 위해 그것을 추출할 수 있었으니, 그가 예술가들을 위해서 는 순록이 에스키모인들을 위해 수행하는 역할을 맡을 수도 있었을 것이다. 그 소중한 짐승은, 황량한 암석 지대에서, 에스키모인들은 발견할 줄도 이용할 줄도 모르는 이끼나 기타 지의류 등을 뜯어 먹지만, 그것들이 일단 순록에 의해 소화된 후에는, 북극 주민들을 위해 소화 흡수될 수 있는 식량으로 변한다.

그러한 사실에 내가 덧붙여야 할 것은, 사교계를 묘사하는 샤를뤼스 씨의 그러한 화폭들이, 그의 표독스러운 증오 및 독실한 호감의 혼합으로 인해 커다란 활기를 얻었다는 사실이며, 증오는 특히 젊은이들에게로 향한 것이었고, 열렬한 호감은 주로 몇몇 특정 여인들에 의해 유발되었다.

그 여인들 중 게르망뜨 대공 부인이 비록 샤를뤼스 씨에 의해 가장 높은 옥좌에 앉혀졌다 해도, 공작 부인 댁 만찬에 내가 참석한지 약 두 달 후, 그리고 그녀가 깐느에 가 있던 무렵에, 겉보기에는 전혀 특별한 내용이 있을 것 같지 않은 봉투 하나를 열자 카드에 인쇄된 아래 문구가 보였을 때, 자기의 사촌 형수가 살고 있는 '접근 불가능한 알라딘의 궁전'[584]에 대하여 그가 일찍이 나에게 한 수수께끼같은 말들이, 초대도 받지 않은 채 갔다가 내가 어느 집 대문 앞에서 밖으로 내던져지기를 바랐을 어떤 사람에 의해 꾸며진 못된 익살극의 노리개가 되지 않을까 하는 두려움과 함께 나를 사로잡은, 극도의 놀라움을 설명하기에는 충분하지 못했다. "바이에른에서 여공작으로 출생한 게르망뜨 대공 부인이, O일에 댁으로 초대합니다." 물론 게르망뜨 대공 부인 댁에 초대 받는 것이, 사교계의 관점에서 보면, 공작 부인 댁 만찬에 참석하는 것보다 아마 더 어려운 무엇은 아니었을 것이며, 문장학(紋章學)에 관한 나의 변변찮은 지식이 나에게 가르쳐준 바에 의하면, 대공이라는 작위가 공작이라는 작위보다 더 높은 것도 아니었다. 게다가 나는, 어떤 사교계 여인의 지성이, 샤를뤼스 씨가 주장하는 것처럼, 그녀와 동종인 여인들의 지성을 구성하는 본질과 이질적인 것으로 이루어져 있을 수는 없으리라 생각하고 있었다. 그러나 나의 상상력은, 다른 상황에서는 자기가 소유하고 있었을 물리학적 개념들을 고려하지 않은 채, 시각적 결과만을 표현하고 있는 엘스띠르처럼,[585] 내가 알고 있는 것이 아닌, 자기에게 보이는 것만을 그려서 나에게 보여주었고, 그 보이는 것이란 곧 명칭이 자기에게 보여주던 것이었다. 그런데, 내가 공작 부인을 전혀 모르던 시절에도, 하나의 음표처럼 혹은 하나의 색깔처럼, 혹은 주위에 있는 가치들과 그것에 붙여진 수학적 혹은 미학적 '기호'에 의해 심하게 수정된 질량처럼, 앞에 대공 부인 작호 붙은 게르망뜨라는 명칭만은 항상 나에게 전혀 다른 무엇을 상기시켜 주곤 하였다. 그 작호 붙은 그 명칭을 특히 루이 13세와 루이 14세 시절의 회고록들 속에서 발견할 수 있으며, 따라서 나는 게르망뜨 대공 부인의 저택에 롱그빌 공작 부인과 위대한 꽁데[586] 등이 자주 드나들었을 것이라 상상하였고, 그들이 그곳에 있다는[587] 사실 때문에, 내가 그 저택 안으로 들어간다는 것은 영영 있을 수 없는 일 같았다.

내가 후에 언급할 그 인위적인 과장에, 다양한 주관적 관점들에 기인하는 것이 있음에도 불구하고, 그 모든 사람들 속에 어떤 객관적인 사실이 있을 수 있고, 따라서 그들 사이에 차이가 존재할 수 있을 가능성은 줄어들지 않는다.[588]

게다가, 도대체 어떻게 그렇지 않을 수 있겠는가? 우리가 자주 접하고 우리의 상상하던 바와는 거의 닮지 않은 인간 세상이 그러나, 회고록들이나 괄목할만한 인물들의 서한문 속에 묘사된 것을 우리가 보았고 또 알고 싶어하던 그 세상과 같다. 우리와 함께 만찬에 참석한 지극히 하찮은 노인이, 우리가 1870년 전쟁에 관한 책 속에서 감동하며 읽은 프리드리히-카를[589] 대공에게 보낸 그 편지

를 쓴 당사자이다. 하지만 그와 함께 식사를 하는 동안에는, 상상
이 결여되어 있기 때문에 우리가 권태를 느끼고, 책을 읽을 때에는
그것이 독서에 수반되기 때문에 우리가 즐거워한다. 하지만 우리
의 그러한 감정들을 유발하는 사람들은 같은 이들이다. 우리들은
예술을 그토록 적극적으로 옹호한 뽕빠두르 부인[590]과 교분을 맺
을 수 있었다면 얼마나 좋았을까 하는 생각을 하지만, 하도 보잘
것 없어 선뜻 다시 찾아갈 엄두를 내지 못하는 현대의 에게리아들
[591] 집에서 느낄 권태를, 그녀의 집에서도 느낄 것이다. 그러한 차
이들이 존재한다는 것은 누가 뭐라 해도 엄연한 사실이다. 사람들
은 결코 완벽하게 닮은 모습을 여일하게 간직하지 못하며, 그들이
우리들을 대하는 방법조차, 심지어 같은 수준의 우정을 간직하면
서도, 차이점들을 드러내며, 그것들 간에 결국에는 상호 보상이 이
루어진다. 내가 몽모랑씨 부인과 교분을 맺었을 때, 그녀가 나에게
즐겨 불쾌한 말들을 하였으나, 혹시 내가 어떤 도움이 필요한 처지
에 놓이면, 나에게 효과적으로 도움을 주기 위하여, 자기의 영향력
을 이것 저것 가리지 않고 몽땅 투입하곤 하였다. 반면 게르망뜨
부인 같은 다른 부류의 여인은, 결코 나에게 심적인 상처를 주려
하지 않았을 것이고, 나에 대해서도 나에게 기쁨을 줄 수 있을 말
만 하였으며, 게르망뜨 가문 사람들의 풍성한 윤리적 일상생활을
구성하고 있던 온갖 친절을 나에게 쏟았으되, 혹시 내가 그녀에게
그러한 것들 이외의 지극히 하찮은 무엇을 요청하였다면, 자동차
나 시종을 마음대로 사용하고 부릴 수 있는 어느 성에서 축제 준비
과정에서 예비되지 않았던 사과주 한 잔은 얻기 불가능한 것처럼,
그녀가 나의 요청에 응하기 위하여 단 한 걸음도 움직이지 않았을
것이다. 나의 마음을 구겨 놓으면서 그토록 만족스러워하되 항상
나를 도울 준비가 되어 있던 몽모랑씨 부인과, 다른 사람들이 나의

마음에 유발시킬 지극히 작은 불쾌감에 괴로워하면서도 나에게 도움이 되려는 최소한의 노력도 기울일 수 없었던 게르망뜨 부인 중, 어느 여인이 나에게 진정한 벗이었을까? 또한 사람들이 이르 기를, 게르망뜨 공작 부인은 단지 하찮은 이야기들만 늘어놓는 반 면, 그녀의 사촌 동서는, 기지는 비록 평범했지만, 항상 중요한 일 들만을 이야기한다고 하였다. 기지의 형태들이란, 문학에서 뿐만 아니라 사교계에서도, 어찌나 다양하고 서로 상반되어 있던지, 서 로 멸시할 수 있는 권리를 가지고 있는 사람들이 보들레르와 메리 메만 있는 것은 아니다.[592] 그러한 특징들이, 모든 사람들 속에서, 시선과 화법과 행동으로 이루어진, 어찌나 수미일관하고 폭군적 인 체계를 형성하는지, 우리가 그러한 사람들과 함께 있을 때에는, 그 체계가 나머지 다른 체계보다 우월해 보인다. 게르망뜨 부인과 함께 있는 동안에는, 그녀 특유의 기지로부터 연역해 낸 정리(定 理) 같은 그녀의 말들이, 우리가 해야 할 유일한 말처럼 보이곤 하 였다. 그리하여, 그녀가 나에게, 몽모랑씨 부인이 멍청하여 이해하 지도 못하는 것들을 마구 받아들인다고 말할 때에, 혹은 몽모랑씨 부인이 저지른 어떤 못된 짓을 알게 되어, 나에게 다음과 같이 말 할 때에는, 사실 나 역시 그녀와 같은 견해를 갖기도 하였다. "당신 이 착한 여인이라고 부르는 것이 고작 그 꼴이고, 그것이 바로 제 가 흉측한 물건이라고 부르는 여자예요." 그러나 내가 게르망뜨 부인으로부터 멀리 떨어져 있을 때에는, 그리하여 다른 어느 귀부 인이 자신을 나와 대등한 위치에 놓으면서, 또한 공작 부인을 우리 두 사람보다 훨씬 아래에 놓고 평가하면서, 나에게, '오리안느는 사실, 그 무엇에도, 어떤 사람에게도, 관심이 없다'고 말하든가, 심 지어 (게르망뜨 부인이 하도 그 반대의 것을 공언하였던지라, 그녀 앞에서는 도저히 믿을 수 없을 것 같았던 말이지만) '오리안느는 스놉'이라고 말할 때에는, 우리 앞에 있는 현실의 횡포가, 즉 단순한 한 가닥 추억처럼 이미 멀리 가 버린 여명을 창백하게 만드는 등불 빛의 그 명백함이, 사라지곤 하였다. 아르빠종 부인과 몽빵시에 부인을 동질의 질량으로 환산할 수 있게 해 주는 수학적 공식이 없는지라, 혹시 어떤 이가 나에게, 두 여인 중 누가 더 우월해 보이느냐고 물었다면, 내가 그 질문에 답할 수 없었을 것이다.

그런데 게르망뜨 대공 부인의 응접실에서 발견되는 특징들 중 가장 일상적으로 이야기되던 점은, 부분적으로는 대공 부인의 왕족 혈통에 기인했지만, 그보다 특히, 대공의 화석처럼 케케묵은, 그리하여 공작과 그의 부인이 내 앞에서조차 야유하기를 삼가지 않던, 귀족적 편견의 엄격주의에 기인한 배타성이었으며, 또한 대공이 왕족들과 공작들만을 중시하며, 만찬이 있을 때마다 루이 14세 시절이었다면 식탁에서 자신이 차지할 권리를 행사하였을 그 자리에―역사와 족보에 관한 그의 엄청난 지식 덕분에 오직 그만이 아는 자리였다―앉지 못하여 한 바탕 난리를 피우곤 한다는 사람이었던지라, 그 응접실의 배타성이 당연히 나로 하여금, 그 사람이 나를 초대하였다는 사실을 있을 법하지 않은 일로 여기게 할 수밖에 없었다. 그리하여 사교계의 많은 사람들은, 공작 내외와 그들의 사촌 내외 간의 차이점들을 말할 때, 공작 내외에게 유리한 판결을 내리곤 하였다. "공작과 공작 부인이 훨씬 현대적이고 훨씬 더 이지적이어서, 대공 내외처럼 자기네 조상들이 몇 대를 이어 귀족이었는지만을 따지는 짓은 하지 않으며, 그들의 응접실이 자기네 사촌들의 응접실보다 삼백년은 앞서 있어요." 사람들로부터 들은 그러한 말들의 추억이 나로 하여금, 초대장을 바라보며 전율하게 하였고, 그러한 말들로 인하여, 그 초대장이 어느 장난꾼에 의해 보내진 것처럼 보였다.

만약 게르망뜨 공작 내외가 아직도 깐느에 있지 않았다면, 그들을 통하여, 내가 받은 초청이 진정한 것인지 알아보려 할 수 있었을 것이다. 나를 사로잡고 있던 그 의구심은—내가 잠시 그럴 것이라 믿으면서 기분이 좋아졌던 것처럼—사교계 인사라면 겪지 않을, 따라서 하나의 문인이라면, 비록 자기가 사교계 사람들이라는 카스트에 속해 있을지라도, 온전히 '객관적인' 상태에서 각 계층을 분별해 묘사하기 위하여 생생히 재생시켜야 할, 그러한 감정이 결코 아니다. 사실 나는 근래에 어느 매력적인 회고록 한 권에서, 대공 부인의 초청장으로 말미암아 내가 겪은 것과 유사한 의구심이 묘사된 짤막한 글을 발견하였다. "죠르주와 나는 ('엘리와 나'일지도 모르나, 그 책이 내 앞에 없어 확인하지 못한다) 들레쎄르 부인의 응접실에 초대 받고 싶어 어찌나 마음을 태우고 있었던지, 그녀로부터 초청장을 받고는, 우리 두 사람 모두 각자, 우리가 혹시, 흔히들 사월 초하루에 하는 그 관습적인 장난의 노리개가 되지 않았을까 확인하는 것이 신중하다고 생각하였다." 그런데, 그렇게 술회하고 있는 사람은 다른 사람 아닌 오쏭빌 백작[593]이고 (브로유 공작의 딸과 혼인한 그 사람이다), 역시 '나름대로' 자신이 어떤 장난의 노리개가 되지 않을까 확인하려 하는 다른 젊은이는, 이름이 죠르주이거나 혹은 엘리냐에 따라, 오쏭빌 씨와 지근한 두 친구들 중 하나일 수 있을 아르꾸르 씨이거나 혹은 샬레 대공이다.

게르망뜨 대공 부인 댁에서 저녁 연회가 열리게 되어 있던 날, 나는 공작 내외가 전날부터 빠리에 돌아와 있음을 알게 되었다. 대공 부인이 주최하는 무도회가 그들을 돌아오게 한 것 같지는 않고, 사촌들 중 한 사람의 병세가 위중했기 때문인 것 같았으며, 그날 밤에 열리는 가장 무도회에서, 공작은 루이11세로 그리고 그의 아내는 바이에른의 이자보[594]로 분장하게 되어 있어, 공작이 그 무도회를 매우 중시하였기 때문이다. 그리하여 나는 아침에 그들을 보러 가기로 마음을 먹었다. 하지만 두 내외가 일찍 외출하여 아직 돌아오지 않았던지라, 나는 우선 좋은 감시 초소라 생각하던 작은 방에서 마차가 돌아오는지 엿보았다. 사실 내가 망루를 크게 잘못 선택하였으니, 그곳으로부터는 우리의 안뜰이 겨우 보일 정도였기 때문이다. 하지만 그곳에서는 다른 안뜰 여럿이 보였고, 그러한 사실이 나에게 유용하지는 않았으되 잠시 나의 무료함을 달래주었다. 일찍이 화가들을 유혹하였던, 여러 건물에 걸쳐 펼쳐진 전망이 베네치아에만 있는 것이 아니라, 빠리에도 못지않게 많다. 내가 우연히 베네치아 이야기를 하는 것은 아니다. 빠리의 어떤 가난한 구역들이, 아침이면, 태양으로부터 가장 강렬한 분홍색을, 즉 가장 선명한 붉은색을 받는, 끝이 나팔처럼 벌어진 높은 굴뚝들로 인해 우리에게 연상시키는 것은, 베네치아의 가난한 구역들이다. 그것은 건물들 위에서 피어나는 하나의 완벽한 정원이며, 그것이 어찌나 다양한 색조로 피어나는지, 도시 위에 조성된 델프트나 하를렘에 사는 어느 튤립 애호가의 정원이라고 할 만하다. 게다가, 안뜰을 사이에 두고 창문들이 마주보게 되어 있는 건물들의 극단적인 근접으로 인해, 그곳의 각 창들은, 안뜰 바닥을 내려다보면서 몽상에 잠겨 있는 어느 요리하는 여인의 모습이 담긴 그림틀로, 그리고 조금 떨어진 곳에서는, 어둠 때문에 겨우 보이는, 마녀의 형상을 한 노파 하나가 어느 소녀의 머리를 빗겨 주는 장면이 담긴 그림틀로 변한다. 그리하여 각 안뜰은, 그것에 인접한 건물들 속에 사는 이웃들을 위해, 자체의 간격 속으로 소음이 잦아들게 하면서, 또한 닫힌 창문들의 유리 밑에 놓인 장방형 속에 나타나는 고요한 동작들을 보여주면서, 나란히 놓인 홀랜드 화폭 일백여 점으로 전시회를 개최한다. 물론 게르망뜨 공작의 저택에서 시작되는 전망은 그

396

와 같지 않았으나, 신기한 전망들도 있었으니, 특히 내가 자리잡고
있던, 그리고 내가 아직 교분을 맺지 못하였고 게르망뜨 씨의 지극
히 고귀한 사촌 누이들인 씰리스트리 대공 부인과 쁠라싹 후작 부
인이 살고 있던 저택이—그 앞에 있는 형체 비교적 모호한 땅의 경
사가 매우 급했던지라—형성하고 있던 멀찌감치 보이는 높은 부
분들까지 시야가 탁 트인, 그 기이한 삼각점(三角點)에서 보면 더
욱 그러했다. 나와 그 저택 (그녀들의 부친 브레끼니 씨 소유였던)
사이에는, 별로 높지 않고 모든 방향으로 뻗어나갔으며, 시야를 가
리지 않고 자기들의 비스듬한 도면으로 거리를 연장시키고 있던,
건물 더미들밖에 없었다. 후레꾸르 후작이 자기의 마차들을 넣어
두던 차고의 붉은색 기와 덮은 망루의 끝은 더 높은 첨탑으로 마무
리되었지만, 그 첨탑이 하도 가늘어 아무것도 가리지 않았고, 어느
산 발치에 고립된 채 하늘로 치솟는 스위스의 아름다운 옛 건축물
들을 연상시켰다. 나의 시선이 가서 쉬고 있던, 그 모든 희미하고
사방으로 분산된 초점들이, 실제로는 상당히 가까이 있었으되 산
악지역 풍경처럼 몽환세계 속의 것으로 보이던 쁠라싹 부인의 저
택을, 마치 그것이 우리들로부터 많은 길들과 나지막한 동산들에
의해 격리되어 있는 듯, 멀리 있는 것처럼 보이게 하였다. 청소를
하기 위하여, 암석에 박힌 수정 조각들처럼 햇빛 아래에서 눈부시
게 반짝이는 커다란 정방형 창문들을 열어 놓으면, 카펫을 두드려
털거나 깃털 총채를 휘두르고 있음은 분명한데 모습 선명히 보이
지 않는 하인들이 각 층으로 이동할 때마다 따라가며 바라보는 것
이, 터너나 엘스띠르의 어느 풍경화 속에서 쌩-고타르[595] 산악지대
의 서로 다른 여러 고도(高度)에 있는, 승합마차를 탄 여행객이나
안내원을 보는 것 만큼이나 즐거웠다. 그러나 내가 자리잡고 있던
그 '입지'에서는 게르망뜨 씨나 게르망뜨 부인이 돌아오는 것을

못 볼 위험이 있었던지라, 오후에 내가 다시 망을 보게 되었을 때
에는, 원거리로 인해 미세해진 시종들이 청소를 하고 있는 브레끼
니 저택의 산악지역 특성 지닌 그토록 눈부신 아름다움들이 비록
보이지 않더라도, 마차 드나드는 정문의 열고 닫힘이 내 시야를 벗
어날 수 없도록 내가 아예 충계에 자리를 잡았다. 그런데 충계에서
의 그 기다림이 나에게 어찌나 중요한 결과를 초래하게 되어 있었
던지, 그리고 나에게 (터너가 그린 부류의 것이 아닌 윤리적인) 어
찌나 중요한 풍경을 보여주게 되어 있었던지, 그에 앞서, 게르망뜨
씨 내외가 돌아왔음을 알고 내가 그들을 방문한 이야기부터 하고,
그 이야기는 잠시 뒤로[596] 미루어 둠이 더 나을 듯하다.

공작 홀로 나를 자기의 서재에서 영접하였다. 내가 서재로 들어
가려는 순간; 백발에 기색 초라하고, 꽁브레의 공증인과 내 할아버
지의 여러 친구들처럼 작은 검은색 넥타이를 매었으며, 하지만 그
들보다 더 주눅든 모습으로 나에게 허리를 깊숙이 숙여 인사를 하
면서, 내가 먼저 지나가기를 막무가내로 기다리던, 체구 자그마한
남자 하나가 그곳에서 나왔다. 공작이 서재에서 그에게 고함 지르
듯 내가 알아들을 수 없는 말을 하였고, 공작의 눈에 그가 보일 리
없었건만 노인이 벽을 향해 다시 허리를 굽신거리는데, 통화를 하
면서 사람들이 짓는 그 부질없는 미소와 같은동작을 한없이 반복
하였고, 음성이 가성에 가까웠던 그 남자가, 사업가처럼 공손하게,
나를 향해 다시 허리를 굽신하였다. 또한 그 사람이 정말 꽁브레에
서 온 사업가일 수도 있었으니, 그 태도에 그곳 기층민들의, 혹은
겸손한 노인들의, 전원적이고 해묵었으며 부드러운 기색이 감돌
고 있었기 때문이다.

"오리안느를 곧 보시게 될 거요." 내가 들어서자 공작이 말하였
다. "조금 있으면 스완이, 몰타 기사수도회의 주화들에 관한 연구

논문의 교정쇄 및 그 주화들의 양면을 찍은 거대한 사진들을 그녀에게 가져오기로 되어 있어서, 오리안느는, 만찬에 참석하기 전에 그와 함께 머물 수 있도록, 우선 정장을 하는 편을 택하였소. 이미 물건들을 주체할 수 없을 지경인데, 그 사진을 어느 구석에 처박아야 할지 모르겠소. 하지만 나는 다른 이들 기쁘게 하기를 지나치게 좋아하는, 지나치게 친절한 아내를 두었소. 그녀는, 스완이 로도스 섬에서 발견한 메달에 조각된 기사수도회 지도자들의 모습을, 우리 모두 함께 구경할 수 있도록 해 달라고 그에게 요청하는 것이 친절한 일이라고 생각하였소. 내가 몰타 기사수도회라 하였지만, 그것이나 로도스 기사수도회 모두, 예루살렘의 성 요한 자선 수도회 (쌩-쟝-드-예루살렘)에서 시작된 같은 것이오.[597] 사실은, 스완이 그것을 연구하기 때문에 그녀가 그것에 관심을 보이는 것이오. 우리의 가문은 그 모든 역사에 깊이 연루되어 있으며, 심지어 오늘날에도 당신과 교분이 있는 나의 아우는 몰타 기사단의 최고위 인사들 중 하나라오.[598] 하지만 오리안느에게 내가 그 모든 이야기를 한다 해도, 그녀는 아예 듣는 척도 하지 않을 것이오. 반면 성당 기사단에 관한 스완의 연구가 (어떤 종교를 신봉하는 사람들이 다른 이들의 종교를 연구하는 그 광적인 열광은 상상을 초월하니 말이오) 그를 성당 기사단의 상속자들[599]인 로도스 기사단의 역사로 이끌어 가자, 오리안느가 즉시 그 기사들의 낯짝들을 보겠다는 거요. 우리의 직계 선조들이신 뤼지냥 가문[600] 출신의 키프로스 왕들에 비하면, 그 기사들은 어린 애녀석들에 불과하오. 그러나 지금까지 스완은 그들을 거들떠보지도 않았고, 따라서 오리안느 역시 뤼지냥 가문에 대해서는 아무것도 알려고 하지 않소."

나는 공작에게 그를 방문한 까닭을 즉시 이야기할 수 없었다. 쎌리스트리 부인과 몽로즈 공작 부인 등, 몇몇 친척들이 정말, 저녁

게르망뜨 쪽 2부 2장 399

식사 전에 사람들을 접견하곤 하던 공작 부인을 보러 왔고, 그녀를
아직 만나지 못하여 공작과 함께 있었다. 그 귀부인들 중, 차림새
소박하고 무뚝뚝하지만 기색 친절한 여인은 (씰리스트리 대공 부
인이었다), 손에 지팡이를 들고 있었다. 나는 처음, 그녀가 다쳤거
나 불구 상태인가 싶어 마음을 조렸다. 하지만 반대로 매우 민첩했
다. 그녀가 공작에게 그의 어느 사촌에 대하여 구슬픈 어조로 이야
기를 하였는데 (게르망뜨 가문 쪽으로 사촌 관계는 아니었으나 그
보다 더 고귀할 수도 있을 사촌이었다), 얼마 전부터 나빠지기 시
작한 건강 상태가 급작스럽게 심각해졌다고 하였다. 하지만 공작
은, 자기 사촌의 운명을 딱하게 여기면서도, 또한 '가엾은 마마! 그
토록 착한 녀석인데' 라는 말을 반복하면서도, 병세를 낙관적으로
진단하려는 눈치였다. 사실, 공작이 그날 참석하기로 되어 있던 만
찬이 그의 마음에 기꺼웠고, 게르망뜨 대공 부인 댁의 성대한 야연
도 그에게는 싫지 않았지만, 특히 그는, 새벽 한 시에, 자기의 아내
와 함께 밤참 모임을 겸한 화려한 가면 무도회에 참석하기로 되어
있었던지라, 그를 위해서는 루이 11세의 정장이, 그리고 그의 부인
을 위해서는 바이에른의 이자보의 의상이 이미 준비되어 있었다.
그리하여 공작은, 그 겹치는 여흥을 앞둔 마당에, 착한 아마니앵
도스몽의 고통 때문에 마음이 어수선해지기를 바라지 않았다. 역
시 지팡이를 든 다른 두 귀부인이, 브레끼니 백작의 두 딸이었던
뻘라싹 부인과 트렘므 부인이, 뒤를 이어 바쟁을 보러 왔고, 그의
사촌 마마의 병세가 절망적이라고 하였다. 공작이 어깨를 한 번 으
쓱해 보인 다음, 화제를 바꾸기 위해, 그날 저녁에 마리-질베르의
집에 가느냐고 그녀들에게 물었다. 그녀들은 사경을 헤매고 있는
아마니앵의 병세 때문에 아니 간다고 대답하였으며, 공작이 참석
하기로 되어 있는 만찬에 참석하려던 약속도 취소하였노라고 하

면서, 떼오도즈 국왕과 형제간인 사람 및 공주 마리아-꼰쎕씨온[601] 등, 만찬에 참석하기로 되어 있던 인물들을 열거하였다. 오스몽 후작이 자기보다 그녀들에게는 덜 가까운 친척이었던지라, 공작에게는 그녀들의 '불참' 선언이 자기의 행동에 대한 일종의 간접적인 비난으로 보였고, 그리하여 그가 친절한 태도를 보이지 않았다. 그리하여, 브레끼니 저택이 있던 고지대로부터 공작 부인을 보러 내려왔음에도 불구하고 (아니 그보다는 두 내외의 사촌을 위협하고 있는 질환이 다급하며, 따라서 친척들이 사교적 모임에 참석하는 것이 합당하지 않음을 그녀에게 알리기 위해서였다), 그녀들은 오래 머물지 않았으며, 등산가의 지팡이를 다시 집어든 발뿌르주와 도로떼 (두 자매의 세례명이 그러했다)가, 용마루처럼 높직한 자기들의 저택으로 이어지는 가파른 길로 다시 들어섰다. 나는, 쌩-제르맹 구역의 특정 거리에서 자주 눈에 띄는 그 지팡이들이 무엇을 의미하는지, 게르망뜨 씨 내외에게 물어볼 생각은 단 한 번도 하지 않았다. 아마 자기들이 살고 있던 교구 전체를 자기들의 영지로 여기고, 또 삯마차 타기를 좋아하지 않았던지라, 그녀들이 그 먼 거리를 걸어서 다녔을 것이며, 격렬하게 사냥에 몰두하다가, 사냥에 자주 뒤따르는 낙마 사고로 입은 옛날의 골절상, 혹은 쎈느 강 좌안[602] 지역이나 시골의 낡은 옛 성에 감도는 습기로 인한 단순한 류머티스 때문에, 그렇게 걸어서 다니려면, 그녀들에게 지팡이가 필요했을 것이다. 혹은 아마 그녀들이 그 구역에서 그토록 먼 원정길에 오른 것이 아니라, 다만 사탕 졸임에 쓸 과일을 따러 자기네들의 정원에 (공작 부인의 것으로부터 멀지 않은 곳에 있던) 내려왔다가, 자기들의 집으로 돌아가기 전에 게르망뜨 부인에게 인사를 하러 들렀고, 전지용(剪枝用) 가위나 물뿌리개는 하지만 가지고 들어오지 않았을 것이다.

공작은 자기가 돌아온 당일에 내가 자기의 집을 방문한 것에 감동한 것 같았다. 그러나 자기 아내의 사촌 동서가 나를 정말 초대하였는지 알아봐 달라고 자기의 아내에게 요청하러 왔노라는 말을 듣는 순간, 그의 얼굴이 어두워졌다. 게르망뜨 씨 내외가 다른 이들을 위해 나서기 싫어하는 일들 중 하나를 내가 건드린 것이다. 공작이 나에게 말하기를, 이미 너무 늦었고, 대공 부인이 나에게 초청장을 보내지 않았다면 자기가 그것 하나를 요청하는 꼴이 될 것이며, 자기의 사촌 내외가 이미 한 번 거절한 적이 있다고 하면서, 따라서 자기가 더 이상, 직접적이건 우회적이건, 그들의 초청자 목록에 간섭하고 싶지 않다고, 즉 '끼어들고' 싶지 않다고 하더니, 무엇보다도 특히, 자기들 내외가 시내에서 만찬을 마친 후 즉시 집으로 돌아올지도 모르는데, 그러한 경우, 자기들이 대공 부인의 야연에 참석하지 않은 것에 대한 가장 좋은 변론이 자기들이 빠리에 돌아온 사실을 대공 부인에게 감추는 것이라고 하면서, 그러한 문제만 없다면, 자기들 내외가 서둘러 그녀에게 간단한 쪽지를 보내든가 전화를 하여 내 이야기를 꺼내 보겠다만, 여하튼 이미 너무 늦은 것은 확실하니, 어떤 가정을 해 보더라도, 대공 부인의 초대자 명단이 마감되었을 것이 틀림없기 때문이라고 하였다. "당신, 그녀와 괜찮은 관계인 것 같소." 그가 의혹 가득한 기색으로 나에게 말하였는데, 게르망뜨 씨 내외가 항상 사람들 간의 최근 불화에 대해 자기들이 아무것도 모르고 지나치지 않을까, 그리하여 그들이 자기들을 제쳐두고 화해를 모색하지 않을까 저어하기 때문이었다. 이윽고, 친절해 보이지 않을 수 있는 결정들은 자기가 내리는 버릇을 가지고 있었던지라, 공작이 별안간, 마치 그러한 생각이 불쑥 뇌리에 떠오른 양, 나에게 말하였다. "보시오, 꼬마 신사 양반,[603] 나는 당신이 그 일에 관해 나에게 이야기하였다는 사실조차 오리안느에게 아예 말하고 싶지 않소. 그녀가 얼마나 친절한지 당신도 알고 있으며, 게다가 당신을 무척 좋아하는지라, 내가 무슨 말을 하더라도 자기의 사촌 동서 집에 사람을 보낼 것이니, 그녀가 만약 만찬 후에 피곤을 느끼더라도, 더 이상 변명거리가 없어, 그 집 야연에 참석할 수밖에 없는 처지에 놓일 것이오. 아니오, 나는 그녀에게 결코 아무 말도 하지 않을 것이오. 잠시 후 그녀를 보시더라도, 제발, 그 이야기는 단 한 마디도 꺼내지 마시오. 당신이 만약 내 사촌의 집에 가기로 결단을 내리는 일이 생긴다면, 그곳에서 당신과 함께 저녁 시간을 보내는 것이 우리 내외에게 얼마나 큰 기쁨이 될지는, 구태여 내가 말할 필요조차 없을 것이오." 자비에 입각한 이유들이란 하도 신성하여, 간원하듯 늘어놓는 그러한 이유들 앞에서, 그것들이 진실하다고 믿든 믿지 않든, 누구든 굴복하지 않을 수 없는 법, 따라서 나는 내가 초대받는 것과 게르망뜨 부인이 혹시 감당해야 할지도 모를 피곤을 놓고 단 한 순간이라도 저울질 하는 기색을 드러내고 싶지 않았으며, 따라서, 게르망뜨 씨가 내 앞에서 펼친 그 짧막한 익살극에 속아 넘어갔기라도 한 듯, 나의 방문 목적에 대해서는 그녀에게 함구하겠노라고 그에게 약속하였다. 그리고 공작에게 다시, 만약 내가 대공 부인 댁에 갔다면 그곳에서 스떼르마리아 부인을 만날 가능성이 있다고 믿느냐고 물었다.[604]

"그럴 가능성은 전혀 없소." 그가 전문가의 기색을 띠며 나에게 말하였다. "당신이 말하는 그 이름을 클럽 연감에서 보아 알기는 하지만, 질베르의 집에 드나드는 사람들의 부류에는 전혀 속하지 않는 이름이오. 그의 집에 가면, 극도로 점잖고 따분한 사람들, 모두들 이미 꺼진 줄로 믿었으나 계제에 맞춰 다시 꺼내 든 작호들이나 달고 다니는 공작 부인들, 온갖 대사들, 코부르크[605]에서 온 떼거리, 외국의 왕족들밖에 만나지 못할 것이며, 스떼르마리아는 아예 그림자조차 기대하지 마시오. 당신의 그러한 추측만으로도 질베르가 앓아 누울 것이오. 보시오, 마침 당신이 그림을 좋아하시니, 내가 내 사촌으로부터, 우리 내외는 도저히 좋아할 수 없는 엘스띠르의 작품들로 가격의 일부를 변제하는 방식으로 매입한, 기막힌 화폭 하나를 당신에게 보여드려야겠소. 나에게 그것을 팔면서 그것이 필립 드 샹빵[606]의 것이라고들 하였지만, 나는 그것이 훨씬 더 거물급 화가의 것이라 믿소. 내 생각을 알고 싶소? 나는 그것이 벨라스께스의, 그리고 그의 한창때 작품이라고 생각하오." 내가 그의 말에서 받았을 인상이 어떤지 알기 위해서였는지, 혹은 나에게 주었을 그 인상을 더욱 증대시키기 위해서였는지, 나의 눈을 뚫어지게 들여다보면서 공작이 말하였다. 그때 시종 하나가 들어와 아뢰었다.

"공작 부인 마님께서 저에게 분부하시기를, 공작님께서 스완 씨를 기꺼이 영접하시겠는지 공작님께 여쭈어 보라고 하셨는데, 공작 부인 마님께서 아직 준비되지 않으셨기 때문입니다."

"스완 씨를 안으로 모시게." 자기의 회중시계를 들여다보고, 정장을 갖춰 입으러 가기 전 몇 분의 시간이 남았음을 확인한 다음, 공작이 말하였다. "그에게 오라고 한 나의 아내는, 항상 그러듯, 아직 그를 맞을 준비가 되어 있지 않소. 스완 앞에서 마리와 질베르가 주최하는 야연에 관한 이야기를 할 필요는 없소." 공작이 나에게 말하였다. "그가 초대를 받았는지 모르겠소. 질베르가 그를 무척 좋아하는 것은, 그가 베리 공작[607]의 혼외 자식에게서 태어난 공작의 손자일 것이라고 믿기 때문인데, 그것은 또 하나의 긴 이야기라오. (그렇지 않다면, 생각해 보시오! 백 미터 밖에 있는 유대인을 보기만 해도 발작을 일으키는 사람이 나의 사촌이니 말이오.) 하지만 이제 드디어 드레퓌스 사건이 심각해지는데, 스완은, 다른 어느 누구보다도, 그 사람들과의 관계를 완전히 끊어야 한다는 사실을 깨달았어야 하건만, 정 반대로 그가 자기에게 불리한 말을 함부로 지껄인다오."

공작이 시종을 다시 부르더니, 자기의 사촌 오스몽의 집으로 보낸 사람이 돌아왔는지 알아보라고 지시하였다. 사실 공작의 계획은 이러했다. 자기의 사촌이 죽어가고 있음을 확신하고 있었던지라, 그는 사촌이 죽기 전에, 즉 어쩔 수 없이 상복을 입어야 할 처지에 놓이기 전에, 정확한 소식을 알려고 하였다. 아마니앵이 아직 살아 있다는 공식적인 확증을 일단 얻기만 하면, 약속한 만찬도, 대공 댁 야회도, 자신이 루이 11세로 변장하기로 되어 있던, 그러나 동시에 자기의 새로운 정부 하나와 가장 톡쏘는 밀회를 약속한, 그 가장 무도회도 모두 내팽개친 채, 다음 날까지는, 즉 쾌락이 끝날 때까지는, 더 이상 사촌의 소식을 묻지 않을 작정이었다. 그런 다음, 혹시 그날 밤 동안에 사촌이 작고하면, 정식으로 상복을 착용할 셈이었다. "아닙니다, 공작님, 그가 아직 돌아오지 않았습니다."—"젠장! 이 집에서는 항상 마지막 순간이 되어야 어떤 일을 하는군." 아마니앵이 어느 석간 신문에 보도될 시간을 남기고 '꼴깍하여'[608], 자기의 가장 무도회를 무산시킬 것이라는 생각에, 공작이 그렇게 말하였다. 그가 〈시대〉지를 가져오게 하였고, 그 신문에는 관련된 아무 기사도 없었다.

내가 스완을 못 본지 하도 오래 되어, 그가 전에 콧수염을 짧게 깎았는지, 혹은 그의 머리가 짧고 위를 향해 일어선 솔 모양이었는지, 잠시 나의 기억을 더듬을 수밖에 없었는데, 그것은 그에게서 변한 무엇을 발견하였기 때문이다. 하지만 그것은 실제로 그가 심하게 '변하였기' 때문이었고, 그렇게 변한 것은 그의 위중한 병세 때문이었으니, 질병은, 수염을 기르기 시작하거나 가리마의 위치를 바꾸는 것 만큼이나, 얼굴에 깊은 변모를 초래한다. (스완의 병은 일찍이 그의 모친을 앗아간 바로 그 병이었으며, 그녀 역시 정확히 스완의 나이에 그 병에 걸렸었다. 우리들의 삶이 실제로는, 유전으로 인하여, 정말 마녀들이 존재하는 것처럼, 강신술사들의 신비한 숫자들과 저주들로 가득하다. 또한 인류의 보편적인 수명이 있듯이, 특정 가문의, 다시 말해, 그 가문 구성원들의 보편적인 수명이 있다.) 스완의 차림새에는, 자기 아내의 멋처럼, 현재의 멋에 지난날의 멋이 결합되어 있었다. 그의 우뚝하고 날씬한 몸매를 조여 더욱 돋보이게 하는 진주빛 감도는 회색 프록코트를 입고, 검은 줄무늬 있는 장갑을 낀 그는, 델리옹[609]이 오직 그와, 싸강 대공과, 샤를뤼스 씨와, 모데나 후작과, 샤를르 하아스 씨와, 그리고 루이 드 뛰렌느 백작만을 위해 만들던, 상단이 펑퍼짐한 회색 실크 해트를 쓰고 있었다. 그가 나의 인사에 답례하면서 지은 매력적인 미소와 다정한 악수에 내가 몹시 놀랐으니, 그토록 오랜 세월이 흘렀던지라 그가 나를 즉시 알아보지 못할 것이라 생각하였기 때문이다. 내가 그에게 나의 놀라움을 고백하였다. 그는 자기가 나를 알아보지 못할 것이라고 추측한다는 사실 자체가 마치, 자기의 뇌수가 아직도 온전한지 혹은 자기가 표하는 다정함이 진실한지 의구심을 품는 것과 마찬가지라는 듯, 나의 고백을 들으면서 크게 웃더니, 약간 분개하는 듯하면서 나의 손을 다시 꼭 쥐었다. 그러나 하지만 그것이 사실이었다. 먼 훗날에야 내가 알게 된 바이지만, 그는 몇 분이 지난 후에야, 다른 이의 입에서 나온 나의 이름을 듣고서야 내가 누구인지를 알아차렸다. 하지만 게르망뜨 씨의 말 덕분에 가능했던 그 발견 순간에도, 그의 표정과 그가 하던 말과 그가 나에게 하던 이야기에는, 그러한 사실을 누설시킬 어떠한 변화도 나타나지 않았다. 사교계 생활의 놀이에서 그가 그만큼 자신을 완벽하게 제어하고 확신에 차 있었기 때문이다. 게다가 그는, 심지어 옷차림에 있어서도, 게르망뜨 가문 사람들과 같은 부류를 특징 짓는, 그 독특한 자발성과 개인적 주도권을 가미하고 있었다. 그리하여 사교계의 늙은 단골[610]이 나를 알아보지 못한 상태에서 나에게 건넨 인사는, 순전히 형식만을 존중하는 사교계 남자의 냉랭하고 뻣뻣한 인사가 아니라, 예를 들어, 쌩-제르맹 구역의 귀부인들에게서 흔히 볼 수 있는 기계적인 인사와는 정반대인 게르망뜨 공작 부인의 인사에서 발견되는 (누구를 만나면 그가 자기에게 인사를 하기도 전에 그에게 미소를 보낼 정도까지), 실질적인 친절과 진정한 우아함으로 가득 차 있었다. 또한 그리하여, 이미 사라지고 있던 관습에 따라 그가 자기 옆 바닥에 내려놓은 모자의 안감으로 초록색 가죽을 사용하였는데, 일반적으로는 그러지 않았으나, 그 것이 (그의 말에 의하면) 쉽게 더러워지지 않기 때문이라고 하였지만, 사실은 그것이 매우 보기 좋았기 때문이다.

"이보시게, 샤를르, 당신이 탁월한 감정가이시니, 이것 좀 한 번 보시게. 그런 다음, 나의 다정한 벗들이여, 내가 잠시 당신들만 남겨놓고 정장을 차려 입으러 가게 해 달라는 허락을 요청하겠네. 게다가, 내 생각으로는, 오리안느가 머지않아 올 것이네." 그러고 나서 그가 자기의 그 '벨라스께스'를 스완에게 보여주었다. "하지만 내가 이것을 이미 어디에선가 본 것 같소." 말하는 것 자체를 이미 하나의 고역처럼 느끼는, 병든 사람들의 찡그린 표정을 지으면서 스완이 대꾸하였다.

"그렇소." 그 전문가의 찬사가 터지지 않고 늑장을 부리자, 진지해진 공작이 말하였다. "그것을 아마 질베르의 집에서 보셨을 것이오."

"아! 그래요, 이제야 생각이 나는군."

"당신 생각에는 그것이 무엇 같소?"

"어디 봅시다, 만약 이것이 질베르의 집에 있던 것이라면, 이것
[611]은 십중팔구 당신의 '선조들' 중 하나일 것이오." 고귀한 인물
을 알아보지 못하는 것이 예의에 어긋나고 우스꽝스러워 보일 것
이라 생각하였음인지, 스완이 그 인물에게로 향한 경의와 빈정거
림을 섞어 대꾸하면서도, 자신의 세련된 취향에 이끌려, 그 말이
농담조로 들리게 하였다.

"물론이오." 공작이 거칠게 대꾸하였다. "그것은 보종이오, 게
르망뜨 가문의 어느 지파인지는 모르겠소만. 하지만 나는 그 따위
것에는 관심 없소. 누군가, 리고[612]인지 미냐르[613]인지, 심지어 벨
라스께스라는 이름까지 들먹이는 것을 내가 들은 적 있소!" 스완
의 생각을 읽어내고 동시에 그가 할 답변에 영향을 주기 위해서인
듯, 공작이, 취조관의 그리고 고문 담당자의 시선을 스완에게 고정
시키면서 말하였다. 그러더니 다시 결론 내리듯 (어떤 사람이 그
로 하여금, 그가 원하던 견해 하나를 내놓도록 인위적으로 유도할
경우, 잠시 후에는, 그 견해가 자신으로부터 자발적으로 나온 것이
라고 믿는 능력을 구비하고 있었던지라) 말하였다. "자, 이제, 아
부는 집어치우시오. 그것이 내가 말한 그 거물들 중 하나의 작품이
라고 생각하시오?"

"아아아… 아니오." 스완이 대꾸하였다.

"그렇다면, 여하튼 나는 문외한이니, 그 누룽지가 누구의 손에
서 나왔는지 결론 내릴 사람은 내가 아니오. 하지만 예술 애호가이
며 그 분야의 전문가이신 당신은 그것이 누구의 작품이라 생각하
시오?"

형편없다고 여기는 것이 역력하던 스완이 화폭 앞에서 잠시 머

뭇거리다가, 공작에게 웃으면서 대꾸하였다. "어느 못된 의도의 작품이오." 공작이 그 말에 격렬한 노기를 억제하지 못하였다. 잠시 후 노기가 가라앉자 그가 다시 말하였다. "두 사람 모두 얌전히 잠시만 오리안느를 기다리고 계시면, 내가 연미복으로 갈아 입은 다음 돌아오겠소. 당신네 두 사람이 기다린다고, 사람을 시켜 나의 아내에게 알리겠소."

나는 잠시 드레퓌스 사건에 대하여 스완과 이야기를 나누었고, 그러면서, 게르망트 가문 사람들이 모두 반드레퓌스파인 것은 어찌 된 일이냐고 그에게 물었다. "무엇보다도 우선, 그 모든 사람들이 뿌리 깊은 유대인 배척자들이기 때문이오." 말은 그렇게 하면서도, 몇몇 사람들은 그렇지 않음을 직접 겪어 보아 잘 알고 있었으되, 확신하는 견해를 가지고 있는 모든 사람들처럼, 특정인들은 자기들의 견해에 동의하지 않는다는 것을 설명하기 위하여, 토론의 여지를 남길 이유들보다는 차라리, 그들에게 미리 생각해 둔 이유가, 즉 어찌 해 볼 도리가 없는 편견이, 있으리라고 가정하는 편을 택한 스완이 내 말에 그렇게 대꾸하였다. 게다가, 때이르게 자기 생애의 끝에 도달하였던지라, 집요한 공격을 받아 피곤해진 한 마리 짐승처럼, 그는 그러한 박해를 극도로 증오하면서, 자기 선조들의 종교적 우리 속으로 다시 돌아가고 있었다.

"게르망트 대공의 경우, 그가 유대인 배척자라고 사람들이 저에게 말한 것은 사실입니다." 내가 말하였다.

"오! 그 사람, 그에 대해서는 할 말이 없을 지경이오. 그 정도가 얼마나 심한가 하면, 그가 장교였던 시절, 어느 날 끔찍한 치통이 그를 엄습하였건만, 그 지역에 있던 유일한 치과의사가 유대인이라는 이유 때문에, 진료를 받는 대신 고통을 감수하는 편을 택하였으며, 훨씬 훗날에는, 자기 성의 옆 날개 하나에 불이 났건만, 로칠트 가문 소유였던 이웃 성에 소방용 호스를 요청하기 싫어, 그 부분이 몽땅 소실되도록 내버려두었소."

"혹시 오늘 저녁에 그 댁에 가십니까?"

"그렇소, 내가 몹시 피곤하지만." 그가 내 말에 대답하였다. "나에게 할 무슨 이야기가 다고 미리 알리기 위하여 그가 속달우편을 보냈소. 머지않아 내 병세가 악화될 것 같고, 그러면 그를 보러 갈 수도, 그를 우리 집에서 맞을 수도 없을 것이니—내가 격동될 것이오—그 일을 즉시 떨쳐 버려야겠소."

"그러나 게르망뜨 공작은 유대인 배척자가 아니지요?"

"그렇다는 것을 당신도 아시잖소, 그가 반드레퓌스파이니 말이오." 자신이 논증해야 할 것을 전제로 내세우는 오류를 범하고 있음을 깨닫지 못한 채, 스완이 내 말에 대꾸하였다. "그렇더라도 내가, 그 사람이—내가 무슨 말을 하는가! 그 공작이—미냐르의 작품이라고 믿는 것에 찬사를 보내지 않아 그를 실망시킨 점이 유감이오."

"하지만 여하튼 공작 부인은 총명하지 않습니까?" 내가 다시 드레퓌스 사건과 연관시켜 물었다.

"그렇소, 매력적이지요. 내 견해로는, 그래도, 그녀가 아직 롬므 대공 부인으로 불리던 시절에 더 매력적이었소. 지금은 그녀의 기지에 더 모난 무엇이 생겼지만, 한창 피어나던 젊은 귀부인 속에서는 모든 것이 더 부드러웠소. 그러나 결국, 더 젊거나 덜 젊거나, 남자거나 여자거나, 어찌하겠소, 그 사람들은 모두 다른 족속에 속하며, 피 속에 천 년 동안이나 봉건 제도를 간직하고 있었으니 어쩔 수 없는 일이오. 물론 그들은 그러한 사실이 자기들의 견해에 아무 영향도 끼치지 않는다고 생각하오."

"하지만 로베르 드 쌩-루는 드레퓌스파 아닌가요?"

"아! 훨씬 낫지요. 아시다시피 그의 모친이 드레퓌스에게 매우 적대적이시니 더욱 그렇소. 전에 누가 나에게 말하기를 그가 드레퓌스파라고 하였으나, 나는 확신할 수 없었소. 그러나 이제는 그 사실이 매우 기쁘오. 그가 총명한 사람이니, 놀랄 일은 아니오. 대단한 일이오."

드레퓌스 옹호주의가 스완을 기이하리만큼 순진하게 만들었고, 세상을 바라보는 그의 방식에, 지난날 오데뜨와의 결혼이 그랬던 것보다 더 현저한 자극과 일탈을 가져다 주었는데, 그러한 사회적 실추를 사회적 복귀라 칭하는 것이 더 타당했을 것이며, 그것이 그에게는 영광스러울 뿐이었으니, 그러한 실추가 그로 하여금, 그의 민족이 걸어온 그러나 귀족들과의 교류로 인해 그가 벗어났던, 그 길로 다시 돌아오게 하였으니 말이다. 그러나 스완은, 자기의 선조들로부터 물려받은 여건들 덕분에, 그토록 명석한 상태로, 사교계 사람들에게 아직도 감추어져 있던 진실 하나를 볼 수 있도록 허락된 바로 그 순간에조차, 자신이 희극적인 실명(失明) 상태에 있음을 드러냈다. 그는 무엇을 찬미하거나 경멸하기 전에, 우선 드레퓌스 지지 운동이라는 새로운 기준으로 그것들을 시험하게 되었다. 그리하여, 가령, 봉땅 부인의 드레퓌스 배척운동이 그로 하여금 그녀를 멍청하다고 여기게 한다 하여도, 그가 일찍이 결혼하던 무렵에 그녀가 총명하다고 여기던 것보다 더 놀라운 일은 아니었다. 새로운 조류가 그의 정치적 판단력에도 영향을 끼쳐, 그로 하여금, 자신이 전에는 끌레망쏘를 금전에 팔린 용병 혹은 잉글랜드의 간첩 (게르망뜨 가문 사람들 사이에 퍼졌던 터무니없는 소문이었다)이라고[614] 단죄하던 사실을 망각하게 하여, 이제는 자기가 그를 항상 양심 그 자체로 여겼고, 꼬르넬리[615]처럼 강철 같은 사람으로 생각하였노라 선언하는 모습 또한 진지해 보이지 않았다. "아니오,

게르망뜨 쪽 2부 2장 411

내가 당신에게 다른 말은 하지 않았소. 당신이 혼동하는 것이오."
(그의 변명이었다.) 그러나 새로운 조류는, 정치적 판단력을 넘어,
스완의 문학적 판단력 및 그것을 표현하던 방식 마저 휩쓸어 무너
뜨렸다. 바레스가 모든 재능을 상실하였고, 심지어 젊은 시절의 작
품들조차 나약하기 짝이 없어, 다시 읽기 힘들 지경이라 하였다.
"한 번 시도해 보시오. 끝까지 읽을 수 없을 것이오. 끌레망쏘와는
얼마나 다른지! 개인적으로 나는 반교권주의자가 아니오만, 끌레
망쏘와 나란히 놓고 보면, 바레스에게 뼈대가 없음을 즉시 깨달을
수 있소![617] 끌레망쏘 영감님은 위대한 노인이오. 그의 언어가 얼마
나 뛰어나오!" 하지만 드레퓌스 배척주의자들 또한 그러한 미친 짓
들을 비난할 처지는 아니었다. 어떤 사람이 드레퓌스파일 경우, 그
가 유대인이기 때문이라는 것이 고작 그들의 설명이었으니 말이
다. 혹시 싸니에뜨 같은 어떤 카톨릭 신도가 드레퓌스의 재심을 지
지한다 해도, 그것은 그가 베르뒤랭 부인에 의해 방 안에 갇힌 꼴
이었기 때문이며, 베르뒤랭 부인은 맹렬한 급진주의자처럼 처신
하였다. 그녀는 특히 '빵모자들'[618]에게 적대적이었다. 싸니에뜨
는 심성이 나쁘기보다는 어리석은 편이어서, '주인 마님'[619]이 자
기에게 끼치는 해악을 모르고 있었다. 혹시 어떤 이가, 브리쇼 역
시 베르뒤랭 부인의 친구이지만 '프랑스 조국 전선'의 회원이라고
지적할지 모르나, 그것은 그가 더 영리했기 때문이다.

"그를 가끔이나마 만나십니까?" 쌩-루 이야기를 하면서 내가 스
완에게 물었다.

"아니오, 전혀 만나지 않소. 그가 얼마 전, 무쉬 공작과 다른 몇
몇 사람들에게 요청하여, 자기의 죠키 클럽 가입에 찬성표를 던지
도록 주선해 달라는 편지를 보냈소. 하지만 그는 우체국에 편지 들
어가듯 쉽게 받아들여졌소."

412

"드레퓌스 사건과의 관계에도 불구하고 말입니까!"

"그 문제는 아무도 거론하지 않았소. 덧붙여 당신에게 하는 이 야기지만, 그 모든 일이 있은 이후에는, 나 또한 더 이상 그곳에 발을 들여놓지 않소."

게르망뜨 씨가 다시 돌아왔고, 반짝이는 작은 금속편들로 치마를 장식한 붉은색 새틴 드레스를 입어, 우뚝하고 당당해 보이는 그의 아내도, 외출 준비를 마친 상태로 곧이어 들어왔다. 그녀는 머리에 진홍색으로 물들인 커다란 타조 깃털 하나를 꽂았고, 같은 붉은색 망사로 마름질한 숄을 어깨에 두르고 있었다. "초록색 안감을 모자에 대니 정말 좋아요." 아무것도 놓치지 않는 공작 부인이 말하였다. "게다가, 샤를르, 당신에게 있는 것은, 몸에 걸치시는 것이나, 하시는 말씀이나, 읽으시는 것이나, 하시는 일이나, 모든 것이 멋있어요." 그러는 동안 스완은, 그녀의 말을 듣는 기색조차 없이, 어느 거장의 화폭을 앞에 놓고 그러듯 공작 부인을 유심히 바라보다가, 마치 '기막히군!' 이라고 말하는 듯 입을 삐죽거리면서 그녀의 시선을 찾았다. 게르망뜨 부인이 웃음을 터뜨렸다. "저의 차림새가 당신 마음에 든다니 황홀해요. 하지만 이러한 차림이 저에게는 별로 즐겁지 않다는 말씀을 드려야겠어요." 그녀가 침울한 기색을 띠면서 다시 말하였다. "집에 머물고 싶은 생각 간절할 때, 정장 차림으로 외출한다는 것이, 맙소사, 얼마나 짜증스러운 일인가요!"

"루비가 기막히게 멋집니다!"

"아! 나의 사랑스러운 샤를르, 적어도 당신만은 무엇을 분별하시는군요. 당신은, 이것들이 진품이냐고 저에게 묻던 그 야만스러운 몽쎄르훼이유와는 달라요. 일찍이 이처럼 아름다운 것들은 본 적이 없어요. 이것은 황태자비께서 주신 선물이에요. 저의 취향에는 약간 큰 편이고, 자주색이 가장자리까지 가득한 유리 같지만, 오늘 저녁 마리와 질베르의 집에서 황태자비를 뵐 예정이라 이것들을 착용하였어요." 자기의 그 확언이 공작의 말을 산산조각 낸다는 사실은 짐작조차 못한 게르망뜨 부인이 그렇게 덧붙였다.

"대공 부인 댁에 무슨 일이 있습니까?" 스완이 물었다.

"거의 아무 일도 없소." 스완이 묻는 말을 듣고, 그는 초대 받지 않았으리라고 생각한 공작이 서둘러 대꾸하였다.

"바쟁, 무슨 말씀 하시는 거예요? 모든 사람들이 출두 명령을 받았어요. 아마 서로 죽일 지경으로 붐빌 거예요. 아름다울 것은, 지금 대기중에 있는 뇌우가 터지지만 않는다면, 그 경이로운 정원이에요." 그녀가 미묘한 기색으로 스완을 바라보며 덧붙였다. "당신도 그 정원을 잘 아시지요. 한 달 전, 라일락 꽃이 한창일 때 그곳에 갔었는데, 얼마나 아름다운지, 사람들은 상상도 못할 거예요. 게다가 그 분수까지 어우러져, 그야말로 빠리 한복판에 있는 베르사이유 궁이에요."

"대공 부인은 어떤 유형의 여인입니까?" 내가 물었다.

"하지만, 그녀를 여기에서 이미 보셨으니,[620] 그녀의 용모가 태양처럼 아름답고, 그러나 조금 멍청하기도 하며, 게르만적 오만에도 불구하고 매우 친절하여, 인정과 실수 가득하다는 사실을 당신도 이미 아시잖아요."

스완이 예리하여, 그 순간 게르망뜨 부인이 '게르망뜨적 재치'를 큰 비용 들이지 않고—자신이 전에 사용하던 말들을 덜 완벽한 형태로 재사용하였을 뿐이니—과시하려 하였다는 사실을 간파하지 못하였을 리 없었다. 그럼에도 불구하고, 자기가 그녀의 익살스럽게 보이려는 의도를 이해한다는 사실을 입증해 보이기 위하여, 또한 마치 그녀가 정말 익살스럽다는 듯, 그가 조금 강요된 듯 부자연스러운 기색으로 미소를 지었고, 그 특이한 유형의 거짓으로, 내가 지난날 나의 부모님께서 뱅뙤이유 씨와 특정 계층에 만연하고 있던 퇴폐적 현상에 대하여 (당시 몽쥬뱅에 가득하던 그 현상이 가장 심각하다는 것을 두 분께서 그 누구보다 잘 아셨건만) 이야기하시는 것을 들으면서, 혹은 르그랑댕이, 바보들을 위하여 자기의 말에 특이한 색채를 가미하거나, 부유하고 사치스럽되 무식한 청중이 이해하지 못하리라는 사실을 완벽히 알면서도 섬세한 형용어들을 골라 사용하는 것을 들으면서 내가 느꼈던, 바로 그러한 거북함을 나의 내면에 일깨워 놓았다.

"이보시오, 오리안느, 도대체 무슨 말씀 하시는 거요?" 게르망뜨 씨가 끼어들었다. "마리가 멍청하다니요? 그녀가 읽지 않은 책이 없으며, 바이올린 못지않은 음악가라오."

"하지만 나의 가엾은 어린 바쟁, 당신은 이제 갓 태어난 아이 같아요. 조금 멍청하면 그런 것들을 못한다는 듯이 말씀하시는군요! 멍청하다는 말은 하지만 과장된 것이고, 사실은 구름에 덮인 듯 흐릿하여, 헤쎈-다름슈타트 같고, 신성 제국 같고,[621] 매사에 불평을 늘어놓으면서 냥냥[622]거려요. 그녀의 발음하는 것만 들어도 신경질이 나요. 하지만, 비록 그렇더라도, 매력적으로 살짝 맛이 간 여인임은 인정해요. 우선 도이칠란트에 있는 자기의 옥좌에서 내려와, 중산층 여인처럼 하나의 단순한 개인과 결혼한 것이 그래요. 그녀가 그를 선택한 것은 사실이에요! 아! 참, 당신은 질베르를 모르시지요!" 그녀가 나에게로 고개를 돌리면서 말하였다. "그가 어떤 사람인지 짐작하실 수 있도록 한 가지만 말씀해 드릴게요. 언젠가는, 제가 까르노 부인[623]에게 명함 한 장을 건넸다는 사실 때문에 그가 몸져누웠어요… 하지만 나의 다정한 샤를르…" 까르노 부인에게 건넨 자기의 명함 이야기가 게르망뜨 씨를 노하게 하였음을 눈치채고, 화제를 바꾸기 위하여 공작 부인이 스완에게 말하였다. "당신으로 말미암아 제가 좋아하게 되었고, 그리하여 속히 상면하고 싶은, 우리의 로도스 섬 기사들을 찍었다는 사진을 아직 보내지 않으셨어요."

그러는 동안에도 공작은 자기의 아내를 계속 노려보고 있었다. "오리안느, 적어도 사실대로는 이야기를 해야 하고, 사실의 반을 슬쩍 삼켜 버리지는 말아야 하오." 그러더니 스완을 바라보면서 고쳐 말하였다. "그 무렵, 매우 착하기는 하지만 조금은 달에서 사는지라 유사한 실수를 습관적으로 저지르던 잉글랜드 대사의 부인이, 우리 두 내외를 대통령 내외와 함께 초청하는 바로크적인[624] 생각을 하게 되었소. 우리는, 심지어 오리안느 마저도, 상당히 놀랐고, 대사의 부인이, 그토록 기괴한 모임에는 우리를 초대하지 말아야 한다는 것을 알 만큼, 우리와 같은 사람들을 잘 알고 있었기에 그만큼 더 놀랐소. 모임에는 협잡꾼으로 알려진 장관 하나도 있었으나, 그것은 불문에 부치고, 우리가 미리 통보를 받지 않았으니 덫에 걸려든 셈이긴 하나, 그래도 참석한 사람들이 모두 매우 정중했소. 단지 그것으로 끝났으면 그래도 괜찮았소. 그런데, 내 의견을 묻는 영광을 나에게 베풀지 않는 경우 잦은 게르망뜨 부인께서, 당장 그 주에, 엘리제궁에 가서 자기의 명함을 놓고 올 생각을 하신 것이오. 그것이 우리 가문에 오점을 남긴 행위라고 생각하는 질베르에게 물론 조금 지나친 면은 있소. 그러나, 정치는 제쳐두고라도, 그리고 까르노 씨가 자기의 직책을 원만히 수행하고 있는 것 또한 사실이지만, 그가, 단 하루에 우리의 혈족 열한 사람을 죽음으로 내몬 혁명 재판소 재판관의 손자임을 잊어서는 아니 되오."

"그렇다면 바쟁, 샹띠이 성 만찬에는 왜 매주 참석하셨나요? 까르노[625]가 정직한 사람이었던 반면 필립-에갈리떼[626]는 끔찍한 개

자식이었다는 차이만 빼면, 오말 공작 또한 못지않은 혁명 재판소 재판관의 손자예요."

"말씀을 중단시켜 죄송합니다만, 사진은 이미 보냈습니다." 스완이 말하였다. "그것을 아직 부인께 드리지 않았다니 무슨 일인지 모르겠습니다."

"저에게는 그다지 놀라운 일도 아니에요." 공작 부인이 말하였다. "저의 하인들은 자기들이 보기에 합당하다고 생각하는 것만을 저에게 보고해요. 그들이 아마 성-요한 수도회를 좋아하지 않는 모양이에요." 그러면서 그녀가 초인종을 울렸다.

"오리안느, 내가 샹띠이 만찬에 참석하더라도 기꺼이 그러는 것이 아니라는 점은 당신이 잘 아시오."

"기껍지 않다고 하시면서도, 왕자께서 자고 가라고 할 경우를 위해 잠옷까지 가지고 가시잖아요. 물론 그가 모든 오를레앙 가문 사람들처럼 콧방울⁽⁶²⁷⁾인지라, 그러라고 권하는 경우는 드물지만. 참, 다음 번 쌩-으베르뜨 부인 댁 만찬에 우리와 함께 누가 참석하는지 아세요?" 게르망뜨 부인이 남편에게 물었다.

"당신이 이미 알고 있는 사람들 이외에, 마지막 순간에 초대장을 보낸, 떼오도즈 국왕과 형제간인 사람이 더 있소."

그 소식에 공작 부인의 얼굴에 만족스러워하는 기색이 감돌았고, 반면 그녀의 말에는 권태로움이 드러났다.

"아! 맙소사, 또 그 왕자들이라니."

"하지만 그 사람은 친절하고 총명합니다." 스완이 말하였다.

"하지만 온전히 그렇지는 않아요." 자기의 생각에 새로움을 가미하기 위하여 합당한 단어들을 찾는 듯한 기색을 보이면서 공작 부인이 대꾸하였다. "왕자들 중 가장 친절하다고 하는 사람들도 온전히 그렇지는 못하다는 사실을 간파하셨나요? 정말 그래요, 단

게르망뜨 쪽 2부 2장 417

언해요! 그들은 항상 모든 것에 대해 하나의 견해를 가져야 직성이 풀려요. 그런데 아무 견해도 없기 때문에, 자기네들 생애의 전반부는 우리들의 견해를 묻는데 허비하고, 후반부는 우리들 앞에서 그 것을 다시 써먹는데 허비해요. 그들은 막무가내로 이 연주는 좋았고 저 연주는 덜 좋았다는 말을 해야 만족스러워해요. 사실은 아무 차이도 없는데 말이에요. 제 이야기 좀 들어 보세요. 그 아우 뗴오도즈가 (그의 이름은 생각이 나지 않아요) 저에게, 오케스트라의 모티프를 무엇이라 부르느냐고 저에게 물었어요. 제가 그에게 대꾸하기를," 공작 부인의 눈이 그 순간 반짝거렸고 아름다운 그녀의 붉은 입술에서 웃음이 터져 나왔다. "그것을 '오케스트라의 모티프'라 부른다고 하였어요. 그러자! 별로 만족스러워하지 않았어요. 아! 나의 사랑스러운 샤를르," 게르망뜨 부인이 나른해진 기색으로 말을 계속하였다. "시내의 다른 집에 가서 저녁 식사를 하는 것이 정말 괴로워요! 차라리 죽고 싶은 저녁들도 있어요! 죽는 것 또한 아마 못지않게 괴롭겠지요. 그것이 무엇인지 모르니까요."

시종 하나가 나타났다. 수위와 다투어서, 공작 부인이 자상하게 두 사람을 타일러, 표면적으로나마 화해를 시킨, 그 젊은 약혼자였다.

"오늘 저녁에 오스몽 후작님의 소식을 알아보러 가야 합니까?" 그가 물었다.

"절대 그러지 말게. 내일 아침까지는 꼼짝도 하지 말게! 나는 자네가 오늘 저녁에 이곳에 머물러 있는 것조차 원하지 않네. 자네가 아는 그의 심부름꾼이 자네에게 와서 소식을 전하면서, 자네에게 우리들을 찾으러 가라고 할 때까지 내버려두게. 아예 외출하여, 가고 싶은 곳으로 가 먹고 마시며 놀다가, 밖에서 자고 오게. 내일 아침까지는 자네가 이곳에 있는 것을 원치 않네."

시종의 얼굴에 거대한 기쁨의 물결이 넘쳐 흘렀다. 수위와 다시 다툰 탓에, 새로운 마찰을 피하려면 더 이상 외출하지 않는 것이 낫다고 공작 부인이 그에게 좋은 말로 타이른 이후 부터는 거의 만날 수 없던 자기의 약혼자와, 그가 드디어 긴 시간을 함께 보낼 수 있게 되었다. 자유로운 저녁 시간을 갖게 되었다는 생각에 그는 벌써부터 행복 속에서 헤엄을 치고 있는데, 공작 부인이 그 행복을 감지하였고 그것이 어떤 행복인지 간파하였다. 그녀는 다른 사람이 자기 모르게, 자기로부터 숨어서, 누릴 그러한 행복을 상상하는 순간, 가슴을 조여 오는 비통함과 모든 사지에 퍼져나가는 근질거림을 느꼈고, 그 순간 노기와 질투심이 그녀를 사로잡았다.

"아녜요, 바쟁, 그는 여기에 남아 있어야 하고, 집을 떠나서는 아니 돼요."

"하지만 오리안느, 어처구니없는 말씀이오. 당신에게 필요한 사람들은 모두 집에 있고, 게다가 자정에는 우리의 가장 무도회를 위하여 의상 담당하는 여자와 무대 전문 의상가도 올 것이오. 그가 할 일은 아무것도 없고, 마마의 시종과 친한 유일한 사람은 이 사람뿐이니, 나는 이 사람을 멀찌감치 보내는 것이 천배는 더 좋으리라 생각하오."

"제 말씀 들어보세요, 바쟁, 제가 하는대로 내버려두세요. 그것이 몇 시가 될지는 정확히 모르지만, 오늘 저녁에 그를 시켜 어떤 사람에게 전할 말이 있을 것 같아요." 그러면서 그녀가 다시, 절망감에 사로잡힌 시종에게 말하였다. "단 일 분도 집에서 나가지 마시게."

항상 다툼이 일어나고 그리하여 공작 부인 댁에 하인들이 오래 머물지 못하였는데, 그 끊임없는 다툼의 소이연이었던 사람은 결코 파면되지 않을 사람이었으며, 그러나 그 인물이 수위는 아니었다. 의심할 나위 없이, 거친 일과, 떠맡겨야 할 더 힘든 곤욕들과, 주먹다짐으로 끝나는 다툼들을 위해, 공작 부인이 무거운 연장들을 수위에게 맡겼지만, 그는 그것을 타인이 자기에게 떠맡긴 사실조차 깨닫지 못한 채 그 역할을 수행하였다. 다른 하인들처럼 그 역시 공작 부인의 어진 마음을 칭송하였고, 일을 그만둔 후에도 프랑수와즈를 보러 다시 오곤 하던 명민하지 못한 심부름꾼들은, 공작의 집이 그 수위만 없다면 빠리에서 가장 좋은 자리일 것이라고 말하였다. 사람들이 오랜 세월 동안 교권주의나, 프리메이슨 단, 유대인의 위험등을 이용하였듯이, 공작 부인이 수위를 이용하고 있었다.(628) 심부름꾼 하나가 들어섰다.

"스완 씨가 보낸 소포를 왜 나에게 가져오지 않았나? 하지만 마침 이야기가 나왔으니 (샤를르, 마마의 병세가 위중하오) 묻네만, 오스몽 후작님의 소식을 물으러 간 쥘르는 돌아왔는가?"

"조금 전에 돌아왔습니다, 공작님. 후작님이 곧 운명하실 것이라고들 합니다."

"아! 그가 아직 살아 있군." 공작이 안도의 한숨을 내쉬면서 감격적으로 말하였다. "그렇게들 예상한다고! 사탄이나 기다리지! 목숨이 붙어 있는 한 희망은 있는 것이오." 공작이 기쁜 기색으로 우리들에게 말하였다. "그가 마치 벌써 죽어 땅에 묻기라도 한 듯 나에게들 떠들어대더니! 여드레 후면 그가 나보다 더 팔팔할 거요."

"의사들 말로는 오늘 저녁을 넘기시지 못할 것이랍니다. 어떤 의사는 밤에 또 오겠노라 하였습니다. 의사들의 우두머리가 소용없는 일이라 하였습니다. 후작님이 벌써 돌아가셨을 것이지만, 장뇌유(樟腦油)로 관장을 하였기 때문에 목숨이 부지된 것이라 합니다."

"닥치게, 멍청이 같은 사람." 공작이 한껏 노하여 소리쳤다. "누가 자네에게 그따위 소리 늘어놓으라고 했는가? 자네는 사람들이 자네에게 한 말의 뜻을 전혀 이해하지 못하였네."

"제가 아니라 쥘르에게 하였습니다."

"그 입 닥치지 못하겠나?" 공작이 울부짖듯 소리를 지른 다음 스완에게로 고개를 돌리면서 계속하였다. "그가 살아 있다니 얼마나 다행이오! 그가 차츰 기운을 회복할 것이오. 그러한 위기를 겪고도 살아 있다오. 그것만으로도 더할 나위 없이 좋은 일이오. 모든 것을 한꺼번에 요구할 수는 없는 법이오. 장뇌유로 잠시 관장을 하는 것, 그것이 불쾌하지만은 않을 것이오." 공작이 두 손을 마주 부비면서 말하였다. "그가 살아 있으니 무엇을 더 원하겠소? 그 모든 일들을 겪고도 그러하니 그것만으로도 멋진 일이오. 그러한 기질을 타고난 것이 부러울 뿐이오. 아! 환자들이라니, 그들을 위해서는 모두들 우리에게 쏟지 않는 정성을 기울이오. 오늘 아침, 요리사 녀석 하나가 베아른 지방 소스를 곁들인 양의 넓적다리 고기를 올렸는데, 그 요리가 기막히게 성공적이었던 것은 인정하지만, 바로 그러한 이유 때문에 내가 그것을 어쩌나 많이 먹었던지, 그것이 아직도 나의 위를 짓누르고 있소. 그렇건만, 나의 다정한 아마니앵에게 그러듯, 내 안위를 물으러 오는 사람은 없을 것이오. 사람들이 지나치게 문안을 여쭙는 경향이 있소. 그것이 그를 피곤하게 하오. 그가 숨을 돌리게 내버려두어야 하오. 그의 집에 끊임없이 사람을 보내어 안부를 묻는 짓이 그 사람을 죽이오."

"여보게!" 물러가려고 하는 심부름꾼 하인에게 공작 부인이 말하였다. "스완 씨가 포장하여 나에게 보내신 사진을 올려보내라고 내가 이미 분부하였네만."

"공작 부인 마님, 그것이 하도 커서 출입문으로 들어올 수 있을

게르망트 쪽 2부 2장 421

지 모르겠습니다. 그리하여 그것을 현관에 놓아두었습니다. 공작 부인 마님께서는 그래도 제가 그것을 이곳으로 올려오기를 바라십니까?"

"그렇다면 그만두게! 나에게 진작 그 말을 했어야지. 그것이 그 토록 크다면, 잠시 후 내려가면서 보겠네."

"제가 또한, 오늘 아침에 몰레 백작 부인 마님께서 공작 부인 마님께 드리라고, 명함 한 장 놓고 가셨다고 공작 부인 마님께 말씀 드리는 것을 잊고 있었습니다."

"뭐라고! 오늘 아침에?" 그토록 젊은 여인이 감히 아침에 자기 의 명함을 들이밀 수는 없는 법이라 생각하였음인지, 공작 부인이 불만스러운 기색을 띠며 말하였다.

"열 시 경이었습니다, 공작 부인 마님."

"그 명함들을 나에게 보여주게나."

"여하튼, 오리안느, 마리가 질베르와 혼인하겠다는 우스꽝스러 운 생각을 하였노라고 당신이 말씀하실 때, 실은 당신이 이상한 방 법으로 역사를 쓰신 것이오." 공작이 처음의 화제를 다시 꺼내었 다. "그 혼인을 함에 있어서 혹시 멍청한 사람이 있었다면, 그것은, 우리의 것인 브라방이라는 가문 명칭을 찬탈한 벨기에 왕과 그토 록 가까운 친척 아가씨를 아내로 맞아들인 질베르요. 한 마디로, 우리는 헤쎈 가문(630)과, 그것도 그 종손과 같은 혈통이오." 그러더 니 나를 쳐다보며 다시 말하였다. "자신에 대한 이야기를 하는 것 은 항상 멍청한 짓이오만, 여하튼 우리가 다름슈타트에 뿐만 아니 라, 심지어 카쎌과, 선거후에 속하는 헤쎈 전 지역 어디엘 가든, 우 리가 종손이었던지라, 란트그라프들이 우리들을 항상 예의를 다 하여 대접하였소."

"하지만 바쟁, 자기 나라의 모든 연대에서 대대장 노릇 하였고,

스웨덴 왕과 약혼시킨 그 사람[631] 이야기는 저에게 아니 해 주실 건가요…"

"오! 오리안느, 조금 심한 말씀이오. 우리가 이미 구백 년 전부터 전유럽에서 최고의 지위를 누리고 있을 때, 스웨덴 왕의 조부[632] 되는 사람은 뽀에서 농사를 짓고 있었다는 사실을, 당신이 모른다고들 하겠소."

"하지만 아무리 그렇다 해도, 혹시 거리에서 누가 '저기 스웨덴 왕이 있어' 하면 모두들 그를 보기 위하여 꽁꼬르드 광장까지라도 달려가지만, 혹시 어떤 사람이 '저기 게르망뜨 씨가 있다' 하여도, 그것이 누구를 가리키는 말인지 아무도 모를 거예요."

"그럴듯한 주장이군!"

"게다가, 브라방 공작의 작위가 이미 벨기에 왕실로 넘어갔는데, 당신이 어떻게 아직도 그것에 대한 권리를 주장할 수 있는지, 저는 이해할 수 없어요."

몰레 백작 부인의 명함을, 아니 그보다는 그녀가 명함이라고 하면서 놓고 간 것을 가지고, 심부름꾼 시종이 다시 들어왔다. 몸에 지니고 온 명함이 없다고 하면서, 주머니에서 자기가 받은 편지 한 통을 꺼내더니, 봉투 속에 있던 것은 자기가 간직하고, '몰레 백작 부인' 이라고 쓴 겉봉의 글씨가 잘 보이도록 귀퉁이를 접어서 주더라는 것이다. 그 해에 유행하던 편지 용지의 규격에 맞춘 봉투가 상당히 컸던지라, 인쇄하지 않고 손으로 쓴 그 '명함' 의 크기가 일반적인 명함들 크기의 두 배는 되었다.

"이것이 흔히들 말하는 몰레 부인의 소박함이에요." 공작 부인이 빈정거리는 투로 말하였다. "그녀는 우리로 하여금 자기가 명함을 가지고 있지 않았으리라 믿도록 하여 자기의 참신함을 과시하려 해요. 하지만 우리들은 그 모든 것을 알고 있어요, 그렇지 않아요? 나의 사랑스러운 샤를르, 사교계에 들어선지 네 해밖에 아니 된 어린 귀부인으로부터 기지를 배우기에는, 우리가 조금 너무 늙었고 충분히 독창적이에요. 그녀가 매력적이긴 하지만, 편지 봉투 하나를 명함인양 아침 열 시에 들이미는 것과 같은 그토록 적은 비용을 들여, 자기가 사람들을 놀라게 할 수 있으리라는 망상에 사로잡힐 만큼, 충분한 함량을 가지고 있는 것처럼은 보이지 않아요. 그녀의 이 늙은 생쥐 엄마가, 이 분야에서는 그녀 못지 않다는 것을 보여 줄 거예요."

스완은, 몰레 부인의 그러한 성공에 약간의 질투심을 느낀 공작 부인이, 방문하였던 여인을 상대로 '게르망뜨적 재치'에서 어떤 무례하고 엉뚱한 답례를 찾아낼 것이라고 생각하면서, 터져나오는 웃음을 참지 못하였다.

"브라방 공작의 작위와 관련해서는, 오리안느, 내가 벌써 백 번이나 당신에게…" 공작이 다시 자기 이야기를 시작하였으나, 공작 부인이 아예 들으려 하지도 않고 그의 말을 끊었다.

"하지만 나의 사랑스러운 샤를르, 당신의 그 사진을 보고 싶어 죽을 지경이에요."

"아! 엑스팅크토르 드라코니스 라트라토르 아누비스[633]!" 스완이 대꾸하였다.

"그래요, 당신이 베네치아의 싼 죠르죠 교회당과 관련시켜 그것에 대해 저에게 이야기해 준 것이 참 멋있어요. 하지만 왜 '아누비스'인지 저는 이해하지 못하겠어요."[634]

"바발의 선조인 그 사람은 어떻게 생겼소?"[635] 게르망뜨 씨가 물었다.

"그의 '바발'[636]을 보고 싶은 모양이군요." 자신도 동음이의어 가지고 하는 그따위 신소리는 멸시한다는 것을 보여주기 위하여,

424

그녀가 냉랭한 기색으로 말하였다. "저는 그들 모두를 보고 싶어
요." 그녀가 다시 덧붙였다.

"이보시오, 샤를르, 마차가 준비되기를 기다리면서 아래로 내려
갑시다." 공작이 말하였다. "나의 아내가 당신이 보낸 사진을 보기
전에는 우리를 편안히 내버려두지 않을테니, 당신의 방문이 현관
에서 이루어지도록 합시다. 솔직히 말해 나는 그렇게 조바심하는
편이 아니오." 그가 만족한 듯한 기색으로 덧붙였다. "나는 조용히
기다리는 사람이지만, 그녀는 그러느니 차라리 우리가 죽는 꼴을
보려 할 것이오."

"저도 전적으로 동감이에요, 바쟁, 현관으로 갑시다." 공작 부인
이 말하였다. "적어도 우리는 왜 우리가 당신의 서재로부터 내려
가는지를 알지만, 반면 우리가 왜 브라방의 백작들로부터 내려오
는지는 영영 모를 거예요."

"브라방 가문 사람과 튀링엔 및 헤쎈을 다스리던 마지막 란트그
라프의 딸이 혼인함으로써, 그 작위가 헤쎈 가문으로 들어오게 된
경위를, 내가 당신에게 백번은 반복해 이야기해 드렸소." 공작이
말하였다 (우리가 사진을 보러 내려가는 동안에, 그리고 내가, 일
찍이 스완이 꽁브레에서 나에게 가져다주곤 하던 사진들에 대한
생각에 잠겨 있는 동안). "따라서 브라방 가문의 작위가 헤쎈 가문
으로 들어갔기 보다는, 헤쎈 대공이라는 작위가 브라방 가문으로
들어간 것이오. 우리 가문의 전투구호가 브라방 공작들의 전투구
호였다는 것도 기억하실 거요. '림부르크[637]는 그것을 수중에 넣는
사람의 것이다!' 우리가 브라방 가문의 문장(紋章)들을 게르망뜨
가문의 것들[638]과 교환할 때까지는 그랬는데, 나는 그 교환이 잘못
된 것이라 생각하며, 그라몽 가문의 예가 나의 그러한 생각을 더
공고히 해주고 있소."

"하지만, 그것을 쟁취한 이들은 벨기에의 왕들이에요…" 게르망뜨 부인이 말하였다. "게다가 벨기에의 세습권자는 브라방 공작이에요."

"하지만, 나의 귀여운 이여, 당신이 하시는 말씀은 사리에 맞지 않으며, 그 자체에 결함이 있소. 영지는 이미 찬탈자에 의해 점령당했어도, 완벽한 형태로 잔존하는 명목뿐인 칭호들이 있음을 당신도 나 못지않게 잘 알고 계시오. 예를 들어 에스빠냐의 국왕은, 우리 가문보다 근래에, 그러나 벨기에 왕보다는 더 옛날에, 행사하였던 소유권을 들먹이면서 자신을 가리켜 브라방 공작이라 하고 있소.[639] 그는 또한 스스로를 부르고뉴 공작, 동인도 및 서인도의 왕, 밀라노 공작이라 칭하고 있소. 그런데 그가 더 이상 부르고뉴나, 두 인도를 소유하고 있지 못함은, 내가 브라방을 소유하지 못하고 있는 것이나 헤쎈 대공이 브라방을 소유하지 못하고 있는 것과 같소. 또한 에스빠냐 국왕이 여전히 스스로를 예루살렘의 국왕이라 칭하고,[640] 오스트리아 황제 또한 그러지만, 그 두 사람 중 누구도 예루살렘을 수중에 넣지 못하고 있소."

그 무렵 '한창 전개되고 있던 사건' 때문에 예루살렘이라는 명칭이 혹시 스완을 당황하게 하지 않을까 저어하여, 공작이 잠시 이야기를 중단하였으나, 그 때문인지, 오히려 더 빠른 속도로 이야기를 계속하였다.

"당신이 하시는 말씀은 모든 사람에게 적용될 수 있소. 우리의 선조들께서는 대대로 오말의 공작이셨으나, 그 공작령이, 주웽빌 및 슈브르즈가 알베르 가문에 흡수되었던 것처럼, 프랑스 왕실로 또 합법적으로 넘어갔소. 우리는, 옛날 한 때 우리의 것이었으나 지극히 합법적으로 트레무이유 가문의 전유물로 변한 누와르무띠에 후작 작위에 대해서처럼, 그 다른 작위들에 대해서도 더 이상 권리를 주장하지 않소만, 몇몇 양여가 합당했다고 해서, 모든 양여가 그렇다는 것은 아니오. 예를 들어," 그가 나에게로 고개를 돌리면서 그 말을 하였다. "내 형수의 아들은, 따란또 대공 작위가 당연히 트레무이유 가문에 귀속되듯, 미친 후아나[641]로부터 우리에게 내려온 아그리젠또 대공 작위를 가지고 있소. 그런데 나뽈레옹 1세가 그 따란또 작위를, 물론 매우 뛰어난 병사였기 때문에 그랬겠지만, 일개 평범한 병사에게 주었소.[642] 하지만 황제는, 나뽈레옹 3세가 몽모랑씨 공작 하나를 만들 때보다 더 월권행위를 저질렀으니, 뻬리고르[643]의 경우, 적어도 그의 모친이 몽모랑씨 가문의 딸이었던 반면, 나뽈레왕 1세가 만든 따란또 대공 속에는 따란또와 아무 관련 없는 나뽈레옹의 의지밖에 없었소. 그럼에도 불구하고 쉐데땅주가, 당신의 숙부 꽁데[644]의 일을 암시하면서, 뱅쎈느 성의 해자 속에 몽모랑씨 공작 작위를 주러 갔었느냐고 제국의 검사장에게 물었소."

"제 말씀 들어보세요, 바쟁, 당신을 따라 뱅쎈느 성 해자 속으로 들어가든, 심지어 따란또에 가든, 저는 기꺼이 그러겠어요. 그리고 마침 이야기 나왔으니, 나의 사랑스러운 샤를르, 당신이 저에게 당신이 좋아하시는 베네치아의 싼 죠르죠 교회당에 관해 말씀하시는 동안 당신에게 말씀 드리고 싶었던 것인데, 바쟁과 제가 다음 해 봄을 이딸리아와 시칠리아에서 보낼 생각이에요. 당신이 우리와 함께 가신다면, 생각해 보세요, 그것이 얼마나 각별하겠어요! 제가 단지 그곳에서 당신을 보는 기쁨에 대해서만 말하는 것은 아니에요, 한 번 상상해 보세요, 노르망디인들의 정벌과 고대인들의 행적[645]에 대해 당신이 저에게 자주 이야기해 주시던 모든 것들이 함께 할 것이니, 상상해 보세요, 당신과 함께 하는 그러한 여행이 어떨지! 다시 말해, 심지어 바쟁까지도, 내가 무슨 말을 하고 있는 거야, 심지어 질베르까지도, 그런 여행에서는 얻는 바가 있을 것이니,[646] 나뽈리 왕국의 옥좌에 대한 권리 주장이나 그것과 유사한 온갖 일들조차도, 만약 당신이, 로마네스크 양식으로 지은 옛 교회당 안에서, 혹은 원초주의 화가들이 그린 화폭 속에서처럼 동산들 꼭대기에 둥지를 튼 작은 마을에서, 그것들을 설명해 주신다면, 저의 관심을 끌 수 있으리라 느껴지니 말이에요. 하지만 우선 당신이 보내신 사진들부터 보러 가요." 그러더니 공작 부인이 시종 하나에게 말하였다. "포장을 뜯어요."

"하지만 오리안느, 오늘 저녁에는 아니 되오! 그것은 내일 보시오." 사진의 엄청난 크기를 보고 이미 나에게 커다란 불안감을 표하였던 공작이 애걸하듯 말하였다.

"하지만 그것을 샤를르와 함께 보는 것이 저에게는 재미있어요." 억지로 음탕하게 꾸미고 동시에 심리적으로 계산된 미소를 지으면서 공작 부인이 대꾸하였다. 또한 미소가 그렇게 보였던 것은, 스완에게 친절하고 싶은 갈망에 이끌려, 마치 어느 환자가 오렌지 하나를 먹으면 맛볼 수 있으리라 느끼는 즐거움에 대해 그러기라도 하듯, 혹은 그녀가 이미 친구들과 탈출을 모의한 다음, 아울러 어느 전기 작가에게 자기의 마음에 드는 취향들을 알려주기라도 한 듯, 자기가 그 사진을 바라보면서 맛볼 즐거움에 대하여 말하고 있었기 때문이다.

"그렇다면, 그가 따로 시간을 내어 당신을 보러 오라고 합시다." 공작의 말에 그의 아내가 양보하였다. "그것이 당신들 두 사람에게 그토록 즐거울 수 있다면, 그 사진 앞에서 함께 세 시간쯤 보내시오." 그가 빈정거리듯 말하였다. "하지만 저 거대한 장난감을 어디에 들여놓으실 작정이오?"

"그야 물론 저의 침실이지요. 저의 눈이 닿는 곳에 두고 싶어요."

"아! 당신 좋을대로 하시오. 그것이 당신의 침실에 있으면, 내가 다행히 그것을 영영 아니 보아도 되겠군." 자기네 부부관계의 부정적인 성격을 그토록 경솔하게 드러낸다는 점을 생각하지 못한 채, 공작이 그렇게 말하였다.

"포장을 아주 조심해 벗기도록 해요." 게르망뜨 부인이 하인에게 분부하였다 (그녀는 스완에 대한 호의에 이끌려 그렇게 당부하기를 여러 차례 반복하였다). "포장지가 손상을 입지 않도록 조심해요!"

"우리가 포장지에게까지 경의를 표해야 한다오!" 공작이 어이없다는 듯 두 팔을 하늘로 치켜올리면서 나의 귀에다 소곤거렸다. "하지만 스완, 지극히 산문적인 불쌍한 남편에 지나지 않는 내가 저것을 보고 감탄하는 것은, 당신이 저러한 크기의 봉투를 찾아낼 수 있었다는 사실이오. 저것을 도대체 어디에서 찾아내셨소?"

"사진제판 작업을 하는 집에서 자주 이런 식으로 보낸다오. 하지만 주인이 콧방울인 것 같소. 포장에다 '마담'이라는 경칭도 없이 '게르망뜨 여공작'이라고만 썼으니 말이오."

"저는 그를 용서해요." 공작 부인이 멍한 기색으로 말하였다. 그러더니 문득, 그녀를 명랑하게 만든 어떤 생각에 충격을 받은 듯, 가벼운 미소를 억제한 다음, 얼른 스완을 다시 바라보며 말하였다. "그런데! 우리와 함께 이딸리아에 가실지 여부를 아직 말씀하시지 않았어요."

"부인, 그것이 가능하지 않을 것이라 제가 확신하고 있습니다."

"그러면, 몽모랑씨 부인이 저보다 운이 좋았군요. 당신이 그녀와 함께 베네치아와 비첸자에 가셨으니까요. 그녀가 저에게 말하기를, 당신과 동행하면, 그러지 않을 경우 결코 볼 수 없을 것들을,

게르망뜨 쪽 2부 2장 429

그리고 일찍이 아무도 언급하지 않은 것들을 볼 수 있고, 당신이 자기에게 전대미문의 것들을 보여주셨으며, 심지어 이미 알려진 것들 속에서도, 당신이 아니 계셨다면 그 앞으로 스무 번을 지나가면서도 간과하지 못하였을 세부 사항들을 이해할 수 있었다고 하더군요. 정말이지 그녀가 우리보다 운이 좋았군요…스완 씨가 사진들을 넣어 보내신 저 거대한 봉투의 귀퉁이를 내 대신 접은 다음, 오늘 저녁 열 시 반에, 몰레 백작 부인 댁에 가져다 놓으시게." 그녀가 하인에게 말하였다.

스완이 폭소를 터뜨렸다.

"사정이 어떻든, 도대체 어떻게 열 달 전부터 그것이 불가능할 것임을 아실 수 있는지, 그것이 궁금해요." 게르망뜨 부인이 그에게 물었다.

"나의 다정한 공작 부인이시여, 꼭 알고 싶으시다면 말씀은 드리겠으나, 보시다시피 저의 병세가 위중합니다."

"그래요, 나의 사랑스러운 샤를르, 제가 보기에도 당신의 안색이 전혀 좋지 않으며, 당신의 안색을 보면 마음이 편치 않지만, 제가 여드레 후에 떠나자는 것도 아니고, 열 달 후에요. 열 달 동안에 누구든 병을 치유할 수 있잖아요."

그 순간 시종 하나가 와서 마차를 대령시켰노라 고하였다. "어서, 오리안느, 말에 오르시오." 자기가 마치 기다리고 있던 말들 중 하나이기라도 한 듯, 잠시 전부터 성마르게 발을 구르고 있던 공작이 말하였다.

"좋아요, 우리와 함께 이딸리아에 가실 수 없는 이유를 한 마디로 말씀해 주실 수 있겠어요?" 우리에게 작별을 고하기 위하여 일어서면서 공작 부인이 물었다.

"하지만 나의 사랑스러운 벗님이시여, 그 때에는 내가 죽은지 여러 달 후일 것이오. 지난 연말에 나를 진찰한 의사들 말로는, 나의 병이—지금이라도 내 목숨을 앗아 갈 수 있다는 점은 차치하고—어떠한 경우에라도, 나를 서너 달 이상 살게 내버려두지 않을 것이며, 최대한 길게 보아도 그렇다 하오." 스완이 미소를 지으면서 그렇게 대답하는데, 그 동안 시종이 공작 부인에게 유리창 끼운 현관의 문을 열어주었다.

"지금 저에게 무슨 말씀을 하시는 거예요?" 마차를 향해 옮기던 발걸음을 잠시 멈추면서, 푸르고 우수 어린, 그러나 불안함 가득한 아름다운 두 눈을 처들면서, 공작 부인이 절규하듯 소리쳤다. 생애에 처음으로, 시내에 가서 만찬에 참석하기 위하여 마차에 오르는 일과 곧 죽을 사람에게 연민을 표하는 일이라는 그토록 상반된 두 의무 사이에 놓인 그녀는, 따라야 할 판례를 자기에게 제시해 줄 듯한 예의 법규 속에서 아무것도 발견하지 못하였고, 따라서 어느 쪽을 택해야 좋을지 몰라, 그 순간에는 더 적은 노력이 요구되는 첫 번째 대안을 따르기 위하여, 두 번째 대안은 제기될 수 있으리라 믿지 않는 척해야 한다고 여겼으며, 그리하여, 갈등을 해소하는 최선의 방법은 그의 말을 부인하는 것이라 생각하였다. "농담하시려는 거예요?" 그녀가 스완에게 말하였다.

"매력적인 취향에서 나온 농담일 것입니다." 스완이 빈정거리듯 대꾸하였다. "지금까지 저의 질환에 대해서는 당신에게 아무 말 하지 않았건만, 제가 왜 그 이야기를 하는지 모르겠군요. 하지만 당신이 그것에 대해 물으셨고, 이제 제가 언제든 죽을 수 있는지라…하지만 무엇보다도 저는 당신이 늦으시지 않기를 바랍니다. 시내의 만찬에 참석하시기로 되어 있지요." 다른 사람들에게는 그들의 사교적 의무가 한 친구의 죽음보다 중요하다는 것을 알고 있었기 때문에, 또한 그 자신의 정중한 예절 덕분에 그가 자신을 그들의 입장에 놓고 생각하였던지라, 그가 그렇게 덧붙였다. 그러나 공작 부인의 예절 또한 그녀로 하여금, 자기가 참석하는 만찬이 스완에게는 자신의 죽음보다 중요하지 않으리라는 것을 어렴풋이나마 깨닫게 해 주었다. 그리하여, 마차를 향하여 걸어가면서도, 그녀는 이렇게 말하면서 어깨를 축 늘어뜨렸다. "우리가 참석하는 만찬에 대해서는 신경 쓰지 마세요. 하등의 중요성도 없는 만찬이에요!" 하지만 그 말에 공작의 심기가 상하였다. 그가 언성을 높였다. "보시오, 오리안느, 그렇게 수다나 떨면서 스완과 탄식 주고 받느라고 지체하지 마시오. 쌩-으베르뜨 부인께서는 모두들 여덟 시 정각에 식탁에 앉기를 바라신다는 점 잊지 마시오. 당신이 진정 원하는 것이 무엇인지 아셔야 하오. 당신의 말들이 기다리는지 오 분은 족히 되었소. 샤를르, 당신의 양해를 부탁하오만, 벌써 십 분 전 여덟 시라오." 그가 스완 쪽으로 고개를 돌리면서 그렇게 덧붙였다. "오리안느가 항상 늑장을 부리고, 쌩-으베르뜨 노마님 댁까지 가려면 오 분이 더 걸린다오."

게르망뜨 부인이 결연히 마차를 향해 걸어갔고, 스완에게 마지막 작별인사를 하였다. "아시겠어요? 그 점에 대해 우리 다시 이야기해요. 저는 당신이 하시는 말씀을 단 한 마디도 믿지 않지만, 그것에 대해 우리가 함께 다시 이야기해야 할 거예요. 그들이 멍청하게 당신을 놀라시게 한 거예요. 당신이 원하시는 날 점심 드시러 오세요 (게르망뜨 부인에게는 항상 점심이 모든 해결책이었다). 당신이 원하시는 날과 시각을 저에게 말씀해 주세요." 그러고 나서, 붉은색 치마 자락을 쳐들면서 마차의 승강용 발판 위에 자기의 발을 올려놓았다. 그녀가 막 마차 안으로 들어가려는 찰라, 그 발을 본 공작이 무시무시한 음성으로 외쳤다. "오리안느, 무슨 짓을 하려는 거요, 가엾은 사람. 당신 지금 검은색 신발을 신고 계시오!

붉은색 정장에다가! 얼른 다시 올라가 붉은색 신발을 신으시든지 혹은," 그가 시종에게 급히 말하였다. "공작 부인의 침실 시녀에게 붉은색 신발을 가지고 내려오라고 어서 전하게."

"하지만, 나의 벗님, 우리가 이미 늦었는데…" 나와 함께 밖으로 나오던 중이었으나 마차가 먼저 우리 앞으로 지나가도록 비켜선 스완을 보고 마음이 불편해진 공작 부인이 부드럽게 대꾸하였다.

"전혀 늦지 않았소, 우리에겐 시간이 얼마든지 있소. 여덟 시 십 분 전밖에 되지 않았소. 몽쏘 공원까지 가는데 십 분도 걸리지 않소. 그리고 여하튼, 어찌 하겠소, 여덟 시 반이 되더라도, 그들은 참고 기다릴 것이지만, 당신이 붉은색 드레스에 검은색 신발 차림으로 가실 수는 없소. 게다가 마지막으로 도착할 사람들이 우리들은 아닐 것이니, 싸쓰나주 내외가 있기 때문인데, 당신 아시다시피, 그들은 아홉 시 이십 분 전이 되기까지는 결코 도착하지 않소."

공작 부인이 자기의 방으로 다시 올라갔다.

"그렇지 않소? 가엾은 남편들, 사람들이 그들을 비웃지만, 그래도 유용할 때가 있소." 게르망뜨 씨가 우리들에게 말하였다. "내가 없었다면 오리안느가 검은색 신발을 신고 만찬에 참석하였을 것이오."

"그것도 보기에 나쁘지는 않소." 스완이 말하였다. "나도 검은색 신발을 보았으나 그것들이 추호도 눈에 거슬리지 않았소."

"나 역시, 그렇다는 것은 아니지만, 신발이 드레스와 같은 색이면 더 우아하오." 공작이 대꾸하였다. "게다가, 하지만 안심하시오, 그곳에 도착하기 무섭게 그녀가 그러한 사실을 알아차릴 것이고, 그러면 내가 신발을 가지러 다시 올 수밖에 없게 될 것이오. 그러면 나는 아홉 시에나 저녁을 먹게 될 것이오. 안녕히들 가시오, 나의 어린 아이들." 그가 우리들을 부드럽게 밀면서 말하였다. "오리안느가 다시 내려오기 전에 어서들 떠나시오. 그녀가 당신 두 사람 보기를 좋아하지 않는다는 뜻은 아니오. 그와 반대로, 그녀가 당신들 보는 것을 지나치게 좋아한다는 뜻이오. 그녀가 당신들을 다시 발견하면, 이야기를 다시 시작할 것이고, 이미 지친지라, 만찬장에 도착하면 초주검이 되어 있을 거요. 게다가 당신들에게 솔직히 고백하거니와, 내가 시장기 때문에 죽을 지경이오. 오늘 아침 기차에서 내린 후, 점심을 너무나 변변찮게 먹었소. 그 망할 베아른 지방 식 소스를 곁들여 먹었으나, 그럼에도 불구하고,(647) 지금 당장 식탁 앞에 앉는 것을 유감스럽게, 전혀 유감스럽게, 생각하지 않을 것이오. 벌써 여덟시 오 분 전이군! 아! 여자들이란! 그녀 때문에 우리 두 내외가 위장병에 걸릴 것이오. 그녀가, 사람들이 생각하는 것보다는 훨씬 덜 튼튼하오."

공작은 자기 아내의 불편함과 자기 몸의 불편함을 죽어가는 사람에게 토로하면서도 거북해하지 않았으니, 그것들이 그의 더 큰 관심사였고, 따라서 더 중요하게 여겨졌기 때문이다. 그리고, 우리 두 사람에게 돌아가라고 좋은 말로 타이른 다음, 보이지 않는 사람에게 그러듯, 또한 우렁찬 음성으로, 이미 안뜰에 나가 있던 스완에게 문에서 다음과 같이 소리친 것은, 단지 그의 예의와 쾌활함 때문이었다. "그리고 당신, 의사들의 그 마귀에 물려갈 멍청한 소리에 놀라지 마시오! 그것들은 모두 당나귀들이오. 당신은 뽕-뇌프(648)처럼 튼튼하오. 당신이 우리들 모두를 묻어줄 것이오!"

옮긴이 주

2부 1장

(*)기존의 모든 판본들이 「게르망뜨 쪽」(2부 1장, 2장) 및 「소돔과 고모라」(1부, 2부 각장)에 소제목 형태로 붙여 놓은 언급들은, 혹시 누락되지 않을까 염려되어 작가가 비망록에 대강 적어 놓았던 사항들 정도의 성격을 띠고 있다. 그러한 언급들이 애초 어떤 경위로 그 자리에 놓였는지는 모르겠으나, 그것들을 제목들로 간주하기에는 내용이 너무 지엽적이며, 심지어 '요약'의 수준에도 이르지 못한다. 그것들이 혹시 독자들에게 오해 내지 혼란을 야기시킬 뿐만 아니라, 작품의 특성을 훼손시킬 위험도 있을 듯하여, 이 번역본에서는 모두 삭제한다(옮긴이).

1) Fallières(Armand, 1841~1931). 그가 거짓으로 졸도한 것은 내각수반이었던 시절(1883년)이었으며, 상원의장으로 선출된 것은 1899년, 그리고 공화국 대통령으로 피선된 것은 1906년이라고 한다.

2) '뽐뻬이의 불에 구워진 흙덩이'는 'une terre cuite de Pompei'를 직역한 것이다. 상식적으로는 그것이 뽐뻬이에서 출토된 각종 타일 등 건축물의 벽면 장식재(terracotta) 내지 질그릇들을 가리킨다고 이해할 수 있을 것이다. 그러나 옛 로마인들의 취향이 아무리 특이했다 할지라도, 일상 사용하던 질그릇이나 자주 대하는 벽면에 '장의마차'를 그려 넣었을 개연성은 그리 크지 않다. 할머니의 병세가 위중하다('가망없다')는 말을 들은 주인공에게는, 빠리의 시가지가 아마 그 음산한 죽음의 도시 뽐뻬이 유적처럼 느껴졌을 것이고, 할머니와 자기를 태우고 가던 삯마차가 장의마차로 여겨졌을 것이다. 따라서 '불에 구워진 흙덩이'는, 뽐뻬이가 이글거리는 용암에 뒤덮여 구워지던(79년 8월) 사건 자체를 가리킨다고 이해함이 좋을 듯하다.

3) '아픈 여인(la malade)'을 완곡하게 옮긴 것이다. 그토록 깊은 애정과 존경의 대상이던 할머니를 그렇게 지칭한 것이 매우 이상하다. 임종을 앞둔 사람이 문득 낯설게 느껴지는 현상을 염두에 둔 어휘일 듯하다.

4) 원전에는 '잠자리들의 날개를 뽑는다(arracher les ailes des libellules)'로 되어 있는 것을 의역한다. 잠자리의 양쪽 날개를 잡고 당기면, 날개들이 뽑히지 않고 몸

통이 반으로 갈라지며, 그것이 시골 아이들의 무심한 장난에서 발견되는 심각한 잔혹성이다.

5) 위독한 환자가 있는 집의 부산한 분위기를 가리킬 듯하며, 혼례식이건 장례식이 건 가리지 않고 맹목적인 열의를 드러내는 하인들이나 철부지 아이들의 모습을 냉소적으로 바라보는 시각에서 나온 어휘일 듯하다. 온갖 유형의 '축제들'을 냉 소적으로 묘사한 플로베르의 시각을 연상시키기도 한다(『보바리 부인』, 『감정 교 육』).

6) 1부 초입부에 언급된, 주인공 댁의 집사이다.

7) 성체배령 의식을 치를 때, 성체(호스티아, 즉 희생물)를 상징하는 얇은 밀가루 떡 을 담는 잔 모양의 그릇을 가리킨다(키보리움).

8) 포세이돈의 아들이며 바람의 신인 아이올로스(Aiolos)가, 오뒷세우스의 귀환을 방해할 심산으로, 그의 고국 이타카로 그의 선박을 인도할 바람만을 제외한, 온갖 방향으로 불 바람들 가득 든 가죽 부대를 그에게 주는데, 그의 부하들이 혹시 그 속에 황금이 있지 않을까 생각하고 부대를 여는 찰라 바람들이 쏟아져 나와, 선박 이 표류하게 되고 오뒷세우스와 그의 부하들이 숱한 고초를 겪다가 대부분 희생 된다(『오뒷세이아』, 제10장).

9) 편협한(편집증적인) 시각을 가진 의사의 해학적인 모습은 이미 르 싸주에 의해 상 세하게 묘사된 바 있으며(『싼띠야나의 힐 블라스』, 제2권), 그러한 돌팔이적 측면 이 『여우 이야기』나 『프랑시옹』 등에서도 해학적 요소로 등장하곤 한다. 프루스 트의 작품이 겉보기와는 달리, 프랑스의 유구한 익살문학적 맥에 잇닿아 있음을 보여주는 하나의 예이다.

10) 비강(鼻腔)의 골격을 이루는 얇은 뼈라고 한다. 흔히들 비갑개(鼻甲介)라고 하 는 모양인데, 개(介) 역시 '갑옷'이라는 뜻을 가지고 있는지라 동의어를 반복하 는 것 같아 '비갑'이라 옮긴다. 한편 따디에 교수의 판본과 장 미이 교수의 판본 에는 '비갑'을 뜻하는 'minet' 대신' 각막 '을 뜻하는 'minée'로 되어 있으나, 프 루스트의 초고 및 최초 출판본에는 '비갑'으로 되어 있다 하고(끌라락 교수) 또 그래야 의미가 통하는지라 옛 판본을 따른다.

11) 이해를 돕기 위하여 역자가 유추하여 덧붙인 문장이다.

12) 앞의 '도로들'을 꾸미는 관계절이다. 정말 이해할 수 없는 구절이다. 어떤 말이 누락되었을 듯하다. 한편 브리앙(Aristide Briand, 1862~1932)은 여러 차례 내각 수반 직을 맡았고, 극작가이며 시인이었던 끌로델(Paul Claudel, 1868~1955)은 프

랑스 대사로 여러 나라에 파견되었다고 한다.

13) 프로망땡(1820~1876)은 소설가이고 화가이며 미술 평론가였는데, 그의 소설 『도미니끄』(1863)는 이상주의적 소설의 걸작품이라는 찬사를 받았으며, 북아프리카 여행(1846, 1848, 1852) 후 많은 풍경화를 남겼다고 한다. 벨기에와 홀랜드를 방문한 후 집필한 『옛날의 거장들』(1876)을 프루스트가 탐독하였다고 한다. 한편 르누와르(1841~1919)는 습작기에 루브르 미술관에서 18세기 거장들의 작품들을 모사하였고, 훗날 인상주의 화파 형성에 이바지한 바 크다는 평가를 받기도 한다. 주인공의 말은 르누와르의 새로운 시각을 강조하는 듯하지만, 선뜻 수긍하기는 어려울 듯하다.

14) 르누와르가 그린 전원, 숲, 정원 등(예를 들자면 「언덕길」, 「나무들 사이의 오두막」, 「밀밭」 등)의 색조는 모네의 화폭들에서 발견되는 것과 매우 유사하여, 르누와르 '고유의' 색조라 할 수 있을지 모르겠다.

15) '새로운 문인'이란 프루스트 자신을 가리키는 듯하고, 주인공의 이 말에서는 일종의 변론 같은 것이 느껴지는데, '사물들 간의 새로운 관계'란 새로운 문체의 요체인' 새로운 은유'를 가리키며, 프루스트가 「되찾은 시절」에서 서두르듯 개진한 문체론 내지 예술론의 핵심을 이룬다.

16) 작가와 작품을 일체로 보는 쌩뜨-뵈브의 주장에 대한 해학적 풍자처럼 여겨진다.

17) camarista. '궁녀'를 의미하는 에스빠냐어인데, 프랑스인들이 까메리스뜨(caмériste)로 변형시켜 사용하였으며, '침실 시녀'를 가리켰다고 한다. 꼬따르 부인의 과장 버릇에 기인한 어법이다(「소녀들」, 1부, 참조).

18) '활동을 개시하다'.

19) 쥐삐앵이 자기에게 하였다는 말에 대한 할머니의 논평이었다(「스완 댁 쪽으로」, 〈꽁브레〉).

20) 프랑스가 러일 전쟁 기간 동안(1904~1905) 러시아의 연합국임을 표방하였으나, 앞서 중화 대륙에서 영토를 확장하려는 일본의 야욕에 수수방관하였고, 그 야욕이 러-일 전쟁의 원인이었다고 한다.

21) '정화된 흡각'은, 몸의 특정 부위 하부층에 충혈된 소위 '나쁜 피'를 그 부위 피부층으로 유도하는 데 사용하던, 종(鐘) 혹은 유리컵 모양의 치료 기구라고 한다. '정화된'이라는 수식어(clarifiée)가 혹시 정화용(clarifiant)이라는 뜻으로 사용되었는지 모르겠다. 한편 환부 표면을 난절(亂切, scarifier)하여 혈액 유도의 보조

수단으로 사용하기도 하였다고 한다.

22) 프랑수와즈가 clarifier의 'clari-' 와 scarifier의 'scari-' 를 뒤섞어 ' esclari-' 로 기억
하였던 모양이다. '귀동냥' 으로 배운 단어들을 함부로 사용하는 이들에게서 혼
히 발견되는 현상이다.

23) 메두사의 머리채를 형성하는 머리카락 하나 하나가 독사이니, 당연히 '메두사의
머리채처럼' 이라 해야 마땅할 것이다.

24) 새 옷 시험삼아 입어보기(essayage)를 의역한 것이다. 남편의 영구행렬을 따라
나서기 위해서도 먼저 거울 앞에 서는 여인들의 유구한 속성을 지적한, 해학적인
언급이다.

25) macabre를 직역한 것이다. 조의를 표할 때 사용하기에는 적절치 않은 단어이다.
게르망뜨 공작의 언사가 정제되지 못하였다는 언급은 앞에서도 있었다.

26) Dieulafoy(G. 1839~1911). 빠리 의과대학 교수였으며, 당대에 가장 저명한 의사
였다고 한다.

27) 샤르트르 공작은 필립 7세(루이-필립의 장손이며 빠리 백작, 1834~1894)의 아우
이다. 그가 1863년에 사촌 누이 프랑수와즈 마리 아멜리 도를레앙(1844~1925)과
혼인하였다고 한다.

28) 앙뚜완느 바또(1684~1721)의 화폭들에서 두드러지게 눈에 띄는 것은 인물들과
배경이 혼융되는 듯하고, 모든 사물들의 면모가 몽환적인 색조를 드러내는 듯하
면서도, 그 '우아한 풍경들' 속에는 유열(잔잔한 쾌락)에 대한 기대가 감돈다(「퀴
테라 섬으로의 출항」,「목가적 향락」,「사랑의 축제」 등). 아마 그러한 회화적 특
질을 염두에 둔 언급일 듯하다.

29) '뿌와레 블랑슈' 는 아이스크림 및 과자를 판매하던 상인이었고, '르바떼' 는 당
과 제조업자였다고 한다.

30) (commencer) des courbettes, des entrechats. 거구인데다 신분 높은 게르망뜨 공
작에게는 도저히 어울릴 수 없는 동작일 듯하나 그대로 옮긴다. 그의 경박한 측
면을 과장하여 부각시킨 듯하다.

31) 교수형 당한 사람의 목에 걸었던 밧줄이 행운을 가져다준다고 믿던 시절이 있었
다고 한다.

32) '엄마' 의 용모까지 변화시키며 영영 그녀 속에 자리잡은 그 '슬픔' 이,「소돔과
고모라」(2부, 1장)에 묘사되어 있다.

33) 괄호는 역자가 추가한 것이다. 프랑수와즈에게 던지는 주인공의 다정한 농담이

느껴지는 부분이다.

34) 특히 희극에서, 주인공에게 조언도 하고 때로는 주인공을 가볍게 나무라거나 넌지시 비아냥거리기도 하는 역할을 맡은 인물을 가리킨다. 대개의 경우, 주인공의 시종이나 시녀이다(raisonneur). 『돈 후안』에 등장하는 시종 스가나렐이나 『앙앙불락하는 연정』에 등장하는 시종 그로-르네, 소설의 경우, 『돈 끼호떼』에 등장하는 산쵸 혹은 『춘향전』의 방자 등이 그 좋은 예들이다.

35) Scaramouche. 이딸리아 희극 배우 띠베리오 휘오릴리(1608~1694)가 프랑스에 와서 창안해낸 익살극 중 인물이라고 한다. 우스꽝스러운 군인 복장을 한 인물로, '스까라무슈'는 '작은 전투'나 '말다툼'을 뜻하는 이딸리아어 스까라무치아(scaramuccia)를 변형시켜 만든 것 같다.

36) père noble. 나이 지긋하고 점잖은 신사 역 맡은 배우를 가리킨다.

37) 몰리에르의 「제물에 앓는 사람」이라는 작품에 디아푸와뤼스(Diafoirus)라는 의사와 본느푸와(Bonnefoy)라는 공증인이 등장한다. '디을라푸와'라는 이름이 그 두 인물을 즉시 뇌리에 떠올리게 하였다는 말일 듯하다.

2부 2장

1) 베토벤의 교향곡 제5번(운명)을 가리킨다고 한다.

2) 모로코 북부 지브롤터 해협에 있는 항구라고 한다. 프랑스인들은 땅제(Tanger)라고 부른다.

3) 주인공이 휘렌체 여행이나 발백 여행을 생각하며 자신의 뇌리에 떠올렸던 영상들이다.

4) 원전에는 세 정인들 중 하나(un des trois amants)로 되어 있으나, 이미 앞서 언급된 표현(trois ou quatres entreteneurs 기둥서방 서넛)을 따른다. 한편, 같은 문장에서 사용한 '후계자'라는 단어는 난봉꾼들 사이에 통용되던 상당히 해학적인 용어이다.

5) 그 시각을 기다리는 것이 지루하지 않을 것 같았다는 말이다.

6) 시계를 볼 수도 없다는 말일 듯하다.

7) 추상적 시간(temps), 즉 그 개념을 가리키며, 문두에 언급된 '매시간'은 분 초 단위로 등분되는 측정 단위(heure)를 가리킨다.

옮긴이 주 439

8) 'posséder spirituellement' 을 직역한 것이다. 일반적인 언어에서는 의미가 매우 모호한 말이며, 이 작품 속에서만 대략 다음과 같은 뜻으로 이해될 수 있다. '우리의 내면에 동요를 일으킨 사물의 근저까지 밝혀 그 동요의 진정한 소이연을 밝히는 것'을 가리킨다. 유사한 말(entrer en possession de l'objet)이 작품의 허두(〈마들렌느 과자 일화〉)에서부터 등장하는데, 간단히 말하자면, 그것이 곧 주인공과 그 사물 간의 인연(관계)을 밝히는, 더 나아가 '잃어버린 시절'을 재탈환하는 작업이다.

9) 사철 안개에 덮여 있는 킴메리에(킴메로이인들의 나라, 『오뒷세이아』)와 같을 것이라고 상상하던 발백에서 그녀를 만났던지라, 주인공에게는 그녀가 항상 '안개의 딸'처럼 여겨졌을 것이다.

10) 같은 문장 말미에 언급된 '13세기'를 가리킨다.

11) 「스완」편 허두에 술회된 장면(주인공의 허벅지에서 태어나는 여인)과 유사하다.

12) 구체적으로 어떤 존재들이란 말인가? 쿠피도(에로스)라는 고대 신화 속 존재들이 경직된 예수교 사원 벽에 이식되었으니, 그것들이 문득 겨울을 만나 그곳에 응고된 듯 보일 수도 있을 듯하다.

13) 헤라클라네움(오늘날의 에르꼴라노이다)은 베수비오 화산이 폭발할 때 폼페이와 함께 매몰되었던 휴양 도시로(기원후 79년 화산 폭발 당시 인구는 약 오천 명이었다고 한다), 발굴된 그 곳 저택들의 벽화에 날개 달린 쿠피도들이 그려져 있다고 한다. 주인공은, 교회당 입구에 조각된 천사상들이 실은 쿠피도라는 이교도적 존재들의 후예들이라는 시각을 드러내고 있다.

14) 'laps de temps'을 옮긴 것으로, 시간적 간격(espace de temps)을 의미하는 표현으로 간주하여 의역하였다. 아이들 사이에서 통용되는 말은 아니다.

15) 즉 'sélection naturelle'이라는 형태로 사용된 말인데, 그것을 직역하면 '자연스러운(자연이 행하는) 선별'이며, 자연이 수행하는 그 '정선' 작업에는 배제 작업이 병행되는지라 흔히들 '자연 도태'라고 옮긴다. 한편 다윈(1809~1882)이 그러한 자연 도태에 의한 종(種)의 진화론을 발표한 것은 1859년이며, 언뜻 보기에 가벼운 말장난 같은 이 비유는, 진화론과 창조론 사이의 엄청난 괴리를 부각시키기도 한다.

16) '총명한', '현명한' 등의 뜻을 가진 형용사 intelligent의 두 'l'을 일반적으로는 하나인 듯 발음하지만, 그 단어를 어떤 목적에서든 강조하고자 할때에는 그 두 철자를 떼어서 또박또박 발음하는 경우도 있다.

17) 천사 가브리엘로부터 자신이 수태하였음을 통보 받은 마리아가, 세례 요한의 모친 엘리자벳 앞에서 불렀다는 찬송 첫 구절의 첫 단어이다. "마그니휘카트 아니마 메아 도미눔(저의 영혼이 주님을 찬양하오며…)" (「루가복음」, 1장 46~56). 혼히 저녁 미사(베스페로이)에서 부르는 찬송이라고 한다.

18) 하찮은 그리고 피상적인 이야기나 계속하였다는 뜻일 듯하다.

19) '소녀'나 '젊은 여인'을 뜻하는 일본어 무스메(mousmé)가 프랑스에 처음으로 알려진 것은, 삐에르 로띠가 1887년에 발표한 소설 『국화 부인』을 통해서라고 한다. 한편 그 소설이 엄청난 성공을 거둔 덕에, 앙드레 메싸제(183~1929)나 뿌치니(1858~1923) 같은 이들이 그 소설에서 영감을 얻어 가극들을 지었다고 한다.

20) 약간의 암시를 느낄 수는 있으나, 상당히 모호한 언급이다. 한 여인이 '무스메'라는 단어를 안다는 사실 자체가 어떤 부정적인 측면을 드러낸다는 듯한 어조인데, 선뜻 수긍하기 어렵다.

21) 그 단어가 왜 듣는 이로 하여금 짜증을 느끼게 한단 말인가? 『국화 부인』의 주인공 로띠와 결혼한 '국화꽃'(오카네-상)은 놀란듯한 눈에 항상 미소를 짓는 전형적인 일본 여인이다. 또한 계약 기간이 끝나 내외가 헤어질 순간이 다가오건만, 국화 부인은 계약에 따라 남편이 준 은화를 하나 하나 두들겨 보며 그것들이 진품인지를 확인한다. 여인의 그러한 측면들 때문에 짜증이 난다는 뜻일까?

22) 앞의 문장처럼 모호한 언급이다.

23) 전후 문맥에 의지하여 그 '외적인 입문'(initiation extérieure)이 무엇일지 대략 짐작은 할 수 있겠으나, 그러한 프랑스어가 성립되는지 모르겠다.

24) 조금은 느닷없는 비유이다. 플라톤의 작품에 등장하는 전설들 중 특히 리디아의 왕 귀게스 이야기(『공화국』), 동굴 속에 묶여 있는 인간 이야기(『공화국』), 아틀란티스 이야기(『티마이오스』), 사랑의 기원(특히 자웅동체) 이야기(『향연』) 등이 유명한데, 『향연』에서 아리스토파네스가 이야기하는 '사랑의 기원' 이야기가 프루스트의 작품에(특히 「소돔과 고모라」 및 「갇힌 여인」에) 깊은 흔적을 남기고 있으나, 이 부분에서는 어느 전설을 암시하는지 짐작하기 어렵다.

25) 화브르(1823~1915)의 『곤충기』(1870~1889)를 연상시키는 언급이다.

26) 그리스 신화에 등장하는 대표적인 점쟁이이다. 즉, 프랑수와즈가 점쟁이들처럼 알쏭달쏭한 말을 하였다는 뜻이다.

27) 로마 제국 초기의(55경~120경) 역사가로, 『역사』와 『연대기』가 그의 대표작이며, 문체의 극단적인 간결함으로 유명하다.

28) 헨리 어빙(1838~1905)은 셰익스피어 작품 공연으로 명성을 떨쳤고, 프레데릭 르 메트르(1800~1876)는 빅또르 위고의 『루크레티아 보르기아』 및 『루이 블라스』 등 작품을 공연하였다고 한다. 그러나 주인공의 언급이 어떤 작품의 어느 장면을 염두에 둔 것인지는 밝히지 못하였다.

29) 삐에르 프뤼동(1758~1823)의 「죄를 뒤쫓는 유스티티아와 신성한 복수」(1808)라는 화폭을 연상시키는 언급이다. 그 화폭에서는 복수의 여신이 손에 횃불을 들고, 도망치는 죄인을 뒤쫓으면서, 유스티티아(정의의 여신)를 안내하고 있다.

30) 프랑수와즈가 사용한 동사의 잘못된 어미 변화 형태를 알베르띤느가 지적하고 있는 것이다.

31) faisceau lumineux. 알베르띤느가 속해 있던 '작은 소녀 집단'이 하나의 유성(流星)에 비유되었던(「소녀들」) 사실을 염두에 둔 언급일 듯하다.

32) 주인공이 알베르띤느와 관련된 진실들을 포착하지 못하여 괴로워하는 이야기(「갇힌 여인」, 「탈주하는 여인」)를 미리 예고하는 언급이다.

33) 'une série maritime'(모든 판본이 같다)를 'une série de paysages maritimes'로 수정하여 옮긴다. 'une série maritme'는 성립되지 않는 말이다.

34) 그러한 짓을 저지른 소녀는 물론 앙드레이다.

35) 베네치아의 삐아쩨따 광장은 싼-마르꼬 광장과 대운하 사이에 있으며, 그 광장의 부두 가까이에 거대한 원주 둘이 세워져 있는데, 그 각각의 상단에 테오도로스 성자 조각상과 사자상이 있다고 한다. '쌀루떼 교회당'은 '바실리카 싼따 마리아 델라 쌀루떼'를 가리키며, 삐아쩨따 광장에서 별로 멀지 않은 곳에 있다고 한다.

36) 조각된 '장면'을 염두에 둔 언급일 듯하다.

37) 발벡의 그랜드-호텔 방에서, '미지의 과일'과 같이 보이던 알베르띤느의 볼에 대한 호기심에 이끌려 그녀를 포옹하려던 주인공의 충동을, 그가 이제 '사랑'이라 칭하고 있는데, 그 언급이 조금 부자연스럽다. 그 옛날의 충동과 지금의 '일시적이며 전적으로 육체적인 욕망'이 서로 다르다는 말인가? 혹시 프루스트 특유의 은근한 농담 아닌지 모르겠다.

38) 주인공이 발벡에서 본 르망(Le mans)의 공증인 블랑데(Blandais) 씨의 아내이다.

39) '이미 존재하였던 우정'이란 무엇이며, 그것이 왜 '위대'하단 말인가? 언뜻 보기에 애매한 이 문장 전체가, 서로 합쳐지려는 남녀의 두 몸뚱이를 보고 찬탄하는 주인공의 다음 구절을 연상시킨다. "오! 태초의 순결과 진흙의 겸허로 서로 합치

려는 남자와 여자의 위대한 자태여!'(「갇힌 여인」) 따라서 '우정'이라는 말에 내
포된 의미는 '진흙의 점성'이나 '선택 친화력' 정도일 듯하다.

40) jongleur gothique를 완곡히 옮긴 것이다. 직역하면 '상스러운 중세 떠돌이 이야
기꾼'이 될 것이다. 한번의 입맞춤에서, 심지어 마주친 눈길에서, 운명의 손길을
느끼고 '죽음보다 강한 사랑'을 몽상하던 기사나 귀부인들을 운문 단편 소설(lai)
의 형태로 노래한 이들은, 대개의 경우 지체 높은 문인들이었고, 특히 프랑스 북
부 지방 문인들(trouvères) 중에 그러한 이들이 많았다. 물론 그들이 떠돌이 문인
들일 리 없다. 따라서 문맥을 고려한다면 'jongleur gothique' 대신 단순히 poète
médiéval(중세적 문인)이라고 함이 좋을 듯하다. 한편 떠돌이 문인들이 남긴 작
품들(우스갯 이야기라 옮길 수 있는 fabliau들이 대부분이다) 속에서 발견되는 특
징은 노골적인 묘사와 풍자 등이다. 즉, 그것들 속에서 '어느 기사와 귀부인이 느
끼는 감정'을 만나기는 어렵다. 가벼운 오해에서 비롯된 말인지 혹은 알베르띤느
를 바라보던 주인공의 시각을 반영하는 말인지 선뜻 단언하기 어렵다.

41) 삐까르디는 북부 노르망디와 샹빠뉴 지방 사이에 그리고 빠리 북부에 있는 지방
이다. 알베르띤느를 가리켜 '삐까르디 지방 아가씨'라 한 것이 느닷없어 보일지
모르나, 그녀의 모습이 쌩-앙드레-데-샹 교회당에(꽁브레 인근에 있는) 조각된 성
녀상을 닮았고, 그 성녀상이 그 지역 여인들과 흡사한 그 지역 특유의 산물이라
는, 소년 주인공의 몽상(「스완」, 〈꽁브레〉)에서 비롯된 언급일 듯하다. 또한
13~14세기에 삐까르디 지방에서 활동하던 떠돌이 이야기꾼들(jongleurs)이 많았
다는 점도 순간적으로 작용했을 듯하다.

42) '사적인 슬픔을 떨쳐버리면 비로소 중생의 슬픔이 보인다'는 말이 적용될 수 있
을 주인공의 마음에서 비롯된, 조금 과장된 어휘(l'humanité)이다.

43) 게르망뜨 부인이 자기를 조금도 연모하지 않았을 것이라는 가정에 입각한 말일
듯하다.

44) 판본에 따라 이 단어(Mais)를 생략한 경우도 있으나, 끌라락 교수처럼 그것을 살
려(갈리마르 1954년 판) 읽는 것이 조금이나마 나을 듯하다. 모호한 문장이지만
전후 문맥을 참작하여 대략적으로 옮긴다.

45) paria. 인도의 최하층민을 가리키는 뽀르뚜갈어이며, 흔히들 그 사람들과 접촉
하는 것 자체만으로도 자신을 더럽힌다고 여겼다고 한다.

46) 자신이 상류 사교계에(게르망뜨 공작 댁에)나타날 경우, 그 사교계 인사들의 눈
에 비칠 자신의 모습을 가리킬 듯하다. 주인공의 변함없는 열등감에서 비롯된 어

옮긴이 주 443

휘일 듯하다. 앞에 언급된 '빠리아'도 마찬가지이다.

47) 주인공이 스땅달의 『빠르마의 수도원』을 읽은 후에는, '빠르마'라는 명칭이 그에게는 부드러운 보라색을 띤 것처럼 보였다는 술회가 있었다(「스완 댁 쪽으로」, 〈고장들의 명칭〉 명칭). '게르망뜨'라는 명칭이 그에게 맨드라미꽃 색깔을 연상시키는 것과 같은 예이다.

48) 삶이 파란만장했던 화브리스가 항상 되돌아오는 곳은 빠르마인데, 그의 강력한 보호자인 그의 숙모 삐에뜨라네라 백작 부인(후에 산쎄베리나 공작 부인)이 빠르마 공국의 수상인 모스카 백작의 영혼을 사로잡는다.

49) 사교적 모임을 냉소적으로 바라보는 시선(생각)에서 비롯된 어휘일 듯하다 (potin).

50) 작가가 사용한 'registres'를 그대로 옮겼으나, 그것은 『구약』의 「에스테르서」에 등장하는 궁정 일지(Chrinoqies, Mémoires)를 가리킨다. 적의한 어휘가 아닐 듯하다.

51) 「에스테르서」, 6장, 1장.

52) 「에스테르서」, 6장, 10절. 모르데카이(Mordekhaï)는 흔히들 '모르드게' 혹은 '마르도케' 등으로 표기하는 인물로, 라틴어 표기로는 마르도카이우스(Mardochæus)이다.

53) 라씬느의 『에스테르』 2막 3장에서 아하수에로스가 한 다음 말에 이어진 탄식이다. "오! 그토록 큰 공헌을 잊다니 비난 받아 마땅하도다!/ 옥좌의 근심이 낳은 불가피한 결과로다!···" 게르망뜨 부인이 놓였을 처지를 주인공이 과장하여 상상한 것이다.

54) Ahasueros(재위, B.C 486~465). 『구약』의 여러 번역본들에서 '아하수에루스', '아하수에로', '아하스에로스', '아쑤에루스'(라틴어) 등으로 각기 다르게 표기되는 인물로, 다리오스(다리우스) 1세(재위, B.C 522~486)의 아들이다. 헤로도토스 등 역사가들은 크세르크세스(Xerxes)로 표기한다.

55) 빨라메드(Palamède)는 아킬레우스, 아이아스, 헤라클레스, 야손 등을 가르쳤다는 지혜로운 켄타우로스(크로노스의 아들들 중 하나)인 케이론의 제자이며, 착상 기발하고 창의성 뛰어난 '팔라메데스'의 프랑스식 표기이다. 그리스의 알파 중 몇몇 글자와 숫자, 장기 놀이, 공기 놀이 등도 그가 고안하였다고 한다.

56) 역자가 덧붙인 말이다.

57) 메메(mémé)는 '할머니'를 뜻하는 아이들의 말이다.

58) 루퍼스 이스라엘즈 경의 부인이며, 스완 씨의 숙모이다(「소녀들」).

59) Momo. 모리스(Maurice), 아모리(Amaury), 모르간(Morgan), 모하메드(Mo-hamed) 등 여러 이름들의 축약형이다.

60) 루이-필립 왕과 왕비 마리-아멜리 사이에서 태어난 둘째 아들은 '느무르' 공작 작위를 가졌고, 셋째 아들이 '주엥빌르' 대공이었다. 맏아들인 오를레앙 공작(훼르디낭 필립)은 자기의 맏아들 루이 필립 알베르에게 '빠리' 백작 작위를, 둘째 아들 로베르 루이 으젠느 훼르디낭에게는 '샤르트르' 공작 작위를 주었다. 한편, 왕족이나 귀족들(세습) 사이에서는, 서로를 지칭할 때 세례명을 사용하지 않고, 각자의 작위가 가리키는 영지의 명칭을 사용하는 것이 관례였다. 샤를뤼스 씨가 원하던 것은, 자신도 자기의 영지 명칭(샤를뤼스)으로 호칭되는 것이었다.

61) 훼르낭 라보리(1860~1917)는 여러 유명한 사건들의 변호를 맡아 명성을 떨친 변호사라고 한다.

62) 「소돔과 고모라」 편의 제1부가 1921년 판에는 「게르망뜨 쪽」 제2부와 같은 권에 포함되어 있었다고 한다. 그 「소돔과 고모라」 1부에서 샤를뤼스 남작의 동성애에 관한 이야기가 비로소 명시적으로 펼쳐진다.

63) 오늘날의 보편적인 의미로는 '예수교도들'을 가리킬 수 있다.

64) infini. 우리네 식으로 말하면 '영겁' 쯤이 될 것이다.

65) 'faire achever par la femme'를 직역한 것이다. 약간은 모호한 표현이며, 따라서 '완수하도록'이라는 말 대신 '반응하도록'(to respond)이라 옮기는 이도 있다(Mark Treharne).

66) '헤아릴 수 없을 만큼 반복되는 쾌락의 실현'은 'un accomplissement innombrable'이라는 모호한 표현을 의역한 것이다. 구체적으로 거듭 상상하는 행위를 가리킬 듯하다. 이어지는, '앞당겨진 표상화'와 같은 뜻처럼 보인다.

67) 시간의 미세 단위를 가리킨다.

68) 불론뉴 숲 동편에 북쪽으로부터 남쪽으로 뻗어 있는 호수(Lac inférieur)의 섬을 가리킬 듯하며, 그 섬에 까페들과 음식점들이 있다.

69) 'bords du lac qui conduisent à cette île'을 의역한 것이다. 그 호반에 실제로 선착장이 있다.

70) 어떤 여인들을 가리키는지 분명치 않다.

71) 뫼동(Meudon)은 빠리의 서남쪽에 있는 읍이며, 불론뉴 숲으로부터는 정남쪽에 있다. 지금은 물론 불론뉴 숲에서 그곳의 구릉들이 건물들에 가려 보이지 않을 것

옮긴이 주 445

이다.

72) 발레리앵 동산(Mont Valérien)은 지금도 불로뉴 숲에서 선명히 보일 것이다. 이 작품에 이야기되고 있는 호수 서쪽, 쎈느 강 건너편에 있으며 전쟁(2차 대전) 유적지이다.

73) 지도에 나타나지 않는 곳, 즉 이 지상에 존재하지 않는 세계라는 뜻일 듯하다.

74) 묄른(Van der Meulen, 1632~1690)의 1673년 작품인 「네덜란드 전쟁 중 마아스 트리히트 병영에 당도한 루이 14세」라는 화폭의 전경(前景, 즉 화가의 시점에서 가까운 부분)에는 짙은 구름이 커튼 자락처럼 드리워져 있고, 원경에는 강이나 바다처럼 하늘색을 띤 지평선이 펼쳐져 있다.

75) 인위적으로 조성된 장소라는 뜻일까? 여하튼 베르사이유 본궁 정면에 있으며, 그곳의 대운하 및 양쪽 숲 등, 베르사이유 성의 광막한 풍경이 내려다보이는 그 테라스를 가리킬 듯하다.

76) 대운하(그 길이가 1670미터에 이른다) 끝에 베르사이유 성과 외부의 경계를 이루는 철책이 있다고 한다. 즉 인위적으로 조성한 성의 경내가 아닌 촌지역이 시작되는 지점을 가리킬 듯하다.

77) 홀뢰뤼스(Fleurus)와 네이메근(Nijmegen)은 각각 벨기에와 네델란드에 있는 도시들이다. 베르사이유 성의 대운하 쪽으로 펼쳐진 풍경이 묄른의 화폭들에 나타나는 풍경 구도를 닮은지라, 그 화가의 작품들을 잘 아는 이가 그 풍경을 접하면, 대운하 끝에 그 도시들이 있을 것이라고 상상할 수 있다는 말이다. 하지만 묄른이 루이 14세의 여러 전투에 종군하여 전투 장면들을 화폭에 담았으나, 홀뢰뤼스나 네이메근의 풍경을 담은 화폭은 없다고 한다.

78) 간단히 말해, 불론뉴 숲의 늦가을 풍경이 이 지상의 것이 아니라고 누가 말한다 해도 놀랍지 않다는 뜻이다. 이 복잡한 비유는, 프루스트의 특이한 인식체계 및 자기의 예술관을 피력하고자 하는 일종의 강박증세에서 비롯된 듯하며, 유사한 예가 이 작품에서 빈번하게 발견되는 그의 서술적 특징이기도 하다.

79) 작가는 고유명사처럼 사용하였으나(île des Cygnes), 이 작품에서 이야기되고 있는 불론뉴 숲 호수에 있는 섬의 공식 명칭은 아닐 듯하다. 같은 의미를 가진 명칭으로(île aux Cygnes) 불리는 섬은, 빠리 제15구와 16구에 걸쳐 있는, 쎈느 강 가운데 인공적으로 조성한(길이 890미터, 폭 11미터), 그리고 많은 사람들이 'île des Cygnes'라 잘못 부르는 그 섬이다.

80) 매우 해괴한 이 비유는, 브르따뉴 지방이 깊은 신비를 감추고 있으리라고 몽상

하던 주인공의 여일한 정서를 드러낸다. 스떼르마리아 부인이 브르따뉴 지방의 한미한 귀족 가문의 딸이라는 사실을 알게 된 순간부터(「소녀들」) 시작된 몽상이다.

81) 까쀠씬느 대로(Bd. des Capucines)는 빠리 제2구와 9구에 걸쳐 있고, 박 로(rue du Bac)는 제7구에 있으며, '까쀠씬느'는 까뿌치노회(프란체스코 수도회의 일파) 수녀들을, '박'은 나룻배 및 나루터를 가리킨다.

82) 모든 판본에 과거형으로 되어 있으나 현재형으로 고쳐 옮긴다. 이어지는 문장들도 마찬가지이다.

83) 반따옴표 부분은 역자가 추가한 것이다.

84) 빠리 서쪽 오-드-쎈느 면지역의 중심지이며, 그곳의 숲이 오늘날까지도 유명하다.

85) '망치 소리'는 이웃 상점 주인 까뮈 씨가 먼지 덮인 궤짝 두드리는 소리를 가리키며, 그 소리가 시원하고 침침한 자기의 방에 있던 소년 주인공에게 한여름 햇빛의 광채와 열기를 확인시켜 주곤 하였다(「스완」, 〈꽁브레〉).

86) 『탄호이저』(1845년 초연)의 서곡은 그 작품을 요약하고 있는데, 작품의 말미에서(제3막), 교황의 사면을 받지 못한 탄호이저(중세 기사들의 사랑을 노래하던 가수이다. Minnesänger)가 다시 베누스베르크(즉 베누스의 산, Venusberg)로 돌아가려 할 찰라, 로마에서 돌아온 젊은 성지순례자들이 그에게 교황의 사면이 내려졌음을 알려준다. 주인공의 묘사는, 경쾌하게 반복되는 베누스베르크의 주제를 가리킬 듯하다.

87) 카페트의 복잡한 문양을 가리킬 듯하다.

88) 태양이 자기의 시선에 숲을 담아 가지고 와서 카페트 위에 펼쳐 놓은 듯하다는 말처럼 들리나, 선뜻 이해하기 어려운 말이다.

89) Gallé(E. 1846~1904). 유명한 유리 세공인이라고 한다.

90) 안개 덮인 브르따뉴의 어느 봉건 영지에 나타난 소녀 내지 브르따뉴 지방 자체가 주인공의 애정 대상이었음은, 주인공이 발백에서 처음 스떼르마리아 아씨를 보던 순간부터(「소녀들」) 이미 언급되었다. 질베르뜨나 알메르띤느에게로 향하던 주인공의 연정, 심지어 루쌩빌 숲을 헤매던 소년 주인공이 느끼던 욕정 역시, 같은 속성을 가지고 있으며, 그것이 아마 연정(사랑)의 보편적 실체일 듯하다. 우리의 품에 있는 몸뚱이는 우리가 열망하는 그 무엇의 허상일 뿐이라는 시각에서 사랑이 '잔인'할 수 있다는 언급이 나올 수 있을 듯하다.

91) 슬픈 일을 당하면 자신의 옷을 찢거나 머리에 재를 뒤집어쓰는 옛 유대인들의 이야기가 『구약』의 여러 이야기에서 발견된다. 그러한 행태에 대한, 나아가 자신에 대한 가벼운 조소가 느껴지는 비유이다.

92) 몹시 분하거나 슬픈 경우 등, 특이한 상황에서 흘리는 눈물을 가리킬 듯하다.

93) 「소녀들」, 제2부(고장의 명칭들 - 고장) 허두와 말미에서, '우정'에 대한 주인공의 견해가 길게 피력되었고, 그 견해는 프루스트의 예술론을 구성하는 요소들 중에서도 핵심적인 역할을 한다.

94) 니체가 바그너의 작품에서 지적하면서 비난한 점은, 범(汎)게르만주의와 내용(주제)의 초라함을 감추기 위한 형태적 과장이었다고 한다. 히틀러 출현의 전주곡과 같은 바그너의 작품들에서 누구나 느낄 수 있는 특징이다.

95) 루브르 박물관이 화염에 휩싸였다는 소문이 퍼지자(1871년 5월), 니체가 자기 친구에게로 달려갔고, 두 사람은 서로 손을 맞잡은 채 아무 말도 못하고 눈물만 흘렸다고 한다.

96) 시각들(les heures)은 구체적 사건이나 현상이 발생하던 때를 가리키고, 새로운 기쁨의 순간들(de nouveaux moments de plaisir)은, 사건이나 현상들이 일단 망각되었다가 기쁨(특이한)을 대동하고 부활하는 순간을 가리킬 듯하다. '노래를 부른다'는 말은, 망각된 줄(영영 사라진 줄) 알았던 과거의 '시각들'이 자신들의 존재를 널리 의기양양하게 선포한다는 뜻일 것이다.

97) 망각되었던 시각(순간)들이 부활할 때 수반되는 희열을 가리킬 듯하다.

98) 미리 말해 두거니와, 주인공이 작품의 말미(「되찾은 시절」)에 이르러서야 발견한 그의 사명은, 자신이 소설을 쓰는 일이다. 이 작품의 진정한 주제이다.

99) 「스완」, 제1부, 〈꽁브레〉. 사물을 접하는 순간, 자신의 내면에서 보내는 신호를 판독할 능력이 없어, 그것의 표피만을 어루만지는 사람들의 글을 희화적으로 모방한 글이다.

100) 『구약』, 「출애굽기」, 13장, 21절. 야훼가 히브리 사람들을 이집트로부터 가나안 땅으로 인도할 때, 모쉐에게 이르기를, 사막에서 길을 잃을지도 모르니, 낮에는 '구름기둥'으로 밤에는 '불기둥'으로 나타나는 표식을 따라 그들을 인도하라고 하였다 한다.

101) 비행기가 아직 운송수단으로 사용되기 전, 비행기 조정을 일종의 스포츠처럼 즐기거나, 그것을 구경하던 사람들이 있었던 모양이다.

102) Rock(Roc). 『천일야화』 중 〈신드바드의 이야기〉에 등장하는 새이며, 코끼리를

발톱으로 움켜잡을 만큼 거대하다고 한다.

103) 드레퓌스의 재심을 요구하며 〈여명〉지에 '규탄한다'는 제목의 논설문을 게재한 에밀 졸라가, 명예 훼손 죄로 기소되어, 그 공판이 1898년 2월 7일부터 23일까지 계속되었다고 한다.

104) 뿌르딸레스 백작 부인(1832~1914)은 나뽈레옹 3세의 황후 에우게니아의 시녀였고, 갈리훼 후작 부인(1842~1901)은 유명한 금융가 쟈끄 라휘뜨의 딸이었는데, 당시 사교계에서 우아하고 아름다운 차림새로 유명했던 모양이다.

105) porte revolver. 프랑스에서 통용되는 단어는 아니다. revolver는 프랑스어에서도 '회전식 탄장을 갖춘 연발식 권총'을 가리킨다. 회전문을 의미하는 revolving door에 해당하는 프랑스어는 tambour나 tourniquet이다.

106) dignus est intrare. 몰리에르의 『제물에 앓는 사람』, 제3막 14장의 막간극에서, 환자였던 아르강(Argan)에게 의사 자격을 수여하는 장면 중, '합창'이 선언하는 말이며, 그 의미는 이러하다. "그는 들어올 자격이 있노라." 물론 자기들 의사 집단에 들어올 수 있다는 말이다. 다만 몰리에르는 'intrare'가 아닌 'entrare'를 사용하였는데, 그것이 더 해학적으로 들린다. 프랑스어 동사 entrer(들어가다)를 모양만 라틴어처럼 변형시켰으니 말이다.

107) 선뜻 이해되지 않는 매우 이상한 언급이다. 유대인들의 조상을 가리키는 '히브리 사람들'(헤브라이)과 '유대인들'이 가끔 혼용되는 경우가 있다 할지라도, 음식점에 '히브리인들 전용 출입문'이 있을 수 있단 말인가? 혹시 '히브리'라는 말의 어원적 의미(지나가다 → 유목민, 떠돌이, 뜨내기… 등)를 살려, '단골이 아닌, 그리하여 입구를 정확히 모르는 손님'을 가리키려 사용한 말인지 모르겠다. 또한 주인공의 국외자 강박관념(열등감)에서 비롯된 말일 수도 있을 것 같다.

108) 꽁꼬르드 다리는 쎈느 강 좌안에 있는 프랑스 하원 의사당과 우안에 있는 꽁꼬르드 광장을 이어주는 다리인데, 쌩-제르맹 구역이나 기타 쎈느 강 좌안의 다른 구역에서 출발하여 그 다리로 향하다가, 그곳에 거의 도달하여 왼쪽으로 길을 잘못 들어서면, 앵발리드에 이르게 된다.

109) 꽁꼬르드 광장에서 출발하여 샹젤리제 대로를 서쪽으로 따라 내려가다 보면 롱-뿌왱(넓은 원형 교차로라는 뜻이다)이 나타나고, 그곳에서 실수하지 않고 샹젤리제 대로를 계속 따라가면 에뚜왈(별이라는 뜻이다) 원형 교차로를 지나, 불론 뉴 숲 입구인 도핀느 관문에 이르게 된다. '롱-뿌왱 근처의 작은 관목숲'은, 꽁꼬르드 광장으로부터 그 교차로에 이르기까지 샹젤리제 대로 양쪽에 조성된 녹지

를 가리킬 듯하다.

110) porte Saint-Martin. 옛 빠리의 북동쪽 관문이며, 오늘날의 레쀠블릭 광장 근처에 있다.

111) Mme de Soléon. 전후 내용에 미루어 보아 사교계의 영향력 큰 여인일 듯하지만, 이 부분에 단 한 번 언급된 인물이다. 비비(Bibi)라는 별명을 가진 귀족 청년 또한 이 부분에서만 언급되었다. 어휘 선정 및 문장이나 일화의 구성이 느슨해지는 현상을 「게르망뜨 쪽」 편에서 자주 발견할 수 있는데, 사교계 풍정의 산만함에서 비롯된 것인지, 혹은 작가의 건강 등 다른 외적 요인들에 기인한 것인지 모르겠다.

112) 연상의 여인에게 얹혀 사는 젊은 남자, 혹은 여인에게 얹혀 사는 멋쟁이(우아한) 남자를 가리키는 gigolo를 옮긴 것이다. 면수(面首)란, 여자처럼 곱게 생겨, 특히 옛날 중국에서 세력 있는 여인들의 귀염등이 노릇 하던 남자들을 가리키던 말인 듯하다. '매춘부의 기둥서방(애인)'이라 옮기는 사전들이 있으나, 원의와 동떨어진 번역어이다.

113) 동성애자(남성)를 가리킨다. 작품의 다른 부분(「소돔과 고모라」)에서는 플라톤의 제자(l'élève de Platon) 혹은 '비르길리우스의 목동들'이라는 표현도 보인다.

114) Lourdes. 북부 피레네 지방에 있는 소읍으로, 1858년에 그곳 동굴에서 그 지역 소녀가 성처녀를 여러 번 보았다고 하여, 그 이후(오늘날까지도) 순례지가 되었다고 한다.

115) Agadir. 모로코 남쪽 대서양 연안의 항구이다. 모로코에 대한 프랑스의 영향력이 점증되던 시절(1905년 이후), 도이칠란트 정부가 아가디르 항에 전함을 정박시켜 프랑스에 항의한 일이 있었고, 그 사건이 자칫 양국 간의 전쟁으로 이어질 수도 있었다고 한다. '아가디르 사태'라고 한다(1911년 7월 1일).

116) 샤를르 마르드뤼스(1848~1949)가 번역한 『천일야화』에 자주 등장하는 표현이다. 육체적 관계 직후에 그렇다는 말이다. 소위 '여론'이라는 것의 본질에 대한 냉소적 언급이다. 즉, 여론이나 그것의 집단적 표출이 가지고 있는 집단음행적 측면을 암시하는 말이다.

117) 목에 여러 번 휘감아 목이 움츠러든 것처럼 보이게 하던 넥타이라고 한다.

118) '콧방울'을 뜻하는 프랑스어(aile du nez)를 직역하면 '코의 날개'이다.

119) 빠리나 샤르트르의 대교회당 등, 대표적인 고딕풍 건축물들이 13세기에 세워진 사실을 염두에 둔 언급일 듯하다.

120) 직역하면 '프랑크족에서 비롯된 작품'이라는 뜻이며, 중세 도이칠란트 사람들은 '고딕 예술'을 그렇게 불렀다고 한다. 그러나 프랑스 학자들은 그 말을 '프랑스 예술'이라고 번역하며, 프루스트 또한 그러한 뜻으로 사용한 것 같다.

121) vicuña. 붉은빛 도는 노란색 털을 가진 야생 라마의 일종이라고 한다. 남아메리카에 서식하며, 그 털로 짠 직물이 매우 가볍다고 한다.

122) Götterdämmerung. 쌩-루가 도이칠란트어를 사용하였다. '신들의 황혼' 즉 신들의 종말이라는 뜻이며, 바그너의 4부극(『니벨룽엔의 반지』) 중 마지막 편의 제목이기도 하다. 그 작품 3막 3장에서 브륀힐더가 신들의 황혼을 이렇게 알린다. "이제 신들의 종말이 시작되노니…그 찬연한 발할라의 시가지에 큰 불이 일어남을 알리노라."

123) '발휘되도록'이라는 단어를 꾸미는 말들이 하도 길어서 삽입구 형태로 경계를 지어 옮긴다.

124) 아마 사념의 파급적 연속성을 글로 형상화시키려는 시도의 결과일지 모를 이 긴 문장을(원문이 37행에 이른다) 그대로 번역하여 매우 송구스럽다.

125) 까트린느 드 푸와(1470~1507)나 그녀의 조부이며 프랑스 국왕이었던 샤를르 7세(1403~1461) 등, 모두 실존했던 인물들이다.

126) 냉소적인 어조로 들린다. 같은 사람이나 같은 작품에 대해서도 상황에 따라 다른 말을 하는 것이 쌩뜨-뵈브의 버릇이었다는, 프루스트의 신랄한 지적이 연상되기 때문이다. "레까미에 부인이 생존하던 동안에는 그가 샤또브리앙에 대해 적대적인 말 하기를 두려워하였다." 혹은, "누가 죽을 필요까지 없었으니, 그와의 사이가 틀어지는 것으로 족하였다."(『쌩뜨-뵈브 논박』).

127) 쌩뜨-뵈브가 레까미에 부인과 죠프랭 부인에 관한 이야기를 그의 평론집 『월요한담』(1851~1862)에 썼다고 한다(1857년, 1858년). 한편 부와뉴 부인이 타계하였을 때 그가 추도사를 썼다고 한다.

128) '옷가지'라고 옮긴 frusques를 가리킨다. 허름한 옷가지를 뜻하는 통속어이며, 그리 자주 사용되는 말은 아니다. 여기에서는 물론 외투를 가리키며, 그 말이 공작의 '스스럼없음'을 드러낸다.

129) 제1부, 역주 199) 참조.

130) 스코틀랜드의 초등학교 교사였던 제임스 맥퍼슨이라는 사람이, 그곳 산악지역 사람들(하일랜더) 및 서북 도서 지역 주민들로부터 수집한 옛 켈트인들의 이야기들을 엮어 영어로 번역하여 출판하면서(1760~1763년에 걸쳐), 그것이 3세기 경

옮긴이 주 451

에 살았다는 스코틀랜드의 전설적인 문인(바르두스 혹은 바르도스. 옛 그리스의 랍소도스나 중세 프랑스의 종글뢰르 같은 직업 이야기꾼이다) 오씨안(Ossian)의 작품들이라고 하였다 한다. 물론 훗날(1950년대 초) 그 대부분의 작품들이 맥퍼슨 자신의 것들로 어느 정도 판명되었지만, 그것이 출판된 이후 오랜 세월 동안 (특히 18~19세기에 걸쳐) 유럽의 저명한 문인들(바이런, 월터 스콧, 괴테, 샤또브리앙, 스딸 부인, 라마르띤느, 뮈쎄, 르낭…등)은 물론 음악가들(바그너와 슈베르트가 대표적인 예이다)에게도 깊은 영향을 끼쳤다고 한다. 심지어 '오씨안'을 가리켜 서유럽의 호메로스라 칭하는가 하면, 그가 지었다고 알려졌던 작품이 없었다면 바그너의 4부작 『니벨룽의 반지』도 태동하지 못했을 것이라고 말하는 이들도 있을 정도이다. 한편 주인공의, '오씨안 같은 하찮은 흑세무민꾼들'이라는 언급은 정확하지 못할 듯하다. 오씨안이라는 옛 이름을 빌려 사용한(참칭이라 해도 좋을 듯하다) 사람은 제임스 맥퍼슨(1736~1796)이니 말이다(혹은 호메로스 같이 전설적인 문인이었던 오씨안이 켈트 전사들의 무용담을 노래하였기 때문에 나온 언급이라면, 그의 '흑세무민꾼들'이라는 어휘가 호메로스나 비르길리우스나 바그너 같은 사람들은 물론, 허구적인 이야기들을 지은 모든 문인들에게 적용될 수 있으니, 작품에 따라 다소간의 차이는 있더라도 흑세무민적 성격을 가지고 있는 문예(포이에씨스) 자체를 바라보는 프루스트의 냉혹한 시선일 수 있다.).

131) bardus(bardos. 아일랜드어). 이미 4세기 경부터(반면 '종글뢰르'는 16세기에야 사용되기 시작하였다고 한다) 로마의 문인들이 갈리아 지방 문인들을 가리키기 위하여 사용하였다고 하며, 바르두스들은 주로 켈트족 전사들의 무용담을 운문 형태로 남겼다고 한다.

132) '번역자'는 제임스 맥퍼슨을 가리킬 듯하다.

133) tête를 옮긴 것이다. '생각'이라 읽을 수도 있을 듯하다. 여하튼 화가의 머리 속에서 일어나는 일체의 작용을 가리키려 한 것 같다.

134) 특히 샤르댕(1699~1779)의 많은 작품들 속에서 발견되는 인상주의적 시각의 맹아를 염두에 둔 언급일 듯하다. 한편 뻬로노(1715~1783)가 샤르댕의 작품들을 찬미하였고, 그의 영향을 받기도 한 모양이다.

135) 에두아르 마네의 「올림피아」(1863)와 쌍둥이처럼 보일 수 있을 앵그르의 작품으로, 「하렘 속의 여인」(1814)이나 「목욕하는 소녀」(1828) 등을 뇌리에 떠올릴 수 있을 듯하다.

136) 마네가 1868년에 그린 에밀 졸라의 초상화와 르느와르의 1881년 작품인 「보트

놀이 하는 사람들의 오찬」을 연상시키는 언급이다.

137) 까르빠쵸는 베네치아의 세습 귀족이었던 로레다노 가문 사람들(총독이나 장군들)을 「우르술라 성녀 전설」(1490~1496)에 등장시켰다고 한다.

138) 베토벤이 일명 〈황태자〉라고도 칭하는 〈피아노와 바이올린과 첼로를 위한 삼중주곡, 작품 97번〉을, 레오폴드 2세의 아들 루돌프(1788~1831)에게 헌정하였다고 한다.

139) 프루스트의 다음과 같은 구절을 연상시키는 언급이다. "우리는 샤르댕으로부터 한 개의 배도 하나의 여인처럼 살아 있으며, 거친 질그릇 역시 보석에 못지않게 아름답다는 사실을 배웠습니다. 그 화가는 사물을 유심히 관찰하는 오성 앞에서, 또 사물을 미화하는 빛 앞에서, 사물들간의 신성한 평등을 선포하였습니다."(〈샤르댕과 램브란트〉)

140) 이상 언급된 화폭들의 특질들은, 르누와르, 에두아르 마네, 끌로드 모네 등의 작품들 속에서 발견되는 것들이다.

141) 귀스따브 모로(1826~1898)가 그린, 「어느 켄타우로스가 데려가는 죽은 시인」(1890)이라는 화폭을 연상시키는 언급이다. 시인의 얼굴이나 몸매에는 여성적인 특징이 부각되어 있는데, 모로의 여러 화폭에서 자주 발견되는 현상이다. 또한 시인의 얼굴에 나타나 있는 것은 죽음보다 피곤이며, 켄타우로스의 고개 숙인 모습에는 깊은 슬픔이 서려 있다.

142) 젊은 귀족 알마비바가 음악 선생으로 가장한 다음, 랭도르라는 가명으로 자기가 연모하는 로진느 앞에 나타나, 그녀에게 사랑의 노래를 바치는데, 노래가 끝나자 로진느의 후견인이며 장차 그녀를 아내로 맞을 생각을 하고 있던 늙은 의사 바르똘로가 잠에서 깨어난다.(보마르쉐, 『쎄비야의 이발사』, 3막 4장).

143) 성배(Saint-Graal)를 찾아 나선 파르시팔(뻬르스발, 파르치발)이 그 성스러운 과업을 이룩하지 못하도록, 쿤드리(Kundry)를 비롯한 처녀들 및 클링소르(Klingsor) 등, 마녀와 마법사의 방해 공작이 이어지는데, 파르시팔이 어느 성에 도착하는 순간, 마법사 클링소르가 순식간에 성을 파괴한 다음 그 자리에 경이로운 꽃들 가득한 정원을 펼쳐 놓는다(바그너, 『파르시팔』, 2막).

144) 일시적인 가벼운 사랑을 가리킬 듯하다.

145) 그 응접실에 정기적으로 출입하는 회원들 명부를 가리킨다.

146) 의미가 조금 애매하다.

147) 조금은 느닷없고 민망스러운 비유이나 직역한다. '짐승'은 빠르마 대공 부인을

가리킨다.

148) 싸르두(1831~1908)의 극작품들에 등장하는 여왕들(클레오파트라, 떼오도라, 훼도라 등)이 역사적으로 볼 때 하도 그럼직하지 않아, 19세기 말 빠리 사교계에서, 여인들이 그 여왕들(황후들)을 우스꽝스럽게 모방하며 즐겼다고 한다.

149) 가벼운 빈정거림 감도는 언급이다.

150) 스땅달의 소설 『빠르마의 수도원』에 묘사된 빠르마를 연상시키는 언급들이다.

151) 베네치아를 가리킨다. 죠르죠네(1477~1510)가 베네치아 화파에(특히 띠치아노, 쎄바스띠노 델 삐옴보 등) 깊은 영향을 끼쳤다고 한다.

152) 조금 생경해 보이는 비유이다. 신비함 내지 불가사의함을 의미할 듯하다. 주인공에게는(특히 푸르스트에게는) 베네치아 여행이 일종의 성지순례처럼 여겨졌던 것 같은데, 러스킨의 영향이 큰듯하다.

153) Sanseverina. 『빠르마의 수도원』에 등장하는 명랑하며 열정적인 여인이다. 델 동고 후작의 누이(즉 화브리스의 고모)로, 첫 결혼으로 삐에뜨라네라 백작 부인이었다가, 재혼하여 싼세베리나 공작 부인이 되었으며, 후에 모스까 백작의 연인이었다가 그와 결혼한다.

154) 스땅달의 작품들에 등장하는 열정의 화신들, 즉 레날 부인이나 마띨드(『적과흑』), 싼세베리나, 끌렐리아(『빠르마의 수도원』), 아르망스(『아르망스』) 등과 같은 여인들이 가지고 있는 특질을 가리킬 듯하다.

155) 빠리 제 8구에 '유럽 구역'이라는 시가지가 있고, 유럽 광장(Place de l' Europe)이 그 중심지이며, 쌩-라자르 역이 그 광장에 면해 있다. 유럽의 여러 도시 이름을 딴 길들이 그 광장을 동서로 혹은 남북으로 가로지르거나 근처로 지나가는데(리스본, 마드리드, 리에쥬, 콘스탄티노플, 런던, 로마, 암스테르담, 뻬쩨르부르그 등), '빠르마 로'는 암스테르담 로와 끌리쉬 로를 동서로 잇는 짧은 길이며, 암스테르담 로와 그 길의 접합 지점에서 남쪽으로 조금 내려가면 쌩-라자르 역이 있다.

156) 연인 끌렐리아와 자신의 사이에서 태어난 아들 싼드리노가 죽은 후 끌렐리아마저 세상을 떠나자, 화브리스는 이딸리아 북부 뽀(Po) 강 근처에 있는 한적한 수도원에 은거하여 쓸쓸히 죽어간다.

157) 클레베(글레브) 가문과 쮈리히(쥘리에) 가문 모두, 실제로 그 두 지역(도이칠란트 서부)을 다스린 유구한 가문이라고 한다.

158) '수에즈 해운 회사'는 운하 개설을 위해 세워졌던 회사이고, 로열 덧취(Royal

Dutch)는 석유 회사였다고 한다. 한편 에드몽 드 로췰트(1845~1934)는 프랑스 중
앙은행 이사의 아우였는데, 로췰트 가문은 14세기부터 도이칠란트에서 은행업을
시작한 유대인 가문이라고 한다.

159) 시칠리아 왕국에서 일어난 브랑까(Branca) 가문이 프랑스에 정착한 것은 16세
기였고, 프루스트가 활동하던 시기에도 빠리에 브랑까 백작 부인이 살고 있었다
고 한다.

160) 망사르(F. Mansart 혹은 Mansard, 1598~1666)는 프랑스 건축의 고전주의 양식
을 완성한 사람이라고 한다.

161) 에두아르 데따이유(1848~1912)는 역사적(군사적) 사건들을 상세하게 묘사한
화가이다. 「이집트에 당도한 보나빠르뜨」,「꿈」 등, 전장의 장면을 담고 있는 화
폭들이 인상적이다.

162) 알렉상드르 리보(Ribot)는 1890년부터 1893년까지 프랑스 외무성 장관이었던
사람이라고 한다.

163) 프랑스 군 대원수였던 작센 백작(1696~1750)은, 전장에서 떨친 용맹 뿐만 아니
라 사생활이 번잡한 것으로도 유명했다고 한다. 한편, 이 작품에서 게르망뜨 공
작이 유피테르(제우스)에 비유되기도 한다.

164) Mlle Reichenberg(1853~1924). 처음『여인들의 학교』(몰리에르)에 출현하여 무
대에 오른 후, 1898년에 결혼할 때까지 꼬메디-프랑세즈에서 주로 순진한 처녀역
을 맡았다고 한다.

165) '영리한 파리'는 능란하고 계략 풍부한 사람을 가리킨다. 일반적으로는 파리
(mouche)가 경찰의 앞잡이(밀고자)를 가리킨다.

166) '화펜하임 대공'은 이미 앞에서 언급된 화펜하임-뮌스터부르크-바이니겐 대공
(prince von Faffenheim-Münsterburg-Weinigen)을 가리킨다. 또한 폰(von)은 프
랑스에서 귀족의 영지 명칭 앞에 붙이던 드(de)와 같은 말이다.

167) Kikim. 용례를 발견하지 못하였고, 어떤 단어의 축약형인지 알 수 없다.

168) 선뜻 수긍하기 어려운 언급이다. 생략된 음절의 수가 둘과 하나라는 차이 때문
이란 말인가? 끼우(quiou)라는, 의성어 같은 그 음절에 어떤 의미가 부여된 듯하
다.

169) 프랑스의 다음 속담에서 빌려온 말이다. "허기진 배에는 귀가 없다(Ventre af-
famé n'a pas d'oreilles)". 즉, 배고픈 사람의 귀에는 어떠한 말도 들리지 않는다는
뜻이다.

170) 붉은색(분홍색) 기와 덮은, 지중해 연안 지역 건물들을 가리킬 듯하다.

171) 아그리쟝뜨는 시칠리아 남서쪽 해안에 있는 도시 아그리젠또(Agrigento)의 프랑스식 표기이다. 기원전 5~4세기에 번창했던 도시국가이다. '아그리쟝뜨'라는 명칭에서 비롯된 주인공의 몽상은, '게르망뜨'라는 명칭에서 발단되었던 그의 몽상과 유사하다.

172) 덤벙거리는 그리고 되통스러운 사람을 가리킨다.

173) 그 가문의 명칭을 들은 이후 주인공의 뇌리에서 발생한 상상작용을 가리킬 듯하다.

174) 아이반호(Ivanhoe)는 월터 스콧의 소설 제목이며 동시에 주인공의 이름이고, 프림로즈(Primerose)는 1911년에 초연되었으나 성공을 거두지 못한 희극이라고 한다(플래르와 까이야베의 공동 작품). 하지만 그러한 명칭을 가진 광산들이 실제 있었으며, 20세기 초 일간지들의 주식 시세표에서 그 명칭들이 발견된다고 한다. 한편 '프리미어 광산'은 남아프리카의 '프리미어 다이아몬드 주식회사'를 가리킨다고 한다.

175) 그루쉬 후작(1766~1847)은 '백일 천하' 시절, 프랑스 북부군 예비 기병대를 지휘하였고, 워털루 전투 초기에 리니(Ligny, 벨기에)에서 프러시아 군을(블뤼셔 대공 지휘하에 있던) 패퇴시켰으나(1815년 6월 15일), 프러시아 군이 웰링턴 휘하의 영국군과 합류하는 것을 저지하지 못하였던지라, 워털루 패전(6월 18일)에 부분적으로나마 책임이 있다고 할 수 있을 것이다.

176) 어느 인물을 가리키는지 분명치 않다.

177) Robinson. 빠리 남쪽 교외의 읍지역이었으며, 술집과 대중 무도장으로 유명했던 유원지이다. 지금은 쾌적한 주거지로 변하였다.

178) à Guermantes. 꽁브레에서 10리으(약 40킬로미터) 떨어진 곳에 있는, 게르망뜨 가문 세습영지를 가리킨다. 한편, 프루스트의 미발표 작품 『쟝 쌍떼이유』에서도, 주인공 쟝은, 손님을 저녁 식사 전에 마차에 태워 성 인근을 산책하는 것을, 자기가 머물고 있던 레베이용 성의 성주가 의무로 여긴다는 점을 간파한다.

179) 발루와(Valois) 왕가의 첫 프랑스 국왕이었던 필립 6세(재위, 1328~130)를 가리킬 듯하다.

180) 신성 게르만 제국의 황제이며 에스빠냐 국왕이었던 카를 5세(까를로스 낀또, 1500~1558)를 가리킬 듯하다.

181) 신성 게르만 제국의 선거후였던 바이에른 백작 카를-루드비히 1세(1617~1680)

가 슈브르즈 공작(1646~1712)을 하이델베르크에서 접견하였을 때의 일화라고 한다.

182) 부르봉-꽁데 공작 루이 3세는 루이 14세 및 왕제인 오를레앙 공작 필립 1세(1640~1701)의 사촌이었다고 한다.

183) 슈브르즈 공작의 아들이라고 한다.

184) 왕세자의 맏아들인 부르고뉴 공작과 1697년에 결혼한 마리-아델라이드 드 싸부와(1685~1714)는, 왕제 오를레앙 공작과 잉글랜드 공주 앙리에뜨의 손녀였다고 한다. 즉 루이 14세의 종손녀이며 루이 15세의 모후이다.

185) 카드 놀이의 일종으로, 같은 패 3장을 먼저 만들기를 다투는 게임이다.

186) 이 단락의 일화들은 쌩-시몽의 『회고록』에서(특히 1699~1702년 편) 인용한 것들이고, 그러한 일화들을 일종의 화폭처럼 소개하기 위하여 현재 시제를 사용한 듯하다.

187) (actions)concentrées. 따디에 교수의 갈리마르 판(1988년)에는 concertées로 되어 있는데, 전후 문맥으로 보아 concentrées가 합당할 듯하다.

188) Gaulois. 1868년에 창간되었다가 1929년에 〈휘가로〉지와 병합된 일간지라고 한다.

189) 소아시아 지역의 집들일 듯하다. 크세노폰이 기원전 401년에 메소포타미아의 쿠낙사(Cunaxa)로부터 그리스 용병 1만여 명을 통솔하여 7개월 동안에 3000여 킬로미터를 행군한 끝에 지중해에 도달하였는데, 훗날 파울루스(사울)가 예수교를 전파하며 같은 여정을 밟았다고 한다.

190) 동부 도이칠란트 작센 지방의 마이쎈(Meissen)이 18세기에는 도자기 산업으로 유명했다고 한다.

191) 앞뒤 문맥으로 보아 황색 석이(石耳)를 가리킬 듯하다.

192) 모르뜨마르 공작(가브리엘 로슈슈아르)의 딸 몽떼스빵 부인과 그녀의 질녀 까스트리 부인의 뛰어난 기지와 해박함에 대해, 쌩-시몽이 『회고록』에서 찬사를 아끼지 않았던 모양이다.

193) agate mousse를 moss-agate라는 영국인들의 번역에 따라 옮긴다. 형체 일정하지 않고 색깔 다양한 무늬들이 어지럽게 분포되어 있는 마노석이다.

194) 헥토르와 안드로마케 사이에서 태어나 아킬레우스의 왕국 에페이로스에서 자란 프랑쿠스(Francus)가 갈리아 지방으로 와서 프랑스 왕국을 세웠다는 이야기를 꾸며, 비르길리우스의 『아이네이스』와 같은 성격을 가진 『프랑시아드』를 지어

당시의 국왕 샤를르 9세(1550~1574)에게 바치려 했다는 롱사르(1524~1585)의 행적을 뇌리에 떠올리게 하는 언급이다. 총 24편으로 구상하였으나, 샤를르 9세가 타계하자 작품을 중단하였다고 한다(1~4편만 출간). 또한 '기생적인 족보학자들' 이라는 말이, 롱사르나 그 동배들뿐만 아니라, 그들이 모방하려 했던 옛 그리스의 핀다로스(B.C 518~438경)에게도 던지는 심한 야유처럼 들린다.

195) 백조로 변신한 제우스와 레다가 상관하여 헬레네와 폴뤼데우케스가 태어났다고 한다. 하지만 레다가 넘파는 아니었다.

196) gratin. 자칫 '잔재' 쯤으로 읽기 쉬우나, 19세기 후반부터, '크림' 이나 '꽃' 처럼, 작위나 부유함 혹은 우아함에 있어 특별히 고상한 계층을 가리키던 말이다.

197) Barca('폭풍을 동반한 뇌우' 라는 뜻이라고 한다). 하밀카르(B.C 290경~228경)와 그의 아들 한니발(B.C 247경~183)을 배출한 가문이라고 한다.

198) 하밀카르의 딸(즉 한니발의 누이)인 쌀람보와, 반란을 일으켰다가 하밀카르에 의해 무자비하게 진압된 용병들의 지도자 마토(Mâtho) 간의 사랑을 그린 플로베르의 소설 『쌀람보』(1862)에, 독사가 카르타고인들에게는 하나의 물신(物神)이라는 언급이 있고, 쌀람보는 자신이 기르는 그 독사가 점점 기력을 잃는 것을 보며 깊은 근심에 사로잡힌다(제 10장, 〈독사〉).

199) '신랄하게 비판한다' 는 뜻이다.

200) 소송에서 이긴다는 뜻이며, 일반적인 경우에는 '원하는 것을 얻는다' 는 뜻으로도 사용된다.

201) 꾸르부와지에 가문의 딸이며, 게르망뜨 가문의 혈족인 갈라르동 후작과 결혼한 여인이다.

202) Les Ligne, Les La Trémoïlle. 모두 실존하였던 유서깊은 가문들이다.

203) Perche. 빠리 분지(Bassim parisien)의 서쪽 지역으로, 옛날에는 백작령이었으나 16세기 초에 왕실 영지에 편입되었다고 한다. 꾸르부와지에 가문의 영지가 그곳에 있었던 모양이다.

204) Mme de Villebon. 꾸르부와지에 가문 출신의 여인이다.

205) 빅또르 위고가 1853년에 발표한 풍자시집 『징벌』 중에 있는 〈최후의 말〉이라는 시의 마지막 구절이다. 즉, 그가 쑬라(B.C 138~78)에 비유한 나뽈레옹 3세에 대항하던 사람들이 모두 떠나고 자신만 남더라도, 자기는 끝까지 남겠다는 말이다.

206) Chateaudun. 앞서 이야기된 뻬르슈 지역과 보쓰 지역 사이에 있는 군 단위 지

역이다.

207) 신랄한 야유를 감추지 않은 말이다. 자신이 연모하던 헤르미오네(메넬라오스와 헬레네 사이에서 태어난 외동딸)가 퓌로스(아킬레우스의 아들)의 죽음 후 자결하였다는 소식을 친구 퓔라데스로부터 전해 듣고, 오레스테스가 신들의 변덕에 대하여 하는 말이다. 그 말에 이어지는 그의 다음 구절은 이러하다. "그렇소, 당신을 찬양하오, 오! 하늘이여, 당신의 끈질김을." (라씬느, 『안드로마케』, 5막, 5장).

208) '끈질김'이라 옮긴 persévérance가 앞 구절의 espérance(희망)와 구절 끝에서 운을 이룬다(에스뻬랑스-뻬르쎄베랑스).

209) rue de Grenelle. 빠리 제 7구역(쌩-제르맹 구역)에 있으며, 실제로 오늘날까지도 17~18세기에 지은 화려한 저택들이 다수 남아 있다.

210) 군인이며 유명한 박물학자였던 플리니우스 쎄쿤두스(23~79)의 조카이며 양아들이었던 플리니우스 카이킬리우스 쎄쿤두스(61~114경)를 가리킨다. 97년부터 109년까지 그가 쓴 편지들을 엮은 『서한집』으로 유명하다.

211) 쎄비녜 부인의 외손녀인 씨미안느 후작 부인(1674~1737)을 가리킨다. 그녀의 편지들이 쎄비녜 부인의 편지들과 함께 1773년에 출판되었다고 한다.

212) 의미 모호한 구절이지만 직역한다. '게르망뜨 후작 부인'이라는 인물 또한 느닷없이 이곳에만 단 한 번 언급되었고, '아담 숙모'라는 말 역시 아리송하다. 숙모의 세례명이 '아담'일 리 없는데, 혹시 동성애자들 사이에서 여자 역할 하는 남자를 부를 때 그의 세례명 앞에 숙모(tante)라는 단어를 붙이는 것과 같은 경우인가? 게다가 다음에 이어지는 구절과의 의미적 연관성도 포착하기 어렵다.

213) sous-groupe을 옮긴 것이다. 한 가문의 지파를 가리키는 말로는 적합하지 않은데, 왜 이 단어를 사용하였는지 아직은 단정하기 어렵다.

214) 쌩-루가 발백에서 처음 주인공과 인사를 나눌 때 보인 동작이다(「소녀들」).

215) le ou la Guermantes를 직역한 것이다. 매우 기이한 언급이다. 인사를 나누었으니 상대의 성별은 분간하지 않았겠는가? 그 상대가 자웅동체적 존재, 즉 동성애자였단 말인가?

216) 단락 전체의 내용(및 서술)이 정연하지 못하다.

217) 하지만 예를 들어, 아리스토파네스의 작품들 중 『뤼시스트라테』(B.C 411)처럼 노골적으로 음탕한 언어로 이루어진 작품이나, 『구름떼』(B.C 423)처럼 쏘크라테스를 등장시킨(실명으로) 천박한 선동으로 일관한 작품 등을, 갈라르동 공작 부

인이 어렴풋이나마 알고 있었던 모양이다.

218) 프랑스의 마지막 국왕 루이-필립의 다섯째 아들이 몽빵시에 공작(1824~1890) 이다.

219) 오리안느(Oriane)는 게르망뜨 공작 부인의 세례명이다. 이상한 언급이다. 또한 어느 시대의 누구로부터 '열여덟 번째'란 말인가? 아르쟝꾸르 백작 부인이 혹시 그 유명한 소설 『갈리아의 아마디스』(1508)에 등장하는 여주인공 오리안느를 뇌 리에 떠올린 것일까?

220) Badroul Boudour. 알라딘이 마법의 반지 및 램프 덕분에 아내로 맞아들이게 된 중국의 공주이다(『천일야화』).

221) 『왕관의 다이아몬드』는 오베르(Auber, 1782~1871)가 작곡한 희가극이며 1841 년에 초연되었는데, 그 작품을 비롯한 그의 모든 작품들의 특색이 '쉬운 멜로디' 였고, 그것이 성공의 비결이었다고 한다. 한편, 오스카 와일드의 비극 『쌀로메』 (1891~1892)를 리하르트 스트라우스가 가극으로 편곡하여 1905년에 초연하였다 고 한다.

222) 역자가 괄호 안에 넣어 옮긴다.

223) 선뜻 이해되지 않는 언급이다. 게르망뜨 가문 사람들의 뜻이 하나로 통일되었 다는 뜻일까?

224) 한니발 드 브레오떼 후작의 세례명 '한니발'을 가지고 친구들이 지어 준 별명 이다(Babal).

225) 르메르(1854~1928)는 『후아니따의 남편들』, 『마네뜨의 꿈』, 『쟈노의 고초』 등 과 같은 단편 희가극들 및 가벼운 곡들을 주로 작곡하던 사람이라고 한다.

226) 그랑무쟁(1850~1930)은 애국적인 시와 희곡을 주로 쓰던 사람으로, 『골고다 언 덕의 피』및 『쟌느 다르끄』등과 같은 작품을 무대에 올렸고, 사교계에서 명성을 얻었다고 한다.

227) 어중이떠중이들을 냉혹하게 배제시킨다는 결단과 행위를 가리킬 듯하다.

228) 누구의 '누이'란 말인가?

229) 어떤 집을 방문하였다가 오래 머물지 않고, 앞문으로 들어가 뒷문으로 바로 나 가듯, 서둘러 그 집을 떠난다는 뜻이다.

230) 『아미앵의 성서』를 집필하면서 교회당들을 심미적 시각으로 연구하고 묘사한 존 러스킨이나 프루스트 자신을 염두에 둔 언급처럼 들린다.

231) Bourbon. 그 왕가 사람들이 나바라, 프랑스, 에스빠냐, 나뽈리, 빠르마 공작령

등을 지배하였고, 앙리 4세를 비롯한 그의 아들 루이 13세, 그리고 루이 14세, 루이 15세, 루이 16세, 루이 18세, 샤를르 10세 등이 1589년부터 1830년까지(1792년부터 1815년까지의 세월을 제외하고) 프랑스를 통치하였다.

232) '하나의 원을 등면적의 정방형으로 환산하는 계산법(quadrature du cercle)'을 의역한 것이다.

233) 돼지고기나 거위고기를 잘게 썰어 비계와 함께 익힌 요리라고 한다(rillettes).

234) 이 작품 속에서는 샤를르 스완이 그 대표적인 인물이며, 주인공에게 일종의 반면교사 같은 경종 역할을 한다.

235) pharisaios(그리스어). 율법(토라)과 전승되는 신화를 철저하게 신봉하며 살던, 그리고 복음주의자들이 '형식주의자' 혹은 '위선자'라 부르던 유대인들을 가리킨다. 흔히 '바리새인'이라 옮기나, 그 번역어가 '위선자'나 '거짓 신자'라는 의미로만 널리 알려져, 그 단어를 취하지 않는다. '세속으로부터 유리된 별종 인간'들이 그 원래 의미이다.

236) 살균(소독)제로 사용되었다고 한다(페놀).

237) 쌩-시몽 공작(1675~1755)이 프랑스의 중신이라는(pair de France) 자기의 신분 및 작위에 대해 큰 자긍심을 가지고 있었으며, 특히 그의 『회고록』에는, 혐오하고 사랑하는 감정이 가차없는 언어를 통해 선명하게 드러나 있다. 아마 그의 그러한 특징을 염두에 둔 언급이 아닐지 모르겠다.

238) 어조가 매우 구체적인데, 즉 주인공이 잘 아는 사람인 모양인데, 그가 누구란 말인가? 서술이 조금 이상하다.

239) 그 의사가 이미 사교계 사람들의 사고방식에 익숙해져 있다는 뜻일까?

240) 베네치아 총독의 권한을 통제하기 위하여 1310년에 설치된 위원회이며, 실질적인 행정부였다고 한다. 여기에서는 빠리 의과대학 내에 설치되었던, 전권을 행사하던 위원회를 가리킬 듯하다.

241) Juro. 몰리에르의 희극 『제물에 앓는 사람』 중 마지막 막간극에서, 빠리 의과대학 졸업 자격 심사 중, 심사위원장이 대학의 규약 엄수를 맹세하느냐고 묻자, 후보자 바켈리에루스가 대답하는 말이다. "맹세합니다." 그 작품의 네 번째 공연 때 몰리에르 자신이 바켈리에루스 역을 맡았으며(1673년), 그 '유로'라는 말을 하는 순간 피를 토하며 쓰러져, 몇 시간 후에 운명하였다고 한다.

242) veto. '부결', '불합격', '불허' 등의 의미를 가진 라틴어이다.

243) mufle. 짐승의 콧방울(개나 소 등의 주둥이 끝 털 없는 부분)을 가리키며, 우둔

옮긴이 주 461

하고 버르장머리 없어 불쾌감 주는 사람을 뜻한다.

244) 'sens musical'을 직역한 것이다. 합당한 표현인지 모르겠다.

245) '엘리자벳'을 친근하게 가리키는 말일 듯하다. 어떤 인물인지는 알 수 없다. 이 곳에 단 한번 언급되었다.

246) 브르따뉴 지방 모르비앙 지역 출신 상원 의원이었으며, 탁월한 웅변으로 유명 했던 귀스따브-루이-에두아르 드 라마르젤(1852~1929)을 가리킨다고 한다.

247) 'mon petit'를 의역한 것이다. '나의 어린것', '나의 사랑스러운 것', '나의 아 들' 등을 뜻하는 이 말을, 에그르몽 자작 부인을 가리키며 사용한 것이 매우 이상 하다. 애정의 표현일 듯하다.

248) 브레제 성(château de Brézé)은 앙주 지방에 있으며, 16세기에 축조되었다고 한 다.

249) 프랑스인들이 따르깽 르 쉬뻬르브(Tarquin le Superbe)라고 발음하는 인물은, 로마 왕국의 제 7대 왕이며 마지막 왕이었던 루키우스 타르키니우스 쑤페르부스 (재위, B.C 534~509)를 가리킨다. 아내 툴리아와 공모하여 자기 장인의 옥좌를 찬탈하고(툴리아는 자기 친형의 아내였다), 폭력으로 얻은 왕권이었던지라 그것 을 지키려고 폭압적인 정치로 일관하다가, 그의 아들   스투스가 친척인 타르키 누스 콜라티누스의 아내 루크레티아를 겁탈하여 그녀가 남편에게 그 사실을 알 린 후 자살하는 사건이 생겨, 콜라티누스가 율리우스 브루투스 등의 도움을 얻어 민중 봉기를 일으켜, 왕과 그 가족을 로마에서 추방한 후 공화정을 선포하였다고 한다(B.C 509). 역사라기보다는 전설로 간주되는 그 이야기가 티투스 리비우스 (B.C 64경~A.D 10경)의 『로마 역사』에 비교적 상세히 전하는데 쑤페르부스(오만 한, 당당한, 웅장한…등)라는 부가어가 내포하고 있는 의미를 어느 하나로 단정 하기는 쉽지 않다. 이 소설 속의 인물 샤를뤼스(빨라메드)에게서 포착되는 특징 또한 그러하다. 따라서 게르망뜨 공작 부인의 유사음이이어(따르깽-따깽) 말장 난은 일반적인 신소리가 아니라, 샤를뤼스라는 인물의 성격을 세련되게 규정하 고 있는 말이기도하다. 그러니 진정한 명칭은 그녀가 아니라 그녀의 남편이며, 프루스트의 은근한 빈정거림이 엿보이는 대목이다.

250) 티투스 리비우스가 전하는 타르키니우스 쑤페르부스의 성격이 그러하며, 자신 의 정당성을 확신하지 못하는 모든 찬탈자들을 폭군으로 만드는 요소이기도 하 다.

251) 역자가 보충한 언급이다.

252) Mme Carvalho(1827~1895). 샤를르 구노(1818~1893)의 『파우스트』, 『미레이유』, 『로미오와 줄리엣』 등을 초연한 오페라 가수였으며, 그녀가 고별 공연을 한 것은 1885년이라고 한다.

253) 재담이 오리안느의 입에서 나온지 한참 되었다는 말일 듯하다.

254) 우둔한 여자를 가리킨다. 칠면조 수컷(dindon) 역시 우둔한 남자를 가리킨다.

255) 물론 빨라메드(샤를뤼스)는 오리안느의 사동생이다. '숙부' 라는 호칭은 아마 꾸르부와지에 가문 사람들 속에서 통용되던 것일 듯하다.

256) 사실 그렇다. 또한 그 농담이 빨라메드에게로 향한 오리안느의, 그러나 명시적으로 언급되지 않은, 심정적 단면을 암시할 수도 있다.

257) Camp du Drap d'or. 까를로스 낀또(카를 5세) 황제(신성 게르만 제국)에 맞서기 위해, 잉글랜드의 헨리 8세와 프랑스의 프랑수와 1세가 양국간의 동맹을 성사시키려고 1520년, 빠-드-깔레에서 회동하였는데, 긴느와 아르드르 사이에 있는 그 지점을 가리키는 말이다. 혹은 그 회동 자체를 가리키기도 한다.

258) Bussy d' Amboise(1549~1579). 프랑스의 무인으로, 그 용감함과 사랑과 결투로 유명했다고 한다. 몽쏘로 백작의 부인을 사랑하다 백작에 의해 죽임을 당하였다고 한다.

259) 나뽈레옹 1세(1769~1821)를 가리킨다.

260) 나뽈레옹의 아우 제롬 보나빠르뜨(1784~1860)의 딸이며(1820~1904), 제 2제정 및 제 3공화국 시절에 많은 문인들 및 예술가들이 그녀의 응접실에 드나들었다고 한다.

261) 나뽈레옹의 또 다른 아우 루이 보나빠르뜨(1778~1846)의 아들이며, 1852년부터 1870년까지 프랑스의(제 2제정) 황제였다.

262) 오말 공작(1822~1897)은 프랑스의 마지막 왕 루이-필립의 아들이었고, 나뽈레옹 3세에 적대적이었건만, 1870년 전쟁이 발발하자, 망명지에서 귀국하여 프랑스를 위해 싸우게 해 달라고 황제에게 요청한 사람이다. 그 요청이 거절되었지만 1871년에 귀국하여 군의 요직을 두루 맡았고, 『프랑스의 군사 제도』라는 저술을 남겼으며, 자신의 영지였던 샹띠이 성을 프랑스 학사원에 헌납하였다. 그러한 사람을 마띨드 공주가 어찌 싫어할 수 있었겠는가?

263) cruches. '얼간이들' 을 가리킨다.

264) '소설가들에게로 향한 평론가들의 질투는, 흔쾌히 사랑을 즐기며 아기를 낳는 아름다운 여인들에게로 향한, 불임 여성들의 질투와 같다' 는 말을 연상시키는 언

급이다.

265) 프랑스의 왕립 음악 아카데미에서 같은 주제와 제목을 가진 오페라 두 편이 1779년과 1781년에 각각 초연되었는데, 글루크(1714~1787)의 『타우리코스에 간 이피게네이아』가 공연된 후, 그의 영광을 지우려는 목적으로 삐치니(1728~1800)의 같은 제목을 가진 작품이 1781년에 공연되었다고 한다. 두 음악가를 애호하는 사람들 사이에 유혈 충돌까지 일어났다고 한다.

266) 라씬느의 『화이드라』가 1667년 1월 1일 초연되었는데, 이틀 후 프라동 (1644~1698)의 『화이드라와 히폴뤼토스』가 공연되었다고 한다. 프라동의 세력가 친구들이 라씬느의 작품을 실패작으로 만들기 위해 꾸민 책동이었을 것이라 한 다.

267) 역자가 괄호 안에 넣어 옮긴다.

268) 섬세하지 못하고 상스러운 사람을 가리킨다.

269) 빅또르 위고의 『에르나니』는 1830년에 초연되었고, 로망띠슴 운동과 빅또르 위 고에 대하여 반감을 가지고 있던 프랑수와 뽕사르(1814~1867)의 『연정에 빠진 사 자』는 1866년에 초연되었다고 한다.

270) 베네치아의 벨리니 가문에는 야꼬뽀(1400경~1471경)와 그의 아들 젠띨레(1429 경~1507경), 그리고 야꼬뽀의 또 다른 아들(사생아였다고 한다) 죠반니(1430경 ~1516경)가 있었고, 그들이 베네치아 화파의 변화 과정에서 중요한 역할을 하였 다 한다. 그러나 프루스트의 언급이, 어느 벨리니와 그리고 어떤 미술사적 사건 을 염두에 둔 것인지는 밝히지 못하였다.

271) 빈터할터(1805~1873)는 도이칠란트 태생이나 1834년에 빠리에 정착하여 루이 -필립 왕에 이어 나뽈레옹 3세(및 황후)의 비호를 받았으며, 잉글랜드 및 오스트 리아에서도 궁정 화가로 활동하였다고 한다. 각 나라의 왕실 여인들의 많은 초상 화를 남겼으며, 각 여인들의 우아하고 고혹적인 측면을 부각시킨 것으로 유명하 다.

272) 17세기에 예수회파 사제들이 선호하던 바로크 양식이라고 한다.

273) 뮈쎄(1810~1857)가 시인으로 널리 알려졌지만, 『에스빠냐 및 이딸리아 이야기 들』 같은 단편집과 장편소설 『고백』, 그리고 『마리안느의 변덕』이나 『로렌자치 오』 등과 같은 극작품들도 남겼다.

274) essayistes를 프랑스어 속에서의 의미(auteurs des essais littéraires) 그대로 직역 한 것이다. 프랑스어 답지 않은 이 단어를 사용한 이유가 선명히 포착되지 않는

다.

275) 꼬르네이유의 희극인 이 작품(1644)의 무대가 빠리의 보즈 광장(그 시절에는 루와얄 광장이었다) 및 그 인근 거리들이며, '장광설'은 타고난 거짓말쟁이인 도랑뜨가 끊임없이 쏟아내는 기지 번득이는 거짓말을 가리킬 듯하다.

276) 『엘 씨드』(1636)는 두 가문 사이의 불화로 인한 사랑의 괴로움을, 『폴뤼에욱토스』(1642)는 종교적 문제에 기인된 사랑의 괴로움을 그린, 꼬르네이유의 비극들이다.

277) la critique folle를 직역한 것이다. 평론(가)의 여러 측면을 염두에 둔 말 같으나, 조금은 생경하게 보인다.

278) 몰리에르의 운문 희극이며(1655), '되통스러운 사람'은 그 경솔함과 멍청함 덕분에, 자기가 사랑하는 쎌리를 유혹하려는 마스까리유의 간계가 번번히 수포로 돌아가게 하는 렐리(Lélie)를 가리킨다.

279) 『트리스탄과 이졸데』(1859), 제2막.

280) 어떤 사람의 말을 인용하여 보도할 때, 그 사람의 말보다 기자의 설명이 월등하게 긴 현상을 가리키며, 독자가 그러한 기사에 자칫 선동되기 쉬운 현상을 가리킬 듯하다.

281) 선동꾼들의 억지 주장 혹은 궤변 등을 가리킬 듯하다.

282) 이 단락의 시제가 주로 현재나 미래형으로 되어 있어 조금 어색하나, 보편적인 현상임을 부각시키려는 작가의 뜻이 반영된 듯하여 그대로 옮긴다.

283) 부르고뉴 공작 부인 아델라이드 드 싸부와(1685~1714)는 루이 14세의 손자와 결혼하였고, 그녀의 초상화가 있으나, 데리야바르의 공주 모습을 그린 화폭은 발견하지 못하였다(『천일야회』 중 〈코다다드의 이야기〉와 〈데리야바르의 공주가 한 이야기〉, 앙뚜완느 갈랑 역본, 가르니에-플라마리옹 판, 제 3권, pp.37-66). 그리고 아풀레이우스의 소설 『변신』(혹은 『황금 당나귀』) 속에 길게 이야기되어 널리 알려진 프쉬케의 모습들은, 그림 속에서나 조각상 모두 거의 벌거벗은 상태이다. 그녀의 어떤 의상이란 말인가?

284) 오귀스뜨 메르씨에 장군(1833~1921)은 1893년부터 1895년까지 프랑스의 전쟁상(국방부 장관)이었으며, 드레퓌스 대위가 간첩 행위 혐의를 받아 체포된 것은 그의 재임 시절(1894년)이었다.

285) 부활절 직전 금요일을 가리킨다.

286) 볼떼르는 구세주(메샤, 크리스토스)라고들 부르는 예수가 실존하였다는 역사

적 기록이 없다고, 그의 저서 『철학적 사전』(1769)에서 주장하였다.

287) fjord. 바다로 흘러드는 빙하로 인해 생긴, 내륙 깊숙이까지 뻗은 협만이라고 한다.

288) 사교계 사람들을 겨냥한 일종의 빈정거림이 느껴지는 어투이다. 개념들이 모호하여 이해하기 어려우나, 칸트의 저술(철학 체계) 자체도 겨냥하고 있는 듯하며, 그러한 빈정거림이 「갇힌 여인」 편에서는 교수 브리쇼의 입을 통해(그는 『실천 이성 비판』을 예로 들먹인다) 더욱 심해진다.

289) 작가는 영어 'season' 을 사용하였다. 아마 'the London season(런던의 사교철)' 을 뇌리에 떠올렸던 모양이다.

290) 쥘르 베른느의 이 작품이 출판되기 시작한 것은 1869년이다. 한편 '리으(lieue)' 는 대략 4킬로미터에 해당하니, 우리말 식으로 옮기면 『바다 밑 이십만 리』가 될 것이다.

291) 마꽁(Mâcon)의 옛 표기는 마스꽁(Mascon)이었는데, 's' 가 사라지고 그 앞의 'a' 가 'â' 로 변하였다. 또한, 공작이 마꽁의 주교를 '씨' 라 호칭한 것은, 주교가 옛날에는 영주와 같은 지위를 누렸던지라, 그를 '마꽁 공' 쯤으로 혼동하였기 때문인 듯하다.

292) 짐작하거니와, 루이 14세가 왕세자 이외에는 그 누구도 몽쎄뉘에르('나의 주인님' 이라는 뜻이다)로 지칭하지 말라는 칙령을 내린 이후에 생겼을 법한 관례일 듯하다. 물론 오늘날에는 주교, 대주교, 추기경 등을 그렇게 부른다.

293) les princes de l' Eglise. 추기경, 주교, 대주교 등 고위 사제들을 가리킨다.

294) 교회와 세속적 권력이 강력한 유대관계를 맺고 있던 시절을 증언해 주는 호칭이다. 가벼운 빈정거림이 감도는 언급이다.

295) 빠리 사교계를 우주에, 그리고 각 응접실을 모나드에 비유한 것일까? 합당한 비유인지 모르겠다. 한편 라이프니쯔(1646~1716)의 모나드 이론은 그의 저서 『모나드 론, Monadologie』(1714) 속에 체계화 되어 있는데, 볼떼르 등과 같은 이들의 야유를 받기도 하였다(볼떼르의 『깡디드』가 그 좋은 예이다).

296) 의미 모호하지만 직역한다. '즐겼다' 는 뜻일 듯하다.

297) 「멜로스의 베누스」는 에게 군도의 하나인 멜로스(흔히 '밀로' 라 표기하지만 그리스식 명칭으로 바꾼다) 섬에서 1820년에 발견된, 그러나 여러 조각으로 파손된 아프로디테의 대리석 조각상을 가리킨다. 그 조각들을(팔은 없다) 다시 조립하여 루브르 박물관에 보관하고 있다. 「싸모트라케의 니케」 또한 에게 군도 중 하나인

싸모트라케 섬에서 1863년에 파손된 상태로 발견된 승리의 여신상이다. 프랑스인들은 「싸모트라케의 승리의 여신」이라 부른다. 역시 루브르 박물관에 있다. '니케'는 '승리'를 인격화시킨 고대 그리스어이며, 헤시오도스(『신통계보』)는 아테나 여신을 그 호칭으로 부르기도 한다. 그런데 소설의 주인공이 말하는 그 두 조각상의 '중간 유형'을 규정하기는 쉽지 않다. 다만, 베누스의 흉부, 복부, 하체(특히 복부와 두 다리의 동적인 특징)에 관능성이 선명한 반면, 니케의 흉부, 복부, 허벅지 등은 보기에 매우 힘차며(특히 활짝 편 날개로 인해) 동적이라는 점만을 지적해 둔다.

298) 주인공이 처음 참석한(그리고 70여 페이지 앞에서 이야기하기 시작한) 게르망뜨 공작 댁에서의 만찬을 가리킨다.

299) 이딸리아 중북부 내륙 에밀리아 지방에 있는 도시이다.

300) 주인공이 처음으로 게르망뜨 공작 댁 만찬에 참석한 시점을 기준으로 삼은 언급인 듯한데, 그렇다면 문두에 놓은 '보통은(D' ordinaire)'이라는 부사가 적절해 보이지 않는다. 하지만 그 부사는 행위의 반복적인(습관적인) 측면까지 내포하고 있는 듯하다.

301) smoking jacket의 축약형이다. 실내에서 (담배를 피울 때) 편안히 입는 재킷을 가리키는 그 말이, 프랑스에서는 약식 정장을 가리키게 되었다고 한다(대략 1890년부터).

302) 주인공이 처음으로 게르망뜨 댁 만찬에 참석하였던 무렵을 가리킨다.

303) 워털루 전투의 패배 원인이, 그루쉬 후작(1766~1847)이 프러시아의 블뤼셔 대공보다 먼저 워털루에 도착하지 못한 것에 있다고 생각하던 사람들의 말을 염두에 둔, 가벼운 빈정거림이다.

304) se laisser démonter를 의역한 것이다. 날개에 실탄 맞은 새처럼 당황하지 말라는 뜻이며, 그루쉬 백작 부인이 남편에게 한 말을 실탄에 비유한 것이다.

305) 그루쉬 백작의 선조들 중 하나일 듯한 그루쉬 후작이 워털루에 때맞춰 도착하지 못한 사실을 암시하는 말일 듯하다.

306) 복고왕조란 나뽈레옹 1세 퇴위 후 부활하여 1814년부터 1830년까지 혹은 루이-필립의 치세기(1830~1848)까지 계속된 왕조를 가리킨다. 프랑스가 모든 분야에서 가장 불안했던 시기이다.

307) Nemrod(Nimrod). '야훼께서 인정하시는 사냥꾼'이라고들 할 정도로 유명한 사냥꾼이었다고 한다(『구약』, 「창세기」, 10장 8~9절). 그루쉬 백작이 사냥터에서

돌아오는 길이기 때문에 하는 말이다.

308) 전후 문맥으로 보아 필요한 말일 듯하여 역자가 추가한다.

309) '거위처럼 멍청하다'는 말을 할때 공작 부인이 un oie('거위 수컷'이라는 말을 하려 하였던 것 같다. 일반적으로는 une oie라고 하니 말이다)의 un(앵)을 은 (heun)으로 발음하였는데, 그러한 발음은 특히 북부 프랑스(노르망디 등) 촌지역에서 흔히 들을 수 있었던 모양이다. 그러한 실례가 모빠쌍의 단편들에서 발견된다.

310) 알퐁스 도데의 비극적 드라마에 죠르주 비제가 곡을 써 완성한 가극을 가리킨다(1872년 초연). 그 비극의 주인공 프레데리(Frédéri)의 허약하고 백치에 가까웠던 동생의 별명이 '유아(Innocent)'이다.

311) '음식'이라고 옮긴 chère의 원의는 '낯', '얼굴' 등이며, 어떤 사람에게 좋은 낯을 보인다(faire bonne chère)는 표현의 파생적인 의미로 '좋은 식사를 한다'는 뜻이 생겼고, 결국 chère가 좋은 음식을 뜻하게 된 것 같다. 하지만 그 표현이 '구왕조'와 어떤 관계가 있는지는 밝히지 못하였다.

312) côte-d'Or. 프랑스 중동부 지방(부르고뉴 지방)에 위치한 지역이다.

313) 다음에 이어지는 공작 부인의 대꾸를 참작한다면 이렇게 옮겨야 할 듯하다. "그녀가 보르니에 씨의 모든 육필 원고들을 가지고 있다더군요." 즉, 대공 부인의 말이 일종의 간접화법일 수 있다. 하지만 그녀의 의도를 참작하여 직역한다. 공작 부인의 대꾸가 그녀의 의도를 무산시킨 것이다.

314) 앙리 드 보르니에(1825~1901)의 운문 사극으로(전 4막, 1875년에 초연), 『롤랑전』의 주요 인물들을(황제 샤를르마뉴, 반역자 가늘롱, 롤랑의 딸 베르트와 혼인한 그의 아들 제랄드) 등장시킨 작품이라고 한다.

315) 호요스-스프린첸슈타인 백작(1834~1895)이 1883년부터 1894년까지 빠리 주재 오스트리아 대사였다고 한다.

316) 항상 말과 함께 생활하기 때문에 기병대원들의 체취가 고약할 것이라는 생각에 입각한 언급일 듯하다.

317) 왜 그뤼예르 지방 치즈가 나왔을 때에야 '감히' 호흡할 수 있었단 말인가? 그 치즈는 비누 덩이를 연상시킬 만큼 단단하고, 다른 치즈들에 비해 냄새도 미미하다. 그 치즈를 등장시킨 이유가 분명치 않다. 전후 문맥을 보면 그 치즈의 냄새가 고약하여 보르니에 씨의 체취를 덮을 만했다고 읽어야 하는데, 사실은 그렇지 않으니 말이다. 공작 부인이 그 치즈의 특성을 모르면서 그러한 말을 하였다는 뜻

일까?

318) 강베따(1838~1882)는 1869년 4월에 소위 '벨빌 정치 개혁안' (벨빌은 빠리 북동부 변두리에 있는, 노동자들이 주로 사는 구역이다)을 발표한 것으로 유명한 사람이다. 보통 선거의 전면적인 실시, 개인의 자유 및 언론, 집회, 결사의 자유, 정교 분리, 초등교육의 의무화(및 무상) 등을 골자로 한 개혁안이었다고 한다.

319) 루크레티우스(B.C 98경~55)가 자기의 친구 멤미우스에게 에피쿠로스의 유물론적 세계관을 설명하는 형식으로 쓴, 운문 철학서 『자연에 대하여, De natura rerum』(총 6장)의 제 2장 첫 구절의 허두 세 단어이다. Suave, mari magno turbantibus æquora ventis,/ E terra magnum alteius spectare laborum:(광막한 바다가 바람 때문에 소용돌이칠 때, 해변에서 다른 이들의 조난 바라보는 것 달콤하니:) 물론 루크레티우스가 조난 당한 이들에 비유한 사람들은 세속적 명예나 부귀를 추구하며 평생 허우적이는 사람들을 가리키며, 해변에 있는 사람들은 '현인들의 사상에 의해 구축된 요새의 상단부에 있는 이들'을 가리킨다. 즉 초탈한(아타락시아에 이른) 사람들을 가리킨다.

320) 차마 드러낼 수 없는 비밀을 가리킨다.

321) 이 부분에서 공작 부인이 주인공을 가리켜 가엾은 어린것(pauvre petit)이라 하였는데, 그것이 하도 느닷없는 말이라 '젊은이'로 고쳐 옮긴다.

322) 누구를 싫어하거나 미워한다는 뜻이다.

323) 유행 지난 상품들이나 팔리지 않는 책들을 가리킨다.

324) Auber(1782~1871). 『석공』, 『프라 디아볼로』, 『마농 레스꼬』 등, 오페라 곡 오십여 편을 작곡하였다고 한다.

325) Boieldieu(1755~1834). 『바그다드의 칼리파』, 『소복 차림의 귀부인』 등 희가극 사십여 편을 남겼으며, 피아노곡도 다수 남겼다 한다.

326) 『유령선』, 제 2막 허두에 등장하는 '실잣는 여인들의 합창'은, 바그너의 가장 유명한 페이지들 중 하나라고 한다.

327) 헤롤드(1791~1833)의 희가극 『지식인들의 초원』, 제 1막의 이중창 부분이라고 한다.

328) 게르망뜨 공작이 모짜르트의 대표적인 작품들(『휘가로의 결혼』, 『마적』)과 오베르의 희가극들(『프라 디아볼로』, 『왕관의 다이아몬드』) 및 아돌프 아당의 희가극 『산장』 등을 뒤죽박죽 섞어 인용하고 있다. 즉, 그가 어떤 유형의 음악을 좋아하는지 종잡을 수 없다는 말이다.

옮긴이 주 469

329) 『쏘의 무도회』는 발쟉의 작품(1830, 중편 소설)이지만, 『빠리의 모히칸족』은 알렉상드르 뒤마(아버지)의 작품이다(1854). 공작의 무지를 암시하는 부분이다.

330) '침묵'은 어떠한 말보다도 효과적인 게르망뜨 공작의 위협 수단이며, 뒤에 명시적으로 언급되지만, 그것이 헤라의 반발을 윽박지르는 제우스의 침묵(『일리아스』)에 비유되기도 한다.

331) 빅또르 위고가 『세기들의 전설』을 통합 완성시킨 해는 1883년이다(1859년부터 1877년까지 부분적으로 발표하던 것들이라 한다). 한편 데줄리에르 부인 (1637~1694)은 꼬르네이유의 작품에 심취했던 여류 시인이며, 라씬느의 『화이드라』를 헐뜯는데 앞장섰다고 한다.

332) 빅또르 위고가 28세 때(1830년) 발표한 시집 『가을 나뭇잎』의 열아홉 번째 시의 첫 구절이라 한다.

333) 레뮈자 백작 부인(1780~1821)은 황후 죠세핀의 시녀였고, 소설과 논설문 및 회고록을 남겼다고 한다.

334) 스딸 부인의 딸이며 브로유 공작 부인이었던 알베르띤느 드 스딸(1797~1838)을 가리키며, 그녀의 서한집이 1896년에 출간되었다고 한다.

335) 나뽈레옹 1세의 시종이었으며 한림원 회원이었던 쌩뜨-올레르 백작 (1778~1854)의 부인이었다고 하나, 어떤 글을 남겼는지는 확인하지 못하였다.

336) 15세기에 라틴어로 쓰여진 『구세주 예수 본받기, Imitation de Jésus-Christ』를 가리킨다. 꼬르네이유가 번역한 것이 유명하다.

337) 예를 들어, 『한 번 던진 주사위가 결코 우연을 파괴하지 못하리라』 같은 작품일 듯하며(1895), 그것들이 난해하기로 정평이 나 있다.

338) 'par les yeux de l'esprit'를 직역하였으나, 의미는 모호하다.

339) 빅또르 위고가 만년에 완성한(1883) 역사적(신화적)이며 동시에 형이상학적인 일종의 에포포이아(속칭 '서사시')이며, 하와 이후 현재까지 인류가 거듭해 온 변천(어떤 이들은 '진보'라 칭한다)을 그리고 있는 작품이다. 오비디우스의 『변신, Metamorphoseis』(태초의 대혼돈부터 카이사르 출연 시기까지의 역사를 노래한)과 그 성격이 유사한 작품으로 여겨진다.

340) 『가을의 나뭇잎』은 1831년에, 그리고 『황혼의 노래』는 1835년에 출간된 반면, 『명상』은 1856년에(즉 망명 시절에) 발간되었으나, 그 세 작품이 실은 이미 1830년부터 1843년까지의 기간에 완성되었다고 한다.

341) 『명상』, 제 1권, 23편, 〈유년시절〉.

342) 『가을의 나뭇잎』, 〈어느 나그네에게〉.

343) 게르망뜨 공작이 그의 부친 타계 전에는 롬므 대공이었다(「스완」, 〈꽁브레〉).

344) 가브리엘 레쥐(1856~1920)의 별명이라고 한다. 희극과 비극 두 분야에서 재능을 떨쳤다고 한다.

345) 웨일스 대공이 좋아하던 희극 배우들 중 하나였다고 한다(1852~1939).

346) 메리메의 간결하되 기지와 해학 넘치는 산문은 널리 알려져 있으나, 메약이나 할레비가 함께 희가극 대본들을 썼다는 사실 이외에, 그들의 문체에 대한 평은 보편화되어 있지 않다.

347) 어떤 '옛 문인'을 염두에 둔 언급인지 분명하지 않다. 다만, 근대 단편 소설의 모태인 패설류의 우스갯 이야기들(fabliaux)을 짓던 떠돌이 이야기꾼들(jongleurs)이 주로 활동하던 지역이, 일-드-프랑스와 샹빠뉴, 삐까르디 등, 빠리를 중심으로 한 그 인근지역이었다는 점만을 지적해 두기로 하자.

348) 루이-필립 1세가 통치하던 프랑스의 마지막 왕정 기간(1830~1848)을 가리킨다.

349) 에두아르 빠이예롱(E. Pailleron, 1834~1899)의 『불똥』, 『생쥐』, 『엉터리 배우들』 등 희극들은, 악의 없는 풍자와 재치 가득한 작품들이었다고 한다.

350) 알렉상드르 뒤마(아들)(1824~1895)는 특히 여인들 및 아이들과 관련된 사회적 문제에 큰 관심을 가지고 있었으며, 『동백꽃 여인』을 비롯하여, 『화류계』, 『드니즈』, 『프랑씨용』 등 일련의 극작품들은 그러한 문제들을 다루고 있다 한다.

351) '쌩-제르맹 구역'은 물론 상류 사교계를 환유하며, 문학 내지 기타 예술에 대한 대부분 사교계 인사들의 무지와 몰이해가 이 작품에서는 자주 해학적으로 이야기 된다.

352) 뮈쎄의 『시월의 밤』(1837), 209행.

353) 주인공의 학창시절 동료 블록이 뮈쎄와 라씬느를 야유하던 다음 말을 연상시킨다. "그(뮈쎄)와 라씬느라고 하는 자가, 평생 동안 각자 제법 운율을 갖춘 구절 하나씩을 지었는데, 그것들의 장점이란, 내가 보기에는 최대 장점이지만, 그것들이 아무것도 의미하지 않는다는 점일세." 주인공은 그의 말을, '아름다운 시구들이란 그것들이 아무 의미도 내포하지 않을 때 그만큼 더 아름답다'는 뜻으로 알아듣고 자신의 내면에 심한 동요가 일어남을 느낀다(「스완」, 〈꽁브레〉). 공작 부인이 하는 말은 소위 순수시(la poésie pûre)라는 것이 실현 가능하리라고 생각하던 이들의 주장을 가리킬 듯하다. 마치 문자가 음표를 대신할 수 있다는 듯한 주장인데, 시에서 '일체의 서술적 요소를 배제한다'는(말라르메 및 브르똥 등이 그

대표적인 예일 듯하다) 그 어처구니없는 주장을 펴는 이들이 아직도 우리 주위에서 발견된다. 심지어 시 쓰는 것을 업으로 삼는 어떤 이들은, 언어를 이해하지 못하는 외국인과도 시로 소통할 수 있다는 매우 해괴한 주장을 펴기도 한다. 곡(曲)을 얻지 못한 시가 언어적 장벽을 극복할 수 있으려면, 즉 서술적 요소가 완전히 배제된 상태로 성립되려면, '아!', '오!', '허!', '하!', '으악!' 등, 음표처럼 보편성 큰 감탄사나 비명 소리들로만 이루어져야 할 것이다(또한 그것들만이 진정 '정을 토하는' 언어이기 때문이다). 한편, '순수시'라는 것을 열렬히 주장하던 앙리 브르몽(1865~1933)이 사제였다는 사실은, 많은 것들을 시사한다.

354) 의미 모호한 문장이다. '족욕을 한다'는 말이 죄수들 간에 통용되는 '도형장으로 보내진다'는 속어적 의미로 사용되었는지 모르겠다. 또한 '욕실'이라고 옮긴 말(cabine) 또한 빠르마 대공 부인의 '좁은(빈약한) 뇌수'를 가리킬지 모르겠다. 여하튼, '도형수처럼 괴로움을 감내하며 자신의 뇌리를 헤집는다'는 정도의 의미를 가진 듯하다.

355) 『빠리의 노트르-담므』, 『웃는 남자』를 비롯하여 『레 미제라블』이나 심지어 『93년』에서도 발견되는 특징이다.

356) 라 그라비에르(1812~1892) 제독은 해군의 역사에 관한 많은 저술을 남겼으며, 1888년에 프랑스 한림원 회원으로 피선되었다고 한다.

357) 작가는 'procurée'(제공된, 얻어준, 마련해 준)라는 단어를 사용하였으나, 그 말이 지나치게 부자연스러워 'recommandée'로 바꾸어 옮긴다.

358) 특히, 훗날 쎌린느의 소설들(『밤 끝으로의 여행』, 『외상 죽음』 등)에서 더욱 극대화된, 분뇨담에 가까운 묘사들을 내포한 『목로 주점』(1877)을 염두에 둔 언급일 듯하다.

359) 깡브론느(1770~1842)가 1815년 6월 워털루에서, 항복하라고 하는 잉글랜드 군사들의 권유에 답한 말은 이러했다고 한다. "근위대는 죽을지언정 항복하지 않는다!" 하지만 그 산문적인 대꾸는 그 급박했던 상황에 어울리지 않는다. 빅또르 위고가 『레 미제라블』에서 이야기한 깡브론느의 대꾸는 이러하다. "Merde!(똥이나 먹어라!)" 깡브론느가 비록 장군이었다 해도, 빅또르 위고가 전하는 말이 더 그럴 듯하며, 게르망뜨 부인이 언급한 그의 '말'은 곧 '똥'을 가리킬 듯하다. 또한 '대문자'는 M을 가리킬 듯하다. 즉, 그러한 욕설이 무수히 반복되었다는 뜻일 것이다.

360) 합스부르크 왕실의 여름철 별장이며, 빈 근처에 있다고 한다.

361) Crotte(짐승들의 혹은 모든 종류의 단단한 대변)라는 단어를 뇌리에 떠올린 모양이다. 그러나 'Crotte!'라는 간투사는 'Merde!'에 비해 노여움이나 경멸의 감정이 약하다. 한편 괄호 속 부분은 역자가 덧붙인 것이다.

362) croute. 저질 그림이나 복사한 그림을 가리킨다.

363) Mæcenas(B.C 69경~A.D 8). 아우구스투스 황제 치세기의 대신으로, 예술가들을, 특히 비르길리우스, 호라티우스, 프로페르티우스 등과 같은 문인들을 후원하였다고 한다.

364) 이상의 묘사를 보건대, 문제의 화폭이 르누와르의 1881년 작품인 「보트놀이 하는 사람들의 오찬」임에 틀림없을 듯하다. 하지만 그 화폭 속 여인들은 모두 모자를 쓰고 있다.

365) 앵그르(1780~1867)의 1856년 작품이다.

366) 뽈 들라로슈(1797~1856)가 1831년에 선보인 작품으로, 잉글랜드의 왕 에드워드 4세(1442~1483)의 두 아들(에드워드 5세와 그의 아우 요크 공)이 런던탑에 갇혀 있는 애틋한 모습을 생생하게 묘사하고 있다. 두 어린 형제는 그들의 숙부 리처드 3세(1452~1485)에 의해 1483년에 암살당하였다. 한편 뽈 들라로슈의 1835년 작품인 「기즈 공작의 암살」은, 프루스트가 「스완」편 허두와 「소녀들」편에 묘사해 놓은 낯선 방의 전형들 중 하나를 제공하였을 듯하다.

367) 에두아르 마네가 1880년에 그린 작품의 제목이다(「Botte d' asperges」).

368) 쟝-죠르주 비베르(1840~1902)의 1883년 작품인 「선교사의 이야기」라고 한다.

369) '갈라르동'을 얕잡아 지칭하는 지소형이다.

370) 성질 몹시 까따로워 상대하기 어려운 사람을 가리킨다.

371) 레옹 도데의 아내인 마르트 알라르의 필명(Pampille)이라고 하며, 그녀가 『프랑스의 좋은 요리들』이라는 책을 썼고, 1913년 경에 화이야르 출판사가 발간하였다고 한다.

372) 앙리 4세(1553~1610)가 사용하던 프랑스어가 어떤 프랑스어일까? 매우 모호한 언급이다. 한편 '보들레르의 그리움'은 'la nostalgie de Baudelaire'를 직역한 것인데, 그 의미 또한 너무 막연하다. 더구나 쌩-루가 열렬히 좋아하던 철학자들은 쇼펜하우어, 니체, 프루동 등인데(「소녀들」), 칸트와 보들레르가 이 부분에 등장한 것은 조금 의외이다.

373) 원문이 논리적으로 성립되지 않는 문장이라, 그 내용을 유추하여 역자가 임의로 고쳐 옮긴다.

옮긴이 주 473

374) poulet financière(poulet sauce financière). 양송이, 올리브, 양파, 당근, 백포도
주, 버터, 소금, 후추 등을 넣어 푹 삶은 닭고기 요리이다.

375) 가장 흔히 볼 수 있는 백색 아스파라거스는 햇볕 차단된 흙 속에서 자란 것이
고, '녹색 아스파라거스'는 지표면 위로 솟아올라 자란 것이다. '자매들'이라 칭
한 것은 백색 아스파라거스를 가리키며, 그것들이 '인상적인 뻣뻣함'을 가지고
있다는 말은 남성의 생식기를 연상시킨다는 뜻이며, 저자 끌레르몽-또네르 공작
부인이 '기이하게도' 그러한 표현을 사용하였다는 말일 듯하다. 한편 끌레르몽-
또네르 공작 부인(1875~1954)은 프루스트의 친한 벗이었으며, 그녀가 1920년에
출간한 저서에 실제로 프루스트의 묘사와 거의 같은 묘사가 있다 하며, 1921년에
「게르망뜨 2, 소돔과 고모라 1」이 출간되었을 때, 프루스트가 그녀에게 그 책을
보내면서, 자기의 책 172페이지에서 그 묘사에 대한 암시를 발견할 수 있으리라
는 말을 헌사에 썼다고 한다. 훗날 공작 부인은, 『로베르 드 몽떼스끼우와 마르셀
프루스트』(1925), 『마르셀 프루스트』(1948) 등의 저술을 남겼다.

376) '여러 해 전에 낳았다'는 뜻일 듯하다.

377) Phili. 아르빠종 부인을 이 부분에서만 단 한 번 오리안느가 그렇게 부르는데,
어떤 명칭의 축약형인지 짐작하기 어렵다.

378) 'monsieur de Bossuet'. 고위 사제였던 보쒸에(1627~1704)는 평민 출신이었다
(Jacques Bénigne Bossuet).

379) François Coppée(1842~1908). 프루스트는 그의 시를 별로 좋아하지 않았다고
한다.

380) 로췰트(Rothschild) 가문은 14세기에 도이칠란트에서 일어난 은행가 집안으로,
특히 19세기 초부터 그 자손들이 프랑스, 이딸리아, 오스트리아, 잉글랜드 등지
에 은행을 개설하여 거대한 재벌로 성장하였다. 한편, 블록이 '어느 늙은 잉글랜
드 여인을 상대하고' 있다는 생각을 하였을 것이라는 주인공의 말에 미루어 추측
하거니와, 빌르빠리지 부인이 로췰트(로트쉴트)를 영어식(로스차일드)으로 발음
하였던 모양이다.

381) 두 사람의 관계가 일반적인 남녀(부부)의 관계가 아니었음을 암시하는 말이다.

382) 특히 트로이아 전쟁이 계속되던 시기에, 헤라와 이견이 생길 때마다 제우스가
자주 드러내던 모습이다(『일리아스』).

383) évaporée. 경박한 여자를 가리킨다.

384) dégrafée. 바람기 심한 여자.

385) 알렉상드르 뒤마(아들)의 소설 『동백꽃 꽂은 귀부인』은, 마르그리뜨 고띠에라는 화류계 여인과 엄격한 부르주와 가문 집안의 청년 아르망 뒤발 간의 사랑을 이야기한 작품으로, 마르그리뜨는 아르망에 대한 자신의 사랑이 식은 척하면서 폐병으로 숨을 거두는 애틋한 여인이다. 라쉘을 마르그리뜨에 비유하는 것이 합당한지 모르겠다. 한편, 이 작품이 우리 나라에는 『춘희(椿姬)』라는 제목으로 널리 알려졌는데, '춘'은 참죽나무를 가리키며 동백꽃과는 아무 상관 없다. 일제 시절의 잔재일 듯하다.

386) 주인공이 빌르빠리지 부인 댁에서 처음 본 화펜하임-뮌스터부르크-바인이겐 대공 앞에 붙는 전치사 von(프랑스어의 de)이며, 이 작품에서는 그를 가리키는 별칭으로 사용된다.

387) sic transit gloria mundi(이렇게 지나가도다 이 세상의 영광). 교황 즉위식에서, 수도사 하나가 새로운 교황의 발치에 꿇어앉아, 대마 부스러기를 태우면서 이렇게 말한다고 한다. "Sancte Pater, sic transit gloria mundi(성스러운 아버지시여, 세상의 영광 이렇게 지나가나이다)" 13세기에 시작된 의식이라고 한다.

388) 몰리에르의 『제물에 앓는 사람』 제3막 14장 끝에 펼쳐지는, 세 번째 막간극 장면에 등장하는 의사들, 약사들, 의사 지망생 바켈리에루스 등을 가리킨다. 그들은 라틴어와 프랑스어가 혼합된 소위 잡탕 라틴어(latin macaronique)를 마구 쏟아낸다.

389) 오스트리아의 황후 엘리자벳 비텔스바흐가 제네바에서 어느 이딸리아 무정부주의자에 의해 암살 당하였다고 한다(1898, 9, 10).

390) 푸와 대공의 정부가 남자인 주인공을 연적으로 여긴다는 말인가? 푸와 대공의 성향에 대한 명시적인 언급은 「되찾은 시절」 말미에 보인다.

391) 선뜻 이해되지 않는 언급이다. 샤를뤼스가 주인공에게 열한 시까지 와 달라고 하였으니 말이다.

392) 오스트리아의 황후 엘리자벳 드 비텔스바흐와 자매지간이었다고 한다(1841~1925).

393) délicieux mercredis(감미로운 수요일 모임)을 옮긴 것이다. 주인공이 게르망뜨 부인 댁 만찬에 참석한 날은 금요일이다.

394) 오스트리아의 황후 엘리자벳 및 나뽈리 왕비(아멜리)와 자매지간이었던 오귀스뜨느 드 비텔스바흐(1847~1897)는, 1868년에 알랑쑹 공작과 결혼하였고, 1897년 5월 빠리에서 열린 자선 바자회에 참석하였다가 화재에 희생당하였다고 한다.

옮긴이 주 475

395) 빠리의 쌩뜨-샤뻴(신성한 예배당) 교회당 안에는 예수의 열두 사도들의 조각상들이 벽면을 따라 타원형으로 배치되어 있다.

396) Cène. 하루의 일과가 끝난 후(대개 오후 3시) 즐기는 가장 풍성한 식사를 가리키던 라틴어 케나(cena)의 프랑스식 표기이다. 그 첫 글자를 대문자로 쓸 경우, 예수가 열두 사제들과 함께 하였다는 최후의 만찬(Ultima Cena)을 가리킨다.

397) château d'Yquem. 보르도 인근에 있는 성으로, 그 성의 포도원에서 생산되는 백포도주가 감미롭기로 유명하다. 일반적으로는 이껨(yquem)이라는 보통명사 형태를 사용하며, 그곳 포도주를 가리킨다.

398) 주인공에게는 게르망뜨 공작 댁의 마찬이 '최후의 만찬' 만큼이나 신비롭게 여겨졌으리니 말이다.

399) 앞 문장에서 주인공의 행위와 관련해 언급된 '성대한 사교 모임'에 대한 부연 설명일 듯하다. 게르망뜨 대공 댁 연회를 예로 든 모양인데, 화법이 조금은 느닷없다.

400) 프루스트가 1920년 교정쇄 여백에 두 문장을 추가하였으나, 갈리마르 출판사의 1921년 판에 그것이 누락되었다고 한다. 갈리마르 판본들(1954, 1988)에는 이 부분이 계속 누락되어 있으나, 가르니에-홀라마리옹 판본(1987)에 따라 추가시켜 옮긴다. 또한 괄호로 묶어 옮긴 그 부분이 없을 경우, 그 다음에 이야기된 '영향'이 너무 느닷없어 보인다.

401) 그러한 행위 자체가 어떤 금기를 무시하는 과감함으로 여겨졌던 모양이다.

402) 주인공이 발벡에 있는 엘스띠르의 화실을 방문하였을 때, 그는 마침 꽃들을 그리고 있었다(「소녀들」, 2부).

403) 옛날, 어떤 마을에서는, 정숙한 처녀를 선발하여 표창하였고, 그러면서 장미관을 씌워 주었다고 한다.

404) albi, albeo, alba 등은 모두 백색을 의미하는 라틴어이며, 이미 고대 로마 시절에도 알비우스(Albius)라는 이름을 가진 사람들이 많았다.

405) 바닐라의 어원은 '칼집'이나 여성의 '질'을 의미하는 라틴어 바기나(vagina)이며, 그러한 명칭은 긴 깍지 모양을 가진 열매에서 비롯된 듯하다. 난초과 식물들 중 유일하게 관상용으로 재배되지 않는 바닐라의 덩굴은 10미터까지 뻗으며, 그 꽃의 수명은 고작 이른 아침 몇 시간밖에 되지 않는다고 한다. 그 짧은 동안에 수정이 이루어지게 하는 특정 곤충들이나 벌새가 없는 지역에서는 아직도 꽃 하나하나를 인공으로 수정시키며, 에드몽 알비우스(Edmond Albius, 1829~1880)가 레

위니옹 섬(옛날의 부르봉 섬)에서 고안해 낸 방법을 사용한다고 한다.

406) 불론뉴 숲은 지금도 밤이면 숱한 만남이 이루어지는 곳이다.

407) 파리가 꽃잎 위에 내려앉아, 잠시 앞발들을 엇갈려 움직이거나 날갯짓 하는 동작을 가리킬 듯하다.

408) 게르망뜨 공작 부인이, 롬므 대공 부인이던 시절에는, 제정 시대 가구들의 '끔찍한 양식'이 싫어, 그것들을 게르망뜨 성의 창고에 내버려 두었다고 하였다(「스완」,〈스완의 어떤 사랑〉).

409) 웨지우드(Josiah Wedgwood, 1730~1795)는 잉글랜드의 도예공으로, 크림빛 도기(일명 '여왕의 반죽') 생산 공정을 고안해 냈으며, 자기 표면에 흐릿한 무늬 그려 넣는 방법을 발견하였다고 한다. '상감한'이라고 옮긴 incrustation은, '무늬 그려 넣은' 쯤의 뜻으로 읽어도 좋을 듯하다.

410) 주지하는 바와 같이 예나(Jena)는, 나뽈레옹 1세가 1806년 10월 14일에 프러시아 군을 상대로 완벽한 승리를 거둔 전적지이다. '예나 가문'은 따라서, 제정 시절에 작위를 받은 가문 내지 보나빠르뜨 가문을 상징하는, 허구적인 가문의 명칭일 듯하다. 한편 나뽈레옹은 1806년, 자기의 누이 보르게세 대공 부인 뽈린느(1780~1825)에게 과스딸라 공작 부인 작위를 내렸다고 한다. 그리고 1814년에는, 나뽈레옹 2세의 모후 마리-루이즈 드 합스부르크에게, 빠르마와 과스딸라가 주어졌고, 그녀 사후 부르봉-빠르마 가문으로 귀속되었다고 한다. 그리고 전통 세습 귀족들의 눈에는, 제1제정 황실 및 제정 시절에 작위를 얻은 모든 사람들이 '찬탈자들'로 보였을 것이다.

411) 꾸르부와지에 가문은 게르망뜨 가문과 인척관계이긴 하지만, 세속에 연연하는 속성을 가진 가문으로 이미 앞에서 언급되었다.

412) 마띨드 공주의 오라비이며 흔히들 제롬 왕자라고 부르던 나뽈레옹 죠제프 샤를르 뽈 보나빠르뜨(1822~1891)가, 1861년 3월 1일, 상원에서 부르봉 왕가와 오를레앙 왕가를 격렬히 비판하였고, 루이-필립 왕의 아들 오말 공작(오를레앙 왕가)이, 같은 해 5월 15일에,〈프랑스의 역사에 관한 편지〉라는 글을 통해 그 연설을 반박하였다고 한다. 그러나 알렉상드르 뒤마(아들)의 중재로 두 사람이 만나게 되었고, 그들 사이에 진정한 우정이 싹터, 그 우정이 평생 지속되었다고 한다.

413) 죠제프 푸셰(1759~1820)는 1792년 혁명의회(Convention) 의원으로 선출되어, 산악당원들과 함께 루이 16세의 사형언도에 찬성표를 던진 이른바 시역자(régi-cide)였으나, 루이 18세에 의해 재상으로 발탁되었다가, 1816년에 시역자임이 들

옮긴이 주 477

통나 망명길에 올랐다고 한다.

414) 요아킴 뮈라(1767~1815)가 나뽈레옹 1세의 누이 까롤린느(1782~1838)와 1800
년에 혼인한 후, 나뽈레옹이 1804년 그를 프랑스 대원수로 임명하였고, 1805년에
는 그에게 제국의 대공 작위를 내렸으며, 1808년에는 그를 나뽈리의 왕으로 봉하
였다. 하지만 주인공이 말하는 '뮈라 대공 부인'과 '나뽈리 왕비'가, 역사적으로
는 같은 인물인지라, 각각 어떤 다른 인물을 가리키는지 확인하지 못하였다. 허
구적인 인물들이거나, 프루스트가 다른 인물들과 혼동한 것이 아닌지 모르겠다.

415) 파라오의 딸이 나일강 변 갈대 숲에서 우연히 발견한, 모쉐를 담았던 왕골 함을
염두에 둔 언급일 듯하다(「출애굽기」, 2장).

416) 나뽈레옹의 이집트 원정이 남긴 여파를 가리킨다.

417) 최고위 관리들을 상징하던 의자들이다.

418) 여러 개의 회초리로 도끼 하나를 감싸 묶은 권능의 상징물로, 고위 관리가 행차
할 때 하급 관리가 그것을 들고 길을 여는 것이 고대 로마 시절의 관습이었다고
한다.

419) N은 나뽈레옹을 가리키며, 꿀벌 문양 또한 황실 기장의 무늬였다.

420) 복고 왕조 치세기를 가리킬 듯하다.

421) 나뽈레옹의 실각 후, 특히 1815년 빈 협정 이후, 프랑스가 겪은 수모를 마음 속
에 간직하고 있는 듯한 어투이다.

422) 귀스따브 모로가 1856년과 1865년 사이에 그린 것으로 알려진 작품이다. 죽음
을 상징하는 여인의 나신 표면에 엷은 초록색이 감돌고 있다.

423) 오르땅스 드 보아르네(1783~1837). 루이 보나빠르뜨와 결혼하여 홀랜드의 왕
비(1806~1810)가 되었으며, 나뽈레옹 3세의 모후이다.

424) Mme d'Iéna라 하지 않고 Mme Iéna라 호칭한다는 말이다. 귀족으로 인정하지
않는다는 뜻이다.

425) 오늘날의 또스까나 지방을 가리킨다.

426) Anna Murat(1841~1924). 뮈쉬의 여섯 번째 공작이며 뿌와(Poix) 대공인 앙뚜
완느 드 노아이유와 1865년에 결혼하였다고 한다.

427) 가스똥 드 브리고드 백작(1850~?)을 가리킨다고 한다.

428) 빈 주재 러시아 대사 라주모브스키에게 베토벤이 헌정한 현악 사중주곡, 작품
59(1806)를 가리킨다고 한다.

429) 앞 두 문장에 이야기된 이야기와의 논리적 연결이 이상하다. 또한, 다음에 이어

지는 문장에 전개된 '새로운 시각'에 관한 이야기는, 비록 프루스트의 핵심적 주제이기는 하지만, 앞 부분들과의 연계성이 결여되어 있다. 내용을 모르면서 무질서하게 늘어놓는 이야기처럼 들린다.

430) 'les quatre quarts des gens'을 직역한 것이다. 흔한 화법은 아니다.

431) 마네의 1863년 작품인 「올림피아」나 앵그르의 1856년 작품인 「샘터」 모두 소녀의 나체화이며, 그 두 작품에 일종의 순결함이 감돌고 있다는 점이 공통적인 특색이다.

432) 열렬히 변호하였다는 뜻이다.

433) 마네의 「올림피아」가 처음 전람회에 출품되었을 때(1865년) 많은 사람들의 빈축을 샀으며, 그것이 루브르에 기증되었을 때(1890년) 격렬한 논쟁이 일었고, 결국 1907년에야 루브르에 전시되었다고 한다. 한편 프루스트는, 대중이 처음에는 적대시하다가 세월이 어느 정도 흐른 후 친근하게 대하게 된 예술품들 중 대표적인 것으로, 마네의 「올림피아」를 예로 들곤 하였다.

434) 필립 3세(1245~1285)와 루이 6세(1081~1137)에 붙혀진 별명이 각각 과감한 사람(le Hardi)과 뚱보(le Gros)였다.

435) 메로베 왕조 이후 카롤루스 왕조를 거쳐 까뻬 왕조 중엽까지, 약 일천 년에 걸쳐 무수한 암살이 자행되었던 사실을 암시하는 언급일 듯하다.

436) 빈정거리는 반어법일 듯하다.

437) 프란스 할스(1585경~1666)의 1664년 작품으로, 그림 속의 수녀복 차림 하고 있는 인물들 다섯이 모두 노파들이다.

438) 작품의 허두에서부터 일관되게 나타나는 주인공의 태도이다. 즉, 구도자의 태도이다.

439) 베르메르(Vermeer, 1632~1675)가 1658~1660년 경에 완성한 것으로 추정되는 작품으로, 헤이그의 마우리츠허이스(Mauritshuis) 박물관이 소장하고 있으며, 프루스트는 그 작품을 본 후, 자신이 '이 세계에서 가장 아름다운 화폭을 보았음을 알게 되었다'고 술회하였다고 한다. 또한 「갇힌 여인」 편에서는, 베르고뜨가 이 작품을 감상하면서, 자기의 소설들에 결여된 점들을 생각하다가 쓰러진다.

440) 루이 15세(1710~1774) 시절에 프랑스의 왕족 및 귀족들의 화려함이 그 절정에 이르렀던 반면, 루이-필립(1773~1850, 재위 1830~1848) 시절에는 국왕을 비롯한 많은 귀족들이 공화제의 영향을 받게 되었다. 심지어 루이-필립은 '평민 왕'이라고 지칭되기도 하였다고 한다.

옮긴이 주 479

441) 완결되지 않은 문장이나, 역자가 유추하여 문장을 완성시킨다.

442) Don Juan d' Autriche(1547~1578). 까를로스 낀또와 레겐스부르크(바이에른의 도시)의 어느 평민 여인 사이에서 태어난 사생아로, 홀랜드의 총독이었다고 한다. 까지미르 들라비뉴(1793~1843)가 『오스트리아의 돈 후안』이라는 희극을 썼다고 한다(1835).

443) Isabelle d' Este(1474~1539). 만또바 후작 프란체스꼬 곤자가의 아내로, 문인들과 철학자들, 건축가들, 화가들을 후원하였으며, 특히 만떼냐, 뻬루지노, 꼬레지오 등으로부터 여러 화폭을 구입하여 자기의 서재를 꾸몄다고 한다.

444) 꽁브레의 레오니 숙모님 댁을 기점으로 삼으면 그 두 방면이 정반대편에 있다 (「스완」).

445) la princesse를 옮긴 것이다. 이사벨라가 훼라라 공작(에스떼 가문)의 딸이며 만또바 후작의 부인인데, princesse(대공녀, 공주)라는 호칭을 왜 사용하였는지 알 수 없어 '귀족 여인'으로 옮긴다.

446) Lafenestre(1837~1919). 시인, 소설가, 미술 평론가였다고 한다.

447) 일상 접하는 사물들처럼 잘 알고 있었다는 뜻일 듯하다.

448) 소년시절부터, 즉 게르망뜨 부인이 전설 속 여주인공 주느비에브 드 바르방의 직계 후예일 것이라 믿고 온갖 상상을 펼치던 시절부터, 드디어 그녀의 집 만찬에 초대 받게 된 전과정을 가리킨다.

449) 비베르(Vibert, 1840~1902)의 이름을 발견한 것이 왜 애석한 일인지, 선뜻 이해하기 어렵다.

450) manzanilla. 맹독성 젖빛 수지를 가지고 있는 아메리카 원산의 식물이라고 한다. '독나무' 혹은 '죽음의 나무'라는 별칭을 가지고 있으며, 그 나무의 그늘도 치명적일 수 있다고 한다.

451) 아프리카 북부에서 조우할 수 있을 풍경일 것이다.

452) 메로뻬는 펠로폰네소스의 전설적인 왕비로, 부군을 죽이고 옥좌를 찬탈한 후 자기에게 결혼을 강요한 자를, 아들을 시켜 살해하게 하였다고 한다. 그 전설을 가지고 볼떼르가 비극 한 편을 지어 1743년에 초연하였다고 한다.

453) 역시 볼떼르의 작품으로, 뻬루의 수도 리마에서 벌어진 비극적인 이야기를 극으로 엮었다고 한다(1736년).

454) 매우 이상한 언급이지만, 자기 시대의 뛰어난 문인들을 향하여 끊임없이 질투심을 품었다는 쌩뜨-뵈브에 대하여 프루스트가 할 수 있었을 법한 말이다. 일종

의 우의적인 말일 듯하다.

455) Boers. 남아프리카 공화국에 정착한 네덜란드 사람들의 후손들 및, 도이칠란 트, 프랑스, 스칸디나비아 등지로부터 이주하여 그들과 합류한 사람들을 가리키 는 네덜란드어이며, '농사꾼들'이라는 의미를 가지고 있다고 한다.

456) Louis Botha(1862~1919). 남아프리카 공화국의 '부르'(농사꾼들) 출신의 군인 이며 정치가로, 제 2차 농민 전쟁(1899~1902) 동안 영국군에 맞서 싸웠다고 한다. 1910년부터 1919년까지 남아프리카 연방의 국무총리 직을 수행하였다고 한다.

457) 어투가 이상하지만 직역한다. 폰 대공의 언사 못지 않게 섬세함 결여된 어투이 다.

458) 즉 에드워드 7세(1841~1910)를 가리킨다.

459) 프랑스의 마지막 왕 루이-필립의 외손자로, 1887년부터 불가리아 대공이었다 가, 1908년 불가리아 황제(짜르)로 즉위한 후 1918년에 퇴위한, 훼르디낭 1세 (1861~1948)를 가리킨다고 한다.

460) 「피어나는 소녀들의 그늘에서」, 1부 〈스완 부인의 주변에서〉.

461) 루이 9세(1214~1270, 1297년 로마 교회에 의해 성자로 추존됨)가 유럽의 숱한 군주들(영주들) 간의 다툼을 중재하는 외교 솜씨를 발휘하였으며, 프랑스 국내에 서는 사적인 결투를 금지시키는 등 법치를 신장시켰다고 한다. 그는 억울한 사람 들이 없도록 하기 위하여, 어디에서든 공정한 판결 내리기를 주저하지 않았다고 하며, 그러한 그의 면모를 쟝 드 주왱빌(1224~1317)이 『성왕 루이의 생애』(원제, Livre des saintes paroles et des bons faiz de nostre saint roy Looÿs)에 자세히 기 록해 놓았고, 루이 18세가 레오도르(A. Leodor)라는 화가에게 분부하여, 「떡갈나 무 밑에서 판결을 내리는 성왕 루이」라는 화폭을 그리게 하였다고 한다(현재 베 르사이유 궁 박물관 소장).

462) 『구약』의 「룻기」에 수록된 늙은 보아즈의 혼인 이야기를, 빅또르 위고가 『세기 들의 전설』에서 운문으로 노래한 것이다. 나이 여든이 넘은 보아즈의 꿈에, 자기 의 후손들이 번창할 것이라는 계시가 나타나자, 자식도 없고 아내도 죽었으며, 몸 도 늙었는데, 어찌 그러한 일이 일어날 수 있겠느냐고, 황망하여 하는 말이다(『세 기들의 전설』, 〈잠든 보아즈〉, 45~46절). (보아즈와 룻 사이에서 아들이 태어났 고, 그 아이의 손자가 다윗이다).

463) Petite. 작은(어린) 소녀라는 뜻이다.

464) 류놀슈타인(Hunolstein)이라는 이름이 이 부분에 단 한 번 나타나며, 따라서 그

녀가 다른 인물들과 어떤 관계인지, 누구와의 결별인지, 전혀 알 수 없고, 그러한 호칭이 내포하고 있는 의미가 있음직한 어투이지만 그것을 짐작하기 어렵다. 어떤 일화가 누락된 듯하다.

465) 공작이 '운율의 문제'로 여기던 그 '불필요한 말'은, '제가 여러분께 무슨 말을 하겠습니까?(que voulez-vous que je vous dise?)' 부분을 가리킨다. 오늘날에도 어떤 이야기를 열심히 한 끝에 그 말을 덧붙이는 것이 프랑스인들의 일상적인 언어습관이다. 엄밀히 그 숨은 뜻을 설명하자면, '할 말 없다' 쯤이 될 것이다. 일반 기층민들의 체념 어린 어투가 공작의 언사에 스며든 듯하다. 그 말 다음에 '그것이 인생입니다(C' est la vie)'를 추가하는 경우도 흔하다. 역시 체념 어린 말이다.

466) 쌩트라이유(Saintrailles, Xaintrailles)의 영주 쟝 뽀똥(Jean Poton, ?~1461)이 쟌느 다르끄 편에서 싸웠고, 1451년에 프랑스 대원수 직에 올랐다고 한다.

467) 하나의 영지가 다른 영주나 군주의 영지에 편입될 경우, 그 영지를 다스리던 가문의 문장(紋章)이 새로운 영주(군주)의 문장 속에 자리를 얻어 새겨지는 것이 관례였다고 한다.

468) 어떤 명칭이 우리의 귓전을 스치는 순간에 이루어지는 무의식적인 추억의 부활 현상을 가리킬 듯하다.

469) 역자가 유추하여 보충한 말이다. 이 말이 없으면 문장이 성립되지 않는다. '마들렌느 과자'의 맛 덕분에 되살아나는 꽁브레와 같은 속성을 가지고 있다(「스완」, 〈꽁브레〉).

470) 조금 느닷없는 언급이다. 아뭏 그러한 설명을 요청하지 않았으니 말이다. 앞 부분과의 연관성이 결여되어 있다. 그 주제가 주인공을 항상 사로잡고 있다는 사실을 반증하는 현상일 듯하다.

471) patelin을 그 어원(pacage)적 의미대로 옮긴다. 꽁브레 인근 지역에 있는 게르망뜨 영지를 가리킬 듯하다.

472) 『햄릿』이라는 비극의 주요 무대는 덴마크의 항구도시 헬싱외르(Helsingør, 영어로는 엘스노어)에 있는 성의 내부이다.

473) 오를레앙 대공녀 이자벨 도를레앙(1878~1961)이 1899년에 기즈 공작과 결혼하였고, 그 결혼으로 말미암아 기즈 공작 부인, 오를레앙 대공녀, 끌레브 대공녀, 뽀르씨앙 대공녀 등의 호칭을 갖게 되었다고 한다.

474) 계메네 대공이며 몽바종 공작이었던 루이 드 로앙(1635~1694)을 가리키며, 그의 별명이 '로앙 기사'였다고 한다.

475) 프루스트의 말과는 달리, 로앙 기사의 친부는 수와쏭 백작인 루이 드 부르봉이라고 한다.

476) Tallemant des Réaux(1619~1692). 앙리 4세 및 루이 13세 시절의 풍정을 생생하게 묘사한 작품 『일화들』(1834년에 최초로 출간)을 남긴 사람이다.

477) 퐁멘느블로 숲에 실제로 전장 8킬로미터에 이르는 '까지미르-쁘리에'라는 길이 있다고 한다.

478) 크세노폰이 자기의 저서 『아나바시스』에서 술회하고 있는 이야기이다. 페르샤의 황제 다리오스 2세가 죽은 후 아르타크세르크세스가 옥좌에 오르자, 그의 아우 쿠로스(B.C 424~401)가 그리스 용병을 불러 들여 반란을 일으켰으나, 쿠낙사 전투에서 패하며 전사한 후, 역시 전사한 스파르타 출신의 용병대장 클레아르코스(?~B.C 401) 휘하에 있던 용병 일만을 크세노폰이 이끌고 후퇴하였다고 한다. 한편 '아나바시스'는, 해안을 떠나 어떤 지역의 내륙으로 진격하는 행위(올라간다는 뜻이다) 자체를 가리키는 보통명사이다. 즉, 그리스 용병들이 지중해를 떠나 페르샤 제국의 내부로 깊숙이 진격한 사실을 가리킨다.

479) 라 퐁멘느의 우화들 중 〈사자와 쥐〉라는 우화와 〈비둘기와 개미〉라는 우화가 있는데, 미약한 존재가 강대한 존재에게 은혜를 갚는다는 그 두 이야기를 연속적으로(『우화』, 2권, 11화 및 12화) 하면서, 두 번째 이야기(〈비둘기와 개미〉)로 넘어가기 전에 작가가 하는 말이다. 프루스트가 그 구절을 인용한 사실만을 보더라도, 사교계의 만화경을 그가 어떠한 시각으로 관찰하였는지 짐작할 수 있다.

480) hexamètres를 중국인들의 번역에 의지해 옮긴 것이다. 음보(音步, pied) 여섯 개로 이루어진 시구라는 뜻이다. 우리 나라의 일부 사전이나 일본 학자들은 pied를 운각(韻脚)으로 옮기는데, 음절들의 장단과 동적인 측면을 감안하면 음보라는 번역어가 더 적절할 듯하다. 음의 보폭이라는 뜻이다.

481) 장음절 하나와 단음절 둘로 이루어진 음보를 가리킨다.

482) 앞에서 언급한(역주 465)) 그 '불필요한 말'처럼 운율적 효과도 가지고 있었다는 뜻일 것이다.

483) 가세가 기울거나 정치적으로 수난을 겪는 현상을 가리킬 듯하다.

484) 루부와 후작(1639~1691)은 루이 14세 조정에서 전쟁상 직을 역임하였다고 한다.

485) 19세기 말에는, 가세 기운 프랑스의 귀족들이 아메리카 부호들의 딸들과 혼인하는 경우가 잦았다고 한다. 에드몽 드 뽈리냑 대공이 1893년에 재봉틀 제조 회

옮긴이 주 **483**

사의 딸과, 그리고 1908년에는 싸강 대공이 '아메리카 철도왕'이라는 별명을 가졌던 부호의 딸과 결혼한 것 등이 그러한 예들이라 한다.

486) 면밀한 관찰의 대상이 되고 흠잡히는 현상을 가리킬 듯하다.

487) 프랄랭 공작인 샤를르 드 슈와죌이 1847년 8월에 자신의 아내를 살해한 다음 자신도 음독 자살하였다고 한다. 한편 베리 공작인 샤를르 훼르디낭이 1820년 2월, 어느 노동자의 단검에 찔려 숨을 거두기 전, 잉글랜드에 있는(브라운 부인이라는 여자의 소생인) 두 딸을 돌보아 달라고 자기의 부인에게 부탁하였다고 한다. 그녀가 부군의 두 딸을 정성껏 키워, 그 아이들이 궁정에 드나들게 되었을 때, 그 중 하나를 뤼쌩쥬 대공녀라 불렀다고 한다.

488) 대혁명이 발발하기 전 빠리 주재 에스빠냐 대사의 딸이었고 퐁뜨네 후작의 아내였던 마리아 후아나 이니고 떼레사 데 까바루스는, 공포정치 기간(1793년)에 투옥되었다가, 공안위원회 위원이었던 쟝-랑베르 딸리앵의 눈에 띄어 죽음을 면하였고, 1794년에 딸리앵과 재혼하였으며, 1802년에 그와 이혼한 후 1805년에 다른 남자와 다시 혼인하였으나, 흔히들 그녀를 '딸리앵 부인'이라 부른다고 한다. 한편 싸브랑 백작 부인(1693~1768)은 섭정공 필립 도를레앙(1674~1723)의 정부들 중 하나였다고 한다.

489) 루이-필립 왕의 딸이며 오말 공작의 누이였던 마리-크리스띤느 도를레앙(1813~1839)이 1837년에 뷔르템베르크 공작(1804~1881)과 결혼하였다고 한다.

490) 멤링(?~1494)이 1489년에 우르술라 성녀의 성골함에 그녀의 생애 중 주요 사건들을 장식화 형식으로 그려 넣었고, 그 성골함 정면에는 아기 예수를 안고 있는 마리아도 화사하게 그려져 있다. 한편 까르빠쵸(1460경~1525경)가 1490년에 그린 것으로 전하는 「성녀 우르술라의 전설」은 총 아홉 폭으로 이루어진 작품이며, 성골함의 장식화는 아니다.

491) 이상한 언급이다. 앞에서 게르망뜨 씨는, 퐁 대공의 외숙인 뷔르템베르크 공작이 루이-필립 왕의 딸 마리-크리스띤느와 혼인하였다고 하였으며, 역사적으로 그것이 사실이니 말이다. 프루스트가 혼동한 듯하다.

492) 바이로이트에서는 매년 바그너 음악제가 개최된다.

493) 꼴베르(1619~1683)는 루이 14세 시절의 유명한 재상이지만, '마리-루이즈'는 어떤 인물을 가리키는지 짐작하기 어렵다.

494) '마리-크리스띤느'나 '마리-아멜리'처럼, 대부분의 세례명들은 둘 이상의 복수로 이루어져 있다.

495) 라스띠냑 가문 사람들이 발쟉의 주요 작품들 속에 어김없이 그 이름을 나타내지만, 나뽈레옹 1세와 직접 관련된 사건이나 인물들이 언급된 경우가 오히려 더 빈번하다. 작중 인물 사전에서 한 인물이 차지하는 자리의 크기는, 그 사전을 편찬하는 방법에 의해 좌우된다. 한편 '쌩-씨뉴 아씨'는『어느 음험한 사건』에 등장하는 젊은 여인 로랑스 드 쌩-씨뉴(Laurence de Cinq-Cygne)를 가리킨다. 그녀가 마렝고 전투 직전, 나뽈레옹을 찾아가, 그를 죽이려 음모를 꾸몄던 사람들의 사면을 요청한다.

496) 이 단락에 펼쳐진 주인공의 몽상 전체가, 물론 몽상이긴 하지만, 명료하지 못하다. 혹은 역자가 충분히 이해하지 못하였는지 모르겠다.

497) 주인공의 할머니가 타계하였을 때 그에게 위로의 편지를 보낸 뤽상부르 공국의 세습권자(grand-duc de Luxembourg)를 가리키며, 그가 전에는 나쏘 백작(comte de Nassau)이었다.

498)『우화』, 3권, 1장(〈방앗간 주인과, 그의 아들과, 당나귀〉).

499) 내용으로 보면 게르망또 공작 부인이 덧붙여 한 말 같으나, 모든 판본에 다른 사람의 말처럼 인쇄해 놓았다.

500) 루이-필립 왕이 '평민 왕'이라는 별명을 얻었고, 7월 왕조가 '공화정보다 더 공화적'인 '평민 왕조'였다는 평을 얻었다는 사실 및 동인도 회사에 왕이 적극적인 노력을 쏟았다는 점 등을 염두에 둔 언급일 듯하다.

501) la guerre des Chouans(la Chouannerie). 프랑스 제 1공화국의 경제 및 종교 정책에 항거하며 루와르 강 북쪽 지방 및 브르따뉴, 노르망디, 멘느, 앙주 등 서부 지역에서 왕당파들이 일으킨 반란을 가리킨다. 1793년에 시작되어 제 1제정 초기까지 계속되었다고 한다.

502) Gilbert le Mauvais. 게르망뜨 가문의 선조들 중 하나이며, 꽁브레의 쌩-일레르 교회당 그림 유리창에 그의 모습이 그려져 있다(「스완」, 〈꽁브레〉).

503) Théodore. 까뮈 씨 상점의 점원이며 쌩-일레르 교회당의 성가대원이기도 한 그가, 교회당 이곳저곳을 사람들에게 구경시키며 유래를 설명해 주기도 한다(「스완」, 〈꽁브레〉).

504) 꽁브레에 대하여 잡탕 라틴어를 섞어 가며 또는 어처구니없는 어원들까지 들먹이며 쓴 책자이다.

505) 즉 후손이 살아 있는 한, 다시 말해 대(代)가 끊기지 않는 한.

506) 까뻬 왕조 초기를 가리킬 듯하다. 즉 '미남 왕'이라고 불리던 필립 4세(재위,

1285~1314) 치세기 이전 시대를 가리킬 듯하다.

507) 어느 '중산층 가문' 이란 말인가? 조금 느닷없어 보이는 언급이지만 그대로 옮긴다.

508) 오를레앙 공작 부인 샤를로뜨-엘리자벳 드 바이에른(1652~1722)을 가리킨다.

509) 랑글루와 드 모르뜨빌(1621~1689).

510) 벨기에의 외교관이며 문인이었던 샤를르-죠제프 드 리뉴 대공(1735~1814)을 가리킨다.

511) prince de Cystria. 포씨니-뤼쌩주-꼴리니 대공이라는 사람이(1898~1943) 그러한 필명을 사용했다고 하나, 실존했던 가문의 명칭인지는 모르겠다.

512) 프랑스 서남부 지역을 3대에 걸쳐 통치하던 로마 제국 총독들(Damas 1, 2, 3)의 이름(성씨가 아닌)에서 비롯된 가문 명칭이라고 한다.

513) 에스떼 가문을 위하여 1452년에 처음으로 제정한 공작령이라고 한다. 마지막 공작은 프란체스꼬 5세(1819~1875)로, 공작령이 이딸리아 왕국에 합병될 때까지 (1859) 그곳을 다스렸다고 한다.

514) Mortemart. 루이 14세의 특명에 의해 공작 작위를 받았고 프랑스 중신 반열에 오른(1663), 로슈슈아르 드 모르뜨마르 가문을 가리킬 듯하다.

515) 스코틀랜드를 지배하다 잉글랜드 및 브리튼 전체를 통치하던(1603~1714) 가문을 가리킨다.

516) 방돔 공작인 앙뚜완느 드 부르봉(1518~1562)은, 알브레 가문(뻬리고르, 베아른, 푸와 등 백작령들과 나바라 왕국을 다스리던)의 쟌느 3세와 혼인하여 나바라의 왕이 되었다(1555년). 앙리 4세와 그의 누님 마르그리뜨(드 나바르)가 그들의 소생이다.

517) 흔히들 위대한 꽁데(Grand Condé)라고 부르는 부르봉 왕가의 루이 2세 대공 (1621~1686)의 누님이며, 롱그빌 공작 앙리 2세와 혼인한, 안느 주느비에브 드 부르봉-꽁데(1619~1679)를 가리킨다. 『금언집』의 저자 라 로슈푸꼬의 정부였던 것으로 유명하다.

518) 어투를 보건대, 어느 교회당 그림 유리창을 뇌리에 떠올리면서 술회하는 것처럼 보인다.

519) 다윗의 아버지 이사야로부터 예수에 이르는 가계보를 나무 모양으로 그려 놓은 것을 가리킨다.

520) 그림유리창에 그려 넣은 나무를 가리킬 듯하다.

521) 게르망뜨 댁 만찬에 참석하였던 여인들이, 성배를 찾아 나선 파르시팔을 유혹하기 위하여 꽃으로 변신한 여인들처럼 보였건만, 그녀들이 파르시팔 아닌 '다른 인물'에, 즉 자기처럼 평범한 인물에, 쉽사리 관심을 보여, 게르망뜨 댁 응접실에 감돌고 있으리라 믿었던 신비감이 사라졌다는 뜻이다(바그너, 『파르시팔』, 2막).

522) '내면적 풍요로움'이 무엇을 가리키는지 구체적으로 설명하기 어렵다. 주인공이 독서에 열중하든가 홀로 몽상에 잠길 때 그의 내면에 응축되는 일종의 '생명'이나 '열광'과 같은 무엇일 듯하다. 예술가(학자)는 홀로 있어야 한다는, 프루스트이 일관된 생각과 연관된 말일 듯하다.

523) 소금이 액운을 막아 준다는 미신이 중세부터 유럽에 널리 유포되어 있었으며, 그러한 믿음은 소금이 식료품의 변질 내지 부패를 막아 준다는 사실에 기인되었을 듯하다. '어깨 너머로 소금을 뿌린다'는 말이 전하는데, 액운을 예방한다는 뜻이다.

524) 『가을의 나뭇잎들』이나 『황혼의 노래』 등을 가리킨다.

525) 소위 순수시(la poésie pûre)라는 것이 존재할 수 있다고 주장하는 이들과 궤를 같이 하는 언급이다. 사유하지 않고 '사유의 대상'을 제공할 수 있다는 말인가? 시 혹은 소설이라는 언어의 형태로 제공된 사유의 대상들이 곧 사유의 산물 아닌가? 음악이나 회화에서 시도되던 사유의 흔적 지우기가 문예에서도 가능하다는 말인가?

526) '심오함'으로도 번역할 수 있는 'la profondeur'를 옮긴 것이다. 개념 모호한 대표적인 단어들 중 하나이다.

527) 'un romantisme'을 의역한 것이다. 역시 개념을 명확히 규정할 수 없는 말이며, 프루스트가 그러한 단어를 사용한 것이 조금은 의외이다.

528) 묵시적인(은연한) 사념이 깃들어 있다는 뜻일 듯하다.

529) 시의 구절들을 가리키는 듯한데, 그것들이 '보편화될 수 있는 유기체'라는, 즉 음악과 같은 것이라는, 생각을 하던 이들은 '순수시'라는 것이 실현 가능하다고 믿던 이들일 듯하다.

530) 빅또르 위고의 1829년 작품이다.

531) 1835년 작품이다.

532) 1831년 작품이다.

533) 프루스트는, 발쟉이 쓴 『빠르마 수도원』의 서문(1846)과 죠제프 쥬베르(1754~1824)의 서한문들이 문학을 문인들의 부차적인 활동보다 낮게 평가한다

고 생각하였다 한다(따디에).

534) le monde de l' argent을 직역한 것이다. 평민 부유층을 가리킬 듯한데, 자연스러워 보이지 않는 표현이다.

535) poêle. 관포(棺布)를 가리키며 동시에 혼인 미사 때에 신랑과 신부 머리 위에 드리우는 베일을 가리키기도 한다.

536) 으젠느 까리에르(1849~1906)는 사회주의적 이념을 고수한 화가였다고 한다. 쌩-루가 그의 작품들을 사들인 이유일 것이다. 또한 많은 문인들과 친교를 맺었으며, 베를렌느, 말라르메, 알퐁스 도데, 아나똘 프랑스 등의 초상화도 그렸다고 한다.

537) 의미가 모호하다.

538) 샤를르 불(1642~1732). 고급 목재 가구 세공인이었으며, 루이 14세 시절 양식의 절정을 상징하는 사람이라고 한다.

539) '굶주린 사람' 이, '날이 갈수록 잊혀지는 특이한 표현들' 을 잘 모르는 사람들(문인 포함하여)을 가리키는 것일까? 선뜻 수긍되지 않는 비유이다.

540) 쌩-죠제포(Saint-Joseph)는 그 표기 형태로 보아 요셉 성자(saint Joseph, 마리아의 남편이며 예수의 양부)라는 사람을 가리킬 것 같지 않다. 어떤 교회당의 명칭이거나 지명일 가능성이 높다. 프루스트 자신도 이 표현의 의미를 끝내 알아내지 못하였다고 한다.

541) '하늘색' 은 성처녀를 상징하는 색깔이라고 한다.

542) 이미 '죽은' 혹은 죽어가는 옛 표현들로 이루어진 작품이기 때문일 터이다.

543) vatique. 시인과 예언자를 동시에 지칭하는 라틴어 바테스(vates)를 가지고(그들 모두 신들로부터 영감을 받으니) 쌩-루가 만들어 쓰던 신조어이다.

544) cosmique. '삼라만상' 을 뜻하는 코스모스(kosmos, 그리스어)에서 온 말로, 19세기 후반부터 지구 밖의 세계(외계)를 가리키는 형용사로 사용되기 시작하였다. 과장의 색채가 짙다.

545) pythique. 델포이 신전에서 아폴론의 신탁을 해설해 주던 무녀 퓌티아(라틴어로는 피티아)의 형용사 형태이다. 뛰어난 혜안을 가리키는 과장된 말이다.

546) suréminent. 탁월하다(éminent)는 형용사에 '상위' 나 '과잉' 의 의미를 가진 접두사 sur를 추가하여 만든, 역시 과장된 말이다. 이상 쌩-루가 사용하였다는 어휘들은 빅또르 위고 같은 이들의 언어에 어울릴만하며, 문인들이나 젊은이들에게서 발견되던 그러한 언어적 과장 내지 허풍이, 게르망뜨 부인 같은 교양 갖춘 귀

족들(프루스트 자신은 물론)의 눈에는 우습게 보였을 것이라는 말이다.

547) 지그프리트 빙(1838~1905)은 가구에 '현대적인 양식'을 도입한 사람이라고 한다. 또한 일본 및 중국 예술에 대한 각별한 취향을 가지고 있었다고 한다.

548) 델포이 신전의 무녀 퓌티아나, 쿠메에서 아이네아스에게 저승에 들어가는 방법을 일러준 씨빌라(『아이네이스』)나, 무녀들의 몸에 신령이 들어가면 그녀들이 몸부림을 친다.

549) 모든 판본에 'X 대공'이라 되어 있으나, 앞에 등장하여 빌헬름 황제와 관련된 일화들을 들려준 폰(von) 대공을 가리키는 것 같다. '게르망뜨 부인'과 익명의 인물(X 공작)을 등격으로 나란히 놓는 것이 부자연스러워 보인다. 갈리마르 1954년 판에 'X 대공'이라 표기하였던 인물을, 1988년 판(따디에)에서 '폰' 대공으로 수정 표기하였는데, 이 부분에서 다시 'X 대공'이라 하였다. 연구자들의 불찰에서 비롯된 듯하다.

550) 의미가 대강 짐작되기는 하나 명료한 언급은 아니다. '묘사의 부재'는 눈에 보이지 않는 현상 자체를 가리킬 듯하다.

551) 꽁띠 대공 프랑수와-루이 드 부르봉(1664~1709)은, 여인들에게 뿐만 아니라 남자들에게도, 또한 하인이건, 신발 수선하는 사람이건, 재상이건, 장군이건 가리지 않고, 마치 그들로부터 환심을 얻으려는 듯 싹싹하게 굴었다고 한다(쌩-시몽이 『회고록』에 술회해 놓은 이야기라 한다).

552) 물망초(myosotis)의 또 다른 이름이다. 'vergiss mein nicht'이나 'forget me not' 등과 같은 유형의 명칭이다. 물론 '물망초(勿忘草)' 역시 그러한 명칭의 번역어이다.

553) 일명 「브레다의 항복」이라고도 하며, 나쏘 대공들이 대대로 거주하던 브레다(북부 브라방 지역의 도시)가 1625년에, 앙브로지오 스삐놀라가 지휘하는 에스빠냐 군에 의해 오랫동안 포위되었다가, 더 이상 견디지 못하고 항복할 때, 성주가 성문 열쇠를 적군 사령관에게 바치고, 그 사령관이 성주를 위로하는 듯한 몸짓을 보이는 순간을 묘사한 화폭이다(1635년 작, 쁘라도 미술관 소장).

554) 토마스 치펜데일(1718~1779)은 잉글랜드의 고급 목재(흑단) 가구 세공인으로, 특히 루이 15세 시절의 로꼬꼬 양식에 중국 양식 및 고딕 양식을 도입하여 발전시켰다고 한다.

555) 토마스 아퀴나스(1227~1274)가 수도사이던 시절, 어느 날 동료하나가, 구름 사이로 날아 다니는 당나귀 한 마리가 보인다고 하자 그가 즉시 하늘을 쳐다보았고,

옮긴이 주 489

그러자 곁에 있던 동료들이 폭소를 터뜨렸다고 한다. 그러자 그가 말하기를, 자기는, 수도하는 사람이 비록 농담으로나마 거짓말을 할 수 있으리라고 믿기 보다는, 당나귀가 날아 다닐 수 있다고 생각하는 편을 택하겠노라 하였다고 한다. 앞서 샤를뤼스는, 로꼬꼬 양식에 중국 양식과 고딕 양식을 가미시킨 치펜데일이 만든 가구와 로꼬꼬 양식으로 짠 의자를 혼동하는 사람의 '언어적 정확성'을 믿을 수 없다고 하였는데, 정작 자신은 토마스와 본아벤투라를, 그리고 당나귀와 황소를 혼동하고 있다. 하지만 그러한 현상이 그를 야유하기 위한 주인공(프루스트)의 주도면밀한 서술적 전략에 기인한 것인지, 혹은 이 작품에서 가끔 나타나는 작가의 실수에 기인한 것인지는 가늠하기 어렵다.

556) 상대방에게 상처를 줄 수 있을 '험담'을 가리킬 듯하다.

557) 프루스트가 사용한 'nunc erudimini'라는 라틴어 구절을, 그것의 출처를 감안하여 의역한 것이다. 『구약』의 「시편」(2장 10절)에 있는 구절은 이러하다. Et nunc, reges, intelligite; erudimini, qui judicatis terram(그리고 이제, 왕들이여, 깨달으라; 이 세상을 다스리는 이들이여, 배우라.) '다른 이들의 경험이 모든 이들에게 유익하다'는 뜻에서, 이 구절이 nunc…erudimini(이제…배우라)라는 형태로 옛날부터 사용되었다고 한다.

558) 스케르쵸(scherzo)가 일반적으로는 '경쾌하고 명랑하며 빠른 악장'이라는 뜻으로 사용되는 말이니, 그 앞에 붙여진 말들('상냥하고 목가적이며 우아한')은 일종의 동의어 반복 현상이다. 따라서 작가는 scherzo 대신 mouvement이나 morceau를 사용했어야 마땅하고, 역자 또한 '스케르쵸'라 표기하는 대신 '악장'으로 옮겨야 하겠으나, 작가가 그 단어를 이탤릭체로 부각시켜 사용한 점을 감안하여 그대로 표기한다. 한편, scherzo의 원의가 '재잘거림'이니, 그 의미로 사용하였을지도 모른다.

559) 잠든 보아즈가 꿈 속에서, 자기의 자손이 번창할 것이라는 계시를 받고 중얼거리는 말이다(『세기들의 전설』, 「하와로부터 예수까지」, 〈잠든 보아즈〉, 54절. 역주 462) 참조).

560) 쎄자르 바가르(1639~1709)가 빠리의 특정 저택들의 내부를 자기의 목공예 작품들로 치장하였다고 한다. 그의 작품들 대부분이 대혁명 시절에 파괴되었으며, 프루스트는 그의 작품인 둥근 나무 케이스 하나와 벽시계 하나를 모친으로부터 물려받았다고 한다.

561) Hinnisdal. 어떤 인물인지 모르겠으나, 매우 희귀한 성씨이다.

562) Chimay. 벨기에 남쪽 프랑스 접경 지역에 있는 작은 도시로, 쉬메 대공의 성이 아직도 그곳에 있다고 한다.

563) 삐에르 미냐르(1612~1695). 베르사이유 궁에 드나들던 명사들의 초상화를 주로 그렸다고 한다.

564) Madame Elisabeth(1764~1794). 루이 16세의 누이로 1794년에 단두대의 이슬로 사라졌다.

565) princesse de Lamballe(1749~1792). 1792년 9월(2일~5일) 학살 사건 당시에 희생당하였다고 한다.

566) 루이 16세의 왕비 마리-앙뚜와네뜨(1755~1793)를 가리킨다.

567) Turner(W. 1775~1851). 「바다의 괴물과 일출」(1840), 「폭풍 속에서 화염에 휩싸인 선박」(1842), 「바다 위의 눈폭풍」(1842) 등, 만년의 작품들 속에서 그가 대기 묘사에 치중하였다 하여, 그를 인상주의 화파를 태동시킨 선구자로 여기는 이들도 있다.

568) 베토벤의 교향곡 6번(작품 68), 즉 〈전원 교향곡〉에서 '폭풍우 다음의 기쁨'이라는 표제가 붙은 악장은 3악장이 아니라 마지막 악장인 5악장이다.

569) 나뽈레옹의 실각 후, 유럽에 다시 평화를 정착시키기 위하여 소집된 빈 국제회의(Le Congrès de Vienne)는 1814년 9월부터 1815년 6월까지 계속되었다.

570) '과스딸라' 공작령이, 1806년 나뽈레옹의 누이 뽈린느에게 주어졌던 적이 있었던지라, 보나빠르뜨 가문이나 뽈린느의 남편이었던 뮈라의 가문 사람들 중, '대공녀'(대공 부인)를 자처하는 사람도, 혹은 과스딸라 공작을 자처하는 사람도 있었을 것이며, 여기에서 '에나 대공 부인' 및 그녀의 아들 '과스딸라 공작'은 그러한 사람들을 집약한 허구적 인물들일 것이다(역주 410) 참조).

571) 빠리의 바띠뇰 구역 레비 로에서 모이던 무정부주의자 클럽의 명칭이라고 한다.

572) 카네기(A. Carnegie, 1835~1919)를 가리킬 듯하다.

573) 나뽈레옹이, 일반 사병으로 입대한 평민 출신들을, 장군이나 대원수 등으로 승진시키거나, 그들 중 여럿을 유럽 여러 나라의 왕으로 봉하는 것을 바라보던 세습 귀족들의 눈에는, 나뽈레옹의 거조가 장난처럼 보였을지도 모른다.

574) gales. 몹시 고약한(심보 사나운) 사람들을 가리킨다. '흑사병'과 거의 유사한 뜻으로 사용된다.

575) 『천일야화』, 「알리 바바와 사십인의 도둑」. 도둑들이 보물 가득한 자기들의 동

굴 출입문을 열 때 사용하는 주문이다. "열려라, 참깨".

576) 왜 그랬을까? 게르망뜨 공작 부인에게로 향하던 주인공의 연정을 이미 감지하였단 말인가? 샤르뤼스의, 프랑수와즈나 원시인들 혹은 꿀벌 등의 것과 유사한, 원초적 감각을 넌지시 암시하는 언급일 듯하다.

577) 주인공의 질문이나('우월하다') 샤를뤼스의 대답(supérieure) 모두 의미가 모호한 말이다. 어떤 면에서 '우월하다'는 것인가?

578) 메테르니히 대공 부인(la princesse de Metternich, 즉 Paulina von Metternich, 1836~1921)은, 빠리 주재 오스트리아 대사(리하르트 클레멘스 폰 메테르니히, 1773~1859)의 부인으로, 그녀에게 다소간의 연정을 품고 있던 나뽈레옹 3세의 영향력 덕분에, 바그너의 『탄호이저』가 빠리 오페라 극장에서 공연될 수 있게(1861년) 하는데 결정적인 역할을 하였다고 한다. 빈터할터가 그린 그녀의 아름다운 초상화가 있다. 한편, '알 중앙시장 상인들이' 뇌리에 떠올렸을 메테르니히 대공 부인의 특징은 무엇이었을까? 뒤에 언급된 '에스테르의 정원'과 연관시킬 수도 있을 것 같다.

579) 프랑스의 유명한 가수(바리톤) 빅또르 모렐(1848~1923)이 바그너의 작품에 등장한 것은 빠리가 아닌 런던에서였다고 한다. 메테르니히 대공 부인이 바그너의 작품을 빠리에 유행시킬 수 있었던 것은 다른 사람(즉 나뽈레옹 3세) 덕분이었건만, 그녀가 자신을 속였다는 말인가?

580) 끝맺지 못한 말 같으며, 의미 또한 알쏭달쏭하다. 페르시아의 황제 아하수혜로스가, 아만의 반역 음모 및 에스테르라는 총회의 실체 등 모든 것을 알게 되는 것은 궁궐의 '정원'에서이다(라씬느, 『에스테르』, 3막). 샤를뤼스가 메테르니히 대공 부인 이야기를 하다가 에스테르 이야기를 꺼낸 것은, 아하수혜로스와 나뽈레옹 3세에 작용한 그 여인들의 영향력을 암시하려는 의도에서였던 것 같다.

581) 발쟉이 1833~1835년 간에 발표한 『십삼인 이야기』에 등장하는 인물들을 가리킨다. 「훼라귀스」, 「랑제 공작 부인」 그리고 「황금빛 눈 가진 아가씨」 등 세 이야기로 구성된 작품이다. 그 열세 사람이 형성하는 세계는 기존의 모든 질서를 거부하며, 자신들만의 새로운 '종교'를 만든다.

582) 알렉상드르 뒤마(아버지)의 『삼총사』에서, 국왕의 근위기병(총사)인 아또스(Athos)와 뽀르또스(Porthos)와 아라미스(Aramis)는 가스꼬뉴 지방 출신인 아르따냥(Charles de Batz, seigneur d'Artagnan)을 자기들의 일원으로 받아들여, 네 사람이 마치 한 몸을 이룬 것처럼 움직인다.

583) 여러 문인들의 글에서 많은 구절들을 빌려다가, 그것이 표절 행위라는 의식도
없이, 또한 그것이 적합한지 여부도 가리지 못한지라 희극성 마저 띠게 하여, 자
신의 글에 뒤섞어 쓴 이 소박한 편지는, 정규 교육을 받지 못한 시골 소년의 우직
하면서도 영악스러운 일면을 드러내는 감동적인 아름다움과, 어찌 보면 정다워
보이기도 하는, 아직 미숙한 인식과 문법적(특히 철자법의) 오류들로 점철되어
있다. 그 매력적인 특징들을 모두 담아 옮기지 못하여 애석하다. 이 편지에서 그
흔적이 발견되는 문인들은, 뮈쎄, 빅또르 위고, 라마르띤느, 베를렌느, 쉔느돌레,
프랑수와 드 말레르브, 휄릭스 아르베르 등이며, '나에게 생명을 준 고장' 이라는
말은 〈나의 노르망디〉라는 대중가요의 후렴 중 일부분이라고 한다.

584) 샤를뤼스 씨가 앞에서는 자기가 게르망뜨 대공 부인의 저택으로 들어가는데 필
요한 '참깨' 라 하였다. 즉 그녀의 저택을, '40인의 도둑들' 의 은거지인 동굴에 비
유하였다. 작품 허두(「스완」, 〈꽁브레〉)에서 아리스타이오스의 모친(나이아스)
퀴레네와 아킬레우스의 모친(네레이스) 테티스를 혼동한 경우와 유사하며, 주제
적 측면에서는 용인될 수 있는 혼동이다. 도둑들의 동굴 속에 보물들이 있었다면,
알라딘의 궁전 속에는 '중국의 공주' 라는 또 다른 보물이 있었으니 말이다.

585) 주인공이 엘스띠르의 그러한 작업과정을 처음 목격한 것은, 발백에 있는 그의
화실을 방문하였을 때이다(「소녀들」).

586) 부르봉 왕가의 루이 2세(1621~1686)이며, 롱그빌 공작 부인은 그의 누님이다.

587) 물론 그들의 흔적 내지 추억을 가리킬 듯하다.

588) 심부름꾼의 편지 다음에 시작되어 이 단락까지 이어지는 부분의 단락들 순서
및 그 수가 판본에 따라 다르고, 문장들의 배치까지 다른 부분도 있으며, 심지어
문법적으로 이상한 문장도 보인다. 이 부분의 번역은 삐에르 끌라락 교수 및 앙
드레 훼레 교수의 판본을 따른다(갈리마르, 1954년).

589) 프러시아의 장군이며 빌헬름 1세의 조카였던 프리드리히-카를 대공은, 1870년
전쟁 기간 동안에 포로들을 포악스럽게 다룬 것으로 유명했다고 한다.

590) 루이 15세의 공식적인 총희였던 쟌느 앙뚜와네뜨 뿌와쏭(뽕빠두르 후작 부인,
1721~1764)은 많은 문인들 및 철학자들과 친교를 맺었으며, 특히 루이 15세와 볼
떼르를 화해시켰고 백과사전파 학자들을 적극 보호하였다고 한다. 또한 국왕으
로 하여금 쎄브르(Sévres)의 도자기 산업에 관심을 갖게 하였다고 한다.

591) Egeria. 옛 이딸리아의 요정으로, 애초에는 샘터의 요정이었으나, 훗날 로마의
왕 누마 폼필리우스(싸비나 출신)에게 조언을 해 주는 요정으로 바뀌었다고 한

다.

592) 보들레르와 메리메의 사회적(외형적) 관계만을 놓고 판단하면, 그들의 상대방에 대한 심경이 어떠했을지 견해가 구구할 듯하다. 그러나 두 사람이 각각 영위한 판이하게 다른 삶의 형태를, 특히 두 사람의 작품 속에서 포착되는 기질 및 관심 대상의 판이함을 감안한다면, 주인공(프루스트)의 언급에 수긍할 수도 있을 것 같다. 두 사람의 작품세계 사이에 드러나는 대조가, '불평'과 '찬미' 사이에 드러나는 대조 만큼이나 극명하니 말이다.

593) comte d' Haussonville(1809~1884). 프랑스의 외교관이며 정치이었던 그가 『나의 젊은 시절』이라 제한 회고록을 출간하였고, 그 속에서 들레쎄르 부인(메리메, 막심 뒤 깡, 샤를르 드 레뮈자 등의 정부였다고 한다)의 응접실에 관한 이야기를 술회하였다고 한다.

594) Isabeau de Bavière(1371~1435). 미친 왕 샤를르 6세의 왕비이며, 루이 11세의 조모이다.

595) Saint-Gothard(Gothard). 스위스의 발레, 베른느, 글라리스, 떼쌩 지역에 걸쳐 있으며, 표고 2천~3천 미터에 이르는 산악지대이다. 조지프 말러드 윌리엄 터너(1775~1851)가 1819년에 그린 「악마의 다리, 쌩-고타르」에, '악마의 다리'를 건너고 있는 사람들의 모습이 보인다.

596) 「소돔과 고모라」, 1.

597) 예루살렘의 성 요한 자선 수도회(l'ordre des Hospitaliers de Saint-Jean-de-Jérusalem)는 1차 십자군 원정(1099) 이후 예루살렘에 수립된 왕국을 방어하고 '성지'를 순례하러 오는 이들을 맞기 위하여 설립되었다. 그러나 1291년에 팔레스타인으로부터 축출된 수도사들이, 처음 키프로스 섬으로, 그리고 다시 로도스 섬으로 피신하여 스스로 '로도스 기사단'이라 칭하게 되었고(1309), 그 이후 몰타 섬으로 물러선 후에는 '몰타 기사단'이라 칭하게 되었다(1530).

598) 보나빠르뜨가 1798년에 몰타 섬을 점령하고, 다시 1800년에 영국인들의 수중으로 들어간 이후에는, 몰타 기사단이 로마에 자리를 잡아 아벤티누스 동산에 있는 작은 수도원을 본거지로 삼게 되었으며, 주로 자선 활동에 전념하였다고 한다.

599) 성지 순례자들을 보호한다는 명분을 내걸고 설립되었던(1119년) 성당 기사단이 키프로스 섬 마저 기 드 뤼지냥에게 팔아 넘기고(1191년) 유럽으로 물러난 후, 특히 1307년부터 프랑스 국왕 필립 4세(미남왕) 등이 주도하는 박해를 받아 기사단이 완전히 해산되었고(1311년), 그들의 막대한 재산 중 대부분은 필립 4세의 수

중으로 들어갔다고 한다. 그 재산 중 자선 수도회로 넘어간 것은 미미하다고 한
다(모리스 드뤼옹의 『저주 받은 왕들』에 당시의 정치적 정황이 상세히 묘사되어
있다).

600) 뤼지냥 가문은 1192년부터 1489년까지 키프로스를 다스렸다.

601) roi Théodose, infanta Maria-Concepción, 모두 허구적인 인물들이다.

602) 쌩-제르맹 구역(빠리 7구)을 가리킨다. 옛 빠리의 서쪽 변두리였던 그 구역의
대부분은 늪지였다고 한다.

603) 'mon petit' 라는 매우 느닷없고 기이한 표현을 완곡하게 옮긴 것이다. 쌩-루가
라쉘을, 그리고 어느 순간 주인공을 지칭하며 사용한 표현이다.

604) 스떼르마리아 부인에 대한 언급이 매우 느닷없다. 다른 인물과 혼동한 작가의
불찰에 기인한 언급인지 모르겠다.

605) Koburg. 도이칠란트 서부 바이에른(북부 프랑켄)에 있는 도시이며, 옛날에는
작센-코부르크-고타 공작들의 수도였다고 한다. 즉, 게르망뜨 대공(질베르)의 처
가 도시이다.

606) Champaigne(Philippe de, 1602~1674). 홀랑드르 지방 출신 프랑스 화가이며,
프랑스 궁정 인물들의 초상화를 많이 그렸다고 한다. 프랑스 고전주 화가들 중
가장 뛰어나다는 평을 받으며, 그가 그린 루이 13세의 초상화가 쁘라도 미술관에
소장되어 있다고 한다.

607) 아르뚜아 백작(훗날의 샤를르 10세)의 둘째 아들로, 대혁명 시절 잉글랜드에
망명하였다가 그곳에서 안나 브라운이라는 아가씨와 혼인하여 딸 둘을 얻었으
나, 가문에서 그 혼인을 인정하지 않아 1816년에 마리-까롤린느 드 부르봉-시칠
리아 대공녀와 혼인한, 그리고 1820년에 빠리 오페라 극장에서 암살 당한 샤를르
훼르디낭(1778~1820)을 가리킬 듯하다. 그의 유언에 따라, 그의 부인 마리-까롤
린느가, 영국에 있던 두 딸을 데려다가 정성껏 키웠다는 이야기는 이미 한 바 있
다.

608) claquer. 아마 공작이 사용하였을 어휘일 듯하다.

609) 까뿨씬느 대로 24번지에 점포를 가지고 있던 모자 제조인이라고 한다. 한편,
열거한 사람들 중 스완과 샤를뤼스를 제외한 다른 이들은 실존 인물들이라 한다.

610) 조금 부자연스러워 보이는 영어 'clubman' 을 번역한 것이다. 주인공이 이 단
어를 사용한 이유가 선뜻 포착되지는 않으나, 여하튼 이 단어를 사용하는 순간,
그의 내면에는 스완에게로 향한 어떠한 정서적 파문도 일지 않은 것 같다.

611) 공작이 '그것'이 무엇이냐고 물은 것은 그 화폭이 어느 화가의 작품인지 알고 싶어서였지만, 스완은 그 질문의 뜻을 알면서도 짐짓, 공작이 한 '그것'이라는 말이 그림 속 인물을 가리키는 것으로 이해한 척하며 자신도 물건을(혹은 천한 사람을) 가리키는 단어 '이것(ce)'을 사용한 것이다.

612) Rigaud(1659~1743). 루이 14세 궁정에서 주로 화려한 초상화들을 그리던 화가라고 한다.

613) Mignard(1612~1695). 루이 14세의 총희 라 발리에르 부인, 쎄비녜 부인, 꼴베르, 보쒸에 등의 초상화를 그린 사람이라고 한다.

614) 끌레망쏘(1841~1929)가 〈정의〉라는 신문의 주간이었던 시절, 파나마 운하 개설과 관련된 홍보비용을 받았다는 추문에 휩싸였고, 그에게 돈을 준 혐의를 받던 사람이 잉글랜드로 피신하여 생긴 소문이라고 한다.

615) 쥘르 꼬르넬리(Jules Cornély, 1845~1907). 왕당파 신문인 〈나팔〉을 창간한 사람이지만, 1897년에 드레퓌스를 옹호하는 글을 쓴 이후, 주로 급진적인 신문사들에 몸담았다고 한다.

616) 역자가 추가한 것이다.

617) 모리스 바레스(1862~1923)는 그 어느 문인보다도 열렬한 국가주의자였으며, 드레퓌스파들에게 적대적이었다고 한다.

618) 카톨릭 사제들을 비하적으로 지칭하는 말이다.

619) Patronne. 베르뒤랭 씨 댁에 정기적으로 모이던 사람들이 베르뒤랭 부인을 가리키며 사용하던 말이다(「스완」, 〈스완의 어떤 사랑〉).

620) 주인공이 게르망뜨 대공 부인을 만나게 되는 것은 그녀의 집 야연에서이다(「소돔과 고모라」, 2부, 1장).

621) 두 명칭을 사용한 구체적 이유를 알 수 없으나, 아마 그것들 만큼이나 모호하다는 말일 듯하다.

622) gnan-gnan. 일이 조금만 힘들어도, 어린 아이가 보채듯, 불평을 털어놓는 사람의 투정 소리를 가리키는 의성어이다. 우리말의 '양양거리다'와 같다.

623) 까르노(Carnot, François Sadi, 1837~1894). 1887년부터 1894년까지 프랑스 대통령이었다. 그의 조부 라자르 니꼴라 마르그리뜨 까르노(1753~1823)가, 대혁명 시절에 혁명의회(Convention) 의원이었고 공안위원회 위원이었기 때문에, 즉 루이 16세에게 사형언도를 내린 사람들(시역자들) 중 하나였기 때문에, 게르망뜨 대공이 그랬을 것이라는 말이다.

624) 기이하고 야릇하여 현란하다는 뜻이다.

625) 니꼴라 마르그리뜨 가르노를 가리킨다(역주. 623)).

626) 오를레앙 공작 루이 필립 죠제프(혁명 직후 필립-에갈리떼로 개명, 1747~1793)
는 정치적 계산에 이끌려 혁명을 지지하였고, 1792년에 혁명 의회의 일원이 되었
으며, 자기의 사촌인 루이 16세의 사형언도에 찬성표를 던졌다고 한다. 그 시절
소문에 의하면, 사촌이 죽으면 옥좌가 자기에게로 돌아올 것이라는 계산을 하였
다는 것이다. 하지만 그 역시 1793년에 반역죄로 처단되었고, 망명하였던 그의
아들이 1830년 옥좌에 오르니, 그가 루이-필립 왕이고, 쌍띠이 성은 루이-필립의
넷째 아들 오말 공작의 영지이다.

627) mufle. 상스럽고 천한 사람을 가리킨다.

628) 이 단락의 문장들이 그리 명료하지 못하다.

629) 미처 정리하지 못한 삽입구처럼 보인다.

630) 브라방 가문이 그 근원이며, 헤쎈 공작령을 다스리던 가문이다. 그곳을 다스리
던 란트그라프(landgraf, 영주)의 죽음 후, 그 가문이 네 지파로 나뉘어(1567년) 헤
쎈 지방을 분할 지배하기 시작한데서, 헤쎈-다름슈타트(1567~1866) 및 헤쎈-카셀
(1567~1866), 그리고 얼마 아니 가서 그 두 지파의 영지에 병합된 헤쎈-마르부르
크(1567~1604)와 헤쎈-라인휄스(1567~1584) 등 네 가문이 생겼다고 한다. 게르
망뜨 공작은 자기들이 헤쎈-다름슈타트 가문에 속한다는 말을 하고 있는 것이다.

631) 공작 부인의 말이 해괴하고 모호하다. 우선 '대대장'이라는 말에 다른 함의가
있을 듯하다. 앞에서 스웨덴 왕 오스카르 2세 및 그의 부인 나쏘 대공녀 이야기가
나왔는데,「되찾은 시절」에서는 쏘피 드 나쏘 대공녀가 여러 남자들의 품을 떠돈
여자로 이야기되어 있다. '모든 연대에서 대대장 노릇 하였다'는 말이 그런 의미
를 내포하고 있는지 모르겠다.

632) 이 작품에 등장하는 스웨덴 왕 오스카르 2세의 조부 쟝-바띠스뜨 베르나도뜨
(1764~1844)는, 프랑스 남서부 뽀(Pau)에서 농사꾼의 아들로 태어나, 1780년 평
범한 병사로 입대하였다가, 대혁명과 제 1제정 기간 동안 여러 요직을 거쳐 제국
대원수 직에 오르고, 스웨덴 국왕 칼 13세의 양자가 되어, 1818년에 그의 뒤를 이
어 옥좌에 올랐다(칼 14세). 그의 후손들이 아직도 스웨덴의 왕위를 계승하고 있
다.

633) extinctor draconis latrator Anubis. 직역하면 이러하다. "용을 처치하도다, 짖어
대는 아누비스". 아누비스는 인간의 몸뚱이에 재칼의 머리를 가진, 고대 이집트

의 신으로, 처음에는 저승에서 영혼들을 심판하던 신이었다가, 후에는 영혼들을 저승으로 안내하는 신으로 여겨졌다고 한다. 하지만 그 신이 '용을 처치한다(죽인다)' 는 말은 어떤 신화와 연관된 것이지 모르겠다. 또한 스완이 하는 이 말은, 그가 이미 그것에 익숙해져 있다는 인상을 준다. 여하튼 알쏭달쏭하게 들릴 수밖에 없는 말이다.

634) 베네치아에 있는 싼 죠르죠 교회당의 종루 이곳 저곳에는 게오르기오스 성자(즉 죠르죠 성자)가 용을 처치하는 장면이 조각되어 있다. 하지만, 그 성자와 옛 이집트 사람들이 받들던 저승의 신 아누비스와 무슨 상관이 있단 말인가? 공작 부인이 이해하지 못하겠다고 한 말이 그러한 점을 지적하는 것이 아닌지 모르겠다.

635) 어떤 이야기에 연결되는 질문인지 모호하다. '바발' 은 훨씬 앞서 등장했던 '한니발 드 브레오떼' 를 가리킨다.

636) baballe. '공' 이나 '실탄' 을 가리키는 balle이 '낯짝' 이라는 속어적 의미도 가지고 있으며, 그 앞에 'ba-' 가 추가되면 경멸적인(혹은 다정한) 지소형이 된다.

637) Limburg. 네덜란드 남부와 벨기에 북부에 걸쳐 있는 지방이다.

638) 전진!(Passavant!), 꽁브레시스!(Combraysis!) 등 또한 게르망뜨 가문의 전투구호이다(「소녀들」).

639) 에스빠냐가 네덜란드 및 브라방 지역을 지배하기 시작한 것은 까를로스 낀또 시절이며(1516), 그 지배가 1648년까지 계속되었다.

640) 에스빠냐의 국왕 알폰소 13세가(1886~1941) 실제로 스스로를, 에스빠냐, 까스띠야, 레온, 아라곤, 두 시칠리아, 예루살렘, 그라나다, 똘레도, 발렌시아, 갈리씨아, 마요르까, 미노리까, 동서 인도 등지의 왕이라 칭하였다고 한다.

641) Jeanne la Folle(1479~1555). 까스띠야 왕국의 왕비이며, 까를로스 낀또의 모친이었다고 한다.

642) 스코틀랜드 출신인 알렉산더 맥도날드(1765~1840)가 큰 전공을 세워, 나뽈레옹 1세가 그에게 따란또 공작 작위를 내렸다고 한다(1810).

643) 딸레랑-뻬리고르(1837~1915)가 1864년에 나뽈레옹 3세로부터 몽모랑씨 공작 작위를 받았는데, 그는 몽모랑씨 가문의 마지막 공작이었던 라울(Raoul)의 누이 안느 루이즈 샤를로뜨의 아들이었다고 한다.

644) 앙갱 공작, 루이 앙뚜완느 앙리 드 부르봉-꽁데(1772~1804)를 가리킨다. 보나빠르뜨를 제거하려는 음모에 가담하였다는 혐의를 받아, 증인도 변호인도 없이

군법회의에 회부되어, 약식 재판 후, 뱅쎈느 성 해자에서 총살 당하였다고 한다
(1804.3.21). 한편 쉐 데땅주(Chaix d' Est-Ange, 1800~1876)는 법률가였는데, 그
시절의 주요 재판들에서 변론을 맡았다고 하나, 게르망뜨 공작이 말하는 것이 어
떤 사건과 관련된 것인지는 모르겠다.

645) 11세기 초에 노르망디인들이 이딸리아 남부 및 시칠리아까지 내려가 그곳에 왕
국들을 세웠다고 한다. 한편 '고대인들의 행적'이란, 트로이아, 페니키아, 그리스
(특히 스파르타) 등지로부터 온 사람들이 B.C 1000여 년 전부터 시칠리아 및 이
딸리아 남단에 도시들을 세운 사실을 가리킬 듯하다.

646) 바쟁이나 질베르(게르망뜨 대공)처럼 혈통이나 따지는 꾀죄죄한 사람들조차
도, 그곳에 숨쉬고 있는 수천 년의 역사와 그 무상함을 깨닫게 될 것이라는 말처
럼 들린다.

647) 베아른 지방 식 소스(sauce béarnaise)는 버터와 계란을 섞어 만든, 매우 걸죽한
소스이다.

648) le Pont-Neuf. '새 다리'라는 뜻이지만, 실은 빠리의 쎈느 강을 가로지르는 현
존하는 다리들 중 가장 오래된 다리이다. 특히 최초의 돌다리이다(1578년부터
1604년에 걸쳐 축조되었다). '뽕-뇌프처럼 튼튼하다'고 한 것은 그러한 사실을
염두에 두었기 때문일 듯하다. 한편 옛날에는 '새 다리'라는 의미를 살려 'le pont
Neuf'라 표기하였으나, 그것이 고유명사로 간주되기 시작한 19세기부터는 'le
Pont-Neuf' 형태의 표기가 더 자주 사용되기 시작하였다.

옮긴이 주 499